危机深处

WEIJI SHENCHU

农鸣 著

时代出版传媒股份有限公司
安 徽 文 艺 出 版 社

图书在版编目(CIP)数据

危机深处/农鸣著.—合肥:安徽文艺出版社,2015.11
ISBN 978-7-5396-5486-7

Ⅰ.①危… Ⅱ.①农… Ⅲ.①长篇小说-中国-当代
Ⅳ.①I247.5

中国版本图书馆CIP数据核字(2015)第189225号

出 版 人:朱寒冬
责任编辑:汪爱武　　　　装帧设计:褚　琦

出版发行:时代出版传媒股份有限公司 www.press-mart.com
　　　　　安徽文艺出版社 www.awpub.com
地　　址:合肥市翡翠路1118号 邮政编码:230071
营 销 部:(0551)63533889
印　　制:合肥创新印务有限公司 (0551)64456946

开本:710×1010 1/16 印张:25 字数:380千字
版次:2015年11月第1版 2015年11月第1次印刷
定价:45.00元

(如发现印装质量问题,影响阅读,请与出版社联系调换)

1

骄阳似火，晴空万里，上午十一时客机从深圳起飞，一小时二十分钟后降落在湖南常德。一个年轻美貌的女子挽着一个六十开外的老男人走下飞机，身后紧跟着拎行李箱的中年男子。他们一到机场出口，但见一个后生举着牌子，上写“接深圳飞鸿集团总裁何先生”。不一会，标志五星共和酒店的宝马迎宾车驶离机场，半个小时便到了城中的柳叶湖边的共和酒店。车刚停稳，服务生迎了上来。

一切安顿好，年轻女子与老男人在客厅沙发上坐下休息。

“老总，我还是不敢带您回乡下去见父母奶奶……”

年轻女子低着头，两眼不安地看着面前的茶杯。

“雪梅，我何尝不怕？你才二十岁，我六十五了，可我们已经同居快两年了，为了你，我也与老婆离了婚，子女都跟我反目成仇了，哪还有退路呢？”

“我可从没要您离婚，也从未说过要跟您结婚！”

“那是，那是，是我自己要离婚，是我想跟你结婚……”

老男人语调低沉，握住了女子一只手。

女子任老男人握了一会儿手，又将手慢慢抽回来。

弄成今天这个残局，是她两年前在乡下还未出门打工时万万没有想到过的。初中毕业后在家干了几年农活，满了十八岁要出门打工父母是不同意的，一个独生女出门太不放心。可她母亲不爱干农活，一年四季多半泡在麻将桌上；又笨又老实的父亲没日没夜地干也挣不了几个钱，挣了几个钱也多半被母亲打麻将输掉；奶奶又不知为何经常生病，无钱买药，只好忍和拖。她从小由奶奶带大，母亲没管她多少，心痛奶奶，十八岁一满她便发犟跟着山里在深圳打工的姐姐们出了门。很走运，一到深圳就被飞鸿集团的工厂招聘了，可不久就眼睁睁发生了她无法接受又接受了的事，直到今天仍像陷在了一个古怪模糊的梦里。出门前母亲反复叮嘱过，在外面不能相信任何男人，不能吃任何男人的亏，至于怎么才算不吃亏，母亲没有说。她一直记着母亲的叮嘱，没有相信过任何男人，包括身边的这个老男人；她是吃了这个老男人的亏还是没有吃亏呢？好像很吃亏又好像没有吃大亏，总之是不怎么好算账。对这个老男人她爱不起来，也恨不起来。

进厂不到两个月，一天，上面突然通知调她去集团总部当服务员。姐姐们都羡慕她从此摆脱了十分辛苦的流水作业线，既轻松收入又高许多。她不明白怎么会选到她头上。姐姐们都说那还不是她才十八岁又长得乖吗？总部接待宾客还会要又老又丑的？也有姐姐提醒她说，深圳是个花花世界，到处有人模狗样的色狼骗子无赖，她得时刻把眼睛瞪大点，切莫让总部的色男人揩了油，尤其是那些假充角色的混混，腰里又没什么钱，把你白玩了，弄不好还要诈你的血汗钱，那可就惨了。偏偏，调总部没过多久，她就让这个集团总裁老男人破了身。他没有强暴她，是她自己慌慌张张、战战兢兢同意了的。

那次老男人带她上酒店参加贸易谈判，晚上十点打电话叫她去他的房间。老男人住套间，在客厅坐下后笑眯眯地说："今天想放松一下了，和你说说话。"她有点紧张，不知老男人想说什么。老男人说："你是湖南常德市鼎城区双桥坪镇南阳坪村人，家中只有父母奶奶，二十年前你爷爷不幸病故，父母在家务农，奶奶多病，你到深圳打工主要是想为奶奶治病，是不是？"

她吃惊了，他怎么晓得的？

老男人接着说："你们湖南了不得，山川秀丽，人杰地灵，光是国家级的风景名胜就二十多处，全国第一多。你们常德是桃花源中的城市，获得'全国文明城市'等多种荣誉称号，有全国第一大城中湖——柳叶湖……从市中心到你的家乡双桥坪镇只有二十六公里，有多条水泥公路通双桥坪，高速公路也会很快竣工通车。到你们南阳坪村还近一点，南阳坪村紧挨着双桥坪镇政府所在地，这是近几年改称的镇，实际上还跟过去一样，是个山区较大的乡，人口多，地盘大，北面与临澧和澧县接壤，你们那里的人行走，经常是一脚踏三县，虽是山区，却不是闭塞地。我说错了吗？"

她更吃惊了，老男人去过常德，去过双桥坪？

"你莫吃惊，弄清这些简单情况易如反掌，搜集对手的核心商业机密那才叫难，这次我们能谈成功，情报人员是立了大功的。"老男人叫她来就是为了说这些话吗？可不能大意被他忽悠中了他的圈套。果然，老男人闲扯了一阵转了话题，他拉开身边黑色提袋，掏出三扎百元大钞放在茶几上，推到她面前。

"这是三万，你先汇回家给你奶奶治病，如果再需要钱，你再告诉我，我喜欢你，愿帮你,就这么简单,你莫搞复杂!”

她惊呆了,长到十八岁,从未有人一次给过她这么多钱。三万啊,早听姐姐们说过,那些坐台小姐担惊受怕也蛮辛苦,侍候男人一个夜晚也就是几百千把元;假如他不是心真的善良,要去找小姐不是很容易?何必一丢三万?她的脑子乱了,心跳在加快。

老男人喝了几口茶,接着往下说:“雪梅,这个世界有很温暖的一面,也有很势利的一面,人想得到什么,都必须付出代价。我喜欢你,是因为你年轻、漂亮、单纯;你不喜欢我,是因为我是个老男人,且有家室。你可能听总部的人说过,我是四十年前清华毕业的高才生,太太是高干家的千金,外人一定以为我很幸福。我确实也曾经幸福过,但幸福早消失了,剩下的只是烦恼和痛苦。不多说了……”

老男人突然停住,平静地望着她,又从黑色提袋中掏出一扎人民币:“我把选择决定权交给你,已经给你的三万是给你奶奶治病的,不包括在内。你今晚愿陪我在这里说一夜话,一万;愿陪我睡一夜,再加一万;你愿暗中给我当情人,我会在外面为你租房子,你除了公司的收入,我一年另给你二十万。给你半个小时时间考虑,我上卫生间洗澡去了。”老男人又掏出一扎人民币,两扎叠好,推到她的面前,“我喜欢你,希望你能留下来,你不必害怕,别人不会知道,有避孕药你也不会怀孕,不会使你痛苦!”

老男人一直低声说话,可她感到天在一块块往下塌,脑子里像在开飞机轰轰响,胸口堵得要炸了似的。老男人没有忽悠,是直截了当,开出各种价码,由她自己选择决定。老男人进卫生间了,她望着茶几上五万元人民币发呆,一年除了工资收入,另外还可得二十万!天啊,这是真的?她这么值钱?额上直冒冷汗了,她想走,走不动。可不走行吗?真跟他睡觉?

老男人洗完澡裹着浴巾走到她面前。

“雪梅,你是选择决定留下来了吗?”

她满脸通红,说不出话,也不敢望他。

“雪梅,假如你是害怕拒绝了我,在总部不好待下去,那你就错了,我不是那种心胸狭窄的人。你拒绝了,那就当什么也没有发生过,你尽管像过去一样工作;假如你愿意留下来,今晚我所说的话都是一字千金,我会百般呵护你!我已经说得很明白了,你总得明明白白说句话呀……”

老男人站在她面前等着她回答。良久,她终于心一横说:“老总,我是您的职员,听您的……”

她的声音很细,但老男人听清了。

老男人走到她身旁坐下了，将她搂入了怀中。那一夜，老男人送走了她山里纯洁寂寞的少女时代，她在惊惶中变成一个年轻复杂的女人。事后老男人告诉她，是他的司机也是他的侄子，利用内线人员挑选到她的，难道这一切是命中注定？

近两年，老男人认真履行了对她的承诺，两年她寄回家只有二十万，自己还存着四十万，她已经不是一个穷乡里妹子了。场面见多了，人也见多了，见识也长多了，从外表已很难看出她身上有乡土痕迹。她本来只打算给老男人暗中当几年情人，赚一把钱后回常德在市区开一家店子，再找个合适的男子成家，没料到去年年底，老男人真与有背景的老妻离了婚，转而暗中向她求婚了。

开初她断然拒绝，老男人比自己的父亲大二十岁，比母亲大二十三岁，比奶奶还大一岁啊，全家人决不会接受；若是接受，在双桥坪十里乡村也会成大笑话，父母奶奶怎么面对乡里乡亲呢？她怎么敢向父母奶奶通告呢？

然而老男人痴心不改，一天天消磨着她的拒绝决心，且老男人也通情达理，并非一味地死缠烂打。老男人说他有信心感动她的父母奶奶最终接受他；若是万一最终她父母奶奶及她本人实在不能接受他的婚姻恳求，他也一定忍痛割爱悄悄离开她，她怎么不给他机会？怎么不试试看呢？

“要不，先让我侄子送你回双桥坪，你先回家去探探口风，我就住在这里等你的消息，怎么样？”老男人十分有耐心。

“不行，我回家了妈妈肯定要刨根问底，一说破，会闹翻天的！我敢肯定爸爸妈妈奶奶都不会接受！”

“这些不是在深圳就反复商量过的？开初你父母奶奶肯定都会激烈反对的，需要我们共同耐心细致地做工作，是要花时间花心思的，你不是同意回家试试看的？怎么一到常德又变了呢？”

她不是变了，是一到常德又害怕了。

“我恨你侄子！”

“怎么恨他？”

“不是他当年暗中派人选到我头上，我哪能会弄得这么怕回家？这么怕见父母奶奶？就是恨他！就是恨他！”

老男人直摇头，又直叹气。

“雪梅，你莫恨他，你恨我好了。侄子是个好人。他也对我过去妻子那边的人有怨恨，也是可怜我这个看上去很风光的伯伯。他对伯伯最忠心，要他来当我的司机也是给我当眼线,当保镖。你千万莫恨他,你恨我好了,都是我害了你啊!”

老男人说着不禁眼圈湿润了。

她的心又软了,其实她对老男人的侄子也恨不起来,侄子对她也是百依百顺哄着她的,当初一切不都是她自己选择决定的?老男人并没有忽悠她,更没有虐待她,老男人要她恨他,她怎么恨得起来?为她长年包租宾馆套间一年租金多少?衣服首饰一切开销一年有多少?另给她二十万那只是零头。他又为了什么?还不是真心待她?深圳美女云集,不仅有全国各地的,还有世界各国的,高学历的美女都成片成堆,她又算什么呢?只读过初中,哪有人家城里长大的女子有见识有气质呢?可是她一生气,老男人就诚惶诚恐,他怕她什么呢?怕她不高兴,怕失去她,她在他眼里怎么就那么值钱呢?他有的是钱,虽然他究竟有多少钱她不问他也不说,可从他为她花钱的气魄少说恐怕上了亿。假如他不是真正痴心,睡了她近两年了也许早就生厌了,甩给她一把钱,然后换一个十八九岁的处女再打发她走人,他完全有能力办到,怎么这样痴她呢?这是她一直想不明白的。

“我又没有真恨他,也没真恨你!”她望了一眼老男人忽然笑了,也莫名其妙笑自己。

老男人脸上阴转晴了。

那么她该恨自己?恨自己什么呢?不学好见钱眼开稀里糊涂明明白白给老男人当了情人?弄得老男人这么痴心硬要跟她结婚?她怎么恨自己呢?有钱人不知没钱人的苦,一直到她十岁家里才还清债。母亲是被父亲惯的,父亲心疼母亲不让她干农活,一有闲空,父亲就在四周当建筑小工,开初一天挑砖挑瓦只能挣十五元,后来慢慢涨到二十元、三十元、四十元……母亲虽很少干农活可很节俭持家,为人硬气,到娘家那边总是撑面子,逢年过节买的礼物都比别人家的重,苦就苦了自家人。从小她没穿过什么好衣服,没吃过什么好东西,一个月难吃上一次肉。每当她找母亲要钱买东西,母亲多半会说要省钱还债。她曾经很恨母亲:“那你为什么打麻将?还常输钱?”母亲只摇头叹气不回答。“你为什么不把奶奶的病治好?”母亲耐心给她解释已经尽力了,乡医院县医院市医院都去过的,可她不太相信母亲说的话。她只想快快长大想办法去挣钱,把奶奶的病治断根,让一家人过上好日子,让父亲少劳累一点。她一直努力读书,在小学成绩一直很好,不幸的是上初中后,一个突然打击使她再也不能安心读书了。

那是她上初二时一次与同村的女同学发生了争执,双方都上了火,那个女同学竟说:“你神气什么?别看你长得乖,将来也只能跟你母亲年轻时一样,去当坐台小姐挣钱……”“你胡说，我母亲没当过小姐！”“不信，你回家去问你母亲，不过，你母亲也许会骗你说没有这事，但这是真的，全村人都知道，只有你不知道，不然你母亲长得那么乖，不是坏了名声会嫁给你父亲？”

她怒气冲冲跑回家问母亲，母亲的眼泪唰地涌出来，她眼前一片漆黑了。母亲躲在房间里倒在床上呜呜哭：“这是造的什么孽啊，我的命怎么这么苦啊。当年我十九岁去广东打工，钱哪是那么好挣的？我有什么办法啊，不卖身怎么给你外公外婆治病？怎么供你舅舅姨娘读书？怎么修得起那楼房？女儿，你要原谅妈妈，有钱有办法哪个贫寒人家的女子会甘愿卖身？那是人过的日子吗？”母亲哭，她也跟着哭了。她怎么不原谅母亲？母亲生了她，母亲受了那么多的苦，俗话说狗不嫌家贫，儿不嫌母丑。她的母亲很漂亮，怎么要嫌弃自己的母亲呢？

然而那时她年纪太小，一想到母亲当过小姐在同学面前就抬不起头，生怕与同学发生争执，生怕同村的那个女同学在学校散布消息。她再也无法安心读书了，成绩一天天往下滑，好不容易混到初中毕业，她再也不想读书了，在家帮着父亲干农活，减轻一点父亲肩上的重担。

而今，她不是像母亲当年一样当了小姐，而是社会上说的傍大款，当了富豪的玩物小情人，是一回事还是不是一回事？她是该恨自己还是不该恨自己？不该恨自己为什么？该恨自己又是为什么？有时候想该恨，有时候又想情有可原不该恨，到底该还是不该她也一直弄不清白。她的危机是现在无法面对父母奶奶，无法面对乡里乡亲，这样大的事，她不能不害怕，连身旁这个腰缠万贯指挥千万人马的老男人不也是害怕吗？

“雪梅，你莫怕，先在柳叶湖边住几天散散心。今年是六十年一遇的特大干旱，很多地方几个月来未下一滴雨，气温升高比往年提早了很多，可这柳叶湖边难得地清凉，好好享受，反正不急，今天才6月10号，我早把工作安排好了的，在常德待一个月也问题不大。我在这里也可以抽空思考集团的大事，明年2014年怎么调整，今年的调整计划应当可全部到位。相信我是有能力的，我有信心最终感动和说服你的父母奶奶！我有信心！”

老男人又在鼓起她的勇气了。每当老男人谈工作指挥部下时她能明显感到他身上有一种超人的力量，使她敬佩也能感到一种坚实的依靠。若是他比自己的父母年轻十岁，或者只年轻几岁，那该多好啊！

老男人伸手将她揽在了怀中，她乖乖顺从了，在他的怀中一动不动，闭上双眼，泪珠却慢慢冒出来。

2

柳叶湖边，一望无际高高的垂柳，柳丝细长数尺，似一丛丛绿色瀑布，又似鬼才画家大醉之后的狂放泼墨；风之来，舞之起，更似望不到尽头的青春佳丽长发飘飘，勾魂夺魄，碧波万顷，向西荡向那高低横斜的太阳山脉。水助山光直向蓝天放异彩，山壮水色一湖诗画醉游人。

"雪梅，你的家乡太美了！"

"我们双桥坪没有湖，可是水库多，水都是没有一点污染的，比城里的水好，空气也比城里好。我们那里到处是大山小山，太阳山隔我家只有十多里，但是太阳山好像没有我们那里的七姑山好看，七姑山十几里长，要一天才能爬上顶，那上面没有修公路……"

为了让雪梅散心，第二天上午，老男人包了人工摇橹的古铜色的游船，计划在湖中午餐。老男人和侄子老家是江苏水乡的，都会摇橹。主要是常德本地的船工摇橹，他们只是玩一玩。船不小，很平稳，速度慢，雪梅和老男人面对面坐在一张小木桌边饮茶，侄子和船工在后面摇橹或看风景。她看得出老男人只想逗她多说话，与他在一起她一直不爱说话。过去可不是这样的，她话挺多的，尤其是读书成绩好的那些年。

"你们双桥坪山里孩子考上大学的不多吧？"

"谁说的？每年都有考上清华北大的。"

"是吗？"

"你以为只有你们沿海文化高啊，我们村里有户人家两个儿子，一个考上清华，一个考上北大，现在都在北京读书。我们双桥坪出的人物不少，中学的语文老师给我们讲过多次，你知道革命烈士诗人陈辉吗？他就是我们双桥坪黑山尾村的，投奔延安又到河北抗日，牺牲时年仅二十五岁，武工队政委，解放后作家出版社出版了他的诗集《十月的歌》，《革命烈士诗抄》选了他的多首诗。粉碎'四人帮'后，《诗刊》重发《革命烈士诗抄》，就重发了陈辉的多首诗。你知道五十年代驰名中国诗坛的诗人未央吗？

他的代表作是《祖国我回来了》，他是抗美援朝的随军记者，他就是双桥坪五同庵村的人，在五同庵上的小学，书上介绍他说是临澧人，也讲得通，因为临澧县的鳌山村与五同庵村交界，未央祖父在五同庵，父母生他又在鳌山小街上。”

“啊，我记起来了，当时这首诗太有名了，到处都有人朗诵，啊，我还记得四句：‘车过鸭绿江，好像飞一样，祖国我回来了，祖国我的亲娘！’天啊，原来他是你们双桥坪出的诗人啊，真不简单！”

老男人竟背诵出了她家乡出的诗人的四句诗，这使她感到了一份少有的亲切，年龄的距离似乎一下也缩小了不少。

“我们双桥坪，五十年代就有留学苏联的农家子弟，就有在复旦大学、武汉大学等大学当教授的；就说南阳坪村吧，也出了核专家、青年诗人、大型文学期刊主编……”

“真是个人才辈出的宝地啊！”

老男人由衷赞叹。

她却忽然沉默不语了。曾经也有过美妙的梦想啊，考上重点高中重点大学甚至当诗人作家教授，可如今她成了什么人？什么人也不是，只是老男人的情人，不敢回家见父母奶奶的伤心女儿孙女。

老男人似乎察觉到了，忙安慰她。

“雪梅，你还太年轻，资本足够，你未来的前途可以无可限量，也可以很灰暗，就看你自己怎样把握了。我们这一代人经历了太多波折，经历过辉煌，也经历过苦难、屈辱。眼下，不光你这个初中生不敢去见你父母奶奶，我这个老牌清华生也是一样战战兢兢！”

老男人又让她轻松了不少，是啊，已经是这个样子了，只能想方设法过这一关了。

老男人忽然笑了。

“你可以拿杨振宁八十二岁娶二十八的妻子开导你的父母奶奶……”

“开你个头，杨振宁大她五十四岁，他是世界著名物理学家获过诺贝尔奖，那个女的结过婚的，没有我年轻漂亮。你是杨振宁？就是杨振宁，网上骂的人也不少呀，你以为我不知道？”

她这样一说，老男人反而哈哈大笑了。

“雪梅，我更喜欢你这个样子。可是，我比杨振宁年轻二十几岁是不是？比杨振宁有钱是不是？至于对中国的贡献，我实际上可能比杨振宁更多点，你信不信？”

“我不晓得，只晓得你比我大了四十五岁！”

“外国还有年龄差距更大的夫妻!”

“那是在外国!”

“中国也有比我们年龄差距更大的!”

“那不关我的事呀!”

“你知道常德最名贵的鱼是什么?”

老男人又把话题岔开,这下问住了她,从小家里很少吃鱼肉,能吃到的也就是山里人在水库、池塘里放养的鱼。常德最名贵的鱼是什么?仔细想,忽然记起曾听奶奶说过,解放初期和六十年代,双桥坪小街上都有一种寸把长的银鱼卖,就像切得很细的白萝卜丝,那时也是最贵的鱼,两三块钱一斤,七八十年代就不见有人在双桥坪卖银鱼了。奶奶说银鱼打汤非常鲜,买得起的人家逢年过节或来了贵客,都会打一碗银鱼汤喝。可能就是它,蒙一下。

“银鱼!”

“对的。你吃过吗?”

“没有。”

“今天中午你就能品尝到中国一绝——常德银鱼汤。”

“真的?”

“什么时候骗过你?你知道现在常德的上等银鱼多少钱一斤?”

“不知道。”

“两三万。”

“天啊……”

“你知道常德的银鱼主要产自哪里吗?”

“不知道。”

“怎么连家乡的名贵鱼产在哪里都不知道?告诉你,主要是内河湖泊,像沅江澧水水流量大且急不多产,你正在游玩的柳叶湖自古就是盛产银鱼的天下第一湖啊,还有这城中紧挨着柳叶湖的白马湖也盛产。唐时常德称朗州,著名诗人刘禹锡从京城被贬到这里当了十年刺史,他传诵至今的名篇绝句大都写于常德,‘东边日出西边雨,道是无情却有情’的妙句也许就写在这柳叶湖边或白马湖边,或者就写在湖中的游船上,你信不信?”

她望着老男人不说话,心里道老东西你到底是老清华练出来的,你年轻的时候不会把女孩哄疯了?不知不觉心底对老男人升起一丝好感来。

“深圳拿什么比常德？没有常德穿城而过、水量充沛、蓝幽幽的沅江水，沅江在你们常德出的著名作家丁玲笔下是多么深情，在湘西出的著名作家沈从文笔下是多么神秘；深圳没有这一湖诗画的天下城中第一湖，没有太阳山巍峨雄浑大气派，没有世界第一十里诗墙深厚文化大手笔，只是当初穷得慌搞出口加工贸易，将一个小渔村用钢筋水泥摊成一个大饼，假如突然全面取消出口退税，深圳会出现什么景象？现在几乎所有的产业都过剩，深圳的工厂不停地外迁，而湖南对外依存度几乎为零，你在湖南近十年看到了经济危机吗？你在常德看见了经济危机吗？没有，而是弯道超车突飞猛进。长株潭已是南北东西高铁高速公路交会中心，货运吞吐量居南中国之首，中部六省五省之和仍不及长沙空港一港吞吐量。我们集团几年来重点向长株潭转移，已经转移近一半，还将不断向外转移，你的家乡常德，是集团要重点考察的新的转移地域，已经暗中与市政府有关部门有初步接触……”

老男人不知不觉扯到了工作上，不过说这些她喜欢听，可以开眼界长见识。湖南有他说得那么牛吗？常德有他说得那么牛吗？去年深圳的媒体也讨论过，有家报纸的总编辑还公开喊出了到湖南长沙去发财的口号！这些她真的搞不清楚，脑子里也是糊涂的。

“丫头，‘东边日出西边雨，道是无情却有情’，你莫再五心不定了，下定决心嫁给我吧，除了年龄，我还有什么地方配不上你吗？”

老男人突然又将话题收了回来，叫她面对她害怕面对的婚姻问题。他没有说错，也没有吹牛，除了年龄太大，还有什么地方配不上她呢？反过来说，就是除了年龄小，其他方面她都配不上他，差他很远！不是这样吗？这样一比她开始往更深的地方想，是不是真的嫁给他更好些？也许老揪着年龄问题坚决拒绝到底，反而不合算呢？拒绝了他，将来找一个年龄相配的肯定其他方面远不如他，她弄不好会后悔也说不定啊。

“有个秘密现在应当告诉你了，为什么会是你？”

老男人眯起双眼，打开深色皮夹子，掏出一张二寸大的黑白相片，递给她。

“呵，你什么时候偷偷给我照了这样一张相片？”

她拿着已经有点发黄的相片惊呆了，这不是她是谁？她初到深圳时就是梳着一条大辫子，大辫子上打着一个花蝴蝶结，眼睛鼻子脸蛋都跟她一模一样啊。

“你就是四十七年前的她……”

老男人的眼里泪花闪闪了，她心中忽然一阵悲凉袭来。他的一生经历了怎样的痛？熬到今天他也不容易。

"那是我在清华读书时,放暑假回家被母校邀请到县一中给小弟弟小妹妹们讲演,讲演结束后她悄悄塞给我的,我们通过信,后来她没考上大学……我又不得不拒绝她,她就投河了……"

她的眼泪直往下掉。

"我一生不曾忘记她,也不会忘记她。我也是农家子弟,考上大学多不容易,考上清华更是不容易。我的同学有些都是院士了,中国的企业领导都是有官位的,我也算是副省级的企业领导了,一生清廉正直,我的收入都是合法的,有专利发明等收入,我想努力保持晚节,但侄子找到你了,我腐败了,要把你当小情人。我腐败了,可是真心要跟你结婚,你就是她,她就是你,我腐败了,原谅我,雪梅……"

老男人已泪如泉涌,她也是。

"老总,我不怪你,你没有欺骗我,一切都是我同意了的,你对我真心我晓得,我晓得,而今只是怕过不了父母奶奶那一关啊……"

"不着急,慢慢来,我有信心!你也要有信心!"

老男人抹去眼泪,望着她微笑。

"你能唱支双桥坪山里的山歌吗?"

"我不怎么会唱,而今只有妈妈那一辈的人会唱老歌了,那都是些情歌,好肉麻的!"

"那是好东西啊,怎么说肉麻呢?"

"就是嘛!"

"那四大名著《红楼梦》中肉麻的东西还少吗?不能用狭隘的眼光看待文学艺术的,尤其不能把民间艺术简单化。你轻轻唱一支好不?"

"那唱得不好不许笑我!"

"保证!保证!"

于是她轻轻唱起了曾听奶奶唱过多次的老山歌。

咿呀也,
妹心苦,
妹心慌,
夜夜想情郎。
情郎苦,

吃米糠，
妹不嫌，
死活要成双。
不成双，
见阎王。

咿呀也，
妹心苦，
妹心慌，
夜夜想情郎。
情郎呆，
不懂腔，
妹好急，
只得翻出墙。
不成双，
见阎王。

老男人痴迷在双桥坪古老山歌之中，不停地摇头，仿佛不相信人间有如此动人心弦的古老山歌。

“此曲只应天上有，人间哪得几回闻！”

“你说什么？”

“谢谢你，雪梅，唱得好啊，一曲抵万金！”

碧水，青山，蓝天，白云。船在画中游，人在湖中漂。奢华古朴的午餐，错杂变幻的情思。美酒醉红夕阳，湖风清凉又将游人送回酒店。今夕何夕？不觉眨眼月上柳梢头。

月上柳叶湖岸上的垂柳，那叫一个神韵，才叫柳丝摆上，又叫柳丝拂下，上下起伏任柳丝把玩一般，叫共和酒店窗前男女痴情难寄。

“雪梅，你们常德的柳叶湖，是情湖诗湖画湖醉湖梦湖！我能与你在柳叶湖共度良宵，此生还有何憾？”

“你是个狠人怪人鬼人混账人最会讲歪把道理的人！搞得我真的有点想嫁给你

了！恨死你了！恨死你了！”

雪梅突然失控捂着脸呜呜哭着冲进了卧室，老男人似被当头一棒，但马上又醒悟过来跑进卧室，将横倒在床上的雪梅搂在怀中，轻轻抚摸着她的长发。自从跟了老男人她就再不结大辫子了，而是长发披肩。她没有告诉他为什么，他猜得着她心中的痛。

“雪梅，我真的很疼你啊，我们先结婚后恋爱吧，我会对你很好很好！”

“谁跟你恋爱？你当得我爷爷！”

“那我一生就像爷爷爱孙女一样爱你。”

“有爷爷跟孙女谈恋爱结婚的吗？”

“那确实没有，可我们没有血缘关系。”

“你滚！”

雪梅的声音陡降下来，但没有推开老男人。

老男人叹了口气，声音很凝重。

“雪梅，实话告诉你，集团已陷入空前危机负债几十亿了，我每天如履薄冰，上面有董事会董事长，总裁只是个高级打工仔。你知道今年上半年集团对香港出口暴增百分之六百，内幕是什么？一个集装箱的货物一个月在深圳和香港打八十多个回转，假出口骗税呀，已被媒体披露盯住，这是卖国罪。作为总裁我没有下过这样的指令，我知道后也未制止，不敢，不知道暗中是什么人在操纵，怕贸然出手招来杀身之祸！”

雪梅坐起来，惊恐不已。老男人也坐起来，目光很坚毅。

“雪梅你别怕，我早有防备，不会让人将罪责转嫁到我身上。有些话不便告诉你，不是不相信你，是你没有必要知道，知道了反而对你不安全。我的合法资产我俩三辈子也花不完，生活是有绝对安全保证的，我已经做了转移安排，主要财产不在深圳也不在北京，我的侄子全知道，以后你要绝对相信我侄子。”

老男人停了停又向她交代。

“你回家了也不要说我是大老板，就说是一般的老板，大概也就是几百万级别的老板，以防其他不测事端出现。你已经是我的人，我们已经连在一起了，要同呼吸共命运。我给你准备了三十万现金，用三个纸盒装着，你回家就带上，就说是我给父母奶奶的见面礼。我们再去桃花源玩玩，再叫侄子用出租车送你到村口，侄子也不进你家。你慢慢向家里通告后，再将情况告诉我，我们再商量，要有信心，总会有办法过这一关的。今天我说了许多过去没有说过的话，你应当相信我是真的对你非常好，非常看重你，非常负责任，你嫁给我，我一生都是你最坚实的依靠！”

“我相信你,你是个好人!”

雪梅第一次将老男人搂在了自己的怀中,搂得紧紧的,这是她新的人生重大抉择。她已打定了主意,死心塌地嫁给老男人,不管父母奶奶怎么看,不管乡里乡亲怎么看,她都要与这个老男人公开结为夫妻!

“谢谢你,雪梅!”

老男人哽咽了。

3

吃过早饭，秋枝搬了把木椅，坐在屋坪边樟树下摆弄手机，四十多岁的人了看上去才三十出头，像个城里女人。她正心烦着，几天前收到女儿从深圳发回的短信，叫家里人莫外出走亲戚或做别的事出门，她很快会回家，有重大事情要跟父母奶奶报告。她立即追去短信问什么重大事情，是找男朋友了吗？女儿过了半天才回几个字：别追问，回家就知道了。这下她的心悬了起来，是什么事不能先透点消息呢？是好事还是不好的事？

女儿翚，去深圳打工两年了，总是说加班没时间回家，但已给她汇了二十万元，她一直暗喜又担忧，打什么工两年能赚这么多钱？女儿告诉她是在集团总部当服务员，可当服务员能赚多少呢？到底是做什么工作，问双桥坪外出从深圳回家的人说不知道，女儿很少与双桥坪打工的人联系。莫非是跟她二十年前到广东打工一样，当了坐台小姐？那老天爷就太不公了，出门前反反复复给女儿交代过的，宁可回家，卖身是决不能做的。世人多以为小姐好当，挣钱轻松又多，只要将两块脸不要就行。错！接客辛苦不说，易染上性病不说，还得提心吊胆防公安局扫黄，被抓的次数多了就会拘留教育一阵再遣送回乡，名声就全扫地了。她当年不就是被遣送回乡名声扫地的？不然也不会嫁出县界，给老实巴交的芋头当媳妇；在本地她纵然长得再乖也难嫁，谁家愿娶一个当过小姐卖过身的女子当媳妇？几天来她寝食难安，生怕女儿经不住诱惑或者实在难挣钱步她的后尘。

女儿每次汇钱都交代她，除了给奶奶治病，谁也不许动她的钱，要给她存着，是她的血汗钱，尤其不许她打麻将输掉。她严格照女儿说的办，婆婆的病因为女儿汇来了钱，两年来已好转不少。婆婆和丈夫都对她特别宽厚和善，家里大小事全由她做主，她除了操持家务，日子多半泡在麻将桌上，纵然输了钱也从不责怪她，她心里觉得对不起婆婆和丈夫，可她改不了了，也不想改了，四十多岁的人了，黄瓜打锣去了一大截，还改它干什么呢？快活一天算一天。

当初她出嫁前曾暗下决心，到了婆家一定要学好，把夫家搞兴旺；嫁过来后她是不想变坏的，可最终还是学好千日不足学歹一日，稀泥巴糊不上墙啊。

二十年前婆家还算得是南阳坪村富裕户，在双桥坪乡也不差，公公做牛贩子赚了钱，修了五间红砖瓦屋，厨房厕所猪栏是另外修的，比解放前村里的地主差不了多少。可刚刚修好房子，公公一天突然倒地再也起不来，人家事后说是脑溢血。因为房子修得气派，公公还暗中借了债，加上安葬公公花的钱、丈夫的妹妹出嫁花的钱，她嫁过来，结婚又借了债，嫁过来不久她才摸清底细，夫家已负债一万多元。二十年前一万多元不是个小数，是一个农家两三年的收入，于是新婚三个月后她要外出打工，可婆婆和丈夫坚决不同意她出门。于是老实巴交的丈夫自己跟着双桥坪的包工头走了，去外地建筑工地当小工。丈夫一出门，她又变坏了，好在丈夫出门前已给她播了种，否则那就是邻居姚才子的种了。到底播谁的种更好些，这在她心里至今还是个悬案。

女儿的事烦心，姚才子又添乱。

早饭前姚才子突然发给她一条无事找事的短信：“我九点多钟开车经过你家屋坪前，你就故意站在路中间不让道，说五年前我修路时占你家屋坪三尺宽的钱补少了，现在要加两万！我开始不肯，你就使劲吵。莫问为什么，照我说的办。以后另找机会见面细说。”

看了短信她直皱眉，姚才子想搞什么鬼？猜来猜去估计是姚才子想找个正当理由明给她一点钱，她很不高兴。

当年姚才子穷时她没要过钱，后来姚才子发了，三番五次暗中要塞给她钱，她从未收过。她对姚才子是真心，姚才子是贪色，她是爱才，自古就是才子配佳人，戏里、书上不都是这么写的吗？

有人背后说她当过小姐，睡过千百个男人，要钱不要脸。那不错，那是过去，迫不得已。但这与她跟姚才子不是一码事，边都挨不上。

姚才子买了小客车，要从公路接条百多米的简易路通到家里，要占她家屋坪地，其实她家也方便了，当初占地协商是通过了组长的，姚才子还主动多给了钱的，而今怎么可以出尔反尔？这不是要她用巴掌打自己的脸？正因为曾经有过不要脸的历史，也就必须特别注意脸面上的事。她不能听姚才子的歪主意，又不能不按姚才子的意思办；姚才子是想他们吵架给他堂客腊秀看？是他堂客腊秀又怀疑他们暗中私通了？一时想昏了头吧。

她抬头望了邻居家一眼，无心摆弄手机了，她发着呆，当初她嫁来时二十二岁，姚才子二十七八。那时姚家只有三间土砖瓦屋，父母双亡，两个弟弟在外打工，跟她家比，她家像地主，姚家是贫农。可姚才子靠村里救济读过高中，又送进部队当了几年炮兵，能掐会算，善吹拉弹唱，个子高，长得帅，是当时双桥坪乡最年轻的村主任支书。大概还是太穷了出不起彩礼的原因，找的媳妇就太不般配，比她只大四岁，而看上去像大二十岁，老相得很。就是这个姚才子，当年搅乱了她的方寸，丈夫出门打工不到一个月，她就变坏了。后来被姚才子媳妇腊秀捉住，穿了帮，姚才子自觉无颜再当村领导，便自动请辞了，村主任支书三年都未当满。背后有人就说她是个灾星，把一个前程无量的村主任支书给毁了。当时她压力好大，不是姚才子暗中支撑着她，她真想上吊一死了之。姚才子辞了官，借钱在公路边开了一座榨油坊，二十年后再看，三兄弟三栋楼房，不算公路边的榨油坊，两个弟弟在城里开出租车，在城里买了房，乡下的楼空着。姚才子的媳妇不般配，可种好呀，两个儿子一个考上清华，一个考上北大，谁家比得上？她的女儿若是姚才子下的种，保不定也考上清华北大，种不同那后代硬是不一样。而今姚才子的老堂客只要人家一问起她的儿子，那嗓门高得听得人耳朵麻："一个在清华，一个在北大呀！"姚才子鬼精明，榨油只要枯饼不收费，那枯饼可是每百斤可卖几十元的；油坊多了，又买了个小客车，凡通了公路想榨油的人家，一个电话他就开车上门去接，而今哪个村组不通公路？生意火得不得了，茶籽油、花生油、芝麻油、棉籽油、桐籽油，哪样的油他不榨呢？机械化，快又好。姚才子发了，而今又有人说她是个福星，不是她当年水性杨花将姚才子拖下水，姚才子一直当村主任支书，保不定而今还是穷。反倒是她家与姚家无法比了，姚家发成了地主，她家原地不动成了贫农。

"芋头，你说雪梅会有什么事呢？"

"你都猜不到，我怎么猜得到？"

芋头早晨起床弄醒了她，她问芋头，也等于没有问。芋头赶早去后山帮人建房打工去了，她仍赖在床上琢磨女儿的事。

那年与姚才子的事穿帮后，芋头没责怪她一句，更没有打骂她，婆婆也未吭声，家里太平无事，若是在别人家那她不死也要脱层皮。只是她出事后芋头再不出远门打工了，就在双桥坪四周乡里转，早出晚归，一天也能赚点钱。

她对不起芋头，也心疼芋头，想透了，她这种女人也幸好嫁给了芋头。他真是个碗里的芋头，拨一下动一下，半点也没有他爹当牛贩子的精明。当初洞房花烛夜，明白她不是黄花闺女了，也不问她一句，反而是她问他怪不怪她。芋头说："你愿做的事，我怎么能怪呢？"她惊得半天无语，又问："那我今后若又与别的男人有事你也不怪？"芋头竟说:“那怎么好怪你？你不高兴会做吗？你要高兴我卡住不让你高兴？”天，芋头真就是这么个心地太善良的山里男人。与姚才子的事穿帮后，她又曾问他：“你真的心里不怪我跟姚才子上了床？”芋头竟说：“姚才子比我强百倍，他都喜欢你了，我不也跟着涨了价？他老婆还远没我老婆乖，我睡你大大方方，他睡你要偷偷摸摸，还是我为大呀；我若是像别的男人死卡住你，你跑了我还上哪里能找到你这么乖的老婆？你喜欢姚才子我不怪你，你就不会跑，我这个家就不会散是不是？人家说我蠢，到底哪个蠢呢？”天下还有比芋头更会说实话、蠢话的男人吗？可芋头说的哪句不是真话？哪句话不善呢？

芋头令她感动也叫她郁闷，在床上芋头也是拨一下动一下，好呆板，全无一丝半点姚才子身上的洒脱飘逸。她不学好，又变坏，姚才子也脱不了干系，姚才子也蛮坏！姚才子今年已五十整，可比芋头显得年轻许多。一些年轻堂客也喜欢找姚才子搭讪，有的还当面叫他姚老炮，说他到底是在部队当过炮兵，那炮就打得蛮准，专挑长得乖的开炮，姚才子就多半会接过话头说：“堂客你长得好乖的，是想打一炮？”那年轻堂客就会翻姚才子的老底，带着她也一起拖出来调笑：“你的炮弹还是留着去打秋枝好了，她而今还是南阳坪一枝花……”传到她耳朵里，心里就一阵蹦，生怕哪个年轻堂客真的插进来坏她的事。她真的变很坏了，学不好了。

终于听到了邻居家的汽车启动声响，姚才子又故意按了两声喇叭。她只好从木椅上站起身，走到屋坪边的简易路中间，假装发短信。

她怪姚才子出了这样一个很馊的主意，实在是不知道怎么应对，她根本就还没想好怎么与姚才子吵架，反正她不会按姚才子说的要两万占地钱，出尔反尔丢不起那个人，那比当年被腊秀捉住还丢人，那时只是图快乐没要钱呀！想到那次她至今余恨未消，那时白天姚才子偷偷钻进了她卧室：“腊秀回娘家去了，下午回来，快……”他慌里慌张房门也忘了闩，结果腊秀似从天而降将他们赤条条捉住，接着就惊动了她婆婆。腊秀高声大嗓怒气冲天，不骂姚才子专门骂她：“你个妖精骚货，大白天把才子勾引到了你床上，你还要不要脸？你们以为老子真回娘家了？老子就藏在后山盯着的！”腊秀要扑上来扯她的头发被姚才子抓住，待她慌忙穿好衣服姚才子仍赤条条抓着腊秀的双手：“腊秀，别闹了，是我自己跑来的，你抓住了算你狠。要离婚，下午就去乡民政所办，你不想离婚就闭嘴，我姚才子也不是个怕事的胆小鬼！”腊秀突然挣脱了姚才子的双手冲出了她家，边跑边冲着村子里叫喊：“婊子不要脸勾引我的男人啊，你不要脸我要脸啊，老子不想活了啊，死了算了！”姚才子穿了衣服对她说：“你什么也别怕，反正是穿帮了，我姚才子扛得起！”她对姚才子说：“才子哥，我这是沾了你的光，我跟你睡了，南阳坪的人都晓得了，我丢什么脸呢？只是给你抹黑了，你是村主任支书，是南阳坪的大才子呀……”腊秀骂她不要脸，她觉得腊秀比她更不要脸，自己的男人要上别的女人的床，那是别的女人比你强呀，你这么大吵大闹呼天喊地要死要活，还要不要脸？是你不要脸还是我不要脸？

汽车开到了她身边，她侧身对着车头不动，眼睛盯着手机屏幕。

“嘟嘟！”

姚才子猛然使劲按了两声喇叭。

她吓了一跳，转过身来。

“你叫魂呀！没看见我在发短信？这么个小客车神气什么？有本事开奔驰宝马！”

姚才子从车窗探出头。

“你说话莫带刺，两家挨着住，有话好商量，是不是你嫌当年占你家屋坪地补少了钱，心里不顺又不好说，你开个价吧，我姚才子不是个小气人！”

姚才子自己先说出来指引她了。

“不是！”

她立马拦住，不许姚才子往那条道上引，腊秀也在车上与姚才子并排坐着，可不能让腊秀小瞧她。

“那你为什么站在路中间不让我开过去？”

姚才子似乎被她搞蒙了，怎么不按他指定的话说？有什么新情况？

“你没看见我在发短信吗？你急什么？我发完就会让你开过去！”

她也确实不知道怎么编，不知道怎么与姚才子吵架，但见到腊秀与姚才子并排坐在车里，看上去怎么也不顺眼，姚才子要与腊秀睡一床那不是活受罪？那怎么快活得起来？也怪不得姚才子心里只有她。不是吹，而今姚才子背后见了她也是猴急的。

咔嚓一声车门响，姚才子的很老相的堂客腊秀下了车，满脸堆笑走上来。

“我说秋枝，你退几步不是一样可发短信吗？”

腊秀堆出笑来，她也陡然堆出笑。笑什么？也是当年，后来姚才子出了她家，跟着呼天喊地的腊秀，看她怎么收场。腊秀叫喊累了，坐在水塘边，一声声喊要死，不许姚才子走近，“你走近我就投水！我就死给你看！我不想活了啊，死了算了！”可是腊秀并不真往水里跳，僵持着，腊秀不跳水，姚才子也不动。忽然，两只狗打架追逐，从腊秀背后疾风般扫过，其中一只狗擦着了腊秀的后背，腊秀吓得尖叫站起来骂道：“死狗，差点把老子撞到水里去了！”姚才子忍俊不禁扑哧大笑，也将腊秀逗笑了，但是腊秀立马忍住笑，恶狠狠地说："姚才子，老子不死了！老子也不离婚！要让你和那个婊子提心吊胆，老子天天盯着，你跟那婊子一上床，老子就抓！叫你们快活不成！"腊秀有关门计，姚才子有跳墙法，后来再没让腊秀捉到过。尤其十多年前有了手机短信传递密码后，腊秀风都摸不着了。

"他不该那么使劲按喇叭，吓得我一跳！"

她强辩，脸上还是堆着笑。

"他是着急呀，要去接客户的货，约好了时间的！"

腊秀脸上堆的笑一点没散，想打圆场。

"腊秀，我不是不给你面子，他道个歉，我就退；不道歉，我就不退，看他有胆量从我身上开过去啵！"

"你挡了道，按喇叭是正数，我凭什么道歉？"

姚才子在驾驶室话硬语气软，他似乎渐渐明白自己早晨发的短信考虑欠周到，好心出了错招。

"你就给秋枝道个歉吧，两家挨着住，还要为这一点芝麻小事伤和气？"

腊秀似乎有点火了，也不明白今天唱的是哪一出，恐怕其中暗有文章。

"好吧，秋枝，我道歉，不该使劲按喇叭！"

姚才子终于给了她面子，也给了腊秀面子。

她顺势退到了路边，冲着腊秀一笑。笑什么？笑腊秀不会用手机发信息，只读过三年书，基本是个文盲，她发给姚才子的短信，姚才子就是翻给腊秀看，腊秀也不认识，不活该挂个空名让她暗得实惠？山里四十多岁的女人绝大多数不会发短信，而她很熟练，今天的事姚才子与她过后都会沟通。

她心里正得意着，不料姚才子开过时又猛地按了两下喇叭，吓得她胸口直蹦，这下她就真的来火了，冲着姚才子的小客车高声叫骂。

"姚才子，你不得好死！你一肚子坏水！你到处乱嫖堂客！你让老子被冤枉！"

哪知姚才子又按了两声猛的，她的泪水突然涌出来。

"姚才子，你真的不得好死！"

"嘟嘟嘟"三声轻轻的喇叭声传来，她才停住骂，那是只有她听得懂的暗语："亲爱的！"哪有这样乱开玩笑的，你个鬼才子！她忽然后悔今天骂他，若是今天他开车出事故了，不是她咒的吗？那可千万别出事，姚才子，你给老子好好开车啊！

4

姚才子开着小客车，是去李家铺一户人家运花生来榨油，本来他一个去就可以，腊秀非要跟车，他心里也烦。当年穷也烦，而今富也烦，腊秀一年四季盯着他，像看牛人牵扯着牛索不松手，生怕一松手牛就跑下田地偷吃庄稼。一个显老相，一个显年轻，好不般配。有时不是他嘴巴活，生意都要被她那张狠嘴巴搅黄，他也只好尽量忍，谁叫她为他生了一对好儿子呢？谁叫他当年与秋枝快活时没防严被她捉住了呢？

而今腊秀是休想捉住他和秋枝，他们有四个基本幽会地点，老地方一：秋枝卧室，这个地方不常用；老地方二：离家一里的远山边的老油茶树下；老地方三：秋枝她小妹家，开车也就十多分钟；老地方四：大龙站朋友开的小旅馆，开车也就十多分钟。此外还可以通过短信临时增加新地方，腊秀总不可能一天二十四小时守在他身边吧。

他姚才子坏到这个程度，说起来也是有冤情的。当年他当村主任支书时，大龙站区政府还未撤销，长岭岗与双桥坪等五个乡同属大龙站区，区里组织乡村对手赛检查评比，认识了腊秀当支书的舅妈，她舅妈一眼相中了他，硬要将腊秀介绍给他，他只得借口家里太寒酸推辞。

谁知，没经他同意，一天下午她舅妈突然带着腊秀找到了他家。

“你们先认识认识，谈谈恋爱，要谈来谈去才会谈出来爱的！”

她舅妈比他年长许多，讲话是一副拍板的腔调，他碍于情面只好接待。

一见腊秀他就感觉不怎么对劲，不说长得丑吧，漂亮那是谈不上。以他的观察，这类型的女子多难侍候，何解？成家后她们使劲往好里变，也只能将就过平淡日子；往坏里变就坏事，那叫作“蚂蟥缠着鸬鹚脚，摆不掉扯不脱”。这个感觉他不敢说，他家里条件差，哪敢嫌人家好心上门给他介绍的对象。

吃过晚饭天要黑了，她舅妈还没有打道回府的意思，他只好留她们过夜，在中间的房间里开了个铺。

“你们在我家睡，我去邻居家搭铺。”

他想避嫌，三间土砖瓦屋都是通的，光有门框没有门，只有中间的房间有两扇对外开的大门。

哪知她舅妈很严肃地说："都是共产党员，起码觉悟都有。你还是睡你的床，我和外甥女睡你开的铺，晚上也可多交流交流。"

这么一说他也只得依从。腊秀也是党员，是村里的团支书。

晚上交流到十一点半，她舅妈扯呵欠上床睡了，腊秀也跟着睡了，谁知第二天早晨醒来睁眼一看，腊秀躺在他怀里，他吓坏了。"你怎么？……"他一推腊秀也醒了，一看尖叫起来；这时她舅妈穿着睡衣跑过来，一副生气样。

"腊秀，你怎么跑到他床上了？"

腊秀慌忙下床边走边连声说："我不晓得……"

"姚才子，是你悄悄把腊秀抱过来的？"

她舅妈板着脸审案。

"怎么可能呢？"

他向天发誓。

"这就怪了。"

她舅妈也不敢肯定谁在撒谎，沉思片刻拍了板。

"那就只能这样办了，你们年纪都不小了，男大当婚女大当嫁，尽快结婚吧，你家穷，彩礼就免了……"

像有根鱼刺卡在了喉管里，他姚才子能说会道也枉然，他不能证明腊秀是她舅妈悄悄抱到他床上的，看腊秀惊慌的样子也不像是假装的，莫非是他患了夜游症将腊秀抱过来的？睡也睡在一起了，这下跳进黄河也洗不清了，纵然他坚信他们绝对没有发生关系，可说出去谁相信？闹起来有什么好？也就只得硬着头皮勉强同意尽快结婚了。结了婚腊秀除了嘴巴狠，干活持家还算马马虎虎过得去。

腊秀这头确有冤情，秋枝这头也不能说没有冤情，他姚才子仿佛命里注定一生要当个冤大头。

当年秋枝嫁过来他是知晓她的底细的，当村主任支书的他还在婚礼上讲过话。虽说秋枝确实长得不一般，表面看嫁给芋头是一朵鲜花插在了牛粪上，实际上也不怎么亏，她当过小姐，而芋头还是个童身。

自从秋枝嫁过来，腊秀就时常在他耳边敲警钟："才子，你得小心点，秋枝一见你走过她家就朝你望。""才子，我敢肯定只要你有半点花心，总有一天会被她拖下水！"

腊秀捕风捉影净说秋枝的坏话，搞得他心里躁。

“你嫉妒她长得乖吧！”

“长得乖也是个破鞋！女人一变成破鞋就没救，从头坏到脚，没一个地方是好的！”

偶尔他说一句，腊秀就还他十句，他就懒得说了。然而腊秀不厌其烦地敲警钟，结果适得其反。他开始暗中观察秋枝怎么过日子，为人到底怎么样，不能说当过小姐的都是坏女人，有些女子也是因家庭贫困等各种原因逼迫，才出此下策的，不能一概而论，作为村主任支书尤其不能歧视秋枝这种村民，不然人家怎么生活？何况两家挨着住是近邻。当他了解到芋头还欠一万多元债时，便主动关心他们，有时会去芋头家与新婚夫妇商量，看看有什么办法尽快把账还掉。每次去，秋枝接待他都大方得体，完全不像个烟花女子。渐渐地，他开始对秋枝有好感了。秋枝也对他另眼相看，感到他不歧视她当过小姐，是个通情达理的好村主任好支书。如此一来腊秀的警钟就敲得更加频繁，可他与秋枝是邻居，几乎天天见面。秋枝文文静静，见了他微微笑，说话细声柔和，对芋头好，对婆婆恭敬，对村里乡亲都彬彬有礼。芋头心疼她不要她下田干活，她就把家里收拾得干干净净，做饭养猪种菜，一天到晚也很少闲着。很快她就在村里站住了脚，名声好起来，都说芋头娶了个好媳妇，他便不知不觉忘记了她过去曾经当过小姐的历史，甚至怀疑那不是真的，纵然是真的也绝对不是她的错，是社会上的歪风邪气害的，她一个贫寒人家的女子有什么办法能让家里尽快脱贫？他转而同情她的过去，腊秀再在他面前说秋枝当过小姐等等歧视性的话，他就反感，心里道：你没当过小姐又怎么样？你比她强？你个多嘴巴狠嘴巴比她差远了！你一脸苦瓜相，她脸上一朵花！要是老子没结婚，宁愿娶当过小姐的她，也决不会娶你！老子娶了你，冤！一生冤！一世冤！

腊秀只是话多嘴巴狠，心里自知配不上姚才子，惹恼了他真发威腊秀就会往后退，闭上嘴，狠话变软话；可过一阵腊秀忘记了，话又多起来狠起来，他要再板一次脸才能管一阵，就像当年红军在井冈山打国民党一样，敌进我退，敌疲我打，他姚才子是国民党吗？对他姚才子搞这一套战术，腊秀你还嫩了点，老子读过高中，当过炮兵，玩战略战术你是对手？休息去！

新婚三个月后芋头外出打工了，家中只剩秋枝和多病的婆婆。这是没办法的事，他与秋枝、芋头商量过几次，实在也找不出尽快挣钱还债的好办法，芋头只好自己出门闯一闯。

芋头走了，秋枝依旧操持家务伺候婆婆，一有闲时间也下地干农活，他就暗中给她一些关照，比如拖点柴，打点米，水田里放点水施点化肥农药，好在芋头是插完了秧再外出的，事也不多了。秋枝好感激。

“支书，你真是个难得的好人！”

“这是应该的，都是乡里乡亲，而且我们又是邻居。”

“你还是少帮点，腊秀见了我，脸色总有点不对头，好像生怕我拖你下水……”

“莫管她，她把我当条牛看的，生怕索一松，牛就会跑下田地吃庄稼！我哪有那么贪吃呢？”

秋枝哧哧笑了。

“你这么有才又帅的男人，媳妇哪有不管紧的？又当支书，恐怕暗中喜欢你的女人很多吧！”

“我只是爱开点玩笑，至今未歪过一根纱啊，真的！”

“支书，我信你的话，你是个难得的好人！”

“别支书支书地叫，叫我才子哥吧，村里比我小的年轻人都叫我才子哥的，很少有人叫我支书，我就是个当过兵的农民，而今家里还穷得叮当响，家境还远不如你家呀！”

“那以后我就叫你才子哥好了，你这么好又聪明，将来一定会发达的。”

“我得想办法先把村里搞起来，让乡亲们都过上好日子，可难搞啊……”

“你莫急，才子哥……”

转眼到了七月，天气燥热起来，持续三十九度左右高温，要干活的村民就清早起床下地上山，十一点多钟赶回家避暑，下午三四点再出门干一阵活，晚上男男女女多在竹床上乘凉，烧堆烟驱蚊虫，一觉睡到天亮。他和秋枝家都在小山窝里，风向不对就更热。一天村里有事，他回家到已经深夜十一点多了，走到秋枝家屋坪边，月光下只见秋枝仅穿着条白三角裤一件白纱小背心，仰天躺在屋坪中央的竹床上，双臂枕在脑后，胸脯鼓得老高。他不禁停住了脚，朝自家屋坪一望，不见腊秀躺在外面竹床上。他迟疑了一阵，轻轻走近了秋枝。望着月光下秋枝美丽的身子，他的心云一样浮起来了。

“秋枝……”他轻唤了一声。

秋枝睁开眼不动，话声也轻。

“才子哥，你忙到这时才回家？”

月光下她的眼睛是那样勾魂，像山中的清泉水闪着波光，几乎就是裸体，可她在他面前出奇地安静，毫不扭捏地任他欣赏。

“你进屋去睡吧，夜深了，外面不安全！”

“这里只我们两家，只你一个男人，怎么不安全？”

“那也是，可你这么乖，对我又这么好，我……我怕忍不住啊……”

他管不住自己的嘴了。

“才子哥，你是个难得的好人，你忍得住的，你不忍住，我就会变坏啊……”

秋枝说罢闭上了双眼，身子微微颤抖起来。

他的脑子轰轰响一片了，这不是明明白白告诉了他，只要他不忍，爬上竹床她就接受他了，是不是这个意思？芋头出门打工还不到一个月呀，他就暗中把他的新媳妇睡了，这不是太不对了？他使劲挺住！

“秋枝，你放心睡吧，我会睡在外面屋坪里，一有情况，你就叫我！”

他转身走了，这一夜他未入眠，秋枝也一直翻身，弄得竹床嘎吱响。

第二天上午，长岭岗捎来口信说腊秀的舅妈病了，腊秀下午便回娘家看舅妈去了，也肯定会在娘家过夜了。他睡了一上午，潦草做了点饭菜咽下肚，心里乱，便取下挂在土墙上难得拉一回的二胡，拉了一曲又一曲，拉了《病呻吟》，拉《江河水》，又拉《二泉映月》，都是些悲伤曲调。当年他在部队可是参加过师部文艺比赛独奏过的，老功夫还未丢。他拉了一阵独奏曲，又拉家乡的山歌调秧歌调，拉着拉着自己唱起来。

婚姻不是婚姻，
爱情不是爱情，
两全其美难上难，
凑合过一生。
哎嗨哟，
两全其美难上难，
凑合过一生。
人生不满百年，
活就活个舒心，
大仁大义不含糊，
小节何足论。
哎嗨哟，
大仁大义不含糊，
小节何足论。

他拉着拉着忽然听到门外有抽泣声,便放下了二胡。

“是秋枝吗? 进来。”

秋枝抹着泪水进门,他搬了木椅让她坐下,这才发现自己已是泪流满面。

“见笑了,好久不拉了。”

“才子哥,你拉得真好啊,跟电视里拉得一样好,你在乡下当村主任太屈才了……”

他一脸苦笑,无语。

“你当年怎么会跟腊秀结婚的? 明显地不般配,你太亏了!”

“一言难尽啊……”

这不仅是秋枝不明白的,也是南阳坪村许多人不明白的,甚至是只要认识他的人都不明白的。为了家庭为了名声,他又怎么好启齿对外人说呢? 可秋枝一问,鬼使神差他全说了。

“秋枝,你得保密! 我一直藏在肚子里,对谁都没有说过啊!”

“才子哥,我会那么蠢? 我晓得的!”

秋枝没有多停留,回家做晚饭去了。

他这才想起村里有件事要处理,便出了门。在镇上吃了个盒饭,又是忙到深夜才回家。

走到秋枝屋坪边,秋枝又是穿着白三角裤小背心,仰天躺在屋坪中央的竹床上。他双脚又迈不动了,站了一会,又走到了秋枝身边。

秋枝依旧是双臂枕在脑后,双眼闭着像静静地睡着了。他站着望着,遍身不禁发紧了,蹲下来,秋枝身上的气味就一阵阵向他飘来。

“秋枝……”他失控地轻唤了一声。

秋枝睁开眼,静静地望着他,不说话,望了片刻双眼又闭上了。他的双手管不住放在了秋枝胸脯上,秋枝不动不吱声;双手又将秋枝的小背心撩上来,秋枝仍不动不吱声;双手又将秋枝的三角裤拉下来,秋枝还是不动不吱声;他终于忍不住要变坏了,爬上了竹床盖在了秋枝身体上。不一会,只听得秋枝轻叫一声:“啊,才子哥,这弄得竹床响的,会被屋里的婆婆听见,抱我到床上去……”

他慌忙下了竹床,将秋枝抱进了她的卧室……一夜疯到天亮,秋枝和他都依依不舍。

“才子哥,谢谢你没忍住,让我真的变坏了,我想为你变坏啊,真的,没有哪个男人使我这么快活幸福过! 我像是进了天堂! 我真的坏透了! 我甘愿为你坏透! 坏一生!

坏到死!”

他热泪奔涌,将秋枝紧紧搂在怀中。

“秋枝,我们都是坏人了,不说了,好人是一生,坏人也是一生,我们就坏到底! 不说了,日子长,我一定暗中一生帮你,帮你的家……”

事后秋枝坦诚,是她忍不住想为他变坏,故意设计勾引他的。他冤不冤? 后来终于被腊秀捉了现场,无颜再当村干部只好请辞。冤不冤? 冤。可这个冤值啊,没有这个冤他一生就真要被腊秀冤到死!

“才子,你怎么怀疑秋枝今天占道是又要补她家地钱?”

腊秀终于忍不住发问了,显然她没弄明白,但认定这其中有文章。

“我猜的。”

其实是他昨天听人说的,说秋枝前几天打麻将输大了,输了一两万,他是想找个理由为她补亏空。

“她打麻将很少输钱,每年从麻将桌上要赚几千几万块钱,你得把钱管紧,莫让她搞走了钱!”

他朝副驾驶座斜了一眼腊秀,怎么腊秀也听闻秋枝输钱的传言了? 这正是多年来真正让他烦恼和愧疚的。他一开始发迹,腊秀就找各种理由为她娘家花钱,他开始不在意,后来不得不管紧了,最后完全控制了财政大权。他真心想帮衬的秋枝却从来未收过他一文钱,她家还欠着债时也坚决不收他的钱。他曾经几次暗中为她拒收钱发很大的火,但秋枝不跟他吵,每次反复说的就是几句话。“我要你的钱,我成了什么人? 你又成了什么人? 要赚钱我早些年出门赚不到钱? 就是而今,我好好收拾打扮进城赚不到钱? 这些年你给我的快乐是钱能买得到的吗? 我对你的真心还有第二个女人给过你吗? 才子哥,我和你永远不要说一个钱字? 哪天我真没饭吃了,你肯定要拼死拼活养活我,才子哥,那时我就让你养活我,为什么? 因为你还活在世上,我不想死啊!”他纵然是个铁血男儿,每当听到秋枝这么说,心也酸,眼也酸。

“你给我闭嘴!”

他猛踩了一脚油门,腊秀吓得尖叫,闭了嘴。

手机响了,他边开车边接电话。

“哪个?”

“王老六。才子,铁厂又准备死灰复燃,你听到消息了吗?”

“河北老板到底有什么后台? 一个非法污染厂搞了六七年总是关不了? 我在开

车，过两天我们要将一帮兄弟召拢来开个会，一定要下决心灭掉它！再见！”

打电话的王老六，是双桥坪村王家塝做城里绿化生意的小老板，恨死了开在镇上的非法铁厂，只要铁厂一开炉炼铁，就会搞得镇上乌烟瘴气。镇上小学离铁厂仅几百米，他的榨油坊也只隔几百米，几个村组的居民通通深受其害。总是闹一阵停了，过一阵又开，学校，村里，很多人告到镇上区上市里，甚至多次写信到北京，一个无任何合法证照的非法铁厂，就是不能彻底关闭！河北老板四处塞钱收买人心，双桥坪一些有良心的人一直与河北老板明争暗斗，这场官司何时能了结谁也不知道。他已多次写匿名信给省里有关单位检举揭发，都是石沉大海。在他看来这个非法污染厂就是双桥坪最大的祸害和危机，不坚决铲除后患无穷。

“才子，这事你千万莫出头，而今社会黑得很，前几天城里一个老板不是被人杀了？我们好不容易才发家过上好日子，莫得罪了看不见的黑社会，遭他们的报复……”

“可是不关掉这个厂，要祸害双桥坪子孙后代啊，让它坐大了将来治污要付出百倍代价！你放心，做这样大的事轮不到我出头，总会有人出头的！”

他直叹气，而今他只是个普通党员村民，不管，良心不忍，管又无能为力。

5

腊秀一夜未睡踏实，她心里也烦。娘家两个弟弟都不行，一个懒，一个赌，过去经常找她要钱，十几年来已经各给了十万出头，这还是才子知道的数目，后来才子将钱管紧了，两个弟弟从她手上拿不到钱了，对她也就冷淡了。她不能怪才子，才子对她资助她老父母一直放行。才子不喜欢她，早就分床睡了，可对两个儿子很看重，这叫她爱恨交织，无可奈何又不甘心。才子怎么偏偏喜欢秋枝那种破鞋婊子呢？虽然后来她一直未捉住过才子和秋枝的现场，但她肯定二人一定仍在暗中私通，没捉住现场她就不能拿才子的狠，昨天秋枝占道有什么文章她无法弄清内幕。她同时也担心才子为污染厂的事闯祸，这个家有才子就不会倒，她年迈的父母生活也有依靠。她跟着才子生活无忧，有两个冒尖的儿子脸上更是光彩。她想才子时也爬到才子的床上去，一月去次把，才子也应付她，弄得她蛮尴尬。

吃过早饭才子又要开车去接客户的货。

“才子，今天我不跟车了，你一个人去吧。”

“随你。”

才子不冷不热。

“突然想起今天是舅妈七十五岁生日，想进城去看看她，给她过个生日，请她到馆子里吃个饭。你也去好不好？毕竟是我的亲舅妈呀！”

“你去吧，没看见我忙得很吗？”

“那也是，那我就代表你了。”

才子未吱声，开车走了。

她知道才子对她舅妈一直怀恨在心，但她是因为舅妈也才有今天的光景。当年舅妈带着她上才子的门相亲，那是与乡俗不合的，可舅妈胆子大有眼光，说现在他家穷，不抢先下手将来识货的下了手就晚了。舅妈那时四十多岁，二十出头时村里学大寨战天斗地，她是铁姑娘队长，做事蛮横又有心计。舅妈也只读过四年书，但她肯学习，能背很多“毛主席语录”,“毛主席说,革命不是请客吃饭,不是做文章,不是温良恭俭让……”舅妈把才子吹得越高,她心里就越胆怯,虽然她从小嘴巴狠,见了陌生人还是不敢乱讲话,有舅妈做主也就跟着去了。一见才子家的破土砖瓦屋,她心就凉到了半截腰,可一见才子本人,她心里却慌得撑不住。我的个娘也,这么帅的复员军人村支部书记会看得上她?好在舅妈去前估准了她会怯场,早给她武装了思想,“毛主席说帝国主义和一切反动派都是纸老虎,我们的同志在困难的时候要看到光明,要提高我们的战斗勇气!你想知道梨子的滋味,就要爬上树摘下来亲口尝一尝!”她曾多次听当乡长的舅舅批评过舅妈,“你不要把毛主席的话东抽一句西抽一句串在一起说,尤其不能自己编一些‘毛主席语录’,而今是改革开放新时代了,怎么还跟过去一样生搬硬套呢?”但舅妈过一阵又忘了,还是随口说出一些“毛主席语录”,不过她听起来也不觉得不顺耳,舅妈很多话是蛮管用的。比方说在对付才子这个她一生的大事情上,舅妈的话一直蛮灵的,套住了这个她根本配不上的聪明英俊的男人。不过她对舅妈也有意见,就是舅舅一生过得不舒坦,被舅妈也套得牢牢的,尤其犯过一次作风错误被舅妈捉住后闷了好几年,最后混到城里当副处长退休后不久就去世了。舅妈还是跟着沾了光,经过舅舅七弯八拐的努力,先将舅妈弄成乡干部,之后又弄进城,由农村支部书记变成了城里的副科级干部,过上衣食无忧的安稳日子了。至于舅妈最初是怎么套上舅舅的,舅舅从未说过,舅妈也从不说。她是怎么套上才子的,她心里也一直没搞清,她问过舅妈:“那天晚上是不是你把我抱到才子床上去的?”“碰到你的鬼啊,我怎么会做那种事?他若是把你破了身又不跟你结婚,你是送上门的,睡了还不是白睡了?”舅妈死不认账也说得很有道理。“你们那时都年轻,要么是才子忍不住了抱你过去的,要么是你自己忍不住了悄悄爬到了他床上的,这事不少见,也过去了,还管它干什么呢?”真是一本糊涂账了,若说是才子一时冲动抱过去的,抱过去了怎么又没动她?才子那么聪明会自找上套?若说是她自己睡糊涂了跑过去的,她嘴巴是狠,可哪能有那么大的胆,话都没说几句就敢上他的床?也只好信舅妈的话,弄不清了还要追究不是自找麻烦?

她步行几分钟,走上了通往城里的水泥路,到榨油坊看了看,给小侄子说了声,见客车来了,一招手就停在了她面前,她便上了车。小侄子是才子小弟的小儿子,才十九,读书脑壳痛,初中毕业就到榨油坊管钱管账,一切机械化。她实际上无事可做,天天跑来主要是盯着才子,盯得一时是一时,才子总要顾忌不是?

个把钟头就到了城里,她在超市买了生日蛋糕,然后坐出租车到舅妈居住的小区,但叫不开门。好心的邻居老太太告诉她,舅妈两天前住院了,舅妈的独生子在广州铁路局，要明天才赶得回常德。她赶到医院舅妈一见她就流泪了，有气无力地躺在病床上。舅妈的独生子考的是铁道学院，毕业后就分到广州铁路局，现在他已是中层干部，是舅妈的骄傲。舅妈在广州住不惯，一年顶多去住二十天。舅舅去世后，舅妈的话突然减少了许多，有时来看望她，她说了一气舅妈也难得说句话，只是望着她，听她说乡下的事才子的事，尤其是说她两个上清华北大的儿子。

“腊秀，我可能过不了年了，要见你舅舅去了。”

舅妈忽然伤感了。

“不会的！会好的！”

她忙安慰舅妈，可舅妈慢慢地摇头，望着她又无话了。一间病房三个床铺，舅妈住在最里面，唯独舅妈无人陪护。她跌倒在小区，还是保安送到医院的。她点燃蜡烛，一会儿又代舅妈吹灭了，喂舅妈吃了一小块蛋糕。舅妈的脸上有了笑容：“腊秀，当年你幸好听了舅妈的话，嫁给了才子，不然哪有今天的光景？”舅妈声音小，说得慢，她低下头耳朵贴近听才能听清。“毛主席说，革命形势是不断变化的，政策要根据新形势做改变，而今包二奶都多，才子还真算好的没一脚踢开你，要踢开你有什么办法？你往后莫盯得太紧了，他真在外头有女人，你睁只眼闭只眼，嫁给他总是你赚了他亏了是不是？这个账你也应当算得明白是不是？”舅妈突然这么说她虽吃惊，但仍然连连点头。舅妈没说错，是她赚了才子亏了，可蠢才子补亏偷偷摸摸的还是亏，找一个破鞋婊子不是亏大了？

舅妈休息了一阵，嘴突然又动了，她忙又低头侧耳听，近些年难得听到舅妈说话了，听了一会舅妈又没出声，刚想抬起头，舅妈出声了。“当年你舅转业到公社当武装部长，下放到我们梨花村包队蹲点，我爹是支书，他就住我家在我隔壁房间，那时有人正给你舅介绍对象，还把对象带到我家走了一趟，你舅没表态。你舅长得还可以，主要是壮实一百四五十斤块头；我也不比他差多少，还小他五岁，但我是农民。介绍人给你舅带来看的是供销社的售货员，外表也不怎么出众。那是夏天，你舅白天劳动舍得卖力气，晚上睡得死通晚打呼噜。一天早晨我一睁眼，见你舅赤条条躺在我身边，我也脱光了，我一推你舅，你舅一看吓傻了，‘这是怎么回事？’‘我正想问你怎么回事，还把我脱光了，叫我还哪有脸见人？’‘我会自己跑到你房间来？怎么开你的房门？’‘那怎么晓得？你是说我把你抱过来的？你一百四五十斤我抱得起你吗？我怎么打开你的房门？’你舅当过兵也果敢，‘反正也说不清了，结婚！’当时你舅也懒得忍了，把我要了，我也就让了，不久就正式结婚了。”

“原来如此!”腊秀惊呆了,怎么又是一个无头案?

舅妈得意地笑了,将腊秀的头拉得更近,嘴贴着她的耳朵说:“你舅和你,都是我抱的。我年轻时劲好大,你舅后来也猜到了,我也承认了,那是喜欢你舅呀,你舅也就原谅我了。相中了才子,我就打定主意要帮你搞成,抱你不跟抱只小鸡似的?你舅一百四五十斤啊……”

“你怎么打开我舅的门的?”

“那不容易?木闩子从门缝里用小刀儿拨就开了!”

真相大白,腊秀忽然感到对不起才子,这不是将才子骗到手的吗?

“腊秀,舅妈想了好多年,我的日子不长了,还是决定告诉你真相。舅妈也是为你好,不是舅妈设这一计才子他能被你套上吗?你这一生多好!不过你可不能将真相告诉才子……”

舅妈又叮嘱了许多话,她频频点头,记在了心上,感激舅妈为她后半生指明了前进的方向。

不承想,这竟是舅妈最后的遗言,第二天早晨她再也唤不醒舅妈了,舅妈的儿子赶到后哭得惊天动地。她不会使用手机,也没有手机,但她记得才子的手机号,叫舅妈的儿子打通了他的电话,她给才子报了丧。才子识大体,立马开车赶到城里来了。

安葬了舅妈,回到乡下,她经常看见山在眼前飘,秋枝在眼前飘,才子在眼前飘,只有两个在北京读书的儿子真真切切!他们是才子的好种呀,她怎么不珍惜这来之不易的一切呢?

“才子,从今以后我再不跟车了,再不插手你榨油坊的事了,我专门负责管院子,还有你弟弟的两栋空着的楼,不常打开通风会坏掉的。我每天做三餐饭,你和侄子不回家就给你们送去,反正几步路就到了……”

“腊秀,这是怎么了?”

才子看着她一脸茫然。

“舅妈去了,我突然想通了许多事,我要好好过后半生,要好好爱护这个家。我一生嫁给你好幸运的,过去我做得不好,话多,嘴巴狠,请你看在我为你生了两个好儿子的分上,原谅我……”

她说着流泪了,扑在才子的怀中呜呜哭了。

才子傻呆呆地站着,伸出一只手拍她的背。

“好啦,我知道了,谢谢你给我生了两个好儿子。就凭这一点,我姚才子永远不会不管你,我不会抛弃你的!”

第二天吃过早饭后她进了镇上的美容店,这是舅妈叮嘱了的内容之一:“你才四十六呀,城里像你这种年纪的女人保养得多年轻,你弄得像个老太婆,又一天到晚盯着他,他怎么不讨厌你?你要变聪明点……”

镇上的美容店是近几年从沿海返乡的女老板开的,样式也跟城里差不多,只是顾客多是小镇附近的农民,男人女人老的少的嘻嘻哈哈闹哄哄的,不像城里大家互不相识,美容院里鸦雀无声。

腊秀一进门中年女老板就吆喝起来。

“哎呀,姚大老板的夫人来了……”

刚一落座,有人放了炮。

“她还不整年轻点,姚才子到处打野炮!”

腊秀寻声望去,原来是镇上六十几岁的老名人叫鸡公,正在理发。

“你不得好死,叫鸡公,我家才子早改邪归正了,你呢?六十几了还常年给三十几的年轻堂客送钱!”

一场大战不知不觉展开了,腊秀嘴巴狠,叫鸡公也嘴硬,你来我往,店里其余正洗发染发的堂客们也帮腊秀的腔,揭叫公鸡几十年嫖堂客的老底。有的说他年轻时当生产队长那会子被人在油菜花开的田里捉到过,有的说当大队民兵营副营长时还把人家姑娘弄大肚子了。叫鸡公颇有绅士风度,一脸笑容,但一概反驳两个字:“胡说!”

腊秀洗了头又做面敷,她仍不放过叫鸡公。

“叫鸡公,别忘了你是个共产党员,你六十几了也要收心了。你不能仗着你力气大,占人家年轻堂客,真有其事你就确实要改正!”

腊秀说的是在镇上广为流传的一段风流史:叫鸡公十年前与村里一个二十六岁的叫茶花的勾搭上,茶花的丈夫粑粑长得单薄力气小,打架远不及大他二三十岁的叫鸡公;那茶花也是怪,甘愿公开地跟叫鸡公鬼混,一次大白天茶花的娘来了,粑粑到处找不到茶花,最后找到叫鸡公家,两人正在房中做事不开门。粑粑在门外说:“你娘来了,茶花你得去招呼你娘……”只听得里面叫鸡公猛地咳嗽了一声,茶花说:“还没完,你先去招呼我娘,完了我就回家去。”粑粑也只得忍气吞声说:“不晓得你们白天也做,晓得就不得来了,以为是在打牌,那你不急,慢慢做,我回家招呼你娘去了……”

“腊秀,都是白义成和山西佬瞎编的!我有那么霸道吗?我几时真动手打过人?我力气是大,而今六十四了,一般年轻后生也不是我的对手,但我怎么会凭力气嫖堂客呢？你可得防住才子，他是凭他鬼才悄悄打野炮，咱是老党员了，党的教导记心头！《闪闪的红星》老歌咱还忘不了！"

"鬼扯！你把党的教导真记心头了？"

腊秀不信叫鸡公的话，但叫鸡公要她防才子仍叫她心里不是滋味，总有像秋枝那样的女人要暗中拖才子下水，她又怎么防得住？纵然她天天上美容店，又哪能整得像秋枝那样勾才子的魂呢？忽然觉得舅妈的这个建议难有成效，以后她懒得来了。怎么办？她很是茫然。也只好退一步想，能保住家就很幸福，其他的事空操心干什么呢？叫鸡公提到的白义成和山西佬，实打实是双桥坪两个正派人物，白义成当过兵当过多年村主任村支书至今威信仍高，山西佬上过大学而今是城里大老板为村里做了不少善事，他们挑头对付污染厂才最有号召力，这些年他们怎么不挑头呢？她不能让才子出头以免遭不测，而今黑道蛮猖狂。

"我没记心头？你把党的教导真记心头了？"

叫鸡公反问腊秀了，腊秀没回答，但凭良心说，她对共产党是有感情的，解放前她家很穷，是共产党来了才翻的身。两个弟弟不学好，娘家如今衰落，那怪自己不怪共产党啊，姚才子不是发达了？她的家不是旺了？她和才子都是老党员了，是不是总得要做点不同于普通百姓的善事？

"叫鸡公，你要讲真话！你的水田也在铁厂边上，一开炉炼铁你的水田就遭殃，你应当积极主张关闭铁厂的，你是党员，为什么不挑头？"

"我挑什么头？一不是村主任二不是支书，他们不管要我来管？"

"那王老六也只是个普通党员，他不也在管吗？他给才子打过电话，说河北老板又要点火开炉！"

"王老六有几亩苗圃，铁厂一点火，他比我受害还大些，怎么不急呢？腊秀，这里面水很深，很黑，你莫到处乱讲！"

"可是有人说你暗中收过河北老板的钱，老板赔给你的钱比你那几亩水田产的谷钱还多些，你就只是嘴巴喊关，暗中又不使劲，甚至为河北老板传递消息，最近河北老板拖了一批人进城里的酒店吃饭！你去了没有？老实讲！"

叫鸡公卡住了，望着腊秀也不笑了。

"这个事，我身在曹营心在汉，以后你会明白的。你要相信，祸害双桥坪子孙的事我是决不会做的。这个铁厂不彻底关掉，堂客都会生不出儿来，污染严重得很，哪怕你才子的炮再厉害，一炮打出个清华高才生，一炮又打出个北大高才生，那是过去没污染，是不是？”

“砍脑壳的，你没得一句正经话！”

腊秀嘴上骂着叫鸡公，心里还是很高兴。

“怎么不是正经话？你要这些堂客们说，不是才子的炮好，你生得出那么高级的儿子出来？要是我来打，那你就是只能生出读个初中就打工混生活的儿子，是不是？”

堂客们哈哈大笑。

“砍脑壳的！你个老骚鸡公！正经话到你嘴巴里也是歪的！”

腊秀骂得恶，心里仍是得意。也不是老娘吹，老娘的才子确实是门好炮，双桥坪能生出一对考上清华北大的儿子的，也就是老娘了，就凭这一条，在双桥坪哪个堂客能把老娘比下去？秋枝算什么角色？小姐破鞋啊，生个女儿就跟叫鸡公说的一样，读个初中就打工混生活去了。

叫鸡公忽然一本正经，面色庄严。

“腊秀，你晓得后山最近有个蛮乖的姑娘生了一个私生子吗？”

“不晓得。”

“你晓得是哪一个老板打的暗炮？”

“我怎么晓得？”

“你不晓得那我就不能说了。”

叫鸡公忙缩回话，一脸神秘。

“为什么？”

腊秀心里莫名地慌，他是在说才子？

“叫鸡公，你说半截话不得好死！”

“这是高级机密情报，拿一万来，才出卖。”

“我要花一万买？与我有什么关系？”

腊秀不太信叫鸡公的话，也不能完全排除才子在外打过暗炮，不然怎么好久不见秋枝动静了？

6

姚才子惊诧纳闷，腊秀去给舅妈过生日又安葬舅妈后，怎么突然变了许多，对他要改变战术了？她舅妈临终前给腊秀说了什么，支了什么新招，这是肯定的。他问过腊秀，腊秀说舅妈叮嘱她与他好好过，就这些。他隐约感到腊秀未全说，可能关键的东西没说。腊秀最听舅妈的话，这个婚姻也是舅妈一手操办的结果。

关键的东西是什么？就是当年腊秀是怎么睡到他床上去的，这些年他经常怀疑是腊秀舅妈故意设的套，怀疑归怀疑，证据呢？如今腊秀舅妈过世了，追查证据的希望都没有了。木已成舟，真是腊秀舅妈所为又能怎样？懒得猜了，结案。任凭腊秀战术怎样变，他以不变应万变。

"你今天去镇上美容店了？"

吃过晚饭洗过澡后，姚才子躺在楼顶的阳台上乘凉，竹摇椅边的茶几上放着香烟和茶杯。

"再也不去了。"

腊秀躺在竹床上摇着蒲扇，她家有空调，但姚才子白天在车里空调吹多了，回家懒得吹，腊秀就跟到了楼顶阳台上。

姚才子不问腊秀为什么再不去美容店了，起身在阳台上踱步，这里看得见秋枝家平房瓦屋全景。今天秋枝的女儿雪梅回家了，一家人好像不怎么高兴。雪梅晚饭前还给他送来了两瓶金奖五粮液，发了？一看雪梅身上的克莱斯顿裙装，他脑子里惊叹号打得更大，这是雪梅穿得起的？若不是克莱斯顿湖南总代理就是双坪桥走出去的农村妇女老板，他不会知道世界著名品牌的宰人价格，至少得上万吧。这是一种不祥之兆？秋枝家要出大消息了？接了几个生意上的电话，姚才子又躺在了竹摇椅上，点了一支烟。

"才子，叫鸡公是个两面派，他嘴里喊要关掉铁厂，暗中又接受老板请吃。听说被老板拖进城吃饭的有几桌了，每个人还收到老板的钱，那些人都支持老板重新开炉……"

这也正是姚才子忧虑的，铁厂老板用钱在群众中制造对立矛盾，弄不好局势会更复杂尖锐。他没有兴趣与腊秀讨论这个深不见底的大事，以防腊秀在外面多嘴搞出些麻烦。

“叫鸡公身上已没一点党员气味了，六十几了还一年四季嫖堂客，还吹牛说党的教导记心头，党的教导记心头还会老不正经嫖堂客？”

腊秀说得义愤填膺，这个话题他姚才子狗咬刺猬不好下口，火烧乌龟肚里痛。这不明摆着是在含沙射影斥责他与秋枝的事？假如他对此不置一词，腊秀不就更暗中肯定他与秋枝没有断，不就暴露了秋枝吗？

“腊秀，党的教导你还记在心头吗？你能说这些年来你一直把党的教导记在心头吗？你没有私心吗？你全心全意为人民服务了吗？你没有搞过一点不正之风吗？你勇于与一切腐败之风做坚决斗争了吗？我姚才子虽不是腐败分子，但严格说也是有愧于党的，你不会相信，我一直想努力做一个合格的党员，可我合不了格……”

“这样说我也不能算是合格的党员，可比我们差的多着，那些大量贪污腐败的官员哪个不是党员？”

腊秀见才子将火引到她身上，忙说楼顶阳台不怎么热了，可空调还是舒服些，便回自己卧室开空调休息去了。

姚才子望着夜空，望着月光下山野田野，望着邻居全家在屋坪中乘凉的身影，思想像掉进了深坑，很深的坑。为什么过去没有钱烦，而今有钱了也烦？叫鸡公说的是《闪闪的红星》中的一句歌词，他曾经还拉过别人改编的独奏曲，那是在部队的时候。党的教导记心头有错吗？党教导走共同富裕的路奔小康错了？党教导与一切违法乱纪的行为做坚决斗争错了？显然没错。现实的麻烦又为何如此多？个人生活有麻烦，国家的事情也有麻烦，双桥坪有污染铁厂大麻烦，腊秀给他添麻烦，总担心秋枝的生活出麻烦，穷有穷麻烦，富有富麻烦，婚姻有麻烦，爱情有麻烦，数不清的麻烦是从哪里冒出来的？生活就是个麻烦？世界就是个麻烦？人要活下去，就必须与麻烦打交道？他姚才子不是合格党员，合格党员双桥坪还是有的，双桥坪原村主任支书白义成，他就服气。白义成虽只读过小学但当过八年侦察兵，二十年村主任支书，两袖清风一身正气，后来是堂客九妹硬不许他当了，他一看自己家也太落伍了，也就请辞了。他烧得一手好饭菜，专给有婚丧喜事的人家下厨当大师傅，如今六十四岁与叫鸡公同年，他天天操劳，一年收入也有七八万，至今威信在党员群众中最高。还有一个叫龚爱党，外号山西佬，比他大几岁，也是双桥坪的角色。二十世纪五十年代龚爱党的父亲从军队转业到山西太原工厂，六十年代初自动回乡务农，一口山西腔好久才去掉。山西佬一九七七年恢复高考上大学，毕业后分到省建筑公司，担任过科长，九二年邓小平南方讲话后辞职下海，早是身价几千万的老板了，他捐资助学、修路、扶贫，做了许多善事。白义成无钱大家尊重，山西佬有钱大家也尊重，这就不是个钱不钱的问题。什么问题？人的问题。

他姚才子成了一个什么人呢？曾经有过的理想抱负呢？比方说让乡亲们过上好日子，他究竟做了什么呢？村主任书记他三年未当满，就因被腊秀捉了现场而被迫辞职，如今他也是身家上百万的老板了，他做了什么呢？连秋枝也未收过他一文钱，一年四季忙生意实在累，有什么意思呢？但这一切全怪他？要说有成就感是培养出了两个高才生，孩子从小学到大学都由他一手管，不许腊秀插手，她基本是个文盲也插不上手。要说有意思令他痴迷的就是秋枝呀，可她又是人家的堂客，只能费尽心机暗度陈仓。他是个什么人呢？就这样一生到头？他好像是个输家，又好像是个赢家。他下成了一个残局，最多只能下成和棋；想要下成和棋那就一着都不能出错，他有那么高的智力吗？他只能在残局中努力求取和棋，人生已进行了大半，不容他推倒重来；推倒重来会伤着一大片人，孩子、腊秀、腊秀父母、芋头等等。残缺中求美好，大而言之，人生不就是这样？世界不就是这样？

姚才子胡思乱想睡着了，不知道睡了多久，也不知道到了什么时辰，一阵哭声将他惊醒。

“雪梅，你这是给爹爹找女婿还是找爹呢？这万万不可呵……”

山村夜极静，这是芋头在哀号。

姚才子起身朝邻居家屋坪中望，不见人影，只有堂屋前窗射出灯光。

“乖孙女，要那么多钱有什么用？钱不值钱是人值钱啦……”

这是芋头娘在哀劝。

“我早就破身了，跟他同居快两年了，生米早煮成了熟饭，死活都要嫁他了！”

这是雪梅在死抗。

一时哭声停止，可接着传来秋枝撕心裂肺的惨叫。

“老天啊，这是作了什么孽呵，当年我迫不得已当小姐卖身，而今你这么小，卖身傍大款还要公开结婚，你叫全家人两块脸往哪里放？我的命怎么这么苦呵，老天你帮帮我呵！”

姚才子慌忙下楼，可腊秀拦在了大门口。

“才子，这是恶有恶报，你不要插手管闲事，让他们自作自受去哭天哭地！我早说过，女儿随娘转，娘卖×女儿十有八九也卖×，你去插手管闲事会把自己搞臭的！当年不是秋枝把你拖下水搞臭的？你要长记性！”

显然腊秀也知道邻居家发生了大丑闻，与姚才子不同的是腊秀正暗中幸灾乐祸，这叫姚才子十分恼怒，他把声音压很低，可出口的话字字是刀。

“腊秀，你不能这么仇恨人，这事你不能到处散布！我过去了解一下情况，邻里有事互帮一下也是人之常情。我早已臭名在外不怕再臭，你嫌我臭你就离婚，房子和存款一齐给你！让开！”

腊秀让开了。

姚才子三步两步到了邻居家，一阵敲门后，哭声顿时小下来。芋头打开门，只见雪梅跪在堂屋中央，奶奶歪在木椅上双眼紧闭，秋枝捂着脸两手是泪水。他进屋把雪梅拉起来，叫她坐好。

“我不完全清楚发生了什么事，雪梅你简单说一下。”

雪梅低着头简单说了。

姚才子听得直皱眉，但他只能先壮他们一家人的胆。

“第一，天不会塌下来，一扛就会过去。为什么？这事不犯国法，外面也不是没有。第二，你们不能自乱阵脚，搞得满城风雨，要尽量减少动静。第三，纵然是乡亲们知道了，有各种非议也没有什么了不起，要鼓起勇气面对。第四，这件事最后怎么收场还需仔细考虑，我也不能马上想出什么好主意。我看雪梅暂不要离家，仔细商量之后，再与那边谈条件。”

秋枝望着姚才子流泪，频频点头，雪梅芋头也点头，只有芋头妈歪在木椅上一动不动，秋枝用手一推还是不动。

“妈——”

芋头妈硬是听到孙女早破身了气晕过去了，姚才子赶快扶正掐人中。

“不行，赶快送镇医院，我去开车。芋头，你扶好你娘，我就来！”

姚才子很快将小客车开到了秋枝家大门前，他下车将芋头娘抱上车，全家人跟着上了车。

到镇医院急救室抢救，芋头妈终于醒过来了，又输液观察了两个小时，确诊老人无大问题，姚才子才开车回家，回到家时已天亮了。姚才子稍稍打了个盹，便开车去涂家坪接客户的货去了。一上车，收到秋枝发来的一条短信：“谢谢你，你就是我的天，你在我的天就不会垮了！”他周身热血沸腾，精神振奋，回复了三个字：“永不垮！”

中午回到家姚才子感到太累，吃过午饭便睡了。腊秀喊他起来吃晚饭，他吃不下，只喝了两杯德山大曲，吃了一些凉菜。

洗了澡，姚才子又上楼顶阳台，在竹摇椅上躺着，旁边开了一台小电扇。不一会腊秀收拾完也上了阳台。仿佛腊秀又退回了原来的老战术，敌进我退，敌疲我打；但也不完全是，战术似乎又有新变化，有那么一点点，腊秀自己好像也矛盾了。

“你昨晚去秋枝家不算学雷锋，是毛主席说的实行革命的人道主义，毛主席说对阶级敌人也要给重新做人的出路，再说秋枝一家也还算不上是阶级敌人。”

姚才子心里乱，不想搭腔。腊秀也染上了舅妈随口说出“毛主席语录”的习惯？好像是近几天的事，难道是接了舅妈的老传统？

“咱党的教导记心头，你也是老党员了，记点党的教导在心头总有好处是不是？”

姚才子又想将火往腊秀身上引。

“什么年代了，你还给我上政治课？”

腊秀反守为攻。

“我没资格给你上政治课，只有你舅妈有。”

“舅妈过世了，还要惊动她干什么呢？”

姚才子闭了嘴，腊秀也闭了嘴。

哑坐了一阵，腊秀说她还是去客厅开空调看电视去，他说把他的二胡拿上来。腊秀将二胡拿来了，他接过来放在竹摇椅边。

“拿来了你又不拉？”

“先酝下神。”

“名堂多！”

姚才子懒得回腊秀的嘴，望夜空清如水，明似镜，他操起二胡拉了一节《红星照我去战斗》，曲子记不全了，又将二胡放下。

心里乱，乱糟糟。

“叮咚”，手机来了短信，是秋枝的。

“我心里乱，你拉二胡吧，我们全家都喜欢听！”

“我心里也乱，酝好了神，再拉。”

姚才子的短信刚回过去，秋枝的短信又过来了。

“钱害死人，我恨钱！你编个骂钱的歌吧！”

“怎么骂钱，人人都在挣钱啊！”

秋枝不再发短信了,姚才子不知不觉被钱套住了。他记起芋头妈的哀号“钱不值钱是人值钱呵”,可世上许多的人缺钱;秋枝说钱害人,恨钱！的确世上好多人被钱害死,钱确实也有可恨之处！秋枝要他编支骂钱的歌,这怎么编呢?

姚才子操起二胡拉了一段山歌调,又将二胡放下。心里实在乱,村民种田赚不了几个钱,外出打工挣点血汗钱还时常赌命讨工钱,他开榨油坊赚的是辛苦钱,有人贩毒走私赚钱,有人卖笑赚钱,有人骗钱,有人偷钱,有人抢钱,有人用钱买官,有人用官赚钱,外国人到中国赚钱,中国人到外国赔钱,电视媒体网络的新闻丑闻多半围着钱字转:生意亏了钱,赌博输了钱,丈夫死了妻子守信劳作还钱,老爸死了子女打官司争钱,一人有难市民纷纷资助捐钱,政府下拨救灾钱,贪官一吞百万元;大企业一亏几亿元,扫街的老太太一月只挣千把块钱,有的退休每月一点点钱,有的每月一大把钱,农民六十岁后每月终于有了五十五块钱;贫困人家想吃肉没钱,富人减肥一月要万把块钱;你恨钱,他爱钱,你省钱,他撒钱,你惜钱,他烧钱;你操钱祖宗十八代,他见钱点头哈腰献奴颜;这里收钱,那里掏钱,你到银行去借钱他要看你有没有钱,你把钱借出去了你想收回多半要去讨钱。存在银行的钱通货膨胀偷走你的钱,高价买房高息贷款两头套住你的钱;有人是钱的爹管钱,有人是钱的崽花钱,有人是钱的私生子暗得钱,有人是钱的包二奶花多少钱算多少钱。你的钱不见得是你的钱,他有办法花你的钱,婚丧喜庆你的钱变他的钱,他的钱未必永是他的钱,巨贪垮台收归国库你也分得几文钱。你为钱愁,他为钱忧,你为钱悲,他为钱喜,你为钱苦,他为钱乐。你费尽心机挣了一大把钱忽然感到茫然空虚无用处,他积德行善终于花光终身积蓄忽然感到一身轻若云飞……而今秋枝家突然有了钱,还可能搞到一大把钱,喜了吗?乐了吗?值了吗?悲了！伤了！愁了！秋枝命该如此?雪梅命该如此?芋头母子命该如此?连着他姚才子也命该如此?钱是什么呢?

姚才子脑子里翻江倒海,深感自己江郎才尽,莫奈何一个钱字,他操起二胡拉山歌调,古老的山歌调,如山风如溪水,如七姑山一抹苍绿波浪横荡。他放纵弓法,癫疯指法,横拉竖扯,如泣如诉,如嘶如吼。

呵钱是什么东西,
呵能买很多东西,
赚钱分不清东西,
人变成什么东西。

作怪是什么东西，
害人是什么东西，
人本来不是东西，
为何变成了东西。

钱本来是好东西，
怎么变成坏东西，
好东西和坏东西，
看你要什么东西。

人是人不是东西，
钱是钱就是东西，
苦人苦中求东西，
恶人恶里抢东西。

天有大德正东西，
地有大志明东西，
大德大智定东西，
人生何苦无东西。

姚才子唱罢将二胡撂下，站在楼顶阳台突然高声吼叫。

“腊秀，拿酒来。”

吼叫一声不见腊秀身影，跑下楼拎着一瓶德山大曲咬开瓶盖，这时腊秀端上来一盘凉菜。

“你发疯了？少喝点！”

腊秀走了，姚才子正准备猛灌，叮咚一声手机来了短信：“才子哥，莫喝醉，保重身体，我的天垮不得！”

“知道了。”

姚才子慢悠悠坐在了竹摇椅上，用茶几将酒菜摆好，深呼吸几口山里夜气，慢悠悠，和着山风月色，饮将起来。

7

双桥坪原本是个村，有十几个生产小队，远的人家住在七姑山脚，离村中心五六里远。如今改成双桥坪镇居委会，原来的村主任就变成居委会主任，支书还称支书，一回事，仍然是农民，只有设在这个村的镇党政机关人员不是农民。一切都是农民待遇的居委会居民，远的人家住在山旮旯里，与城镇边都还未挨上。因历来镇党政机关就设在这个村，便将七姑山前后方圆数十里大山小山统称之谓双桥坪，十几个村，两三万山民。

双桥坪，也是临澧、澧县、常德三地交界的一个热闹集市，政治经济文化旋涡处，大小传闻也多从这个地方，向四周大山小山深处散发，再发酵出一些奇闻逸事，到这个地方又弄出些浪花。叫新老几代山民魂牵梦萦的两座古老的石拱桥，在"文化大革命"中被拆掉了，无踪影了，已成为几万山民，甚至到过双桥坪，见过那两座古老石拱桥的数百万人永远的伤，永恒的痛。那时的双桥坪呵，两条山溪从七姑山下弯弯曲曲流淌到小街上，百步两拱桥，无数人用脚步丈量过，不多不少怎么就是一百步？古怪，奇怪。那山溪宽处数丈，深处数丈，溪两岸古树参天，大的数人抱不拢。溪水清波荡漾，孩子们光屁股玩水抓鱼，从两座古老石拱桥孔穿来穿去，也有最调皮的大男孩见有姑娘会过桥，便赤条条故意爬上桥撒尿造一尿拱桥，这时有奶奶或堂客就会以花腔女高音似的嗓门叫唤："给老子拿刀去割了它，让他将来没得做种的家伙了！"

那大男孩听闻便慌忙捂着羞处，"嘭咚"一声跳进了桥下蓝幽幽的溪水里，藏老半天才敢露出水面换气，确定没有奶奶堂客拿刀来之后，才做个鬼脸伸出舌头怪叫："刀呢？以为我怕呵……"而今双桥坪既不见桥，也不见溪，七姑山下一座大水库将水锁住了。所幸，那古老苍碧似一抹波浪横荡十多里的七姑山依旧，它四周的大山小山依旧，空气依旧清新，天空依旧蔚蓝。人还依旧吗？

太阳快当顶了，王老六扛着株脸盆粗的老桂花树，树根部带着土用草索扎着，来到镇上一家超市前，他缓缓将老桂花树放下歇了口气。

“天啊，老六，这么大的桂花树你从哪里扛来的？”

第一个发现王老六的，是路过的居委会主任支书石大毛，石大毛年已半百，比王老六长两岁，个头与王老六差不多，一米七出头，但明显不及王老六结实，他望着王老六面前脸盆粗的老桂花树惊呆了，这怎么扛得起呢？怕有三四百斤吧。

“王家冲扛来，路坏了，手扶拖拉机进不去了，只好扛，压死我了！”

王老六的短西裤已被汗湿，他将汗衫脱下来拧汗水。

“你从王家冲一肩扛来的没歇气？那是五六里路呀……”

石大毛还是不敢相信。王家冲是双桥坪居委会最远的一个组，七姑山老山冲里，与王老六也同属双桥坪最古老的家族，王氏家族，这个家族最出大力士，打架最强悍，四周无对手。

“这算什么，要是我爹年轻时候一肩就扛到家了，不用歇气。”

石大毛不服不行，王老六的爹一九六三年曾与供销社一工作人员打赌，赌王老六的爹将一根三百八十二斤的原木，一肩扛到巴茅滩转运站去，中途不许换肩也不许歇气，如果扛到了，供销社工作人员输一垛发饼，多大一垛？就是凭王老六的爹一只手臂伸直，另一只手自己摆放到肩头，能放下多少是多少。双桥坪离巴茅滩二十多里路，当时打赌无人不认定王老六的爹输定了，哪知王老六的爹一肩扛着，供销社跟着步行监督的人还气喘吁吁走不赢他。王老六的爹硬是赢了一长垛发饼，威名扬四乡，至今山民们一提起还是摇脑壳，难以相信他怎么那样大的力气。

围着老桂花树的人越来越多，一个个惊得直摇头晃头，有好事者推来了超市的铁磅秤，十多个人将老桂花树抬上磅秤过磅，老天爷，整整四百零八斤。人群起哄了，镇上另一大力士叫鸡公也闻声赶来看究竟，他围着老桂花树转了一圈，不服也得服，何况他已六十有四了。

“还有哪个能扛起来，扛到老六家去，我输三斤肉三斤酒。老六一肩扛了五六里，到老六家只一里了，谁有胆接招？”

无人应声，但也无人退场，等着看王老六怎么独自将四百零八斤的老桂花树扛上肩，然后一肩扛回家。王老六的家也就在南头的公路边，看热闹也不费事。王老六喝了两瓶矿泉水仍不动，围观的人问他买树花了多少钱，他说两万五，现在价降了，若是过去要三万多；又问他卖到城里能赚多少钱，他说行市也不好，只能赚千把块钱，还正赶上城里道路大改造，如今做城里绿化树木生意弄不好就会亏本。不知不觉扯到了污染铁厂上，石大毛怕惹火上身想退场，王老六开了腔。

“大毛,这回铁厂真又要死灰复燃,你这个主任书记不要当了!”

“你以为我爱搞这个?铁厂不归居委会管,是镇政府管的,我怎么管得了呢?”

石大毛说的也是实话,他是上不想得罪镇里下不想得罪群众,一贯的老好人和稀泥;可是上对他不满意下也对他不满意,而主任和书记又找不到一个上下都满意的人接替他,也就只好他应付着。他也是真不想干这个上下不讨好的差事了,没说假话。

“你不管,我的苗圃被烟熏死了你赔?”

王老六脸色不好看了。

“老六,镇政府管的你找镇政府赔!”

石大毛抽身走了,满街的看客议论纷纷,有骂石大毛的,有骂镇领导的,还有骂区里市里的。王老六穿上拧干了汗水的湿汗衫,众人以为他会扛树回家,纷纷闪开看热闹;不料前面来了一辆货车,又掉头,退到王老六面前。

城里收树的中年老板下车看老桂花树。

“老六,你要大家快搞上车呀,还站着不动干什么?还要去你家装两根小的。”

“你把后挡板打开。”

王老六开始甩动双臂。

城里老板瞧着王老六,眼珠直转。

“你难道想单人独马将这么大一株树搞上车?”

“我若是单人独马搞上了车,你加价一千怎么样?不加多,只要一千!”

王老六对众人使眼色,众人会意不吱声。

城里老板也好像有把力气,弯下腰抱着老桂花树后端,“嘿哎”一声使劲往上抬,桂花树纹丝不动。

“老六,这一千你要不到,还是不赌为好。”

城里老板不知树是王老六从王家冲一肩扛到镇上的,自己试了一把,觉得吃定了王老六。

“你舍不得一千就算了。”

王老六也不准备赌了,哪知城里老板来了赌兴。

“老六,你单人独马搞上车了,我输两千,也就是加价两千;你搞不上车,只输一千,也就是你的原卖价再降一千。如何?”

“老板,这可是大家都听到了的,你真要赌一家伙?两千不心疼?”

“区区两千，何足道哉。你今日让我开开眼界，我也做了十多年树木生意了，花两千开个眼界也值！”

显然城里老板认定这要砍掉一千树价了。

“成交！”

王老六伸出手与城里老板击了一下掌，做了几个下蹲动作，只见他走到树根部，测了测货车箱底部与地面的距离，弓下腰，双臂抱住树根，“嘿——”猛地一声喊将树根拖上了货车车箱底部，紧接着他扛着树中部“嘿——”推进了一截，挪动双脚又是一声“嘿——”又推进一截；然后跳上车，双臂抱起树根“嘿——”又拖进一截，“嘿——”再拖进一截。

王老六装好树跳下车，城里老板仍瞪着眼张着嘴没回过神：他真搞上车了？这怎么可能？王老六拍了一下城里老板的肩，提醒他去他家再装两棵小树。

“你还发什么呆？这棵树是一肩从六里远的王家冲扛到镇上的，能扛到镇上还搞不上车？”

城里老板身子一歪像是要吓晕过去，王老六一把扶住把他送进了驾驶室。车开动了，小镇上响起一片议论声，蛮力超人的故事又将四散开去，供各家各户添油加醋打发平淡的日子。

天热，洗过澡，王老六打开电视机又打开空调，叫堂客摆上瓜子花生和凉茶，走出小二层楼，冲着四周几座平房喊：“大哥二哥三哥四哥七弟都来一下！”他喊的是一祖父母下来的堂兄弟，七个兄弟，只有老五走出了农村而今在长沙退休养老了。不一会，一生都在乡下务农的六兄弟到齐了。开始嗑瓜子吃花生喝凉茶，今晚碰头，是几天前就约定了的，主要是为铁厂的事。

“老六，听说你今天多得了两千块钱？”

年近七旬的大哥问。

“怎么你也晓得了？”

“王家塝都晓得了，这还传得不快？”

二哥插进来一说，结果是兄弟们都在为他凭蛮力赢了一把而高兴。除了在长沙吃笔杆子饭的老五，在乡下务农的六兄弟都有力气，只不过老六跟他爹一样力气特别蛮；六兄弟一声吼，谁还不识相敢动拳头呢？

碰头汇集起来的消息不妙，不仅本家族有人禁不住铁厂老板金钱诱惑偏向了老板，而且还有人大讲歪把道理，说要关闭铁厂的人为破坏地方经济，不关闭，镇里可收税费,附近的农民可到铁厂打临时工如装卸矿石等赚钱;至于有点污染也不要紧,而今哪里环境无污染?北京的空气不是时常严重污染吗?双桥坪比北京更严重吗?甚至本家族有个叫狗婆娘的浑小子,被老板拖进城喝酒后狂叫:“谁要关闭铁厂断老子的财路,老子就放他的血!”

“老子就不信这个邪!”王老六听着消息突然拍了一下桌子,“如今习主席当家了,天天抓贪官,政治局委员也被抓了判刑,常德能有什么大贪官,还敢公开给这个非法污染厂当保护伞?五哥曾说,满世界都有讲歪道理的,美国日本是死讲歪道理,中国的贪官也是满口歪道理;对付讲歪道理的人有两条,一是用事实说话,二是依法阻止歪把道理横行。这次老板再敢点火开炉,我们一定即时组织人马用水泼灭,坚决不许它再冒黑烟!”

“老板的人要动手怎么办?”

大哥严肃地问。

“那就对打!我们多叫些人去,还怕打不过他们?他们只有二十几个河北老乡。”

“镇里派出所的警察帮老板怎么办?”

二哥提醒王老六。

“警察敢打老百姓?那不变天了?”

“区里如果派警察帮老板呢?”

三哥提醒王老六。

“那我们就上北京要习主席为我们撑腰!我们是保护环境,要关闭的是非法排污厂,习主席知道了实情一定会为我们撑腰!”

“老六,恐怕你上不了北京,你一动,市里区里的维稳办的人就会拦住你,你想过没有?”

四哥要王老六把一切后果想透。

“我看还是给五哥打个电话,要他利用长沙的关系,将这个事先在新闻报纸上曝光,给常德施加压力。”

七弟提出了这个建议。

王老六叹气。

“五哥只是文学期刊编辑记者,他一贯不管社会上的事,何况他今年已经退休了,恐怕更不会管事了。过去双桥坪也有人找过五哥,五哥那时就说他只是文学期刊编辑记者,无能为力。”

“老六,你不是说明天晚上白义成要你参与密商这个事的?看看他们准备怎么搞?搞肯定是要搞的,不能让这个祸害厂开下去。这些年正是有人不停地搞,也把河北老板搞惨了,他没开多少炉,听说亏上千万了,再狠些搞他一家伙,看他有多少钱亏!”

大哥一提醒,王老六记起了,明晚得去白义成家密商,听说大老板山西佬也会从城里赶来,这更增添了他的信心和勇气。一祖父母同胞的七兄弟,只有他一个人是党员,那还是白义成当村主任支书时,一再动员他写申请书才加入的。既然加入了共产党,就不能当个冒牌货,大是大非不能含糊。王家人自古就讲忠孝信义,人生就是几十年,活着何必让人指背呢?

“我去见见狗婆娘,看看他怎么讲歪道理。”

兄弟碰完头,王老六摇着蒲扇去同组的狗婆娘家。乡下一些男孩为了好养大,有不少取一些丑陋的女性小名,什么牛婆娘、猪婆娘、狗婆娘、羊婆娘、马婆娘等。狗婆娘是出了五服的家族晚辈,三十多,个头矮,也有把子小力气。狗婆娘外出打过几年工,没挣到什么钱,种田又不行,做小生意又赚少赔多,生活不免吃紧。他不想铁厂关闭大家也想得到,老板请吃饭塞点钱,酒一喝跟着别人讲歪道理也想得到,但他哪来的胆敢放人家的血?

王老六两三分钟便到了狗婆娘家门口,一条大黑狗突然冲出来像是要咬人,很凶。

“狗婆娘,出来招呼你的狗,你来迟了,我就用脚踢的!”

不见有人应声,大黑狗真的冲到了王老六的面前正准备下口咬,王老六飞起一脚踢着了大黑狗的嘴,大黑狗顿时在地上乱滚哀号。

“这是哪个这么凶?敢打我的狗?”

听到狗的哀号,狗婆娘一边系裤带一边高声吵。

王老六是有备而来,穿的是尖头皮鞋。狗婆娘家的狗非常凶,很讨厌,狗婆娘家的人又不太管,他早就想踢残它,免得它咬人。

“我不踢,它就咬着我了,你起码要赔我几百!”

“是六叔啊,我在厕所里拉屎……”

狗婆娘见是王老六语气软下来,拿来手电照在地下哀号滚翻的狗,狗嘴流血了,可见这一脚踢得又正又狠。

“六叔,你一脚把它踢废了,还有什么用?”

“你说怎么办?你叫我一声叔,我不踢,它就咬着了你的叔;我一踢,又废了你的狗。你是想让它咬你叔，还是让叔废了它？”

“这个……”

狗婆娘语塞。

“侄儿，你开个价吧，叔把它踢废了，这只能论斤两按市价狗肉钱赔你，你才不亏是不是？”

“六叔，还是比市价低一点。”

狗婆娘终于有了笑脸。

“低也不行，侄儿，就是市价，当叔叔的亏侄儿，你让叔把脸往哪里放？”

“那……六叔……”

“你拿秤去，现在就称！”

“可它这么乱叫乱动，怎么称？”

“那好办。”

王老六走近狗，又是一脚，将狗踢出丈余，狗挣扎了几下，不动了。

狗婆娘在一旁看傻，两腿直抖。

“六叔，你这脚要是踢在人身上那还了得？你是不是有功夫？”

“你们这一代垮了，上一代的都是从小要练王氏家族的独门功夫的。我这一代也不是都练了，不过我们七兄弟除了老五耍笔杆子，其余是都练过一点的。”

“六叔，请今后收侄儿为徒教点功夫，如今世道乱，没点真功夫遇到事摆不平啊！”

“你还用学功夫？听人讲，你被铁厂老板请进城喝酒，酒席上你对老板说，谁要关闭铁厂断你的财路，你就放谁的血！这回你六叔是决心要关闭祸害厂的，正当道理是明摆着的，不能只顾眼前小利！你六叔要关，你也放六叔的血？”

“哪里敢！哪里敢！六叔，那是喝了酒胡说给老板听的，侄儿哪敢对六叔不敬，谁的心里不明白这个铁厂祸害大？可当今这世道怎么说得清？当初还不是招商引资办起来的？河北老板其实也亏大了……六叔，相信侄儿是明事理的，我那酒席上的话是不算数的！”

王老六这才舒心地笑了。

“我说啰，怎么我的侄儿会那么不明事理尽讲些歪把道理，原来是这样。”

“是的，是的，六叔，相信侄儿！”

“叔相信你！”

“谢叔了！”

“你快去屋里拿秤来称狗!”

狗婆娘便快步进屋拿秤去了。

王老六走近大黑狗,狗真的不动弹了。

8

白义成的小楼坐落在街南边,离镇中心热闹处半里远,是他一九九八年辞了村主任支书之后,靠一把锅铲,跟他的堂客九妹打拼出来的。辞职之初,他也不知道怎么挣钱,但八年侦察兵没白当,他干起了帮人下厨办婚丧喜庆酒席的行当。锅盘碗盏桌椅板凳投入低,只要有人请,他们夫妇就雇车上门,稳赚不赔挣点辛苦钱。他们一边做一边钻研,名声渐起,越做越有名,成了双桥坪第一大厨,临澧、澧县与双桥坪交界的乡村也有人上门或打电话请他们夫妇下厨。

“山西佬怎么还不来?”

时间已经过了晚上九点,白义成有点着急,明天清早他们夫妇还得去后山的刘家湾帮人下厨,有户人家老人去世了,误不得事。

“莫不是泡小姐把开会的事忘了?不然怎么关机不接电话?”

叫鸡公伸着茶杯让白义成的堂客九妹添茶。

“他上过大学,跟你一样?一年四季只想那些下五六的事!”

九妹也五十六七了,顶了叫鸡公一句。“下五六”是双桥坪土话,乱来不正派之意。

叫鸡公怪笑。

“看哪个下五六,我严格按党的政策只生了一个儿子,白义成生了两个,当然也不犯法,双胞胎,人家下五六只生一个,你们夫妇下五六一炮双响,是哪个最下五六呢?”

“老子往你裤裆里倒!”

九妹提着滚烫的铜壶,将壶的长嘴对着叫鸡公,摆出个真要倒水的样子,叫鸡公慌忙投降,转移话题。

“九妹,你把空调开大点,怎么还是有点闷热。”

“那你还要喝热茶?才子、老六、大毛都是喝冰水,只有你名堂多!”

“老子与义成一般大,才子、老六、大毛都小老子十多岁,他们火力足,不喝冰水压不下来。”

姚才子一直看电视，突然笑了。

“鸡公哥，你这么热还喝热茶，温度不会更高？到处在喊抗旱，不降点温不怕烧坏身子骨？”

叫鸡公望着姚才子嘴直歪。

“才子，今晚来的人，只有你的温度最低，不响，不冒烟。别人不晓得，白义成当过八年侦察兵的，他到处下厨搜集到了不少情报……”

“我从没侦察那些下五六的事呵！”

白义成赶紧声明，又看手表。

王老六和石大毛一旁看戏，不吱声。

“鸡公哥，暗炮不响不冒烟，那就还在炮膛里没发射，你没当过炮兵怎么晓得的？我搜集到的情报是货真价实的，当年有的人是怎么与二十六岁的茶花在油茶树下打炮的，是有人亲眼见到过的……”

“才子，你莫乱讲！”

叫鸡公忙堵才子的嘴。

姚才子收住笑。

“鸡公哥，你是革命老前辈，党的教导记心头，玩点喝点是小事，大事不能糊涂是不是？有人说你是两面派，一边接受铁厂老板请客，一边又喊要关闭铁厂，我还是相信你是白皮红心，不然白大哥今晚不会请你来。”

叫鸡公也一本正经了。

“才子，你说对了。我说过，党的教导记心头，有人当是玩笑，但这是可以当真的。我他妈最恨现在的一些乌龟王八蛋，你看现在抓出来的一些贪官，哪个身上还有一丝党员的气味？我叫鸡公只是个乡下土八路，怎么变也不会像他们那样坏啊！”

忽然门外汽车声响起，白义成忙出门看，是山西佬开着奔驰赶来了。

“各位兄弟，有事来迟了，抱歉！”

山西佬进门就道歉，一人丢一包极品芙蓉王，又从车上拿来两瓶五粮液，一大包卤牛肉、花生米等酒菜。于是六条汉子围桌坐好，将酒打开，九妹拿来酒杯和筷子，密商会就正式开始了。

“兄弟们，大家都忙，各有各的事，但是又不得不把大家召拢来，这个事烦了双桥坪的老百姓六七年了，不能让它再搞得大家不安宁了。现在中央反腐的决心想必大家都看到了，力度是空前的，这应该是彻底关掉这个祸害铁厂的好时机。今天来的都是共产党员，党龄长的有四十多年，短的也有二十多年，还有三个到部队当过兵。刚才叫鸡公与才子都说到了过去老电影里的一句歌词：‘党的教导记心头’，这不是吹大话，各位都是在党旗下庄严宣誓过的，既然没有退党还挂着这个牌子，那你还就必须护着这个牌子，你还得保持共产党员起码的血性。”

白义成的开场白一下将气氛搞得很严肃，每个人仿佛都回到了当年在党旗下庄严宣誓时的情景。白义成扫了大家一眼，给各位杯中添满酒。

“今天我请来的各位兄弟，这六七年是没有忘记党的教导的，个别忘记了一点的也没有忘干净。大家一直明里暗里搞这个祸害厂，也搞得河北老板安不得身。但是，过去大家多各自为战，配合不够，对战斗的准备不够，都低估了对方的势力，一直没有将它彻底消灭！这就是一股阻碍改革开放的势力，它们破坏环境祸害百姓，它们就是党的敌人，人民的敌人，我们必须为党战斗！为人民战斗！这个大道理必须理直气壮地讲！公开地讲！要动员双桥坪人民一起参加战斗！今天时间不早了，会不能开得太长，主要是统一思想，明确战斗目标，今年必须彻底铲除这个祸害厂，不完胜，决不收兵！以后或开会或电话密商我会通知大家，现在请各位交流情况，初步议一议，各抒己见。”

“我来说两句，”山西佬打了个头炮，“今天下午我的工地上摔伤了一个工人，我送他去医院耽误了大家的时间，这里兄弟会完后，我还得连夜赶回城。”

白义成立即拿走了山西佬面前的酒杯，叫九妹换来醒酒凉茶。

“我完全赞同白大哥提出的战斗目标，今年必须彻底铲除这个祸害厂，我的父母兄弟都在双桥坪，一定全力支持，要钱给钱，要人给人，只要提早电话给我打声招呼，一定尽力办！我想提醒各位兄弟一句，当今世道很复杂，什么事都可能发生，这明明是个非法祸害厂，为什么六七年了还不能彻底关闭？谁是它暗藏的保护伞？大家都两眼一抹黑。前任区委书记因贪腐被抓了，这个厂肯定跟新任的区委书记无关，可是前任区委书记并不是因为这个厂的问题下台，前任镇书记调走了，这个厂也与新任的镇书记无关，前任的镇书记也没有因为这个厂出任何问题。它的保护伞是藏在市里省里？谁搞得清？现任的区委书记、镇书记恐怕也在头痛也在看，这谁也摸不到底。所以要提醒各位兄弟，这次，一定要把各种对策先定好，一定要完全彻底搞死它！”

大家听着都点头，山西佬在城里当大老板，见识比他们广，又上过大学，深知当今这个世道水多深，多浑。

“其实铁厂老板也亏大了，”叫鸡公干了酒，自已再满上一杯，他见到五粮液两眼就闪光，拿了一瓶放在自己手边，“铁厂老板肯定要不顾一切重新点火开炉，他只想把亏的钱捞回来，这是肯定的！鱼死网破，铁厂老板也要想办法，他已经拖了几桌人到城里酒店吃饭，又塞钱，他也在下血本。当然塞给老百姓的都是小钱，几百几千，这些年铁厂都不垮，是谁在背后收大黑钱？这是鬼都搞不清的，老板暗中塞了钱又亏了大钱，老板怎么好公开说，又到哪里喊冤去？这是个活见鬼的事，真得了好处的都是那些藏在幕后的贪官污吏！我肯定赞成今年彻底把铁厂搞垮，也免得人家外地老板一直吊着。这是个无底洞，他有多少钱塞？不如彻底搞垮，认赔了结再找出路。”

大家听着也点头，山西佬点头尤其多，自己当了大老板才知道其中甘苦，山西佬每年请客送礼少说也要花两三百万，不然做不成事呵。

“我来说一下镇里的情况，”石大毛开口就一脸苦相，“这几年我一年四季挨老百姓骂，我怎么向老百姓喊冤？铁厂原来是镇里的磁厂，磁厂垮了多年一直废着，后来就招商引资搞来了这个铁厂，开始怎么晓得祸害这么大？铁厂仍是镇里管的，与居委会毫无关系我怎么管？再说镇里也左右为难，上届镇政府是与老板签了协议的，先上马后补办手续，由于环保评估无法过关各种证照就没有办下来，可是老板又投进了大量的钱，不开炉怎么行？一开炉老百姓又骂声连天，还多次跑到厂里闹事。如今老板说不让开炉，就找现在的镇政府赔钱，镇政府又哪里有钱赔？双桥坪没有工业，只有一些农民开的小作坊小店子，农业税也免了，镇政府到哪里找进项？而这个铁厂又不是本届镇政府引进来的，你现在去当镇长书记，你手上又没有钱赔给老板，你怎么办？你能够说那是上届政府引进的不管吗？在你的地盘你不管当什么镇长书记？可是你怎么管？”

听石大毛诉苦大家也点头，白义成插话了。

“老六，你五哥志和有个意见是对的，双桥坪自然环境优良，绝不能盲目发展工业，尤其要严禁一切有污染的企业，要多发展生态农业旅游观光业和良性食品加工业，以及一切有益的文化服务产业。他也是坚决主张彻底关闭这个铁厂的，每年回双桥坪他都反复给我说这个观点，这回是不是也请你五哥出点力？”

“五哥是搞文学的，不是新闻记者，再说他退休了，恐怕更不会管事了。”

“不一定，我从小和志和一起长大，他性格温和，但并不等于怕事，能尽力他不会不动。”

白义成插完话，示意石大毛继续说。

“老支书，我心里肯定是支持彻底关闭铁厂的，我有难处，不便公开露面，不便公开组织群众对铁厂采取行动。但我也不会干预你们行动,我会密切注视镇政府那边的情况,随时向你通风报信,以便你指挥决策时采取有效有利的行动。”

“行,你有这个态度就行。”

白义成示意姚才子发表高见。

“姚才子,你这回不拿点正才出来可不行,不要尽用些邪才与秋枝打暗炮。”

叫鸡公冲姚才子做了一个鬼脸,把大家弄笑了。

姚才子放下筷子,点上一支烟。他已被秋枝家的事搞晕头,几天过去了,一天一个短信问他想出了什么办法,他至今拿不出一个好办法。这世间的事呵,就怕下成残局,一下成残局,就非常难收场,像这个鬼铁厂的事,怎么收场还是个大麻烦。他无心与叫鸡公扯关于秋枝的闲篇,直截了当地说话。

“首先表个态,我一切听从白大哥调遣,要我干什么,我一定全力办。想想这个事,也是帮党和政府分忧,大方向和原则不会错。我提一个具体建议,是不是可以将双桥坪木器老板刘麻子从城里拖回乡,让镇政府把铁厂关了,给刘麻子做厂房,刘麻子就给镇政府租金,镇政府就给铁厂老板一点钱让他走人,这么一来镇政府也好了结这个大麻烦。刘麻子如今做大了,木器销全国,可能比铁厂老板势力大得多,木器厂无污染,也可为山里的木材提供销路,镇政府也可得政绩得税费;对刘麻子也合算,双桥坪交通方便离城又近,土地租金比城里低得吓人,刘麻子转手城里的工厂可赚大笔钱,可轻松在双桥坪建厂,并借机提高工厂的机械化水平,刘麻子算盘一拨就通。刘麻子新建工厂至少要投入千万以上,自然要拉动双桥坪的经济,将双桥坪出去打工的人拖一些回来就业,这岂不是皆大欢喜的好事?只要有人点通了镇政府,镇长书记是木脑壳吗?我看应当早派人暗中给镇政府吹这个风,也暗中给刘麻子通这个气,让镇政府暗中派人请刘麻子将工厂转回双桥坪,这步棋走活了,镇政府还会站在铁厂老板一边?关闭污染厂新开木器厂是一大政绩,镇长书记不容易想明白就是怪事了。”

“高,不愧是才子!”

山西佬立即肯定了姚才子的建议,接着所有人都觉得姚才子点子好,问题是铁厂老板很快就会重新开炉,而镇政府与刘麻子沟通也非短时间就可完成,刘麻子要转手城里工厂的房子地皮也非三五个月能搞定的。

“我明天就打电话给刘麻子通气。”

山西佬主动承担任务。

“是不是要我尽快暗中给镇政府提这个建议?”

石大毛问白义成。

“当然，这个建议一提，镇长书记的脑子就要开始转了。他们的脑子一朝这个方向转，铁厂点火我们行动，弄不好镇政府那边就五心不定，睁只眼闭只眼任我们搞铁厂老板！”

白义成示意王老六。

“老六你年纪最小，才四十八，你还有什么想法？”

“我懒得想了，总有一些人讲歪道理，铁厂老板敢点火开炉，我就带王家人去灭！老板敢先动手，老子就不客气了，他休想在双桥坪打赢我！打出麻烦了就打官司，老子就不信这个邪，正道理打不过歪道理！”

“老六，你不能蛮干，你五哥志和肯定不会同意蛮干的，这不是用蛮力的事，要斗智斗勇，智勇双全才能完胜。交给你一个任务：你必须尽早给你五哥志和打个电话，详细通报今天我们碰头的情况，请他这次一定暗中帮我们一把，他在外面工作几十年，关系网总比我们大。你讲清楚了，你五哥志和肯定会出手，相信我，我对你五哥志和的了解，比你多。”

“好吧，我会给他打电话。”

王老六似乎不相信白义成比他更了解五哥，五哥说话从来不温不火，除了读书写字，其他好像都不行。

白义成看了一下手表。

“各位兄弟，今晚只能到这里了，山西佬还要赶回城里，我睡两个小时觉后，要雇车到城里赶早批发户主家缺的菜，然后天亮前赶到户主家给客人做早饭。你们看，我六十四岁的人了还得这么打拼，两个儿子在外打一年工还没我挣得多，我和九妹不打拼怎么办？好在我身体还硬朗。战斗目标已制定，思想已统一，大家要我牵头，我吃这碗饭有个特殊性，户主请了不能不去，可能我更多地只得用电话协调大家统一行动，不能保证一定能赶到现场。”

“白大哥，你只负责挂帅指挥，具体事情我们来做。”

王老六抢先表态，其余的人也纷纷应承。

叫鸡公起身包了小包牛肉，拿上自己的五粮液，准备走人，只听得姚才子身上叮咚一声响。

“姚老炮，秋枝来短信叫你去打炮了！”

“只有你讲鬼话！”

姚才子其实心里也怀疑是秋枝的短信,他不立即掏出手机看短信,起身走了。

哪知叫鸡公不放过他。

“才子,你敢当着大家的面,将手机打开让大家看短信吗?”

“这是个人隐私,你无权干涉的。”

山西佬上车轻按了一下喇叭,开走了。

白义成送大家出门,叫鸡公仍不放过姚才子。

“姚老炮,我谅你也不敢打开手机给大家看短信,这短信十有八九是秋枝的!”

“不是的怎么办?”

姚才子斗胆一赌了,也许不一定是秋枝,年轻客户也有用短信与他联系的,再说秋枝的手机号他是用一个男人的姓名藏在通讯录中的,他可以狡辩说是别人将短信错发到他手机上了。

“赌什么?”

叫鸡公要估摸筹码。

“就赌你手上提的半瓶五粮液。”

“你输了呢?”

“给你一百!”

姚才子用了心,叫鸡公嗜酒如命,何况半瓶五粮液远不止一百元,叫鸡公不会下这个不合算的赌。

“懒得跟你赌,万一不是秋枝的,老子输了五粮液划不来。”

叫鸡公果然退让了,拿着牛肉和酒回家去了,边走边说:“姚老炮,我肯定猜对了!”

白义成骂道:“你管这些干什么?净想些下五六的事!”

姚才子与白义成告辞又与王老六同行了一段路,分手走了几步才掏出手机,一看心一蹦,幸好叫鸡公退让了没有赌,若是赌了,认真对手机号他很难狡辩过关,因为确确实实是秋枝来的短信:“急,明天上午老地方三见,你要十一点前赶到!”

9

姚才子看了短信，给秋枝回了几个字“知道了，会尽早去”。没走几步，秋枝又来了短信：“已将你的手机号传给了雪梅，现将雪梅手机号传给你，她晓得我们的事，比较相信你的话。好像她有些话没对我全讲，看看你能不能问出点什么来，现六月中旬要过完了，老拖着不给那边一个答复也不是个事，明天你一定要给我们拿主意了，所以我下午先到妹妹家来了。”

姚才子又回了三个字“知道了”。

生米早煮成熟饭了，还能拿什么好主意？姚才子心里烦，在公路岔口拐弯通往长岭岗的公路上，看见了自家小楼的灯光，挨公路更近的秋枝家也有灯光，估计两家都开了空调。秋枝原本没安空调，雪梅回家第二天便安了，而且一次安了五台挂式空调，格力牌的新节能产品，每个房间都安了，南阳坪还没有这样花钱安空调的人家，看来雪梅真是傍上大款了。

姚才子放慢脚步，想想待会儿问雪梅什么话，估不透雪梅能给他说些什么，现在的年轻人心里究竟想些什么，中老年人已搞不清了。

一束雪亮的灯光射来，一辆摩托车减速停在了姚才子身边。

“才子，听说秋枝的女儿找了一个比她大四十五岁的老头，准备要结婚了？”

问话的是村里六十出头，从城里退休后回乡居住的张老头，他身子骨硬，没事到处打牌玩。

“没听说呀。”

姚才子吃了一惊，马上断定是腊秀没有听他的话，已暗中将秋枝家的事外泄了，他心里上火了。

“你还帮着瞒什么？我刚从长岭岗打牌回来，牌桌上你舅子讲的，秋枝女儿一回家，家里就花两万在每个房间装了空调，肯定是傍上大款爷了。现在的女孩还讲什么廉耻，只要有钱八十岁也嫁，不是过去了呵！”

“张大哥,我一天到晚忙生意,真不知道。”

姚才子压住心火装不知道应付张老头。

“你回家问你堂客去,她肯定晓得,我要回家洗澡了,再见。”

张老头开着摩托一阵风走了。

姚才子在路边站住了,得把心火压下去了再回家。秋枝家的事,只有他和腊秀知道,他没说,肯定就是腊秀说的了。张老头说是腊秀的弟弟讲的,那么腊秀怎么传给她弟弟的,他懒得追究了。看来腊秀还是老战术,只不过比过去更用心一点,目的就是要搞臭秋枝让他死心,或者总是让他提心吊胆,抬不起头做不起人。可怜秋枝,女儿弄出这码子拿不上台面的事,人家又还会将她年轻时当小姐的事拿出来说。张老头从长岭岗知道了,很快南阳坪村都会知道。这类新闻是乡下传得最快最广的,比政治新闻扩散还快还广。无疑,整个双桥坪大山小山很快都会知道一个当过小姐的秋枝,女儿雪梅又傍大款卖肉挣钱了,连带姚才子也会被添油加醋扯上挨骂,这他妈的不是活得太窝囊?有什么办法?秋枝母女是这个命,他姚才子也是这个命,认命吧,窝窝囊囊过一生,幸好有秋枝暗中给他欢乐,也就值了,想那么多干什么呢?厚着脸皮小心翼翼地过吧。

姚才子终于将心火压了下去。腊秀,你有老战术,我有老套路;你用心,我也用心,猫捉老鼠咱俩玩一生。我舍不下儿子,你对我也不会放手,秋枝又勾了我的魂。不是冤家不聚头,人生一场戏,酸甜苦辣味道也不差很多吧。

回到家腊秀果然在客厅开着空调看电视。

“你到哪去了?”

“白义成家喝酒。”

“你们是为铁厂的事吧,你可别挑头。”

“我名声臭,轮不上我挑头呵。”

腊秀也无话了。

姚才子冲了个澡,进到楼上卧室,打开空调,懒在床上,拿着手机,将手机设定为无声模式,他盯着手机屏幕想。

想了一气,开始发短信。

“雪梅,为什么一定要嫁给那个可当你爷爷的老男人?姚伯希望你说出简单真实的理由,要相信姚伯真是为你着想,为你们全家着想!”

短信发出十多分钟后,才收到雪梅回信。

“姚伯，一、生米已煮成熟饭；二、他对我真的很好；三、嫁给了他，我全家一世生活无忧了；四、若跟他分手，找个同龄人，除了年龄其他方面都远不如他，他是清华高才生，副省级企业领导。他说杨振宁对中国的贡献都比不上他，杨振宁娶的是小他五十四岁的女子，年龄差距比我们还大些。我相信他说的是真的，对我是真心的！我也是到常德之后，才最后下死决心一定要嫁他的！”

姚才子看过短信惊住了，雪梅要嫁的是一个比世界著名华人物理学家杨振宁对中国贡献更大的长者？是过去清华的高才生现在的副省级领导？果真如此，那就是另一回事了。一个国家不尊重爱护高科技人才只会落后挨打，不尊重爱护严肃优秀文化人才，只会平庸低俗。现今一些网络媒体胡说八道，连鲁迅也不当回事，他们已完全不知羞耻。他姚才子只有微不足道的小才，当炮兵还行，吹拉弹唱也可马虎混过去，开个榨油坊费点辛苦也勉强；你要他把卫星搞上天，把“神州”飞船搞上天，你要他搞出四大名著，搞出《鲁迅全集》，拿着枪逼着他也搞不成的，不是那个材料。他有自知之明，严肃高端的文学家科学家，那不是钱能买到的，是国家的无价之宝。有些人腰里没几个臭钱，肚里没几点墨水，也敢充大爷指点江山，狂妄论说经纬，那是从娘肚子里就开始缺德，不知羞耻。他姚才子这一生是不行了，只能开个榨油坊天天辛苦混生活了，可还有两个上档次的儿子呀，也许将来能成栋梁之材。

“雪梅，你我，现在都不能完全肯定他说的是真的，这需要时间来证实。但姚伯要支持你去赌一把。若完全是真的，年龄差距可以忽略不计。孙中山比宋庆龄大得多，当年父母都反对结婚，宋庆龄还是爬窗户逃跑的，后来不是受国人尊敬爱戴？连毛主席也对她礼遇有加。明天我与你妈商定方案，今晚我得再仔细想想，怎么做才好最有利于你……”

“谢谢姚伯！”

“不用谢，晚安。”

姚才子苦想至凌晨两点多钟，最后想到一条山穷水尽无计之计，将来可否柳暗花明，那就看最后的赌注是什么。

他睡到八点多才起床，起来时头还是略有些晕。

“才子，你晚上又没睡好。”

早饭时腊秀一副关心的脸色。

“当过兵的都能吃苦，白义成六十四了比我大十四岁，每天比我吃苦得多，我还只是每天开车接送客户，苦怕什么呢？”

姚才子一脸笑，心里道，腊秀，你也改不了了，我也改不了了，你玩你的关门计，我玩我的跳墙法，哪天你又在墙外捉住了我，那算你狠，我也认栽。

小客车往北开，两分钟后到了镇中心靠右边街道的小超市，姚才子停车买包烟，见超市门前聚了一群人，一听便知道议论什么事了。印证了那句老话，好事不出门，坏事传千里。“而今的人还要什么脸？钱就是脸！”“要是我的女儿，就几棒打死算了！”“这怪不得，她娘就是那号货，靠卖×发家！”姚才子进超市买了包烟正要上车走，被叫鸡公瞧见了。

“才子，慢走，你跟秋枝巴着住，镇上一早就传遍了，是真是假？”

“什么是真是假？一天到晚忙，哪有闲心管人家的事？”

姚才子只想走，急着去见秋枝，还要去接客户的货。叫鸡公拦着他，要问个明白。而今双桥坪耕田插秧收割都是机械化，很多农民闲着不打工就打牌，或张家长李家短地闲扯。叫鸡公属于想得开只图悠闲玩耍，不愿辛苦赚钱的人，姚才子急，叫鸡公偏不急。

“真要恭喜你招女婿了？”

“老子只有儿子，招什么女婿？”

“都讲秋枝那个女儿是你下的种，那时芋头在外面打工，哪里来得及下种？”

“胡说！月份也不对，莫听人胡说！”

“人家也算过月份，也有七个月就生的，这么一算，你就有嫌疑！”

“绝对胡说！”

“才子，你敢验血？”

“不关我事，我验什么血？”

姚才子真生气了，真是人言可畏，他推开叫鸡公开车走了。

“才子你生什么气？不敢验血你就脱不了嫌疑，老哥说的是句实在话！”

叫鸡公冲着姚才子车屁股喊，喊得满街人都听见，姚才子气得心里直冒烟。这实在是冤，雪梅是芋头下的种是秋枝告诉他的，雪梅长得也有一点带芋头的相，当然主要还是像秋枝。他不是怕验血，但怕验出是他的种，又将他与秋枝的陈年老账翻出来编排，搅得他和秋枝神鬼不安，让腊秀在一旁跷二郎腿。腊秀，算你狠，你故意把秋枝家的事往外泄，就是要将我的军！我姚才子还不能小看你这堂客，没的法，也只能硬着头皮接你狠招了。这他妈的招还难得接呵，走歪一着就会出洋相砸大锅，浑身狗屎臭。

十多分钟后小客车便开到了临澧县秋枝的妹妹家，秋枝一见姚才子就拉他进屋关上门,抱着姚才子呜呜哭起来。

“才子哥,这些天就是想见你,又怕你不方便,硬是等不得了,忍不得了,才叫你出来!”

见到这个阵势姚才子忙挺直了腰。

“别急,天垮不了。你妹妹妹夫呢?”

“放心,没人,妹夫到县城打工去了,孩子上学去了,妹妹中午不会回来。”

“我最多只能待一个小时,还要去金鸡岩接客户的货。”

“这么急呵……你太操劳了,要注意休息。”

秋枝把姚才子推到床边坐下了,自己横倒在才子双腿上。“热,没安空调……”她将裙子撩上来露出两条匀称长腿,弄得姚才子有点心慌,可他得抓紧时间说正事,完了好去接货。

“秋枝,你要有思想准备,你家的事双桥坪已传开了,有些话很难听,回去听到了莫往心里去。”

“这么快,那是腊秀讲出去的,不然谁会晓得内情?”

“可能是她,她主要还是要借你家的事压你。你别担心,我反正是臭名在外,再臭也就那么回事了。今天到镇上买烟,叫鸡公还说雪梅是我下的种……”

“才子哥,是你下的种就好了呵,就不会弄出这么多麻烦,肯定考上清华北大读书去了呵……”

秋枝昂起头搂住了姚才子的颈,一阵亲。

“叫鸡公还说我不敢验血就摆脱不了嫌疑。”

“你就去验血,怕什么?我心里有数,是芋头的种!只是……才子哥……一闹起来,又把你扯出来了,搞得你心里烦呵,都是我连累了你……”

“还说这些话干什么?我甘愿,当年不爬上你的竹床,我活着有什么滋味?”

“才子哥……没有你,我活着更没意思。”

“我昨晚与雪梅通了短信,感到事情可能不会那么糟,那个老男人是清华高才生,副省级干部,也是个蛮高级的科学家,说是比物理学家杨振宁对中国的贡献还大,总而言之是个非一般的有钱的老男人。真是这样,就是另一回事了。杨振宁后来娶的女人小他五十四岁不是结婚后还带着满世界跑?孙中山不是比宋庆龄大很多?年龄不是主要问题,关键还是看什么男人。既然雪梅已下定决心要嫁,也许支持她赌一把是最佳选择,不要跟社会上的人一般见识,要挺直腰杆赌一把!”

姚才子一番话将秋枝这些天的包袱卸下了很多，她相信姚才子的话不会错，姚才子肯定也是脑壳快想破了才改变态度，转而支持雪梅赌一把。

“那让雪梅明天去城里回信？”

“可以，有个条件，看那个老男人怎么对待她。他已送了三十万见面礼，按说也还算大方了，但与雪梅说的身份及与他的求婚决心好像有差距。这样，要雪梅回信，父母说三十万太把雪梅看扁了，三百万！先存一年定期，存在你名下。三百万一分不能少，他要显诚心，还可以百万百万往上加码！他若有心，就结婚吧，反正木已成舟，结了婚将来再离婚，雪梅有了三百万也不愁生活了！”

“三百万是不是口开大了？”

“秋枝，现在这就是笔生意，就是个赌，你照我说的办！”

“才子哥，真给了三百万，我给你一百万好吗？”

姚才子突然甩开了秋枝站起了身要走人。

“秋枝，你把我姚才子当什么贱人看了？你欠债时那么困难不收我一分钱，发火你也不收！你要我收雪梅赌来的一百万，你拿我当什么贱人看了？”

秋枝没料到姚才子突然发这么大的火，忙扑上来抱住姚才子。

“才子哥，都是我不好，不该这么说，我心里不知道怎么感激你呀……”

姚才子不吱声了，任秋枝搂抱片刻又想走。

“才子哥，真不想你走，你走了，我也会回家去，好不容易见面，你不想要我了？”

姚才子不动，仍不吱声。

“才子哥，你太辛苦了，你走吧，我要心疼你，我忍得住……”

秋枝忽然放开姚才子扑在床上呜呜哭了。

“你傻呀，哪里不想要你，是要说正事一直忍着的，你不该那么说话伤我……”

姚才子上了床，秋枝哭得更厉害了。

“秋枝，这是怎么了？”

“才子哥，今生今世得到了你，我的命太好了呵……”

姚才子两眼唰地模糊了。

……

姚才子累了一整天，开着小客车回家吃晚饭。腊秀做好饭菜，正跷着二郎腿等他。

“你这样会累散架的。”

姚才子端上小酒杯叫了一声苦，心里回味的是秋枝身上的奇妙。腊秀，你又没防住。呷了一口酒，常德丝弦的调子哼出来了。

“今天又有什么高兴的事？”

腊秀两眼在他脸上搜索。

“苦中作乐，哪有高兴的事？叫鸡公今天居然在镇上当着那么多人说雪梅是我下的种，我下的种在清华北大读书呵，这个事你应当辟谣，莫让老子被冤枉！”

“他放屁！你莫听他的鬼话！”

不知为何腊秀很气愤叫鸡公诬枉他。

洗了澡，姚才子爬上楼顶阳台，在竹摇椅上躺下，忽听得邻居家传来了秋枝和雪梅母女的笑声，心里也一阵轻松。于是他又下楼取来了二胡，先拉了一曲《光明行》，又拉了一曲《良宵》，再拉了幽深古老如泣如诉的常德丝弦，弓一拉一推，头一摇一晃，唱将起来。

看似好人是坏人，
看似坏人是好人，
不是好人充好人，
不是坏人充坏人，
人呵人，
几多经，
道不清，
脑壳晕。

看似爱人实害人，
看似害人实爱人，
爱人事事不害人，
害人事事不爱人，
人呵人，
几多经，
道不清，
心里明。

贪婪自私变恶人，
蒙骗设套混账人，
花言巧语是假人，
笑里藏刀是奸人，
人呵人，
几多经，
要分清，
不得晕。

鼠目寸光是庸人，
自欺自负是蠢人，
得过且过可怜人，
弄巧成拙笑坏人，
人呵人，
几多经，
要分清，
免得晕。

踏踏实实成就人，
漂漂荡荡戏弄人，
忽东忽西折磨人，
南辕北辙荒唐人，
人呵人，
几多经，
分得清，
是贵人。

天道无亲施善人，
大善若水为人人，
明镜高悬照着人，

看谁是人不是人，
人呵人，
几多经，
分得清，
是圣人。

10

夏天的长沙岳麓山比湘江东岸城区气温要低几度，王志和住在师大上游村，校园环境优良，但临近中午仍需开空调。

“博士，我准备开始炒菜，你赶快起床！”

他走到儿子房门，扭开锁伸进头说。

“再睡几分钟。”

儿子翻了个身又睡。

他没辙。儿子今年华中科技大学博士毕业，电子专业，虽然今年七百多万大学生毕业，号称史上最难就业年，但是他儿子却丝毫不难。导师要留他读博士后，在校办公司工作，保底年薪十二万，若愿去华为等大公司年薪二十万，大笔安家费更不必说。他耐心说服儿子回了长沙在师大教书，收入仅为华中科技大学做博士后的三分之一不到。儿子最终回长沙是经过近一年艰难论战的，他从各方面综合深入分析确定这是最佳选择。六月十五日儿子在离师大仅六分钟车程的江边买了三室两厅，六月十八日办完师大一切报到手续，在无数大学生正四处奔走求职时，儿子已在家天天看电脑睡懒觉，或者与原师大附中高中同学，或校园一起长大又大学毕业回长沙的玩伴聚会，只等着他妈妈放暑假，然后去北京香港旅游。到时，他就回常德乡下打理院子，准备重新提笔写作。

应当说王志和心境不错，身体好，退休后还可做许多事，可是儿子的精神状态令他有点担忧，加上身为理学博士的妻子很多时候也站在儿子一边，对中国的腐败批评猛烈，感到中国没什么希望，而对西方又有盲目认同感。王志和感到这不行，会对儿子今后的工作和人生产生消极影响。在武汉读硕博六年，儿子怎么变了这么多？中国的高等教育出了什么问题？儿子回到家，大小争执就不时发生，经常是母子联合作战，王志和单枪匹马应对；当然最后都是平局，母子不能驳倒他，他也不能彻底说服母子俩。平为贵，出滋味。

“兔崽子,已经过了八分钟,怎么不见动静?”

王志和已煮好了饭,洗净菜,只等妻子康兰下课回来就点火炒菜。他又走到儿子房门前,拧开锁,这次没关上门,而是将门敞开了,以催促儿子起床。儿子干脆不吱声,不动,也不再给出一个起床时间。

王志和摇摇头,又到客厅大阳台望了一眼,看看康兰的汽车是否进了院子。这也是一个担忧点,两年前康兰坚持要买车,就买了个凯越,车一买到家他的心就悬起来,两家保险都算怕了她,小碰撞刮擦不断,每年六千多保险费她花个精光,让保险公司颗粒无收,明年恐怕又要换一家保险公司。康兰总想王志和坐她的车,她技术又差,又喜欢开快车,王志和上车就紧张,生怕她出事。每次在车上他一提醒,她就嫌他多嘴反而影响她,可他又很难忍住不提醒。“志和,车上我是老大,你要闭嘴,儿子坐我的车从来不吱声,你必须忍住莫多嘴,别弄得我紧张出事,其实我都观察到情况的!”王志和没辙,尤其是每次从长沙开往常德跑高速,她一忘性就开到时速一百二十公里,他坐在车里就像被绑票,不能乱说乱动,可不说一点话坐长途又闷,烟也不能抽,每每说一句话解闷要掂量很久,是否恰当?是否会影响她开车?好在这两年来他也诚惶诚恐练了出来,而今坐她的车也不再那么神经紧绷着。

一个山里孩子,六十年之后成就了这样一个家,两个博士加一个编辑,老王家至今也弄不清王志和是怎么混出来的。其实王志和一生经历与许多苦心钻营者相反,不仅从未混过,而且拒绝了许多那些苦心钻营者很难得到的东西。双桥坪老王家的人不喜欢读书,老一辈多半是文盲,叔父辈中只有王志和父亲读过三年书,母亲也只读过四年书,但在老王家算文化高了。周围的村子都有点怕王家塝的人,动不动就操家伙动拳头,加上多有把蛮力气,大家也就多避让三分。“莫跟王家塝那些不通文墨的武烈人搞,只晓得打架不讲道理的!”王志和幼时不止一次听到外姓人这样说,心里很受刺激。王志和父母是老王家的另类,格外重视孩子读书。只不过轮到王志和上初、高中时适逢“文化大革命”,因大伯父当过伪警长等原因,他只读到高中毕业就回乡务农了。走上文学道路纯粹偶然,他父亲喜爱古文、古典诗词,一生虚心向人求教,用心钻研,这对他很有影响;也因为父母都有了点文化,二十世纪五十年代后期都参加了工作,就在当地双桥坪供销社服务,相对当地农民经济情况好些,有条件支持他读书写字。王志和十九岁那年,也就是一九七二年开始发表诗歌,一九七六年春曾在湖南诗坛名噪一时;一九八三年开始发表小说,在八十年代也算湖南文坛有实力的青年诗人作家,一九八七年初调到省文学杂志社,随即去鲁院第三届进修班进修。正是金色年华的王志和一九八九年之后突然停止发表诗文，除了做文学编辑外几乎在文坛消失了。“王志和，你要不是这么古怪的山里人倔性格，早飞黄腾达了……”

妻子康兰不止一次笑他，他总是笑，什么飞黄腾达？他很满足呀，一直对生活怀着感恩之心呀，多次谢绝入党、提拔是感到自己不合格不适应，甚至评了中级职称就再不评高级职称，包括八十年代可凭作品进入著名高校作家班获得文凭的资格也放弃了。

“你到底要干什么呢？”康兰也偶尔问他。“需要冷静深入观察思考世界，人生太短暂……”“你写了又不发表，写它干什么呢？”“怕它不成熟，现在最怕进书店，每天出版那么多的书，有几本有价值？”不是所有人都不理解他，在湖南最理解他的是未央、于沙、孙健忠先生等，还有北京几位老先生，他们一直都保持联系，他们也在关注他的动静。当一个人已经修炼到一定程度，而又完全放弃功利，且长期深入观察世界时，就可能得到不可思议的发现。王志和几十年不停地阅读中外历史哲学、政治经济学书籍，终于发现世界既有经济学存在巨大缺陷，他形成了自己独特的观察思考分析方法，提前预见了二〇〇八年美国次贷危机爆发；更准的是，他预判到美国将怎样打劫全球转嫁危机，世界各国将怎样被动应对，在各种复杂矛盾冲突之中，中国会不可避免地犯下什么错误，六年来一直惊人地准确，这令他自己也吃惊不已，使他的商界朋友避免了巨大经济损失。这叫康兰和儿子不得不服，因为他的分析只对他们母子公开，并有完整的手机短信记录，假如全部公开，一定会有人说这是个超级骗子事后捏造的，这包括美国股神巴菲特几次重大判断失误造成巨损，他都一一言中。他对康兰和儿子说，永不公开，以免被中外恶势力利用。当然如果没有读过他这样多的书，并有能力消化形成自己独特的思维模式和综合判断力，即使公开，拿到的人仍然不能如意操作，只是会得到启示提高预测准确度。他一生不想被钱套住，不想为钱生活，不想当富豪，也不想当穷人，要达成这样一个简单的目标，他可以从容应对悠闲自得。现在中国股市一直在惨跌之后的底部痛苦挣扎，六年来他看所有媒体的金融证券评论预测，绝大多数时间是看笑话，寻开心，而他只是个文学编辑和已经消失的作家。

“怎么快下午一点了，你妈还没有回家？”

王志和又到了阳台上望，他忧心康兰在校园开车擦到，极为熟悉的家门口也大擦小刮七八次了。

“是啊，她还没回家，你早早就吵醒我，催我起床！”

儿子房间飞出来抗议声了。

“你个兔崽子，还不起床，我要动家法了！”

王志和严肃地警告。

“你哪来的家法？只有减法！”

儿子扔来一句嘲讽。确实，他从儿子出生后就含在口里养，不许康兰打骂，何曾动过家法？

儿子嘲讽，他却笑了。

“嘟！”

听到楼下汽车响，凭声音他已经判断是康兰锁了汽车，很快就要上楼了。

“你赶快起床洗脸漱口，你妈回家了！”

他穿过客厅进厨房炒菜了。

康兰开门进了客厅，儿子仍赖在床上。

“崽，你还不起床呵……”

康兰一催，儿子终于起了床，可待王志和炒完菜将饭菜摆好，儿子仍在蹲厕所，王志和只好又催。

“你快点，这么拖拖拉拉，中国梦怎么实现？”

“中国梦做来真的难呵！”

儿子从厕所里顶杠出来一句怪话。

“油腔滑调！”

王志和没奈何地笑了，与康兰面对面在长桌两边坐下，中间的位置是留给儿子的。

“这就是你从小就宠他的结果。”

康兰也笑了。

“结果很好啊，成工科博士了，当教师了呀！”

王志和终于看见儿子出了厕所在外间漱口了，可没过一分钟，儿子就在中间位置坐下吃饭了。

“喂，你怎么洗脸漱口这么神速呢？”

“我慢了不行，快了也不行？”

宝贝儿子搞得夫妇俩都笑了，估计儿子可能没用牙膏就是用水咕噜了一下，然后用毛巾扫了一把脸，否则不可能这样快的。

“我们本来是个无党派人家，但我现在明显感到潜伏着一个地下党。总是对每一届新政府抱着巨大的希望，搞得现在我回家成了一个落后分子，几乎天天要被洗脑，好像我不是在武汉读了六年硕博，而是去了美国。我没有去美国，只不过导师是海归美国博士。假如说导师在美国学会了吸烟，我也是个吸二手烟的；这跟我回家了一个样，老爸吸烟，我和我妈吸二手烟。”

儿子吃饭忽然望着他妈说，一边说一边怪笑。康兰笑了，跟进一句。

“是的，我们都受被动吸烟的害。”

看架势母子俩又准备联合作战，王志和笑了。

“你们都认为被动吸烟危害更大，这是对的，关于美国我不想多说，由于美国文化的严重缺陷，其衰落已不可避免。说我是个地下党这不准确，我只是静静观察思考。那么我现在来做一个判断或者说预测，从现在起的十年中国的外部环境会更加复杂险恶，但新政府很可能立下伟大历史功勋。这半年多来的内政外交可以说是非常了得，霹雳手段，雷霆气势，中国梦真的大有希望了！别以为我故意要捧什么场，我退休了，早淡泊名利，一无所求，我只是客观评判者。另外，我现在也尽量到阳台上吸烟，忘记了你们就提醒我。”

“是的，现在抓贪官力度非常大，可是抓过之后一样又会长出一批，监督机制不行，你不要抱太大的希望！”

康兰单挑一点帮儿子反击了。

“监督机制也会改进的，你们如果认为美国没有腐败就大错特错，美国是全世界最大的腐败强盗国家。二〇〇八年美国次贷危机爆发后，美国利用美元世界货币地位疯狂打击全球，对所有盟国也毫不手软；现在钓鱼岛越来越紧张，谁都清楚是美国背后挑唆。如果让美国称霸世界，世界将非常黑暗！你们都知道我的看法，我希望你们时刻想想，自已能为中国的强盛做些什么，而不是消极抱怨。”

“老爸，我哪里消极？你要我回长沙，我不就回来了吗？”

儿子嘴上这么说，实际心里还是有点不愉快，主要是收入低了，比乡下堂哥当建筑工人的儿子低得多。堂哥的儿子只读过初中，而自己儿子读个工科博士很辛苦，进高校开始几年只能享受讲师待遇。师大的讲师，一年工资加补贴也就是三四万，而乡下堂哥的儿子年收入是十万出头，比当教授的康兰还多。王志和理解这一点，但他认为不必计较，人的社会价值不取决于钱多钱少，而取决于对社会进步的奉献多少。很多大科学家远远不如一个小老板有钱，难道他们撂挑子不干了？不会，以身许国，不空言，只奉献。

“志和，崽还是很听话的呵！”

康兰忙表扬儿子。

“我知道，我的儿子从上小学就优秀，我对他的评价一直是九十五分，也没有苛求他老是得百分，因为他听话优秀，我们一直很幸福!”

王志和也忙表扬儿子，不知不觉，联合作战突然化解了，变成了联合表扬饭前还大睡懒觉的儿子。

“老爸，好像是你的手机响。”

王志和离开餐桌，在茶几上拿了手机又回到餐桌。

“老六，有什么事?”

是乡下王家来的电话，王志和听着电话皱紧了眉头，康兰和儿子望着他，不知道发生了什么事，吃饭也放慢了速度。

电话那一头说了十多分钟，王志和听着不说话；那一头说完，王志和才不紧不慢说话。

“老六，情况我都知道了，我认为用媒体曝光施加压力不是最佳选择，那总要对常德的声誉有损害；再说许多事媒体一再曝光也不起作用，要再想其他更好的办法。我要提醒你的是不要蛮干，一切要依法行事，不要搞出流血事件，尤其不要出人命！这次我一定暗中想法支持你们，现在中央反腐的决心非常大，双桥坪那个污染厂就是腐败造出的恶果，应当彻底关闭！我会尽快与常德市有关负责同志联系，一有消息就会告诉你；你有什么新情况也要及时告诉我。就这样。”

王志和关了手机，母子二人也就明白了是怎么回事，一家人每年总要回老家几次。王志和的父母参加工作后，乡下的老院子也就一直存在着，一九六九年重修过一次，一九九七年又重修，五年前父母过世后，院子就由老六一家人代管，今年又维修了一次，王志和没回家，全是老六和堂侄等亲戚做的，他只出钱。不把铁厂彻底关闭，对他乡下的院子危害也大。

康兰不仅清楚这个事，也清楚王志和的家乡情结。王志和经历颇怪，本人不屑于钻营，可是几乎他工作过的地方，领导都器重他。在常德商业局工作时，为了动员他入党接受提拔，局长甚至将他乡下老父亲请进城做工作。王志和始终不生气也不接受，“我太爱文学，看过共产党员的准则，我真合不了格，只想工作之余写点东西……”局长生气了：“你呀，王志和，才看到你这么傻的人呵！”王志和调往长沙时，当时常德市有关领导一再挽留，只要他留下，机关单位任他自己选择；可他要解决两地分居，不想让康兰回常德，康兰是七七级留校的助教。他的确有很深的家乡情结，是家乡的土地和人民养育了他，就是当时的公社领导，区委书记、区长、组织委员、宣传委员几乎全部喜欢他，那可是“极左”很严重的动乱岁月。他的朋友以及所有器重喜欢他的都是共产党人，且多是领导干部。儿子说他是地下党这有点道理，是所有这些共产党人无形中影响了他吗？他不是对腐败视而不见，是将中国共产党放在宏大的世界历史中加以比较，不是中国共产党彻底改变了中国的命运吗？中国共产党从建党起就不断犯错误，有时甚至犯严重错误造成巨大灾难，但谁不犯错误呢？但这能够抹杀它的伟大历史功绩？中国共产党不仅改变了中国，也改变了世界，今天的世界，没有强大的中国会多么不幸，这不是中国共产党的历史功绩？是的，是伟大的中国人民养育了伟大的中国共产党，是伟大的中华文化养育了伟大的中国共产党，这存在逻辑矛盾还是颠倒黑白吗？当然他不想使常德的形象受影响是真的，人都有私心，家乡养育了他，他不想公开挑家乡的毛病，这不等于说他是非不分，有很多时候他也无能为力呵。

“老爸，我和妈都支持你帮六叔他们，关掉那个鬼厂，乡下的院子也免受其害。爷爷奶奶临终时，都是忧心我们不管那个院子了不几年都会垮掉的！”

“儿子，你和你妈放心，那里的乡亲已经忍无可忍了，是彻底解决的时候了。”

午饭到下午两点才吃完，收拾了厨房，王志和躺在床上想办法，找谁联系？想了一会，决定找常德市人大常委会副主任吴之涣。

吴之涣比他小四岁，是七七级中文本科毕业的，文艺理论的修养在党政领导干部中少见，他对文艺工作也很重视和支持。吴之涣任常德某个大县的书记时，县文联举办作者笔会，曾邀请省会的几家文学杂志编辑去看稿选稿，王志和就是那次与吴之涣认识的，并一直保持联系，两人沟通顺畅，说话都是开门见山。

“之涣：我拟七月中回乡住一段，到时候再聚聚。双桥坪有个无任何证照的非法污染铁厂，开了六七年一直遭老百姓愤恨。现在百姓忍无可忍，而铁厂老板又准备点火开炉，不从速解决，恐怕会弄出大的事件损害常德形象，不知你可否方便过问一下?”

短信发出，立即收到回复。

“志和，我现在成都开会，两天后回常德，一回常德我就立即办理，放心。我也有许多话要与你说，你已退休很好，我还有一届也就退休了。很多话，见面说。”

王志和将吴之涣的回复告诉康兰。

“他是人大副主任，有权力管这事吗?”

“应当是有，人大就是立法和监督执法的。”

“你为什么不早找他?”

“你不知道，吴之涣工作能力强，也敢负责任，不知不觉暗里明里得罪了一些人。

这几年总有人想搞垮他，好在他没有什么原则问题，也就一直未被搞垮。不然，他是可以升到副省级的，过去职位比他低的某某不是早升副省级了？”

康兰叹了一口气。

“升得快的并不一定工作负责任能力强呵……”

“是有这种现象，现在抓出来的高官，不知是怎么升上去的……”

王志和也叹了一口气。

11

善良正直的人们永远不理解，为什么世界会有邪恶，明的邪恶，暗的邪恶，且永远存在着；逼迫正直的人们斗争，战斗，明的斗争，暗的战斗，且永无终止。这就是生活，这就是历史，这就是现实，这就是未来。这就要求善良正直的人们，除了具备坚韧不拔的意志外，还要有豁达的胸襟，乐观浪漫的情怀，否则生活会沉闷枯燥。

吴之涣对双桥坪非法铁厂早有所闻，老百姓闹一下它就停产，停一下又点火开炉，这一类污染环境的企业不止一两家，它们同政府监管部门打游击战持久战，政府监管部门也头痛。当然也有政府监管部门违纪违法纵容包庇污染企业的问题。双桥坪非法铁厂可能就属于这类企业，当初是谁引进的？谁是它背后的保护伞？他一直与王志和保持着联系，他们之间没有工作冲突利益冲突，谈论的话题都是抽象的文学与对世界认识的交流，很轻松也有益。王志和一直没有说过双桥坪非法铁厂的事，这次突然请他过问此事，可见王志和也烦透了。他清楚当年市里负责同志对王志和也很重视，曾亲自派人为王志和请一年创作假，但最终没挽留住他。王志和去长沙不久突然停止发表诗文，常德文界都不理解也很惋惜，但他理解王志和，王志和也理解他。

他吴之涣这些年也是负重前行，不知道工作中得罪了什么人，不时有人找他的麻烦，向市纪委省纪委甚至中纪委举报他，好在他经得起纪委审查，十几年前升了副厅级，他就很少消停，闹得最厉害的一次是省城一个官员扬言不搞出他的问题来，誓不罢休！结果还真被那个官员搞出了他主持建设的某个项目超标的问题。后来是中间人暗中调和，提拔了那个官员的侄子，那个官员才放弃战斗。弄得他有时很伤感，就像网络上流行的那三个字："伤不起！"

不过他吴之涣本性难改，伤尽管伤，工作还得干，该担风险还得担，要得罪人也没办法。他相信组织，多次审查仍将他放在重要领导岗位，说明组织仍然信任他，他怎么能不尽职尽责把担子担好呢？他不能辜负组织。

成都会议结束后，吴之涣回到常德立即着手彻底解决双桥坪非法铁厂的问题，他一方面派很靠得住的人去双桥坪微服私访掌握第一手材料，一方面给市环保局局长打电话，督促环保局严肃认真执法，无论这个厂背后有什么狠角色当保护伞也不要怕。给他壮胆的是新的中央领导班子异常坚定的反腐决心，已经给党内外一切腐败分子极大震慑，他就不相信在这种大气候下，要依法关闭一个破坏环境的非法企业，有人敢公开跳出来阻拦反对。不公开，暗中又怎么阻拦反对？他得想想这个问题。当过大县的一把手，到市里也工作了多年，风浪见多了，仍是不敢掉以轻心。

两天后，微服私访与环保局摸底核实的结果一致，双桥坪铁厂是个无任何证照的非法黑厂，这个非法黑厂居然搞了六七年都没被彻底关闭，是谁在失职？是谁在暗中保护？现在老板气焰还很嚣张要再次点火开炉，谁还能无动于衷？

"你们必须一星期内，将关闭双桥坪非法铁厂的文件下到区环保局，并报送区政府，不得延误！"

环保局长曾是他的老部下，他的口气就是命令式的。

"请老领导放心，坚决办好！"

吴之涣仍是不能够彻底放心，在中国，环保局下了多次文件，仍关不死的污染企业有成千上万家！法院判了的案件赔偿执行难，恐怕就是以十万百万数计了。他只能走一步看一步，步步盯紧，这次一定要给双桥坪的老百姓一个满意的交代。这个事还拿不下来，王志和也可能会笑话他革命意志衰退了。这个真叫伤不起，老百姓再也伤不起了，他和王志和也伤不起了，伤的必须是非法铁厂老板，伤的必须是背后的保护伞！

吴之涣万没料到，刚出手还未伤到非法铁厂和背后的保护伞，黑暗深处飞刀就向他砍来了。

六月二十六日上午上班不久，办公桌上的电话响了，吴之涣拿过话筒。

"喂，哪位？"

"你是吴副主任吧。"

声音陌生，吴之涣细看电话号码显示屏，是长沙区号。

"是，你是哪位？"

"这个你不需要知道，开门见山吧，"对方的语气突然凶恶阴狠起来，"我们已掌握了你大量受贿的证据，你必须尽快汇二百万到我指定的银行账号上，账号会传到你手机上。"

吴之涣迅速按下录音键，他想拖住对方，用手机短信向公安局长报案："我是人大吴之涣正遭黑社会恐吓敲诈……"

“你掌握的证据一定是伪证，我吴之涣经得起严格审查，你这样恐吓敲诈国家公务员是要负法律责任的，我看你还是收手为好。”

“少废话，你不配合，必有血光之灾！”

对方恨不得将他撕碎似的。

吴之涣勃然大怒。

“小子，你躲在长沙阴暗处算什么角色，有种的，你到常德来，让我看看你有几斤几两！”

“那你就等着瞧吧！我还是会将账号传到你手机上，给你一次活命机会！”

吴之涣再要反击已不可能，对方挂了机。

吴之涣默然坐着，不一会手机响，一看果然传来了工商银行账号，看了一眼，吴之涣没有删除。几分钟之后公安局长来电话。“吴主任，可惜对方迅速挂断了电话，他是用长沙岳麓区的路边公用磁卡电话打的，来不及采取行动……”

“知道了……”

这是谁在威胁恐吓他？是哪一路的？不会是过去公开要找他麻烦的官员，那个官员不会使这种下贱手段。难道是双桥坪铁厂背后保护伞的势力干的？他一开始动作就盯上他了？吴之涣一直非常恼火，除长沙那个官员，不知道究竟是谁要整他。现在习主席正动用铁腕反腐败，是真正在救党救国家呵，党中央严厉警告，不彻底铲除腐败就有亡党亡国危险，这真不是开玩笑的，谁还要把党的警告当儿戏，那就是祸党祸国。他一个市人大常委会副主任，竟在光天化日之下遭恐吓敲诈，这谁会相信？但刚才真实发生了。

“志和，我有时真羡慕你的职业。我刚一动手，暗处就飞刀来了，好在我不怕！”

“之涣，你必须提高警惕，党中央现在动用霹雳手段确实是问题非常严重了，湖南有个秉公执法的检察长被人诬害，整得九死一生，被判刑后通过一些人帮助艰难斗争才释放，现在仍在上访要求彻底解决问题，追查诬害者并恢复他的职务和名誉……”

“谢谢提醒。”

“我将王老六手机号传给你，你有事可找他。他是我堂弟，很可靠，我也将你的手机号传给了他，他有情况也会及时向你报告。特别情况还会进城当面向你报告，因为你的电话也可能被黑社会监听……”

“好的。”

“另外，我还给过去的老文友现任省政协副主席的发了短信，若遇到特别情况，也请他通过他的关系网给予支持；我还在联络常德民间有正义感又有实力的朋友暗中关注，希望他们协助政府执法！”

“好！你对家乡是真正有感情的呵！”

与王志和通了几条短信，吴之涣平静了许多。他与王志和都是常德市鼎城区的人，只不过一个在后河山里，一个在前河山里，都在山里长大，习俗也相同，沟通方便。他笑黑社会愚蠢，造什么受贿的伪证？他吴之涣首先是不贪，其次经济情况也好，妻子是常德烟厂的中层骨干，年薪几十万，儿媳在长沙的银行任职，年收入也有十万左右，他受什么贿？正因为他不受贿，这些年可能暗中得罪了一些人。有一年春节后刚上班，一个新任局长到他办公室汇报工作，走后他发现沙发上有一个纸包，里面有三万元，他立即叫来秘书，用文件袋封好，第二天以文件签收方式退给了那个任局长，后来那个局长再不敢给他送钱了，工作特别努力。

晚上吴之涣将情况告诉妻子，提醒妻子上下班也注意安全。

“之涣，王志和对你的提醒是对的，他当了多年的记者编辑，知道的事应不少。这回他也好像在不动声色使暗劲，你再盯着不放，双桥坪那个鬼厂这回应当是跑不脱了；不过，你还真得要提防黑社会，你们要整他们，他们狗急了就会跳墙咬人的。”

“别怕，黑社会也就那么几手。怕就不要工作了，必须站好最后一班岗，对自己有个好交代。”

好在他妻子不是个胆怯的女人，关键时候也能顶住，这些年跟着他风风雨雨磨炼了不少。

明枪好躲，暗箭难防，吴之涣在明处，黑社会在暗处，正义对邪恶，并不总是正义的一方取胜。在一个局部，一个时期，世界正不压邪的事也多多。美国到处乱搞，一些遭灾的国家怎么讨回公道？但是，从宏观角度看历史，正义不断地战胜邪恶压制邪恶是真理也是事实，美国不断作恶也正不断走向衰落，中国的腐败这些年越来越严重也正激起民怨，必将受到正义严惩。吴之涣防暗箭已经有了经验，暗箭背后是邪恶，他们不敢公开化，为什么？还是怕正义制裁。打铁还需自身硬，暗箭只能伤他皮毛，难断他筋骨，这些年他就是这么走过来的。本次行动他必须完胜，黑社会再猖狂，充其量也只能伤他一点皮毛；不过也不一定，也许连皮毛都难伤到，他有这个信心。

六月二十七日上午十一时，门卫打来电话。

“吴主任，双桥坪乡下有个姓王的农民有要事要见您，让他进门吗？”

“你叫他等着，我马上下来。”

吴之涣明白是王志和乡下的堂弟王老六来了，一定是有什么新情况。

“你就是王志和的堂弟王老六？”

吴之涣快步下楼到了大门前，见一中年横实汉子站在大门处，便问。

“是的，您就是吴主任吧。”

吴之涣伸出手与王老六握过手，叫王老六跟着他走进办公楼。他带王老六进了他的办公室，递过烟，泡过茶，拿起电话通知接待处。

“十一点半给我送三盒饭来。”

吴之涣估计王老六一盒饭恐怕不够吃，多要了一盒。

“王老六，你小声说话，声音不要高。”

说罢吴之涣又从抽屉中拿出一个小收音机，放在办公桌上，打开，放到中音量，音乐声响起，他走到王老六落座的长沙发前，挨近坐下。

“现在老板在趁夜偷运矿石，边运边装炉，估计七月上旬会点火。老板放话，死人也要点火开炉！”

“别急，还有什么新情况？”

“镇政府那边没有动静，我们主要是六个老党员暗中联系，由过去的老支书白义成召集的，因为大家都忙，主要是靠电话联系。需要跑腿的事，多半还是我来做，我比他们年轻点。这次也没什么好说的，我们都赞成跟老板来硬的，他敢点火，我们就坚决灭掉！”

吴之涣望着王老六很是感动，六个老党员为了与腐败做斗争，暗中联系，他们都是做义务工。我们的工作失职了，给老百姓添了多大负担，想起来真是有愧呵。双桥坪的老百姓多么可敬，他们一直与非法铁厂做斗争；双桥坪的共产党员多么可敬，有这样的共产党员，中国才有希望呵，才能成就中国梦啊！

“关闭双桥坪非法铁厂的文件，月底或下月初会下达到区里。不急，一定是可以彻底关闭铁厂的。由于情况很复杂，你到我这里来的事你回到乡下了不要说，我跟你说了什么也不要说。”

“五哥也是这么叮嘱的，放心，我嘴稳。”

吴之涣没有制止王老六他们要对老板来硬的主张，铁厂一再点火开炉当地政府又不管，任那个非法铁厂污染行吗？这是逼迫共产党员与老百姓来硬的，老板及背后保护伞真敢对当地的共产党员和老百姓也来硬的？硬碰硬，碰得过当地的共产党员和老百姓？

“你们先让老板偷运矿石装炉吧，走一步看一步。一旦有新的情况，尤其是紧急情况，要及时打我的电话告诉我。”

吴之涣想引蛇出洞，将背后的黑保护伞挖出来，让他们暴露在光天化日之下，看看真实面貌究竟是些什么。

吴之涣还仔细问了一些其他情况，王老六一一如实回答。吃过盒饭之后，王老六走了，他躺在长沙发上闭目养神。

手机响了，他一看显示屏，陌生号码，区号是深圳的，按键拒接。

过了十分钟左右，手机又响了，一看又是深圳区号的座机打的，又按键拒接。

吴之涣想，这也可能是黑社会要骚扰他，虽然不怕，但骚扰总还是多少会破坏他的情绪。他困惑的是黑社会究竟藏在哪里呢？如果黑保护伞在党政机关，是区里市里还是省里？也许接听一下能抓住一点线索呢？

手机第三次响时吴之涣接听了。

“这是谁成心不让我午休？”

他开始录音。

“吴主任，你真是贵人多忘事，就不记得我了？”

一个嗲声嗲气的年轻女子的声音。

“我不认识你。”

吴之涣很镇静。

“你是小姐睡得太多了吧？”

“胡说。”

“哪有你这么忘性的，有一次在宏达宾馆，那个大腿上有个小美人斑的女子你真的不记得了？”

“没有这回事，你这是造谣污蔑。”

“你装什么正经，谁不知道你和某局的女副局长有一腿？”

吴之涣心里咯噔一响，来者不善，知道他曾经犯过的，也是此生唯一的一次作风错误，不过这事早过去了，他检查态度虚心诚恳，组织上最后只是口头批评教育了他，没有处分。

“有什么事你明说。”

吴之涣断定这至少与本市的人有关，因为那次犯错并未弄得满城风雨，是那个女副局长的丈夫暗中向纪委揭发的，纪委找他谈话，他很快认账了并保证不再犯此类错误。想来他蛮亏，是那个女副局长主动勾引他，他一时冲动没把持住。老婆也早原谅了他，有人还要翻出来要将他怎样？是谁？想做什么文章？

“那好，吴主任，你要识时务点，还有四年你也要退休下台滚蛋了，做事要有个分寸，不该你管的事莫插手，插了手你要留后手。你老了不怕死了，不是还有儿媳在长沙？长沙可不是你管的地盘，出个车祸把儿媳命丢了也不合算是不是？”

没等吴之涣反击，对方挂机了。

吴之涣坐了起来，点烟抽。

这可以确认是与双桥坪非法铁厂背后黑保护伞有关了吗？不能确定，吴之涣工作能力强敢负责任，管的事多，暗中得罪的人就不少。他不知道对手是谁，藏在哪里。

抽了一阵烟，拨通了儿子的电话。

“爸，什么事？”

“你听了不要害怕，也不要着急，但必须重视。”

“什么事，这样说话！”

儿子的声音里透出紧张。

“你不要紧张，有人打电话恐吓你父亲，他们扬言如果父亲坚持原则依法办事，他们就要威胁你们小两口的生命，比方说制造车祸等等。你们近一段上下班不要开车，一律改乘公车，其他方面也要提高防范意识。”

“知道了，劝您也尽量注意，不是非管不可的事，您也少管点。如今黑社会势力很猖狂的，您只有四年就到站了，莫太操心了！”

“黑势力为什么猖狂？就是敢硬碰硬的人少了呵。儿子，爸有斗争经验，不怕的，你放心。我刚才交代的话，你们夫妇要严格照办，我还会给公安机关打电话，就这样。”

吴之涣给儿子打完电话，抽了两支烟，想了一会，给公安局长打了个电话。起身在办公室走了几圈，又坐下喝了几口茶，最后才拨通了市纪委的电话，他必须全面设防。

12

两个在北京上大学的儿子快要放暑假回家了，腊秀的情绪渐渐高涨。儿子回来，就是她的盛大节日，姚才子也高兴，爱同两个儿子谈天说地，钓鱼下棋。她会特别选在镇上的赶集日，带上两个儿子满街转，买这买那，哪怕一时高兴，东西买多了买重了也不心疼钱。钱算什么？儿子才是宝啊。双桥坪的堂客们比她长得乖的有的是，可谁像她可以养出两个清华北大的高才生？从出门到回家，她一路与人说笑，风光无限。当然是丈夫的种好，不错庄稼是要种好，地不好也长不出好苗，像秋枝那样的烂地，种再好播下去也长不出好庄稼，不就出了个傍大款的卖肉的货？

"才子，好像雪梅好多天没有看见了，是回深圳去了？她到底是嫁还是不嫁？两难啊，不嫁，早破身了，还能嫁什么好男人？嫁，那个男人比她奶奶还大一岁，那像个什么话呢？"

吃早饭时腊秀忍不住又问才子。

姚才子其实通过手机短信对情况了解得一清二楚，雪梅仍在常德共和酒店住着，只是老男人突然到北京开会去了，开完会还得去深圳，要月底或者下月初才能赶到常德。老男人并未拒绝三百万要价，只是对雪梅说这不是她父母的主意，背后有高人，一分不能少但可以百万百万往上加码，这是道精算了的考试题，及格不难打满分难。雪梅传来消息，姚才子窃笑，不过也使他对老男人有了第一感觉：玩智慧，他可能不是老男人的对手，他只是有点小才而已。

"才子，我问你的话，怎么不吭声？"

"我怎么晓得，不在家不就是回深圳了？你都讲了是两难，不是明摆着的？我说什么也不是白说？"

"才子，天气今年特别热，滴雨不下，你少跑点。如今咱也不缺钱，你也五十岁了，要把身体保护好。"

腊秀说这个话是真心的，毕竟丈夫每天很辛苦，还是不能让他把身体搞垮，这个账她会算。她一直盯得紧,秋枝也一直未搞到才子的钱,那种女人不图钱图什么?也许才子与秋枝暗中也不怎么来往了,有时她心里也这么估计。现在儿子快要放假回家了,她更是懒得管这档子事了,再说才子确实每天都忙,哪有那么多时间和精力做那些鬼事?

筷子一放,嘴巴一抹,姚才子又开着车去接客户的货了。腊秀站在大门口望着,嘴角浮起了一丝笑。让你辛苦去,辛苦了你就没力气做那些鬼事了!

腊秀收拾了厨房,如今不跟车了干什么去呢?田里无事,只等着稻子熟了收割机来收割了。去镇上打牌那里有空调,可走几百米身上也会出汗,不如到秋枝家去聊聊天摸摸底细。

腊秀与秋枝的关系五味俱全,好多年都是见面了也不打招呼,近两年才开始打个简单的招呼,说两句无关痛痒的话,双方心知肚明都尽量回避,也不希望再撕破脸吵闹,让别人看笑话。犹豫了一阵,腊秀慢慢往秋枝家走,几步就到了秋枝屋坪里。

"腊秀,你有事?"

秋枝正在堂房收拾,瞧见腊秀后便出门打招呼。

"我刚好收拾完了,进来坐坐,我开空调。"

秋枝客客气气将腊秀请进堂屋,腊秀脸上堆出笑,心里却忽然一股酸味。想当年将才子和秋枝在床上赤条条捉住,怒火万丈冲出秋枝的门后,她已经有二十年未进过秋枝家门,今天是怎么突然起意来了?

"今年是六十年一遇特大干旱,可双桥坪这块宝地不缺水,水库多的是水。现在到处在抗旱,有的地方山上竹子都枯死了,你看双桥坪哪座山不是绿油油的?"

腊秀在一把木椅上坐下,秋枝递过来一瓶常德本地产的矿泉水。

"是的,是的,双桥坪真是块宝地。我娘家鳌山也还好,不用花好多钱找水抗旱,把抗旱花的钱一算,种田就亏狠了。"

"秋枝,你开了空调又不关大门,蛮费电的。"

腊秀提醒,心里却道,是如今女儿卖肉有钱了吧。摆什么阔呢?我家的钱都是辛苦干净钱,才不会像你这么浪费。

"不妨事,城里的大超市不都是开着门的?开着门空气对流人也舒服些。"

秋枝不能在腊秀面前显寒碜,敞着门,开个把小时空调也花不了多少电,她虽然名声不好,如今也不缺这点撑脸面的钱。你家有钱了,那是才子脑子灵活又做牛马样苦来的,你不过是个花钱的堂客。

"秋枝,雪梅是回深圳了?"

腊秀忍不住要摸底细了,虽然她得不到好处,但这是秋枝的痛处,让这个将才子拖下水的烂女人心里痛,她心里总归是要舒服点。

"是的,如今我一心稀烂的,不晓得怎么办才好。"

秋枝干脆自己把痛处露出来让腊秀戳,其实她心里已经接受了姚才子的主意,赌一把,也许亏不到哪里去。

"都是钱害的,雪梅也是糊涂,钱算什么?是人值钱啊!"

腊秀管不住自己,直往秋枝痛处戳了,一箭双雕。"你秋枝卖×也只能养出不值钱的卖×的货;养得出万里挑一上清华北大的无价宝?人有一张脸,树有一层皮,无脸无皮活在世上钱再多也被人瞧不起,你而今才晓得怕出门见人了啵!"

"是啊……"

秋枝没法反驳腊秀,心里也实在痛,痛着也上了暗火。芋头的种怎么与才子的种比得?你是当年有舅妈搭帮设套才算计到才子的,得了才子的好种你卖什么乖?若是才子给我下种,生出来的会比你差?莫说考上清华北大,就是漂洋过海,考上世界顶级名校也说不定的。这些年你像看牛一样盯着才子,才子不喜欢你个正经货,偏偏又喜欢我这个烂货,这怪得哪个?你以为你管住了才子?你挂个空名我暗得实惠,过的神仙快活日子,那滋味你尝到过?我秋枝一生有这么一个男人值了,随便他人怎么骂,我不怕了,值了!你心里肯定骂我的女儿不值钱,只有你的儿子是无价宝,你也是女人,你自己照镜子看看,就是倒过去二十年你当小姐,你能卖到钱?

腊秀和秋枝正说着话,冷不防闯进来拿着草帽打着赤膊,只着短西裤遍身是汗的叫鸡公。

"秋枝,热死了,我的喉咙里在冒烟,找你讨杯凉茶喝!"

叫鸡公不请自进在一把木椅上坐下,秋枝忙递上一瓶矿泉水,叫鸡公接过矿泉水冲着腊秀怪笑不说话。

腊秀怕叫鸡公嘴里跑出鬼话,抢先发声。她指着公路边满板车的大石头,一脸严肃。

"叫鸡公,你这是偷的修高速公路护坡的石头,别忘了,你还是个共产党员!"

"什么偷?咱党的教导记心头,是给修高速的人讲明了的,是组里五保户墙垮了,拖车石头去下基脚,要不然这三十九度的高温我能这么卖力气?"

腊秀瞧着叫鸡公一副结实好身板,心里骂,这家伙年轻时肯定也遭一些堂客喜欢,而今六十几了比有些四十多岁的男人还耐看些。

“给组里五保户拖的？只怕是给茶花家拖的吧，你给五保户这么卖力气？”

腊秀不相信叫鸡公的话，往镇上广为流传的他与茶花的绯闻方面猜，叫鸡公一愣，但马上否认。

“真是给五保户拖的！”

腊秀见叫鸡公底气不足，也不否认茶花那方面，更认定与茶花有牵扯了。

“我反正没事，你等会儿拖车走，我就跟着你走，若你真是全给五保户拖的，我输你一百；若是其中还有给茶花拖的，你输我一百，你敢不敢赌？”

叫鸡公不接赌，突然望着腊秀怪笑，然后将话题引开。

“腊秀，你信不信？才子在外面打暗炮！”

叫鸡公这个话叫两个女人都难堪了，都担心叫鸡公乱讲弄得不好收场。

“只要他有劲，尽管打！”

腊秀摆出一副豁达态度，想起身回家去，哪知叫鸡公不放过她。

“腊秀，说句正经话，你也不能怪才子在外面打暗炮。你也才四十几，又不收拾打扮好好保养，你看人家秋枝多水嫩，哪个男人不想跟她打暗炮？”

叫鸡公又把秋枝抬举了一把，这下真把腊秀弄火了，又火又羞辱。

“你是什么共产党员？老流氓！”

腊秀一冲回家去了。

叫鸡公呆了。

“鸡公哥，看你乱讲，闯祸了啵！你快拖车回家去吧，不是我要催你走，你把我也搞得好尴尬……”

“是她先讲我呀，我又没发火……”

秋枝催叫鸡公走人，叫鸡公只得站起身，可走出了秋枝家屋坪，又折转身向腊秀家走去。

腊秀见叫鸡公找上门了，火更是大，顺手从食品柜上抓起一罐可口可乐，使劲朝大门口的叫鸡公砸去，叫鸡公哎哟一声蹲在了地上，双手捂在裤裆前。

“哎哟嘞……”叫鸡公似乎痛得说不出话，腊秀顿时僵住了，真这么凑巧，砸着了他那个东西？要是真砸坏了麻烦就大了，花好多医药费不说，讲出去不难听死了？

“我不是故意的，谁叫你净讲些下五六的话惹我生气！”

腊秀赶紧严正声明。

叫鸡公哎哟叫了一阵，一屁股坐在了地上，双手仍是捂在裤裆前，但似乎又缓过了一口气。

“腊秀，你怎么这么狠？你把我的东西砸坏了，我今后怎么办？赶快打电话，叫才子送我去医院检查！”

真把腊秀吓住了，把才子叫回了家她怎么说？叫才子拖他去医院检查会传出些什么鬼话？

“我没手机，我也从来不用手机。”

腊秀慌了手脚。

“秋枝有手机，你去请她来帮你打！”

叫鸡公好像仍是很痛，眉头皱几多紧。

“叫鸡公哥，你莫坐在地上，我开空调，你进屋休息一会，看过一会好不好一点……”

腊秀终于软了下来，只想息事宁人，只希望叫鸡公过一阵就会好些，不想请秋枝打电话将才子叫回家，送叫鸡公进医院检查。她打开空调，搬一把木椅到大门边，要叫鸡公坐。

“我痛得动不得，怎么坐得上椅子？”

“鸡公哥，你试试看，你这么大的个子，我怎么抱得动你起来？”

一个“抱”字出口，腊秀脸发烫，那千万抱不得，被秋枝或公路上的人看见了，她就是跳进河里也洗不清。

“我就坐在地上，不要你抱，你一抱，我跳进河里也洗不清，被人看见会说我跟你打暗炮。我可不能背那个冤枉，再说我跟才子也是多年老交情了，你一抱，才子晓得了会怎么想？”

叫鸡公居然赶快与她撇清关系，腊秀一没料到，二也松了口气，看来叫鸡公也不是人传的那么下流吧，到底也是老党员，还是有点人情味。

“那是，那是……”

腊秀反而有点感激了。

“我先是说的正经话，现在说点半正半斜的，你发达了，也不扶助一下我这个老党员？怎么叫共同富裕奔小康？”

腊秀赶忙进堂屋拿了五百元钱出来递给叫鸡公，她只想叫鸡公莫纠缠，万一被才子回家看见这场面也难堪。

哪知叫鸡公伸出一只手推开了，他突然压低声音。

“腊秀，你保证两条，我出卖给你一个高级机密，但是如果你真捉住了才子，你得给我机密费一万。”

“什么两条？什么机密？”

看样子叫鸡公不像在撒谎，腊秀有些相信了。

“第一条，你捉住了才子不许搞得风风雨雨，那对你个人名声也不好；第二条，你要保证永远不说是我提供的机密。”

“这两条我能保证，一万块太多了，一千怎么样？”

“五千，一口价。先预付五百，一年之内你按我提供的机密捉不到才子，我退你五百。”

五百块钱本来腊秀就还拿在手上要给叫鸡公的，不是问题，将来捉到了才子只需再给叫鸡公四千五，这个数目对她也没有问题。她不明白的是叫鸡公既然自称与才子是多年的老交情了，为什么又要出卖才子？这其中是否有诈？会有什么诈？先套出机密再说吧。

“就算成交吧。”

腊秀再次递过那五百元，叫鸡公接了。

“腊秀，才子与秋枝还在打暗炮，是在鳌山秋枝妹妹家打的。这是真的，是鳌山那边的朋友悄悄告诉我的。”

腊秀脑子里轰的一声响，真是还在打暗炮啊，难怪她一点也发现不了，原来是悄悄跑到鳌山打暗炮。有时她见秋枝回娘家了还格外放心才子，现在想来，才子与那个婊子不是放心大胆打暗炮？

腊秀好气愤，可嘴上说的不一样。

“鸡公哥，捉到了才是真的。”

“我说了，一年之内你捉不到，我退你五百。”

“我不要你退，但捉到了，一定补你四千五！”

这对腊秀很重要，若她再次捉到才子与秋枝的现场，她肯定不会像过去那样闹翻天，更不会提离婚。如果捉到了，才子的身上就多了一根索，秋枝的心里就会多一份怕，她后半生反而更安稳些。她也决不会说出是叫鸡公提供的机密，也许今后还可以私下再买叫鸡公掌握的机密，为她所用。

不知不觉叫鸡公自已站起来了，腊秀朝他一望，只见叫鸡公裤裆前像撑了一把伞。

“鸡公哥,你前面莫不是哄我的?哪里砸着你的?”

“腊秀,真的砸着了,你以为我的东西那么容易砸坏?刚才休息一会又好了。”

“砍头的,你把我吓死了,你快走!快走!”

叫鸡公便走了。

没过多久,公路上传来了叫鸡公的吼歌。

“妹妹你大胆地往前走,往前走!……”

望着叫鸡公烈日下拖着满板车石头的身影,腊秀心中不知道是什么东西直撞。

快到中午腊秀才平静下来。才子每天中午与侄子和工人在榨油坊吃饭,不要她做午饭。她感到不想吃东西,便上楼到自己的卧室打开空调睡了。

睡着就开始做怪梦,梦见叫鸡公赤条条从窗户翻进来了,她慌得不知怎么办,叫鸡公就爬上床抱住了她,三下五除二将她脱光,她想叫可叫不出来,被叫鸡公一只手捂住了嘴。叫鸡公好大劲,她哪里挣得脱,结果被叫鸡公整得天昏地暗,撕心裂肺。待她缓过气来再想臭骂叫鸡公却骂不出口了,做也做了,骂还有什么用?叫鸡公就说:“才子打得暗炮,你也打得,怕什么?过几天我又来,包你快活!”“啊,不!被人发现我就没脸活了!才子肯定要跟我离婚,儿子肯定也会嫌弃我,秋枝也会在一旁看笑话,我还哪有脸见人?你算什么东西?你同才子比得?”可是叫鸡公不听她的,霸道地又将她整晕过去。突然房门一声响,才子走了进来,啊的一声尖叫她终于吓醒。

醒过来个把钟头心跳才缓下来,腊秀暗暗叮嘱自己,这是千万不能做的事,尤其不能让臭名在外的叫鸡公揩油,她一生只能让才子做,南阳坪谁比得上才子?才子要打暗炮有什么办法?她是配不上他啊,舅妈不是临终前交代她了的?要她睁只眼闭只眼的?怎么又忘记了?不是忘记了,是不甘心啊,秋枝是什么东西?是婊子破鞋,你才子要是找个正经女人打暗炮她心里还好过点,女人哪有什么漂亮不漂亮,关了灯都是一样的!她今天尤其恨叫鸡公拿秋枝跟她比,在叫鸡公眼里她也是远不如秋枝,这些臭男人是怎么想的?

腊秀冷静下来又发现了新问题,叫鸡公告诉她才子与秋枝的秘密纵然是真的,她又怎么能捉到呢?怎么知道才子与秋枝何时悄悄去?谁会及时告诉她?等她赶到他们完事又走了,她岂不是白跑一趟?而且秘密是真是假她怎么晓得?会不会是叫鸡公要骗她钱故意编造的?这也有可能,叫鸡公一年总要与白义成、才子一帮人喝几次酒,也是老交情,既是老交情叫鸡公为什么要出卖才子?这是不是才子给她下的套?才子心里一定恨她当年捉活的出了丑,是才子暗中要叫鸡公给她提供假秘密害她白跑路出洋相?

腊秀越想越觉得没底,干脆不想了。这事先放下再说,儿子快要回家了,莫破坏了老娘的好心情。莫以为老娘只读了丁点书几个字都忘光了,舅妈说浏阳河九道弯,世上的人那弯就多了,少说也有九十九道弯,想问题不周全不拐它九十九道弯,十有八九就出差错。当年她捉住才子与秋枝活的是对的,可是捉住后脑子简单没怎么拐弯想,结果是将才子名声搞臭辞职下台,自己又沾了什么光?这些年总算是一帆风顺保住了才子保住了家,保出了一对儿子上清华北大,还要怎么风光?不就是弯拐得多考虑周全?

腊秀下床看看天色,赶快下楼做晚饭,才子应该快回家了。果然她抢火似的做完饭菜,才子的车开到了屋坪里。

“腊秀,你怎么开着空调大门又敞开,是要烧钱?”

才子进了屋,腊秀这才想起是上午为叫鸡公开的空调,一直忘了关,不知怎么回话。

“你莫马大哈,要长记性,这都是辛苦钱!”

腊秀忽然内疚,是啊,才子确实辛苦。

“我错了,下回一定改!”

腊秀忙找酒杯来,又端来凉茶,将大门关上。她没有说叫鸡公来过的事,不好说。

13

叫鸡公拿秋枝比腊秀，弄火了腊秀，秋枝虽不好意思也偷着乐，心里就像这大热天用油纸扇直扇凉风。也难怪叫鸡公损腊秀，她本来就长得不好看，胸是平的，屁股又是歪鼓的，腰粗腿也粗，才四十六岁就满脸褶子像苦瓜皮，恐怕连叫鸡公也看不上，拿什么跟她比？叫鸡公说哪个男人都想跟她打暗炮，那不假，这些年暗中给她放电的男人也不少，可她从未动过心。她被才子勾走了魂，见了才子就一身软，只想往才子身上贴，真像前世欠了才子的债，今生得用性命还。看着才子每天辛苦，秋枝心里就痛，又痛又不能帮他，也就只好忍着，少整他，才子忍不住了给她发短信幽会，她就去慰劳他。随他怎么整，反正性命就交给他了，人也就是几十年寿，整一回就少一回。

叫鸡公转身去腊秀家，秋枝就长心眼了，悄悄走到挨着腊秀家的大桂花树下，拨开树叶悄悄看，屏气听。腊秀甩易拉罐砸着了叫鸡公，秋枝差点没笑出声，心里道砸得也还好，这老不正经的老鸡公也该砸，把他的东西砸废了也少撩得一些麻烦。看到后来腊秀给叫鸡公五百元，又听到叫鸡公向腊秀告密，秋枝心惊肉跳，幸好被她偷看偷听到了，要不哪天又会被腊秀捉到活的，那又会搞得天翻地覆。怕她是不怕，总归是暗自快活不为人知才好。

秋枝长心眼也许多年了，时常也不听才子调摆，因为她发现才子一痴她也会出错，还得她细心调教，不然才子会三天两头搞幽会，那既伤他的身子又容易穿帮。她得把好这个关，这些年不是她的关把得好，也许又被腊秀捉住了。她决定暂不将叫鸡公告密的事告诉才子，以防才子沉不住气反而坏事，反正才子若在老地方三也就是她妹妹家约会，她就改换地点。但这个事又叫她对其他的老地方有怀疑，大龙站小旅馆和山边老油茶树两个老地方，是否也暗中被人发现了呢？这就得找个时间与才子仔细商量一下，先不急。

晚上九点多钟，秋枝收到了短信。

“今天腊秀好像有点异常，是我外出后家里发生过什么事吗？”

“我不晓得,在家没出门。”

秋枝连腊秀破天荒到过她家也不说,她怕腊秀不说她说了,腊秀就会猜到是她发信息告诉才子的,进而肯定她与才子一直暗中有联系。虽然叫鸡公今天已向腊秀告密,但腊秀捉不到也就不相信叫鸡公的话,她只会怀疑是叫鸡公为了撮她的钱瞎编。她偷听到了,这个漏洞就得想办法堵死了。

“腊秀说她今天去你家打听雪梅的消息了的。”

“只说了一会话就回家了,没说别的。”

腊秀已经自己跟才子说了,但秋枝仍不提叫鸡公的事。果然腊秀也没说叫鸡公的事,才子忽然说铁厂的事了。

“铁厂的事已越来越危险,弄不好会出大血案,我最近会很忙,雪梅有了消息再告诉我。不用回复了,我累了要睡了。”

这条短信将秋枝吓着了。

“才子哥,你千万别卷入,千万千万,让别人去搞!”

“放心,我会注意,但不管是不可能的!”

秋枝真担忧了,得想办法阻止他。她不能让才子出任何意外,死字那更是别提,他死了,她活着还有什么意思?不过今晚不能说了,要让他休息,要想法见面耐心跟他说。她知道他恨死了铁厂,一直想把铁厂彻底搞垮。她心里也恨啊,铁厂一开炉她家满屋都是灰尘。

转眼到了六月底,雪梅还是没有消息,秋枝也只能耐心等待。早晨芋头出门,秋枝说:“这么热的天,叫你别去打工了,天凉了再打你不听,在外面就要自己注意,稍微有点不舒服就要到树荫下去休息……”“放心,晓得的。”芋头反而宽她的心。

二十年夫妻了,不说爱情,秋枝对芋头也有点感情了。怎么说呢?也说不出个滋味,反正她希望芋头无灾无病,对婆婆也是尽量礼行周到,毕竟生了个女儿,就是一家人了。只是,芋头也实在配不上她,芋头自己也蛮懂味,她不恩准,芋头是不敢爬上她的床的,一两个月恩准次把,芋头又慌慌张张飞快收场,把她也弄得好怜悯又好像对不起才子。不过想想才子不也一样,那腊秀爬上才子的床,才子也不是不好表情?哎呀,这人世间,怎么有这么多的阴差阳错,过又不好过,解又解不脱,儿女生下了,就像套了索,心又不甘,情又难割。感谢老天爷,造了个才子要她的性命暗快活,但又担心一不小心被捉住。

“秋枝,铁厂弄不好会出大事!”

腊秀居然又到秋枝家串门了，这叫秋枝一头雾水。莫非是叫鸡公告密后，腊秀横想竖想忍不住了来盘问她的？可腊秀对铁厂恨是恨，不会让才子造头闹事她是知道的。估摸腊秀是怕才子出事来的，来找她干什么？是要她也出面劝才子别卷进去了？

“秋枝，你也要帮忙劝才子莫卷入了！”

果然是！这可就有意思了，秋枝怕才子出事，腊秀怕才子出事，两个冤家对头都为一个男人操心，站到了一条战壕，穿上了一条裤衩，心向一处想，而想的完全不一样。都要保住才子，目的完全相反。

“腊秀，这个事怕是难劝，你家姚才子是党员，铁厂又是个坏事，他一直想把铁厂搞垮，要他不管恐怕做不到。”

秋枝沉住气，虽然心里比腊秀还急些，但她不能乱讲，只能有空约才子幽会，那时再狠些讲才子。

“秋枝，这个事你必须讲，你讲会起作用的！”

腊秀脸上明显不快，好像心里在说，不是事情紧要，我会拉下脸来求你这个妖精？你净跟他打暗炮，你不劝，才子丢了命，你发情了怎么办？保住才子你还比老子得的多些，不是吗？

“腊秀，你是他堂客，你讲不听，旁人讲就更不会听了。”

秋枝不是要扳俏，晓得才子有些事也是一根筋，她而今也急也不晓得说什么话才能劝住才子。这些年她确实得到才子比腊秀多得多，得了才子的心，勾了才子的魂，才子若是丢了命她也就丢了命，比你腊秀还真的急些，腊秀你空挂个名儿，哪里晓得她跟才子已是切肉连皮，打断骨头连着筋了啊。

“秋枝，邻里住着，多张嘴说他，他总是会听进一点的。”

腊秀忽然脸上又堆出笑，她始终不进秋枝的门，一直站在大门口屋檐阶上说话，也是不打算说长话的。其实此刻腊秀心里早已臭骂开了，秋枝不答应帮着她劝才子莫卷入铁厂的事，更是叫她看扁秋枝。你这个婊子、骚货，你只晓得发骚，做那些见不得人的骚事！只晓得吸才子的精血，你的心好毒，真是这世上少见的不要脸的妖精！你是巴不得才子出事？他出了事他的儿还哪有父亲？秋枝，真没看出你这么毒啊！

“那好吧，碰着了我会劝他，管可以，不要造头，我也听说了，现在情况很危险。”

秋枝顺势转弯了，腊秀脸上堆的笑又垮了。

“我急死了，才子天天在外跑，也四处暗中联络人，准备跟铁厂老板大干一场。铁厂老板又不断放出狠话，死人也要点火开炉，这不得把人急死？一个要点火，一个要灭火，不会有一场恶仗打？真开打了要死伤多少人？我不急死了还会来要你也帮着劝他？不多说，还要去镇上找几个人劝才子，不然真的十有八九会出大事！”

腊秀说罢匆匆走了，一眨眼上了公路，这下秋枝真的骇傻了，站在大门口心里一片慌乱。

“明天中午十二点整老地方四见，各吃各的饭。”

晚上九点秋枝发出短信，哪怕大龙站小旅馆也有被人暗中发现的风险，她也下定决心要冒险了。

“不行，现在忙。”

姚才子这样的回信过去几乎没有出现。

“你必须去！”

秋枝这样命令更是没有过。

“对不起，真的难抽身！”

姚才子语气有点软了。

“你不去，我就去死。”

秋枝这样说话自己也惊呆了，怎么会这样说呢！

“发生了什么事，这么可怕？”

姚才子开始退步，不再说不去。

“人命关天！你不去我就真去死！”

秋枝管不住自己，短信一发出额上就冒出汗。

“千万别说死！天垮不了！要垮我会给你扛起来！相信我！明天我会提前赶到！”

姚才子大败，秋枝大胜。

“今晚你必须睡好觉，任何事也不要想，你去了就能解决好！你要听话！”

秋枝笑了，不发这条信息她担心姚才子今晚胡思乱想伤神，那会叫她心里痛。

“听你的，要睡了。”

估计姚才子确实累得不行了，秋枝停止了发信息。

第二天上午十点多钟，秋枝未带任何小包也未换什么好衣服，就上公路搭车去大龙站镇。到镇上小店吃了碗米粉，便去姚才子一个很好的兄弟开的小旅馆。走近旅馆，看见了姚才子的小客车，便知道姚才子比她早到，她顺利找到了幽会的老房间。

姚才子穿着短西裤，躺在床上吹空调。秋枝轻轻进屋，轻轻关门，走到床边一看，姚才子睡着了。秋枝心里一痛，是让他睡？还是叫醒他？

秋枝在床边轻轻坐下，迟疑着。

大概坐了半个小时，秋枝掏出手机看时间，十二点快到了，正准备推醒姚才子，姚才子手机的闹钟响了，睁眼看见秋枝坐在床边。

“你来多久了？怎么不叫醒我？”

“也刚到，正想推醒你。”

“啊，快说，发生了什么事？”

“就是铁厂的事呀，都说很危险呀，会死人呀，腊秀急死了，我比腊秀还担心些，你可不要卷入啊……”

“哎呀，你就是为这事？”

姚才子如释重负，一把将秋枝拖上床，将秋枝的裤子一扒，盖了上去。

秋枝一滚，滚到床里边。

“才子哥，你还没答应我呀！”

姚才子也不勉强，坐起来，靠着床背，点上烟。

“秋枝，这个事不能答应你。”

“为什么？”

秋枝又滚过来，将头枕在姚才子大腿上。

“不说我还是个党员，就是个老百姓，也不能当缩头乌龟！这件事确实有发生流血冲突的危险，现在老板很猖狂，不知他背后是什么黑势力……”

“才子哥，你让别人去闹嘛，你万一有个闪失，我怎么办？你的儿子怎么办？你想过没有？”

秋枝不是不恨铁厂，只是不能让姚才子冒生命危险。她也明白这有点自私，可她害怕啊，她宁可让人将她与姚才子赤条条捉住，那只是丢丑，不是丢命。丢丑怕什么？反正她早与姚才子丢丑了，臭名远扬过了，再扬一次又怕什么？

“秋枝，你别担心，这次可能王老六的五哥王志和也在使暗劲。他在省城多年，肯定也有关系网，大家都在齐心合力，我是万不能当缩头乌龟的。在这种关头当缩头乌龟，那不是我姚才子，不是白义成，不是山西佬，不是王老六，甚至不是叫鸡公！”

“那你们能斗得过他们吗？”

秋枝紧张得身子有些发抖。

“别怕，真要开打，几乎可以肯定老板那一方是打不过我们的，我们的人马肯定比他们多！”

“真会开打?”

“老板要点火,我们要灭火,不做好真开打的准备,我们就可能要吃亏!”

“才子哥,你说的道理是对的,可就是担心你啊……”

“别担心,你不是自比小凤仙的?小凤仙当年帮助蔡锷逃出京城不也是提着脑袋干的?”

“别说了,才子哥,去的那天你通知我。我跟你去,我拿个棒,开打我就跟着你打,看见有刀砍你,我就替你挡!你不怕死,我还怕什么死?我死在你前面,还有你给我收尸,还有你关照我苦命的女儿……”

秋枝说着竟哭了。

姚才子将秋枝紧紧抱在怀里,半晌说不出话。他震撼,秋枝爱他竟到了愿为他挡砍刀,为他先死的程度!他姚才子何德何能?值得这个美丽女人如此以身相许以命相报?有道是男儿有泪不轻弹,此刻他不是轻弹是重弹,泪珠止不住大颗滚落。

“才子哥,你这是怎么了?”

“秋枝,有了你,我很幸福!”

“我也是,才子哥……”

“秋枝你放心,我们一定会做好充分准备,这一次不彻底灭掉铁厂决不收兵!我们一定赢!赢定了!民心不可侮!党心不可侮!国家是有王法的!我们是正义的!与党和国家是一条心的!我们不赢让黑社会赢吗?不可能的,现在习主席当家作风硬,敢于碰硬,我们直起腰杆斗,与老板硬碰硬,老板的后台是黑社会,我们的后台是党是国家是习主席,他碰得过我们吗?这不是讲空话大话,是天下大势!看天下大势,我们一定赢!秋枝你相信我的话吗?”

“我相信,才子哥,不相信你,这世上我相信谁呢?”

结果大出秋枝意料,是姚才子将她说服了,她这是怎么了呢?

“才子哥,差点忘了,我妹妹家不能再去了,这个地方和其他地方都有可能被人暗中发现了。”

秋枝详细说了叫鸡公告密的事。

“秋枝,幸好你长了心眼啊,这难不倒我们,过了这一阵,以后再说。现在别说话了,做点正经事!”

姚才子将秋枝放平,秋枝两眼秋波横。

“才子哥,最喜欢你做这个正经事的……”

“妖精,你要老子的命啊!”

“就是的!”

……

秋枝要姚才子开车先回双桥坪,然后自己从大龙站搭客车回双桥坪。在镇上有空调的麻将馆打麻将,她心情好,手气好,赢了两三百元,便回家做晚饭,顺便给婆婆买了一袋食品,给芋头买了一条五十元的白沙烟。

“我们的家乡在希望的田野上……”

心情一舒畅,歌儿就哼起来。

腊秀听到秋枝的歌声走出大门看,看到秋枝一只手提着食品,一只手拿条烟。

“秋枝你又赢钱了?”

“手气好,赢了两三百。”

秋枝满面春风,是个赢了上千的样子。

“肯定不止,你不讲实话。”

腊秀不相信秋枝只赢了两三百,她去麻将馆多半是输钱,不过若输到两三百就坚决不打了回家,怕越输越多。

“真的只赢得两三百,不信你明日去镇上问。”

秋枝笑盈盈,心里道,腊秀,我又赢了才子,这可说不得,比赢两三百块钱快乐得多啊,你又不晓得,又没捉到。

“你答应帮我劝才子的事还记得吗?待会儿才子回家了,你过我家来劝他几句。”

腊秀是真正一点也未察觉今天牛又跑下田偷吃庄稼了。

“好的。”

秋枝顺口说。暗自好笑,腊秀啊腊秀,这就真的对不起了,我只能虚情假意劝才子了,只能暗中跟才子站在一边了,他是对的!不能再拖他的后腿。

14

双桥坪传说山西佬的资产上亿了，知道内情的人说那要看怎么算，在什么时候算。若按市价变现全部资产或许差不多，若是破产清算就会大打折扣，设备处理往往蚀血本才能处理掉，人跑掉后可能所剩无几。没当过老板的看老板很风光，当过老板的哪个无内伤？那些伤不起的老板就跑路跳楼上吊投水。当然也有永不言败的硬汉，破产后打工、摆地摊，就像胖乎乎长发飘飘的可爱歌手刘欢使劲唱的那句挺悲壮的歌词，“只不过是从头再来”！

外人以为山西佬不感冒当年老父亲给他取的很政治的名字：龚爱党，不然，人要看是吃谁的奶长大，山西佬祖辈在双桥坪很穷苦，父亲是被国民党抓壮丁当兵的，淮海战役时一个排向解放军投诚，火线入党后又升副营长。后转业到太原工厂，二十世纪六十年代初见国家困难，便带妻儿自动回乡为党分忧，老党员至今健在。恢复高考后山西佬上了同济大学，毕业后被分到省建筑公司，入党升科长，邓小平南方讲话后为何辞职下海？是想多挣点钱为家乡多做点好事啊，就这么简单。

山西佬下海二十年实实在在为家乡做了点好事，可也实实在在受了不少内伤。被谁伤的？党政腐败官员。他每一步成功都是靠共产党的好政策，每一次受伤又是党内的腐败分子所为，不妥协，企业就根本撑不下去。一年年被迫请客送礼送钱，每年开支二三百万，在他这个级别的老板还不算多的。而今新的中央领导班子反腐来势猛，可他在现实中发现腐败分子也相当狡猾顽固，眼下就有一把无形的刀架在了他的脖子上。

办公室的门被推开，是一个年近四十的助理。

“法院某副院长的小舅子来了，见还是不见？”

“除了他姐夫是法院副院长，本人是什么来头？”

“供水公司的一个小科长。”

“不见。”

山西佬怕又是为明天他下属的拍卖公司的事添乱，一家民营企业资不抵债破产了，法院交给拍卖公司拍卖，评估师对厂房设备的评估底价大概在五千万，但消息一出不断有个人给他们打电话或直接上门，目的只有一个——尽量压低起价并阻止愿出高价者进入拍卖现场。

自己也是满身是伤的老板，能不可怜那被逼破产清算的老板？那中年老板也是邓小平南方讲话后辞职下海的科长，党龄比他还长，什么时候也会轮到他？山西佬不能昧良心，想暗帮那个老党员一把，尽可能把拍卖价推高；但竞买方中最狠的已多次传话，希望他的拍卖公司压到两千万成交。明天就要拍卖，他还弄不清究竟是谁要干相当于杀人越货的勾当。

山西佬不可能大昧良心，也不可能完全没有顾忌，从参与竞买的名单中他发现不了什么内幕，甚是郁闷。

“龚总，我看您还是见一下，他虽然只是供水公司的一个小科长，姐夫毕竟是法院副院长，得罪了他对公司今后的生意可能多少会有影响。”

助理不走人，坚持要山西佬见这个小科长。

山西佬凝视着忠心耿耿的助理，内伤一阵阵发痛。下海二十年，哪天有尊严？几乎每做一事都要低下头花钱请客送礼，哪像他过去在国企当科长，还时常有人向他点头哈腰？他好像是一个赢家，毕竟他的公司现在解决了一百多人的就业，为双桥坪做了一点好事，他在乡下的一大家人都生活无忧；但他也实在是一个输家，由于下海创业无暇照顾家庭，两个儿子各花几百万送到国外读书，在国外混不好，在国内还找不到他们愿干的工作，还得靠他养着，说起来风光，内里忧虑只有他和他老婆担着。前不久小儿子在加拿大开车闯祸，一次就罚五十万，还不是他付账？一个家庭，孩子成了大包袱不是最大输家？他时常羡慕姚才子，姚才子两个儿子是清华北大的骄子，他比姚才子有钱得多，也输姚才子很多很多。算起来他也是一个真实的赢家，这还得感谢王志和总是提醒他控制风险。尤其是五年前美国次贷危机爆发后，他主动收缩投资战线，完全避开了危机，既不欠银行贷款，更不欠民间高利贷，虽赚钱不断减少，职员也不得不清理，但总还是勉力能扛住不太可能突然破产清算；然而他也是潜在的一个输家，他年纪已五十有五，两个儿子没出息无一个能接替他扛起企业。他已完全退出了房地产行业，保留着的装修企业及材料工厂、拍卖公司、酒庄等企业，目前都不景气，尤其高端白酒总代理业务一落千丈，今年他的公司很可能出现小幅亏损，未来他有什么绝招支撑发展？茫然。将公司转手，隐退江湖的念头，时隐时现，他始终举棋不定。

“叫他进来吧。”

山西佬听从了助理的劝告，起身走到接待较有身份的客人沙发边坐下。

助理领进来这位三十出头的供水公司小科长，小科长见了山西佬还是彬彬有礼的。

“龚总，打扰您实在抱歉，可是受人之托又不得不来打扰您。知道您也很为难，可如今谁不难呢？您是大老板，而且这个事您的难处比别人的难处总要小些，只是少收点费用，您是可以扛起的。不过，我来与我姐夫完全无关，是朋友硬逼我来的，我也是难推辞，只好来给您添麻烦了。”

小科长也还诚实，但也肯定很不诚实，一定不会告诉他真正要杀价的竞买者是谁。

山西佬笑起来。

“小兄弟，你看这么办行不行？我出价一万，请你来当明天一天的拍卖公司经理，你来担这个担子行不行？”

小科长也笑了。

“龚总开国际玩笑啊，我一天哪能挣一万？一月三十万，一年三百六十万，我哪是这个材料？”

山西佬收起笑。

“小兄弟，你说了你是受人之托，我也是受人之托。什么人托付我？是法院，是国家。好，不讲大道理，讲交换原则与净利润，可是这个事绕不开大道理，今天咱在商不言商，言党，你肯定也是共产党员，只是党龄短一点。”

山西佬起身为小科长茶杯添了水，又递烟点火，弄得小科长来前准备得很充分的谋略显得有些嫩，不知山西佬要抽出什么牌，而自己手上有没有什么牌可以压上。

山西佬不笑，要说的话题也不该笑。

“小兄弟，今天来在党言党。你是个年轻党员，我是个老党员，我家里还有一个党龄比现在党总书记年纪还大的老党员，今年八十有六，他只看新闻和战争片，看到腐败就骂人，有时还会拍桌子。有一年春节前，我催乡下一个小老板还期限早过的十万元债，遭更老党员一顿臭骂：‘你个龟儿子是国民党地主老财黄世仁？人家有钱不会还给你？你还让不让人家过年？你催命啦！’我赶忙低头认错，不敢说当时我也是为了给工人发年终奖，你知道为什么吗？”

山西佬停下问小科长。

“不知道。”

小科长连连摇头。

“更老党员的父亲就是被地主追债，年三十上吊的，死后无钱安葬用稻草打包埋的。更老党员是被抓壮丁当兵的，后来投诚参加了共产党，你知道他为何要投诚参加共产党吗?”

“大概是看到国民党大势已去……”

小科长想了想说。

“同志，八〇后的党员同志，是共产党真心帮助穷苦人翻身求解放，是全心全意为人民服务啊。”

“龚总，更老党员是您父亲?”

小科长似乎有点景仰了。

山西佬点头。

“小同志，你叫我龚总，我只是个渺小的龚总。我的上面，你的上面，还有我们伟大的习总。伟大的习总在上面看着我这个渺小的龚总，你说我明天的拍卖会该怎么拍卖给习总看？给七千万党员同志看？给全国的老百姓看？要我将五千万的资产杀到两千万拍卖，我有这个狗胆吗？何况，破产清算的老总还是我们的老同志，我请你当拍卖公司经理，你下得了手吗？你敢吗?”

小科长目瞪口呆，面对老党员抽出的牌，年轻党员手中准备的牌抽不出一张可以压上。可如今这个世界莫名其妙，按常理推论时时碰壁会遇到死胡同，按正常逻辑判断又常出错。就说那美国人玩钓鱼岛的把戏，却装得好像法官一脸正义，至于日本怪胎政客搞买卖钓鱼岛的把戏，脸厚得拿刀砍得出血来？山西佬满以为小科长此刻已理屈词穷，只剩逃之夭夭一条道了，哪知小科长运了一阵神，吞云吐雾脸上挂笑。

“龚总，您太可爱了，句句话就像这常德城无人不知的双桥坪独特美味的老豆腐，想吃得牵肠挂肚，吃下去魂飞魄散，不知世间还有什么比双桥坪的老豆腐更好吃。我听说，常德城有些宾馆酒店每天清早就开车去双桥坪买老豆腐，迟了就买不到了，这可真麻烦。于是有酒店重金请来双桥坪老豆腐第八代传人，结果打出来的豆腐变了味，七查八查是常德城的水不行，不及双桥坪水库自然纯净山水味正。结果又去双桥坪山里拖水，可是将水拖来后打出来的老豆腐仍是差一味。行家里手查了，发现是常德城空气不及双桥坪山里的空气甘甜润肺，这就更麻烦，怎么拖空气进城呢？拖到途中谁保证不被污染？干脆不折腾了，还是每天清晨开车去双桥坪买老豆腐，反正也就是二十几公里。”

山西佬被小科长一番不着边际的话弄晕了，小兔崽子，你是要说什么？我倒要看看你嘴里最后要吐出的是象牙虎牙还是玉米花。

小科长似乎进入了精神世界自由行，比内地与香港之间的自由行级别好像更高，无限制无关卡，走私贩毒也自由自在无人管。

"龚总，有人说天下事是一桶江湖，有人说天下事是一桶糨糊；有时是江湖，有时是糨糊；你看的是江湖不错，他看的是糨糊也未必错。就说你明天要开拍的那位老同志的破产企业，是江湖还是糨糊呢？说它是江湖，决策失误，管理混乱，产品无竞争力，市场营销手段古板，等等，哪一条他没犯？喊什么冤呢？说它是糨糊似乎更有理，他当初辞职下海就是头脑发热，下得海来才知道海水也够呛人，钻山打洞走门子送回扣跑银行贷款，贷款变成工厂设备，产品又滞销，银行断了贷又被迫借高利贷，这不是糨糊里面又再加面粉越搞越干？"

小科长竟是口若悬河滔滔不绝，山西佬努力把持，不让脑袋被小科长神语搞晕，心中也惊诧，你这小杂毛看不出，比所有来杀价搞鬼的人功夫怪异，是当年你父母造你时下了怪招？还是过去十年各种变形汉奸流氓思潮入了骨髓？

"龚总啊，一桶江湖也罢，一桶糨糊也罢，你言商也好，言党也好，都是一个要拍卖，要拍卖就要评估，这个评估就是个无底洞了。同一件古董，有的评估师喊出天价，有的不屑一顾开个地板价，这就是市场。市场说穿了就是个赌，开拍卖行也就跟开赌场差不多，你只管抽水，管它对赌的双方怎么抬价杀价？来买的人谁不想杀价到把血放干？这和邪道歪门有什么关系？是个游说交易过程，美国参众两院外有多少个游说集团？这个你不清楚？您也是老江湖了，还用得着晚辈在您面前班门弄斧？"

山西佬连续摇了十几个回合脑袋，似要将小科长放出的云雾散开。不错，他也算得上是老江湖了，在道上也混了二十年，什么样的风浪没有见过？小科长有点自鸣得意，端起茶杯很是沉稳地呷了一小口，将茶杯缓缓放下。

"龚总，我说的您一定听明白了。"

山西佬的脸上也开始挂笑了，又给小科长递烟点上，小科长也做出受宠若惊状，频频低头。

"小同志水平高，实在是高。你莫不是前几年北大毕业的才高十二斗的高才生？"

"不敢报北大，考分当年差一截，勉勉强强武汉大学中文系混了个本科，沦落到供水公司消磨岁月。"

山西佬轻轻连点头，脸上的笑直飘。

“北大的高才生我的企业是请不起的,武汉大学你恐怕也是才高九斗的高才生了,我的企业也请不起。我呢,比你还差一截,笨,学的是工科,是费了九牛二虎之力才混出同济校门的。”

“前辈,前辈,同济也非同等闲啊!”

“小同志,我就打开天窗说亮话了。你刚才神采飞扬,一番神语,真见功夫。”

“还望前辈不吝赐教。”

山西佬厘清了,小科长的神语中有四件暗器。一是混淆是非标准,二是搞乱评估标准,三是将拍卖行混同赌场,四是为歪门邪道镀金。山西佬厘清了不会说,他说的亮话也藏了暗器。

“小同志,那我就跟你学,先说说双桥坪的老豆腐。镇上顶级老豆腐世家姓贵,而今的传人是第三子。贵氏豆腐传了多少代说法不一,暂且不管。其父因做豆腐的绝活,解放后被政府请进了当地公办饮食店,专打豆腐。其父早逝,一家全是农民,唯一拿工资的父亲走了,生活之艰难可想而知。贵家有三子,其父依次取名谷儿、米儿、糠儿,可见吃饱肚子活命,在父亲心中是头等大事。为何绝活不传长子而传给了最小的糠儿?这是个谜。我有个老哥教书时曾教过糠儿,那时糠儿读三年级。因为最小,糠儿只能捡哥哥穿过带补丁的旧衣,上衣一律长齐膝盖,走路直晃荡像裙子;冬春戴的帽子帽檐总是弯的,头一偏帽子不仅盖着头,还可盖住一只耳朵。男孩多调皮,上课讲话,缺交作业,还迟到。一次下课竟躲在树下学大人抽烟,被学校最会整调皮学生的班主任捉住,他放学后扣住糠儿,令其写检查并保证今后改正。哪知过了半个钟头,班主任进教室一看,糠儿咬着笔头一字未写。‘怎么不写?’‘不会写。’糠儿一脸笑,毫无惧色。班主任极严肃说:‘你听着,看样子你肚里的几滴墨水也写不出长篇大论,来几条硬的就放你回家吃晚饭。你就照我说的写:我保证今后如何地认真听课,如何地不讲小话,如何地不打架骂人,如何地不迟到早退……如何地就是怎么地做好,等等,你自己再开动脑筋尽量写好一点,所有的缺点都要保证改掉!二十分钟后,全体老师来听你念,过关了,你才可以回家!’糠儿知道不写是不行了,于是埋下头来,奋笔疾书。二十分钟后,班主任和其他六七个男女青年教师端着饭碗来了,准备边吃边听糠儿念检查保证书。班主任令糠儿站起来,并提示糠儿注意事项。‘你要严肃认真,不许像平时嬉皮笑脸的,要大声念!’糠儿应声站起,很一本正经,紧张得拿着检查保证书的一页纸有点抖,他放开嗓门高声念道:‘老师,我如何地检查,如何地保证,我保证如何地上课不讲小话,我保证如何地不打架骂人,我保证如何地不迟到早退。’老师们觉得不对头,怎么每句话里都有如何地，想笑，但都忍着，‘我保证如何的团结同学，我保证如何的回家路上不再扯女同学的辫子……’糠儿念得脖子上青筋直凸，一口一个如何的，一个如何的接一个如何的，老师们渐渐把持不住了，这如何的如何的能一直听完能如何的忍住不笑呢？不知是哪位老师终于最先被糠儿那一本正经的如何的搞翻，扑哧一口饭喷出丈把远，接着引发疯狂大笑，有的老师忙放下碗筷捂住肚子，有的竟笑得直喊‘哎哟’。全校最会整调皮学生的班主任黔驴技穷，大喝一声：‘滚！你回家吃饭去！’糠儿将检查保证书交给班主任，他始终没笑。走时说：‘这有什么好笑的，是老师教我这样写的，不教我还写不得这么好！’这又将老师们笑得人仰马翻了好一阵。”

山西佬见小科长笑得一只手按在腹部，一只手伸向山西佬直摇，好似说，龚总你不能再讲下去了，再讲下去会笑出人命。

山西佬这才不说了。

“小同志哥，而今我就像糠儿，糠儿只比我小几岁，也是半百人了。我比糠儿还紧张些，他当年只有一个班主任加六七个老师听他念检查保证，我弄不清暗中有多少班主任和老师听我念检查保证。我如何地保证将放血杀价让竞买者满意？如何地保证公平公开又不得罪人？我如何地保证将愿意出高价的竞买者卡在门外？又如何地保证不昧良心对得起已经破产的老同志哥……”

小科长不笑了，他手中似乎也无神牌压上了。

“龚总，您明天究竟怎么处理？”

“一切拍卖现场揭晓吧，当年糠儿的没笑，我想笑一下啊。”

“龚总，这事跟糠儿事比似不恰当。”

“是不恰当，而今是怎么也搞不恰当。你知道糠儿怎么打豆腐的？他每天清早就把豆腐做好，人家两块五一斤，他四块一斤还得排队抢。他每天就只打那么多，多余时间就玩牌钓鱼。他若是扩大生产，发展成亿万富豪也无问题，但他不稀罕，要按他的兴致过生活，自由自在。我想了很多年了，也准备学糠儿，老子也不想发财，也怎么不会穷，不看任何人脸色，不就少许多麻烦？小同志哥，老同志哥革命意志也衰退了，随时准备隐退江湖啊！”

山西佬站着给小科长看，脸上又挂着笑。

送走了小科长，山西佬躺在沙发上懒得动弹，助理给他端来了一份廉价午餐。

“龚总，谈得怎么样？”

没等山西佬回答，助理的手机响了。

"喂……"

助理听了半分钟电话,脸色铁青了。

"龚总,有个深圳电话要找您,必须接。"

山西佬拿过助理的手机,听了一会。

"先生,你是美国的民主党还是共和党?如果不是你是日本的执政党?而今国共两党都又握手言和,只有美日才会对中国这么狠。不错,我是支持彻底关闭双桥坪非法铁厂,你要放火烧我的工厂公司,你来试试看,我共产党不怕你们这些奸党鬼党!躲在深圳打这种懦夫电话算什么角色?有种的,到常德来,你是美国走狗就来上甘岭战法;你是日本走狗,就来台儿庄战法!我的父亲参加过这两场战争,我的手发痒了,正好试一家伙!你挂什么机?"

"拿酒来!"

山西佬突然大喝一声。

助理吓得一愣,赶忙去拿酒。

15

王志和扭开儿子的房门，只见儿子趴在书桌上，笔记本屏幕上尽是英文，便知道儿子又在翻墙看境外新闻。儿子知道他进房了，不动也不回头望。儿子已经习惯了父亲的侦察活动。从小学到高中毕业，王志和常从阳台绕到儿子的窗外，看儿子是否在悄悄玩不做作业，常捉住儿子在玩小玩意或者是用手转笔玩，那笔在儿子的手上被玩得像孙悟空的金箍棒，王志和隔着玻璃看着，儿子一旦发现就马上停止玩耍，王志和就一笑走开了。

“你翻墙多半只能看到一个被丑化的中国，你就在中国，睁着眼冷静观察一定更客观。”

王志和是故意想挑起争论，以纠正儿子易相信西方的宣传的毛病，这个毛病是在武汉硕博连读期间染上的，在湖南大学读本科时没有。他心情好，昨天吴之涣已电话告诉他，市环保局已经下达了关闭双桥坪非法铁厂的文件，吴之涣今天又赶到长沙开会，已约定两人下午五时在岳麓山顶云露宫见面，喝杯茶，吃个便饭。现在快到下午四时，妻子正在上课，想找儿子来一盘思想将军。

“我们家不仅有地下党，还有国家安全部的忠诚战士。”

儿子冷不丁丢出一句话，不正面接招。

“这个真没有，国家安全部的同志一定是共产党员，我和你妈至今是党外人士，莫非你在武汉不声不响加入了共产党没告诉我们？”

王志和笑，继续逗儿子说话。“老爸你烦不烦？这个真没有！”儿子终于回头瞪了父亲一眼。

“不过，等你将来更成熟了，说不定，这个可以有。”

王志和与儿子不知不觉将小沈阳与赵本山的经典小品台词套上了。

“这个不会，我最烦开会。”

王志和已经有点把握不住儿子的思想，但有一点他很清楚，儿子在很多方面仍是个儿童,很不成熟,有时假装深沉也容易露出幼稚尾巴。陌生人是很难相信这个大儿童已读完了工科博士,去年暑假回武汉,儿子在火车上遇到同校一个大三女生,她拿他当大二的小师弟看,主要是因为他在车上不停地玩手机。儿子说自己在读博,那个女生打死不信,儿子无奈只好拿出博士学生证,女生顿时尖叫:"天啦,你是博士了?""大惊小怪。"儿子又继续玩手机。

"钓鱼岛弄不好会擦枪走火。"

王志和见儿子不接招,又转换话题,寻找新的突破口。如今的孩子都好像懒得与父母交流,想要与孩子深入讨论一些问题,就像那不曾犁田的小牛儿,即便是犁田的老把式也很费力使它上套,要犁完一块田更是不易。

"小日本找死,擦枪走火,就可以直接轰炸东京!"

儿子对日本从无好感,这可能与成长环境有关,师大校园就有抗日烈士墓群,有忠烈祠,从小王志和夫妇常带儿子到那一带散步爬山。

"你估计战争会爆发吗?"

王志和只想儿子说话,在说话中发现儿子的一些思想,酌情加以引导。

"我希望今天就打,收拾小日本!"

儿子上小学时就听爷爷讲过常德血战的全过程,爷爷当时也才十岁,他在帮老板看守船上的货物,不是爷爷机智差点就被日本鬼子捅死。

"战争是否爆发,何时爆发,这得看美国人怎么打算,现在也许是美国人心里最乱。"儿子将转椅转向站在房门口的父亲,显然打算听一听父亲如何分解。

"美国人心里也无底,算盘也很难打,打错了算盘必加速美国的衰落。"

王志和在儿子的床沿坐下。

"老爸,希望你的思想魔方转快点。"

父子如今不时有思想交锋,儿子也不敢轻视父亲的思维方式,有时也可能希望父亲年岁大了急中出错,他冷不丁一着将父亲将死棋。

"这个不能转快,转快了你会捕捉战机喊将军,不将死棋也可能被你吃车马炮。"

儿子笑起来:"老爸你很狡猾。"

王志和也笑。

"这个不能算狡猾,因为你完成了工科博士,功底比多数大学生扎实,我得防你们这一代青年知识分子的思想怪招,甚至新发明的一些思想暗器。"

儿子又笑,眼珠直转。王志和似笑非笑,开始分解。

“首先，二次大战结束后，在世界宴会上，战败国日本是上不了席的，它只是个端盘子的角色。第一要侍候好美国主子，其他有资格入席的国家也不能怠慢，这当然是对日本犯下的滔天罪恶的必要惩罚，连美国打伊拉克等等日本也得掏钱付账。美国从来都不是善茬，在钓鱼岛归属上，众所周知美国捣鬼是为了牵制中日两国，美国如意算盘是希望中日两国为钓鱼岛无休止争吵摩擦。钓鱼岛冒烟本是美国挑唆的，闹到中国大怒派出飞机舰船强硬巡逻，日本无招，美国也颜面丢尽，既然美国说钓鱼岛管辖权属于日本，并属于《美日安保条约》范围，你美国怎么不派出飞机军舰协防钓鱼岛？美国文化的严重缺陷也就是这样害人害己，中国没有退路，也决不会后退，那么美国怎么打算盘？因为钓鱼岛而导致与中国的战争美国合算吗？纵然合算美国有完胜中国的把握吗？朝鲜战争，越南战争，美国两次与中国交手占到了便宜吗？美国对世界推行的是霸权强盗文化，但称霸已力不从心，连航母开动也得借债，还有能耐与中国打一场全面战争吗？如果没有，那么美国还有世界第一的实用主义智慧，美国的算盘不彻底打清楚，战争就很难大规模展开。为了美国自身的私利，美国到一定时候也会被迫管控日本不让它闯大祸。至于日本想将美国拖入战争也不容易，日本的畸形文化已注定至少二十一世纪的日本只能以自残方式在地球上苟且。让我为美国打算盘吧，适当压制日本，适当向中国退让，动用一切非战争的阴谋诡计保住美元的世界货币地位，继续疯狂印钞打劫全球至少在二十一世纪最合美国的利益，虽然疯狂印钞同时深化了美国危机，但能够延缓美国衰落的速度。我当下的预判是，假如美国不失去实用主义的智慧，钓鱼岛引发中美大战的可能性极小。至于日本，哪怕再出更疯狂无耻的首相，在今日的世界也上不了席，虽然端盘子极不甘心，但除了端盘子那只能选择亡国灭种。”

儿子一直认真地听王志和分析，他不会反驳父亲，也不能反驳父亲，他恨日本人，但父亲这样说美国文化及美国在钓鱼岛扮演的角色，使他心中有些失落。但父亲很冷静而且说的是历史与现实真相，那么他这几年也许真可能受了一些盲目肯定西方文化的不良影响了。父亲一生无党无派，二十世纪九十年代初便停止发表作品，父亲说他需要冷静深入地观察思考世界，父亲毫无功利心，可是父亲已变得更爱自己的祖国，更自信中国的文化了。父亲对中国共产党及改革开放的肯定，真是超过了许多共产党人自己的肯定，父亲还图什么呢？他已经退休了，还有什么可图？

“老爸，你不是要上山与朋友聚会的？”

“马上就走，最后还是重复一下，美国及西方绝大多人肯定是他们的利益至上的，强盛中国不是他们的义务，更不是责任，但却是每个中国人不可推卸的神圣使命。我从来不掩饰中国的问题，当下中国的问题也严重，努力解决问题是你们这一代应当认真思考的，那种盲目肯定西方文化的思想肯定是不健康的，也是浅薄幼稚的。有一点你很清楚，我没有去西方学习过，更没有上西方任何著名经济学院，但美国次贷危机爆发前我预见到了，并准确判断了美国会如何向全球转嫁危机等等一系列事件。今天我依然坚信，中国及中国古老悠久的文化是人类最美好的希望，假如没有这个希望，世界将会多么令人悲伤和沮丧。记住，你是中国培养的博士，下学期就将走上讲台，为人师表，必须牢记！”

王志和不待儿子表态，起身一笑走了。打开客厅门时，儿子忽然飞来一语。

“老爸，聚会后要不要开车上山接你？”

“不需要，上下山都有观光车。”王志和感到心里一阵温暖，好儿子！

免费开放的岳麓山公园，是炎热夏天里长沙市民的最爱，整天都可看到成群结队爬山的市民和外地游客。全国仅有的两个国家森林城市之一，那是名不虚传的，再加上世界闻名的湘江和橘子洲，湘江两岸如诗如画的美景，即便是外地游客也十分骄傲，想说不爱长沙也难啊。

王志和从北门乘观光车直上岳麓山最高处云露宫，寻到一个可以眺望湘江两岸风光的窗口座位，点了两杯碧螺春，不一会，吴之涣到了。

“之涣，今天运气好，得到了这个宝座。”

“确实是宝座，山上好多人啊。”吴之涣落座，心情也不错。

王志和突然心一惊，记起三十七年前，好像诗人于沙先生带他上云露宫饮茶聊天，正是坐在这个窗口。当时他才二十三岁，刚刚发表据说是新中国成立以来《湘江文艺》发表的最长的抒情诗，当年虽获评家吹捧，现在却无法再读。那是“极左”即将结束的岁月，他那所谓的诗只是一把狂热。

“之涣，可惜于沙先生六月四日辞世了，他病中我们夫妇去看望过多次，最后一次我建议他，将当年在湖南师范学院校报首发毛泽东答李淑一的词的全过程写出来，于沙先生一直不写是怕人说闲话，我说是纪录文史，他接受了我的建议，但不知他写了没有，可能没来得及写就走了。当年师范学院校报发表后，包括《人民日报》在内的全国报刊纷纷转载，全国人民便得以读到了毛泽东的‘我失骄杨君失柳’哀婉痛切名词……”

“于沙先生辞世，我因故没能参加悼念会，很遗撼。他是个热情洋溢乐观豁达的诗人，对常德的文学作者特别关心。听说你与于沙先生是一个家族的，于先生虽大你二十多岁但与你同辈，都是第二十代孙，是吗？”

吴之涣也与于沙先生有交往。

“是的，过去我不知道，于沙先生知道，赠书总是称我小弟。他真名王振汉，解放前同时考上北大和湖大，只因家贫，就近选在湖大读。选在湖大仍是读不起，是王氏家族共同资助他，他才得以完成学业的。他曾在回忆他父亲的文中说，父亲是‘一个辣椒一碗饭，用钱如割身上的肉’，这两句话使我揪心。”

“呵……”

吴之涣不禁感叹，方知于沙先生原来解放前是那么贫苦，祖辈在临澧柏枝乡虎山村务农，父亲农闲就进城卖力气当搬运工。

“志和，你对经济有独特的思考研究，能否简明地说，世界危机何时才能化解，现在好像仍然较严重。”

吴之涣转换了话题，这与他从政以来主要抓经济工作有关。有趣的是王志和主要与文学打交道，离经济战场较远，是个隔岸观火者。更有趣的是，王志和对世界经济理论的研读，不仅远超过吴之涣，甚至超过世界上绝大多数经济专家。吴之涣每与王志和谈经济，感到王志和已进入一种无经济学状态，但正是王志和这个搞文学的人说准了世界经济许多事件，吴之涣常感到不可思议。

“好吧，我简单说。但我的说法与全世界所有的说法不同。世界一直说经济危机，我一直说经济危机只是表面的，背后是文化危机；是世界文化危机导致了经济危机，经济危机又加剧文化危机，世界文化与经济正进入恶性循环时期，二十一世纪之内能否化解还是个巨大问号。”

王志和一开口便给吴之涣大泼一瓢冷水，当然吴之涣对王志和如此描绘世界经济的前景不认同，但要否定王志和也困难。两年前的十月上旬央行行长说年内不加息，很多专家学者也一致说不能加息，他打电话问王志和，王志和说：“肯定加，而且很快就要加了。”吴之涣说：“中国社科院经济研究所所长的观点是不能加息，现在央行行长也明确表态至少年内不加息，你王志和怎么断定必须加息而且很快了？”“专家和行长说的都不算数，也不正确，你等着看吧。”王志和竟是这样斩钉截铁地回答他。奇的是，十月十九日晚上《新闻联播》突然宣布加息了，吴之涣很震惊，又被王志和言中了。王志和是怎样分析判断的？用的是什么理论工具？王志和告诉过他，简而言之就是使用文化分析方法。老天，这太抽象，谁能搞清王志和用的是怎么一个文化分析法？王志和也从不详说，也好像故意有所保留。

吴之涣望望王志和，王志和笑，两个人中间似乎罩着一层雾。显然，王志和纵使有心破解自己的分析方法和独创工具，也很难让吴之涣完全清楚。冰冻三尺，非一日之寒。

“当前西方并未加息，尤其日本疯狂印钞，中国也未加息，为什么实际上货币有些紧缩，很多项目在银行贷不到款，民间一直是十点之上的高利贷？”

吴之涣提出了具体问题，可是王志和的回答让他感到古怪而且似乎有很高的启示性。王志和还是笑，笑中带着一些苦涩。

“应当说到目前为止，所有的货币理论都不能完全解释货币运用的真实状况。货币是货币吗？不是货币又是什么？美国疯狂印钞打劫全球，拿的是航母作抵押物；日本现在疯狂印钞是自残式求生，它难坑到外国，主要是坑日本人，端盘子角色只能这样。老兄，美国人从来不会想到还债的，美国的债连孙子辈也还不清了，日本也很危险。没有加息为什么货币实际显得紧张呢？这不是三言两语可说透彻的，七天七夜也难说透彻。简而言之，因为存在着巨大的金融黑洞，大量吞噬无效货币，所以一边疯狂印钞一边又货币紧张。新政府已认真对待这个问题，这可不是三五年可以收拾好的，十年能收拾好就算是惊天伟绩。危机是什么？简而言之就是过剩，全世界当下哪个产业不过剩？不过剩的有多少？维持和消化大量的过剩产业不需要消耗大量货币？这些货币是有效无效还是负效？反问一句，人类为什么如此愚蠢搞出这么多过剩的产业产能？在中国搞出这么多过剩是人民要搞的？各级政府没有一点责任？”王志和说着停下，直摇头叹气苦笑。

“之涣，我十八岁开始读亚当·斯密的著作，我读的经济学书也恐怕要用小车拖了。在我看来，经济学可能是全世界所有学科中最荒谬搞笑的。全世界有多少高等学府，有多少经济学教师和学生？关于经济的分析预测比街头瞎子算命水平还低啊，瞎子算命有时还能蒙对几句，美国次贷危机以来全世界有几个专家学者蒙对？以致当年英国女王在伦敦经济学院质问到场的英国一流经济专家教授，为什么没有一个人预见到，全场无言以对。说句实在话，当个经济教授，拿那些本来就有严重缺陷的教科书糊弄学生容易啊。可在全世界，有多少经济专家学者是滥竽充数混饭吃的？是屁股后面挂个死老鼠假充打猎的？用常德乡下话还贴切点，是肚子里没有三泡屎做出个拉稀的样子！就说中国某名校的哈佛博士教授吧，哪次他不说错？学生还难考上他的博士，请问考上了跟着他能学到什么呢？这等于祸国祸民，说错了吗？”

吴之涣听得一愣一愣的，王志和边说边苦笑，忽然手机响了。

“是你的手机响?”

“可能是你的。”

他们俩的手机是一样的铃声,各自掏出手机查看,是王志和的。

“山西佬吗? 什么好事?”

王志和接完电话,情绪振奋。“之涣,你们共产党硬汉也不少。常德有家拍卖行老板是我小老乡,一家破产民营企业拍卖,许多人想搞鬼杀价到两千万抢走,他顶住了,拍卖出了五千五百万的偏高价。他说肯定得罪了暗中想杀价的抢购者,反正他不怕。这不说,还有人给他打恐吓电话,说他若支持关闭双桥坪非法铁厂,就放火烧他的公司和工厂!”

吴之涣自点一支烟猛吸一口。

“志和,你别太乐观,这股黑势力还真的不能小视,连拍卖行的老板支持关闭双桥坪的非法铁厂,也遭到恐吓,说明对方有鱼死网破的准备。”

吴之涣倒过来提醒王志和了。

王志和点头。

“我们随便吃点小吃如何?”

“行。”吴之涣随口说。

王志和叫来服务员,点了一些小吃。

“常德翻不了天!”吴之涣自语。

“之涣,你这回是在一线,不可大意。”

王志和又倒过来提醒吴之涣。

实际上两个人的心里都为双桥坪的事悬着,在当下暴力恐吓事件时常发生的复杂局势下,正直善良的人们不可能不忧虑。今天他们见面完全没有谈双桥坪非法铁厂的事,是双方不约而同?

王志和倒满两小杯酒。“叮!”

两人举起酒杯碰响一声清脆。

16

铁厂将发生大血案的传言迅速在双桥坪扩散，有的说明天就点火，有的说还要过几天，有的说对阵的两方都在暗中准备人马刀枪。一旦点火，两方极有可能大开杀戒。

腊秀急得心似油煎，她恨死了秋枝，她也弄不明白秋枝怎么对铁厂的事突然转变了态度。镇上有人告诉腊秀，昨天秋枝在镇上打牌，秋枝竟在牌桌上说，怕什么？老板敢点火，她也敢去灭火；老板敢杀人，她也敢拖刀！最初腊秀吓得心直蹦，看不出秋枝这个婊子妖精，还是个敢拖刀的烈性子，以后得对秋枝客气点，不然弄火了她，她拖刀怎么办？腊秀而今最怕死，有两个宝贝儿子，家里有榨油坊的生意，存款过了百万，不愁吃不愁穿，不下地劳动姚才子也从不责怪，这一切不都是因为有姚才子这个丈夫？丈夫怎么能去冒险呢？不是不恨铁厂，不是不明道理，是冒不起这个险，万一打杀起来姚才子丢了命怎么办？现在秋枝转变了态度，会不会暗中对姚才子煽风点火？即使两个人不见面，发短信她怎么能知道？不行，得去秋枝家侦察一下。怎么侦察？腊秀一筹莫展。

早饭后姚才子开车出了门，腊秀站在大门口干着急。秋枝转变态度是不是姚才子暗中挑唆的？假如是的，两人就一定暗中没有断，叫鸡公就没有骗她。这是要人命的事，姚才子能暗中挑动秋枝，那就说明秋枝死心塌地要缠住才子，闹得她一世不得消停。腊秀横竖想不明白，也不能完全肯定秋枝是姚才子暗中挑唆的，纵是去秋枝家侦察，怎么下手？秋枝能跟她说实话？可不去，在家里干着急不也是白急？

腊秀在大门口站了很久，打定了主意。就随便问问雪梅的消息，不痛不痒说点铁厂的事，也许秋枝能说出点什么呢？腊秀也想证实一下人家说的话是不是真的。秋枝敢拖刀？那么妖里妖气只会拖男人下水，敢拖刀？腊秀想着也不太相信了。

腊秀来到秋枝家，秋枝也有点意外。

“秋枝，今天不去镇上打牌？”

“手气不好，不打，昨天输了三四百。”

秋枝将腊秀请进堂屋，并打开了空调。

腊秀坐下来，直接问秋枝。

“听人说，你昨天打牌说，老板敢杀人，你也敢拖刀？你哪来那么大的胆子？”

“我是说过。这个事我想来想去，越怕鬼越大，老让这个铁厂折腾也会把人搞癫，还是要齐心合力灭掉它。不然一点火，哪家不是一屋的灰？”

秋枝轻言细语地说，腊秀神经又绷紧。婊子，你还真说过那种狠话。可是看你这水性杨花的样子，和男人上床脱裤子胆子肯定大，反正是不怕丑就成，又不丢命，你真敢拖刀？

“秋枝，这个理应由政府管，老百姓自己闹恐怕出大血案，而今的黑社会是很凶恶的，得罪了他们可能会遭灭门报复，你一个女人家还是别跟着那些男人起哄好。女人在男人旁边起哄，那些男人会更充英雄好汉，一旦开打那会死多少人？你要想想这个严重后果，狠话还是不讲为好。你这么讲狠话，让我家才子听到不是把他往死里推？他本来就一直想搞垮铁厂，现在每天在外面暗中联络人马，算我腊秀求你了，我家才子不能出事，出不起事，才子万一出事我家天就塌了！”

腊秀说得眼圈都发红了。

秋枝听着心里又火又酸，很不是个滋味。她想把才子往死里推？腊秀，老子比你心疼才子十倍不止，你是套住才子吃才子，老子才是真正地爱才子，老子暗中让他睡是白送他睡，从未收过才子分文。到底谁对才子是真心？谁是虚情假意？你说才子出事你家天就塌了，老子比你更怕才子出事，才子若出事老子不想活了。你不知道老子也曾暗中劝过才子，才子不听我又有什么办法？才子说得有道理，我才站在才子一边，都怕死，黑社会不得翻天？有人砍才子我就敢为才子挡刀，腊秀你敢吗？你不敢！你是虚情假意丑堂客，我是爱才子的真心实意乖女人。我不会和你一般见识，也不是欺负你，你懂什么高山流水遇知音，小凤仙当年爱蔡锷将军你懂吗？谅你也不懂。

“腊秀，看你把话说到哪里去了，我一句话，才子听到就是将他往死里推？怎么可能？才子那么聪明是我一句话能推死他的？你太高看我了，我哪有那个本事，你求我有什么用？我嘛，既然已经改变主意了，也就不会再变了，只要老板真敢点火，我就跟着男人们去灭火，我倒要看一看老板的人敢砍一个女人！”

腊秀万没料到秋枝骨子里竟有这么一股狠劲，这股狠劲叫腊秀心中直发毛，对秋枝也就更恨。你这个婊子心真是狠毒，我算怕了你，还要请一个人来怕你吗？

腊秀支吾一句准备打道回府，这时在榨油坊干活的小侄子赶来了。

“婶娘，长岭岗来电话，你娘病了，要你赶回家去。”

“是谁打的电话？”

“是你小弟弟。”

“知道了，我收拾一下就去。”

小侄子走了，腊秀也未跟秋枝说一声告辞，她扭身回家，匆匆收拾好，拿上一万元，急往娘家赶。上得公路，见一私人小客车开来，一挥手停了。腊秀掏出十元递给司机，说：“不用找。”不到一小时便到了长岭岗，再搭私人摩托车回到了娘家村子。自从姚才子致富十几年来，腊秀回娘家不多，娘家的境况使她压抑：大弟弟好赌，小弟弟懒散，两人都修了小楼，可那是她悄悄拿的姚才子的血汗钱。大弟媳忍不下去六年前就扔下孩子跑得无踪影了，再不会回家了，听说是在广西嫁了个五十多岁的做小生意的男人。小弟媳见男人懒散也学懒了，夫妇俩也玩小牌，经常借债不还。两家的小孩，家长几乎都不管，读了初中就再没上学，外出打工也有两三年没回家了。哪里能和姚才子比？一个天上一个地下啊，这还真得感谢舅妈当年设套，不是套住了姚才子，她能有今天的光景？两个弟弟都不管年近七十的父母，她不是靠姚才子发了有什么能力接济父母？姚才子有什么不好？就是不喜欢她而暗中与秋枝私通，这怪姚才子？要怪还是怪秋枝那个不要脸的婊子啊！如今婊子也说要灭铁厂敢拖刀，万一把姚才子害了怎么办？

进了父母的老平房，只见母亲躺在堂屋竹床上，吹着电扇，村里年过六旬的老巫师在一旁念念有词，腊秀很疑惑。过去六七十年代被灭掉的封建迷信活动又公开化了，死了人，村民几乎一律请道士念经做法事，隔三岔五出一个神医。你说全是假的骗人的，又确实治好过一些人。老巫师外号“刘半仙”，懂中草药也通一点西医，年轻时就悄悄给人治病，而今村里最威武的楼房就是刘半仙的。

“妈，你气色还蛮好，怎么小弟打电话说你病得很重，要我赶过来？我家里好多事啊！”

腊秀见母亲并未病重，准备给几百元钱就回家。她得在家里盯着姚才子，关键时候她准备抱住姚才子不许他去铁厂闹事。为了她的家不垮，必须保住姚才子。

“腊秀，这多亏了你刘叔道法高药好，不然哪能好得这么快？”

腊秀母亲年轻时就信刘半仙，村里曾有风言风语，说刘半仙暗中与她妈有一腿。那时她十多岁，问母亲是真是假，母亲说天打雷劈也没有的事啊！她信母亲，也就不怎么讨厌刘半仙。

“谢谢刘叔了。”

腊秀心存感激。

刘半仙望着腊秀不说话，眉头紧皱。

“刘叔你怎么这样看着我？”

“我不敢说，怕吓着你。”

刘半仙不再望腊秀，收拾行头准备回家去了。

腊秀心发慌，难道刘半仙从她的气色上看出了不祥之兆？

“刘叔，你说，我不怕。”

“还是不说好，万一没说准你就会恨我。”

刘半仙提着一口装行头的小皮箱走了。

腊秀乱了方寸，望向母亲，母亲向着刘半仙的后背示意腊秀追上去问。

刘半仙仿佛知道腊秀会追上来，故意两脚如风，六十多岁的老男人脚步快得出奇，四十多岁的腊秀居然跟不上。刘半仙进了村里最威武的三层楼院子，腊秀喘着气赶进去。大客厅不见刘半仙，只好上二楼找。二楼的房门都关着，又上三楼，三楼有间房的门开着。腊秀走进房，只见刘半仙穿着短裤打着赤膊，吹着空调，喝着凉茶。见腊秀进了房，刘半仙忙穿上一件纱背心。

“腊秀，我真的不敢说，你要逼我干什么？”

刘半仙越是不说，腊秀越是想要知道。她环顾房间，有书桌衣柜和一张宽床，大概是刘半仙的卧室。刘半仙两个女儿早出嫁，儿媳几年前已经带着孙子进城开中药店，去年老伴病故，而今他独守一栋三层小楼，也怪可怜的。

“刘叔，你今天一定要说！”

腊秀在一把木椅上坐下，一副你不说我就不走的样子。

刘半仙起身走到书桌边，为腊秀倒了一杯凉茶，腊秀正好口渴了，接过凉茶“咕噜咕噜”喝干净。

“怎么开着空调还是热？”

腊秀问，见房门开着，也就明白了，她没有起身关房门，刘半仙也不动。

“刘叔，求你了，你看出了什么？”

“这可是你逼我说的？”

刘半仙也坐在木椅上，距腊秀三四尺远。

“是的。你说吧！”

“那我就说了，半月之内，你家必有血光之灾！”

刘半仙说得斩钉截铁。

腊秀一下子被吓晕了。

“刘叔，什么血光之灾？”

“家破人亡！”

“刘叔，求你了，你有什么道法可化解吗？只要你能化解，你开个价吧。”

“那我得先看看你的手相再说。”

腊秀忙搬木椅坐到刘半仙面前，伸出一只手。刘半仙拿过腊秀的手，仔细瞧手心。

“腊秀，我问到什么你都要如实回答，否则再高明的道法也不会灵。”

“我一定讲实话。”

腊秀保证。

刘半仙看了一会腊秀的掌心，翻了翻腊秀的眼皮。

“腊秀，你身上的阴毒很重，你会害死你男人！”

腊秀两眼直冒金花，她身上阴毒很重会害死自己的男人？

“由于你身上阴毒很重，你男人就怕跟你同房，一个月顶多也就是次把，还是你强逼他的，是不是？”

腊秀惊呆了，刘半仙是怎么看出来的？他的道法如此厉害？腊秀不敢回答，刘半仙突然加重语气问。

“是不是？腊秀，你不如实回答就走吧，我不想往下说了。”

“是。”

腊秀赶快说了，一脸滚烫。

“你阴毒很重，你男人就暗中找别的女人，是不是？”

“是。”

腊秀不敢再试图拖延隐瞒。

“你想要化解血光之灾，想要保住你男人的命，就先要排你身上的阴毒！”

“刘叔，只要能化解血光之灾，只要能保住我男人的命，你就施道法排我身上的阴毒吧。”

“恐怕你不会愿意。”

“只要能排毒，我愿意，你施道法吧。”

腊秀一心只想化解血光之灾保住姚才子的命，其他什么都不重要了。她的头也好像发晕了，对自己也失去了控制力，遍身发热发软了。

“那你脱光衣服上床吧，我来给你慢慢施道法排毒。”

腊秀愣了一下。

“房门都没关，万一别人撞进来看见了不讲嫌话？”

“那你把门关上吧。”

刘半仙不动。

腊秀起身，身子有点摇晃，关上房门，又摇晃到床边，脱光了衣服，爬上了床。

刘半仙坐到床沿上，叫腊秀仰天躺着。

“我先用双手给你排毒，毒性太高了你就叫我上床排毒，好不好？”

“好，你快排。”

刘半仙的双手便在腊秀身上抚摸，不一会腊秀便身子如火烧般滚烫，直叫唤了。

“刘叔，毒性太高了，你快上床排毒吧！”

“好。”

刘半仙便脱衣上了床。

当腊秀醒过来发现自己与刘半仙赤条条扭在一起时，大惊失色，这就是道法排毒？不就是同房吗？

“刘叔，这要是被别人晓得怎么得了？”

腊秀推醒打呼噜的刘半仙。

“别人怎么会晓得？你只如实说，排毒了你是不是舒服些？”

“当时舒服，现在心里有点不舒服了。”

“那以后就不再排毒了，但你要明白，你身上阴毒很重，不是一两次能排干净的，什么时候才能排干净，那要看你的诚心。”

刘半仙说罢准备下床，腊秀问：“这真能化解血光之灾，保住我男人的命？”

“只要你诚心坚持把毒排干净，血光之灾一定能化解，你男人的命也一定能保住！”

刘半仙依然是斩钉截铁。

“刘叔，那你像刚才那样再排一次吧。”

“不可以，我施道法很伤身子的。”

刘半仙下了床，穿上了短裤背心，又催腊秀将衣服穿好。

“今天刘叔你收多少钱？”

“乡里乡亲的，你可以不给钱。如果硬要给钱，你觉得值多少钱就给多少钱。”

腊秀想了想，从随身小包里掏出了一百元，放在了枕头边。

“我什么时候再来排毒呢?”

“至少一个月一次吧,你想多排几次也可以。”

腊秀也准备起身走了。

“腊秀,这个排毒不能与任何人说的,说了就不灵了!”

“那怎么能说?我会那么蠢?我很诚心的,刘叔,你放心。”

腊秀回到母亲家,母亲已坐在竹床上,她十年前买的立式电扇仍开着,母亲好像没有什么病了。寡言的父亲正在厨房默默准备午饭,她想去帮父亲一把,被母亲叫住了。

“你让他一个人做还顺手些,咱母女说说话。”

腊秀心里发凉,父亲一生总是默默劳作。不解的是母亲年轻时长得也不出色,父亲长相比母亲还要稍强一点,但家里一切事都是母亲说了算,父亲完全没有脾气,孩子们都是听母亲的话,尤其她最听母亲的话,什么话也对母亲说,但很少跟父亲说话。

“刘叔跟你说了什么?”

“他说半月之内我家必有血光之灾!”

“他说有办法化解吗?”

“他说有。”

“有什么道法化解呢?”

“他说我身上阴毒很重,要排毒。”

腊秀同母亲说着,不知不觉把刘半仙的叮嘱忘了,就像过去母亲问她与姚才子的事,她毫无保留都说给母亲听,包括姚才子与秋枝私通,没有母亲不知道的事。母亲不太给她出主意,只是安慰她忍着,成个家不容易,生了孩子就更要忍。给她出主意的主要是舅妈,可舅妈不在了,今后谁给她出主意呢?她心里也时常感到很无助。

“刘叔怎么用道法给你排毒的?”母亲笑眯眯地问腊秀。

腊秀脸一红,低头不说话。

“怎么不说?道法排毒是正经事,怕什么羞呢?”

腊秀抬头望母亲,母亲笑眯眯的,心里的顾虑就全消了。

“刘叔要我脱光了躺在床上排的毒,后来他也脱光了上床,排得我出了一身大汗……”

“排毒你舒服吗?”

“妈……”

“实话告诉你,这是娘的主意。”

腊秀望着母亲好像不认识她似的，是母亲与刘半仙联手设计要为她排毒？这怎么说得过去？

“腊秀，娘知道你有甜也有苦。你是娘身上掉下的肉，怎么不心疼你？老话讲，人不为己，天诛地灭，这有什么错？我告诉你，你刘叔是个不坏的人，年轻时也曾给娘排过毒，一生对你娘不差，娘放心谁？你又长得不好看，谁会愿意跟你排毒？就想到了你刘叔。他也只比你大十几岁，床上功夫好，你莫难为情，世上一个男人与母女都同房的也不少见，只要合适就好，管其他的干什么呢？”

腊秀真正是不认识母亲了，老天，为什么会是这样？心里乱糟糟的，可娘不是心疼她吗？娘不是在为她着想吗？娘说错了吗？这一段时间，姚才子常说网上的一句话，不是老人变坏了，是坏人变老了。母亲是老人变坏了还是坏人变老了？母亲是坏人吗？不是，母亲将她从小抚养大，恩重如山，怎么会是坏人？假如她不坚定地相信母亲是好人，不坚定地相信母亲是对的，她有什么退路？有什么进路？有什么好主意没有烦恼称心如意地生活下去？她真的得慢慢好好细细想了。

“什么？你还给刘叔一百块钱？”

母亲细问后为一百块钱生了气。

“以后再不许给他钱了，他没老伴了，为你排毒他也舒服了，两不相亏！”

腊秀脸又红了。人真是怪，真是无奈，命运为什么会是这样呢？当年舅妈为她设计套住了姚才子，她被谁套住了呢？

17

七月五日,去北京开会又去了深圳的老男人,终于又回到了常德城中柳叶湖边的共和酒店。老男人去深圳时,他侄子也飞去深圳,现在又一同飞回了。雪梅感到老男人的神情有丁点不一样,是发生了什么事吗?她想问,不好问。

“雪梅,把你的身份证给我,先给你在太阳山边的高尔夫球场附近买栋别墅。”

吃过午饭,老男人淡淡地说。

“给我买栋别墅?”

雪梅一惊,以为听错了。

“是的,你不用回深圳工作了,在别墅装修好前,你就一直住共和酒店。当然你要回乡下的家住也可以,但酒店的房间会一直租着。你一直想自己开店,那就在常德开吧,想好了开什么店,一切费用我来付。”

“这要花多少钱?”

雪梅内心很感激,不是这个老男人她能轻易得到这一切?也许奋斗一辈子也得不到啊。

“相对于深圳的别墅,常德的别墅几乎是不要钱白送的,三百多平方米,一次性付款就二百多万吧。下午我就跟侄子去办购房手续,你在家看书不用去。将来装修完了,你看了不满意,我就再买一栋,一直到你满意为止。”

老男人仍是淡淡地说,淡淡地笑。

雪梅感激得不知说什么好了,依偎在了老男人的怀中。

午睡两小时,老男人和侄子乘出租车出去了。雪梅翻着老男人从深圳为她买来的一大皮箱书,全是精装本的中外名著,都是长篇小说,还有一本《新华字典》。可眼下她没有心思看小说,老男人为她买别墅加装修不就是三百多万了?还有妈妈要的三百万彩礼,老男人不是几天就要为她花六百多万?还有今后她开店的费用,那要花多少钱?她知道老男人有钱,可一个男人为她如此慷慨地花钱,还说不是真心待她吗?她值得老男人这样待她吗？

雪梅思忖着，甚至有点怀疑自己在做梦。心情稍稍平静后，拨通了妈妈的手机。

“妈，你现在说话方便吗？”

“方便。”

“你接了电话后，暂时不要告诉爸爸和奶奶，也不要告诉姚伯。”

“好，你放心，是有消息了吗？”

“他从深圳回来了，心里好像有事，他不说，我也不好问。现在他和侄子为我买别墅去了，你应当晓得的，就在高尔夫球场附近的别墅区买，三百多平方米，一次性付款二百多万，买后就会装修，一共要花三百多万。他不要我去深圳了，就在常德开店，只要我想好了开什么店，一切费用都由他付。妈，我看他对我挺真心的，你就同意我们结婚吧，他想快点登记结婚……”

“啊……看来还是真心对你好的。那三百万彩礼呢？”

“他中午才到，休息了两个小时又出门了，还没有说，他不说，我就不问，等他自己说。”

“好，雪梅，你长大了。女人对男人不能高声大嗓说话，要以柔克刚，你要乖巧。他那么大，你这么小，你要会哄他，会撒娇，弄得他一生都爱你，围着你转……”

“妈，你说些什么嘛……”

“你听着，妈都是为你好，讲的都是正经话。下面要说的话，你更要听进去，必须照妈说的办，今晚就开始办！”

“妈，什么事？”

“你不要吃避孕药了，也不要用什么套了，要怀孕。这肯定是个聪明种，你要用他的种生孩子，将来孩子肯定会聪明些。你看腊秀那么蠢，可姚才子下的种还是聪明，考上清华、北大了啊。”

“妈，我们还没正式结婚呀……”

“现在是什么年代了啊，好多女孩不是挺着大肚子才结婚的？”

“妈，这么说你是准备同意让我们尽快结婚了吗？”

“基本上是的，但还要看三百万彩礼能否兑现。兑现快，他随时可以登记结婚；不快，我就拖着不松口。但是最终结不结婚，你用他的聪明种生后代都是赚的。听明白了吗？”

“明白了。”

"你晚上要会哄他……"

"妈,我不听了,挂了。"

挂了电话,雪梅一脸绯红。她没料到妈妈突然急着要她怀孕,用老男人的聪明种生孩子。真是男人聪明,生的孩子就聪明?姚才子家就是这样的,腊秀是真的蠢,可儿子考上了清华、北大,显然妈妈对此深信不疑。也许是妈妈天天想,想通了,想到了这一点,就这么对她下命令了。今晚她告诉老男人,他不得高兴坏了?他说过无数回了,每次她都是干脆回答他,不行,别做梦!

下午五点多钟老男人与侄子回到了酒店。

"雪梅,办完了,包括税费一共二百九十八万,两个月后能拿到房产证,现在可以考虑装修的事了。"

老男人像去菜市场买了一次菜,将别墅的钥匙掏出来,放在茶几上,还有用透明塑料袋装着的一大沓合同等文件也一起放下。

"怎么这样快?"

雪梅心直蹦,她有别墅了啊,三百万只差两万,还要花多少装修钱?

"我叫侄子在深圳和常德时暗中与销售商沟通了许多次,早谈定了的,只等今天一次性付款。"

老男人很平静地说,又掏出手机播放别墅的环境外观、室内摄像,雪梅看得两眼亮晶晶的。

"太好了,太漂亮了,我喜欢,谢谢你,何总!"

"你可以不再称呼我何总了吗?"

老男人望着雪梅,淡淡地笑。买了栋别墅,他远不像雪梅那么兴奋,雪梅感到有点怪。

"那称呼你什么?我可不习惯叫你的名字,那别扭。"

过去"何总"雪梅也不常叫出口,多半是不称呼,就是用你、嘿、喂等代替。

"那你愿意叫我的小名吗?就是小时候村里人起的诨名,这个诨名父母也认可,跟着村里人一起叫。若是我现在回村去,那些七八十岁的还是那么叫,我听着很亲切,也连忙答应。"

老男人的脸上有了一些高兴的神色,大概又想起了贫穷而快乐的青少年生活。

"那是个什么诨名?你好像蛮喜欢那个诨名。"

雪梅有点好奇了。

“是啊，上大学工作后，同学、同事都不知道我的诨名，大家都是叫正名。有时我也会想听到有人叫，可谁知道呢？我又不愿意告诉人家。”

“你快点讲，到底是个什么怪诨名！”

雪梅被老男人逗急了，催。

“你别急，我说出来还得鼓点勇气。你呢，也要鼓点勇气听到才不恶心。”

老男人脸上的笑容多了起来，雪梅不禁有点害怕，鼓点勇气听到才不恶心？是个什么恐怖诨名？

“喂，等会就吃晚饭了，可别说出来了人家恶心得吃不下饭！”

雪梅不得不防，她最忌讳吃饭前后讲些倒胃口的话。

老男人脸上的笑意更盛。

“我之所以迟迟不说，也正是考虑这个问题，怕一说出来你吃不好晚饭又怪我。”

“那你就不说。”

“那就不说。”

“可是你不说也不行，我心里就会不断地想一些怪名字，也吃不好饭。”

“我到底是说还是不说呢？”

“我不晓得。”

“这下麻烦了，你不晓得，我又怎么晓得是说好还是不说好？”

老男人无奈，可雪梅看得出这时他高兴了，想起妈妈的话，要会哄他。

“那好办，你高兴就说，不高兴就不说。”

“那我就说了啊！”

“说！”

“我说了你可得从今以后叫我这个诨名，不许叫别的，当然是只有我们单独相处时叫。行不行？”

“行！”

“君子一言，驷马难追。拉钩。”

两人伸出小拇指拉钩后，老男人轻声说了。

“马桶。”

“你说什么？”

“马桶！”

“天啊，你怎么有这么个臭诨名！”

“臭是臭，可生活需要马桶，马桶也就有了存在的价值。回首一生，有时还真感到自己就是只马桶，要被迫装进很多脏东西，你刚刚清洗干净又很快被人弄脏，你又要去清洗……”

老男人说着不笑了。

雪梅似乎察觉了老男人心底藏着的事与这个诨名有关系，是有人暗中要算计他吗？她的命运已经与他连在一起了，也只能共担了，没有退路了，怕已经不起任何作用。她已经做了，只能做到底了。

“马桶，要吃晚饭了！”

雪梅站起身，她要坚强起来。

“啊……”

老男人一惊，凝视着雪梅，也慢慢站起身。

“你真的叫我马桶了！”

“不是拉钩了吗？我说话从来是算数的！”

“好！我就是你的马桶！”

老男人把雪梅搂在了胸前，然后手拉着手去酒店的餐厅。

酷热的夏夜，柳叶湖像是一个清凉的梦，也像是一个幽深的梦。梦中的人，又会做些什么梦呢？

夜已深，老男人似乎一直心中想事，雪梅看得出他一直没有真正高兴起来，虽然他一直对她淡淡地说话，淡淡地微笑。她想逗他开心，她已经是他的女人了啊，且已打定主意要为他生孩子了。

“当年你们村里的人，为什么给你起这么一个怪难听的诨名？”

“啊，想起来这恐怕是天意了，村里人起的诨名还真是准，它暗示了我一生的命运。那是上小学时，一个女同学的铅笔不见了，几个男同学都说我偷了，我家里穷呀，也可能偷呀。老师不相信，我成绩最好，年年评‘三好’学生。可老师问我，我不吱声。我知道是那几个男同学嫉妒我成绩好而搞的恶作剧，我若说出真相，老师就会批评他们，他们就会更恨我。我对老师说，我可以赔她一支铅笔，谁偷的也许有一天会弄明白；若是永远也弄不明白，那就算是我偷的了。老师也聪明，让我赔了一支铅笔，不过是老师出钱买的。没过几天，那个女同学的铅笔又鬼使神差回到了她的书包里，她就把铅笔还给我，我再还给老师，老师说这是我送给你的不用还了。事情传到村子里，乡亲们说这个孩子是个马桶，人家朝他头上拉屎拉尿也不吭声，将来怎么混生活啊？就这样马桶的诨名就诞生了，传开了，连父母也跟着叫。大家都是善意，提醒我放聪明点别被欺负。这个诨名虽不雅，可也帮了我的忙，不然我可能活不到六十多岁，更不能成为今天的我啊……”

雪梅呆呆地望着老男人，心中升起一份敬意，想象着他年轻时是多么聪明善良，能有今天那真是不容易，在中国像他这种年纪的人，能有多少人可以像他这样？买一栋别墅像上了一次菜市场？他可是真正凭知识致富的，不是贪官污吏，不是勾结官员投机暴发的奸商骗子。老男人还是没有轻松高兴起来，雪梅也没有办法，只是顺从着老男人，陪他坐在沙发上，有时靠在他肩头，有时为他添茶水。

“雪梅，你知道什么叫汉奸卖国贼吗？”

老男人突然转到了很严肃的话题。

“我想就是那些祸害中国的坏人。”

雪梅努力地顺着老男人话题开动脑筋，为什么他突然说汉奸卖国贼？她不知道。

“没错，过去十年是各种汉奸滋生最多的时候，文化汉奸、经济汉奸、教育汉奸等等，他们很多还是打着爱国、民主、发展经济的旗帜，给中国造成了巨大的损失，现在党和国家已高度警惕，并给予了严厉打击。现在每天都抓贪官污吏，贪官污吏与汉奸很多是相互勾结的，他们都是祸害中国人民的，是全国人民的公敌，必须要清除，否则就是犯罪。”

老男人忽然停住，想了想，自言自语。

“我一生对党和国家，对人民是毫无愧疚的，我默默无闻为中国的富强尽了自己的努力。我参与过的许多国家的高科技项目是不能说的，必须终生严守机密，天上地下的项目我都参与过。我说对中国的实际贡献可能比杨振宁大，没有吹牛，在中国许多科学家都比杨振宁对中国的贡献大，有一批还要大得多，这是事实。很多事不能跟你讲，你也不要问。”

老男人又停住，停了很久，苦笑。

“雪梅，看起来是我在决定你今后的命运，其实你两年前的决定也决定着我今后的命运；本是两个生活空间相距很遥远的人，不可思议地走到了一起，这世界真是奇妙！”

老男人将雪梅搂在了怀中，轻轻地抚摸着她的胸脯，她乖乖地任由他高兴。

“雪梅，当初，那个夜晚，我对你真的很坏，我贪的是你的年轻与美色啊，算定你很难拒绝我开出的条件。我让你自己选择决定，本质是我已为你选择决定，你果然上了套。”

“马桶，谢谢你的坏！谢谢你为我选择决定了今后的命运！”

雪梅将上衣撩开，牵着老男人的手放在了里面，让老男人的手在她挺拔的乳峰上游动。

老男人有些把持不住了，仍努力把持着。

“我对你真坏，你让我如愿，无比幸福，我就暗暗发誓一定要尽一切努力对你好！让你一生无忧无虑，让你全家人一生无忧无虑，让你们过上你们过去想象不到的富裕生活！我一生从未做过偷鸡摸狗的事，我对你不是偷鸡摸狗，我见到你就想起从前的那个小师妹，你就是她啊。啊，你比她更乡土更年轻更美。你是双桥坪山里出的一块美玉啊，我有信心，一定让你的父母、奶奶同意这门婚事！眼下我正抓紧处理我的资产，资金的调动和转移还需要时间，力争不超过七月十日，就会给你妈一个答复。至于是个什么答复，到时会用信封封好，你也不许先看，既然是你妈开出的条件就得让她开封先看。我想你妈看过我的答复之后，也许就会有点松动了。”

“马桶，别说了，我想要你了！”

雪梅破天荒头一次主动提出要做爱了。

老男人再也把持不住。

“那我们上床？”

“马桶，从今夜起我再不吃避孕药了，你要让我怀孕，我想为你生孩子了！”

雪梅满目柔情，很认真地望着老男人说。

老男人惊呆了，渐渐地，他两眼现出泪光。

“雪梅，谢谢你，苍天有眼，是苍天厚报我这个一生多磨的马桶啊……”

“这也是我妈的主意。”

“你妈的主意？”

老男人更是惊呆了。

“我妈虽然嫌你年纪大了，但她肯定你是个非常聪明的男人，她说用你的聪明种怀上的孩子，将来也一定很聪明的。”

“那么你妈是同意我们尽快登记结婚了？”

“她说要看你的最后答复了再说，她不满意就要拖住不松口；她若满意，就随便我们什么时候登记结婚！”

“你妈是这么说的？”

“是的。”

“万岁!”

“什么意思!”

“万岁! 上床吧!”

“我今晚不能这么上床。”

“想怎样?”

“你要像电影《红高粱》里姜文把巩俐扛起来那样,朝高粱地里一扔……”

“那不是太野蛮了?”

“今晚就想你野蛮,不要像过去那么斯文。”

老男人愣住了。

“马桶,从今以后你就是我的皇帝,我就是你的爱妃,就像电视剧里一样的,好不?”

“好!”

老男人突然站起身,将雪梅扛上了肩,大步走到床边,将雪梅朝床上一扔,野蛮起来。

18

秋枝急着想见姚才子，可姚才子迟迟不回家，直到晚上十一点多钟，才看见姚才子的小客车开回家来。她想姚才子肯定在外面吃饭了，腊秀已经两天没回家了。姚才子肯定要先洗澡，等他洗了澡，她再发短信与他联系。

今天下午山西佬从城里开来了三台小车，从双桥坪拖走了十个身子骨还结实的中年男人，芋头也跟着山西佬进了城。山西佬说，因为他支持关闭铁厂，有人打恐吓电话之后，第二天就有几个不三不四的人在他的公司及建材厂周围转悠。为了防止黑社会烧他的公司和工厂，不得不临时从双桥坪请一些人去当巡逻保安，每人每天一百五十元包吃住，芋头一听给的待遇高要去，她同意了。黑社会竟把刀架在了山西佬的脖子上，在双桥坪他们还怕谁？山西佬的公司、工厂在城里，城里那么多武警和公安，黑社会也敢猖狂，看来双桥坪铁厂的事可能真的会出大血案。两方都红了眼，那就看谁狠。

婆婆已开着空调上床睡了，秋枝穿着白裤衩纱背心从卧室轻轻走出门，刚一走出门，传来了二胡的声音。好多天没听到他拉二胡了，怪好听的。她站在门外听，循声望去，只见姚才子的卧室亮着灯，他没上楼顶阳台，是在卧室里拉的。听着二胡声音没多久，又听到姚才子放开嗓门唱起来。

红岩上红梅开，
千里冰霜脚下踩，
三九严寒何所惧，
一片丹心向阳开，向阳开。
红梅花儿开，
朵朵放光彩，
昂首怒放花万朵，
香飘云天外，

唤醒百花齐开放，
高歌欢庆新春来，新春来，新春来。

秋枝很熟悉这首歌，电视晚会上经常有演员唱，可姚才子唱的味道不一样，好像很悲壮。

姚才子唱完了《红梅赞》，接着又唱《绣红旗》，歌声传到秋枝的耳朵里，好像有一种生离死别、激昂慷慨的感觉，唱得她的心口很慌。

线儿长，
针儿密，
含着热泪绣红旗，
绣呀绣红旗。
热泪随着针线走，
与其说是悲，
不如说是喜。
多少年哪多少代，
今天终于盼到了你。

千分情，
万分爱，
化作金星绣红旗，
绣呀绣红旗。
平日刀丛不眨眼，
今日里心跳分外急，
一针针，
一线线，
绣出一片新天地，新天地。

秋枝越听心口越慌，莫非姚才子为了灭掉铁厂做了牺牲准备？千万不能牺牲！千万不能！秋枝回到卧室，用手机飞快发了一条短信。

“我要立即见你,去你家！行不行?”

可姚才子继续拉着二胡继续唱着,尽是唱过去的老歌剧《江姐》里面的歌。秋枝好恨,接连将同样的短信重复发了十次,姚才子才终于停了拉,停了唱,回过来一条短信。

“不行,芋头会起疑心的!”

“芋头进城了!”

“快来!”

秋枝猫一样溜到姚才子家,大门已开了,姚才子穿着短裤打着赤膊,比她穿得还少些,她身体突然就软了。姚才子关上大门又反锁,她跟着姚才子上楼,身子软得走不动。

“你怎么了?”

“一身软的。”

姚才子一把将她抱起来往楼上走,进了卧室往床上一放,秋枝就好像晕过去说不出话了。

“先做正经事!”

姚才子扒了短裤上了床,啊的一声秋枝惊醒过来。

“万一腊秀回家了呢?”

“她娘病了,要在娘家住几天照顾她娘。”

“万一呢?”

“哪有那么多万一!”

“才子哥,你真坏!”

“你比我还坏些,光着身子深更半夜找上门要我坏!”

秋枝嘴软下来。

“才子哥,我又没说我不坏。见了你,我真的很坏,只想你也狠点坏……”

“妖精,老子坏死你!”

“好！才子哥,就想被你坏死！啊,才子哥,真的会死,好！啊……”

姚才子发疯做完正经事,秋枝满脸已是泪水。

“秋枝,你怎么了?”

“才子哥,真的好谢谢你,我死也值了。可是世上有你,又怎么舍得死？生怕你哪一天出事啊。”

“别怕,莫担心铁厂的事！我们人多,王老六已暗中联络了两百人,我也联络了快一百人，还在暗中加劲。真打起来，先打赢，再打官司。芋头怎么进城了？”

秋枝就把来龙去脉告诉了姚才子。

姚才子听了沉默了很久。

“秋枝，还真不能小看黑社会，他们真敢在城里放火烧山西佬的工厂？这他妈不要翻天了吗？老子不信他们有那么大的狗胆，只不过是吓唬山西佬。而今党和政府很强势，很强悍，每天都有贪官污吏和黑社会头子被抓，我们要关闭铁厂，跟党和政府是一条心，党和政府一定会站在我们一边，我们已经没有退路，只能往前冲了！老板敢点火，一定武力灭火，要打就大打大赢，也一定要做好打赢的准备！”

秋枝把姚才子抱得紧紧的，心里忧，心里急，可姚才子说得有道理也铁了心要灭掉铁厂，她怎么能拖后腿、泼冷水呢？

“哪天去灭火，你一定要告诉我，我一定要跟着你去！”

“你还是不去的好，一旦打起来我是保护你，还是和兄弟们一起打老板的人？你想过没有，这世上若没有了你，你叫我后半生怎么过？天天跑到你的坟上去哭？”

姚才子说着落下泪来，秋枝的泪水刚刚擦干又涌出更多。

“才子哥，我在你心里这么重，真的死也值了。我秋枝是个苦命人，当年家里穷，父母要弟、妹读书，我一个女子有什么办法赚大钱？只好卖身当小姐。你从不嫌弃我，把我当个宝，你开始发财就一直想帮我，你真是个心善的好男人，你多才多艺、英俊潇洒，这周围的女人哪个不喜欢你？可是只有我这个苦命的当过小姐的坏女人得到了你的真心，你的真情意。秋枝来生一定要报答恩情，干干净净嫁给你，为你生一大群儿女。才子哥，我来生一定要报你的恩情，今生是报不了了。我恨我曾经当过小姐卖过身啊，每次快乐过后我的心里都感到对不起你啊，我的才子哥，我的好哥哥，我的好情哥哥！”

姚才子将秋枝紧紧搂住，双目热泪流。

“秋枝，千万别这样说了，你说得我心里好难受。我多少次想过和腊秀离婚再娶你，可我的儿子怎么办？他们肯定不想我离婚。芋头怎么办？他也肯定不想你离婚哪怕明知你跟我上床。还有腊秀，我讨厌她甚至恨她，可她为我生了两个好儿子，又怎么可以抛弃她？你说你每次快乐过后恨自己曾经当过小姐，你晓得我心里怎么想的？这些年我为你做了什么？要给你钱你坚决不收，你就是心甘情愿让我白睡白玩啊，你就是真心真意喜欢我这个人啊，是我对你有愧啊，说什么当过小姐干净不干净？秋枝，我心里从未想过那些，你就是黄花闺女呀，当年是现在也是，哪一次我们在一起快乐我不是舍命玩的？哪一次又不是把你当黄花闺女吞下肚的？这你还不清楚？你想快乐死，我不是？”

秋枝捂住了姚才子的嘴。

“好哥哥，别说了，我们一生都值了啊！”

两个人忽然都不说话，静静地躺着。

“秋枝，我觉得腊秀这次回娘家有点怪怪的，你不是在她娘家有个过去一同到广东打工的姐妹？能否探点消息？”

姚才子沉默了很久，说到了腊秀，这是与秋枝幽会时少见的。腊秀当天上午去娘家，中午小侄子告诉他后，下午六点他开车去看岳母，既然是病得很重，当女婿的不能不闻不问。可简易公路离岳母家半里远处被辆坏车堵了，他只好停了车步行去。岳母家的院子老树多，他去时一家人正在屋坪边一株老樟树下吃晚饭，母女俩有说有笑。他突然出现，母女俩一惊，岳母忙放了碗筷说头晕吃不下了，腊秀也就忙伺候母亲下桌躺在了竹床上。腊秀要他坐下吃饭，他说刚吃过了，晚上还得赶回双桥坪有事。腊秀说娘病了她得招呼几天再回家，他说应该的，反正家里她也没什么事，多招呼些天，娘的病好了再回家也不晚。他问腊秀带钱没有，腊秀说带了一千元，他就把身上的一千多块放在了腊秀手上，然后与岳母告辞，走了。这两天他闲下来时想到此事，总觉得有点怪怪的。

姚才子一说，秋枝也感到有点奇怪。腊秀不是生怕姚才子出事要盯紧的？既然她娘没什么病怎么装病？怎么不赶回家？难怪姚才子要她找过去的姐妹打探消息。

“那个姐妹失去联系好几年了，电话都没通过了，号码也丢了。不过想想办法可能还是能联系上，可那个姐妹若不在家在外打工又能知道什么？”

“那就算了，恐怕是她娘打主意，想到我这里搞点钱。二老都还好，她两个弟弟都不学好，楼房都是过去腊秀暗中拿我的钱修的，后来我才不得不把钱管紧，不然我手上就攒不了几个钱。”

姚才子直摇头叹气。

“才子哥，你的心真善，这要是换了别的男人，恐怕要早把腊秀休了。暗拿你的血汗钱修了两栋楼，她也下得了手！”

“钱财如粪土，随它去。仁义才值千金，丢不得！”

“才子哥，你就是个仁义之人啊，苦命秋枝遇到你，也就得救了。你不是用钱救秋枝，是用心救秋枝。钱救不了秋枝，只有心救得了。不经一番磨难，秋枝不会明白；经了一番磨难，也才真懂了过去的老话：钱财如粪土，仁义值千金。”

“说什么我救你？秋枝，你也救了我，没有你，这二十年我活着有什么意思？钱再多有什么意思？不说这些了，雪梅有消息了吗？”

姚才子一问，秋枝便一点不剩地说了，将女儿的叮嘱抛到了九霄云外。

姚才子对秋枝说的消息感到很惊讶。

“他已经在常德给雪梅买了一栋别墅？确实？”

“确实。房款二百九十八万一次付清了，准备装修了。”

秋枝对女儿传回的消息深信不疑，女儿从未在她面前说过对不上号的话。

“还要出钱让雪梅在常德开店？那又要花多少钱？”

“是的，这个人怕有上千万了！”

“那三百万彩礼呢？”

“他说十号前争取有个答复。”

“还有什么消息？你仔细想，都告诉我。”

“他可能真的对国家有贡献，雪梅说他参与过许多国家的高科技项目，天上的地下的项目都参与过，但不能说必须终生保密。他还对雪梅说过，他对中国的贡献可能真比杨振宁大……”

“秋枝，雪梅可能稀里糊涂赌赢了，赢大了！”

“那就好啊，今后我们一家人能直起腰。”

姚才子要下床找烟抽，秋枝按住他不让动。她下床按他说的在小包里翻到烟和打火机，给他掏出一支，点上火，坐在床头柜上，看着他抽烟。柔和的灯光照着秋枝白净的裸体，姚才子边欣赏着边抽着烟，缓缓飘起薄薄的云雾。

“才子哥，抽烟好舒服啊，你像云雾中的神仙啊。”

“你就像云雾中的天仙。”

“你真会逗我高兴。才子哥，我得走了，不然又要整你的。”

“妖精，你让我抽两支烟，说点正经话了再整，好不好？”

“好……”

秋枝的目光清水似的流淌在姚才子的裸体上，那被阳光晒得黝黑发亮的肤色，叫秋枝沉醉。

“秋枝，你没当过兵，不知道科学技术在军事上有多重要，这是要人命的。一个国家没有强大的军事力量，老百姓有什么安宁日子过？那是要当亡国奴的。所以科学家就是国家的宝，大科学家更是宝中宝。你现在完全不必因为雪梅的婚事而有压力，不必担心将来在乡亲们面前抬不起头，雪梅嫁的是个科学家啊，像他那样高级别的科学家才六十五岁，还是国家的宝中宝，至少还可以为国家贡献二十年。雪梅是他生活的需要，对他的健康长寿也有益。科学家也是人，也有七情六欲，雪梅那么乖他哪里会不喜欢？雪梅这回不是社会上那些傍大款的，她稀里糊涂也是为国家的科学做贡献是不是？你养了这么乖的一个女儿，也为国家的科学做了贡献是不是？他那么高级别的科学家对国家有贡献，纵是睡了一些年轻女子，只要是两相情愿有多大关系？而今抓出来的有的贪官不是有几百个情妇的？你看那重庆的一个区委书记像个丑八怪，还净搞些年轻漂亮女子，那些床上的丑照网上到处放，那些人就是臭狗屎人渣。喜欢雪梅的这个男人明显不同，现在他是不顾一切要明媒正娶，只不过是女婿比你这丈母娘还大二十三岁，老男人吃你女儿嫩豆腐你心里过不去是不是？那有什么要紧呢？前面讲了你这个乡下女人也莫名其妙在为国家的科学做贡献是不是？你别横我的眼睛，我晓得你会想通的。我姚才子算个什么狗屁？就是当过几年兵，混了个高中，如今是双桥坪山里的一个榨油匠，天天一身汗地开车送货接货，你这么乖还不顾一切分文不取为我做贡献，你比雪梅亏多了啊！”

姚才子说着笑了。

秋枝扑上来，一只手捂住姚才子的嘴，一只手揪着姚才子一只耳朵。

“你个鬼才子，老子今晚要整脱你一身皮，老子还要你明天没力气开车，你信不信？”

姚才子拿开秋枝的手。

“妖精，再给老子点根烟，让老子把正经话讲完，也趁机养点神，等会再收拾你！”

秋枝放开姚才子，乖乖地给姚才子点烟，又乖乖地坐在床头柜上听姚才子讲正经话。

“如今习主席的政策很得人心，就是要狠抓贪官黑社会。廉政建设来硬的，犯了就叫你下台，不狠些搞会翻天。你看这个铁厂，要关闭它还这样难，还要对山西佬下手，这些黑社会是些什么王八蛋？真的是要科学发展，要讲科学，要保护环境。双桥坪人民是好样的，电视里播的新闻你看到了吗？李家铺村的村民花几万救活了一株九百多年的老樟树，七姑山下的老百姓都晓得要保护自然生态环境，不能污染环境，为什么有人要公然破坏？钱那么重要？要钱不要国法？不要良心？不管子孙后代死活？别看一些王八蛋赚了钱，跟对国家有贡献的科学家比算个屁，跟善良的老百姓比也只算个狗屁。现在老板放风喊话，死人也要点火开炉！我们也放出了狠话，死人也要坚决灭掉！我姚才子有自知之明，我一生无所作为，可是在这件事上决不当缩头乌龟！若是当缩头乌龟，你秋枝心里也会瞧不起我，让一个缩头乌龟在你身上做坏事你不恶心？人要坏也要坏得有点骨气是不是？你把我搞得这么坏，我又把你搞得坏透顶了，我们两个坏人是不是也要做点好事积点德？”

秋枝再也沉不住气了，扑上来又捂住了姚才子嘴，爬上了床。

“才子哥别说了……你给我积点德啊！”

“好，你也给我积点德。”

姚才子做了个鬼脸。

秋枝两眼秋波横斜。

19

七月六日，白义成夫妇雇大货车拖着板凳、桌椅、炉灶、锅盘、碗盏，清早赶到后山给一户人家操办生日酒宴。如今乡下办酒席成风，除了婚丧喜庆必摆酒宴，生日酒、升学酒、建房酒、满月酒，甚至生病住院康复回家了也办酒席。办酒席的收人情，吃酒的送人情、还人情。有的亲戚朋友多，一年送人情就要几万。双桥坪虽不贫穷，富裕人家也不多，吃酒送人情已成老百姓很重的负担。这户人家这么多年送了不少人情，儿子十五岁生日计划办酒席三天，将过去送出去的人情通通收回来。虽然白义成忙不赢生意好，但内心对这种不良风气颇忧愁，而这是他个人无能为力的。

今天依然是三十九度高温，乡下办酒席必须用柴灶大火，客人流水席，白义成夫妇整天都不能休息。上午十时许，白义成正抡着大锅铲炒菜，赤膊短裤，肩上搭一条毛巾擦汗，手机响了。他从短西裤口袋里掏出手机，边炒菜边接电话。

“你到了哪里？快到了，有个岔路口，你的车要往右边开，我在炒菜，不多说。”

几分钟过后，山西佬开着奔驰来了，停了车来到了厨房。见白义成的脸被高温烤红，山西佬心里很痛。

“老哥，你别中暑了啊！”

“不会，我已经练出来了。什么事，快说，你靠近我的耳朵说。”

白义成笑着，边炒菜边与山西佬说话。

“昨天深夜我又接到恐吓电话，说如果双桥坪铁厂点火了被熄灭，就一定放火烧我的公司和工厂。我早向公安局报了案，也加强了保安巡逻，就不能抽人管双桥坪的事了。”

“这边你就不要管了，我会安排好。”

“可不能抽人管双桥坪的事，我心里又不安。我带来了十万元钱，你们灭火组织人马需要钱就尽管用。”

“带回去！你今年弄不好就亏损，灭火组织人马不需要钱，都是义务工，万一需要钱，我，姚才子，王老六都可以解决。我忙，你快点开车回城去，莫城里出事！”

“老哥，这怎么好意思，关键时刻我又抽不出人了，不出点钱心里也不安……”

“你已经出很大力了，你牵制了黑社会一部分力量，现在黑社会是拿你当人质，想双桥坪这边我们后退让他们点火。”

“他们到底哪天点火？”

“应当就是这几天，我们还没有得到确切情报。”

“这真是邪门了，黑社会竟敢如此猖狂。老哥，你们这边大家都要小心啊！”

“你放心，快走吧，我忙，没空跟你说话！”

“那我走。”

“快走！”

山西佬走了几步又回头，从手提包里掏出一包极品芙蓉王，放在摆菜的案板上。

“老哥，你别中暑了啊，注意点。”

“晓得晓得，你快走！”

山西佬终于走出了厨房，不一会，外面传来两声汽车喇叭声，白义成明白是山西佬向他再次告辞，心里牵挂他这个老哥。

白义成夫妇忙到晚上八点多钟才收拾好炊具，匆匆洗澡后，他与九妹坐在主人家厨房外吹电扇。

“姚才子的车什么时候来？他也一天到晚地忙，这个铁厂真是害死人了！”

九妹也五十几了，忙累了，又恨铁厂。中午姚才子打来电话，说今晚必须召开会议，他开车带王老六等来白义成操办酒席的人家。白义成说行，只是辛苦兄弟们了，会议只能开三四十分钟，夫妇俩还要准备明天酒席的菜，要忙到深夜才能上床休息。

“义成，做完今年我们明年不做了，这太辛苦了。你也六十四岁了，要享点福了，下厨虽挣钱多，可太辛苦了。”

“明年你休息，我随便请个帮手就行。我身子骨硬，再干三五年估计没问题。不搞将来会拖累儿孙，如今农村六十岁以上老人，一月国家只给五十五元贴补，一包好烟都买不到，那怎么行？”

“你不休息我更不能休息啊，我比你小五六岁，哪有让你一个人辛苦的道理？”

“你身体没我的好，你应当休息。城里女人五十五岁就退休了，一月拿几千块退休金，你跟着我受苦了……”

“讲这些心里就不平衡，可是和过去比还是好多了。我们夫妇比我在城里工作的姐姐、姐夫退休金高得多，他们退休后姐姐只一千八，姐夫也只两千，工厂行业不好。我们而今好还是好，就是太辛苦了。"

"辛苦能挣到钱就算不错了，别想那么多，别和人家有钱人比，我们蛮好了。"

"也是蛮好了。"

夫妇俩边吹电扇边说话，九点未到，姚才子就开着小客车来了，还带来了王老六、石大毛、叫鸡公。夫妇俩早为他们准备好了凳子和凉茶，姚才子他们一到，会议立即开始。

"大家小声说话，先各自交流情况，再研究对策。"

白义成给每人递了一包烟，坐下来说了一句简短的开场白。

"大毛，你先说镇政府那边的动向。"

白义成为了节省时间，按计划点名了。

石大毛摇了摇头，叹气。

"没什么动向，主要是不想出事，尤其不想出大事。好像政府也挠头，老板要赔偿，群众要关厂，两边都不讨好。我私下跟副镇长说过请刘麻子回乡办厂的建议，他说建议是好，但现在铁厂的事未了结，又怎么与刘麻子接触呢？看起来镇政府可能不会有什么作为，一旦老板点火，还是要靠老百姓自己摆平。"

石大毛说完，白义成又点名。

"叫鸡公，你打探到了老板那边的消息？"

叫鸡公神色凝重。

"他们准备了二十把两三尺长的大砍刀，已经放出恶话，哪天点火，谁敢上来灭火，那就是找死！砍死一个算一个，砍死两个是一双，上一个砍一个，决不手软！我们的人上去，一定要抄家伙去，不然就是白送死！"

叫鸡公说罢，白义成指了指姚才子。

姚才子不像叫鸡公那样忧心。

"我已快联络了一百人，明天就能上百了。这没有什么退路了，必须做好大打的准备。就像钓鱼岛，日本佬狂叫你只管叫，中国的舰船、飞机每天硬是去巡航，就是跟日本佬来硬的！你日本佬敢响家伙，中国就不客气，今天的中国还怕你日本鬼子不成？搞发火上原子弹都可以！不过，我们文武两手都要准备好，打要打赢，道理也要讲赢。至于刘麻子，即使现在镇政府请他，他也会压价，他相当精。我们这次要彻底胜利，不光是灭火，硬是要将铁厂老板赶走，将刘麻子请回乡办厂开工了，那才叫最终胜了，不然，隔不久弄不好铁厂还是可能死灰复燃，这六七年不就是这么闹腾的？我就说这么多。”

“老六，你说。”

白义成指王老六，王老六正准备开口，手机响了，他一看显示的号码，忙要大家安静。

王老六接通了手机。

“我是六叔，你说，确实吗？好，侄儿你立功了，六叔以后奖励你。那我挂了。”

王老六放好手机，吁了一口气。

“老板八号上午八时准时点火开炉，这应当是真的。刚才是我远房侄儿狗婆娘打的电话，狗婆娘曾被老板拖进城吃饭，一贯站在老板一边，是我拉他过来，一直要他打探消息，他终于打探到了，看来老板是很相信他的。”

八号就是后天，气氛顿时紧张起来，他们还有什么没准备好？八号白义成还得在这里下厨，显然是不能扔下这边去双桥坪铁厂指挥。

王老六并不惊慌。

“我已经联络了两百人，全是双桥坪村的，虽然姓王的占多数，但其他组都有人参加。老子不怕，老板就是那么二十几个人，经得我两百人打吗？还有才子一百人，老板敢开打，那就不客气，往死里打！另外，五哥传来消息，市环保局二号就给区里下达了关闭铁厂的正式红头文件，我们打，就是帮政府打了！”

“真的下文件了吗？”

白义成兴奋地站起了身。

“是的，五哥是这么说的。”

“我说过，你五哥不会不出力的。”

白义成的兴奋显然也传染给了每个人，气氛又稍有缓解。不过铁厂老板放出了那么狠的话，八号点火究竟会出现什么情况，谁也不敢掉以轻心。大家也知道，有的污染企业政府下了多次文件也迟迟关不了，很顽固。

情况都交流完了，白义成看了看手表。

“弟兄们，大家都做了承担风险和责任的准备。万一出事，我白义成承担总责任，死了人要坐牢，我去坐。我六十四了，为了双桥坪不被污染，我甘愿去坐牢，为这个事坐牢我不丑。由于我实在丢不开工作，现在我指定，王老六为灭火现场总指挥，姚才子为副总指挥，所有人都要服从指挥，不能乱套。叫鸡公另有任务，你要假装为老板通风报信，公开站在老板一边。石大毛八号要钉在镇政府，密切注视镇政府的动向，叫鸡公和石大毛有情况要立即告诉王老六和姚才子，王老六和姚才子要密切配合。打起来怎么办？这要想清楚定下来。我的意见是：王老六带两百人进入厂区，不带武器；姚才子带一百人一律拿大木棒，不进入厂区，只站在铁厂大门外示威。喊什么口号，由姚才子拟定，要简短有力，一喊就吼翻天。俗话说打退不如骇退，声势要搞威武，要搞出杀气！兵书上说，不战而屈人之兵才是上策。我们要争取上策，也准备好下策。如果王老六先在里面开打了，姚才子就要立即指挥木棒队冲进去，照着老板的人狠狠打！你们要问，镇里的警察若偏向老板怎么办？警察不动手你不动手，警察动手你就对打！先打赢再说，一定要打赢！一定要把老板的人全部打趴下，最好不打死，万一打死了也就打死了。搞了六七年，双桥坪也不怕死人了，为了保卫环境，已经不能再怕死人了，就像姚才子拿钓鱼岛说只能来硬的了！”

大家静静地听着白义成交代，白义成用毛巾擦了擦脸上和胳膊上的汗，继续交代。

“叫鸡公回家后，十点半到十一点这个时间给我打电话，我有特别事情还要交代。”

白义成又看了看手表。

“大家还有什么意见？”

王老六、姚才子、石大毛都说没有，叫鸡公说有。

“我不能公开站在老板一边，背不起这个骂名，将来我在双桥坪街上怎么走路？老百姓不指着我的背，骂我是双桥坪的叛徒败类？我明天可以去铁厂侦察情况，但公开站在老板一边这搞不得，人有两块脸，树有一层皮……”

“你懂什么？又没当过兵，老板有老板的计谋，我有我的计谋，一切为搞赢，军事上是必须用计谋的。你也就是当过一两年大队民兵营副营长，你懂什么三十六计？你必须照我说的办，这个事我会在电话里详细跟你交代清楚，你去了铁厂怎么演戏，怎么演好，都会交代清楚。你的戏演好了，也起相当重要的作用，你就立大功了，将来你也是双桥坪的英雄，还会把你嫖堂客的臭名声洗去不少……”

白义成说得大家都笑起来。大战临近，叫鸡公也只得服从白义成的安排，不过他仍然反驳了白义成说他有嫖堂客的臭名声。

“我的臭名声，都是你和山西佬编排出来的，我哪里嫖了那么多堂客？年轻时偶尔个把那也不能算是嫖堂客，也就是两相情愿玩了回把，那也叫嫖堂客？真正一贯打暗炮的人你又不讲。”

叫鸡公显然是想将火往姚才子身上引，白义成赶紧刹车。

“散会。各位兄弟辛苦了，我还得和九妹准备明天的菜，要忙到很晚啊。才子你也很辛苦，路上别开快了，大战临近，万万不能出事。你们开车走吧，我们夫妻也要开工了。”

大家望着白义成夫妇，忽然都无语，是呵，他们夫妇比谁不辛苦呢？

“放心，白大哥，交代的事我一定办好！”

王老六说。

“白大哥，你们也不要太劳累。铁厂的事我会尽一切努力！”

姚才子说罢先开步走了。

石大毛只说：“交代的事，你放心！”

“咱们过一会在电话里说。”

叫鸡公看来是听进了交代，白义成又特别多给了他一包烟强迫他收下。

他们都走了，夫妇俩又忙起来。

“义成，真的想不通，为什么铁厂明明是个害百姓的厂，为什么政府不管要老百姓管？”

夫妇俩边忙边说话。白义成不能到现场指挥心里也内疚，大家都推举他为带头人，可他又不能够丢下手上的事上前线，心里想着灭火后请弟兄们好好吃一顿。

“情况复杂，这个鬼厂是上届政府招商引资来的，本届政府也头痛，也许区镇两级政府心里也想老百姓出面搞。政府出面搞，铁厂老板肯定要找政府赔钱，政府哪来的钱赔？”

“这真要搞出人命怎么办？”

“不搞就让它点火开炉污染吗？这都是逼上梁山，要出人命也没有办法了。”

“为什么有铁厂老板这种人？明明害百姓为什么要办厂？”

“你尽问些蠢话，为什么有强盗抢劫犯？为什么有贪官污吏？为什么美国利用钓鱼岛祸害中国？人世间总是有邪恶势力的，好人活着就必须与坏人做斗争，不斗争世界就会一团漆黑。没有强大的中国，美国会一手遮天，世界就会变成地狱。没有双桥坪的老百姓六七年不停地斗争，铁厂就把双桥坪严重污染了，可以说这个河北老板也遇到了对手，他背后的黑势力也在双桥坪遇到了对手。老板搞亏了，背后的黑势力收了钱也难向老板交代，他们想鱼死网破拼一下，我们必须比他们更强硬，我们是本地人，他们想拼赢难上难！莫怕，要死人就死人，一旦开打一定是老板的人死得多，老板应当是能算清这笔账的。”

“这么看是王老六最危险?”

“是的。”

“那你为什么不让他们带棍棒进入厂区?”

“是给老板一个台阶,我也在赌。我也防了,姚才子一百人都有木棒,老板看得到,他下令开打他就得准备死。王老六本人蛮力超人,有功夫,三五个人不是他的对手,一旦开打姚才子的人几秒钟就能冲进去,这就看老板怎么掂量了,老板要发疯,那就是一场大血案。”

“这会把人担心死啊!”

“那有什么办法?我们愿意这么拼命吗?和平年代谁愿意拼命?但不拼命让老板点火开炉污染环境吗?九妹,这是逼上梁山,没有办法!”

俩人边忙边为铁厂的事忧心。突然“叭叭叭”一串响,原来是九妹太累了,身子一晃,撞倒了案板上一摞洗干净码好的碗。

“九妹,你必须上床休息去了,我一个人能对付。”

碗是自己的,九妹心痛,她站着不动。

“几个破碗心痛什么?我们这三天可赚一千五,老板高兴,说客人都讲我们做的菜味道好,走时还会给我们送一条极品芙蓉王,这三天就赚两千一了,一天就赚了七百,还心痛这几个破碗干什么?”

白义成不这样说倒罢了,一说九妹眼泪掉了下来。

“义成,你尽宽我的心。你六十四了,整天站在大灶边炒菜,我尽是做轻松事,我心里痛呀,心疼你呀……”

“你看你,哭什么?我们现在蛮好呀,我虽然六十四岁,可还打得死老虎,你担心什么?”

“义成,我的命好啊,嫁给你,我的命真好!”

“别给我戴高帽子,走,你先上床睡去!”

白义成强拉着九妹离开了厨房,送到了老板为他们夫妇安排的卧室。卧室里有台吊扇,白义成把吊扇打开,看到九妹上床睡下,关灯退了出来。

走进厨房,白义成坐下抽了支烟,他看了看手表,已快晚上十点多了,估计叫鸡公应当已经到家一会儿了,按约定应当是叫鸡公打过来,怎么还不打过来?他等不及了,拨通了叫鸡公的电话。“×他妈!姚才子开车打瞌睡,差点翻车……”白义成未开口就被那边叫鸡公吓了一跳。

20

叫鸡公与白义成通完电话，心里就一个字：服。他们从小在一起长大，都只读过小学，不同的是白义成当过八年侦察兵，这回才真叫他知道，他差白义成多少。

叫鸡公运了一会神，给铁厂老板打了个电话，神秘兮兮地说明天上午九点左右他会去铁厂，有重要消息要告诉他，事情很复杂，电话里说不清。说这六七年老板给了他不少关照，天地良心也不能跟着那些人拆老板的台。老板很感激，连连说好，夸他是个讲义气的朋友。

叫鸡公给老板打过电话之后，又分别给王老六与姚才子打电话通告情况，王老六要他发挥好不要露马脚。姚才子又给他出了怎么演好戏的怪点子，叫他多想想电视剧《潜伏》里，那个看上去很老实很笨的地下党余则成，并且叮嘱他一直要潜伏下去，不是灭了火就完事了，一直要到赶走老板，把刘麻子请回乡租下铁厂重新开工建设，他才能露出真面貌，那就成真英雄了。姚才子还叮嘱他，必须严守秘密，连茶花也是不能漏风的。叫鸡公把姚才子骂了一通，你以为我跟你一样天天跟秋枝打暗炮，虚得开车都打瞌睡，差点把几个弟兄的命都送了。从现在起你得管住你的炮莫乱打了，把铁厂灭了后叫你莫打？你把秋枝打稀烂也没人管你！

刚骂过姚才子，一个女人的电话令叫鸡公陡然英雄气短。可大战临头又不能够儿女情长，只能鼓起英雄气，完成特殊使命，演好双桥坪余则成，挨女人的骂，扛起冤情。

电话是三十六岁的茶花打来的，不幸被鬼才子言中，叫鸡公不服还不行。

“石大毛在街上骂你了，说你吃里爬外，暗中帮铁厂老板通风报信，你怎么是这么一个人？都在讲你是双桥坪的叛徒！”

电话那头茶花显然是火气很大，叫鸡公有苦难言，是白义成暗中指派石大毛等人四处散布谣言，他又怎么可以向茶花露底？可也不能自认是双桥坪的叛徒。

“石大毛放屁，你信他的鬼话？”他压低声音以防隔壁的老堂客听见。老堂客虽早与他分床睡没有房事，可与三十多岁的茶花的暗情，还是要遮掩一点好。“茶花，天地良心，老板这六七年也血亏了，我有时到铁厂去也是劝老板抽腿走人。是的，我吃过老板的饭，收过老板的钱，可不止我叫鸡公一人这么干，怎么我就是双桥坪的叛徒要背这个骂名？”

“你问我？我问你，怎么人家不说东不说西，偏偏就指名道姓说你是双桥坪的叛徒？”

叫公鸡直骂白义成，你诡计多端要我背叛徒的骂名，指使石大毛一帮人到处骂我，我是被你套上了。不过你也是为双桥坪好，我也只好把这口黑锅背到底了。

“茶花，路遥知马力，日久见真心。我叫鸡公到底是不是叛徒，将来会有人为我证明清白。我是不是个不讲情义的人，你心里还没数？”

“我有数，可是人家都讲你的坏话，我听到了心里不舒服，心里气！”

“你莫气，器量要放大点。这十年来人家当面背后说了我和你几多坏话怪话，我一律扛着，什么时候出卖过你？”

“我晓得……”

说起叫鸡公与茶花的一本经，是本蛮邪乎的经。十年前叫鸡公五十四岁，虎背熊腰，还挑得两三百斤的担子。茶花二十六岁，结婚三年还不见肚子鼓起来，都说她男人粑粑不行，长得太单薄力气太小。茶花虽姿色一般，可高挑结实身材好，从背后看还颇吸引男人眼球。两人年纪相差二十八岁，本来叫鸡公也没打茶花的歪主意。一次叫鸡公从后山吃酒回家，走到伍家冲公路边，发现茶花与粑粑一人挑一担柴，压得歪歪斜斜走路好难看。

“你们放下，没得力气上山砍什么柴！”

夫妇俩放下柴担，不知叫鸡公要干什么。

叫鸡公三下五除二将两担柴扎成一担，将两条扁担一合，挑起了飞跑。茶花和粑粑跟在后面一路小跑气喘吁吁，看看叫鸡公挑到了自己家门口，扔下柴担回家去了。水都未喝一口，烟都未抽一支，茶花心里好不过意，只得扯起嗓门冲着远去了的叫鸡公叫喊：“鸡公哥，谢谢你，哪天路过再到屋里喝杯茶！”

结果，后来就是一杯茶喝出了问题。

茶花的家不在小街上，离街还有三四百米，小山岗上一座孤零零红砖瓦屋，结婚两年公婆就相续病逝，实在没钱去小街上修楼房，茶花夫妇胆小也没外出打工，只好认命原地住着不动。叫鸡公帮茶花夫妇半月后，天气更热了，叫鸡公上午十点左右从山上砍了一大担柴，比茶花夫妇的两担柴加起来还要多。路过茶花家门口被茶花看见，叫他歇口气进屋喝杯茶。

叫鸡公热得下山就脱了长裤长衫，打着赤膊穿着短裤，他放下担子走进屋，坐在堂屋桌边的木椅上，茶花的凉茶就端上来了，接着又开吊扇。

“粑粑呢?”

叫鸡公喝了一大碗凉茶问茶花。

“何矮子邀他进城打短工，说一天赚得百把块钱。”

“啊……”

叫鸡公朝茶花望，发现茶花也在望他。

茶花上身穿一件圆领短袖汗衫，下身穿一条齐膝盖的半长裤，毕竟只二十六岁，身材也好，叫鸡公渐渐有些心跳不正常。

“粑粑不行，三年都没跟你搞上。”

突然一句怪话，叫鸡公自己也吃了一惊。

茶花红了脸，没吱声。

“茶花，这不是讲痞话，粑粑是我看着长大的，他那个东西又细又短，哪里跟你搞得好!”

茶花脸更红了，没怪他。

“你不信? 老哥跟你试一下，就完全不是一回事。”

叫鸡公管不住自己直接进攻了。

茶花低下头，不表态。

“试不得，搞上了将来孩子像我，我下不了台。”

叫鸡公见茶花不表态，忙又自己回头。

就在此时，侧门打开了。

“鸡公哥，我是不想跟他生孩子，一直悄悄吃药，想跟他离婚又下不了决心。结婚前我有过男朋友，是他甩了我，一结婚我就发现粑粑不行……”

“我看你还是不要跟粑粑离婚，离了你，粑粑再怎么讨得到堂客?”

“那我一生不等于活守寡?”

“老哥帮你的忙好不好? 今天先试一下，你看满意不满意，正好粑粑又不在，怎么样?”

茶花仍是低着头不表态。

“我也懒得啰唆，你不吃药了，安心给粑粑生孩子，保证你不会活守寡，老哥能帮你解决问题。你再不表态，我就走了，多谢你的茶。”

叫鸡公说罢站起了身，茶花吱声了。

“鸡公哥……”

“有话你直说。”

“那你可得担着，莫坏了我的名声。”

“放心，我全担着。”

“那先试试吧……”

茶花关上了大门，叫鸡公一把将茶花抱起进了卧室。侧门的故事就一直上演了十年，至今仍在半明半暗上演着，不过叫鸡公无论外界怎么风言风语，一律不认账。没有人捉拿他们，也就没有被捉到过。

事情真有些怪，与茶花通过电话后，叫鸡公居然对自己即将扮演的双桥坪余则成，有了很大兴趣，他决心玩一次漂亮的。先背黑锅要什么紧，将来可以在茶花面前大摆英雄谱啊，可以在小街上一走三摆，比那电视剧里的余则成还风光些！

第二天上午九点不到，叫鸡公穿上一身较艺术的夏装，衣服是城里开办艺术学校的外甥女婿送的，真的很贵，说是一套七八千。本不是专门为他买的，外甥女说丈夫单薄了点撑不开衣服的味道，莫浪费就转送给他。他一穿上，外甥女就叫起来：“舅舅你穿上多帅，要是不笑，把两只眼睛眯小点，有点像《潜伏》里的余则成啊！”落得他捡了一个便宜，因为太贵怕搞坏，三年了才穿过一回。今天一穿上，叫鸡公对着镜子，不笑，把眼睛眯小，你别笑，还真的出了一点余则成的派头。

叫鸡公出门就上街，不紧不慢踱着方步。想起姚才子要他多想想《潜伏》里的余则成，想起外甥女说他有点像《潜伏》里的余则成，脸上就不笑，眼睛就眯小，心里想老子就是余则成，为了永保咱双桥坪的绿水青山，深入虎穴显身手！

“哎哟，叫鸡公你穿得这么标致，是去相亲？”

恰是双桥坪逢七的赶集日，街对面声音像花腔女高音的半老堂客一叫，很多眼睛就望过来，一些嘴巴就冒出一些快乐话。

“是看茶花去的！”

“是看刘家坪的三嫂子的！”

“哇，你这个老家伙六十几了还派头足，蛮像电视里的那个地下党余则成！”

肩负重大使命，叫鸡公目不斜视，也不搭腔，仍是不紧不慢地在水泥街道上走着。街对面快五十的高音堂客见叫鸡公不理睬，似乎感到有点丢面子也很纳闷。

“叫鸡公你装得这么正经，肯定就是去嫖堂客的！”

满街的人都起哄了。

叫鸡公停住方步，还是不笑，眯小眼，对着街对面的高音堂客很严肃地说：“今天晚上一点我会到你家后门，你记着开门。别跟上回一样把时间记错了，早开了门死等，又说我到迟了！”

满街的人笑死了。

高音堂客这才醒悟上了大当，进屋拖出竹扫帚准备对叫鸡公狠狠扫荡，叫鸡公见势不妙，疾步如飞，高音堂客哪里追得上，只得站在街上望着叫鸡公的背影高声骂。

“你个老骚鸡公，你总会要回家的，除非你到野堂客家再不回来了！”

显然叫鸡公是听到了高音骂声，他不回头，不回嘴，好男不跟女斗，直向铁厂前进。

走到铁厂大门口，一股杀气陡然直向叫鸡公冲过来，大门两边各站立十名北方汉子，穿着背心短裤，手持一把三尺长明晃晃的大砍刀，站在树荫下，刀光闪闪，也刺得眼发痛。高高的炼铁炉挂下白布，写着八个血红大字：“血亏七年，天理何在！”无人阻拦叫鸡公进入厂区，也无人吱声，两排持着大砍刀的北方汉子怒视着叫鸡公，叫鸡公心里有些发毛，他妈老板比估计的还凶恶，这二十把砍刀真要一齐喊杀，那要砍死多少人？白义成叫王老六不带家伙进场，不是送肉上砧板？这个计谋可能有问题，等姚才子的木棒队冲进来，有的可能就已经砍死了。

叫鸡公此刻真的想起了余则成，他双手反背在身后，不紧不慢踱方步走过了两排砍刀队。铁厂老板从厂长办公室里走到了门口，将叫鸡公迎进了办公室，两人面对面落座，一个小姐在叫鸡公面前放了一瓶矿泉水。

两人都不开口说话，铁厂老板一脸阴沉，叫鸡公脸上也乌云密布。眯小眼睛直视老板，叫鸡公忽然觉得白义成可能看准了，老板才三十多岁，模样斯文，戴一副眼镜，身材瘦削，不太像北方人，平时一口普通话略带点广东味，这个年轻人真可能像白义成估计的只是个前台木偶，真正的老板还一直未露过面，也可能永远不会露面。

静坐片刻，老板递过来一支烟，叫鸡公慢慢地接过烟，点上抽，双方仍未开口。是老板在怀疑他？怀疑他就是余则成？叫鸡公扛着，他昨晚给老板打过电话，当时老板很感激，今天突然很冷淡，一定是在怀疑他的来意了。

“老板，这个阵势，我昨晚的电话就白打了，我还是不说了，打道回府吧。”

叫鸡公站起了身，也真准备走了，反正他看到老板的阵势，真是死人也要点火开炉，得赶紧回家电话王老六和姚才子，重新安排。

“老哥，请坐下，很感谢你昨晚的电话，我刚才一直在想事，有特别的原因不能告诉你。请将你知道的情况告诉我，我知道你这样做要冒很大风险，我不会亏待你。”

老板终于开口说话，对小姐做了个手势，小姐拿过来一个信封，老板拿过信封放在叫鸡公面前。看信封的厚薄，估计里面装着一千元。

“老板，这次我不能收。”

叫鸡公将信封推到老板那一边。

“为什么？”

“我知道的情况说不说都无所谓了，你们难逃一劫了，明天会出惊天大血案。双桥坪已经暗中组织了几百人，你们的人若是先动手，会被杀得一个不剩！你才三十多岁，为钱丢命多不划算。这几年你对老哥真不差，你补给我的钱比产的稻谷钱多不少。我老了，背骂名无所谓了，都说我给你通风报信吃里爬外是双桥坪的叛徒，其实你办这个铁厂血亏了，人不能不讲良心……算了，我不说了。”

叫鸡公又站起身要走，老板走过来按他坐下。

“老哥，你不能不把话说完，不说完我也不会让你走。他们真的组织了几百人明天来灭火？”

“真的，带队的王老六有武功，蛮力超人，七八个大汉也不是他的对手。他带的几百人多是姓王的，王氏家族是这一带最大的家族，有万把人，王家人野蛮武烈不讲道理，他们是六百多年前从北方迁到这里的，祖上就杀人不眨眼。他带的几百人中有些会穿长袖黑衣，袖口里都藏着飞镖，镖上都涂了毒，那些人二十米开外百发百中，你的砍刀还隔几丈远，他的飞镖就会先杀过来，你们有多少人禁得住他们杀？”

叫鸡公按白义成的交代，自己又添油加醋，着实吓着了年轻老板。老板的脸色发白，额上冒出了汗。

“老板，你千错万错不该到双桥坪这个地方办铁厂啊！这六七年你开了几炉？一开炉就闹，你又要四处塞钱，你也是被上届政府贪官害苦了，他们收了你的钱，你又不能正常生产，你到哪里去喊冤？这世道真他妈黑啊！你也要替双桥坪老百姓想想，学校挨铁厂这么近，周围都是居民水田，你一开炉乌烟瘴气，老百姓能不恨？明天不光王老六带几百人来灭火，姚才子你应该也认识，就是开榨油坊的。他是当过兵的，他带的几百人将铁厂的大门后门都堵死，只要你们的人先动手，你们的人一个也休想跑掉，这不是开玩笑的。明天要么你们后退不点火，要么出惊天大血案。明天这时候，你们的人要么都活下来，要么都被杀死！你还这么年轻，要想清楚。”

叫公鸡以为会吓坏老板，哪知老板的脸色渐渐不发白了，他点上一支烟，又丢给叫鸡公一支。

“老哥，想必你也看到了高炉上挂的八个血红大字，我们是被政府招商引资来办厂的，事先明说过会有污染，北京的空气不是也污染严重？何况你们双桥坪这么个小地方？血亏七年，还不让我们点火开炉，天理何在？天理何在？”

“这么说，你们还是要强行点火开炉？”

“那是一定的！明天上午八时整，准时点火开炉。不开炉亏死，开炉杀死，反正都是死，哪种死法不是一样的死？”

年轻的老板说话声音不大，但杀伤力大，叫鸡公事先也估计到会是这个结果，可当这个结果真正出现时，心中又一阵阵发毛。老天，明天会死多少人呢？

“老板，咱们朋友一场，明天我还是先他们来一步，一旦开杀，我带着你跑。我知道这个小山底下‘文化大革命’时挖了一条战备洞，一直通到西边的小山上，荒废了多年，可洞口一扒就能扒开，你这么年轻，逃过了这一劫，将来必有后福的！”

至此，年轻的老板似乎真正被感动了，眼里也好像有丁点泪光。

“老哥，我会记住你一辈子！”

“那我走了，我也不便久留。”

“明天见。”

“明天见。”

老板要送叫鸡公出门，被叫鸡公拦住了。

“不要送，莫被人看见。”

“那好，我就不送了。”

叫鸡公出了铁厂的大门没有回家，而是去了王老六家。王老六听叫鸡公说了几句，又赶紧打电话叫来了姚才子，于是三人紧急商量对策。

21

康兰今天没课，一家三口开车到儿子买房的楼盘转了一圈，将车停在江边一个广场地下车库，从车库乘电梯上四楼，在众多的餐馆小吃店中选了一家装饰淡雅的店，三个人点菜吃午餐。

“儿子，你选房子的眼光堪称一流，这房子绝版江景房，长沙的陆家嘴，离师大仅六分钟的车程，周围有多家公园，有地铁站、城际高铁站、公交站，三室二厅二卫一百多平方米却只要八十多万；而你的同学在北京五环买一套五十平方米的二手房是一百九十八万，他有沉重的还贷压力，你完全无压力，怎么样？还是回长沙好吧？”

王志和仍是在强调坚持要儿子回长沙是对的。儿子的导师是华中科技大学副校长，对儿子早有交代，若在长沙工作不满意，可随时回武汉去。他和康兰已达成共识，好不容易将儿子拖回长沙，一定得哄着让他定心，莫弄不高兴去武汉了。

“光论房价，那当然是长沙便宜。我买的这种江景房在上海那是要上千万的。没有一点想头，我能回长沙来吗？”

这一点儿子的确满意，参加工作不久立马买房子，明年年底就可以交房装修，心情轻松愉快。

“我希望你挑选女朋友的眼光，也像选房子水平这样一流，可不要看走眼，那比房子更重要。怎么样？你还没定下来吗？”

王志和想趁儿子高兴，打探一下儿子的女朋友究竟定了没有。儿子已经二十八岁，工作也定了，应当可以定了。去年儿子透露过一丁点模糊信息，说是一个师妹，一个师姐，好像有点感觉。可这码事不比读书，读书儿子不吃力，可这事他根本没经验，很吃力。

儿子迟迟不回答，康兰插进来。

“仔，你还是选师妹吧，现在虽然流行姐弟恋，但流行未必都好。”

儿子开始笑了，但脸红。

“问题是她又是师妹又是师姐。”

这将王志和和康兰都搞得又惊讶又糊涂了。

“小子,你不能明明白白地说吗？怎么又是师妹又是师姐？你去年透露的信息是一个师妹,一个师姐,当时我和你妈还暗中担心你小子不谈就不谈,一谈就脚踩两只船啊。”

儿子慢慢镇定下来了,脸上的红颜色也散开了一些。

“去年我并没有误传信息。”

“那怎么又是师妹又是师姐？你到底说的是同一个女生,还是两个女博士呢?”

康兰也有些急了,跟儿子谈这种事,儿子就像是一支很干的牙膏,很难挤出一点来。

儿子转眼珠。

“她比我低一届,是不是师妹?”

“当然是。”

康兰嘴快。

“她又比我大一岁,是不是师姐?”

“呵……仔,你也是玩的姐弟恋？难怪你吞吞吐吐……”

康兰似乎有些不乐意。

王志和笑。

“姐弟恋也行。小子,你快快从实招来,她家住在哪里？姓甚名谁?”

康兰又怕儿子不高兴,也忙改口。

“仔,只要你自己喜欢,爸妈就会高兴接受她。”

儿子眼珠不再转。

“她住在云南大理一小县城,姓李名白云,她是参加工作两年后不甘心再考出来的,所以比我低一届,明年能否正常拿到博士学位,还得看论文的进展情况。”

“云南一个小县城出一个工科女博士,不简单,不容易,看来是个很上进的女孩子。”

王志和率先肯定。

“他的父母是干什么的？家庭背景如何?”

康兰急着想知道有关情况,如今亲家关系也是难处理的问题,现在的孩子多数是独生子女,家里都看得很重,稍不谨慎就会影响两家关系,进而又引起小两口争吵。

"她的父母就是普通工人,她早对父母通报了我家的详细情况,她父母很高兴,就是担心我们知识分子家庭瞧不起他们……"

儿子脸上有了点笑容,他深知自己的父母无丝毫世俗偏见,与乡下的亲戚关系都非常融洽。在乡下亲戚相聚时,大家看不出爸爸是作家、编辑,看不出妈妈是博士教授。

"你应当告诉你女朋友,叫她的父母完全不必担心,我们也是很普通的家庭。"

王志和又首先表态。

康兰唯恐落后。

"普通工人家庭能培养出一个工科女博士,证明她的父母很不普通,我们很高兴与这样的家庭结为亲家。现在知识分子家庭的子女找对象,多半有两不:不与官员家庭结亲,不与暴发户结亲。那样的家庭难相处不说,风险也高。你应当明确地给女方家长传递信息,门户完全相配,很好。"

"我早跟她说过,她相信我,但她父母还是有点担心。另外,她愿意跟我走,跟我到长沙工作安家。可她也是个独生女,父母想她回云南昆明,拿到博士学位后,她也能进入昆明大学教书。"

儿子基本上已从实招供了。

"这的确还是需要仔细商量。你们是不是把地图摆好,从她家的小县城量到长沙看看准确距离是多远,再找到准确的中间点,你们就在那个中间点安家,这样你和女朋友及双方家长都无话可说。行不行?"

王志和开玩笑了。

"你做好事,那个准确的中间点是一片原始森林怎么办?是一个大湖泊怎么办?这是什么歪主意?"

儿子也知老爸是在开玩笑。

"你们两父子不要闹,家安在长沙这一点应当是更好的,这是你爸全方位反复分析了的,我认为是对的。当然,我们会想办法化解女方家长思念女儿等一系列后续问题。"

康兰明确表示家安在长沙都无异议,儿子的房子也买了,也不可能改变了。

服务员终于将饭菜全上齐,一家人开始进餐。

"只要你们好,问题不难解决。将来可以接你女朋友的父母来长沙安度晚年,你的房子能住下。二老若嫌你们年轻人吵闹,你们可搬到师大,也住得下。最后,你妈只几年也要退休了，我们乡下还有一个院子二百多平方米，那里空气清新、水质优良，院子里还有小菜园，住在那里我和你妈肯定长寿。你们开车只需两小时就可到达双桥坪，高速很快会开通，双桥坪有出口站。那二老若嫌长沙吵闹，也可到双桥坪去住，那里带车库有九间房。小博士，你要转告你女朋友及父母，这样考虑他们是否满意，不满意可以再商量，我们好说话。你看怎么样？”

王志和边吃边慢慢说。

儿子频频点头，感到老爸确实也尽量为自己女朋友的父母着想了。

“你爸的意见我很赞同，只要你们好，其他问题我们都会尽量努力解决好，支持你们安心工作。”

康兰给儿子夹喜欢吃的菜。

王志和笑着想了想，女孩的基本底细是摸清了，未来的儿媳长得是个什么模样？

“儿子，你手机里和笔记本里很可能存着你女朋友的相片吧，可能你妈想看看……”

“王志和，我是想看看，但你不要拿我当炮灰，说是我要仔翻手机和笔记本呵。”

康兰笑眯眯，满怀着希望。

哪知儿子不表态，而言其他。

“你们别指望我找个电影明星当儿媳呵，能奋发读工科博士的女孩，漂亮的实在不多，这个你们得有心理准备呵。”

不试探倒好，一试探，儿子将老爸老妈的心悬起了。按儿子优秀的表现，现在找个漂亮年轻的本科毕业女孩是很不费力的，甚至可以说很走俏。一家三口外表都对得起观众，儿子尤其出色，找个丑媳妇那可有点煞风景。反过来一想，儿子能看上，能丑到哪里去？不至于吧。王志和看康兰的脸色，估计心里也是在忐忑，在琢磨。

儿子眼珠转几转，像要换战术。王志和慢慢揣摩。儿子可能认为今天是个摊牌的恰当时机，干脆和盘托出看老爸老妈怎么反应。他静瞧着儿子摸了两次手机，第三次终于掏出了口袋，将手机按亮了。

“算了，丑媳妇总得要见公婆，你们看吧，先说过呵，她不是电影明星，是博士呵……”

儿子翻出了一张照片，将手机递给老妈。

康兰接过手机静静看了几秒钟，不吱声，默默将手机递给王志和。王志和有种预感，可能真的不怎么漂亮，他沉住气笑着接过手机看了几秒钟。他一直笑着，不想让儿子难受。坦率说儿子的女友外貌是很配不上儿子的，儿子为什么会看上她？那一定是有她的长处，或者很缠儿子。儿子毫无经验，只会读书，加上在博士同学中很难有选择余地，儿子也就无从选择了。究竟是怎么一种情况，儿子一直不与父母说，夫妇俩无法从开初就介入指导参谋。

“找女朋友毕竟不能光看外表，主要看内在品质。只要你自己喜欢，她就是漂亮的，旁人怎么说无所谓。还行吧。”

王志和不得不表了一个暗含遗憾的态度。

“老爸，我猜到了你会这样说。”

儿子竟颇能抗压，不因为女朋友外貌不出众而尴尬。

“仔，你爸说的是对的，只要你自己喜欢，爸妈就乐意接受她走进我们家。”

康兰的表态也没有指责儿子。儿子就是在这样一个非常宽松民主的家庭中长大，也就一直阳光单纯，只是武汉六年已渗入了一些令夫妇陌生的小小复杂。

接下来默默吃饭，没有谁说话了。

忽然，王志和的手机响了，一看显示是老六打来的，立即接听。

“老六，有新情况？不急，慢慢说清楚。”

王志和认真听了几分钟电话，皱紧了眉头。

“老六，死人的事是要坚决避免的！你给吴之涣主任打电话说情况了吗？你要立即给他打电话，将你们所掌握的情况给吴主任讲清楚，我仔细思考后会与他通话。你给他打电话吧，就这样，我挂了。”

“什么死人？是那个铁厂要强行点火？”

儿子因为乡下有院子，也恨铁厂，也积极主张应该彻底关闭铁厂。

“志和，什么情况？会死人？”

“明天上午八点，老板仍是要强行点火开炉，准备了二十把大砍刀，狂叫谁敢灭火，决不手软！老六组织了以王氏家族为主的灭火队伍，姚才子组织了一百人的木棒队，他们说只要老板的人敢先动手，就齐心协力往死里打！真打起来，老板二十几个外地人百分百打不赢，会吃大亏，会死伤多少人谁也估不准……”

王志和心急如焚，他提醒自己要沉住气，这要想什么办法化解？过一会与吴之涣通电话他能提出什么有价值的建议？

“志和，你别阻止他们。这太猖狂了，你让他们去打！”

康兰听了简单情况很气愤。

王志和慢慢摇着头，放下了碗筷，也基本吃完了，剩下的一点饭实在吃不下了。

“不是太猖狂，党中央现在会这样以霹雳手段反腐吗？是太猖狂了，就像日本在美国的挑唆下太猖狂了一样，但内外还应当有区别的。双桥坪大打起来，死的不都是中国老百姓？真正的黑势力藏在背后，藏在深处。为了老百姓的利益，老百姓还要拿性命换吗？这个人死不得，一定死不得！一定得让老百姓的生命安全有保障！”

“可是现在双方都不让步，当地镇政府又不作为，难道还让老板点火开炉污染环境？”

康兰质问王志和，王志和迟迟答不出来。愣了半天，王志和才说出一句废话。

“继续污染环境也不行。”

“老板要强行点火要拿刀砍灭火的人，让老板的人砍吗？”

“怎么能让老板的人砍呢？”

“那你说怎么办？除了武力反击，你还有什么高招？王志和，这不是写诗写小说，这是生存斗争，你懂吗？”

“康兰，我怎么不懂？你让我冷静想一下，午休后我得与吴之涣通个电话。通电话之前，我要冷静分析一下。你们快吃吧，吃完了就开车回家休息。”

康兰和儿子很快吃完了，结账埋单几分钟就回到了师大的家。

中午没休息，王志和静静想了两个小时，反复审查白义成制定的灭火方案。应当说白义成也是万般无奈。按白义成的方案也是有可能赌赢的，若老板一方不失理性应该算得清账。二十几个人哪里是几百人的对手？真打起来老板一方肯定是要输惨的。但是老板已经放出了那么凶恶的话，还会后退吗？这是谁也算不准的。谁能保证老板不敢最后开杀戒？白义成在北方当过八年兵，参加过中苏边界珍宝岛战斗，经历过血与火的洗礼，在他能够影响和控制的范围之内，方案可以说已经发挥了在部队吸收的实战的军事经验和才能。他还能给吴之涣提什么具体建议？最终想到了一句老话：先下手为强。可如何能先下手？先下手不就是主动挑起事端了？他只能想到这一步了，看看吴之涣还有何高招，吴之涣处理过很多棘手的事件，应当有丰富的经验可为化解危机提供支持。

“之涣，明天上午八时双桥坪铁厂要强行点火开炉，怎么市环保局下的关闭文件毫无威慑力？这已经很危险，希望有办法化解，千万不要死人，不要出大血案，死的不都是老百姓？”

王志和拨通了吴之涣的电话。

“志和,我刚才与老六通了很长的电话,情况我都清楚了,的确很严重很危险了。我还要告诉你,我昨天还收到了恐吓电话,威胁我不放手就要灭我在长沙的儿媳;你的小老乡拍卖行老板的别墅已经常有陌生人盯梢了,他的公司工厂也不得不临时从乡下招人,加强巡逻保卫。真实情况的确很严重很危险了,下午我要去市委见主要负责同志,专门汇报此事,如果不采取得力措施迅速化解,搞出了大血案,市委市政府都将负有不可推卸的责任!”

吴之涣态度很坚决。

王志和再次被震惊了,连吴之涣山西佬都被黑势力盯上,陷入了危急之中,黑势力已经在破釜沉舟,善良的人们还抱任何幻想都只能给自己带来灾难。他忽然想起《徐九经升官记》中的两句唱词“当官难,难当官”,真要当一个好官敢于碰硬是何其难呵,你要当一个庸官圆滑的官才会是一个悠闲逍遥的官。像吴之涣这种性格、这种品质的人当官,何时得悠闲?何时得逍遥?“不管前面是地雷阵,还是万丈深渊,我将一往无前,鞠躬尽瘁,死而后已!”

“之涣,这已经没有任何退路,既然如此,我想到了一句老话,‘先下手为强’这个思路是否对你有启示?”

“志和,我也想到过。可是,这里面极为复杂,你如果打草惊蛇,背后的黑手也许就永远藏匿了,浮在前台的都是打手,都是代理人。我要耐心与他们斗智斗勇,将那些藏在深处的黑手挖出来,不把他们挖了来,一有时机,他们又会兴风作浪危害国家、危害老百姓!”

“呵,那是,那是!之涣,你毕竟斗争经验丰富,比我想得更深远……”

与吴之涣通过电话,王志和又与老六通了电话。

“老六,你们也要做好老板发疯杀人的准备,不能让老板的人杀伤你们的人,尤其是不能死人!”

“哥,放心,我们会有对策,真斗起来,完全不伤人不死人这个谁也不能打包票!哥,你别担心,几个人也不是我的对手,别担心!我有事,挂了。”

王志和也无话可说了,他说些废话起什么作用?老六把电话挂了,可想而知现在老六他们多紧张多忙,几百人要归他现场指挥,这可不是开玩笑的,是稍有闪失就会死人的险事恶事。他能干什么?只能在长沙干着急。

22

今天是镇上赶集日,婆婆早饭后去镇上卖小菜,秋枝拦不住。婆婆身体一好就闲不住,不再下田干活就将家里的菜园种得很好,秋枝有时插手还被她闲多事。见婆婆用土撮箕装好了小菜,秋枝改变了主意,抢着挑上了菜担,婆婆只得跟在秋枝身后走。菜担很轻,不到十分钟就到了镇中心热闹处,秋枝在街边找了个地方放下菜担,婆婆就坐在小板凳上卖菜了。

“妈,我去打会儿牌,管它卖不卖得完,你都要早点回家吃中饭呵。”

“你只管玩牌去,这有几步路,起身就到家了。”

婆婆挥手让秋枝放心去玩牌。

秋枝其实没心思玩牌,她临时改变了主意,决定到镇上走一遭打听消息,铁厂的事到底怎么办?

没走几步,碰上一个堂客牌友。“秋枝,正好缺个人,就是你了!”

秋枝被拖到近处一户人家的牌室,她心不在焉的,一个多小时就输了二百元。

“手气不好,不打了。”

秋枝出了牌室,走到镇信用社门前看见了石大毛。石大毛正与几个男人交谈,好像是在说铁厂的事。秋枝走近听,一听心慌起来。

“双桥坪出了叛徒,暗中给老板通风报信,现在铁厂大门内已站了两排人二十把大砍刀,老板已放出恶话,明天上午八时点火,谁敢上去灭火,上去一个砍一个,上去两个砍一双!”

石大毛一脸悲伤,听的男人也悲伤。

“这是谁要当叛徒,让老板先有准备?”

“可能是王家塝的狗婆娘,他被老板拖进城吃过饭的……”

“叫鸡公不也是吃过老板的饭,收过老板的钱?”

“到底老板暗中用钱收买了双桥坪多少人,那只有老板心里有数,你弄得清谁是叛徒?”

“明天会怎么收场?怕是真的要出大血案了!”

秋枝惊慌得听不下去了,迈开大步回家去。回家的路上要经过铁厂,她要亲自到铁厂的大门口瞧瞧,石大毛说的是真的?她挑着菜担到镇上来,经过铁厂时,好像没有看见有两排人拿着大砍刀。

秋枝走到铁厂时,大门口已经围了一群老人和孩子,挤进去一看,天啦,真的,吓死人了!树荫下站着两排人,一边十人,个个手拿两三尺长的大砍刀,他们怒目斜视着看热闹的人群。老人和孩子默默地看着,看了的也陆续默默离开。秋枝看了分把钟,扭身急走回家去。到家后顾不得一身汗透,掏出手机立即给姚才子发出一条短信。

“双桥坪出了叛徒,暗中给老板通风报信,使老板提前做好准备,现在铁厂大门内已经站了二十把大砍刀!你在哪里?我好心慌!”

“正有事!不要慌!暂勿再发信来!”

五分钟后姚才子这条回信叫秋枝心更慌,正有什么事?没办法,只得强制自己镇定。她洗了个澡,开空调,休息一会,慢慢做中饭。

婆婆回家还算早,饭后收拾完厨房,秋枝坐在堂屋大门边望着外面,希望见到姚才子的小客车开回家。可坐到下午两点半仍不见姚才子的影子,姚家空无一人,腊秀去娘家仍未回。怎么还不回家?姚才子难道出事了?

秋枝正准备回卧室休息,忽然手机来了短信,忙打开看。

“交代你一个任务,你暗中找一个堂客,明早七点半赶到榨油坊,任务是举标语。不会让你们进铁厂只站在大门外,无危险。你必须完成,我没有人可找了!”

秋枝看了,立即回复。

“我保证完成,放心!你在哪里?我好担心!”

“后山,忙!有事我会给你发信息。没有特别的事你莫发信息来了,我忙!”

姚才子终于要秋枝参加灭火行动了,虽然不进铁厂只举标语也无危险,她还是高兴,总算是帮上他了呵。他到后山忙些什么?担心总是免不了。

秋枝接受了任务,开始用手机联系镇上的堂客牌友,谁知接连打了三个电话都很失望,都说那是男人们的事,堂客们搅进去干什么?还说秋枝是吃多了,闲得没事做打打牌玩不好吗?

秋枝很生气,便不再给牌友打电话了。怎么办?必须完成才子哥交给她的任务,无奈她想到了婆婆,既然无危险也轻松,她一说婆婆肯定会答应跟她一起去,婆婆一直对她很宽厚很好,怎么不跟婆婆说呢?万一婆婆胆小怕事,她就准备打电话要妹妹今天赶到她家来睡,明天早晨她就与妹妹一起去举标语。

秋枝来到了婆婆卧室,婆婆卧室的空调都是她开关的。婆婆不会,若是会,那可能时常自己悄悄关上图省电。这么热的天,省什么电!她家今非昔比了,可能因为雪梅的婚事,要大富大贵了呵。

“妈,明天上午八点,该死的铁厂又要强行点火,一点火我家又会满屋的灰,双桥坪组织了几百人准备强行灭火。刚才才子哥发信给我,实在找不到人了,差两个举标语的人,标语是布做的,很轻,举标语的人不进铁厂毫无危险,我们婆媳俩去帮他们一下好不好?”

“好!”婆婆想都没想就一口答应了,比秋枝估计的还爽快。

“谢谢妈妈!”

“才子是好人,他做的事,都是好事,都应该帮。”

秋枝好感动,婆婆说才子是好人,婆婆也一定猜得到她一直与才子暗中私通,他做的事都是好事都应该帮,也包括她与才子私通也是好事也应该帮?这些年婆婆与芋头不正是这样想的这样做的?给她添过半点麻烦吗?纵然是芋头再怎么配不上她,她又怎么会忍心想离开这个家呢?这几夜腊秀不在家,她夜夜与才子哥同床共枕,虽每次是深夜去清早回家,难道婆婆一点也没察觉和怀疑?也许婆婆知道得一清二楚,可她真的丝毫也没感到婆婆不高兴。

秋枝站在婆婆床前发呆,泪水慢慢落下。

“秋枝你哭什么?你也是好人,好媳妇,对我和芋头都好。你高兴做的事,就是好事,全家人都会高兴。人活一世不容易,尽量过好点,将来进棺材就不会后悔了……”

“妈妈,秋枝一世都是您的儿媳,永不会离开这个家的……”

秋枝说了这句话捂住了嘴,一扭身回到了自己的卧室,任泪水流淌一阵,直到心里平静下来。

天黑之后,秋枝的心里又不平静了,洗了澡,在堂屋里开着空调敞着大门看电视,不时朝屋外望,总不见姚才子的小客车开回家。婆婆看电视里的戏剧频道,是秋枝估摸婆婆可能只喜欢看老戏选的,婆婆未必全看得懂但兴趣很大,秋枝怎么开她就怎么看。看到晚上十一点,婆婆说不想看了要上床睡觉了,秋枝就给婆婆的卧室开空调,设定在二十六摄氏度,老人在这么热的天已较习惯这个温度睡觉。

安顿好婆婆,秋枝翻了一会电视,无心看,便关了。开着光线很弱的灯,独自坐在堂屋大门口，朝外面望着，朦胧的夜色，叫她忧愁。

是怎么一回事？怎么还不回家？才子哥现在在哪里呢？忽然一道清光闪过，天突然亮了，她和婆婆赶忙起床，早饭也来不及吃，赶到榨油坊，好多的人，都拿着刀。姚才子交给她和婆婆两根竹篙穿上的白布标语，叫她和婆婆手举着标语走在队伍前面。不一会就走到了铁厂，不是站在铁厂大门外，而是直接冲进了铁厂。正赶上老板点火，只见才子哥带着人冲上去灭火，这时候从树荫背后冲出来很多举着大砍刀的人，对着才子哥的人乱砍，一片尖叫，血肉横飞，才子哥的人也拼命砍杀。只见才子哥砍倒了一个老板的人后，正准备砍第二个，突然背后一把三尺长的大砍刀朝才子哥的腰背横砍去，轰的一声，她吓醒了，一身汗。

秋枝上卫生间脱衣又冲了一个澡，懒得再多穿衣服，只穿了白裤衩和纱背心。才子哥最喜欢她这么穿，当初她就是这么穿着让才子哥看，才子哥才忍不住爬上她的竹床的，刚才她是怎么了？好像她并未打瞌睡做梦，分明是真的看见了的。

秋枝又独自坐在堂屋大门边，望着屋外。今夜她是一定要守着看到才子哥回来，她担心呵，不放心呵。

快到深夜十二点钟，姚才子的小客车终于开回家了，秋枝不敢贸然前去，怕车上还有其他的人。她关了堂屋的大门，进到卧室，发了一条短信。

“我可以过来吗？”

“等着我的信。”姚才子立即回复了。

秋枝估计他要洗澡，便耐心等待着。

时间仿佛停滞，像过了很久很久。

“可以过来了。”姚才子终于来了信，秋枝便如同猫一样轻手轻脚溜到了他家，进了他的卧室。

姚才子只穿着裤衩，打着赤膊。秋枝一见遍身又发软，可她瞧着他，发现他的两眼好像凹陷明显了，是这几天太辛劳了？

“才子哥，你太辛苦了，今晚我只说会话就走。”

姚才子抽着烟，不说话，静静地望着秋枝。

“才子哥你怎么了？是明天太危险了？”

“老板的猖狂有点超出我们事先的估计，下午我和王老六到后山再次与白义成商量，决定仍然按原方案灭火，只稍稍做一点细节上的变动。若是打杀起来，我们肯定赢，但不能保证不死伤。人命关天，再过几个小时恐怕就要死人了，心里怎么不悲痛？

怎么不悲愤?”

“才子哥……”

秋枝贴上来扑到了姚才子的怀中,又把他推在床上,将他手中的烟头拿掉。

“我不走了,我要陪着你,你好好休息,明天灭火！事到如今,悲伤、悲愤有什么用?就是赌命了!”

秋枝不知怎么突然无所畏惧,也无所顾忌,老板的大砍刀上午她已经见过,当时她心里感到恐惧,可此刻与姚才子在一起,她浑身又充满了力量。她深知姚才子明知是死这回也绝不会当缩头乌龟,那就要让他抛掉悲痛悲愤,威武些,在气势上要压倒老板的人!

姚才子坐起来,望着躺在身边的秋枝,她那总是秋波荡漾的双眸,此刻也放射着火焰,这火焰使他男人的血性冲撞坚强。为了爱,秋枝竟是这样一个敢大赌敢血拼的女人,有这样的女人这样痴他信他帮他,此生还有什么遗憾?腊秀似乎再不关心他的死活了,再不担心他出事,至今仍未回家,而秋枝每日每夜为他担心操心,帮他助他。

“秋枝,你是个太难得的好女人!”

“才子哥,我是个坏女人,一见到你,我就真的很坏很坏,也想你跟我一样很坏很坏,只要你喜欢跟我做坏事,无论你做什么我都会跟着你,你要去死,我也心甘情愿跟着你去死!”

“永不死！你也永不死!”姚才子几乎是突然吼叫了,秋枝忙扑上去捂住他的嘴。

“才子哥,你怕别人不晓得我跟你在床上做坏事？这么深更半夜,话能传很远的。”

姚才子不再吼叫,愣住了,仿佛自问,怎么突然吼叫了呢?

“才子哥,你猜我找的谁跟我一起举标语?”

“姓李的堂客?”

“不是。”

“姓张的堂客。”

“不是。”

“姓陈的堂客。”

“不是。”

“谁?”

“我不说你肯定猜不着。”

“谁?”

"我婆婆。"

姚才子一双眼瞪大了。

"婆婆想也没想就爽快答应了，婆婆说，你是个好人，你做的事，都是好事，都应该帮。婆婆还说，我也是好媳妇，对她和芋头都好。我高兴做的事，就是好事，全家人都会高兴。婆婆说人活一世不容易，尽量过好点、高兴点，将来进棺材就不会后悔了。"

"这不是明明白白告诉我们，我们在一起做坏事你婆婆不认为是坏事是好事？"

"是的。才子哥，想想这些年，婆婆和芋头不正是这样待我们的？"

"秋枝，他们都是好人，世上有能力强的好人，也有能力弱的好人；就像世上有能量大的坏人，也有能量小的坏人。大好人做大好事，小好人做小好事；大坏人做大坏事，小坏人做小坏事。明天灭火对双桥坪老百姓是大好事，老板及其背后的黑势力是要做大坏事。说起来我俩也问心无愧，这些年我俩暗中做小坏事，现在齐心协力做这件大好事，我们是两个做大好事又做小坏事的好人，你婆婆没说错，我们都是好人。"

姚才子躺下来，将秋枝搂在怀里。

"才子哥，你是这世上难得的好人，是我活到这个世上来见到的最好的人，最亲的人，明天你千万要小心，你不能出事呵！"

秋枝扑在姚才子的胸脯上，昂起头，两眼泛着秋波，注视着姚才子。姚才子冷静了下来。

"秋枝，当过兵的人，一不怕苦，二不怕死，只怕活得窝囊。白义成六十四了，每天多辛苦，他叫过一声苦吗？明天他不能到现场，可他操了多少心？他制定的方案是严密的，也不能不用一个"死"字垫底。黑势力这样猖狂，政府已经在几天前下了关闭文件，可是他们还是要强行点火，并且亮出了二十把大砍刀示了一整天威。示威给谁看？给党和政府看，给双桥坪的老百姓看，尤其给我们这些要强行灭火的人看！明天我不是最危险的，最危险的是王老六带的二百人，他们是要进入厂区包围炼铁炉的，虽然王老六蛮力超人又有武功，但老板一方真要集中力量对付为首的王老六，王老六也是相当危险呵！因此我必须瞪大眼睛，一见势头不对，不等老板的人下手就要冲进去！先下手为强！"

"才子哥，你不是一样相当危险？"

"要强行灭火，哪能没有危险呢？从一开始就知道有危险，可我们必须迎着危险往前冲，已经没有退路！这种时刻还怕危险，那只会更危险，狭路相逢勇者胜！"

"才子哥，你一声令下，我跟着你冲！我也拿根木棒！我使劲打！"

“你疯了！你怎么能跟着我冲进去？万一我被砍伤，哪个救我？万一我被杀死，哪个给我收尸？你必须站在铁厂大门外，举着标语一动不动，等待结局！”

死寂。田野，山野，一片死寂。

“才子哥，我好恨呵！”秋枝突然咬牙切齿打破死寂。

姚才子忙捂住秋枝的嘴：“你小声点说话。”

“我好恨这世上的大坏人，他们专门干大坏事害百姓！办这么个鬼厂，祸害双桥坪六七年了，而今老板还要杀人！为什么会有这么多坏人公开要做坏事？为什么，才子哥？”

“秋枝，我也百思不得其解呵。不得其解也就不去解它了，就像解放军上战场，还要问为什么会有凶恶的敌人吗？战场已经摆开了，那就只有一件事了，冲上去，消灭敌人！”

姚才子眼里喷出了怒火。

又是死静。死静的田野忽然传来一声鸟叫，格外让人揪心。

秋枝慢慢坐起来，脱下了白纱背心和裤衩。

“才子哥，本来今晚是要走的，想心疼你的。现在不想心疼了，万一你明天……”

秋枝躺下依偎在了姚才子怀里。姚才子一动不动。

“才子哥，我要你死！”

姚才子眼里退下了怒火，仍没笑脸。

“秋枝，遇到你，也没想过要活了。”

“你给我死！”

秋枝的眼里一汪清泉水了。

“我死。”

“你永远不能死！”

“那你得活着。”

“好！”

23

七月八日七点四十分，王老六带着二百人马从王家塝出发。早晨不热，所有的人穿长衫长裤，腰间都别了一把短把镰刀。既然老板已亮出了大砍刀，他们也必须跟上。

王老六将二百人分成十个组，每组二十人，明确一名组长，包围炼铁的，监视厂长办公室的，各负其责。他将亲率二十人把守核心部位——炼铁炉的点火处，一旦老板下令点火，待火点燃，他就下令灭火。灭火手由他的堂侄忠义担任，早摸清了情况，利用铁厂冷却降温用的自来水管可迅速将火灭掉。只要老板的人敢先动手，他就下令全面开打，到时姚才子的人马可几秒钟内冲进厂内。

王老六毫无畏惧，绝对有打赢的把握。他与姚才子、叫鸡公商定，叫鸡公已带着狗婆娘提前进入了铁厂，假装帮老板招呼场面。出发前他反复严明了纪律，他不下令，谁也不许动手。白义成对他有交代，准备大打恶打，也要争取不战而屈人之兵，哪怕只有百分之一的希望。

五分钟后王老六的人马已接近铁厂大门，只见姚才子的人马已经在铁厂大门前吼翻了天。姚才子的两个弟媳、秋枝和婆婆，分别用竹篙举着两条大长红布做的横幅标语，红布上写着粗黑大字，一条是："百姓是天，国法是天！"另一条是："保卫环境，消灭污染！"后面整齐地站着上百个拿着齐肩高木棒的中年汉子，他们见王老六带着更多的人马到来，将木棒敲得乱响，吼声震天，只见姚才子一挥手，人们突然安静下来。

王老六要进铁厂大门了，与姚才子对了个眼色，只见姚才子振臂高呼："百姓是天，国法是天！"两队人马齐声怒吼："百姓是天，国法是天！"姚才子又振臂高呼："保卫环境，消灭污染！"两队人马齐声怒吼："保卫环境，消灭污染！"怒吼持续不断，惊天动地。

王老六带着人马怒吼着进入厂区，迅速包围炼铁炉，各组布署到位。铁厂除了门卫，几乎不见人，厂长办公室的门紧闭着，昨天示威的二十把大砍刀已不见踪影。王老六知道，老板的人已全集中在了厂长办公室，八时会出来强行点火，远房侄子狗婆娘已用手机发空白短信暗号，在他出发前告诉了他。

怒吼声中，王老六一把扯下了老板挂在炼铁炉上的白布红字大标语——“血亏七年，天理何在！”姚才子不愧是才子，标语对得好，“百姓是天，国法是天！”天理就在这里，就在他们老百姓这里，谁敢犯天理，就叫他灭亡！王老六他们不想杀人，你老板黑社会要先动手杀人，那还有什么话说？杀吧，看谁狠！

王老六抬手看了一下表，已是七点五十三分，他对大门外的姚才子挥了一下手，怒吼便立即停止了，突然一安静，空气像会炸。

王老六双手反背在身后，扫视了一眼他已布置好的各组人马，个个八字步站立，双手反背在身后，只要他一声令下，二百把镰刀就会掏出来，那将是一幅怎样惨烈威风景象？

“铁厂老板你听着，”王老六高声严厉喊话了，“政府几天前已经下发了关闭双桥坪非法铁厂的文件，你们还要强行点火开炉污染环境就是与政府作对，就是对抗国法，就是严重犯罪！今天你们的人如果胆敢动手，就是滔天大罪！那我们老百姓就要坚决执行政府文件，执行国法！你们放出的恶话我们知道了，我们是有备而来，希望你们想清楚，算清账，不要搞出惊天血案！”铁厂一片鸦雀无声，空气又像会炸。

八点差五分，镇派出所开来一辆警车，从车上下来四个警察，未带武器。警察将大门内外看了看，连忙喊话：“老乡们，你们要冷静，不要动手打人！”

就在这时，厂长办公室大门开了，戴着眼镜的三十多岁的厂长走了出来，身后跟着二十多个人，没带大砍刀。厂长的左右，跟着叫鸡公和狗婆娘。

叫鸡公先喊话：“乡亲们，大家不要冲动，老板点了火，你们再灭火不迟！”

老板环顾四周，身子有些颤抖，嘴嗫嚅着突然仰天悲号起来。

“这是天要灭我呵，我有罪，对不起乡亲们，这个非法厂祸害了双桥坪百姓。可是，当初我们是被区镇两级政府招商引资才来的，开初也是说明了会有点污染的，七年来我们在这里投入了上千万……我也不是大老板，亏不起呵！各位乡亲，对不起了，给我一个安慰，让我点一把火，你们再灭吧，我的人没带任何武器，也不敢伤害乡亲们，你们这么多人一声吼都要震晕我们……”

老板一悲号，身后的河北汉子也落泪了。

老板点了火，火呼啦烧起来，他转身带着河北汉子及叫鸡公、狗婆娘回厂长办公室，关上了大门。

王老六呆了，他们设想了种种结局，做了种种准备，唯独没有想到今天会是这个结局。这不正是他们不敢幻想的最佳的结局？不战而屈人之兵，双方无一人死伤，难道是在做梦？

“叔，火灭不灭？”堂侄忠义大声问王老六。

“灭！”王老六好似从梦中惊醒。

火迅速被熄灭。

“我们胜利了！”不知是谁喊了一声，可是跟着欢呼胜利的人并不多。为什么？也许河北老板的悲号还在耳边回旋，他们也是受害者？也许七年来乡亲们已经非常厌恶厌倦了，这是一种怎样的胜利？为了保卫自己的家园不被污染，今天大家都做了牺牲的准备，这是谁强加在百姓头上的？

姚才子冲进来紧紧握住了王老六的手。

“老六，你立大功了，今天你最危险呵！”

“才子，你干得漂亮，标语有力，口号有力，声势威武！大家都立功了，现在看，白大哥制定的方案是深谋远虑的！”

“赶快给他打电话报告消息！”姚才子一提醒，王老六忙掏出手机拨通了白义成的电话。

“报告白大哥，未伤一人，火灭了，老板在最后关头算清了账，服了软，明说了点火只是一个心理安慰，然后就任我们灭了火！”

“大家辛苦了，向兄弟们问好，今天晚上九点准时到我家喝酒。但大家要清醒，这只是初胜，远不是最后胜利，最后的胜利是将老板赶走，重新建设没有污染的厂。还有，老板虚晃一枪真服软了？等我们一放松他又点火怎么办？”

王老六将白义成的意思转告给姚才子，姚才子频频点头。

“老六，这一回我们要死盯着不放，一定要将这个鬼厂彻底铲除！”

王老六和姚才子分别召集自己所带的人马，向大家致谢，告诉大家这只是初胜，必须盯住不放松，不将老板赶走决不罢休！

各自解散了自己所带的人马，时间还不到上午九点。王老六又掏出手机，分别打电话向王志和与吴之涣报告了灭火情况，他们都对这次灭火行动给予了高度肯定和鼓励。

六十年一遇的特大干旱正严峻检验双桥坪的自然环境，持续三十九摄氏度、四十摄氏度的高温，滴雨未下，山下面的人家晚上十一点前还是热，必须吹电扇或开空调，电力充足，老百姓也已经不在乎电费。少有的率先建立自来水厂的山区，水干净，价格低，双桥坪的老百姓用不完每年还得白白排放不少。

王老六提早到了白义成家，白义成正穿着短裤在后院屋坪的水龙头下洗冷水澡。

“白大哥，你洗冷水澡？水库里的水冰凉的，当心着凉。”

“就是要冰凉的，一天到晚站在柴灶边炒菜，我都要烤成红烧肉了。”

“你六十几了还要这么辛苦干什么？”

“我辛苦挣了钱呵。老六，你们才真正为双桥坪百姓辛苦了。我拖了几个菜回家，是东家说要慰劳你们灭火主动送的，还送了两瓶武陵酒，都摆好了，只等弟兄们到齐就开始喝酒！”

“白大哥，火是灭了，可是心里还是不明白，为什么老板突然一百八十度转弯服软了？先前不是叫得那么凶恶？昨天还亮出二十把大砍刀站在大门口示威了一整天！”

“老六，这个事，待会儿我们在酒桌上边喝酒边分析，里面肯定是有文章的，是什么文章可能还要我们弟兄费脑筋去猜。”

白义成很快洗完澡，穿上短西裤，上衣就懒得穿了。外面好像汽车响，接着堂屋里有人喊白大哥，城里的山西佬来了。

白义成与王老六进堂屋，石大毛也正好从前门进了堂屋，九点已到，就差姚才子和叫鸡公了。

“姚老炮到了没有？”正清点人数，叫鸡公到了。不见姚才子，他便掏出手机。

“到时间了，你还在跟秋枝打暗炮是吧？快来！”

也不管姚才子回什么话，叫鸡公把电话挂了。

“姚老炮这回立功不小，他早不早就带着人在铁厂大门前吼，尤其那两条大横幅，老板也是中国矿业大学毕业的，见了直打战，说写这标语的是个狠人。老板写的‘血亏七年，天理何在’，姚老炮跟他来个‘百姓是天，国法是天’，瞄得准，打得正！”

叫鸡公破天荒在背后夸起了姚才子。

叫鸡公的话刚落音，姚才子到了。

“鸡公哥，你不应该来，你应当继续潜伏在老板那边，这回你真的有点像余则成，派头还是蛮足，你立功也不小。不过，老板是不是真信你难说，但他想利用你为他传递消息。你呢，也利用这一点死吹，将老板的魂可能也吓掉了一半！”

叫鸡公笑，毕竟胜利了大家心里都高兴。

“上桌去吧，边喝边说。”

白义成一声吆喝，大家便进了堂屋旁边餐厅。

满桌都是凉菜，九妹不知何时已经将六只酒杯斟满。

“她可能上楼睡觉去了。弟兄们,小声说话。我们明天休息,山西佬今晚也不回城,喝两三个钟头没问题。”

“等一会,”山西佬起身走了,在外面弄得车门响,很快又回来,搬来了五条极品芙蓉王,一人桌前放了一条,“弟兄们辛苦了,这次我没出上力,天天盯着城里,大家赏我一个脸,抽我一条烟。”

大家都说山西佬这回实际为双桥坪这边分担了很大压力,老板突然服软,与山西佬在城里硬抗恐怕也有关系。

“好吧。老六,你先详细介绍一下今天的情况吧。我,山西佬,石大毛都没有到现场,你先说,姚才子再补充。”

于是王老六做了详细汇报,姚才子又进行补充。大家边听边喝,脑子里也想问题。

“叫鸡公的情况就不要说,以后我们单独说。他还得继续潜伏,不管老板信不信他,都有好处,总能摸到一些情报。在适当的时候,也还要派人故意散布谣言,说叫鸡公是双桥坪的叛徒,这至少可将水搅浑,让老板也疑神疑鬼。石大毛,你说说今天镇政府那边的动向。”

石大毛叹气提不起精神。

“我在镇政府那边察言观色,估计镇政府这次心里是希望老百姓灭火的,现在环保中央也抓得很紧,也是考核各级政府的硬指标,加上市里已经下了关闭文件,这就肯定要关掉了。可是镇政府不希望出事,尤其担心出大事,所以在点火前几分钟派了几个警察去给老百姓打招呼。而今镇政府对争取刘麻子回乡办厂并不积极,为什么?镇政府缺钱,只想铁厂老板认赔走人,让镇政府干脱身。待铁厂老板真走了,镇政府再把铁厂转卖给刘麻子就可得一笔钱,弥补镇政府的赤字。现在的问题是,河北老板甘心认赔走人不找镇政府赔损失吗?所以这个事真的还没完,河北老板不甘心血亏又要趁老百姓放松警惕时点火怎么办?”

石大毛说完,叫鸡公插嘴。

“这个事真还像大毛说的没完,老板也确实血亏了,镇政府也确实没钱给老板赔损失,眼下还只能拖着!”

“我不认为镇政府应当赔老板的损失!”姚才子插进话来,语出惊人,“这个事我也想了很久,当初镇政府急于招商引资无环保意识,但你做老板的是知道破坏环境违法的,老板是明知故犯,你又是家无任何证照的非法企业,在法理上应完全承担责任,包括后面关闭清除炼铁炉等设备的费用,都应由老板承担,他不趁早认赔走人,还会越拖亏越多的！大毛你要点醒镇政府态度要放硬点，本来也不是这届政府犯的错。鸡公哥你也要找机会点醒河北老板，他若还不甘心认赔走人，最后裤子都要输掉，你还可以放恶话，说这个鬼厂已经搞烦了双桥坪的老百姓，有人放话说，再要点火，就要杀掉老板！"

"才子说得有道理，这回老板还是真被双桥坪的威风杀气吓软了，这不是开玩笑的，上午若是老板不服软，真动手一见血，老板的人恐怕会一个不剩，姚才子有一百条木棒，老六有二百把镰刀，那就真出大血案了。"

叫鸡公通过这回灭火，心里对姚才子和王老六竖起了大拇指，虽然有时嘴上还会损姚才子，笑他与秋枝打暗炮。

"好，双桥坪这边的情况基本就是这样。山西佬，你说说城里的情况，再说说你对今天灭火如此顺利的看法。"

白义成站起身为各位弟兄斟酒。

"这帮狗杂种真是猖狂！"山西佬狠喝了一口，点上一支烟，"接连不断的恐吓电话从深圳、长沙、北京打来，公司工厂住宅不停有陌生人盯梢，我不得不防！这回算是彻底看清了，越怕越有鬼！就是来硬的！黑社会也是人。这回双桥坪铁厂老板突然服软，证明黑社会也是欺软怕硬，明知打不赢也会趴下做狗熊爬，不是几百人操家伙逼上去你试试看，他们会乖乖服软？我没有多的看法，就这看法。另外，我的情况刘麻子知道后，说起要他回双桥坪买下铁厂的事，刘麻子连连摆手说莫害他，那个大麻烦还没完怎么碰得，纵然是今后将铁厂老板真的赶走了，待他费一肚子力将铁厂清除建好新厂，铁厂老板突然钻出来要找他赔损失怎么办？不赔就烧他的工厂怎么办？他刘麻子惹得起那个大麻烦？放他一条生路，行行好。"

山西佬的话，前一半给大家提气，后一半又叫大家叹气，铁厂这个麻烦还真不容易收拾，刘麻子看来是坚决知难而退了，还有哪个比刘麻子财力更大又不怕麻烦的企业家来收拾铁厂？老无人敢收拾要么就成废厂，要么弄不好又真会点火开炉。

白义成又给弟兄们斟酒，笑容满面，看来是要为今天的庆功酒会作小结了。

"各位弟兄，这次你们大家都辛苦了，都立了功，虽然只是初胜，但取得了我们最想要的结果。为什么老板前一天还那样疯狂凶恶，今天又突然服软装狗熊，除了他们算清了账开打必惨输，可能还有我们难以猜测的原因，暂不要管它。铁厂的麻烦还远未了结，我劝弟兄们不要怕麻烦，要笑对麻烦。这个世界哪天没有麻烦？铁厂的麻烦在双桥坪是大麻烦，可是放到世界上就是芝麻大的小麻烦。钓鱼岛的麻烦还不大？每天出动飞机舰船巡逻，随时都可能擦枪走火，那一打起来就不是双桥坪动木棒和镰刀，那是要动战机和导弹的。你们看党和国家的领导人，每天在电视里出现接待外宾不是稳如泰山谈笑风生？我们是山里的老百姓，是普通农民，但是我们还有一个身份——共产党员。我们管控好双桥坪的麻烦，就是为党和国家减少麻烦。我们要有这个胸怀，这个气度，这个决心，这个能力，这一次灭火证明，我们都有！”

白义成歇了口气，喝了一口酒。

“接下来怎么办？我的意见是，这个弟兄党员会不拆散，一有新动向需要开会就拢起来。行动总指挥还是继续由老六担任，副总指挥继续由姚才子担任，一旦需要行动，他们就要召集众人马。这次灭火他们配合很好，干得漂亮。叫鸡公要继续潜伏，这次你发挥很好，比电视剧里的余则成不得差，都莫笑，仔细看还真的有点像余则成……”

“像是有点像，但叫鸡公成不了真余则成，人家真余则成假扮夫妻一个睡床上，一个睡地上，换叫鸡公那是要乱套的。”

山西佬突然插话，引得人人大笑，包括叫鸡公本人也忍不住笑。

“山西佬说得不对的，”姚才子看上去是要帮叫鸡公说话了，“叫鸡公不喜欢大嘴巴女人，单单喜欢像茶花那样樱桃小口的。电视剧里的那个扮假妻子的女人嘴超级大，张开嘴塞两个大肉包子还宽松，鸡公哥绝对坐怀不乱不会乱套。”

又是一阵笑，这哪里是帮叫鸡公，分明是将火往叫鸡公身上引，不然扯上茶花做什么？

“打住，打住，我最后还有两句，待我说了，你们再搞邪门歪道。”白义成忍住笑，接着说，“石大毛仍然是负责镇政府那边的工作，还是要积极推动镇政府做新的招商引资工作。山西佬主要是管好自己城里的事，严防双桥坪这边灭了火，你那边城里又搞出事，而今黑社会猖狂，大意不得！我就这两句了，各位自由发言，喝酒，说歪道邪门也不管了。”

白义成刚说完，叫鸡公放在酒杯边的手机响了，来电显示竟是三个阿拉伯数字“789”，被身旁的姚才子抢先瞧见。

“你接电话！怎么不接？肯定是茶花！我敢赌一千！怎么样？”

叫鸡公忙按了拒接，一本正经对着姚才子。

“这是广告骚扰电话，莫乱讲！”

24

八号下午四点,村里有个熟人驾三轮农用运输车到双桥坪镇上亲戚家拖东西,腊秀就搭上便车,一路上与熟人很少说话,心里想自己的事。上午她还去刘半仙家排了一次毒,刘半仙说这次至少要隔一个月,才能再为她排毒。她身上阴毒重,很伤他的身子。他也是六十多岁的人了,不比她才四十多岁。现在她什么都明白了,这一切都是她娘的圈套。上午排毒后刘半仙全告诉了她,刘半仙说第一次她追到他的卧室,给她喝的一杯凉茶,茶是放了催情药的,喝下去几分钟就会生效,难怪她那么容易就脱光了衣服上了床让他排毒,每次都是这样,也是她娘要刘半仙这么做的。刘半仙说她长得不好又显老相男人难得有兴趣,他还是看在她娘的面子上,每次都服了壮阳药才行。他要是想女人了不会在乡下找,进城找年轻漂亮的小姐,他又不是花不起那点钱。腊秀相信刘半仙说的是实话,回到家问娘,娘说是的,刘半仙不是个坏人,是娘深知自己的女儿不遭丈夫喜欢,看看又要到五十岁,就想到了这个主意。怎么能怪娘呢?娘还不是为她多点快乐?别看刘半仙六十多岁了,每次排毒她都出一身大汗,五个日子连排了五次,她的身子轻得都好像要飘了,可是一想到回家要见姚才子,又感到自己也跟他一样暗中做了见不得人的丑事,虽然刘半仙口口声声说的是排毒,是施道法,有这样排毒施道法的吗?

腊秀内心很纠结,可是刘半仙说道法还是灵,至少今年之内她家绝不会发生血光之灾。刘半仙每次都说得斩钉截铁,这对她有较强的安慰作用。她这样让刘半仙施道法排毒,虽说是娘的主意,可她本心是想为丈夫消灾去祸,不然怎么会做那些见不得人的事?刘半仙反复交代排毒的事绝不能对丈夫说,说了她会大祸临头。她不会那么蠢,再说外露了道法就不灵了,她不是白做了那些事?回家之后她一定要十分小心,守口如瓶,严防姚才子生疑将她不能说的话套出来。

车行在路上,双桥坪不断地靠近,腊秀回娘家前十分担心的事就浮出来了。铁厂的事这几天怎样了?到底会不会出大血案?刘半仙的道法到底灵不灵?离家还有两里路,山间水泥公路两旁有树荫,腊秀叫熟人停了车,说头晕,想下车自己慢慢走回家,吹点山风比坐在车上还凉快些。

腊秀慢悠悠在山中水泥公路边树荫下走着,太阳正慢慢向背后的山下落,没走多远,一辆小客车突然在她前面几尺远停下。

"腊秀,你走回家的?"

姚才子探出头问。

"不是,搭便车,头晕,刚才下车,想慢慢走回家,吹点山风。"

"你娘病好了吗?"

姚才子看上去情绪很好。

"好了,你是到后山拖货去的?"

见到丈夫,腊秀心中高兴又内疚。

"你上车吧,我还要去双堰角拖一次货,不回家吃晚饭,会随便在镇上吃碗粉,晚上九点去白大哥家喝酒,可能要半夜才回家,你不要管我,自己睡觉就是。"

"怎么那么晚去喝酒?什么事?"

"今天上午八点铁厂点火,被我们灭了,老板服了软,未死伤一人,我们大胜了!"

"呵,那好!那好!天大的好事!"

腊秀也高兴起来,心里道,刘半仙的道法还真的灵呵,这么看她要刘半仙排毒也许真的暗中帮了丈夫一把。

"你上车吧!"

"你走吧,我想慢慢走回家,就丁点远了,我慢慢走吹点山风还舒服些。"

"那我就走了,还要去双堰角。"

姚才子的小客车开走了,腊秀心里突然一下感到轻松了许多。铁厂今天点火竟被丈夫他们灭了,未死伤一人,老板服了软,前些天不是传得那么可怕?这就奇了。好事,好事,天大的好事。

不知不觉腊秀看到了挨公路最近的秋枝家,接着看到了自己的家。忽然传来了秋枝欢乐的歌声:"我们的家乡,在希望的田野上……"

也许是秋枝见腊秀不在家,唱得很放肆,声音很大,腊秀心里陡然不舒服。猛想起这四五天她不在家,才子与秋枝不会在家里大闹天宫?她在娘家时只想着刘半仙施道法排毒的事,现在回到家感到让婊子妖精占了便宜,恨从心头起。可婊子妖精一骂,腊秀也愣住了,若是秋枝知晓了她在娘家与刘半仙做了见不得人的丑事,秋枝不也要骂她骚货妖怪？没办法不纠结，腊秀就使劲往能帮自己的方向想，她与刘半仙在床上做丑事与秋枝是不同的，她是施道法排毒为丈夫消灾去祸，再说也是娘的主意，她开初并不知情，怎么会与秋枝那个婊子妖精一样？秋枝是纯粹下流胚要拖才子下水，都是做一样见不得人的事，但性质完全不一样。

秋枝的歌声惹得腊秀心里烦，懒得回家，便在公路边树荫下找了块石头坐下，也好再仔细想想回家后怎么与才子说话，怎么与秋枝那个妖精婊子相处。听她这么得意唱歌，想必也是为才子他们灭火搞赢了高兴吧。腊秀也高兴，但与秋枝高兴性质不一样，腊秀是才子没灾没祸家就可以保全；秋枝呢？才子还活着她发情了就好暗中找才子睡觉呀，性质怎么一样？

腊秀使劲为自己找正当理由，也就能证明秋枝是个天生的下流胚。渐渐地，腊秀心里的底气充足，不能在秋枝面前落下风，以后与秋枝相处，还得像过去一样理直气壮，见招拆招。

腊秀想了一阵，昂首挺胸，起身回家。

走到秋枝屋坪边，只见秋枝从屋头的菜园里出来，手上拿一把青菜，看样子是准备做晚饭。一见秋枝白底细黑花裙装，柳腰圆屁股凸胸，走路一扭一扭，脚底像安了弹簧，酸水便直往腊秀心里灌。你看这个妖精，也是四十二了，还嫩得硬像个未出嫁的姑娘，好像是越长越年轻勾男人的魂，这样的水性杨花怎么怪得才子管不住自己？想想自己，连六十多的刘半仙还嫌她长得不好又老相，为她排毒还是吃她老娘的人情，这么一比，心里那个酸得像在坛子里封了两年的酸菜，酸得掉牙呵。身家几千万上亿的山西佬，有次开车到她家来找才子，在屋坪边看见秋枝还特意停住车，摇下玻璃捧秋枝的场："秋妹子吔，见到你，我的车都开不动了呵，你真的比香港电影《唐伯虎点秋香》里的那个秋香不得差呵，是她妹妹吧！"秋枝就对着山西佬直放电："开不动了就不开了呀，到我家来喝杯茶呀！"山西佬也故意逗她："光喝杯茶？不喝杯酒？"秋枝走近车："你下来呀，喝酒还不容易？""喝醉了开不得车了怎么办？""那就不走了呀。""不走了睡哪里？""多的是地方你爱睡哪就睡哪呀！""晚上你陪我睡？""龚哥这你就是挖苦小妹了，你的身价多高，十七八九还要仔细挑，还哪里看得我这三四十岁的老黄瓜！"秋枝故意谦虚，山西佬就故意捧："不是老黄瓜，是嫩黄瓜！"那次她在一旁看得好生气，心里也骂山西佬不是好东西，一个坐台小姐怎么比得电影里的秋香？胡扯！

秋枝一扭一扭拿着青菜唱着歌，没朝屋坪外望，也没发现腊秀。腊秀压住一肚子酸水，大声喊话了。

"什么事这么高兴,唱得十里八乡都听得到!"

"哎哟,是腊秀回来了,铁厂的火被灭了呀,怎么不高兴?"

腊秀也想打听一下灭火的详细情况,就走近秋枝。

"说说看,是怎么灭的?老板过去不是好恶的?"

秋枝就一五一十眉飞色舞说给腊秀听,腊秀听得是又高兴又冒酸水。居然秋枝和婆婆还跑去帮才子举标语,而她这个正牌堂客还没露脸,让野堂客风光了一回又没出丝毫危险。早知如此她不就从娘家赶回双桥坪了?举标语那么轻松她还干不了?这下好了,秋枝也成了灭火英雄,她这个名正言顺的堂客反倒当缩头乌龟。不行,得赶快申辩。

"我娘病了回不来,又不知道铁厂什么时候点火,才子又不告诉我,他是怕有危险早就不让我参与。"

"那是,那是,我和婆婆也是才子哥实在找不到人了喊去的。"

秋枝两眼水汪汪,笑从心里向外流,望着腊秀直道谢。腊秀这几天就真的谢谢你回娘家了,我和才子哥好像把几百年的好生活都过了,这个情调你是不懂的,这只有我和才子哥才懂。

"要论功劳,恐怕王老六第一,他最危险;才子只能算第二,他带的人是站在铁厂外面的,又没进去。"

腊秀这样将才子往下拉,也是要压压秋枝的高兴劲头。你个妖精在铁厂外面举个标语那也算得英雄?看你这一身的得意劲,是这几天把才子的精血吸光了吧。我刚才看到才子,他的眼都好像凹进了好深,一定是你这个妖精整的,你不知羞!你好毒!腊秀心里骂秋枝,猛又想起与刘半仙床上做丑事排毒,此时她竟不内疚,甚至还感到有点回本的味道:你们这几天发疯,我在娘家有人跟我排毒,也没亏到哪里去!

秋枝好像感到腊秀的脸色有点怪,怪在哪里又不晓得。

"腊秀,你是要回家做晚饭了吧,我也要洗菜了。"

"是的,我得先洗个澡,再随便下点面吃,他晚上要去白义成家喝酒,那帮人今晚可能都会喝醉。"腊秀说罢就回家了。

秋枝却在原地待了一会,才进厨房。

回到家不比娘家,好方便,好舒适,自来水、热水器、空调,哪样不方便?这一切还不是搭帮才子?何况还有两个在北京上大学的宝贝儿子,还要怎么好?腊秀心里又高兴起来,想到儿子很快要回家了更是高兴。

腊秀高高兴兴洗了澡，打开客厅空调，下了点面吃，躺在客厅沙发上看电视，慢慢又不高兴了。不是不高兴，是担心与刘半仙的事哪天穿帮，一旦穿帮她怎么面对才子？尤其怎么面对两个儿子。越想越害怕，害怕一旦穿帮她将失去而今拥有的一切。她不怪娘要刘半仙为她排毒，可她今后不能光听娘的了，得暗下决心与刘半仙一刀两断。能够一刀两断吗？好像刘半仙的道法还是灵的，铁厂的火这么轻松就灭了，刘半仙的道法不是起作用了？刘半仙每次都说得斩钉截铁，他不可能知道双桥坪铁厂老板会临时突然服软，这不是道法是什么？

腊秀心里又纠结起来。

晚上一点姚才子开车回家，腊秀躺在卧室不动，听见姚才子洗澡声，进他的卧室声，不想惊动姚才子，姚才子也没惊动她。姚才子肯定是累极了要睡觉了，而她是暂时不想与姚才子多说话，以免自己心慌管不住嘴，说出一些经不起姚才子追究的话，哪有他聪明呢？莫被他几撮几套将她与刘半仙的事搞穿帮。

第二天早饭后，腊秀上了姚才子的小客车，没事想到榨油坊看看工人和侄子。一到地方，姚才子一下车眉头就皱紧了，榨油房的墙壁上被人用红油漆写了一些大字。腊秀认不全，不知是什么意思，要姚才子读给她听。姚才子阴沉着脸读，腊秀听得心惊肉跳。

“关闭铁厂就是破坏双桥坪发展经济！”

“北京也有污染要把北京关闭吗？以保护环境为名破坏双桥坪经济居心何在？”

姚才子将小侄子叫出来。

“昨天晚上你没听到什么动静吗？”

“伯伯，没听见，早晨开门才发现，可能是铁厂老板派人写的，点火被灭了，肯定心里恨，您又是带头的人，就写到榨油坊来了。”

姚才子掏出手机拍了照。

“你去超市买桶红油漆来，干脆把前面的墙刷成红颜色。”

“好。”小侄子进屋拿钱去超市了。

“腊秀，你今天就守在这里，不要回家做中饭，都买盒饭吃。”

“好，你放心。”

“那我去官堰坪接货去了。”

姚才子开着小客车走了，腊秀站在榨油坊大门前发呆。心里直埋怨，要你不要卷入你偏不听，而今黑社会多狠，你要断他们的财路，他们怎么不恨你？这个麻烦怎么收场呢？你还领头喊口号，组织了上百人的木棒队，这不就跟老板结仇了？

小侄子很快买了油漆来，用刷子先把字刷没。

“你刷吧，我去镇上探点消息就来的。”

腊秀给小侄子说了声，到王家塝去找王老六。王老六家平安无事，在苗圃见到王老六，腊秀说了榨油坊被刷油漆字的事。

“腊秀，别怕！山西佬不断被恐吓电话骚扰，公司工厂住宅常有陌生人盯梢，怕什么？防严点就是。才子只带百把人在外面示威，我是带两百人进门灭火，老板的人也肯定恨我，由他们去恨，越怕鬼越大的！”

王老六一番话给腊秀壮了点胆，腊秀又去镇上几家超市转了转，随便买了点小东西。在超市碰到熟人，说的都是铁厂点火被灭的事，都夸王老六和姚才子不简单，带几百人马将十分凶恶的铁厂老板吓趴下，未死伤一人将火灭了。腊秀心里并不因为大家夸奖姚才子高兴，你们这些人只晓得在一旁看热闹，怎么不带头去灭火？才子带了头，现在遭老板的人恨，还不知今后老板的人要找才子什么麻烦。你们嘴巴说得轻巧，而今黑社会多狠，城里的山西佬搞得焦头烂额你们晓得不？而今是做坏人易，当好人难呵；黑社会躲在暗处干坏事，好人站在明处要防他们有多难，你们晓得不？

小侄子忙了一整天，才将正面的墙全部刷成红色，好在正面还有两扇大门和两个钢筋护着的大长窗户，也不是十分难刷。原来的青黑水泥颜色，刷成深红色好像还气派了一点。腊秀天快黑才赶回家做晚饭，她刚做好饭菜，姚才子也到家了。

“刷成红颜色了还好看些。”

吃饭时腊秀说。

“你娘到底得的什么病？花了多少钱？还缺不缺钱？”

姚才子吃饭不喝酒，晚上还要开车去白义成家，让白义成知道榨油坊被人刷油漆字的事，到底是谁干的？为什么单单写在他的榨油坊？他们要干什么？

“上了年纪总是多些这样病那样病，没花多少钱，缺钱会告诉你。”

腊秀支吾着回答。

姚才子也不再问，吃完饭，抽了一支烟，喝了一杯茶，又开车走了。

姚才子走了，腊秀心里还怦怦跳。莫非他对娘生病有疑心？本来娘就是装病将她叫回去的。总算是支吾过去了，若是他寻根问底，她说不出个名堂，他的疑心就会更大。这真得小心一点，少跟他说话，莫万一说漏嘴，说错什么话被他抓住不放。

姚才子晚上十一点多钟才回家，洗了澡就进自己的卧室睡了。

腊秀也忙进自己的卧室上了床，乐得两个人没时间说话。她猜姚才子心里还是在为铁厂的事烦，也不想招他烦。

第二天早饭后，腊秀没打算去榨油坊。

"你跟我上车，到那里把刘老爹的床单拿回家洗一下，好像几个月没洗了。"

榨油坊除了小侄子只有四个中老年工人，都是本地人，多回家睡觉，只有一个六十多岁的刘老爹是从后山请来的，晚上与小侄子睡在一个房间。榨油坊工人月薪一千八，比城里一般的高点，只管工人一餐中饭，由镇上饭店每天定时送到；小侄子与刘老爹的早晚餐就自己做，榨油坊每月每人补助二百元餐费。

"好的。"

腊秀上了车。

一分钟后就到了榨油坊，只见门前站了一群人。

腊秀下车一看，吓呆了。昨天刷红的墙壁上，又写了几个白油漆刷的大字，这几个字腊秀可以认全。

"姚才子当心狗头落地！"

围观的有工人，也有过路的人，见姚才子下车看了不动声色，掏出手机拍照。

"你还不快用红漆刷掉！"腊秀醒过来似的，对着小侄子喊。

"暂不要刷！"姚才子阻止，他打电话了。

"是派出所吗？双桥坪镇才子榨油坊大门前昨晚被人刷了恐吓标语，请你们过来看一下。"

姚才子挂了电话看着手表，三分钟后镇派出所警车开到了，下来两个警察，拍照、问情况。

半个小时后警察开车走了，姚才子也开车接货去了，腊秀拿了刘老爹的床单回家去。她双腿发软，黑社会真要杀姚才子了？才子千万死不得呵，哪怕他尽暗中与那个妖精做丑事也死不得！他要撑起这个家呵，她要靠着他生活呵，她的儿不能没有爹呵！她恨他不听劝，硬要卷入铁厂的事，这下结下大仇了，怎么办？怎么办？

25

铁厂前天点火是被轻松灭了未出事，石大毛躲过了一劫，若是前天真出了大事，当居委会主任支部书记的他脱得了干系？他心里感谢所有灭火功臣，又保住双桥坪不被污染，而今中央抓环保也在动真格，任铁厂污染也是他失职，也庆幸铁厂老板在最后关头服了软，不然，一旦开杀那麻烦有天大。可是前天火是灭掉了，麻烦好像还更多更大了。接连两天姚才子的榨油坊被人用油漆刷恶毒标语，传得飞快，搞得人心惶惶。下午他随镇派出所的警察到铁厂找老板了解情况，老板坚决否认是他们的人所为，他们绝不会暗中派人写那种恶毒标语。老板说要么是双桥坪本地在铁厂工作的失业了的人发泄不满，要么是姚才子平素与人暗结仇了，借这个机会威胁姚才子，又容易让人怀疑是铁厂的人要找姚才子算账。警察也不能判定是谁在暗中使坏，为什么偏偏只对准姚才子？

石大毛与警察正准备离开铁厂，西边山冲里的那个组的组长九斤找到了铁厂。

“派出所的同志，石支书，快到我们组里去，我日子过不了了！”

九斤今年四十有五，长得结实，人也老实，望着警察和石大毛，一副水深火热的可怜相。

两个警察都年轻，只二三十岁，有点好笑。

“什么事？日子都过不下去了？”

“麻七天又发威了，前天上午铁厂灭了火，她下午就搬一块砧板坐在大门前，手拿一把菜刀，剁一刀骂一句，冲着我家骂，到现在还没有停下来。骂饿了男人就做饭端给她吃，吃了饭又接着骂。骂到深更半夜她也停，等你以为她也上床睡觉了，你刚睡着，她又开骂把你吵醒。夜里菜刀剁砧板好响好可怕，我已经两个夜晚没睡好觉了，请你们去劝劝她，再不停骂今晚我和堂客老人小孩都不敢在家里睡了……”

“这么恶？你什么事得罪了她？”

年轻警察惊讶得忍不住笑。

“我就是带了十多个人跟着王老六参加灭火了，灭了火她在铁厂做工的男人就完全失业了。她就为这事开骂呀！”

九斤说这话时，铁厂老板脸上毫无表情。

“你让她骂，她怕也有十年没发过威了。你喊我和警察去有什么用？让她骂得没力气了，手剁酸了拿不起菜刀，还不停下来？”

石大毛显然也是算怕了麻七天，那个堂客本来不叫麻七天，十年前她三十岁时，组里另一个恶堂客与她家发生小纠纷，那个恶堂客比她长两岁，率先在自己家门口摆上砧板，坐上木椅，抡上菜刀剁着开骂。她开始忍了半天，观察清楚后明白，那个恶堂客是用菜刀的背剁的砧板，剁得是又响样子又凶，若是用刀口剁，菜刀就会砍进砧板里效果就差，剁一下将刀拔出来会很费力费时。剁砧板骂人是山里一些气极了恨极了的堂客发泄的一门古老的技法，有各种的节奏，各种的剁法，配之以抑扬顿挫的声音大小高低不同的骂词；顶级的骂家还有哭泣哀宛如古老山歌似的骂法，所有骂词都是口随心出临场自由发挥，没有点真功夫的堂客摆上砧板开骂不到几个时辰肚里就无词可出，那就算败下阵来。年轻的堂客读过初中好胜心强，观察一番，用心算计，决心将那恶堂客的威风杀下去。她家距那恶堂客家百把米，于是摆上大砧板，在砧板底下放一块扁石块，石块上放一块铁片，拿菜刀背一剁，气势好足，声响就比那恶堂客剁的大了几倍。她剁得多，骂得少而精。那恶堂客也是个横女人，哪肯甘拜下风，双方直骂得天昏地暗。两个堂客直骂得打瞌睡，可是身子快歪到地上一醒又开剁开骂，第六天晚上那恶堂客大败，偃旗息鼓，她仍然坚持剁骂了一天。从此麻七天骂人的狠名传开了，谁也不敢再惹她。

听石大毛介绍之后，年轻警察算是开了眼界。石大毛本是想吓住年轻警察，跟他一样懒得管由她去骂，可警察的使命感比他高。

“那不行，任她这样剁砧板骂人扰民不行，这也是违法行为。”

于是石大毛和九斤上了派出所的警车，警察坐在前排，一个开车一个玩手机。

“石支书，今天我们要用智谋当场将麻七天拿下，对付这种女人要多戴高帽，多哄，简单粗暴反容易搞坏事。你们在电视里应当看得多，警察对付那些劫持人质的歹徒，是使用了多种心理战术的，最厉害的警官可以用心理战使歹徒乖乖放下人质自动投降，我们今天要争取好成绩。”

“那就看你们警察学院毕业的高才生的戏了。”

石大毛和九斤是完全想不出对付麻七天的招，这两个年轻人行？

警车两分钟后开到现场，双桥坪已组组通公路。山冲的房子建得杂乱，基本聚在一起户户相距不远。果然一栋半旧的二层楼前，四十岁的恶堂客麻七天坐在一块长方形大砧板前，不锈钢的菜刀锃亮，本来是停了骂，见到警车，骂将起来。

“老子一不犯法，二不偷人，天王来了也不怕!”

菜刀剁下去，响得刺耳。明显是冲着警车剁的，麻七天估计警车是组长九斤叫来的。

“七姐，你歇口气，什么事值得搞这么大的排场。”

石大毛依警察的计谋打哈哈来软的，临时起意给麻七天封了一个七姐的称号。

麻七天翻了石大毛一眼，不理他。

“七姐，这么热的天，讨杯茶喝好不好？”

开车的瘦高警察也下车笑着跟着喊七姐，麻七天又见一张笑脸有点发愣。

“七姐的刀法还蛮不错，剁两段精彩的听听。”

玩手机的微胖警察下车对着麻七天照了一张，脸上的笑像风直向她刮去。

“嘭嘭!”

麻七天突然使劲剁了两刀。

“你以为你是警察老子怕剁得？”

“这个不太精彩。”微胖警察笑风还是刮着，“要不，我跟你剁一段常德大鼓《你喝茶就喝茶》的节奏听听如何？”常德城里正在举行群众文艺演出百团大赛，全国媒体一片喝彩，中央、省委的领导同志都前来视察观看。“你喝茶就喝茶，哪来那么多话……”微胖警察唱了两句，不过五音不全，听得人起鸡皮疙瘩。

“扑哧……”

麻七天没忍住笑出了声，咚一声将菜刀朝砧板上一扔；微胖警察又唱两句，将常德大鼓变形夸张唱得酸溜溜麻酥酥。麻七天实在难忍捂着肚子跑进了堂屋，笑得直哀求。

“警察哥哥，你这么唱会要人命呵!”

九斤按警察的吩咐，一直睡在车上后排座位上没下车。石大毛和两个警察就进了堂屋，不请自坐下来。

“九斤叫你们来的吧？”

笑居然有如此魔力，麻七天也不是那么恶，是三张笑脸捅着了她哪根筋？居然给三个人一人倒了一杯茶。石大毛暗中惊叹，有戏了。看不出这两个年轻警察还有一手，一句大道理没讲更没训斥一句，麻七天不仅停了剁骂，还给他们倒了凉茶。

“是的。”瘦高警察笑得很随意，完全不是装的，“可是我们认为他说的理由难以令人相信，市政府已经下了文件彻底关闭非法污染铁厂，这是任何人也不能阻拦的了，阻拦就是犯国法！就要法办！九斤说你是因为关闭铁厂丈夫失业恨他就摆起砧板剁菜刀开骂，我们认为这个理由不成立，七姐也上过中学有文化，不会不明事理，可能是他做了别的事你恨他才开骂要出口气！”

麻七天不吱声，不分辩。

“七姐，你也算得双桥坪一枝花，是不是九斤暗中打你主意你不肯，他又死缠，这才搞发你的怒火？”

石大毛故意恭维麻七天，开玩笑。其实她年轻时长得只能算过得去，不过比九斤的长相还是要稍强一点，九斤还大她五岁，基本不可能。

哪知麻七天仍不吱声，不分辩。石大毛心里直嘀咕，莫非他歪打正着，这其中也有九斤想揩她油的因素？老实巴交的九斤也暗地里干结巴事？麻七天对铁厂的事沉默，对九斤揩油的说法也沉默，她心里到底装的是什么？

两个警察笑嘻嘻说了一阵话，麻七天表态收兵不再剁骂了，石大毛连看手表提醒警察时间不早了，警察也无意深究，不再剁骂扰民就行了。于是开车走了。

驶出村口警察停车，九斤下车致谢。

“九斤，你是不是暗中揩她油了？”石大毛严肃地问。

“那我就只喊天了，我敢揩她的油？这两天她不仅骂我，还骂姚才子，她就是恨灭了铁厂的火，她不敢骂王老六和王家塝的人，怕骂了会挨揍。她是瞎子吃柿子，专挑软的拿，心里还是怕警察……”

两个警察笑而不语，石大毛相信九斤没说假话。车离九斤远了，开车的瘦高警察说：“对的，九斤没说一句假话；麻七天没做一句分辩，也没说一句真话。”“只有最后决定收兵停止剁骂是真的，是怕犯法遭法办，她还算不得一个法盲。”微胖警察玩着手机补充说。

晚上，石大毛总感到心里不安，看了看手表是十一点过几分，估计白义成还没睡，便拨通了电话：“白大哥，你在哪里？”

“在外面下厨，不过忙完了，可以说话。”

“我总觉得榨油坊的事不简单，背后肯定有阴谋，弄不好哪天突然会出大事，不能排除黑社会真的暗中对姚才子下毒手！”

“我八号晚上就对弟兄们打招呼了，不要怕麻烦。黑社会要在暗中搞什么阴谋，我们也不可能完全事先弄清楚。我与叫鸡公通过电话，也许不是铁厂老板的人干的，还有谁会干这个事？叫鸡公也莫名其妙。我与山西佬王老六、姚才子都通了话，第一，我们要严防黑社会反扑；第二，我们光被动防守不行要主动进攻，搅乱黑社会背后的阴谋，要让他们提心吊胆！”

“这个指导思想很对，这两天镇上有点人心惶惶，我们得来点动作。你考虑搞什么动作了吗？”

“点子是山西佬出的，我和才子沟通后又略加点东西。黑社会在我们灭火的当天晚上就反扑，搞了我们一个冷不防，我们也要搞他们一个冷不防，要跟他们来点狠的，来点硬的。刷两次油漆字就能吓倒我们？笑话，我是真刀真枪上过战场的人，怕他们黑社会小儿科？”

“那你准备怎么下手？”

“这个你不用管，我会安排特别的人做。你只盯紧镇政府那边的动向，多往镇政府跑。”

“好。”石大毛这才把心安定下来。

第二天上午九点多钟，镇派出所所长电话要石大毛去，有急事。

石大毛赶到镇派出所，只见铁厂老板带了四个人在派出所办公室坐着。铁厂老板很慌张，拿着纸巾擦汗。石大毛走进办公室，瘦高警察给他倒了一杯凉茶：“石支书，昨天晚上铁厂老板的办公桌被人用菜刀剁了，不是麻七天那样用刀背剁的，是用刀口剁的，刀下还剁了一张白纸。所长刚才上厕所去了，就为这事找你来，希望你协助处理好这件事。”

“什么白纸？”

“你自己看。”

瘦高警察朝所长的办公桌一指，石大毛一看，一张两本书大的白纸上写着黑字：“谁敢动姚才子及所有参加八号灭火的人一根汗毛，这把菜刀不认人！——双桥坪老百姓”。白纸中间被菜刀剁了一条口，一把新菜刀放在白纸旁。石大毛想，老板带着四个人是来报案的吧。白义成动作也够快，一定是昨天晚上干的，谁能夜晚打开厂长的办公室的门干这件事？

“石支书你来了，是这样的……”

年过四十的所长上完厕所来了，其实内容石大毛已清楚。

“所长,这个事首先还是铁厂引起的,榨油坊连续两次被刷油漆恐吓标语,老百姓知道了很气愤是可以理解的,你看这白纸黑字写得明白,不是乱写的,也没有写‘当心狗头落地’那么恶的话。”

铁厂老板赶忙站起身申明。

“石支书,我用人格保证,榨油坊刷油漆的事我的人绝对没有干,只可能是你们双桥坪反对灭火的老百姓干的,真的与我们无关!”

“这就说不清了,但我肯定这白纸黑字是双桥坪的老百姓干的,至于是谁干的一是难查清;二是查也无意义,他们是不许你们铁厂的人为难姚才子和参加灭火的人,不为别的事。至于铁厂,政府已经下达了关闭文件,也就用不着说了,已经没有讨价还价的余地了。你们不尽快离开双桥坪,这样闹下去今后弄不好会真弄出大事情。”

石大毛坐下来抽烟,虽然他当兵七年都是养猪种菜,可是首长尤其是大首长常关心战士生活视察后勤部门,他见的场面阵势也不小,与铁厂老板对阵也很沉得住气。

“我们意见是这样的,”所长坐下望望石大毛,又望望老板,“作为居委会主任支部书记,你要教育群众遵纪守法,不能乱来;作为铁厂老板,你要管好自己的人,尽快做完收尾工作。政府已下关闭文件,上面抓得紧,镇政府是必须坚决执行的;同时你们也要尽量避免与当地老百姓冲突,你们人少一旦发生冲突会吃亏……”

石大毛听得明白,所长的话里藏着镇里头头的意思:让铁厂老板尽快认赔走人。

铁厂老板哪里不明白?不再提什么查办要求,带着人阴着脸走了。

石大毛走出派出所,迎面碰上了微胖警察。

“我说石支书,双桥坪是不是剁菜刀上瘾呵。”微胖警察做了个鬼脸。

“你喝茶就喝茶,哪来几多话。”

石大毛也撮他昨天五音不全唱常德大鼓酸麻的事,微胖警察毫不尴尬,径直走了,然后就传来了常德大鼓“你喝茶就喝茶……”字正腔圆,比电视里放的还好听些。石大毛惊呆,原来这年轻警察在麻七天那里是故意歪唱的?要那么歪唱有多难,不都是为了工作?这些警察学院毕业的年轻人还真是肯动脑筋蛮敬业呵。

石大毛以为铁厂剁菜刀的事就这样不了了之了,哪知下午镇委书记一个电话将他叫了去。听书记的语气是严厉的,不知道他又犯了哪一条,小心翼翼走到书记办公室。

“书记有什么指示?”

“我还敢指示你?是你在指示我,我一直是围着你转。”书记脸上像挂了两块牛肉,明摆着不高兴,“上午铁厂老板报案,昨夜遭剁菜刀,下午又来报案说有个工人失踪了,一定是你们的人将他挟持了,哭丧着脸来找政府要人,叫我去哪里找人?”

石大毛一听头大了,白义成也玩绑票了?这怎么玩的?难怪昨晚白义成通话时说,这回要来点狠的,来点硬的,这可真是够狠够硬的了。不急,他得先把事情搞清楚,先在书记面前装糊涂,吐苦水,搅浑水。

“书记,这不太可能呵,是不是铁厂老板自己私下放跑了人,故意诬陷双桥坪的老百姓?这回老百姓响应政府号召,文明灭火,双方皮都没有擦破一块。是灭火之后铁厂先发难写恐吓标语,威胁姚才子当心狗头落地,老百姓才昨晚给了个警告,也没有写什么恶话。我一天到晚磨头,修高速拆迁补偿的事吵得我头晕;铁厂的事本不是我的事,是镇里的企业,可是又与老百姓利益冲突,也确实有个别老百姓不理解,灭了火失了业剁菜刀骂人。我搞得晕头转向还哪敢指示书记?我什么时候没有听书记的指示?书记你指出来,我虚心接受,马上改正!”

书记的脸渐渐阴转多云,似乎还隐现了一点阳光。

“大毛同志,我也是急,你比我年长,对我的工作一直也很支持,我言辞不当你也别在意。我接下这个烂摊子两三年了,也搞得烦透了。铁厂是一定坚决彻底要关闭了,要尽快揭去这一页,重新招商引资。今后要特别在环保上严格把关,凡有一丝污染的企业,坚决不许进双桥坪。发现一个灭一个,决不留情!但是,你要深入群众,多做说服教育工作,不要搞过激行为,不要搞出流血事件。铁厂人失踪的事,你要积极配合派出所做调查了解工作,努力化解矛盾……”

书记很坦诚,语重心长。石大毛换位想,他若是坐在书记的位置上也难当家呵,而今基层鸡毛蒜皮的小事不及时处理也会搞成大事,而那些小纠纷有很多还很棘手难化解,条条蛇都咬人,哪碗饭也不好吃。

“书记,我比你枉长十岁,在部队当兵也主要是养猪种菜,我水平低、能力差,但我一条,听领导的话,也不脱离群众。领导的指示我坚决执行,群众的合理要求也如实汇报。现在铁厂的事,老百姓与镇政府可以说实际上是心往一处想的,就是坚决关闭。你放心,我一定努力工作化解矛盾!”

“谢谢你,老同志,你的党龄比我长呵,比我有经验……”

与书记握手告辞,走出镇委会百多米后,石大毛掏出手机翻白义成的电话号码,可不知怎么老翻不到。是心里急眼发花还是怎么回事?白义成,你可不能真搞绑票那种事,明显那是违法犯罪行为!石大毛翻着号码,手发颤。

26

七月九日，秋枝得知榨油坊被人刷油漆字后，立即给姚才子发了一条短信：“我很担心，你要小心！”

姚才子回复：“小事一桩，莫担心！”

七月十日，“姚才子当心狗头落地”的事传到秋枝耳朵里，她又急发短信：“才子哥，你最好去外面躲一段时间，心里急！”

姚才子回复：“急什么？狗头落地那是狗，我长的是人头，不会做缩头乌龟！”

今天上午十点多秋枝发短信：“好消息，听说铁厂老板昨晚遭剁菜刀警告了，谁干的？你知道吗？”

姚才子回复：“不知道，但肯定是好兄弟干的！谢谢他们了。”

下午五时秋枝再发短信：“镇上传起花来了，说不知是谁绑架了铁厂的一个工人，逼老板滚出双桥坪。还有的说，限时是一个月，老板再不滚出双桥坪，就撕票！还有更狠的说法，还有人在暗中准备把老板杀掉！接连两招都很厉害，你晓得真相吗？”

姚才子回复：“不知道。我们不会搞违法的事，灭火也是执行政府的文件精神！”

三天来正反两方不断交手，这是姚才子事先不曾估计到的。他没有怕过，只是陷入了深思。假如榨油坊出的事真不是铁厂老板的人所为，那么这背后的黑社会就比他们估计的要大得多，可同时对乡下双桥坪与城里山西佬下黑手。今天铁厂传出的事也出乎了他的意料，事先白义成与他通话只是说会来点动作，但下了如此狠手，剁菜刀警告后紧接着下午一名工人失踪了，令他震惊也感到鼓舞。具体内情他也不清楚，白义成是指派特别的人办的。他再次感受到了白义成不动声色的硬汉性格，有勇有谋，反应快，应对狠。白义成铤而走险玩绑票了？这似乎又不可能，至于撕票应更不可能。怎么收场？接下来会发生什么？事情已经是难以预料了。

下午六点姚才子收个早工准备回家好好喝两杯，秋枝又来短信：“雪梅回家了，今晚八点我必须见你！你必须想出办法！”

姚才子想，雪梅回家了也就一定带回了老男人的答案，三百万不是小数，而且他已经为雪梅在城里买了别墅，会是一个什么答案？姚才子也有点好奇想尽快知道。想了几分钟，给秋枝回了信："七点五十你出门从后山公路向西走，我开车很快就会追上你，车上说。"

"好！"

秋枝的回信闪电般飞来。

擦了把汗，吹了阵空调，喝了杯酒，姚才子与腊秀开始吃饭。

"你不喝一杯？"

"过一会还要开车出门有事。"

"晚上最好不要出门了，镇上都在说铁厂的人失踪了，是你们的人绑押的，黑社会一定会报复的！"

"我们的人不会做违法的事。"

腊秀不再说话，这是她从娘家回来四天里说话最多的一次。腊秀好像变了许多，姚才子事多没精力管她的事。不当缩头乌龟，真豁出去了也无所畏惧，可事情不仅未了结，反而在暗中升级，不认真对付稍有疏忽就可能遭暗算搞出更大的事。

"我已经给两个儿子打电话，叫他们这个暑假留校自己学习，以免回家黑社会找他们的麻烦。"

腊秀一脸发白。

"好，还是你想得周到，而今山西佬也严防着，芋头去给他当保安还在城里没回家。"

腊秀嘴里话很少了，可心里不停地说话，整天在恐惧、忧虑、混乱、尖锐、矛盾中煎熬，不强撑住，有时就好像要崩溃了。她害怕丈夫被黑社会暗算，更害怕黑社会加害她的儿子；害怕与刘半仙做的丑事有一天穿帮，可她让刘半仙用道法排毒完全是为才子化解血光之灾，也是娘的主意，八号灭火不是化解了吗？刘半仙说得那么斩钉截铁，今年之内她家一定无血光之灾，没有人能给她壮胆，只有刘半仙的话在暗中为她壮胆了，那么过个把月后，她是不是要再回娘家让刘半仙为她排毒？她很彷徨，也很纠结。她感到再不好意思走进才子的卧室爬上他的床了，甚至才子与秋枝私通也真的不在意了。人活着多苦，没钱时苦，有钱了也苦，只要才子快乐何苦不让他快乐？只要不出事，只要才子平安无事，只要她家平安无事，她何苦去管才子呢？只是落得秋枝那个婊子妖精占了便宜，有什么办法？才子被她迷住了，她再恨那个婊子妖精有什么用？她天生长得妖，最会勾引男人，世上就有那种骚货，她有个什么法？谁叫她长得不美？她能怪爹娘？天下的爹娘哪个不为自己的儿女着想？娘要刘半仙排毒还不是为她好让她不枉做一生女人？她不怪娘，也不怪刘半仙，是娘要刘半仙做的，她也不能怪自己，不是她自己想长丑呵，她有什么办法？

吃完饭，姚才子坐在堂屋木椅上抽烟。思绪又回到铁厂的事上来，总觉得这其中的许多事找不到合理解释，也不能判准背后的黑社会接下来会怎么报复，他所能做的是与城里的山西佬一样，严防死守。但黑社会在暗处，他也不能保证万无一失，也就必须做好哪一天出了漏洞真被暗算的准备。

“腊秀，你还得抽空回娘家一趟，将这边的真实情况告诉爹娘，叫他们也多提防一些，莫我们这边防得严，黑社会找他们下手。”

腊秀脸又发白了。

“好。现在这里正在风头上，我不能走，得每天去榨油坊看着点，多个人总是好点。等这个月过后，这里平静了，八月里我再回娘家看看，他们住在山冲里黑社会也难找去的……”

在腊秀的心中，她自己的家而今是第一重要的，虽然对爹娘很孝顺，可他们毕竟年纪大了，她的日子更长，还有两个正在读书的宝贝儿子，她第一还是要顾自己的家，要保护家中的顶梁柱才子不出事。

“那你下月回家给爹娘带十万块钱去，我开车送你，现在虽然防得严，王老六的人马也天天到榨油坊转悠，虽然他们都在帮我，可是也不能保证万无一失的，带十万去，万一我遭了暗算，老人家生活也好有个补贴。话得说在前面，是给老人的，你那两个不学好的弟弟不许花！”

腊秀眼泪一涌而出。“不！你不能出事！也不带钱去，两老手上还有几万块钱，都是你过去给的，还有我暗中给的！你出了事，这个家我怎么撑得起？有你在，我爹娘怕什么呢？”

“好吧，别哭，我说万一，没有说一定就会出事。而今帮我的人也不是好惹的，也是蛮狠的人，黑社会想要搞赢也不容易。王老六他们王家塝的人从来不信邪不怕恶，黑社会也不敢轻易得罪，王家塝的人记仇，自古有仇必报。还有白大哥等等都在暗中帮我，我姚才子活到这个份上，有这么多好兄弟帮，也足了，也值了！”

姚才子很是坦然。

腊秀不再流眼泪。

“王老六、白大哥、山西佬，你那帮兄弟真的很讲义气！”

“我姚才子交结的朋友哪个不是双桥坪的人物？哪个不讲义气？”

姚才子很是自豪。

腊秀不完全赞同，不吱声。腊秀心里道：秋枝是双桥坪的什么人物？她跟你是讲义气？就是个婊子妖精要吸你的血呀！你是被她迷住了呀！算了，你也活得苦，一年四季累，养活一大家人。你年轻时也先跟我睡，给我下了好种养出了两个聪明儿，我还是比那个婊子妖精合算，比她强，比她赚，她也就是暗里空骚一场，她也不敢要你下种，你也不敢在她身上下种，想想你们也怪可怜的，又怕被我捉活，又怕被人抓住把柄，懒得管你们了。

姚才子看表已到晚上七时五十三分，扔下手中烟头，走出堂屋大门。

“你早点回来，小心开车。”

腊秀跟出大门。

“放心，我死不了，命大。”

姚才子开车走了，上了水泥公路，跑了一里多，在路边发现正在向西走的秋枝，前后看看没车没人，将车停在了秋枝身边。

“拉后门上车，先在后排躺一会，我开到一个地方，你再坐起来。”

“好。”

秋枝穿着一件墨绿色裙装，猫一样轻灵上了车，拉紧门，在后排躺下了。

车里开着空调，凉快，秋枝路上走热了，撩起裙子露出两条又白又长的大长腿图凉快。

姚才子从后视镜里瞧见，低声说：“妖精，老子在开车，莫分我的心把车开翻了！”

“你不看哕，我是热，不是故意勾引你。”

秋枝细声申辩，没拉下裙子，只是一条腿压在了另一条腿上。

“你这个姿势还坏些。”

姚才子一本正经，低声说。

“你专心开车，莫真的开翻了。我反正是你的坏女人，无论什么姿势都是坏的，没有好的时候。”

秋枝也一本正经提醒要才子专心开车。

“你确实没有好的时候，从一开始就坏。”

姚才子仍是一本正经。

“是的，才子哥，我甘愿，为你坏到底，坏一生！”

秋枝声音细又慢，姚才子闭了嘴，默默开车。

月光如水，公路两边的青山像在水中荡漾。偶尔有不知名的鸟儿传来鸣叫，特别响亮动听。车行了几分钟，速度减下来，在一个平坦路段，开下了公路，向路边的树丛中开了十多米，掉过头，停下了，熄火。

姚才子拉开车后门上了车。

“才子哥，你开到了哪里？”

秋枝靠上来倒在姚才子怀里。

“你要尽量轻点说话，夜静，路上有人走，就能听见，车开过时声音大不要紧。”

“这蛮好的，以后都这样好不？”

“不好。车里不舒展，你又喜欢叫，很容易被人发现的，网上经常有玩车震的人被偷拍。”“那是的，我忍不住，那今晚不做坏事？”

“你先说，雪梅带回了什么消息？”

秋枝坐起来，从小挎包里掏出一个小手电，还有一个信封，秋枝的手止不住打战。

“才子哥，吓死我了，拿着好怕的……”

“怕什么？”

姚才子的脑壳开始急转，是个吓人答案？

秋枝打着手电，手直颤，光直晃。

姚才子慢慢从信封里抽出了五张银行定期存单。

“你手莫晃，晃得我看不清。”

秋枝把手电递给姚才子。

“你打手电，我一张张给你看。”

姚才子接过手电，秋枝就将五张存单一一排好，让姚才子仔细看。姚才子看着发现手电光也忍不住开始晃动，完全看清了，忙将存单放进信封，叫秋枝放进挎包里收好。

秋枝只拿在手上，没将信封放进挎包。

闭了手电，只有树叶间的月光泻在车窗前。姚才子半天不吱声，五张存单加起来整整是一千万，每张两百万定期一年，都是秋枝的名字，三张是存在长沙的，两张是存在常德的，分存在农业银行、交通银行、民生银行、建设银行、工商银行。眨眼之间，秋枝成了千万富婆。这么多的钱，怎么不把秋枝吓住？他也从未见过这么多到有点吓人的钱。

“雪梅说，本来昨天要办好的，那个人也是想尽了办法，晚了自己定的时间一天。”

“秋枝，雪梅赌赢了，赢大了！但是，如今这个社会太复杂，这么多的钱，是坚决不能漏风声，走漏了风声，暗中想谋财害命的大有人在，你要不动声色藏好。”

“我就是怕呀，雪梅也有点怕，俺母女商量了的，请你帮我藏着，你要答应。”

姚才子的脑壳里轰隆轰隆响大炮了。

“你不担心我吞了你这一千万？”

“才子哥，你用了我好高兴，担心什么？我要这么多钱有什么用？秋枝过去穷卖过身，可而今不穷了呀，秋枝只要你，钱多了有什么用？”

姚才子将秋枝紧紧搂在怀里说不出话，他祖上是积了什么德呢？叫他今生遇到了这样一个死心塌地爱他的漂亮女人？他怎么能用秋枝的钱？用一分都是耻辱！他一直内疚，过去秋枝困难时也坚决不收他的钱。这个山里女人，比城里那些酸里酸气的市侩女人品质高十倍，不错，她是当过小姐卖过身，那是万般无奈为穷困所迫，而今突然存了一千万，却说钱多了有什么用，她很知足，无贪婪之心。

“秋枝，我一定帮你们母女，但这钱不能藏在我手上，只能藏在你家里！”

“我就怕藏在家里出事，才子哥。”

“只要你不走漏风声，不怕的！”

“你不帮我？”

“怎么会不帮你，眼下铁厂的事反而在暗中升级，城里山西佬不敢松气仍严防死守；昨晚铁厂老板遭剁菜刀警告，今天下午又有一个工人失踪了，咬定是被我们的人绑押了，黑社会也一定会寻机报复！我是毫无畏惧，也会尽一切可能严防被他们暗算，可对你只能讲实话，黑社会这样猖狂，我也无绝对把握能够保证始终万无一失……”

“才子哥，你外出躲一阵吧，等过了风头你再回来，我心里好担心的，好怕的。”

秋枝身子发颤了。

“别担心，别怕，黑社会也是人，他们的人也只有一颗人头，越怕他们会越猖狂。这回双桥坪都是来硬的，黑社会也得掂量，在这山里他们能不能搞赢，明知搞不赢他们也会忍气吞声。我们是担心城里山西佬，他的目标大，公司、工厂、拍卖行、酒庄，随便在哪里突然下手都容易造成大损失……”

“才子哥，世道怎么会变得这样了，黑社会怎么会出现的？二十年前还不是这样的，这是怎么回事？”

“我也说不清，但我当过兵，国家必须要有军队，那就是永远存在敌人，必须要有警察，那就是永远会有坏人。当兵的人，是随时准备打仗的，随时准备为百姓的安宁冲锋陷阵流血牺牲的，这是战士神圣的使命。普通老百姓呢，也跟当兵的人差不了多少，生活就是战斗，不战斗怎么能脱贫致富？不战斗铁厂污染怎么能彻底消灭？经商的人都知道商场就是战场，科学家的实验室就是战场，生活工作都是战场，想过上美好的生活就必须战斗，好人不敢英勇战斗，黑社会、坏人、贪官、汉奸不把中国搞稀烂？必须勇敢无畏地战斗，我们正在胜利，一定能不断胜利向前！没有信心和决心，秋枝，人的生活不就一片黑暗毫无希望了？”

姚才子打亮手电，将秋枝手中的信封装进了她的挎包，秋枝顺从了。

“才子哥，你说我藏在家里什么地方好？”

“关键是保密，不能走漏风声，不能露富，暂时对芋头和她娘，对你娘家的人都不能说。一年到期后，我帮你去长沙将存在那里的六百万转回常德。一千万，你一家人吃利息都吃不完了，还担心什么？将来慢慢帮助你娘家需要帮助的人；雪梅还要开店子，经商也有风险，亏了你也可以用这里面的钱补贴。”

“才子哥，”秋枝倒在了姚才子大腿上，“我还是不晓得藏在什么地方好。”

“你先压在棉被底下，过些天方便时我去你家看看，找个干燥又不显眼的地方藏好，反正时间也不长，只一年。”

“好。那我同意他们马上登记结婚？”

“你不同意也暗中早睡了，还卡什么？”

“那么老大年纪，这怎么好意思让他来见面？”

“那你就陪雪梅进一趟城，对他说，为了不引起风声，暂时莫去你家，要他们去深圳登记结婚，也不要搞什么婚礼，双桥坪这边也不说实话。过几年他们过得好，或者又生了孩子，再悄悄来你家打个转。真的很好，乡里乡亲也就习惯了，还会说你雪梅命好，这可能真的是雪梅稀里糊涂撞上了好运，不然他睡了雪梅又一脚踢开，这么有钱有身份怕找不到年轻女子玩？”

“那也是，这么有钱有身份，肯定一些年轻妹子想迎上去！”

“你说雪梅讲老男人长得并不差，也显年轻，你陪雪梅进城去见他，可得沉住气，要拿出丈母娘派头，可别稀里糊涂也巴上去，那可是你的女婿呵！”

“你去死！”

秋枝一巴掌打在姚才子嘴上。

“你怎么打人?”

姚才子并不生气。

“你去死!”

秋枝又一巴掌打过来。

“随你打。”

姚才子甘愿挨打。

秋枝却不打了,从姚才子身上坐起来,将姚才子按倒在后排的座位上,山林间顿时极静,细微的声音似窗外如水的月光泻下来,无声无息落在了姚才子身上。

“才子哥,秋枝一生只巴你,巴死你!”

27

七月九日早晨榨油坊第一次发现油漆字，姚才子将照片传给王老六，王老六火冒三丈。

“才子，老子召人将铁厂老板办公室砸了！骂得风吹过，打得下下落。少跟他们废话，只有来硬的！”

王老六拿着手机吼。

“老六，莫冲动，一切都要与白大哥商量，弄不好是黑社会设套，引我们先动手，你一定要先把火压住。”

姚才子在电话那头劝王老六冷静。

王老六压不住火，一个电话打给白义成，哪知他还未开口，白义成先说话了。

“老六，这个事恐怕不简单，我们现在站在明处，黑社会在暗处。我现在还不能判断一定就是铁厂老板指使的人干的。我们肯定是要来点动作，怎么动作还得仔细想，不要冲动。肯定是要来硬的，怎么硬，要让黑社会也害怕，这不能蛮干，我还要与山西佬姚才子商量，你一定要先把火压下去……”

“好，那我听你的。”

王老六只得听白义成的，强将怒火压下去，等候白义成与山西佬姚才子商量后的结果。对三个人他都较服，尤其白义成说的他最信服。

王老六等候着，可是九号过了白义成一直没给他来电话，结果十号早晨榨油坊出现了更为恶劣的油漆标语，公开要姚才子的人头。这还不来动作？让黑社会猖狂？王老六不理解，还是忍耐着，等待着白义成的电话。

十号中午，白义成终于发话了。

“老六，这次动作有特殊性，须严格保密。是我根据你、山西佬和姚才子的想法，综合后定下的方案。你的担子很重，打头炮。这一回我们要给他们连环炮，不停地主动进攻，直到彻底将铁厂老板及他手下的人马全部赶出双桥坪才罢休！”

“你快说，要我做什么？”

王老六亢奋起来，这两天他一直压着怒火，在他看来铁厂就是那么几个鸟人，拖百把人去乱砸一通又能把我们老百姓怎么样？榨油坊的事不是铁厂的人干的，难道还是不相干的人干的？不相干的人吃多了没事专管闲事？他一直觉得姚才子白义成想得太多了，谨慎过了头。

“老六，你这回任务很重，不是要你用蛮力，不是要你带几百人马，是秘密行动，是特别行动，需要用的主要是脑子……”

“你快说，到底要我干什么？”

“急什么？狗婆娘是你远房侄子吗？”

“是。”

“你能够控制住他吗？你叫他办事一定会办吗？”

“我应当有办法，怎么用他？”

“这回必须用他，他曾经学过修锁技术，打开办公室的门应不在话下……”

白义成详细地说了要他负责的事项及行动方法，王老六一边听一边用心记。

“白大哥，你放心，你交给我的任务坚决完成！你放心，我不会蛮干，你定的方案很好，这个连环炮动作铁厂老板肯定是想不到的，也是招架不住的，只要我们持续地搞下去，他就一定要滚出双桥坪，很可能抗不了一个月！”

接完电话，王老六看到了自己与白义成的差距，他可想不出白义成这样特别狠的连环炮方案，从明天开始就该轮到铁厂老板和黑社会提心吊胆了。

“是狗婆娘吗？我是你六叔，你到我家里来一下。”

“好，马上到。”

狗婆娘到得比王老六估计的还要快，自从踢死了狗婆娘那只凶恶的狗后，狗婆娘对王老六已忠心耿耿，在灭火过程中都即时为王老六传递信息。假如说铁厂老板对叫鸡公扮演余则成心存疑惑，对狗婆娘应当不会，狗婆娘才三十多岁读书少头脑简单，认钱不认人。

“六叔，有什么好事？”

狗婆娘进门就大声问。

“你小声点。”

王老六将狗婆娘带上楼，领进开了空调的卧室，递上一瓶矿泉水，两人落座。

“什么事？”狗婆娘预感不寻常，将声音压很低。

“你答应坚决办，我才讲。六叔肯定不会害你，肯定是好事，为双桥坪老百姓办好事。”

“那是铁厂的事？叔还不相信侄儿？早跟叔一条心了。我跟铁厂老板说话只为钱，不为别的。”

“有笔生意，适合你做，一天可赚一千元。你能保证严格保密，叔就交给你做，不然叔就找别人去做了。”

“打死不说，坚决听六叔的！什么事？侄儿若是做不好，提头来见。”

狗婆娘很忠心，很急切。

王老六知道一天可赚一千元对狗婆娘很有吸引力。这一千元本是他要自己全掏的，白义成说不行，他和白义成分担各出五百。拿出一千也是为了调动狗婆娘的积极性，以保证动作干净利落出人意料。

“叔还要问你，你与铁厂工人谁最熟？”

“柱子。”

“多大年纪？”

“跟我差不多，三十多。”

“你邀他进城玩一趟，他会去吗？”

“没问题！”

“你仔细想想，是不是真没问题？”

狗婆娘想了很久，才说：“六叔，真没问题。柱子早就不想干了，想去别处发财；可老板这几年因为亏损都只发了一半工资，也就是每月只发六百，每个工人拖欠工资两三万了，工人也是被套住了，不走发不了财，所以工人也只想开炉老板赚了钱好补发工资……”

“你能很快打开老板的办公室吗？”

“没问题！小菜一碟，那个办公室的门锁还是过去磁厂的老锁，一撬就开。铁厂连保险柜也没有一个，每次都是老板开车从城里取钱，他们在双桥坪信用社也没有开账户。”

“半夜三更，你怎么进铁厂？翻墙？”

“不用翻墙，有后门，后门很容易开，老板也是防着双桥坪本地小偷的，没什么东西可偷，只有矿石和燃料，守好大门怎么用车偷走？”

“侄儿，那就这样定了，这笔生意叔就交给你做。不过，明天下午你做完后，才能结账给你钱。你放心，只要你办得漂亮，立马兑现。”

“谢六叔了。”

于是王老六仔细与狗婆娘商量，估算行动中可能出现的种种问题，这都是白义成反复提醒了他的，比如行动时将手机设置成无声，事先写好估计可能出的情况传递暗号，以及临时调整改变行动方法和时间等等。

“六叔，过去只知道您力气大，而今侄儿才知道，叔办事这样细心。”

“人命关天，这作不得儿戏。你也要把困难多想一点，遇到变化你有什么应对办法。我们只能成功，不能失败。”

狗婆娘走后，王老六骑上摩托顶着烈日，从大龙站买回一把新菜刀一副薄手套，回到家便给白义成打电话报告情况。

“老六，这是着险棋，你可能要亲自上阵，与狗婆娘一道进铁厂。一是怕有意外情况狗婆娘打不过对方，二是也防止狗婆娘泄密去老板那里要更多的钱。虽然后一种情况不大可能发生，但此事重大，只能成功不能失败，防严一点是必须的。”

“白大哥，我是这么打算的。一旦得手，我就立即打电话告诉你。”

“不管什么时候得手都要即时告诉我，也只能告诉我。你也不要打听后面的事由谁做，谁做也只会告诉我。我的手机一直开着，不会关机。”

“我明白，放心。”

与白义成通完话，王老六找来毛笔和白纸，将白纸裁成两本书般大一页页的，连写了四张纸，才写得自己基本满意。他写的就是大白话：“谁敢动姚才子及所有参加八号灭火的人一根汗毛，这把菜刀不认人！——双桥坪老百姓”，这样写也是白义成同意了的，口气要硬一点。

写完警告，王老六想了想，又给狗婆娘打电话。

“你给柱子打电话了吗？”

“叔，打了，柱子闷得慌，正想进城找个小姐解解闷。他又没钱，我就说钱归我出，他玩就行了。”

“钱会有人出，这个你别担心，你只负责送到城里指定的洗脚店，等柱子选了小姐进了房，就立即返回，你就完成任务了。你们约定什么时候进城？”

“上午十点，我到镇上上车，他也是。他不想给老板请假，现在工人都在想后路，老板也垂头丧气不怎么管工人，怕工人起哄找他补发工资。”

“好。你晚上不能喝酒，喝了酒易误事。”

"放心，叔。"

"记住时间，转钟两点，我们到公路口碰面，你要准时。"

"叔，放心！"

好不容易挨到了转钟两点，持续的高温下，山里这个时间气温最低。听到村子里有狗叫，王老六提着个小袋出门，小袋里面放的是警告纸条和菜刀，他估计狗叫是狗婆娘出门走动引起的。

王老六一路走，也引起一些狗叫，月光朦胧，没有一丝风，狗叫使他有点燥热。

狗婆娘先一步到公路口。

"叔，咱们绕后山去？"

两个人都打着小手电，狗婆娘手上拿了开锁的工具。

"先经过铁厂大门，然后从左边往后门绕，办完了，再从后门右边绕回家。"

"行。"

两人上了水泥公路，很快经过了铁厂大门，铁厂一片寂静，唯有大门前开了一盏很弱的灯。由于总是欠电管站的电费，电管站早对铁厂的电严格限制，经常上门检查铁厂是否偷电。

他们从左边绕到后门，狗婆娘顺利打开门，两人不再打手电，借着朦胧的月光很快接近了厂长办公室。躲在树后观察了一阵，王老六将手中的小提袋交给狗婆娘。狗婆娘会意，接过小提袋，穿过场内水泥路，不到两分钟便打开了厂长办公室的门。可狗婆娘刚进了门，突然听得一声响，好像是谁开门。狗婆娘也好像听见了，很快在里面关了厂长办公室的门。

万没想到出现情况了，弄出声响的不是别人，正是铁厂老板。

铁厂老板按亮办公室门前的灯，打开了办公室的门，开灯。然后走到厂大门，打开了大门。

王老六躲在一棵树背后心突突直跳，这下怎么办？狗婆娘藏在了办公室哪里？

不到一分钟，一辆小轿车开进了铁厂，由老板引导停在了办公室前，又指引车掉头。车进厂后大门没有关上，那么是很快又要开走的？

手机屏幕一亮，狗婆娘发信来了。

"叔别急藏好了。"

"好，别怕！"

王老六马上回复。

已经陷入被动，他们只能等待观察，伺机而动。

开车来的是一个年轻女子，是老板的老婆？情人？还是老板从城里招来的高级小姐？铁厂老板和年轻女子几乎不说话，进了办公室，关上门。外面的灯，里面的灯，依旧亮着。

仿佛窃窃私语，但王老六在十多米远的树背后完全听不清，是他自己想着里面一定在说话，还是真传来了声音？

时间一分一秒过去，每一分钟王老六都很难挨过去，可这有什么办法？狗婆娘在办公室里面不更是难挨？急也没法，王老六就横着想，怕什么？万一狗婆娘被发现，他就冲进去，三下五除二将他们击倒，剁了菜刀就带着狗婆娘从大门飞跑走了，怕什么？他在做最坏准备。

大概一小时之后，办公室的门终于打开了，年轻女子先走出门，上车，启动，铁厂老板关了办公室的灯，关门，上了一辆早停在大门不远处的越野车。铁厂老板的车先开动，年轻女子的车就跟在铁厂老板的车后面，开出了大门。转钟三点多了，他们开车去哪里？干什么？

车走没多久，狗婆娘出来了，拖着王老六往后门走，出了后门好远，两人才在田野里停下来说话。

“你藏在哪里的？”

王老六急不可待。

“好险，就藏在办公桌下，被蚊子叮死了，又不敢动。”

狗婆娘遍身抓痒。

王老六也跟着抓起来，他躲在树背后也被蚊子叮得不轻。

“剁好了吗？”

“那还不容易？”

王老六掏出烟两人点火抽。

“你听到他们说什么了吗？”

“他们说得不多，但我全听清了。”

“那怎么待了一个多小时？”

“他们两个进门就在沙发上抱在了一起，没说几句就搞路子，搞了路子又说一点话，然后又搞路子。叔，那个年轻女子好骚的！”

“这笔生意你赚了，看大戏了。”

王老六笑起来，狗婆娘更是一脸怪笑。

“×他妈的铁厂老板这些天吓坏了，不行，那年轻女子就给他吃什么伟哥，搞了两盘，吃了两次药……”

“他们说了些什么？”

“说得不多。那女的对铁厂老板交代，要他顶住，暂时不能撤退，什么时候撤退，要听总部的安排。就是说铁厂老板背后还有大老板。铁厂老板就说，这个地方的老百姓太恶了，放出风了，他们一个月之内不滚蛋，就要杀了他，希望总部能尽快决策。女的说她只是传话人，总部指示，全国一盘棋，下面的兄弟都要忠于职守，没有撤退令，就要坚决顶住。总部说清楚双桥坪的情况，这是个特例，这个鬼地方的老百姓太他妈凶，动不动喊杀；但其他地方还在开炉赚钱，双桥坪这里赔了也就无所谓。”

王老六听着频频点头，心底涌起阵阵豪情。

“怎么老板也开车走了？”

“他是给女的带一段路，走长岭岗，上了蔡家岗通临澧的大公路，就会返回双桥坪。”

“为什么女的要连夜开车走？”

“不知道，这个他们没说。”

“你赶快回家睡觉吧，十点又要带柱子进城的。”

“好。”

两个人很快回到王家塝，分手，各自回了家。

回到家王老六立即给白义成打电话。

“白大哥，成了！”

“老六，你干得漂亮。”

白义成很兴奋。

“差点出问题……”

王老六将情况详细做了汇报。

“老六，我还是猜对了，铁厂老板只是前台的代理人，真正的大头子不在双桥坪，也许不在常德，也不在长沙，可能在河北或者广东。他们是胡说，双桥坪的老百姓不是太恶太凶，是太有正义感，敢于与黑社会斗，不信邪，不怕邪！你早点休息，狗婆娘将柱子顺利带进城后，请即时告诉我，我再想下一步的动作。”

“好的，一定再办漂亮！”

睡了四个小时王老六起床，到苗圃施了一阵肥，匆匆吃了早饭，心里不安。

“你昨晚干什么去了？”堂客问。

“你莫问，将来才能告诉你。你在外什么也不能说。”

“肯定还是铁厂的事。”

堂客还是猜着了方向。

王老六不置可否。按原定计划，只狗婆娘单独带柱子上城，可是昨晚的意外情况使他不放心。想了很久，又下苗圃去施肥。九点四十五分，他回家骑上摩托，看狗婆娘与柱子能否顺利赶上十点的客车。

骑到镇上，正逢赶集日，满街的人都在议论昨晚铁厂遭剁菜刀警告的事，老百姓的神一下提了起来，都说干得好，双桥坪有的是英雄好汉！王老六若无其事在一家超市边停下摩托，立即有人围上来。

“老六，昨晚铁厂遭剁菜刀，又是你们干的吧？”

“什么？剁菜刀了？我们不会干这个，我们要搞就是大摆道搞硬的！这可能是另外恨铁厂的好汉干的！”

忽然，客车从涂家坪过来了，在街中央停下上客。王老六看见狗婆娘上了车，狗婆娘也看见了他，两人对了一下眼神，未打招呼。他不认识柱子，不知道柱子上车了没有。

客车缓缓开动了，王老六骑上摩托跟在客车后面，他打定了主意，一直跟进城，彻底完成他的任务。叮咚手机来了短信：“叔放心客已上了车”，是狗婆娘发的。“我进城办别的事。”王老六停下摩托回了信。客车出了镇街道加速了，王老六也跟着加速。

28

从七月八日开始，山西佬便带着家人住进朋友开的酒店，在城中心区的别墅由管家和双桥坪临时抽调来的一名保安看护。

十一日上午，司机送老婆去银行上班后，山西佬待在酒店的一个套间等待消息。九点，中年助手来了。

“老板，双桥坪的人能够把铁厂的人带进城吗？”

助手有点忐忑，主意是他出的，当然一切由助手具体办理，但总把关还是山西佬自己。

“这个事不能搞成非法绑押，你要完全说服铁厂来的人配合我们行动，开支多少钱你为我打算盘。这样闹，公司增加了很多不必要的开支，全年亏损就已成定局，不过该花的钱还是要花。”

“明白，老板您放心，这是逼上梁山。过了这一关，公司一定会好转，您人缘广，仁义！您要是垮了，中国的老板全会垮。”

“这不一定呵，腐败不彻底根治，我也可能垮，而那些黑公司黑厂可能依然活着。你没看央视暗访报道？沿海一家工厂生产的灭火器每年销三千多万台，全是伪劣不合格产品，根本灭不了火，可是价低，承建商愿意使用，质检部门也开绿灯，如此大规模公然做伪，不吓死人了？双桥坪铁厂背后一定是个大黑社会集团操纵的，他们财力一定很大，官场的网络也一定很大，在常德想要扳倒他们根本不可能，甚至查都无法查清他们，我们只能尽一切努力。现在钢铁产业产能严重过剩，可是黑社会搞非法厂又可以赚钱，他们的技术含量很低，没有历史包袱，没有环保成本，偷税漏税；他们只搞民用建筑用材这一块，一般不会出太大的事，在销售上更是有黑手段，这其中参与分赃的官员也一定不少。现在党中央铁腕反腐，真是在救中国，救中国的经济呵！”

“像您这样忧国忧民的老板太少了。”

“不，是太多了。当老板的能不关心国家大局？大老板是要关注世界大局的，一有风吹草动,企业决策失误,就可能全军覆没。你跟我也十年了,我哪天轻松过?要养活一大摊子人,要与各方面打交道,我还不是要违心请客送礼点头哈腰?"

"那是,都不容易。不过,铁厂这个事您放心,一定不会搞成非法绑押,给您惹祸!"

"可是你又要让对方感到是非法绑押,要有威慑力,甚至有再次绑押的可能,甚至拿铁厂的老板开刀,弄不好也可能给背后的大佬找大麻烦,要搞成这个势头背后的大佬才会在常德认输放弃走人,再上别处开厂……"

"老板,我明白。"

助理想了想,又提出问题,铁厂的人来后是短期待在常德,还是转移到长沙去?万一死硬不配合就会拖很长时间,也是个包袱。

"转到长沙怎么好控制?可以假装到长沙,比如开车到长沙,用长沙的公用电话要他给老板打电话,然后又拖回常德。关键看来的人的态度,来了再说,走一步看一步。"

山西佬也没有把握,从未做过这样的事,实际上就是策反,从铁厂内部下手给对手增加压力,催他们快点认输走人。昨晚双桥坪行动肯定对铁厂那方震动大,下午若再成功将铁厂的人悄悄弄到城里,成功策反,对方的压力会更大,这是肯定的。

"我们藏起来不发声,让双桥坪那边去放风,白义成有套路的,一切听他的。"

"这样也好,我们只拿好吃好喝的稳住他。"

"他跟着铁厂老板有什么前途?应该能够成功策反,给点钱,为他指条更好的路,他怎么会不反呢?"

山西佬又往好的方向想。

"也是。应当快来了吧?"助理看了看手表,十点过五分了。

手机响了,山西佬接听电话。

"好,知道了。我的人已守在洗脚店,助理等会也会赶去,先给他找个小姐玩吧,狗婆娘还是留下吃午饭后再回双桥坪。随时保持联系。"

山西佬接完电话对助理说:"你的身份是吴老板,一切随机应变。四个保安要盯紧,需要与我通话,使用新开的号码。你办事冷静老练,我放心,等着你的好消息。"

"老板应放心,常德黑社会的大头子我都打过交道,铁厂来的人还只算得黄毛小儿,策反他为我们所用应当是有把握的。"

助理起身告辞了。

"乌龟,什么好事?"被山西佬称为乌龟的,是常德一家较大的装修公司老板,才四十出头,七弯八拐在官场有点背景,是山西佬的装修公司的老对手,近期有个市政装修项目招标，现在主要的四五家大公司正暗中较劲。

“老哥，电话说不清，我派秘书专门去给你汇报，你听了汇报，再给我回个话。”

“哪个秘书？你的秘书又多，大小姐、二小姐、三小姐、四小姐、五小姐、六小姐，你不怕玩散架？”

“老哥，哪里那么多呵，也不是每个都玩呵，就按你的说法，六小姐去给你汇报吧。去年才大学毕业的，我真的没动她的，你若是想动一动，那你就动，只要不怀孕就行。”

“扯淡！”

“不扯淡。你躲在哪里？你不告诉我，六小姐上哪里去找？”

“半个小时后，要她到共和酒店大厅等我。”

山西佬不想暴露现在的住址，中午在共和酒店有个饭局，他提早去一下，看六小姐怎么给他汇报，乌龟打什么牌。而今他因为铁厂的事弄得心里烦，这个市政工程他没有精力去做功课，争不到在情理之中，力还是要努一把。

“哎呀，龚总好准时呵！”

半个小时后，山西佬走进共和酒店大厅，六小姐就迎上来了。六小姐长的是比上不足比下有余，不过一身走起来是活摇活动的，脸上的笑是一挤一挤的，两只眼睛溜溜转一闪一闪的。迎上来就一手挽住了山西佬一条胳膊，挽得紧，一只乳房直往山西佬胳膊上磨。这哪里是乌龟说的去年才大学毕业的，分明是个在风月场上历练出来的老手了。乌龟说他没有动她，鬼信！八成是什么三本缴费混了块牌子，就出了校门辛苦打拼的吧。山西佬没有歧视她的意思，也毫无色念，心中涌起一阵怜悯。提醒自己：她不容易，善待她。

六小姐以为山西佬要带她去酒店的房间谈，哪知山西佬直接往大厅的沙发处走。

“龚总不去房间？”六小姐一只乳房在山西佬胳膊上加了力磨。

“不去，给你十分钟，然后我去楼上有个饭局。”

六小姐很委屈，也许是生怕完不成老板交代的任务。

“龚总是讨厌我？”

“哪里话？咱们坐下好好说。”

六小姐也只得松开了山西佬的胳膊，两人对面坐下来。

“你是去年大学才毕业的？”

“是，龚总。”

“什么大学？”

“太没名气了，不好意思说。”六小姐脸微红。

山西佬果然猜对，他也不追问。

“六小姐，而今就业难，我知道你不容易，也许家里很贫困，指望你救一把。你会有许多难处，许多时候也不得不做违背自己心愿的事。当老板的也难，压力也大，也经常做一些牛鬼蛇神的勾当。乌龟说他没动你，我看肯定是动了你，你也是违心同意的，为了生存。是不是?”六小姐勾下了头，掏出餐巾纸擦眼睛。

“乌龟说我可以动你，我肯定不会，不是所有老板都花天酒地，这一点你也要相信。现在的风气已很坏，你要学会尽量保护自己。你说吧，乌龟交给你的底牌是什么？我愿意帮你完成任务，再说，乌龟也曾经帮过我。”

“谢谢您。龚总，乌龟其实内心很佩服您，也知道您为难，可是他没有您的资本雄厚，没有您的抗风险能力，想您帮他一把中这个标。当然，他也不独吞，这个行业潜规则您最清楚，希望您的公司报价超过两千万，乌龟最终中了标，给您意思一下，您看多少合适?”

来的路上山西佬已经改变了主意，既然今年注定要亏了，这个项目争到了按潜规则分摊后的油水也不会太多了，何不做个人情？现在大家都难呵。

“都是朋友，乌龟看多少适合就适合，我不说具体数字。你告诉乌龟，他中了标，若是今年很难，分文不给我也没意见，就算我的公司为竞标白忙活了一场。”

“龚总，您是大好人，都讲您很仗义，到底是同济的高才生，境界硬是不一样。”

“谁告诉你的？我也不过是在同济混了几年，哪里是什么高才生。我是个乡下人呵，从小很苦很苦，比你可能还苦……”

“龚总，过去见过您几次，都没机会单独说话，今天真的很幸运……您有空时，我请您出来喝个茶好吗？没别的意思，就是想听您说话，想得到您的教诲和指点。”

六小姐坐得很端正，说得很真诚。

“教诲和指点谈不上，自己都有若干的事理不清摆不平呵。”

“龚总，您是对自己的要求太高了，和我的问题完全是两回事，一个天上一个地下。请您今后一定要教诲、指点我，我是从乡下苦读出来的，远没您强呵，您抬一下手，也许能改变我的命运!”

“今后有空再说。我现在难题一大堆，但我不怕，拼吧。希望你也勇敢坚强一点。”

山西佬想尽快结束谈话，可六小姐不舍，想继续待下去。手机响了，山西佬接听。

“老板，人已经顺利到了洗脚店，放心。午饭后再与他谈话，有了结果立即告诉您。”

“知道了。”山西佬起身告辞上楼参加饭局，六小姐也只好起身。

“龚总，能给我一个能拨通的号码好吗？我来之前，乌龟拨了您四个号码才拨通。”

“我忙呵，就四个号码，只能碰，哪个通了就通了。”

山西佬注意到，六小姐几次提到她老板都是直呼他在生意场上朋友圈中的绰号，这样称呼也可证实乌龟确实动了她，她内心并不尊重乌龟，甚至恨乌龟。可最能拨通的他的号码怎么能告诉她？她什么意思？山西佬不能不警惕。

“龚总，您已经猜到乌龟动了我，现在我一年的收入是七八万，比公司一般的职员高一倍，这对我很重要。可是我不喜欢他，完全是为了钱。我才二十三岁，近几年都不会谈男朋友。我喜欢您的气质，您闷了想用我解闷，我会感到很荣耀。不过您可能瞧不上我，可是我年轻呀，也许哪一天我还能为您所用，为您提供一点您想打探的消息……”

六小姐突然低着头说出一番再次震惊山西佬的话。为什么如此拉下脸来给他说这些话？他真的有那么大的魅力？是乌龟在给他下套，还是她给他下套？可是看样子又不像是在给他下套。他不能相信，也不能完全不相信。

“谢谢，六小姐，能告诉我你的真名吗？”

“很难听，章三妹。”

“很难听什么？很好。三妹。不是有个刘三姐？刘三姐很难听吗？”

“谢谢龚总。”章三妹开心地笑了。

山西佬挥了一下手，转身上楼去。

章三妹也对着他挥手，他上了几级楼梯回头一望，章三妹仍站在原地望着他，只见她在他回头的一瞬间，闪电似抛给他一个飞吻，然后转身走出酒店大厅。望着她离去的背影，他心中突然莫名一跳，旋即平静，上楼去。

饭局结束后山西佬回到朋友酒店的套间，关掉了其他手机，只保留六号手机开着，上床休息。约莫一个多钟头后，助理来了电话。

“龚总，好消息，柱子非常配合，一切听我们安排。”

“好！”山西佬坐起来，“你仔细说。”

“柱子早想脱离铁厂，可是老板拖欠他两万多元工资，我说，一旦双桥坪非法铁厂消失，老板及工人全部撤走，我付给他一万，还有一万多由他为我的工厂打工付，从现在起他算是给我打工，管吃住月薪两千，但是他现在不用去工厂，一切由我安排。”

“行。这个代价低,你有办法。”

“龚总,我现在要柱子关掉了手机,为了表示诚意,他将手机和身份证都交给了我。根据柱子说的铁厂内部情况,我判断可能铁厂老板不需要多久就会认赔走人,这个判断准不准未来十多天也许会有结果。我们这着险棋算是下成功了,现在就看铁厂老板和他背后的大佬怎么反应,他们想要为双桥坪铁厂大拼血本似乎可能性小,都是生意,做生意的是要算账的。”

“你分析得有道理。双桥坪带人来的狗婆娘呢?”

“午饭后我让他回乡了,放心,他真当我是吴老板,完全不知背后是您。我也反复交代他必须严守秘密,否则有人会对他下黑手。他胆小,吓得脸发白。”

“哈哈……”山西佬得意地笑了,起床添茶。

“龚总,那我晚上就按事先商量的,将柱子带到酒庄的客房去了。”

“行,你办事,我放心。”

山西佬放下手机,又从手袋中掏出一部手机拨号。

“白大哥吗?情况很好……”

“你还要高度警惕,我们用两三天时间观察对方有什么反应,这里还会继续搞放风等等一些小动作,要搞得对方日夜不安、提心吊胆。”

“将他们全部赶走了,我来埋单,兄弟们大喝一场,个个要搞醉!”

“那是以后的事,你现在必须高度警惕,不能出漏洞!你有一高兴就放松的毛病,这次你丝毫不能放松,你一放松,对方就可能捅你一刀!这个话你必须听进去!”

“是,是,明白,你放心。”

山西佬内心感谢白义成的提醒,在生意场上二十年,他成在仁义,败有时也因为过于仁义轻信对方。人家给他说几句好话,他连裤子脱了送人都可以,已四次被人骗走巨款,每次都是损失百万左右。

放下手机,手机叮咚一响,一条短信:“有人盯着你的,只想您摔大跟头破产,将来收购您的建材厂。今天飞吻你的人。不用回复。”

竟然是章三妹来的,她要干什么?她说的是乌龟想他破产然后吞下他的建材厂?是真还是假?凭什么她要帮他?凭什么他要相信她?给她回不回信?怎么回?

山西佬想了片刻,决定不理睬。

晚上,山西佬将章三妹的事和盘托出,要老婆给她分析分析,里面有什么经。

“有什么经?就是想着法子撮你的钱,而今有些女孩根本就是没系裤带的,要钱不要脸，不像我们年轻的时候，谈恋爱开始手都不敢牵。”

老婆的目光在山西佬脸上扫，好像法官审犯人，要发现一些蛛丝马迹的样子。

“喂，你怎么这么看着我？”

“龚爱党，你心里的小九九我还看不出来？你对我好是好，这些年你也还没出丑事，你是有贼心无贼胆。你这家伙最惧的是两个老共产党，第一怕你父亲老军人老党员，他一发火弄不好就响你的家伙！第二怕我父亲老公安老党员，他从不对你发火那是你的尾巴夹得紧，用不着他发火。只有我有时跟你发火，却不是为那些烂事，你有时喝酒无节制，又容易听人好话被撮走钱。是不是？”

“老婆，你发火是对的，可是你真的冤枉了我。我吃共产党的奶长大，党的教导记心头，哪里是怕两个老党员才没出那些事？是觉悟高呵，要出事也只跟你出事，那不犯法呀，你又要我出事，是不是？”

老婆脸一红，拧住山西佬一只耳朵。

“你个流氓，还讲不讲怪话？”

“哎哟，你轻点，我不流氓你怎么生得出孩子？”

“你还讲！我要把你耳朵揪下来，你五十五了还没个正经！”

夫妇俩正打闹，山西佬的六号手机响了，他赶紧接听，是助理的电话。

“龚总，我现在在您的别墅，也是刚赶到。管家打不通您的电话，打到了我这里。大概二十分钟前，有人朝别墅扔砖头，砸坏了客厅玻璃，砖头上用绳子绑着一封信，只写了一句话：‘不要再与我们作对，否则后果很惨！’您在酒店不要动，由我来处理。我看还是向公安报案，稳妥一点。”

“行，你先报案，我马上到，怕什么？老子龚爱党不是怕大的！”

“我跟你一起去！”

老公安的女儿推了山西佬一把。

“你给我待在家里别动！”

山西佬推开老婆，冲出房门，快步下楼，开上大奔驰，疾驰而去。

29

十一号深夜，白义成接到山西佬电话，他和九妹正在下厨的农夫堰一户人家，夫妇俩收拾完毕准备休息。

“九妹，你先睡，我有事，要在外面抽一阵烟。”

“你也早点睡，清早又要做事的。”

“我知道。”

九妹进屋上床了，白义成穿短裤赤膊在屋外抽烟，手机放在旁边小板凳上。什么时候能将铁厂的老板赶走，他不知道，走到这一步，铁厂及背后的黑社会怎么反应，难猜测。他们剁了菜刀警告，今天又策反了柱子，对方晚上的反应是砸山西佬别墅客厅玻璃窗警告。这个警告能找出什么有价值的信息？狗婆娘意外得到的情报很重要，怎么利用？他感到急需兄弟们开一个情报分析会，越快越好。往下怎么动作他虽有一个大方向，但具体实施又是一回事，因为经常有意外情况，不快速灵活应对就会被动。赢是一定的，黑社会想在双桥坪搞赢是不可能的。他们已经在赢，他想赢得更快更彻底。

他不能够抽身，大家都各有各的分工负责，怎么办？抽了一阵烟，只好分别打电话，在电话里分析情报，集思广益。

“山西佬，我睡不着，想听听你对晚上对方砸你别墅警告背后的东西有什么看法。”

“我也睡不着，这帮狗杂种还不想认输，可他们玩这些小玩意干什么？这能吓唬到人？”

“我也在想这个问题，我们是‘抓’了人，他们砸一块砖警告，可能他们不想与我们大搞，不想在常德大搞，怕搞大了反而会使他们的总部暴露？若是这样，他们可能会在双桥坪认输，在常德抽身，丢卒保车？我们再来点动作，他们就可能要滚蛋了。是不是这样呢？”

“这很难说，因为他们藏在暗处，你不是一再提醒我高度警惕的？”

“两回事。当然要高度警惕！你是先把柱子藏两天，铁厂无大动静，就拖到长沙要柱子给老板电话?”

“初步这么想,实施前会得到你的允许,还有两天我们也仔细想想。”

“行,你早点休息。”

挂了电话,白义成又拨电话。

“老六,这次你立了大功,指挥狗婆娘干得漂亮。狗婆娘意外获得的情况很重要,我在想怎么巧妙地加以利用,将铁厂老板的苦胆吓破,将他背后的黑社会头子神经捅一下。”

“白大哥,你下面又搞新动作?”

“我还在反复想,基本定了,会安排别的人做,你离铁厂最近,要严密监视,一有情况要立即告诉我。”

“好的。五哥曾打电话问情况,我只说情况好,铁厂停了,老板快要走人了。我没说灭火后的新情况,免得他在长沙操心。”

“对的,后面的事情我们暗中搞,不要把你五哥扯进来,你五哥这回已经出力了。”

与王老六通完话,白义成又拨给了石大毛。

“镇政府那边有什么新情况?”

“没有,我看镇里是希望有人搞,尽快将铁厂老板赶走。现在着急的是铁厂,今天铁厂的人到镇上买了很多的菜、米、烟酒,天没黑就将大门锁了。狗婆娘说老板吓得像丢了魂,后门都用大木方钉死了,好像猜出剁菜刀的人是从后门进去的。镇上到处在传,说有一个能飞檐走壁的武林高手放了话,十天之内铁厂老板再不滚出双桥坪,一定取他人头!”

“哈哈,好的,好的。”

“把人绑到哪里去了?莫搞出人命了呵!”

“我们没有搞绑押,你莫探问这方面的事。”

“我不问,只是担心,莫搞撕票呵。”

“人家要撕票怪我们什么事?再说一句,我们没有搞绑押,不会搞违法的事,你嘴要紧,在外莫乱讲呵。”

“我怎么会乱讲?在外面都是讲不知是怎么回事,也许是铁厂的人自己看到没有前途就跑路了。”

“好。就这样,有新的情况要立即告诉我,我一天到晚手机开着的。”

“一定的,放心,你多保重。”

白义成看着手表，已经是凌晨了。想了想，还是拨了姚才子的电话。

“我们的行动已经扭转了被动局面，晚上对方在城里的反应是低调的不甘心的反应。换句话说，他们还存着一丝幻想，这个判断准不准，应当不久就能证实。我们意外获得的特别情报证实我最初的猜想是对的，现在双桥坪铁厂老板滚不滚蛋，什么时候滚，不取决于铁厂老板，而取决于铁厂老板的总部，取决于我们往下怎么行动。想听听你的高见，很多时候你是能想出好点子来的。”

“我估计我们离最后胜利不会太遥远了，不过处理不慎仍是会有想不到的麻烦，现在黑社会使用恐怖暴力手段，我们仍然要高度警惕他们冷不防下杀手。山西佬一直未出大事，一是防得严；二是及时给公安局报案了，可能市公安局也在暗中查背后的黑社会。”

“你是说市公安局也在搞侦察了？”

“应当有这个可能。既然市里对区里下达了关闭文件，这就是政府行为，政府就有责任监督文件执行。这里面复杂的是，常德城里肯定有黑社会的眼线，不然怎么会偏偏紧盯着山西佬不断恐吓他？他们想通过恐吓山西佬逼双桥坪老百姓妥协吞下苦果，可是没料到双桥坪老百姓这回大搞不怕流血牺牲，这就把铁厂背后的大黑头子震慑住了。正如你估计的，铁厂老板何时滚，不在于铁厂老板，而取决于他背后的总部与我们怎么过招。我们不知道总部在哪里，但总部知道我们在哪里。我们只能始终显示决不后退的铁血雄心，不断出其不意展开攻势，逼迫总部知难而退，下令铁厂老板尽快滚出双桥坪。”

“说得很好，希望你提点具体建议，我再综合考虑后就行动。”

于是姚才子建议凌晨三四点再搞另外的警告行动，然后上午再利用叫鸡公做特别行动，通过对铁厂老板施加致命压力，让他的背后大黑头子恐惧。

姚才子的想法几乎与白义成不谋而合，他终于下定决心，拨通了王老六的手机。

“老六，请你再辛苦一下做件事。”

“白大哥，尽管说。”

“狗婆娘将柱子带进城后，晚上十点多钟，山西佬别墅客厅窗户被扔砖头警告，黑社会一直盯着山西佬，我们要坚决有力反击。”

“怎么办？要我带百把人砸了铁厂？我保证完成任务！我们不要想那么多，双桥坪是我们的地盘，黑社会再狠也斗不过我们的！”

“老六，你要冷静，严格按照我说的办！”

“你说吧，我努力办！”

“现在快凌晨一点，你独自一个人搞一个简单行动。行动虽简单，但杀伤力很大。你还是像上次那样，用两本书大的白纸，上面写‘欢迎铁厂老板再住半年，以便我们配合挖出你们的总部，为民除大害’，不要署名，让他们去伤神乱猜。你写好了绑在一块砖头上，只要走到铁厂大门，你往里面一扔就快速撤离。你就办这件事。”

“这太简单，我马上就可以办好。来这些文的有杀伤力？”

“有的，甚至比武的杀伤力更大！”

“那好吧！我马上行动，完成任务后再报告。”

白义成再次拨通姚才子电话。

“才子，想再辛苦你一下。”

“白大哥，不要说我辛苦，你比谁都辛苦，什么事，快说。”

“我想请你开车到我这里来一下，只有四五里路，我要去一趟叫鸡公家。我大约在叫鸡公家待半个小时，必须仔细给他交代好，这在电话里不好说，难说清。若是叫鸡公行动得好，杀伤力对铁厂老板是致命的。我交代完后，你送我回农夫堰，再回家，辛苦你了。”

“这辛苦什么？我很快就到，你等着。”

白义成放下手机，点烟抽，其实他也很困，只想上床睡觉，可不能睡觉。

“义成，你怎么还不睡！”

“有事。你怎么爬起来了？”

九妹半长裤短袖上衣执一把蒲扇走出房，在一把木椅上坐下扇风。

“电风扇吹的风不解凉，热醒了，房子又低，这么四十摄氏度的热天，还是空调好些。”

白义成心里疼九妹，这要是在家开空调，九妹就不会受这个罪了。

“你不睡好，清早最迟六点要起床做事的。”

“你不还没睡？”

“我有事。”

“还是铁厂的事？那些砍脑壳的，真是害百姓呵！”

“你莫管这些事，快完了的，将他们彻底赶走了就没这个鬼事了。”

“不是灭了火，停了？他们还想开炉？都是人，那些人的心怎么这么黑！”

白义成无语，是呵，都是人，为什么那些人的心这么黑，他也想不明白，现实逼迫他们一群弟兄联手抗争，也许这就是好人活着的责任，何况他们都是在党旗下宣过誓的，能不管事吗？很累，很困，可必须挺住。

“我没事，骨头硬，你快上床去睡。”

姚才子的车来了，白义成拿了手机要上车，被九妹拦住。

“你到哪里去？不行，这么搞你会搞垮的！”

白义成扳九妹抓着他胳膊的手，九妹紧紧抓住不放。

“九妹，你快去睡，我真的有事，只去一会就回来，来回顶多一个钟头，你看才子还不是没休息，这没办法，我们不能半途而废，必须咬紧牙关一鼓作气彻底将他们赶走！”

“那你还睡不睡觉？清早又要做事的，你六十几了，以为跟才子一样年轻？”

白义成哪里不知道九妹是心里疼他，九妹很少这样当着外人的面不给他面子，他只好装笑脸，挺起胸，一只手握成拳朝胸膛上打了一拳。

“你放心，当过兵的人是铁打的，过去战争年代不是几天几夜不睡觉地赶路还要打仗？还要随时准备牺牲吗？这算什么？什么辛苦不辛苦，根本是不能比的。”

九妹仍是不松手。

“又热，又担心你，我怎么睡得着？你不能走。”

看来今晚九妹是要霸蛮了。

姚才子站在旁边一直没吭声，心里也是心疼两个老人。假如他能代替白义成去找叫鸡公，他不就代替了？他不能代替白义成，没有白义成挑头，他说话没人听，其他人说话他也不一定能听进去，那就群龙无首抱不成团。白义成虽然每天帮人下厨到不了现场，可操心费脑子谁比他多？他的威信、智慧、经验，兄弟们哪一个比得上？

“嫂子，你看这样好不好，你也跟我们一起回家去，你家里有空调能休息好。我和白大哥办完事，我送白大哥回家休息。明天清早五点五十分准时赶到你家门前，保证六点前将你们送到这里来，绝不误事！白大哥确实有事，非他不行，我要是能代替肯定不会辛苦他了。嫂子，你看这样好不好？”

九妹不吱声，白义成手机响了。

“老六吗？”

“办完了，放心！你早点休息，多保重！”

“好！我就上床，你辛苦了，多保重！”

九妹松开手，自个儿默默上车。

“义成，你有这帮好兄弟，一世也值，老六还在忙呵。”

姚才子和白义成呆了,九妹突然自己转了弯。

“才子,辛苦你了,快来开车!”

两个男人赶快上车。

“谢谢你,嫂子。”

姚才子开车了。

“谢我做什么,小老弟,我晓得你每天都辛苦,你比义成小十四岁,也只好再辛苦你了。你们都是有良心的人,没有人要你们做呵,你们这么费神担风险不都是为双桥坪的老百姓? 嫂子明大理的……”

九妹说着声音低下来,擦眼睛。

白义成拨叫鸡公电话,无人接听。

“叫鸡公怎么不接电话?”

“弄不好与茶花在床上忙,没得空接。”

姚才子不敢开快车,说笑话给自己提神,谨防开车打瞌睡。

“不会吧,在这紧要关头,耽误不得正事。”

白义成再拨,还是无人接听。

“这家伙是睡死了?”

“反正挖地三尺也必须尽快找到他,也许明天铁厂老板受了惊吓会主动找他打探消息,他没有准备一顿乱讲就会坏事。”

姚才子也有些急了。

“不急,我再拨。”

白义成再拨,听到后座传来了九妹轻微的鼾声,她就太辛苦了,车上有空调,就睡着了。白义成心里感谢姚才子,让她睡着了总算是休息了。

“才子,先到我家,我们小声说话,你停车了不动,我先开门,上楼把空调打开,再下来抱你嫂子上楼去。她嫁给我这种男人太辛劳了,心肠又好,生怕我生病……”

“好。嫂子的心真好……”

姚才子不敢开快车,也只十分钟到了白义成家。停了车,白义成轻轻打开车门,轻轻开自家大门,打开小灯,上楼到卧室开壁灯、开空调,又快速下楼,轻轻开后座门,慢慢将九妹抱下车,轻脚进屋,上楼,进卧室,放到床上,可退出卧室关壁灯时的一响,九妹醒了。

“义成,还没开到家? 我刚才怎么睡着了?”

“到家了,我把你抱上楼放到床上了,空调开了,你放心睡,我很快就回家的。”

“你抱上来的？丑不丑！”

“这丑什么？想你多睡一点呀,老夫老妻,丑什么？”

“你快点回,你不快点回我睡不踏实的。”

“你放心睡,你睡得踏实,我就回得快。”

白义成还没走,迟疑着。

“你快去,我睡得踏实！”

“那我去了。”

白义成轻脚快速下楼,姚才子站在车下狂抽烟。

“白大哥,你再拨叫鸡公的电话试试。”

“这家伙为什么不接电话？”

白义成掏出手机再拨,仍是无人接听。

两个人都着了急,便准备步行去叫鸡公家敲门。

“莫急,白大哥,可能不怎么好敲门,若是茶花在他家里,那好不难堪？叫鸡公弄不好会怪罪我们,反而影响他,弄不好会把余则成演砸锅。”

“也是,这个家伙什么都好,就是好那一口。”

白义成也点上烟抽,想辙。

“白大哥,这个事不是大问题,我们党身经百战的大将军不也是有绯闻的？毛主席当年也没有怎么处罚,只要不乱搞强迫女方应当就不算原则问题。”

“唉,不能耽误正事呵,那总还是下五六的事。你知不知道这家伙为什么不接电话,真的是与茶花在床上玩忘性了？”

“白大哥,万一找到他,可不能提这码事,以免影响他的情绪,要给他戴高帽。”

“我知道。”

两人正伤脑筋时,白义成手机响了,一看屏幕是叫鸡公打过来的,大喜。

“义成,这么晚了,什么急事？我在外面打牌,怕闹铃设置了无声,刚才一看你打了几个电话没接,对不起。”

“对不起的话兄弟之间就免了,你赶快回来,十万火急。”

“可是我在大龙站呵,在一个朋友家,原准备就不回家的。”

“你等着,我和才子马上开车来接你！”

“那好,你要提醒才子莫打瞌睡,上次他晚上开车打瞌睡,差点把车开翻了。”

“知道。”

姚才子知道是怎么回事了，一拳砸在自己大腿上提神。

“白大哥，去哪里？”

“大龙站镇上，这个王八蛋跑到那里打牌去了。才子，这只能再辛苦你了，你行不行？”

“行！这算什么？”

姚才子一副很精神的样子，白义成知道他在装，在强打精神，又掏出自家门钥匙。

“你等等，我进屋拿点东西。”

白义成轻手轻脚地进屋，不到两分钟又出门，锁门，手上拿着两瓶矿泉水和一盒万金油。

两人上车，各自喝了几口水。姚才子准备开车，白义成说：“慢着。”他拧开万金油，一股气味直扑鼻。

“你抹一点在额头上，开车就不会打瞌睡。”

“好，你放心，我坚决不打瞌睡！”

“多久开到？”

“十多分钟吧。”

“尽量稳，也要快！”

“是！”

姚才子启动了车，很快车箭一般飞驰……

30

七月十二日上午九时多，叫鸡公被老堂客捶房门吵醒。

“少爷，太阳都晒屁股了，你还不起来吃早饭！”

“吵什么吵，还没睡好。”

叫鸡公虽然暗中与茶花有一腿，老堂客对他还算好，都是念的年轻时的老感情。当年村里要培养一个女党员当村妇女主任，不知怎么就选上了二十二岁还没讲婆家的荷花；家里穷只读过四年书，算是赶鸭子上树——好难。又不知谁的主意，发展新党员将二十岁的叫鸡公作为培养对象，安排荷花一对一帮助，当叫鸡公的入党介绍人。结果叫鸡公入了党，荷花也嫁进门。荷花比他大两岁，长得不差但比年轻英俊的叫鸡公要差，当时很多人都推测是荷花主动迎上去的。不过有一次小两口吵架，各翻老账。荷花竟说是叫鸡公先扯她裤子，她没他劲大，就让他扯脱了。邻居们听得哈哈大笑，叫鸡公哪里肯丢面子，严正指出荷花胡说，他很规矩，根本没在婚前扯过荷花的裤子，仅此而已再也不说荷花别的坏话。他年轻时就蛮大丈夫气派，把着“好男不跟女斗”老关卡。

“嘭嘭！”

老堂客荷花又朝房门上捶两下。

“捶什么捶，起来就是的。”

叫鸡公起了床，下楼去卫生间漱口洗脸。

洗漱完毕，进到餐厅，桌上摆着一碗稀饭四个油粑粑。

“你先吃了？”

叫鸡公故意将稀饭喝得震天响，是抗议！他不喜欢太稀的稀饭，可是老堂客总是煮得很稀，说干了难进口。

“你只管喝得响，我还是要煮稀，要不少爷你每天自己起早床煮。”

老堂客荷花在客厅收拾，听得稀饭喝得震天响。

"我又没说你煮稀了,我一喝,它要响,怪得我?"

叫鸡公又故意喝了一口响的。

"人有两块脸,树有一层皮。"

老堂客荷花突然无头无脑杠了一句,语调冷酷。

"莫阴阳怪气,有话直说。"

叫鸡公改喝了一口不太响的。

"我的耳朵都听起茧了,都说你吃铁厂老板的饭,收他的钱,净暗中通风报信。叛徒这个名声不好背的,比你管不住裤裆还重要些。你要穿开裆裤老不正经,我不管人家也不得管,可是你要吃里爬外,我不管,街坊邻居那些难听的话我听了脸上挂不住!"

"别听他们胡说,我是双桥坪的人还会帮外人?"

叫鸡公回避穿开裆裤的问题,对有人说他吃里爬外当叛徒也不硬性申辩。心里道,老堂客,铲除铁厂我是暗里立了大功的,这个现在不能吹。你又没看过《潜伏》,说给你听你也不懂,我就是双桥坪的余则成,莫小瞧我叫鸡公不算一盘菜上不了席呵。

"你瞎子吃汤圆,自己心里有数。"

"有数,有数。咱党的教导记心头,当年入党还是你介绍的,你忘了?"

"那是村支部瞎了眼,要发展你入党,你看你身上还有一点党员气味么?"

"我怎么不像党员?政治局委员都有抓起来了的,不像党员不把我抓起来开除?你是党员为党做了什么事?村妇女主任只当了三年就硬不当了,不就只是交点党费了?你把我介绍入了党,不是吹,我不过是喜欢开点玩笑,比你身上党员气味还多点,暗里还为党和国家做了芝麻大点贡献……"

叫鸡公自己也不明白,不管谁说他不像个党员心里就一股无名火,就算我暗中跟茶花有一腿,那也是两相情愿的又没犯法,我六十四了还玩得几年?你不也是睁只眼闭只眼?

"嘻,叫鸡公,你比我身上党员气味多点?我一生违法乱纪的事没做半点,帮这个帮那个好人好事做得不比你多?笑死人,你还为党和国家做了贡献,你昨天晚上两点才回家,是跟谁做贡献去了?你敢对党说吗?"

叫鸡公虽说力气大,可从不动手打堂客,也不喜欢大声吵闹,堂客一唠叨,他多半是耳朵里塞棉花,不听;老堂客荷花长他两岁,也有个分寸,是有历史经验了,年轻时有次吵恼了叫鸡公,叫鸡公抓了她两只手,提起她两条腿,一甩丈八远,不是落在一堆稻草上,腰就断了。

“我到大龙站打牌去了,不是跟你说了的?”

叫鸡公声音低了再低,他不敢老实交代,他是到大龙站茶花表妹家打牌。茶花也去了,原本是准备打完牌与茶花同床共枕乐一夜的,不料白义成左一个电话右一个电话,他一直不接,可后来一想万一有急事呢?就主动打电话找白义成。白义成一说,他立即同意了,当时茶花嘴就翘起来了。“你干什么去?”“有事。”“什么事?”“不能说。”“我也不放心?”“不是不放心你,真的,不能说。”

老堂客荷花哑了一阵。

“你怎么又回家了呢?好像听到汽车响,是有人开车送你回家的?搞什么鬼?”

“有正事。”

“你还有正事?净暗中搞邪门歪道。”

“终有一天你会明白的,我叫鸡公身上还是有党员气味的。你说得对,人有两块脸,树有一层皮,我六十四了,还能活多少年?要留个好名声……”

“那我就烧高香了,你真积了德,也好洗掉你一生下五六就臭名声……”

“随你怎么说,我自己做了什么心里有数。”

一股英雄气暗自在叫鸡公胸中慢慢升腾。白义成与才子凌晨两点半才走,现在按计划他要等候铁厂老板找他打探消息;若下午两三点了铁厂老板仍不找他,他就去见铁厂老板。老子一定要成双桥坪的余则成,不把铁厂老板吓得尿裤子不算角色。最好,还要敲铁厂老板一竹杠,能敲多少是多少,反正黑社会的钱都来路不正,敲点来让他花也算做了正用。

喝完稀饭吃光油粑粑,叫鸡公又上楼回到自己的卧室,细细再想白义成说的话,才子提醒的话,临场怎么发挥,真正进入了双桥坪余则成的角色。

手机响,叫鸡公一愣,看显示的是茶花号码,接了。

“你昨晚到底干了什么?”

为了保密,白义成要他步行了半里路,离开了打牌的家,然后再上的车。

“有事,现在不能说。”

叫鸡公越不说,茶花疑心就越大。

“你不说,就是又有新堂客了!”

“看你偏到哪里去了!”

叫鸡公笑起来,茶花居然还吃醋,这个还真没料到。她才三十六,他六十四了,到底哪个值钱些?

"你来一下,放心,粑粑到后山打短工去了,中午不会回家,没人把你吃了。"

叫鸡公想了想,嗯了一声。他想若是到茶花家玩,铁厂老板电话找他,他走就是。

下楼,瞄一眼堂屋,不见老堂客,溜出门。叫鸡公一边走一边想,他不走街道走田野,没两分钟就望见了小山包上茶花家的小平房,去了就上床?可是昨夜真的伤了神,做梦想的都是怎么收拾铁厂老板,毕竟是六十四了,比得三十六岁饿牢里放出来似的?

茶花家的大门关着,叫鸡公知道没上闩,是假装出门了。前后左右望了,见没人,推开虚掩着的大门,进门便将门闩了。进到茶花卧室,果然茶花躺在床上开着电扇,只穿一条短裤衩,戴一副胸罩。

叫鸡公忽然有些怯场,这个阵势茶花是要吃了他?这么一想心里就急,心里一急反而更怯场。

"你还站着不动干什么?还讲什么斯文?"

茶花两眼瞪过来,叫鸡公感到两腿发颤似的,这不是活见了鬼?遭娘们笑话?想他叫鸡公英雄一世,何时怯过场呢?这他妈的都是狗日的铁厂害的,灭火前后神经都一直紧绷着,原以为灭火后会悠闲一点,哪知道事情还越来越大,真是活见了鬼!

"不是讲斯文,这些天很伤神,提不起神。"

"你什么时候提不起神过,十年来你哪次不是像头牛?一定是把劲用到新野堂客身上去了!"

茶花真是上火了,朝床里一滚,背对着叫鸡公。

叫鸡公发呆,心里直内疚,这他妈的活见鬼了,也就更恨铁厂。

"茶花,我若有新野堂客,不得好死!"

叫鸡公上床,想哄哄茶花,不料手机响了,一看是铁厂老板的号码,忙下床接电话。

"我在外面,好,知道了,我半个小时后到。"

铁厂老板要请他吃午饭,他全身突然一紧,马上就要上战场了,今天不将铁厂老板收拾得尿裤子他算什么双桥坪的余则成?他有信心,手上有核武器。

"又是野堂客打来的?"

茶花又滚到床中间,咬牙切齿地质问。

"老子十年来只有你这个野堂客!"

一股战斗的激情在燃烧,有如神助,叫鸡公忽然不再怯场,两眼瞪着茶花。

"脱!你还假斯文干什么?"

茶花一下变软,小鸟依人般抱上来。

……

溜出茶花的家，叫鸡公往山边走。太阳毒热，浑身大汗，不过叫鸡公心情舒畅，精神振奋。

从山边走到铁厂后门，叫鸡公给老板打电话。

“喂，我不能从前门进，只能从后门进，若被人发现，我可能被人黑摸。”

黑摸是双桥坪的俚语，老板不懂。

“可是后门用大木方钉死了，你说什么黑摸?”

“就是趁黑夜揍人杀人!”

“那你要等一会，我马上叫人拆钉在后门上的大木方。”

“那我等着，要快。”

叫鸡公在后门树荫下抽烟，这一回他要把气势搞足，把派头搞大，搞得铁厂老板像孙子，搞得他像威风八面的老爷子。又想起刚才茶花服软的可爱样儿，很是得意。

待老板的人费神将后门打开，叫鸡公气宇轩昂，双手反背，迈着方步走了进去。

老板虽说只三十几岁，也不是那么慌张沉不住气，王老六昨晚的行动没效果？他想老板是在装，尽管装，会有你装不住的时候！回头一想他不也是在装？在装余则成。不过，他的装与老板的装不同，老板已是输家怎么装也装不成赢家，他已是赢家怎么装都是个赢家。今朝就看谁有真狠，老板想少输点，他想多赢点，很快就能见分晓。

进了厂长办公室，老板请叫鸡公在长沙发上落座，叫鸡公摇头，方步踱到老板办公桌边，见到菜刀剁的一条刀口。看了刀口几秒，回转身，走到一对小沙发前坐下。

老板将水果、矿泉水摆在长沙发前的长茶几上，不想再转到小沙发前的小茶几上。

“老哥，到这里来坐吧。”

没开空调，扇着电扇也热，老板额头上有细汗，掏出纸巾擦，取下眼镜擦，又戴上。

“我还是坐这里，那长沙发不干净。”叫鸡公不动。

“刚擦过，蛮干净的。”老板仍坚持。

“我说的不干净是另一回事，老板心里应有数。”

叫鸡公暗示老板那夜与年轻女子做过的丑事，想笑，忍住了。吃什么伟哥，老子六十四岁了还从没吃过药，丢不起那个人呵。才三十几真没出息。

“老哥请说是怎么回事?”

铁厂老板停了分把钟，还是沉得住气，脸上浮起一层笑。笑不像笑，也不像哭，脸上的皮肉好像是东扯西拉了几秒钟。

叫鸡公是真的笑，暗藏开心，脸上似一片微波荡漾，忽又风平浪静，不再见笑。

“小老弟，这个我不能说。你电话要我来，看在老交情上不能不来，可你是外乡人，一拍屁股就走了，我还要在这里过生活。这几年我们走得勤，你对我真的不薄，天地良心，你也是真的血亏了。我只不过为你讲了一点公道话，双桥坪有的人而今恨死了我，有恶的还说哪天当心要搞我黑摸。”

“难为你了，老哥……”

老板听着频频点头，很似真感激，不像假感激。依了叫鸡公不坐长沙发，将水果、矿泉水移到小茶几上，又拧开一瓶矿泉水，递给叫鸡公。

“老哥，你知道什么，请快说，小弟不会亏待你。”

叫鸡公喝了几口矿泉水，老板又递上一只大香蕉。叫鸡公正好口渴，只是他一直装着，接过香蕉慢条斯理地剥皮，并不急于吃。烟抽完了，老板又递上烟，点火。叫鸡公感到老板真快山穷水尽了，被他一帮兄弟卡住了脖子，想不识时务乖乖认输，绝对就脱不了身了。叫鸡公吐出一口大烟团，问：“柱子有消息了吗？”

“不知道，肯定不是王老六。王老六从来是大摆道搞事，黑摸的路绝对不会搞！”

“那是姚才子？”

“姚才子只能动笔动嘴，没胆搞绑票。”

“那会是谁？又不来电话，要钱好商量。”

叫鸡公突然沉下脸。

“小老弟，恐怕不是要你们的钱，是要你们走人，而今公安查得紧，绑票的人不会打电话给你们，他们在放风，说十天之内你们不滚蛋就撕票！不知是真是假……”

“老哥，以你估计，这是什么人这样对我们下黑手？”

“这只能猜，铁厂几里外的几千亩山，是常德一个黑老大的公司承包的，你们一开炉肯定危害他。他从未找过你们的麻烦，那家伙不吭声的，火了，一动就是抄家伙，这一带都惧他三分……”

“呵，我早听说过他，可是他一直没找过我们麻烦，主要是双桥坪的老百姓恨我们。”

老板不朝那方面想，叫鸡公也不强推，白义成有交代，点到为止。这么点，是想通过老板给总部传消息，绑押可能是常德本地黑老大所为。黑吃黑，强龙压不过地头蛇，趁早收拾东西滚蛋，再将事情搞大不合算。

“小老弟，你在替人当炮灰，你背后的人要你走，你才能走。可是你还不快走，真可能把性命丢在这里。而今世道黑,你这么年轻可别被人暗中黑了。”

叫鸡公直接点穿了,哪知老板连连摇头苦笑。

“老哥,这个你错了,我要是有大后台还会在乎亏上千万?那反正不是亏我的钱,急什么怕什么?我的老本赔光了,怎么就这么走人?区镇两级政府不给个说法?不赔我损失?我可是当年招商引资到双桥坪来办厂的,我冤不冤呢?”

叫鸡公瞪大了眼,看不出这小子还挺能装,还在死硬,他脑袋瓜里到底装的什么鬼主意?不是他脑袋瓜里,是他背后的总部还不肯在双桥坪认输,为什么?看来必须使用核武器了。

叫鸡公站起了身。“小老弟,能说的我都说了,不能说的你自己心里有数,你多保重,我要回家吃中饭了。”

铁厂老板忙起身按下叫鸡公。

“老哥,不要走,中午咱俩喝一杯。你有什么东西不能说?我心里真的没有数。只要能帮我,你说出来,小弟一定不会亏待老哥。”

“你哪里把我当老哥,”叫鸡公又站起身要走,“你还在装!我真说了你也还会装!我提心吊胆从后门进来,你把我当什么人看的?”

铁厂老板僵住了,立马又神经性扯出笑,双手按下叫鸡公,快速到办公室拿出一个信封,放在叫鸡公面前茶几上。叫鸡公用余光打量了一下信封的厚薄,里面大概装了一千元。

“我不是为钱来,为这点钱提心吊胆也不合算。你根本没把我当什么老哥,你一直在装。既然来了,看在几年交情上,还是提个醒。而今不是双桥坪老百姓搞你们的问题,是政府公安局在暗中摸你们的情况,认为你们背后有个很大的黑集团。你可以继续装,我说出下面一句无头无脑的话,你还装,我就真走了。”

老板感到非同小可了,虽然仍不相信叫鸡公能掌握什么绝密情报,但叫鸡公的架势真把他镇住了,好像叫鸡公手上真握有他的生死簿。

“老哥,请说。”

“十号两三点,两粒伟哥,一张长沙发,你说它怎么干净?”

老板顿时焉了,脸发白,无语。

“好,不再装我就说一点,我的外甥在市公安局……十号晚上你被录了像,跟那个开车来的骚女子搞了两盘,两人说的什么话,一句也没漏掉……你在这里多待一天就多一天危险,总部拿你当炮灰……通过你们挖出你们的总部,一锅端!我什么也没有说，也负不起这个责任，我走了。”叫鸡公将信封推到老板面前，又站起身。

“老哥……别走！别走！”

老板一身汗，慌忙起身到办公桌前又拿了一个信封，比第一个厚了一点，大概是两千。两个信封叠好，又推到叫鸡公面前。

“老哥，谢谢你的情报，手上真的没什么钱了，这点钱太少了但一定要收下。请放心，你提供的情报我绝对不会外传，那对我自己也非常不利！”

叫鸡公不拿钱，仍是要走。

“小老弟，我不能在这里久留，还是赶快从后门走，中饭肯定不能在这里吃，酒是更不能喝，你也要为我想想。你有难处，一个电话要我来，看在几年交情上我来了，知道的不能说的都说了，只希望能帮上你，我不是为钱来的！”

叫鸡公不拿钱走出了办公室，老板追出来，强将两个信封塞进叫鸡公的短西裤口袋。

“老哥，你对我是真心的，这点意思一定要收下，不要再推辞，外面有工人，拉拉扯扯也不好看。”

叫鸡公没再推辞，边走边说：“你真的要赶快走人，而今世道黑。你也不能完全相信总部那些人，为他们当炮灰。你才三十多岁，又是大学毕业有文化，好好干，将来何愁不发达？莫搞黑社会的事，这几年你们也把双桥坪的百姓害苦了，内心不抱愧？我说这些，都是为你好呵！”

“是的，是的，老哥，你是真心的，真的是为我好，我心里明白。我会永远记住你，将来若有发达的一天，一定再回双桥坪来看望你，为双桥坪做件好事，以弥补我现在的过失！”

老板跟在叫鸡公身后，说得很恳切。

“那就好。你没离开双桥坪之前，有急事想打探消息，还是可以打我电话，只要我知道的，对你有利的，我都会告诉你。你回转，我要出门了。”

“谢谢老哥，再见。”老板依依不舍。

叫鸡公出了后门没回头，心中狂呼，老子赢了，赢大了！余则成也不过如此吧！一摸短西裤口袋里的两个信封，心开一朵花。

31

吃过早饭，姚才子出车走了一会儿，腊秀去榨油坊瞧瞧，顺便去镇上超市买点东西。

离八号灭火已经过了五天，可姚才子一天也没松下来，前天晚上搞到转钟三点了才回家，好像麻烦越搞越大，铁厂老板死赖着不走。

腊秀不能不忧心，生怕姚才子稍有不慎被黑社会下毒手。天气毒热，走到榨油坊已满身汗，里里外外瞧了瞧，跟小侄子说了几句话，就往镇上水泥大道走。

走到铁厂大门口，门口围满了人，居委会主任支部书记也在人群中。铁厂的粗钢条大门紧锁着，厂内扯起了白纸黑字标语，围在大门前往里看的人没有大声说话的，多只静静地看，有的看完就走了。

“石支书，你慢走，那上面写的什么？”

腊秀拦住正准备离开的石大毛，她认不全字。

石大毛指着厂内的标语说：“双桥坪人民政府必须保证我们的人身安全！不赔偿我们的损失我们决不离开双桥坪！”

腊秀听了心直往下沉，这要闹到何年何月去？人都要被这个鬼铁厂磨疯了。

石大毛见腊秀脸色难看，知道她心里急。

“腊秀，放宽心。双桥坪的老百姓遵纪守法，没有人会伤害他们的性命；他们离不离开不关居委会事，这个厂是镇里的企业，他们只能与镇政府协商解决问题。”

石大毛说罢便走了。

腊秀觉得石大毛太没水平，宽什么心？八号灭火不是铁厂的人退让，不就出大血案了？他们不离开怎么不关居委会的事？还让他们开炉搞污染？不让开炉他们又不肯走，镇政府哪有钱赔他们的损失？这么双方顶着闹弄不好就难免出事！

腊秀心情很糟，去镇上超市匆匆买了点东西，赶回家去。

离家还有百把米，又传来秋枝的歌声。这回唱的是“红岩上红梅花儿开，千里冰霜脚下踩……"歌声是从秋枝家的堂屋里传出来的，堂屋的门关着，估计是开空调了，不知秋枝怎么又不再显摆敞着大门开空调了，是何缘由？听到歌声腊秀心里好气愤，这种红歌是坐台小姐唱得的？她也配唱？不知羞！

回到家，她将东西一扔，关上大门，打开空调，坐下来吹冷风。

然而秋枝的歌声还是传到了腊秀的耳朵里，好像没停下来的意思，搞得腊秀好烦躁。婊子，你是什么事这样开心？实在想不出你有什么事值得开心，你年轻卖肉养个女儿也卖肉，卖出了精，卖给可当爷爷的老鬼，你有钱了钱也是臭的，不过你本就是个要钱不要脸的下贱货！

"红梅花儿开，朵朵放光彩……"

秋枝的歌声不断线，一串串的，好像是唱了又重唱，腊秀烦躁得实在是冒火了，起身冲出门，疾步冲到秋枝堂屋大门前，歌声突然停了，大门吱呀一声打开了。

"哎呀，是腊秀，听得嗵嗵响，不知是你，什么急事？"

秋枝的情绪仍在歌声里，脸色也就又红又白好看得遭腊秀恨。

"你……"

腊秀一下似从梦中惊醒，她怎么跑到秋枝家来了？急糊涂了？躁糊涂了？

"是铁厂又出了事？"

秋枝见腊秀的脸急得发黑，眼里又冒火，忙提醒似的问腊秀。

"你还不晓得？"

腊秀终于找到了台阶下，既然稀里糊涂冲来了，也就只得说这个话题，可说这个话题又不知怎么说，胡扯吧，反正婊子也不是个清白人，也说不出个什么道道。

"进屋坐下说。"

秋枝请腊秀进门，腊秀也只得硬着头皮进了门坐下。秋枝愣了一下，没关大门，又敞着门开空调了。腊秀也不说关门省点电，电费又用不着她出。

"铁厂又闹了，贴出了大标语，要镇里赔损失，赖着坚决不走了！"

难怪腊秀急得脸发黑眼冒火，秋枝明白了是怎么回事。

"叫他莫不去，不走就不走，只要不开炉，就是赖着自己越亏越大，你急什么！"

腊秀心里明白根本不是为这码事跑来的，秋枝这么一说她心里又直冒火了。

"秋枝你净讲些蠢话，他们赖着不走还不是想找机会点火开炉？要闹到哪年哪月去？不会把人搞疯？"

"啊，那我是讲的蠢话。"秋枝笑，不怪腊秀说她蠢，"腊秀，那我听你讲点聪明话，你说怎么才理得清这个麻烦？怎么赶走他们？”

一招将死腊秀，腊秀瞪着两眼，嘴直动，就是声音出不来。你个精怪，我怎么晓得？腊秀哑巴吃黄连，是她自己先讲秋枝讲蠢话，苦的是她自己又没有聪明话，一不小心被秋枝偷梁换柱变成了套，本来又急又躁，又落进了套子里，心里的火压都压不住要爆发了，可怎么能够爆发？若是与秋枝大吵一顿，她有什么理由能说出口？大吵一顿姚才子晓得了对她绝对没好脸色。强忍，浑身冒汗。

“腊秀你怎么了，不舒服？”

“是心里急啊！”腊秀庆幸秋枝没穷追，“男人们都头痛，我有什么法？”这实际默认了她也只会讲蠢话。但腊秀不服气，她得让秋枝难堪一把，不然她气冲冲跑过来干什么？她要出口气，对，就是要出口气，今天就是这个婊子唱歌惹烦躁惹火她的。

“秋枝，你那个老女婿怎么不见上你家来拜访，也好让乡里乡亲开开眼界。”

腊秀皮笑肉不笑对着秋枝突然这样说，将自己也吓了一愣，这就是明火执仗要羞辱秋枝了。也好，只要能出口气。

秋枝的脸陡然一阴，火上心头。腊秀你今天是故意来泼大粪的？我有什么事得罪了你？可瞬间又阴转晴。她十二号已进城见过雪梅死活要嫁的那个老男人，印象不太差，好像显得比芋头还年轻一点，到底是生活条件好，保养得好。见了她非常有礼貌，把她当长辈，虽不直接叫她妈妈，也是一口一个雪梅妈，也避免她许多尴尬。今天十三号，明天他们就飞深圳去登记结婚了。这也是她与姚才子反复商量了的，不到双桥坪登记也不举行什么结婚典礼请客摆酒宴，暗打暗消，将来有了外孙再带回双桥坪走走也不迟。对外也不说结没结婚，就说不知道，而今的儿女婚事家长也管不了。得留条退路，万一将来过不好，雪梅还是要另找男人成家的。

“八字还没一撇，就让他进什么门？最终结果眼下哪里晓得，管也管不了。”

秋枝淡淡一笑，抗压能力慢慢增强起来。

“那怎么要得的？而今稀烂的，那老男人不早把雪梅睡了？将来一脚踢开岂不鸡飞蛋打？”

腊秀装着很关心的样子，实际是暗扔大石头，狠狠往秋枝的痛处压。

秋枝又上火，你个丑八怪堂客今天硬是要跟我过不去？是早被他睡了，可他是个大科学家，你以为是不上档次的暴发户？你倒贴钱试试看，看看哪个男人愿意跟你睡？可旋即又将火压下去，脸上挂出冷傲的笑。

“腊秀，而今真是稀烂的，上床的不一定是结婚的，结婚的不一定是上床的。不鸡飞蛋打的未必全好，鸡发瘟，蛋变臭；鸡飞蛋打的未必全坏，鸡做窝，又下蛋。女人嘛，你睡他睡都是个睡，开心就是好睡，恶心就是苦睡。想睡没得睡是空睡，不想睡被迫睡是奸睡。世上最说不清道不明的就是睡，各人睡的是啥滋味外人哪里知道？有的白白睡，有的金贵睡，有的睡了悔一生，有的睡了痛一生，有的睡了吃一生，有的睡了美一生，这样的睡，那样的睡，世上千奇百怪的睡，谁道得清说得明？”

秋枝其实是急了，将平时姚才子幽会中说的一些怪话搬出来，临时加以发挥，她一边说一边看腊秀的脸色，好像反击效果不差，只见腊秀脸上像阴雨天扯闪，光扯闪，雷声又出不来。

腊秀两眼瞪着秋枝，你这个精怪算你狠。你在暗中刺老娘想睡没得睡？你在吹嘘你女儿是金贵睡？你在说才子睡了我悔一生痛一生？你在显摆你跟才子偷鸡摸狗美一生？臭婊子，你就是这个意思！你胡说八道，老娘是才子明媒正娶，才子跟我下种生了两个高才生，不喜欢我怎么跟我下种？怎么跟我睡了悔一生痛一生？他本是个好男人，是被你水性杨花勾引下水的，你这个妖精太坏了太毒了。你勾引才子睡是美一生？美个屁，真喜欢你不跟你下种生孩子？你心里不想要才子下种？才子怎么不给你下种呢？你个猪脑袋，只不过玩玩你，你是空骚一场，空美一场，你晓得啵？

“秋枝，舌子无骨头，随人乱搅和。你说东，人家也会说西。”腊秀脸上不再扯闪，笑里不是藏刀是埋着刺，嘴里出的不是雷，就像是拿着铁刷子擦洗生锈的老旧铁锅，不是个味，听不得，“你说女人你睡他睡都是个睡，这就是不要脸的靠卖身过日子的妓女腔了。这个话真说不得，你在外一说，人家还以为你暗中又当小姐了，真的是好心提醒你。”

秋枝忽然哈哈一笑。

“腊秀，当小姐可是要有资本的啊，丑八怪哪个蠢男人会掏钱？这世上靠卖身过日子的单单只有妓女？多着啊，女人卖男人也卖，想往上爬的卖身求荣，想挣大钱的卖身求钱。你说是卖身，他说是献身。要说真干净的，那就是两相情愿不图名不图利。靠男人穿衣吃饭的女人不是卖身就是下套子，下套子的比卖身的还可恶啊，卖身还是个买卖，下套子就是打劫，是不是？”

秋枝恨极了，说话也开始混乱胡来。

两个女人正暗箭向明枪过渡，忽然叫鸡公又短裤赤膊闯进来了。

“秋枝，讨杯茶喝，喉咙冒烟了。”

叫鸡公不请自进门，找了张木椅搬到空调机风口坐下。秋枝笑着递给叫鸡公一瓶矿泉水，愣了一下，又拿一瓶递给腊秀。腊秀愣了一下也接了，还说了声谢谢。

“你今天难道又是给五保户拖石头？”

腊秀望见了停在公路边的一板车石头，拿着矿泉水晃了晃。叫鸡公赶紧夹紧双腿，一手横挡在裤裆前。

“腊秀，你莫又乱丢砸着我的零件了啊！”

扑哧，两个女人都笑出声。

“笑什么笑？我讲的是正经话。”叫鸡公将一瓶矿泉水喝光，接着说，“男人的零件是命根子，你们不晓得，昨天后山一户人家，将长岭岗的刘半仙的零件割了！”

腊秀突然脸发白。

“怎么回事？”

“你认识刘半仙？”

叫鸡公望着腊秀问。

“认识，俺娘家那个村的医生。”

腊秀闷了一会才说。

“刘半仙给后山一个三十多岁的堂客治病，说是她身上阴毒太重，就给她排毒，不料外出打工的男人突然回家撞见，排什么毒？脱光了在床上搞路子！那男人拖了把菜刀，刘半仙没躲过，被割了一截去……”

“啊……”

秋枝吓得尖叫。

腊秀面无人色。说了声：“我要回家有事了。”就走了。

看腊秀一走，叫鸡公也忙起身。

“秋枝，多谢你的矿泉水。”

“鸡公哥，你凉快一点了再走也不迟。”

“不能久坐，你这么乖，我怕管不住要犯错误。”

叫鸡公果断出门。

“谢鸡公哥抬举，我知道鸡公哥只是嘴巴快活，心里蛮善蛮正派的。”

秋枝送出门。

叫鸡公突然回头低声道：“你是才子的菜，我怎么会夹一筷子？不会的。”

秋枝脸一红。

“鸡公哥你莫乱讲！”

叫鸡公再没搭腔，径直走了。几步上到公路，拖起板车，又吼歌：“妹妹你大胆往前走……”

“好人……”

秋枝倚着大门，低声自语。

腊秀回到家冲进卧室，倒在床上，只觉得天旋地转。刘半仙到处乱搞？是个流氓骗子黑医生？她娘和她都上了刘半仙的当？好像又不是。娘很难被人骗的，她也不会轻易上人的当。可是刘半仙遭人割了命根子怎么解释？刘半仙没命了？还是拖到医院救治去了？她不敢详细向叫鸡公打听，生怕秋枝和叫鸡公对她生疑，只得匆匆回家躲避。

腊秀倒在床上胡思乱想，恐惧、忧虑。既然刘半仙连自己的命根子也保不住，他还有什么道法？这个血的事实很尖锐，腊秀绕不过去，逼着她往反方向想，她们母女都太蠢了，都上了刘半仙的当。可是娘怎么不觉得是上当反说刘半仙是个好人？她上了刘半仙的当？是她自己追到刘半仙家去的。同意甚至要刘半仙给她排毒，排了毒她不是很舒服？那么是她们母女也跟刘半仙一样是坏人？这怎么可能？她们母女怎么是坏人呢？绝对不可能的事！

“腊秀，你怎么还没做晚饭？”

傍晚姚才子开车回到家，腊秀赶忙下楼做晚饭。她中饭也未吃，昏昏沉沉一直倒在卧室床上胡思乱想。

“嘭！”

腊秀进到厨房将案上不锈钢锅碰掉到地下，将米放在电饭锅里后，洗菜又将码在案上的一摞碗碰倒，只得忙将碎了的碗片往垃圾桶里丢。

“腊秀你怎么了？是生病了？”

姚才子走进厨房问。

“没有，睡过头了，有点晕，你快到堂屋喝茶休息，等一会就有饭吃的。”

“你头晕就我来做吧。”

姚才子虽然很累，也还是不想腊秀病倒，毕竟她为他生了两个好儿子，是儿子的母亲。腊秀病倒了，儿子读书会分心，他的负担也会加重。

“不，我没事，你一天累到晚，我又没做什么事，饭都不做还像话？你快去堂屋休息，一会儿就有饭吃的！”

腊秀说什么也不肯让累了一天的姚才子做饭，坚持自己小心翼翼洗菜切菜。做好了菜在餐厅桌上摆好,斟上一杯酒,叫姚才子先喝酒。

“不能喝,晚上还要开车去见白大哥。”

“那我给你盛饭。”

腊秀打开电饭煲一看傻眼了,忘了按键,还是一锅生水和米。

“对不起,我忘记按了!真该死!”

腊秀真是很自责。

“没关系,二十多分钟就熟了。你今天是怎么了?”

姚才子有些生疑。

“我急呀,铁厂又贴标语了,赖着不走,这要闹到哪年哪月去?会把人搞疯。”

“我晚上出门也是为这事,疯什么?要有耐心,总会把他们赶走的。”

“为这事,我差点还与秋枝吵嘴,但是忍住没吵。她说叫铁厂的人赖着不走越亏越多,不用担心不用怕,我觉得这么说不对。”

“你们管这些事干什么?都是吃饱了没事做,找点事做吧。”

姚才子坐在餐桌边等饭熟,对腊秀谈铁厂的事不感兴趣。他在家极少谈这事,以免腊秀将他说的话外传生事。

“叮咚!”手机响,一看是秋枝发来的。

“上午腊秀来过,差点吵,忍住了。是叫鸡公来了冲散了,叫鸡公说腊秀娘家的刘半仙在后山给一个三十多岁的女人治病,说阴毒重排毒,上床被丈夫碰上割了命根子,腊秀一听脸发白就走了。我觉得这里面可能有问题,你以后注意……”

姚才子看了不动声色,也不解,这会有什么问题?他今天也听说了,但刘半仙被人送到了医院不会丢命了。而今还有和尚打着治病的旗号骗奸妇女的,奇什么怪?

饭终于熟了,姚才子狼吞虎咽,吃完抽了一支烟就开车走了。

腊秀端着碗慢慢吃,眼泪掉下来。

32

石大毛在铁厂大门前给腊秀说了几句宽心话，便赶回家去，他想在无人处给白义成打个电话报告情况，没走多远，身后追来了西边山冲里的组长九斤。

“石支书，这怎么搞？麻七天又找麻烦了。”

九斤一副可怜相。

石大毛头一大，退到路边树荫里。

“那个刁堂客又搞什么名堂？”

“是这样的，”九斤掏出烟，递石大毛一支自己嘴上含一支，点火两人抽上，“这个事还蛮难缠，过高速公路的横桥边，有麻七天一块地，被征用了五六分地，可征地款一直又未下来，昨天她突然雇人用旧砖头在那被征地上砌了一个二三十平方的猪栏屋，一天就完工了。

“现在高速公路附属工程修横桥的包工头要开工，麻七天夫妇拿着菜刀阻止，包工头找到我，我去被麻七天一顿臭骂，就只好赶来找你，你别见怪，我不找你包工头也可能要找你。”

石大毛双眉紧皱。

“九斤，这还真不好对付她，地征了两三年，征地款又迟迟没给她，她要阻工是有道理的。她在上面建猪栏屋是想多敲一笔钱，那就不是一两万能拿下的。”

“是呀，而今她就是大吵，说征地款没个七八万休想开工，谁要敢强行开工她就拿刀砍，死了就上算。”

“九斤，这个事别说你管不了，我也管不了，你只能不管，让包工头他们去找镇政府。我也得躲着，不让包工头找着，也不挨麻七天臭骂。”

“石支书，那我就听你的，缩头不管了。”

九斤松了一口气，又上烟。

“我都只能缩头，你还不缩？不是我们不管事，是管不了，麻七天又有道理，不比关了铁厂她男人失业了往你身上出气剁砧板骂。我有事要走了,你回吧。”

“好,那我回了。”

九斤一走,石大毛快步回到家,上到楼上卧室。不是赶集日没人喧闹,偶有客货车通过小楼前,这个干扰已经习惯了。他打开空调,又上卫生间用冷水擦洗了身子,短裤赤膊进到卧室,关上门,也还安静。他只有一个女儿,出嫁后小夫妇打工赚了点钱,在城里买了套房做点小生意。七天前女儿生了个外孙,堂客欢喜地进城照顾女儿坐月子去了,他独自在家还有点不适应,一个人做饭菜不怎么顺手。

“老领导,我是大毛,现在能通话吗?”

石大毛拨通了白义成电话。

“说,在炒菜,你简单扼要说。”

电话里还传来白义成下厨炒菜的声音。

“铁厂内出现了标语,原话是……”石大毛找出小本子对着他抄下的读给白义成听,“就是报告这个最新情况。这些家伙还真难缠,还真的松不得一口气!”

“知道了。我与姚才子山西佬王老六等人交换意见后再给你电话,不怕,我们要有打持久战的耐心。”

“那我就等着你的电话。”

挂机后石大毛躺在竹摇椅上吹风想问题,麻七天的事他肯定尽量躲着不露头,铁厂的事就必须暗中盯紧认真干。他估计镇政府也很快会知道铁厂的标语事件,镇政府可能装聋作哑不作为,书记镇长能够躲就会躲。

快到下午一点白义成才来电话。

“大毛,综合了大家的意见,我决定这么办你看行不行?我认为铁厂老板怕丢性命是真,坚决赖着不走想要得到赔偿是不可能的。你应当去找镇里,打着宽老板心保护人生安全旗号,实际要加重威胁把老板魂吓掉,让他赶快走人莫打要求赔偿的主意!但表面上又不在乎他们赖着不走,暗示上面正用他们作突破口以便挖出他们背后的大黑头子……”

“白大哥,镇里恐怕不会管,也不好管,按上届政府签的协议他们的经营时间并未到期,镇政府要赶他们走,他们就正好要镇政府赔损失。”

“主要领导肯定不好管,但镇政府心里肯定想他们走人,你可以开动脑筋说服镇领导派一般工作人员去一趟铁厂,你不是说那两个年轻警察脑子活点子多?你和他们到铁厂走一趟,设计将铁厂老板的魂吓掉,那会收到效果的。”

“好吧，那我下午努力想办法，尽力完成任务。”

“是要坚决完成任务！”

“好，老领导，坚决完成任务！”

与白义成通完话，石大毛想了想，决定不找镇里主要领导，直接找派出所所长。这些年案子不断增多，所长经常与他打交道，交情已深。

“所长吗？我是老石。”拨通了所长电话，石大毛便直截了当说了，请所长支持。

“你要支持我还能不给，这些年你都支持我的工作，何况这个事本应当镇政府管……你要的两个人正好没出外勤，我在外面，他们在办公室做文案。我马上给他们打电话，叫他们办。你现在就可以去找他们，与他们仔细商量好了下午三点再去铁厂……”

“谢谢所长！”

“不客气，都是为老百姓办事啊！”

石大毛下楼出门，到超市买了三包极品芙蓉王，三脚两步到了镇派出所。

“石书记，不会又是剁菜刀吧？”

见石大毛进门，瘦高警察起身倒桶装矿泉水，笑着问。

“今天是来请你们两个高手剁一回菜刀。”

石大毛也顺势开玩笑，丢出两包烟。

“石书记，这可是六七十元一把的好刀啊！”

埋头伏案的微胖警察，见到丢到他办公桌上的极品芙蓉王，立马拆开点上美美抽起来，扭头对石大毛点头笑。

“石书记，所长已给我们下达了战斗任务，但你得先详细给我们提供真实准确情报，不然这个菜刀恐怕剁不正。”

瘦高警察对微胖警察做了个放手的手势，三个人围着一个小茶几，摆上水、烟，开始密商。

石大毛根据白义成的交代，向两个警察提供了核心情报，并要求警察严格保密。瘦高警察听得很认真，问得很仔细。微胖警察边听边玩手机，偶尔也问一句。

石大毛说完情报，两个警察都很惊异，对他们一帮弟兄暗中所做的一切深表敬意。下午去铁厂怎么再向老板“剁菜刀”？以两个警察为主展开了设计，你说行，他又说不行，主要的环节要大家都说行才能定案。一直密商到下午两点四十分，才完全敲定。

“石书记，你先走，我们还要做一点技术准备。”

瘦高警察一说，石大毛便先走了。

石大毛没回家，在一家超市前与人闲谈了约十分钟，两个警察一人背着一个黑挎包来了。就一台警车所长开出去了，他们步行，也就一里多路。石大毛给两个警察一人一瓶矿泉水，自己手上拿一瓶，三个人边走边说话。

“今天我们去得时间不宜长，二十分钟左右就离开，表情要严肃，不能笑，不能开玩笑。”

瘦高警察更多的是提醒自己的同事。

微胖警察马上做出反应。

“正有正的时候，我可以一整天不笑。上次对付麻七天用的是通俗唱法，今天得用纯正的美声唱法。比方说李双江唱那首《我爱五指山我爱万泉河》‘我们在这里把敌人赶下河’。”

微胖警察说着准备开唱，可又缩了回去。

“胖子，你今天真不能油腔滑调，这个事很微妙，容易适得其反。”

“知道。”

“我基本不说话。”

石大毛说。

“不说也不行，要少说，说那种实际暗藏威胁危险的话。”

瘦高警察纠正。

三个人说着很快来到了铁厂大门前。

大门紧锁着，透过粗钢条可以看到厂内的标语。瘦高警察上次因为剁菜刀的事来过，留有铁厂老板手机号。

“老板，我们是派出所警察，有关工人失踪的事，有点情况要通报一下。”

“好，我马上来开门。”

铁厂老板是跑步前来，亲自开大门。也许是防止工人逃跑，老板自己控制了钥匙。

三个人走到标语前，瘦高警察望着老板严肃地说：“老板，这种标语只帮倒忙，不过你们爱贴只管贴。”

“为什么？”

老板莫名其妙。

“待会儿你就会明白。”

三个人跟着老板进了厂长办公室，落座，虽有空调却因欠电费贴了封条不许用，开着电扇，室里闷热。

“老板，我们事多，最多只二十分钟，闲话少说。两件事你都到派出所报了案，我们集中精力调查了一下工人失踪的问题。根据初步调查的情况，可以排除是工人自己逃跑。两天了，你们有什么信息？有人给你们打电话吗？”

“没有。”

老板紧张。

“我们判断只有两种情况，一种是被利益冲突方收买叛逃了，谁是利益冲突方？一是双桥坪老百姓，这不可能，一个外地人怎么会跑到当地老百姓家里藏起来？你们还有一个利益冲突方，不远处的几千亩山是大龙站的，是城里一家公司承包的，那家公司背景有些来历不明，用老百姓的话讲就是背后有黑老大。他们会不会收买你们的工人？这不能肯定。二种就是被利益冲突方绑押了，目的是逼你们撤走，若是你们长时间不撤走，就可能撕票，或者发生更恶劣的事件。”

“啊……”

老板额上开始冒汗。

“所以我说你们贴的标语是帮倒忙。”

瘦高警察不紧不慢地说，石大毛在一旁心里想，前面叫鸡公说了，这回警察说得很有条理，老板的疑心会更大，甚至会认定就是被当地的黑社会绑押了。

微胖警察这时站起了身在办公室四处瞧，走动，好像通报情况是瘦高警察的事，与他无关。

老板认真听瘦高警察通报分析，瘦高警察继续说：“老板你很年轻，这个铁厂政府已经下了关闭文件，这个没有讨价还价余地。铁厂是什么背景，你心里最清楚。上级给我们通报的情况，我也不能对你说，而且与工人失踪无关。你们想要镇里赔损失，我听说老百姓正在算账，这几年你们给老百姓造成了多少麻烦，耽误了多少人工，比方八号灭火就是几百人，算清账后准备正式向法院提起诉讼。”

石大毛插了一句。

“有的人提出要你们赔偿一千万，包括精神损失赔偿！”

铁厂老板脸泛白光了。

“我们血亏了，还哪有钱赔？老百姓要起诉纵然法院判了我们也没钱赔。”

“老板，这个话你只能在我们面前讲，”石大毛又插进来，“六七年了，老百姓已忍无可忍，火气特别大了。你们担心人身安全我能体谅，我当书记也怕挨老百姓打。昨天后山一个人嫖堂客,生殖器都被割掉了。”

“啊……”

铁厂老板惊出声。

“莫扯散了,”瘦高警察接着说,“当前国内局势严峻,恐怖分子在北京也搞,在有些地方公然冲击政府部门,丧心病狂向警察开枪。我们人手少忙不赢,不可能派人为你们提供保护,你们自己要做好安全防范工作,不怕一万,就怕万一。”

“是,是。”

铁厂老板直点头。

“瘦子,”微胖警察突然一声喊,从空调上方取下一个微型摄像头,扯出一段线,“我们被监视了!”边说边将摄像头和线装进挎包。

瘦高警察蹭地立起。

“老板,这不会是你干的吧?”

“绝对不是!”

铁厂老板矢口否认,可立即似乎很后悔无奈。那么他那晚与总部派来的年轻女子所言所为,早被摄像已铁定无疑。幸好设备被这个警察发现拆走,不然将继续监视他。现在他能判定是谁安装的了,一定是七号晚上,这个他不能说,与这两个警察无关,与双桥坪老百姓更无关,是另一拨人,至少是市公安局,甚至其中也不排除有国安局的人,这是真正实打实很危险了。

石大毛也惊呆了,他们商定方案时并未设计这个内容,也不可能设计,这是谁干的?

“时间到了,我们还有事要走了。有什么情况请及时告诉们,我们有什么工人的消息也会及时通告你们。就这样,再见。”

瘦高警察对微胖警察一摆头,微胖警察便上前开路了,他向老板挥了挥手,与石大毛一道跟着走了。

走出了铁厂百米开外,瘦高警察说:“胖子,你今天可打满分,仅说八个字还带我的称号,一字千金啊。”

“坦白说我很紧张,我要趁你谈话时选择有电线的地方隐蔽作案,要弄得真像被人偷装了摄像头,然后要听着你的谈话,恰到好处掏出事先准备的摄像头等器材。”

“我们走后,老板不会看出有诈吧?”

“那就不是吹,专家也是看不出来的。”

看两个警察面带微笑说话，石大毛这才恍然大悟，惊诧不已。

“老天爷，原本是没有什么摄像头，是你们用的诡计？”

两个警察只笑不语。

“高，实在是高！今天我请二位到我家喝一杯，一定要去！”

两个警察对视了一下，瘦高警察说：“酒就免了，不过去你家坐坐，我们简单分析一下效果。”

“一定要喝一杯，我打个电话要餐馆送几个菜到我家里，很方便，别担心，不是公款，是私人招待。”

石大毛心里有算盘，他感到今天效果比预想的要好，毕竟是警察，干这个活比叫鸡公专业，干脆拉他们暗中入伙，也许后面还会用得着他们。

“那就简单点，莫搞些什么炖土鸡，很费工夫。”

微胖警察竟同意接受招待，给石大毛一个怪笑。

“今天正需要好好炖一只土鸡好好喝一杯，你们不仅费了工夫，还拿出了真功夫。”

石大毛今天有收获，瘦高警察吓唬老板说老百姓正准备起诉要赔偿千万，这实际上是帮他们出了一个高招。你铁厂要赔损失，老百姓也要赔损失，老板及背后的总部头子有什么高招应对呢？微胖警察今天一改幽默风趣，玩了一手绝活，将铁厂老板吓得失魂落魄。

“那就恭敬不如从命了。”

瘦高警察也表了态。

三个人说着就到了石大毛的小楼前，开门进屋，打开空调，摆上矿泉水、西瓜。石大毛又给餐馆老板打了个电话，点了五个菜，特别交代土鸡要炖出水平，五点钟准时送到。

“石支书，你们前面做了很多了不起的工作，如果今天有效果，也只是累积效果。”

瘦高警察开始分析效果，很谦虚。他认为铁厂老板今天也在装，但装得不怎么成功。有几点似乎可以确定，一是铁厂老板已相信常德方面已经在暗察他们的总部；二是开始怀疑是利益冲突方常德本土黑社会可能也暗中跟他们作对，柱子说不定是他们绑押了并存在撕票危险；三是铁厂老板已完全相信办公室被人监视摄像，包括他在办公室做的丑事也被对手摄像了。这三条都对铁厂背后的总部有真实威胁和压力，应当说人员的撤离只是个时间问题了。令人疑惑的是，双桥坪铁厂已四面楚歌，总部为什么不下令迅速撤离人员？

“城里的山西佬要当心,黑社会选择在城里实施报复要比乡下更加容易造成破坏引起恐慌。”

微胖警察开始玩手机,丢出一句。

石大毛借去超市买酒暂时离开的机会,将情况简要向白义成作了电话汇报。白义成听了很兴奋,特别嘱咐他好好招待两个警察。白义成说,今天的行动已证实政府警察与他们是一条心,已经是一伙的了。

下午五时未到三个人就开始喝酒吃菜,气氛好,情绪好,酒菜又对胃口,边吃边扯淡,喝到八点多才散场。送走了警察石大毛洗了个澡,斜在客厅沙发上看电视休息,突然门响了。

“石支书,开门。”

石大毛一听声音头就晕,是麻七天登门了。无处可躲,只得硬着头皮开门。

“你稍等一会,我要找个背心穿。”

穿好背心开门,麻七天提着一桶茶油进来。

“你提桶油干什么?”

“哎哟,你屋里好凉快。”

麻七天不回答,放下油,一屁股坐在长沙发另一端。透明的塑料桶中,黄亮的茶油直颤,一看就是上等好茶油,十斤装桶,一桶价值二百多元。

“七姐,你这油若是给我提来的,你现在就提着油回家去,而今抓得很严绝对不可以收礼。有什么事直说,我能办就办。”

石大毛高度防范着,故意不关大门,空调的效果很快开始打折扣。

“我只求你帮我讲句话,修高速的要拆我的猪栏必须最少赔八万!”

麻七天也不含糊。

“七姐,这个忙真帮不了,我做不了主,你的猪栏屋是故意修在红线内的,想敲国家一笔钱。”

石大毛也不拐弯抹角。

“又不要你私人掏钱,不能帮我说句话?”

麻七天不想空手而归。

“怎么帮? 帮不了。”

石大毛严守原则不动摇。

“帮得了,你只要不帮着高速和政府讲话,让我自己阻工自己闹,这还不行吗?”

麻七天的要求实在也不高,石大毛本来对这码事有看法只想躲,可他不能这么答应她。

麻七天见石大毛仍不开口答应,又说:"石支书,你帮我,我也帮你。我晓得你只想将铁厂的人赶走,又怕硬来得罪人。我帮你到铁厂大门前剁半天菜刀,骂他们给我男人工资低找他们补工资,行不行?我晓得他们血亏了没钱了,我帮你出把力,快点将他们赶走!"

石大毛瞪大两眼望着麻七天,这个堂客怎么想出了这个主意?让她去铁厂剁半天菜刀骂总要给老板一点压力不是?虽然于心不忍,可这是她自己提出来的,那就让她为双桥坪做点贡献?

石大毛一笑,算是答应了。

麻七天也一笑,提起茶油回家去。

33

双桥坪每逢一四七为赶集日，今天七月十四日是赶集日。上午九时城里的花木公司会开车来，到王老六的苗圃拖十株半大樟树。他的苗圃里其实很少育苗，多是从各家各户收购来的半大树，栽在他的两亩田里。算算账，今天一单生意实可赚一两千，他不显山露水，腰包里存款不比姚才子少多少，钱赚得也比姚才子轻松点。

快到九点，王老六早挖好了要卖的树，只等城里的车开来。

“六叔，西边山冲里的麻七天跑到铁厂大门前唱大戏了！”

狗婆娘飞跑而来，而今一有关于铁厂的消息狗婆娘都即时报告。十一号带柱子进城后，回到家王老六立马兑现给了狗婆娘一千元。

“她到铁厂唱什么大戏？前几天为铁厂灭了火她男人失业剁砧板骂组长了的。”

王老六不以为然。

“叔，真的，她在铁厂大门前摆一块砧板，菜刀剁得歪响的，骂铁厂老板，说过去她男人每月只一千，而河北的工人是两千左右，欺负双桥坪本地人，而今要老板补工资，不补就骂他祖宗十八代！”

看样子狗婆娘说的是真的，王老六一头雾水，这是唱的哪一出？

“侄儿，不管谁，只要对着铁厂搞，都是好事。”

说罢掏出十元钱，递给狗婆娘。

“这么热的天剁菜刀骂人嘴干啊，你去买几瓶矿泉水送给她，但莫讲是我送的；还多几块钱就是你的辛苦费了，你买包烟抽吧。”

“好的。”

狗婆娘得令走了。

王老六先拨白义成电话。

“白大哥，麻七天现正在铁厂大门前剁菜刀骂老板，是你安排的？”

“啊，我没有呀，我怎么会安排这么低级的动作？由她骂吧，多少对老板也有点压力。”

王老六想，莫非是姚才子暗中出钱请麻七天剁菜刀开骂的？可拨通姚才子的电话，姚才子也是一头雾水。

“我没有暗中出钱请她对铁厂剁菜刀，这么四十度的高温，铁厂大门前虽有树荫，还是热，菜刀剁在砧板上声音又躁人，还要边剁边骂，是个蛮横功夫。没有人出钱请麻七天绝对不会干，她本来就反对关闭铁厂。是不是山西佬暗中出钱搞的这个怪动作？我在后山开车很快会回来，会去铁厂看看。”

王老六电话打给山西佬，山西佬一听哈哈大笑。

“老六，我绝对没暗中搞这个路。这边的事就够我忙的，一点都松不得。白大哥指令那个人不能走漏半点风声，也不能有半点动作，我好像拿着一颗定时炸弹。”

“那是叫鸡公暗中花钱请的麻七天？”

“不可能，这么热的天，要请麻七天出马对铁厂剁菜刀，一天没个两三百她会肯干？叫鸡公哪能有钱搞这个路？”

“是石大毛？也好像不可能。”

“是更不可能，石大毛哪里想得出这个怪招？老六你别笑，真要是让麻七天连剁七天，那铁厂老板不发疯也会被骂疯啊。”

“这到底是怎么回事？莫非除了我们一帮兄弟，暗中还有一帮人要赶走铁厂老板？”

“这还真想不出是什么人搞的怪动作。”

与山西佬通完话，王老六的兴趣提了起来。山西佬说让麻七天连骂七天铁厂老板会发疯，真有这个效力那怎么不搞呢？就算一天三百元，七天也就两千一百元工钱，他出得起啊。不急，把情况摸清再说。

王老六在苗圃等着城里来拖树的车，可九点半了还不见车来，电话打到城里老板那，说要十点才能到，有事耽搁了。

“老六，这真是唱大戏啊，”姚才子来电话了，“我开车经过铁厂停了几分钟，今天是赶集日，围观的人有一两百，不少人给麻七天鼓劲，高喊骂得好！有的还高喊破坏环境的罪犯滚出双桥坪！派出所也来了两个警察看热闹，看了一会没吭声走了。这一下那个恶堂客突然成了英雄，看到那么多人都站在她一边，更是浑身是胆，骂声震天，骂的词儿不断翻新……”

王老六听得心花怒放。

“才子,我有个想法,晚上八点到榨油坊碰下头行不行?”

“行,我也有点想法。”

两人一拍即合,姚才子十有八九猜着了王老六心里在想什么。王老六猜姚才子也想暗中推波助澜,打好麻七天这张怪牌。反正只要能给铁厂及背后的总部施加压力,只要不犯国法都可以搞,白猫黑猫捉住老鼠就是好猫,这招那招赶走老板就是好招。

吃过晚饭,王老六懒得洗澡,喝了一点凉茶,抽了一点烟,吹了一阵空调,看看表,慢悠悠散步出了门。两三分钟便到了榨油坊,他刚到,姚才子开着车来了。

“老六,去会客室,那里有空调,我早要侄子准备了甜瓜和西瓜。”

“我猜你心里在打怪主意。”

王老六跟着姚才子进了榨油坊会客室,进门坐下,拿起一块甜瓜就吃。

姚才子拿起一块西瓜,有点神秘地笑。

“老六,我发现你进步相当快,人家都以为你是个莽夫,蛮力超人又有功夫,这回你干得相当漂亮,神出鬼没、诡计多端。”

“都是白大哥安排的,我哪里想得出那些计谋。”

事实也是如此,王老六不敢居功。

“但是你执行得干净利落,不简单。我猜一猜,这回你想单独玩一手,是不是?”

姚才子要掏出王老六心中的想法。

“可以说单独,也可以我们俩合起来干。暗中搞,不让其他兄弟晓得,连白大哥也瞒。因为这个路数说出去不太好听,但你说效果好,我是个实在人,既然效果好为什么不搞?”

两个人都没明说但心里都通了,就是出钱请麻七天剁菜刀,连续打几天怪牌。

“老六,我告诉你,傍晚我与石大毛通了话,从那里找到了机关。主意的确也不是石大毛出的,是麻七天自己提出来的,只剁半天菜刀。”

“为什么?”

王老六更是不明白了。姚才子一解释,王老六笑了,说:“那个麻七天经真的多,又恶又难缠,我们能请得动她啵?”

“你要晓得石大毛也是怕她躲她。不过,人都想有个好名声,她这些年恶名传四方,而今想敲高速公路的竹杠,又有求于石大毛和镇政府帮她讲话,情急之下她歪打正着,今天上午她在铁厂剁菜刀成了环保英雄,这虽说有点搞笑,效果还是不错的。我们暗中去请她继续战斗,只要价钱合适,说不定她会同意。你想想,剁菜刀是她拿手好戏，十里八乡谁比得上她？对铁厂剁菜刀她就是英雄，又暗中得钱，是名利双收，这个账还不好算？你说她蠢也是蠢，你要说她聪明也有聪明。我们可以试一家伙。”

姚才子这么一分析王老六觉得十有八九能请动，她阻工又想敲竹杠还不是为钱？只要他和姚才子保密，谁知道她剁菜刀还暗中收钱？

“才子，才子，请动了，钱归我出，你只负责请动她，你嘴巴会讲些。”

“老六，这个不行，钱必须归我出，这回我没出什么力，理当我出。再说，出这点钱是小菜一碟，不在话下。”

“那不行，至少对半开。你看一天多少钱她会答应？”

姚才子吃了西瓜又拿一块甜瓜，王老六吃了甜瓜又换一块西瓜。

“老六，天确实热，下午热，我们也不要她剁整天，就是每天上午九点至十一点，剁两个小时，一小时一百，这绝对是常德农民工里最高的了，高级技工也没这么高，她还不动心就怪了，上哪里挣这么容易挣的钱？”

“还是你才子精，山西佬说三百。”

“老六，我压缩了时间，以时计算比山西佬开价高几倍啊。”

“那也是，我们也不亏待她。”

姚才子两眼直转，笑。

“老六，工钱我们出得高，我们的要求也要提高，要剁出水平来，骂出水平来。我晓得她读过初中，识得字，记性好，她除了骂自己随口现编的词儿，我还跟她准备了几套。”

“啊……”

王老六望着姚才子惊呆了，他还给那恶堂客准备了几套词？

“老六，你莫这么望着我，我下午想的，已经抽空用纸写好，今晚我们谈成了就交给她。我们要搞就搞出点名堂，要搞起花来。不过，我要开车，你每天监两个小时的工行不行？不要那刁堂客收了钱，不出力，随便乱剁乱骂一通糊弄我们。”

王老六总算是明白了，难怪他叫姚才子，这他妈的谁想得出来？他王老六不服还不行，往后得跟姚才子多交往点，从他身上学点东西，人光是一身蛮力还是不行的，得长脑子。

“作数，我每天监两个小时工，我有事就请狗婆娘顶替。要她剁多少天合适？”

“她大号不是叫麻七天吗？你看就暂定连骂七天如何？”

“要得，连骂七天铁厂老板恐怕真的要被骂疯去！”

“不会,按我的骂法,比被骂疯效果恐怕还要好些。”

王老六这就真不知姚才子要如何骂了,心中竟然是充满了期待,想看看经姚才子指点后,那恶堂客会骂出个什么新气象,剁出个什么新花样。

两人密商完毕,时间已过晚上九点,姚才子开车与王老六两分钟就到了西边山冲里,直奔麻七天的家,开到了她屋坪里。王老六没料到,姚才子巧舌如簧,不停给麻七天戴高帽,说她今天成了环保英雄,美名将传遍双桥坪的山山水水,弄得那恶堂客满面春风,切瓜倒茶不亦乐乎。当麻七天明白他们的来意,正式密商条件和工钱时,姚才子使了个眼色,麻七天立即对待在一旁乘凉的男人恶声恶气说:“你进屋去睡,我们有要事商量!”她男人闻声连忙进屋了。王老六真替那男人抱屈,找了这么一个恶堂客,就是她一碗下饭菜啊。

她男人进屋后,姚才子又对麻七天窃窃私语,口吐珠玉,弄得那恶堂客乖乖点头称是,好像姚才子成了大老爷,麻七天甘当小妾似的,接过姚才子几页骂词就像接情书,看也不看赶忙藏起来,口里连出软语:“才子哥放心,一定照你写的骂!”王老六在一旁开了眼界,心里道,也怪不得秋枝要暗中跟姚才子搞路子。

姚才子开车走时,麻七天还恋恋不舍:“才子哥急什么?还坐一会。”但姚才子执意开车走了,王老六忍不住在回家路上撮一句:“才子,莫是麻七天巴上你了。”姚才子笑:“我身上一身油,她巴不上啊。”王老六也笑了:“明天上午我看大戏!”车行如风,一身爽。

本来八号灭火之后,又是剁菜刀警告,又是工人失踪至今无消息,老百姓一直关注着事态如何了结,而今又突然杀出一匹黑马,大名鼎鼎的恶堂客麻七天上阵,这就像滚油锅里撒了一把盐,炸开了花。山里没什么文化娱乐活动,看热闹不花钱还不好玩?因此希望麻七天连续骂个七八天热闹一场的大有人在。

十五日一早,镇上不知什么人传言,说麻七天今天又会摆起砧板剁菜刀开骂,结果九点不到铁厂大门前早围满看热闹的人。

麻七天没让等候她大驾光临的人群失望,九点差三分只见麻七天左肩挎一大布口袋,右手提一小板凳,走到树荫下,从大布口袋里掏出一块长木砧板,一块两个巴掌大铁片,一把锃亮菜刀,坐下,定神,运气,迟迟不动作。

看热闹的有人急了。

“开剁吧,麻大师!”

居然有故意搞笑称她大师的,引起一阵笑。王老六正好此时赶到,站在人群中开始监工。

麻七天上衣黑绸短袖褂，下身黑绸半长裤，一头乌发齐肩散披着。她不笑，望一眼铁厂大门内，里面工人也在等着看热闹，老板还搬一把木椅坐在树荫下注视着。而今七十二行更新了许多，有专业哭丧的、哭嫁的、各类商托医托、地下出警队、黑车黑摩的等等，好像还未曾听说有专门骂人谋生的这个行当；虽然过去很多年有一批人靠写批判文章骂人吃饭升官，但那些人与麻七天完全不是一个档次，她也毫不知情。她是走运，碰上了王老六和姚才子，才有机会靠剁砧板骂人第一次赚钱，若是时常有这么好的赚钱机会，她就发了啊。

“嘭！”终于剁了第一刀。一刀重，紧接着两刀轻，好像是镇上舞厅的华尔兹节奏。可是接下来是一顿快剁乱剁，刀背打得砧板响，砧板又震得底下的铁片响，进到耳朵里实在是不好听，很难受，有高血压心脏病的听到十有八九要快点服速效救心丸，不然真的有危险。

麻七天横眉冷对一顿快剁乱剁，突然停下，一板一眼开骂了。她是一边骂又一边剁，剁剁停停，停停剁剁；你以为她会剁，她停下；你以为她停下，她偏剁！少林武当南拳北腿这样的功那样的功，哪里见过这般离奇古怪的剁菜刀骂功？谁敢说骂不是功夫？山里真就有人被骂死过的，当然是被骂得气不过，上吊投水不活上算。

铁厂老板真该骂，
污染环境犯国法，
黑良心来赚黑钱，
再不悔改把头杀。

性命本是爹娘生，
年纪轻轻要惜命，
你丢性命不要紧，
你爹你娘靠谁人？

双桥坪人不信邪，
敢杀贪官敢杀贼，
谁要顽固抗到底，

保家不怕刀见血！

“麻大师骂得好！”有人高声喝彩，有人递上矿泉水。麻七天始终不笑，拿了钱，很守信，很敬业。

骂了一段，歇了几分钟，麻七天又开剁。“嘭！”“嘭！”“嘭！”节奏很慢，剁一刀，停几秒；停几秒，又剁一刀。王老六站在人群中完全被麻七天的骂场气氛吸引，心里道，这个恶堂客身上有股怪味，你弄不清她脑子是怎么转的，刀一时剁快，又一时剁慢，一下剁重，又一下剁轻，你以为该停了，也确实停了，可是她突然一刀狠剁惊天响，吓得他心跳老高。这个钱花得确实值，他看见第一段骂完后铁厂老板退了，想必也是被骂得心里发毛了。只有他晓得，今天的骂词有些是姚才子写的，刚才的一段一定是。

听骂的看剁菜刀的人不仅不散，反而越来越多，王老六发现石大毛和两个警察也来看热闹了。

“老六，这是怎么回事，这堂客今天又来剁菜刀了？”

石大毛一头雾水，分明麻七天说过只剁半天，怎么又开剁？

“我不晓得，是听人说了跑来看热闹的，不过我觉得她骂得好，水平还不低，不信你接着往下听。”

王老六与姚才子商定，这单生意死不认账，今后哪天再告诉兄弟们也不晚，眼下是一定瞒严实。

两个警察只观不语。

“嘭嘭嘭！”突然连响三声，然后麻七天将菜刀举过头顶，在头顶上直晃悠，迟迟不落下来。弄得看的人很紧张，只见刀光闪，不见往下剁。看的人心被悬起，等着她往下使劲剁，哪知麻七天将闪亮的菜刀朝左一横飘，又朝右一横飘，左一飘，右一飘，飘得人眼花缭乱之时，突然啪的一声巨响，吓得有人尖叫。

她既没用刀口剁，也没用刀背剁，菜刀横拍在砧板上。以为她继续开骂，哪知她唱起了双桥坪古老的山歌调。她的歌声沙哑，悲伤凄婉，如泣如诉。

铁厂兄弟听我言，
你们也是苦不堪，
七年辛苦白辛苦，
老板扣发血汗钱。

打工怎能不赚钱，
赚钱要赚良心钱，
有人污染你家乡，
想想你会怎么办。

双桥坪人本友善，
不想给人半点难，
可是铁厂太害人，
难道你们心里安？

黑海无边回头岸，
各位兄弟要打算，
家人要靠你养活，
你要改地换新天。

没有人再喝彩，麻七天停下，闭目养神。

王老六真的被古老的山歌调感染了，心里一阵阵悲凉。他看见有的铁厂工人低着头走了，有的在揉眼睛。

“老六，这就怪了，麻七天有这个水平？”

石大毛显然认定现场效果不错。

“这个我们不需要管，走。”

瘦高警察对微胖警察说。

“这里面可能有人做文章，这个文章还做得有点巧。”

微胖警察跟着瘦高警察走了。

石大毛也走了。

王老六没走，呆呆地站在人群中，等待着麻七天休息好后继续骂继续剁。他忘记了四十度的酷热，虽然站在树荫下，一身也汗透了。

34

下午两点，山西佬还在酒店午睡，未关的手机响了，一看是白义成电话，接了。

“你没什么事吧？”

“事没有，可是心里不安，还是怕哪天突然遭黑摸。不过，防得还是严。我把建材厂易燃物都清除了，纵然有人来放一把火，也能很快扑灭，伤不了筋骨。”

“好，坚持就是胜利，我们要拼耐心。现在这里形势好，只是有个怪事弄不明白，今天上午麻七天又到铁厂剁菜刀了，边剁边骂还边唱。”

“什么？还唱上了？”

山西佬提起了精神。

“这是半路上杀出了一个李鬼，这个怪事影响还很大，是谁在暗中操作的也搞不清。我想只可能是姚才子，可他说没搞，一天忙到晚忙，哪有时间与麻七天那恶堂客打交道。”

“我也想不出这是谁搞的怪动作，不会出乱子吧？”

“乱子应当不会出。现在我在想，怎么尽快给对手再制造一个乱子。我们要一直不停顿地主动进攻，要搞得他们防不胜防，尽快认输滚蛋。这边搞得凶，你那边就要防严点，以防他们到你那里下手报复。这是我打电话的主要意思。”

“我明白，你放心。”

放下电话，山西佬起床不睡了，打开睡前关了的所有手机，抽烟。他寻思，白义成又要给对手制造什么乱子？现在局势僵着，铁厂老板不带着人马滚出双桥坪，他们就不能算最后胜利。他们离最后胜利还有多远？说实话，他也不能完全保证防得住遭对方黑摸。怕是不怕，时间拖长了他的亏损会加大，藏着柱子也是个负担。别无选择，只能抖擞精神坚持。

手机响，来了短信。一看，是章三妹来的。

“你必须高度注意斯诺登事件，你七月八日以前与乡下通话的手机是被人监听了的，至于谁监听的我也不知道。阅后删。”

山西佬看完短信惊呆了，这个信息应当是真的，不然铁厂背后的人怎么会盯着他不放？幸好他有多部手机，后来又新开了一个号码，不然很可能柱子的事也会被对手发现。

山西佬盯着短信想，为什么章三妹要帮他？是真帮他还是给他下套？她又是怎么知道这样绝密的信息的？给她回短信吗？怎么回？若是不回她会怎么想？万一是真帮他，不与她联系他就失去了了结对手的机会？她为什么要真帮他呢？毫无理由也毫无逻辑。

想了很久，山西佬决定冒个险，这个险是他能够控制住的。之所以要冒这个险，是他也想通过她了解一点对手的秘密，以便他们的行动更有针对性，尽快打败对手夺取最后胜利，时间拖长对他很不利。

“谢谢你，假如你是安全的，你高兴的话，可以今晚喝个茶。”

仔细推敲，山西佬回了信。

“高兴。我可以有办法安全，主要还是你的安全比我更重要。你怎么安排安全才可以，我必须以你的安全为重。”

山西佬再次惊呆了，这是怎样一个女子？

“放心，我也有办法安全。晚上八点后，你注意短信。”

“高兴。好的。不用再复。”

山西佬一支接一支抽烟，努力回忆上次与章三妹在共和酒店大厅见面的所有细节，记起了他上楼回头一瞬间，她抛给他一个飞吻。至今，他对这个飞吻的性质是否定的，当时他认定是她想给他下套，此刻也不能完全肯定不是下套。

晚餐时山西佬将准备与章三妹喝茶的想法说给老婆听，老婆听了半天不吭声，沉默了半天说出来的却都是废话，等于什么也没说。

“这个你自己拿主意，是不是给你下套只有她自己知道，我们怎么猜得准？可是她为什么要给你下套？假如是受老板乌龟的指使，怎么上次给你提供乌龟想你破产吞掉你建材厂的信息，今天又提供你的电话被监听的信息？她一个职员才大学毕业一年，怎么能获得这些信息？”

山西佬不怪老婆，自己也绞尽了脑汁不能判准，所以才决定冒险与章三妹见一面。

“我还是决定约她喝个茶。”

“这可得当心，在什么地方喝茶不会被人发现？”

老婆这句话是对的，山西佬在城里名声大，目标大，注意他认识他的人也多，容易被熟人碰见，尤其在这种很敏感很紧张的关口，他绝对不可以自己失误意外生出事端。

饭后山西佬独自在卧室待了很久，终于打定主意。八点一到，他发出一条短信。

“你可以八点二十从武陵阁出发，在诗墙背后的人行道往东散步吗？”

“可以，别担心，没有人会跟踪我。”

章三妹很快回复。

“请你穿一套白裙装便于我辨认可以吗？”

“可以。”

“就这样，到时会有辆出租车停在你身边，你拉开后门上车，我会在后座。”

“好的。”

山西佬决定不开车，也不要司机开自己的车。他给老婆说了声，独自出了门。

上了一辆出租车，司机问去哪儿，山西佬说先到城西派出所，再到城东去接人。他是估算着章三妹行动的时间，绕到城西再往东走，想在章三妹从武陵阁往东走一两百米的光景能顺利上车。上车之后，他将事先写好的短信发给王老六：“特别是，请你叫你在市药材公司的妹妹妹夫，给我准备一间有空调的房间，摆点矿泉水和水果。我很快就去那里，只待一至两小时。你妹妹家我去过，知道怎么找到。绝对保密。收到马上回复。”

五分钟过后才收到王老六回信。

“已打电话告诉了妹妹，没问题，也会绝对保密。”

山西佬看完信心里直夸王老六办事可靠又快。

眼看出租车快到城西派出所，山西佬对司机说：“师傅，请找个地方调头，往武陵阁走。刚才所长来信有急事外出了，我去武陵阁接人。”

“好的，前面有个路口可调头。”

司机不说二话。

堵车，走走停停，车到武陵阁已到八点半。

“怎么不见？”山西佬蒙司机，“可能见我老不来在附近散步吧，师傅你慢慢往前开，我注意右边的人行道。”

“好的。”

司机仍不说二话，反正打表计程，随乘客怎么在城里转都行。

车往东开了三百米左右，山西佬隐约在人行道上看见了一个着白裙装的女子。

“师傅,在前面那个穿白裙子的女子那里停一下,看看是不是她。”

“好的。”

司机将车开到白裙子身边停了,山西佬打开后门,章三妹拉开后门朝里一瞧,山西佬做了个请进的手势,她立即上了车。他按亮手机短信给章三妹看,“车上不要说话。”章三妹点头。

“老板再去哪儿?”

司机开动了车,低声问。

“往前走,我会告诉你怎么走。”

山西佬不愿说出目的地,司机也无所谓,只管开车。

左拐右转一路提示,七八分钟之后出租车开进了市药材公司职工宿舍,下车付钱,出租车走了,山西佬笑了。

“应当没被人跟踪吧。”

“龚总可以当地下党。”

章三妹也笑了,低声说。

“人在江湖,背后不长眼睛要吃亏啊,这都是被逼无奈。”

“你说得很对。”

“见面地方很安全,是老乡兼可靠朋友家。”

“跟着你走我绝不担心。”

山西佬开始对这个二十三岁的女子建立起一点希望和信心了,刚才她坐在他身边,再没有靠近他的身子而是保持距离,远不是上次在共和酒店大厅,见面就挽上他的一条胳膊,借行走姿势故意用胸脯往他身上磨那样。正是这个细节,他开始猜想,她的真实内在可能是与外表非常不相似的女子,她的人生经历也许非同寻常。

很快到了王老六妹妹家,妹夫开的门。

“龚哥请进,一切都安排好了。”

山西佬带着章三妹进门,只与王老六妹妹说了句:“麻烦了,谢谢了。”

“看龚哥说些什么,莫讲些见外的话,请都请不到啊,你同我哥是什么关系我们都清楚。”

向夫妇俩挥挥手,山西佬与章三妹进了为他们准备的房间,关上了门。

这是一间孩子的卧室,十几平方,干净整洁。孩子大学毕业后留在了省城打工,现在有时来了客人就做客房。

两人在一张小玻璃圆桌对面坐下，坐的是较低矮的小孩使用过的可拆散或合并躺下的沙发。

女孩坐下后突然低下了头不说话，也不朝山西佬望，山西佬也一时不知说什么话。

“三妹，谢谢你为我提供了真实有用的信息。我想知道你是怎样获得这些信息的，你为什么要帮我？我们以前几乎从未有过交往，见过几次，那是你陪你的老板乌龟在一些并不重要的聚会场所。你不要有顾虑，我们可在这里交谈一两个小时，很安全。”

山西佬考虑了两分钟，还是决定以诚相待，开门见山。

女孩望了山西佬一眼，又低下头来，似乎不知从何说起。女孩不说话，山西佬不再说话，耐心等待着。时间一分一秒过去，忽然女孩从小手提包中掏出纸巾，山西佬细瞧才发现，女孩的眼泪一汪汪往外涌了。山西佬陡然心一沉，她肯定受了很深的伤害很深的羞辱，会是什么？

“龚总，不好意思，平时我自认为很坚强，今天在你面前再也撑不住。先告诉你，我也是个共产党员，大三时加入的，毕业时转为正式党员。比您的党龄短多了，不好意思……”

山西佬不禁坐正身子，挺直了腰。那么今晚是新老两个共产党员对话了？一股正义严肃的情感顿时在山西佬胸中涌起，也好像立即传递到女孩身上，她的泪水慢慢止住。

“龚总，在回答您的问题前，我先简单地说一下自己的身世和经历。”

“很好，这也正是我想知道的。”

仿佛两个人之间的交流障碍一瞬间消除了，山西佬拧开一瓶矿泉水，放到女孩面前的小玻璃桌上，又将香蕉和荔枝朝女孩那边推进一点。

“谢谢。”女孩喝了两口，轻轻一笑，也从桌上拿了一瓶矿泉水拧开，放到山西佬面前。“谢谢。”山西佬也喝了两口，没有笑，很认真。

“龚总，我出生在湘北一个偏僻贫穷的小山村，父亲已当了二十年村支书，十年前为修通一条简易公路开山炸石断了一条腿，抢救过来就成了一个跛子，他仍然拖着条跛腿当支书。他只读过五年书，叫我发奋读书将来出息了为穷苦的山里人做点好事。”

“啊，原来你父亲是个真正的共产党员，有其父必有其女啊……”

山西佬再打量女孩时，发现她比最初见到迥然不同了，没有化妆，本色，外表虽不很出众，但也有几分自然的美丽。

“龚总您先别夸我。我父亲就是我最先看到的共产党员，他什么都听党的话，我们那里有些人生了多个孩子的，可是父亲一直听党的话计划生育只生了我一个女儿。父亲叫我刻苦读书，我读小学每天都跑十多里山路，吃苦算什么？人生怎能不吃苦？可我没争气，只考上了一个二本大学，父母却高兴坏了，虽是二本也是村里出的第一个大学生啊……”

“我向你致敬！了不起，二本一本没什么区别，有些二本毕业的学生比一本强，这样的例子多的是！”

山西佬真是这么想，他当年读书也很苦，主要是家里贫困还有弟妹，但他在双桥坪，学校就在家门口，不像这个女孩上小学每天都要跑十几里。

“龚总，应当说多数一本毕业的还是比二本强，乌龟就是二本毕业的，比您强吗？他的父亲还是省城的处长，条件比您小时候好多了，一个天上一个地下，他比您强？”

“这个话不好说，他有他的狠，眼下这个市政装饰工程较大，很可能最后中标者就是他。”

“也许是，但这并不证明他比您强。他与您完全不是一路人，完全是另一种人，年纪比您小十岁，可城府比您深得多，人品更是差一万倍！”

“三妹，这个话就更不好说啊……”

“龚总，我后面会说的，今天我都会说，我都说了，要请您为我指一条路，可以吗？”

女孩望着山西佬，眼里闪着期望的光。

“指路不敢，但我一定很认真很坦诚提供我的人生教训，我能够帮助你的地方，一定尽全力！”

山西佬郑重承诺。

女孩慢慢昂起头，她整顿情绪，目光忽然变得很超脱，像经历了大难而不死，镇定而无畏。她的目光正对着山西佬，却又像看着很远的远方。

“龚总，其实说起来并不复杂。前年大学毕业，中文专业在省城很难找到好工作，试用了几家小单位都不理想待遇又低，同学介绍到常德乌龟的公司，我接受了，待遇比省城高点，可是来后不到半月被乌龟带到酒店下迷魂药后强奸了。当我醒后悲愤无比要去公安局报案，乌龟就跪下求饶，愿赔偿两万元损失费，除了月薪三千，每年另给我五万元。他对我说，你告倒了我，你也坏名声了怎么面对父母和社会？不如暗打暗消，他好我也好……我最终忍气吞声妥协了。怎么想通妥协的？我在网上看到一个山村美丽年轻未婚女教师，为了给孩子建一所好学校，进城四处求人卖身筹钱，后来死了，孩子们失声痛哭说她是天下最好的老师心灵最纯洁的老师，网上都是一片赞美啊。龚总，我就决定像那个女教师一样了，反正已被乌龟破了身，不如就搞他的钱，再把钱寄给父母，一年几万总能帮父母一把，而且肯定父亲多半会把钱花在村里的事上，花在村里的困难户身上，他是共产党员呀，总是说共产党员要吃苦在前享受在后……”

“三妹，你说的别人不信，我全信，我的老父亲就是一个有六十多年党龄的老共产党……”

山西佬眼睛湿润了。

“龚总，可乌龟与您完全不是一路人。我妥协了，他竟然厚颜无耻地说，‘你想通了就好，我也算老党员了，你是新党员，党内的老党员搞新党员这有什么关系呢？’我痛斥：‘你还像个共产党员？’他反驳：‘比我坏得多的共产党员有的是啊！’”

“你的信息就是从乌龟那里得到的？”

“龚总，您别急。过去我也听人说过你，你名声好，可乌龟总是说您是假装的，背后也肯定有一大群女孩玩。为了中标，乌龟是故意派我勾引您，说我若能将您拖下水，最好能偷偷用手机拍个照，他奖励我一万。可是您很坚定不下水，您的形象在我面前突然高大起来，所以您那天在共和酒店上楼回头一瞬间，我失控给了您一个飞吻。那是真实情感，我感到自己有幸在今天遇到了一个可敬的共产党员。”

山西佬听得倒吸了一口凉气，这么说那个小他十岁的乌龟还真是要暗中算计他，他若不坚定那天动了三妹被三妹偷拍了裸照拿在乌龟手上不就坏了大事？他动了三妹，也会被三妹看扁，拿他当乌龟看，三妹又怎么会暗中帮他为他提供情报？

“三妹，谢谢你。我没有你说的那么高大，但我一直努力不能让老父亲骂我。”

“龚总，我告诉你，您在合伙做标中，最多可从乌龟那里拿走十万，你不要客气。”

“好，你今天交了这底，也确实不能太客气了。不过，那十万中，有你五万，你必须收下。”

女孩望着山西佬不知说什么好。

“假如今年不亏损，那十万我会分文不取全给你，你比我更需要钱啊。”

山西佬又再次强调。

“龚总……”女孩的眼泪再次落下来，“我来到这个城市，不幸遇到了乌龟这个大坏人，也有幸遇到您这个大好人。我告诉您，六月中有次乌龟与人打电话，我是无意中偷听到的，乌龟说：‘山西佬就是龚爱党，他是双桥坪人，他支持关闭铁厂是可想而知的，你们监听他的电话一定可获得一些信息。但是，不能动他的建材厂，我等着他破产后收过来的，做大了，对你们更有好处……’我就听到这些，差点被乌龟发现。”

“你估计乌龟是跟谁通话呢?”

“这估计不到,但是我晓得乌龟其实暗中还与人合股做房地产,只是他不参与管理只分红。有次他喝多了吹牛,说他的股份公司拿的建筑钢材有特别供货商,价格比市价低一半……”

“啊……”

山西佬终于明白了,乌龟至少与双桥坪铁厂背后的黑供货商有联系,这真是很危险。他不是有多部电话,灭火后又新开的号码也许会被监听去更多信息,柱子他能藏住?这不行,明天要销掉几个号码再新开两个号码,用公司员工的身份证去办。他一直把防范重点摆在建材厂,既然乌龟将来想吞下他的建材厂不希望有人破坏,那么黑社会会对他的酒庄下手?酒庄在城郊,可能要立即加强酒庄的防范了,另外还要将柱子转移。他不能与三妹久谈了,要赶到酒庄与助理商量处理事情。

“三妹,我有急事今晚不能谈了,以后再约个时间谈。你暂时要不动声色安心待在乌龟那里,一有情况请及时告诉我,明天我会告诉你一个新号码……”

“好,龚总,一切听您的。您走您的,没有人会注意我,放心。”

山西佬先出门下楼,拨通了司机电话。

“马上到市药材公司宿舍接我!”

很快车来了,山西佬上车说:“去酒庄!”

35

“兔崽子,我明天就要回乡下老家去了,你还不出来跟我说几句话?”

晚饭后王志和独自坐在客厅看央视《焦点访谈》。五月底堂弟老六已将他老家的院子维修好,维修款还有几万是老六垫付的,他得回乡下老家住一段时间。父母在世时一再交代不许老宅荒废垮掉,他早对父母郑重承诺,不到那里住也一定保护好。

康兰饭后在房中电脑上做事,虽已放暑假工作仍未完,得赶完后然后与儿子去旅游,儿子读完博士听话回到长沙了,得奖励一下。本来他也想一起去玩玩,可是得回乡结维修账款,父母过世快五年,他必须去好好收拾房子院子,不能再拖了。

五分钟过后儿子不情愿地从自己的房中出来了,在客厅的长沙发上坐下。

“老爸,你是走前还要上一堂政治课?准备讲哪一课?当前世界很热闹,美国情报人员叛逃到了俄罗斯,给美国捅了一个大黑洞,搞得美国在全世界面前灰头土脸,我知道这个您很高兴;再就是钓鱼岛,中国态度强硬每天舰船巡逻,小日本也拿不出好招,美国只给日本使嘴巴劲,不动真家伙怕惹火上身,这个您也高兴。您准备上哪一课?”

王志和望着儿子笑,要教育这样的小子是颇费神的,他时常能猜到你想说什么;换句话说,既猜着了你想说什么,他早给你准备好了一套说辞,你的说辞若是不够妥当,他就会趁机从不妥当的地方突破,你可能全军覆灭,他得胜回朝。这个不是父子间输赢的问题,是个教育效果问题。

“兔崽子,你要说上课也行。你虽然读完了工科博士,下学期就当教师上讲台教大学生了,可是你在有些方面还很不成熟,像个儿童。养不教,父之过;教不听,那就是子之过了啊。”

王志和打算去乡下院子待两三月,他心里要纠正的是儿子对以美国为首的西方文化的盲目肯定,这是在武汉六年染上的毛病,虽然在儿子身上不像有些青年那样严重,美国人放个屁也是香的,将中国说得千疮百孔。儿子回长沙的时间还很短,而他又要去乡下几个月,他担心不纠正儿子的倾向性问题会在无形中影响学生。他认为中国高校普遍存在一股盲目肯定西方文化的倾向,不下决心纠正任其发展下去会误导青年大学生,对中国的未来很有害。

"我明天就要回常德乡下老家,你长大了,妈妈在变老,我走了你除了教课,还要帮妈妈做家务,搞卫生,不要整天趴在笔记本前,不要晚上老不睡,早晨没课又老不起床,外出游玩要特别注意安全健康。"

"我以为是什么新课程,您这些课已经讲了多次,我都烂熟于心了啊,老爸。"

儿子笑起来,歪在了长沙发上,不过仍然是面朝王志和的小沙发方向,实际上还是在观测老爸脸上的风云动向。他断定老爸今晚主讲的不是这些老课,还会有什么新课?实在也吃不太准。

"你认为斯诺登事件会如何影响世界?如何影响美国?"

儿子愣住。

"老爸,您不是上课,是考试啊,我是学工科的,这非我专业,让我想想。"

王志和笑。

"还有一问,如何影响你?"

"老爸,您扯太远了,这与我何干?"

"兔崽子,未扯远,很贴近,给你五至十分钟准备时间,我上卫生间回来,再听你如何解题,不许偷懒。"

"老爸,当您的儿子真个累啊,我回到长沙不到两个月,您几乎每天都思想将军,搞得我远没有在武汉自由自在。"

王志和在卫生间听到儿子鸣冤叫屈,紧接着又传来康兰声援儿子的声音。

"儿子,你才回家多久?我是一年四季累,他又不是共产党,可是非常关心时局,对以美国为首的西方文化批评很多,也不是他没有道理,如果说我们确实受了一些不良思潮的影响,可他是拿我们当小学生,好像不上政治课就有叛逃去西方的危险啊。"

儿子在客厅哈哈大笑,康兰也跟着儿子笑。笑声传到卫生间,王志和也暗自笑了。

上完卫生间王志和回到客厅。

"兔崽子,怎么样?可以答题了吗?"

儿子眼珠一转。

"这没有什么可答的,反正美国这一回篚大瓢了。其实各国都有不同程度搜集情报,中国的情报战也不会输美国多少。美国哑巴吃黄连的是对所有盟国领导人的电话都监听,美国赖不掉只好默认;默认又不道歉,从此哪个盟国不对美国留一手?总之是美国这回栽了,全世界对美国吐口水,而美国又宣布斯诺登是叛徒,要缉拿引渡,这实际又是美国不认错,今后还要搞监听。如此一来连盟国也对美国离心离德,美国不是亏大了?偏偏而今美国自身危机又没化解,当世界警察已经力不从心,老美眼下确实很头痛。老美很头痛,老爸你可高兴了。”

儿子颇带笑意。

“谁说你学工科的博士不行?你切中了题啊,继续往下说,对你这个现在的工科博士、未来的高校教师有何影响?”

王志和正面肯定了儿子,也是想鼓励儿子向着他心里想的方向前进。

儿子想了想,不再笑。

“您就要回乡下去了,我可不能不孝,给您带一个大包袱回老家。万一您一去爷爷奶奶墓地,告诉爷爷奶奶说他们的孙子而今不听话了,那可不好。爷爷奶奶去世前我在读博,他们好荣耀的。我努力给您一个标准答案吧。对我的影响是,不是美国什么都行,美国对谁都不放心不信任,对中国更是如此。中国眼下也危机重重,但我们要坚定信心努力把中国的事情办好,要奋力实现复兴中华民族的伟大的中国梦。我要安心在长沙工作,认真履行人民教师的光荣职责,让祖国和人民都放心,让您和妈妈放心。老爸,您放心,我可不是一个包袱崽啊!”

王志和万没料到儿子会说出这样一番话来,实际上儿子很清楚他心里希望儿子向什么方向做人;儿子也并不真正叛逆,只是有时对现实不满要发发牢骚批评中国故意说西方什么都好……王志和望着儿子,眼睛有点酸。

“崽,这老爸就放心了,你的爷爷奶奶在九泉之下也会很放心……”

沉默,父子俩一时竟然无语。

“爸,您六十退休了,回老家了多休息,看看书,钓钓鱼,莫管地方上那些事啊。”

还是儿子打破了沉默,显然儿子指的是双桥坪铁厂的事。七月八日灭火之后,老六也很少来电话了,偶尔来电话也多讲院子的事,多是蔬菜的种植情况。老家的菜园就在院子里,已种上了菜,也是老六的媳妇操劳种的。

“好儿子,爸的事你放心,明天中午我会与吴之涣吃个便饭,问问情况,下午再回老家。你和妈妈要注意安全健康。”王志和忽然又转了话题,“儿子,世界局势是严峻的,危机仍在深化。今年是美国发动伊拉克战争第十年了,杀死了数十万人,而今的伊拉克仍是每天不停地杀戮,民主、自由、人权在哪里?战后美国也承认当初决定发动战争的理由并不成立,伊拉克并没有大规模杀伤性武器,事后承认有什么意义?美国能承担什么责任？相反，美国从伊拉克抽身，担心伊拉克变成美国的一条绞索。美国给伊拉克造成了巨大灾难，而现在又不承担战争罪责，这就是美国主流文化！朝鲜战争、越南战争、伊拉克战争等等，这是事实，事实胜过一切雄辩诡辩！这个世界幸好还有中国文化，幸好还有伟大古老悠久的中国文化！还有能够给美国有力制衡的俄罗斯，要不然，世界将会非常黑暗！我说这些事实你以后慢慢去思考，老爸不是故意污蔑美国及其文化，只是陈述事实。今天就说这么多，从乡下回来后，我们父子再论天下大势。"

王志和说完淡淡地笑了。

儿子没有笑，慢慢地回到了自己的房间。

刚才对儿子说的那些话，在王志和这里才提起个话头，人类的问题复杂，文化的问题复杂。美国文化的确能迷惑一些青年，尤其是对中国严重的腐败问题不满的人们，事实上中国的问题也不能回避，必须努力解决。可是只要反过来想一想美国选举制选出来的参众两院议员，及所谓的民选总统，为什么二战之后做出了那么多的错误甚至是罪恶的决策？美国哪一次承担了责任？二○○八年美国危机爆发后，美国考虑过任何其他国家的利益吗？将利率降到零疯狂印钞打劫全球，对欧盟、日本这些盟友下杀手也毫不手软。都发生在光天化日之下，那些依然迷信美国文化的人为什么对铁的事实视而不见？

世界危机并未过去，而是在加深，在复杂严峻的世界局势中，中国没有退路，只有奋力拼搏杀开一条血路，这绝非危言耸听，是异常坚硬的事实。在各种华而不实的外交辞令、绵里藏针的外交过招中，中国是幸运的，新的中央领导班子正冷静、智慧、坚韧、无畏地驾驭大局，正得到广大人民的由衷支持。作为一个已经退休的老人，他管不了那么多事，也无能为力，管住自己的儿子总不会错吧。说空话无益，每个中国人都尽力做好自己的本职工作，中国一定会在世界危机中真正崛起，这是严峻伟大的历史机遇，中国必须抓住，中国人必须发狠。

十六日中午王志和乘客车到了常德市，十二时准时与吴之涣在一家很不起眼的小餐馆用便餐。

"志和，对不起，我只有半个小时，事太多，中午也不能休息。"

吴之涣显得很疲倦。

"足够了，我午餐后就回乡下老家了。"

王志和能感受到，现在各级领导的压力大，新政府抓得很紧，很实。

"双桥坪铁厂的事不简单，背后一定有一个较大的黑社会集团。今天在这里说的，请严格保密，不要对双桥坪那些积极灭火的老乡和亲戚说。七号我与你和王老六通过话后，见了市委主要负责同志，在八号凌晨三点公安武警突然出动，以查禁管制刀具名义，收缴了铁厂二十把大砍刀，当时铁厂老板吓得不轻。我们没有抓人，想引蛇出洞，挖出黑厂背后的保护伞……”

“难怪他们轻易灭了火，未发生半点冲突。”

王志和恍然大悟。

吴之涣却摇头。

“我们是不得不下手，要以防万一。现在歹徒非常猖狂，在北京都敢杀人放火，在常德他们还不敢搞吗？这次起决定性作用的是双桥坪的共产党员、复员军人，老百姓被他们组织得很好。我们不出动，铁厂的人也未必敢动手，因为无法打赢本地人，可是我们要防万一哪一方发疯故意制造流血事件。这里面的疑点是，既然铁厂一方明知打不赢，为什么前面不断地放出了那么多恶话？前一天还摆出二十把大砍刀公开威胁老百姓？也许是铁厂背后的人要将我们的注意力吸引到双桥坪，他们好从常德溜走？或者是在城里大搞一家伙报复？我们的事太多，人手不够，有些技术手段又跟不上。总之，表面上火是灭了，事情还没完。但是，也可以说我们胜利了，双桥坪铁厂是不可能死灰复燃的，市区镇各级领导都统一了思想也下了关闭文件，局部肯定是胜了。但仅仅只是这个局部胜，我不甘心啊，志和……”

王志和心底也陡然涌起几分无奈，吴之涣这样能干敢干的领导干部办事也艰难，其他人不是更艰难？这回双桥坪的人是豁出去了要坚决干到底，不将铁厂彻底灭掉决不罢休，是湘人打死架的历史脾气发了，黑社会也是怕打死架不怕丢性命的对手。想到这些，王志和的无奈又消散了几分。

“之涣，局部胜也很重要，现在全国污染严重，各省市都努力争取局部胜，中国不就是全局胜了？你出了很大力，工作很有成效。谢谢你，你辛苦了，要注意休息保护好身体。”

“志和，你退休了一身轻了，我也只有这一届了。我们这个年纪的人，都还记得当年人民的好公仆焦裕禄，外边还有多少人记得他呢？我一直记得，你记得焦裕禄，有个榜样，你就不能不尽力跟他学啊，你做不得焦裕禄那么好，至少你要努力啊；还有七十年代的英雄杨水才，他那句话也一直在我心中响着：‘干革命，小车不倒只管推！’”

吴之涣说着眼眶都湿润了，自从开始管双桥坪铁厂的事，不断接到恐吓骚扰电话，承受了多少精神压力？吴之涣的话使王志和内心深处颤动，现在公务员大热，公务员考试是第一热的，那些青年是奔着什么去争当公务员的？你真以为当好一个公务员轻松吗？在当下，一个公务员敢于硬碰硬与不正之风、与各种犯罪分子斗争，你甚至要做好牺牲的准备；每年与犯罪分子做斗争牺牲的公安干警、领导干部正不断增多，公务员已成了一个高风险职业。假如你不当一个好公务员，混，偷懒，吃拿卡要，腐败堕落，老百姓不恨死你？党纪国法会放过你？

“之涣，好像中国执政的环境从来没有像今天这样复杂尖锐，新的中央政府已经明显意识到这一点了，当下的政治主旋律，是为真正的好党员、好领导干部撑腰，这一点全国人民都看得清，都受到了巨大的振奋和鼓舞。”

“你说得很对，志和，你虽然无党无派，可是比我们一些党的干部更理解中央的大政方针，这可能与你多年从事文学意识上层建筑工作有关。”吴之涣忽然停下，换了话题，“向你打听一个人，黄土店镇人黄剑锋怎么多年不见到常德来了？他好像是原《文艺生活》主编，七八十年代为扶植常德的文学作者做了很多工作。他的家离我乡下的家只十多里，过去也见过多次，我最近才听说……”

王志和悲上心头，长叹一口气。

“剑锋先生已病逝几年了，他在南方讲话之后辞职下海，赚了点钱就筹拍电影《东京大审判》。他哪里是做那些事的人啊，一败涂地，病倒了，好在去世前在省长的亲自过问下回到了文化机关，可没多久就病逝了……”

“太可惜……我是最近才听说的，不敢相信啊。”

“今天时间有限，将来有空再详细给你说他那本难念的经……”

“好，你回到家乡也要多保重，有空了我们再聚。”

“好，你重任在肩，尤其要多保重！”

近乡情更怯。

这是谁的诗句？父母故去后王志和的记忆下降惊人，有时脑子里好像一片白云缭绕。与吴之涣告辞，拎着简单行李坐出租到柳叶湖汽车站，上了直达双桥坪的中巴车。出城不久，车便在山间公路上行走了，熟悉而陌生的青山、绿水、田野、人家，一切，在他眼前都像是梦境。虽然他每年都回乡，可这一次不同啊，他退休了，一个山里的老孩子，又回家了。

每年回家，王志和都是静悄悄乘坐公交客车，常德城里他有很多熟人亲戚，有权力为他派车的不少，但他从不接受，有急事就坐出租回乡下。文学界的朋友请了二十多年，他总是婉谢，静悄悄来去，只在今年春天他正式退休后，在一个很小的范围与朋友小聚了一次，各自简单交流了一下情况。他喜欢安静，尤其不想接受发过作品的作者请吃，干脆就是不露面，不见面。

车过柳叶湖，又过太阳山，老家的七姑山便浮现在王志和的眼前了。他在长沙住的岳麓山与七姑山比，那就只能算一个小山岗。七姑山一抹碧绿高低起伏十几里十几峰，峰峰是妙笔，座座是绝句；像游子回乡与老友欢聚干杯、老谷酒喷香酒碗倒扣，又是离别饮茶嫩绿芽尖带雨清幽幽满碗颤抖；是相思，是乡愁，是春梦，是春心；是世世代代双桥坪祖祖辈辈牵魂挂魄的故土，是万古千秋双桥坪子子孙孙不敢忘怀的秀丽家园。王志和春节回过乡，清明回过乡，六十年一遇的特大高温干旱七月又回乡，他是怎么了？情感，在贴近老家的路上忽然很脆弱。车进入双桥坪山间水泥公路，稻子在黄，山地披绿，不见半点灾情。真是神了，上天为何造了这一方宝地？

王志和在近家的镇中段叫司机停车，下车后向西步行几十步便看见了自己家的老院子。

院门开着，他知道老六与弟媳已先到他院子里了。

"五哥——"

老六走出了院门，冲着王志和喊了一声，飞快跑上来，抢下了王志和手上简单的行李。

"你怎么选这个最热的当口坐中巴回？随便哪个都能开车送你回来……"

常德城里堂弟妹表姐外甥多家都有私家车，王志和也从不惊动他们，经常是独行侠一个。

"坐中巴能听到很多农民说话，是在城里听不到的。车上一些乘客又多不认识我，听他们说乡下事蛮有味的。"

很快到家坐下，空调早已打开，客厅方桌上摆着西瓜和凉茶，老六的堂客正忙着收拾王志和的卧室。

老六上烟，两人点上抽。

"老六，怎么车上有人说，有个什么麻七天恶堂客这回出大名了，每天上午九点到十一点，她都摆上砧板剁菜刀又骂又唱，说是吓得铁厂的人大门紧锁不敢出门。怎么回事？这不会是你们一帮人暗中操作的吧？"

"五哥，这个事与我们无关，不过那恶堂客这回还是做的正经事，大热天的，也算为双桥坪环保出力了吧！"

王老六赶忙声明与他们无关，但是又肯定那恶堂客做的是正经事。

王志和望着老六笑。

“五哥,这个路数真不是我们这帮人操作的,是另外恨铁厂的人搞的,不过搞得蛮好的。”

“我又没说你们搞的,只是随便问一句。”

“怪不怪,有用就行。”

王老六眯眼笑了,又给王志和上烟。

36

晚上九点，石大毛拖着疲倦的身子回到家，刚将堂屋空调打开，白义成来了，事先电话约好了的。

“白大哥，我是提前开溜的，会还在开，扯不完的皮。”

今天下午高速指挥部来人召开各方协调会，来的副指挥又是区委副书记兼任的，还有镇委书记、镇长、施工方，石大毛当然跑不脱。可是他无权解决任何问题，征地款、拆迁补偿款，都不是他有权力解决的，他只有责任劝老百姓以大局为重，不要阻拦开工。他怎么面对老百姓？不是找骂？而今的老百姓不比过去了，动不动就上访，双桥坪到北京上访的还不止一个。

“我只在你这里待二十分钟，虽然这两天在近处下厨，可还是得赶去准备明天的菜。”

白义成丢给石大毛一包蓝硬盒芙蓉王，中档，三十多元一包，显然是东家送的。

石大毛从冰箱里拿出两瓶矿泉水，拆开十元一盒的精白沙，两人抽起来。

“大毛，听说麻七天今日又在铁厂剁菜刀了，这到底是怎么回事？”

“是啊，今天是赶集日，也有一两百人围观，那堂客剁得一身的劲，又骂又唱，已是连续四天剁了，这背后真不知是谁搞的鬼。不过，让她去搞也好，搞得铁厂老板神经紧张。”

“这只可能是姚才子暗中搞的，虽然姚才子不承认，但从一些人传的一些词儿看，麻七天很难编出来，很可能是姚才子暗中下的药。”

白义成比较肯定。

“不一定，小学的语文老师说，不是姚才子，姚才子编的词应当文采好一点，那就是恶堂客自己编的。那堂客虽只读过初中，脑子还灵活，十年前连骂七天七夜天天是新词儿。”

石大毛而今真不敢肯定谁是主谋，但认定背后肯定有人出钱，莫不是山西佬在城里遥控的？好像理由也不充分。

“反正是她出大名了，成了环保英雄，听说她要打破过去连骂七天的纪录？”

白义成不追究背后主谋了。

“那很难，十年前她是坐在砧板前不退身，骂累了就在椅子上打瞌睡，醒了又开骂，一天二十四小时总要骂一二十个小时，那恐怕是个世界纪录，不是开玩笑的，谁经得住这么恶的堂客骂？”

石大毛说着也笑起来。

“现在都在传，说不把铁厂的人骂滚蛋麻七天决不收兵！”

“这就只有天晓得了，铁厂的人今年不滚她不要骂半年？铁厂不开工要赖着不走镇里也不太好赶他们走，承包的协议没到期。”

石大毛对局势没有白义成乐观。

“我就是为这个事来的，私下密商一下，看看能否搞个新动作。”

白义成切入了正题。

“什么新动作？”

石大毛一脸迷茫，他已经搞得很疲倦了，就让铁厂的人赖着算了，反正点火开炉是绝对不可能了，这个市、区、镇都不会允许了。开不了炉，老板越拖越亏，能熬多久？熬不住了，他们自己也就滚蛋了。

“大毛，你的精神要振作点。”白义成看出了石大毛的态度消极，立即提醒道，“我们这回一定要一鼓作气将他们尽快赶走，既然镇里不好出面赶，我们更要主动进攻，实际也是暗帮市、区、镇三级政府，政府心里也肯定希望我们不停地搞事。只要不违法不搞出人命，政府肯定巴不得我们老百姓搞，你说是不是？”

“肯定是的。”

石大毛对此心里清楚。

“那就好办，我们就是要不停地主动搞事，要搞得铁厂背后的总部尽快彻底认输下令铁厂老板带着人滚蛋，总部不下令铁厂老板怎么敢私自带着人逃走？你想想，柱子已失踪六天了毫无消息，铁厂老板心里不急？总部不暗急？我们是不是再做点文章？”

白义成引导石大毛开动脑筋。

“这怎么好做文章？莫非你真想搞撕票？”

石大毛有些紧张了。

“对头，我就是想搞撕票！”

白义成猛烧一把火。

石大毛噌地起身:“白大哥,千万搞不得,我们可以说已经达到了关闭铁厂的目的,只是他们现在赖着不想走,千万搞不得!”

“你慌什么?”白义成按下石大毛,笑,“你想想我白义成会搞违法的路吗?我是要撕票的效果,又不是真撕票,难道你没有办法可想吗?”

石大毛苦脸摇头。

“这能想出办法来?那就是神仙了。”

白义成信心十足。

“大毛,我替你想了,这回你真的可能当一回神仙!”

“我当神仙?”石大毛加速地摇头,“老哥你莫抬举我。我当兵是养猪种菜,不比你搞侦察兵,上过战场。我自知几斤几两,当年不是你一再扶植提拔我,我能接你的班当支书?老领导,你直说,主意你出,事情我干。你开了口,我是不会打折扣的!”

石大毛是被迫提起神。

“好,我要的就是你这个劲。你要把劲再鼓足,与对方拼耐心,不停地搞事。”

于是白义成压低声音,挨近石大毛的耳朵,细说行动计谋。石大毛听得心里直翻腾,身子也好像有点飘,他真的要当神仙了?白义成要他说通那两个身手不凡的警察,他们警察学院毕业的同学搞公安的肯定多,常德范围之内,哪里发现了一米七几的男性尸体,他们得到消息就带着铁厂老板去认尸。常德这么多县市六百多万人口还不经常发现死尸?死尸越变形腐烂效果就越好,他和两个警察就认定十有八九就是铁厂的柱子了,这不就像真的被常德的黑社会撕票了?铁厂老板暗中向总部一报告,总部还沉得住气不下令滚蛋?

“白大哥,亏你想得出这么个鬼主意。好是好,也不犯法,可这不是故意搞诈骗?两个警察会听我的,暗里帮着我搞诈骗?”

石大毛仍是忐忑。

“大毛,你不要太老实。孙子兵法,兵不厌诈。这是对敌斗争,不存在什么诈骗的问题。我们这回从开始就一直是来硬的,有硬的垫底,再用计谋对方才会相信。你对两个警察说这事要有艺术水平,你要说得合理合法。要说柱子失踪这么多天了毫无消息,恐怕是被撕票了,我们总要给铁厂一个交代,不要让铁厂说我们漠不关心。他们同学搞公安的多,发些短信给同学,帮他们提供线索,积极查明真相,这不就是非常合理合法?那两个警察很聪明,自然是心领神会,这也是他们本职工作,你是积极协助他们工作,不是可以天衣无缝?”

“老领导,姜还是老的辣啊,我明白了,那我今晚就去派出所跑一趟?那两个年轻人的老婆都在城里,一般都在镇政府宿舍住着,轮班回城休假。”

石大毛来了干劲,也不感到疲倦了。

白义成又掏出两包七十元的极品芙蓉王。

“大毛那就辛苦你了,我给你准备了两包烟。”

“那我再给他们提个大西瓜去,那两个年轻人我很喜欢。”

“也行,事成之后,你再私下请他们吃顿讲究点的,钱归我出,这不违反纪律。”

“老领导,这就不要你管了,我会安排好。”

“那我就走了。”

白义成走后,石大毛给瘦高警察打电话,瘦高警察说刚洗澡,忙得不可开交。石大毛说他还没时间洗澡,马上过他宿舍来。

石大毛从家里提了一个大西瓜,带上两包极品芙蓉王,两三分钟便到了瘦高警察与微胖警察的宿舍,上烟切西瓜,三个人说说笑笑。石大毛按白义成指点的一说,两个警察果然频频点头,说这本来就是他们的分内工作,并感谢石大毛支持他们工作。

“那我就不耽误你们休息了,我也要回家洗澡休息了。”

两个警察再致谢,送他下宿舍楼。

石大毛回到家中,先上楼将卧室的空调打开,再下楼到卫生间洗澡,洗完澡便进卧室吹空调,一看表,到晚上十点多了,时间还是早,可这时疲倦又袭来,便关灯上床躺下了。哪知刚躺下,手机响了,一看是个陌生号码,懒得接。可两分钟不到手机又响,还是那个陌生号码,这会是谁?身为居委会主任支部书记,又怕是下面哪个村民有事找他,不接又怕是失职,只得硬着头皮接了。

“喂,哪位?”

“石支书,你是不是在楼上看见了我故意关的灯躲我?”

电话里传来的是麻七天责怪的语调,石大毛顿时头发晕。老天,麻七天找他肯定无好事,他还不能躲,万一惹火了那恶堂客,她搬块砧板,拖把菜刀来,在他的小楼前开骂如何吃得消?

“哪里话,是七姐啊,有什么事电话里说。”

“石支书,你官架子这么大?老百姓到了你屋门口,你还不开门,让我多出电话费?”

石大毛莫奈何，不是什么官架子大，怕她跟上次来一样提桶茶油，若是收了她这恶堂客的礼，那等于是被她卡住了脖子。

“七姐莫讲怪话，支书算个什么官，比你当老百姓还不如，鬼事又多，一年补贴几千元，你愿意当我保证让给你。我不开门是又怕你提桶茶油来……”

“你放心，光人来的!”

“那我下楼来开门，哎，吃亏死了，只想睡觉了。”

石大毛本想关机，麻七天飞快来一句。

“才十点钟这么大热天哪家不乘凉就上床睡觉的?”

石大毛没回话，关了机，心里只求麻七天说了事，他尽快了事，让她走人。

打开大门，按亮堂屋灯，麻七天果然光人一个手上没提东西，不过穿得还讲究，一条墨绿色无袖连衣裙，两只胳膊上白下黑，裙摆过膝盖，小腿杆也黑，这乡里堂客臭美，是一个吃冰淇淋放剁辣椒的味道。

“七姐请坐，热，你快点说，我尽快答复你。楼下我就不开空调了，卧室里开着，同时开两个空调这一段电力紧张，容易跳闸。”

“那就到楼上去，你没看见我一身汗了？两分钟哪里说得完？我又不会吃了你!”

麻七天没等石大毛表态，起身就上楼去了。

石大毛无奈，一想也是天太热，让她吹下空调也好，凉快了再回家去，反正大门敞着人家也不会讲嫌话。

待石大毛慢慢上楼，麻七天已经自己在他卧室的木椅上坐下了，掀开了裙摆露出上面白大腿正擦汗。石大毛忙斜眼不看，径直走到自己书桌前坐下，心里却道，这恶堂客不恶的时候也还看得。

待石大毛坐定，麻七天咔嚓一声将卧室的房门关上了。

“石书记，我热，不关门空调就不冷，没事，我又不会吃了你。”

石大毛心里一麻，这个不行，万一被人碰上他跳进黄河也洗不清，于是起身又将卧室的门打开了。

“七姐，关门不好，我堂客又进城帮女儿带小孩去了，得避嫌。”

“假正经，这些年你没暗里跟乡里的堂客打过炮？一些男的出门打工了，堂客在家也闲着，你就真的没暗中吃过野味?”

麻七天没再关门，两眼瞪着石大毛，那双乌黑眼里不是放电是放火似的。

“七姐，这就只有天晓得，我石大毛当支书也十多年了，真的没有歪过一根纱。”

“我不信,而今当官的有几个不贪不嫖?人家有事求你,若是个年轻点的堂客要白送你玩玩,你玩了只天知地知你还不玩?”

“七姐,信不信由你,也不是个个当官的都贪都嫖,再说支部书记算个什么官?我手上有什么权力?如果有点权力,群众的眼睛是雪亮的,我真的不敢。”

假如说叫鸡公自称党的教导记心头多少有点水分,在石大毛这里确实水分很少,最多就是公务接待陪吃陪喝,那也是为居委会办事身不由己,有些时候自己还得掏腰包贴钱。至于嫖堂客的事,那真的就从来想都没想过,他决不搞那些下五六的事。

“石书记,你是个好人,在老百姓那里没坏名声,就是说你不爱担担子,办事魄力不足,对上对下都不想得罪,想两头讨好。”

麻七天承认石大毛是个好人,乌黑的两眼还是在放火。

“七姐,你不知道当支书的难啊。”石大毛忽然想起似的,“你不是说只剁半天骂铁厂的,怎么连骂了四天?有人说是暗中出钱请你骂的,有这么回事?”石大毛想趁机一探究竟。

“支书,这不是好人难做?我是看到老百姓支持,就接着骂,反正一天就两个钟头,快点把他们赶走还不好?谁会为这事暗中出钱?你暗中给我钱了?”

麻七天望着石大毛笑,很有点暧昧的意思。

石大毛是坚决不相信这恶堂客有这么好的思想,大热天每天到铁厂门前剁菜刀开骂是为环保做贡献。她可能是看到围观的人多,要争个好名声。为什么?眼下她正每天阻止高速施工,本来有关方面工作没做好有责任,可她乘机要敲竹杠搞一笔钱,她是在做给镇里看,做给居委会看,老百姓对她剁菜刀又支持捧场,她的确用这个方法达到了一些目的。今天下午召开协调会,取得了一些成效,所有征地款会尽快发放到老百姓手中;对麻七天故意建猪栏屋敲竹杠的事,他在会上确实为她争取了,她有责任,各方也有责任;镇委书记和镇长也偏在他的立场上说话,指挥部便改变了态度,准备多少赔一点损失,八万是绝对不可能,赔多少还需指挥部集体研究决定。石大毛不理睬麻七天的暧昧笑脸,也断定她是为猪栏屋赔偿的事找他,既然她不说出连续在铁厂剁菜刀的内情,也就懒得问了。

“七姐,你是为猪栏屋赔偿的事?”

“是的,支书,我听说今天下午高速指挥部来了领导,镇里书记镇长还有你都参加了,想来探点消息。”

“我真的帮你说了话,镇里书记镇长也偏在我一边说话,要赔偿八万是绝对不可能的，当地居委会与镇里都帮你讲话，现在指挥部松了一点口，但最后到底给你赔多少钱，指挥部集体研究全线其他问题时再定，不会久拖，很快，因为要解决矛盾尽快开工。”

“支书，真的谢谢你了，你是个好人。”

麻七天真的很感激，她一直忐忑，虽说每天拖着菜刀和丈夫阻工，这猪栏屋确实是心里想趁机搞一笔钱，反正是国家的钱，可石大毛若不帮她说话，镇里书记镇长也就不会偏在她一边。石大毛说话算数了，她实际只帮石大毛剁了一次菜刀，后面的是每次两小时两百挣大钱名利双收，若是猪栏屋能给她赔个两三万她不就赚大了？喊八万是吓唬施工的，那猪栏屋是用一些旧砖瓦抢建的，就是两千多工钱、水泥钱。如此说来是石大毛为她做了大好事，谁说他这个支书没权力？她往后得巴紧他。

“七姐，不用谢，都是乡里乡亲的，你不把我当坏人就行了。”

石大毛一本正经，脸上没一丝笑。

“什么七姐七姐，支书，我比你小十岁，比你堂客小十二岁，叫我七妹！”

麻七天突然将声音压很低，两眼对着石大毛直放火，火的成色还蛮足。

石大毛身子陡然一紧，脑子里轰轰响，这堂客故意将自己的年龄显摆比他堂客小十二岁，硬要拖他下水？他努力镇定住，也不随麻七天将声音压很低。

“七妹七姐都是你，都是一个人。就这样，你早点回家休息去吧。”

“你反正家里又没人，不跟妹妹玩一下？保证味道不比你堂客差！”

麻七天终于是赤膊上阵了。

石大毛却突然笑了，笑得很洒脱。他眼前浮现出上次看她在铁厂大门前，将菜刀举过头顶晃，又左一飘右一飘，啪的一声猛然将菜刀横拍在砧板上的样子，当时差点吓掉他的魂。他能跟她玩？万不可！跟她玩了将来他能有安静日子过？

“那肯定，你比我堂客小十二岁，又漂亮些，味道肯定是好些，可是这违反党的纪律，我不能够做。可以帮你争取赔偿，但不能违反党的纪律。你前面说当官的都贪都嫖，我说不是当官的都贪都嫖，我要是跟你玩了不是自打耳光？玩过之后你背后心里肯定又骂我，说我石大毛也不是个好东西，求他办点事，他就揩老娘的油！”

“支书，你放心，我要是心里骂了你不得好死！”

麻七天低声保证。

石大毛突然起身大步走出了门。

“七妹，你的好心我明白。就当你刚才什么也没有说，我也不会放在心里，你出门，我就忘了。我石大毛说话从来算数，一定尽力争取高速方面多给你赔点钱，你家里还不富裕，我当支书的也有责任。我文化不高，能力不强，这些年没有把居委会的工作搞出色，老百姓有意见也是正常的。我也跟镇里提出过两次，选个有能力的人替换我，可镇里一直说没有什么更好的人选替换我，要我继续搞下去，我也只好勉为其难。你回家去吧，我送你下楼了，好关大门睡觉，真的很累了。”

麻七天呆了，乌黑的眼睛里再没有火焰，出现了蒙眬的水光。

“七妹，走呀。”

石大毛笑着提醒。

麻七天腾地站起，深深给石大毛鞠了一躬。

“支书，你真是大好人，我会感激你一辈子！”

说罢飞快下楼去了。待石大毛下楼，她已走出他家十多米了，他慢慢关上了大门。

37

生活有时会很神奇，人有时也会很神奇。自从十天前灭了铁厂的火，姚才子反而是越忙了，还忙得一身的劲，每天很劳累却能扛得住。近几天他熬夜终于完成了一份起诉铁厂的诉状草稿。兄弟们都努力，他要单独干一家伙，叫铁厂背后的总部发怵。

“我要进城找战友有事，你去榨油坊照看一下，我可能中午回，也可能晚上回。”

早饭后姚才子给腊秀交代。

“是去找那个在市里司法局当科长的胖哥？你是想跟谁打官司？”

腊秀不放心，猜测。

“你莫管，反正我不会做坏事，只会做好事。”

“你放心，收拾完我就去榨油坊。”

姚才子将车开到榨油坊，提一桶十斤装的上等茶油，油门一踩直往常德城里开。

没开一里路，手机响了。

“白大哥，什么事？”

姚才子边开车边接电话。

“才子，麻七天剁菜刀是有效果的，但也不能一直剁下去，剁个七八天就差不多了，你看七八天时能否有办法让她停骂。”

“我来想办法，不过她听不听就两说了。”

姚才子仍是不露底，这事他与王老六密商好了的，实际上就是定的八天，已先付了麻七天八百元，剁完八天之后，他再暗中给麻七天八百元，而王老六已经硬塞给他八百元，一人承担一半。姚才子意识到白义成可能又有新动作，会是什么？

“你好像前几天电话里说过，要搞个诉状起诉铁厂，我觉得很好，但是要快搞！”

“已经搞出了草稿，正开车进城找当律师的战友去，要他修改，看他有什么意见。”

“很好，辛苦你了，才子，你立大功了！”

“白大哥，我们兄弟都听你的指挥，你最辛苦，功劳最大，我没做什么贡献啊。”

“好吧,你专心开车，我挂了。”

姚才子一路超车几十分钟后开到了城里,他先到在街道工厂当副厂长的战友堂客那里,丢下一桶油就开车走了。

“才子,你到我家吃中饭啊!”

战友堂客在车外大声说。

“不吃,有事,嫂子你忙去!”

姚才子一边启动车一边说。

进到战友办公室,将诉状草稿一递。

“胖哥,你得帮忙,最好上午给我搞完!”

“你榨油坊老板给我下命令？我官再小也是个科长。”战友胖哥接过诉状草稿朝办公桌上一放,递过来一大缸凉茶,姚才子咕噜喝了几口。战友胖哥又说:“你而今老板是当得风生水起,嫂子留你吃中饭你一口回绝,你还想我给你办事?”

“老哥,我忙,我急啊。”

姚才子一脸阳光地笑。

“再忙再急吃个便饭还不行？否则你给我将那桶油提回双桥坪去!”

“老哥,这个是战友情谊,不是行贿,行贿这桶油也拿不出手！老哥,你快点给我看,给我改啊,你是老律师了,知道怎么搞倒对手。”

胖哥严肃起来。

“你还才子,出口就是歪话。怎么是搞倒对手？要以事实为依据,以法律为准绳,不是乱搞。”

“是,是,老哥到底是律师又是科长,我的土八路的干活。”

姚才子仍是阳光地笑。

“你是不是按我在电话里提示的写的?”

胖哥认真地问。

“是的,但写这种东西不习惯,很吃力,真的要请老哥操劳,双桥坪真的被那个鬼铁厂搞得忍无可忍了,现在他们还赖着不滚蛋,搞这个东西就是催他们快滚!”

胖哥不再说话,拿起姚才子的诉状草稿仔细看,一边看一边用笔改动。

姚才子静坐在一旁等候着,手机来了短信,是秋枝的。

“有事,想今天中午见,约个地方。”

“不行,我有急事重要事,现在城里。”

姚才子很快回复。

秋枝又发过来。

“你必须尽快安排见面,我等着。”

“好吧,何时有空能安排好会发信给你。”

姚才子有点不安,猜不出秋枝会有什么事。女儿雪梅去深圳登记结婚了,大包袱已经放下了,一千万巨款也到手了,还会有什么了不得的事？应当是没有。

半个钟头过后,胖哥取下眼镜,放下了看完改毕的诉状草稿。

“才子,真还没料到,你还有两把刷子,你几乎完全听进了我的提示,我改动得不多,行了,你回双桥坪打印去,就可以递给区法院了。不过,可能以居委会的名义起诉更好一点,你斟酌一下。”

“老哥,感谢你操劳修改,又点醒我,我原想就是拉一帮人签名,以居委会的名义起诉容易办好,主任支书是我们一伙的兄弟,也是当兵的。”

姚才子接过诉状修改稿放进提包里,掏出一条极品芙蓉王塞在胖哥的抽屉里。

胖哥瞪眼。

“你又搞鬼事!”

“老哥,我比你当科长的有钱啊,条把烟是小弟孝敬大哥,这个不违反纪律！你再说怪话就没有拿我当战友当小弟了,我走了!”

姚才子提着包就出了办公室。

“才子你慢点走。”

胖哥跟着赶了出来,送姚才子下楼。

“才子,你急什么？吃个便饭再走不行?”

“老哥,我要去接客户的货啊,虽是赚钱,可累啊。”

“那改日吧。我会给区法院的熟人打个招呼,这是正义之举,区法院也一定会认真对待的。”

“谢老哥,还是战友靠得住啊！你哪天有空了,带嫂子到我家去住几天,让我好好款待你们!”

“我们前年还去住过两天的,你嫂子总是夸你仁义……”

“老哥,我要开车走了,你回办公室去吧。”

“好,再见。”

姚才子开出司法局院门时,从后视镜中瞧见战友仍站在那里不动,看着他开车离去。他心头一热，轻轻按了一声喇叭，他瞧见战友挥了一下手，眼一酸，加大油门走了。

小客车开出城，上了山间水泥公路后不久，姚才子边开车边打电话。

“白大哥，战友律师帮我改定了，我正开车往回赶。我跟战友讲明了，赔偿十有八九拿不到，铁厂血亏了哪还有钱赔？就是要赶他们快滚蛋，这下状子往法院一递，够他们喝一壶了。”

“很好。”

“但是战友建议以居委会的名义起诉，我想了想，不如双桥坪居委会与南阳坪村来个联合起诉，因为直接危害最大的就是这两个地方，你给大毛打个电话马上开个支委会，南阳坪这边好说，我负责。”

“小菜一碟，我马上给石大毛打电话，要他抓紧办好。”

“那好，我就到双桥坪找打字室抓紧打印。这个事无须保密，我们可以大摆道搞。”

“很好，还要有意派人到处放风，让铁厂老板从今天起心里再压一块石头，老子要看他们经得几压！”

胜利的豪情在姚才子胸中翻滚，轻车快跑，一阵风开到镇上一家打字室停下。老板娘是一位三十多岁从沿海打工回乡的少妇，见到生意来了自是应接不暇。

“哎呀，是姚老板，自从我开店一年多，还没见你给我做过生意。”

老板娘递上一瓶矿泉水，室内空调效果也不错，姚才子情绪又佳，便开玩笑了。

“你的生意多，我哪里排得上号。”

年轻老板娘横了一眼，接过姚才子手中的诉状，坐在电脑前就打将起来。

“啊，你是告铁厂？”

“不是我，是两个村联合告！”

“你想要他们赔一千万？”

老板娘停下拿两眼扫内容。

“状是这么告，管他有没有钱赔！”

“我开张一年多，你一次生意都不做，今天要狠些宰你这个老板！”

“进了你的门，只能让你宰，多少钱一页？”

“人家千字五元，你二十块，你有的是钱，不宰你宰哪个？”

老板娘飞快地打字，她很熟练可以盲打，回头看了姚才子一眼，看姚才子怎么砍价，都说姚才子精得很。

姚才子掐指一算，就只三千字，你就是喊一百块钱一千字，也就是三百。

“你只专心给我打好,能做到一字不错,我给你五十元一千字如何?”

老板娘突然停下。

“姚老板你是说愿出五十元一千字?”

“条件是一字不错。”

“我若错了呢?”

“立即改过来,不扣钱。”

老板娘飞快地打,再不说话。

不一会,姚才子坐在一旁睡着了。

“我要故意给你多打错几个字。”

老板娘突然又开口说话,见没回声,回头望,姚才子歪着脑袋打瞌睡。

女老板嘴一撇,自言自语。

“肯定是昨晚上跟秋枝做鬼事伤了神!”

此时姚才子脑袋一歪带着身子一歪,醒了过来。

“你好像刚才说话了?”

“是呀,我说要故意给你多打错几个字。”

“为什么?”

“我要害你多跑几回路!”

女老板飞快打字不回头了。

“哪有这么做生意的?”

“对你这种有钱的主,生意就是得这么做。”

“你是在深圳混了几年,混成精了吧。”

姚才子情绪好,任由老板娘怎么说也不见怪,一脸笑。

“我成不了精,有人能成精啊。”

老板娘回头一笑。

姚才子莫名其妙,也不追究。

“老板娘,你专心给我打字啊。”

老板娘就真正专心打字了,一小时不到就打完了,打完了又自己用铅笔点着字校对。她校对完,姚才子又校对了一次,居然没有找出一个错别字。

“看不出,你还真的没有错一个字,读过高中?”

“你也读过高中,因为当过炮兵,人家背后也叫你姚老炮。”

女老板嘴上像是安了刀片，今日好像硬是要割姚才子几个口子。姚才子情绪好，又比她大近二十岁，不在意。

“先印十份，底子你存在电脑里，再要加印再来。”

“每份十元，不还价。”

这就真的是拖刀砍了，姚才子精，知道远没有这么贵，诉状的字打得大也就是四页纸，市场价也就是五毛一张。但今日他情绪好，不想将情绪搞坏。老子干脆放大方点，让你这小娘们宰一把，你也发不了财。

“不还你的价，你快印吧。”

女老板又飞快打印装订好，手脚很是麻利。

姚才子掏出三百元放在电脑边，将十份打印诉状和底稿拿好。

“你收好钱，就这么多，不用找了。”

女老板呆住了。

姚才子笑着走出店门拉开车门准备上车，女老板追了出来，朝拉开的车门里丢了二百五十元。

“怎么回事？”

“才子哥，”女老板突然改换了称呼，“跟你开玩笑，我不会收昧良心的钱，更何况你们这是为双桥坪的老百姓做事，收你五十已经是有点多了。”

“妹子，”姚才子也立马换了称呼，他拿起扔进车内的钱，走进店再放在电脑上。“你的生意一直不太好，也不容易，收下，希望你坚持做下去，双桥坪镇一定会兴旺发达的。”

姚才子大步出门上车开走了，从后视镜中看见女老板站在店门口发呆。

姚才子将车停在石大毛门前，石大毛也正等着他。

“大毛，交给你五份，希望你下午开支委会办好，我要赶去找南阳坪的支书，也是电话约好了的。”

“放心，才子，你辛苦了，老百姓会记得你的。要吃中饭了，你在我这里吃个便饭再去行不行？”

“不了，我到前面餐馆买个盒饭带上车，中饭就解决了。我们要争取明天就将诉状送到区法院。”

“行，我们这边绝对没问题！”

石大毛拍胸膛。

几分钟后姚才子开车到南阳坪村支书家，支书家正在吃中饭。姚才子丢下五份打印诉状，支书要他上桌随便吃点，他从车上拿下盒饭坐下吃。

“才子哥你辛苦了，”年轻他十岁的支书对姚才子很尊敬，“我保证下午支委会通过没半点问题，南阳坪没有一个老百姓不恨铁厂，也就没有一个不支持起诉铁厂！”

“那就好。”

姚才子几大口吃完盒饭，想开车去榨油坊或者回家躺一会，不想吃完饭，抽着烟又打瞌睡了。待他醒过来已是下午三点多了，他躺在有空调的房间里，那肯定就是支书将他搬进房的，怎么睡得那么死？醒过来他走出房，见到堂屋里支书的娘。

“才子你醒了？你莫太操劳了啊。”

显然支书正在村支部召开会议。“没事，婶娘，我有事开车走了，晚上再开车来的。”

睡了一个好觉姚才子又精神了，于是开车去后山接客户的货。

晚饭后姚才子又要开车出门，腊秀不放心。

“镇上都传起花来了，都说是你写的状子，两个村联合起来要告铁厂，要铁厂赔一千万？”

“有这回事。”

姚才子上了车，如实说。

“你晚上出门又是搞这个事？”

“是的，先到镇上，再到我们村里，可能要回家很晚。”

“现在铁厂已盯着你了，要你的人头，你怎么不替我和两个儿子想想？你万一出了事怎么办？而今黑社会黑得很。”

“怕什么？越怕越有鬼！头砍下也只碗大个疤！”

姚才子开车走了。自从榨油坊刷出威胁他的恶毒标语，他就是这么想的。老子当过兵，虽说五十了但身体好，单挑老子也不怕，车座椅下早放了把三角刀，黑社会敢来试试，他拼死也要取对方一命。

开到石大毛家，石大毛已办好了一切，居委会盖了章。

“大毛，我这就去南阳坪盖章，再把南阳坪盖了章的五份给你盖章。明天上午八点，我开车带南阳坪支书与你一起进城，将诉状递给区法院。”

“行！辛苦你了，才子。”

“辛苦什么，我走了，等会再来。”

姚才子开车没走多远，手机来了短信，一看是秋枝的，将车停在了路边。

“晚上八点半了，你怎么信也没一个？”

“对不起，实在忙。”

姚才子不是忘了，是还没有时间。

“忙你个头，有要事，想办法，今晚一定见，半个小时也行。”

秋枝短信又发过来。

姚才子想了想，发出一信。

“你注意短信，大概一小时过后给你信。”

“知道了。”

“可开车去你妹妹家待半个小时吗？”

姚才子又补了一信。

“应当可以，我与妹妹联系一下再告诉你。”

“好。”

姚才子开车跑到南阳坪村部，支书守在那里，办好了一切手续，又开车往镇上赶。

秋枝来了信。

“妹妹走亲戚去了，家里没人。就跟上次那样在车上见好吗？”

“也只能这样了，”姚才子打了一句话停住了，停了几分钟接着打字，“还是去大龙站，十分钟之后你出门，往镇上走，但不要走进镇街道里面，我开车碰你。”

“好，我随时给你发信。”

“行，就这样。”

姚才子到石大毛家，没用十分钟就盖好了章，将十份盖了两村公章的诉状交给石大毛保管。

“大毛，那就这样，明天八点我来接你。”

“好，你辛苦了。”

“那我走了。”

姚才子开车到路边店买了两包烟，再上车秋枝来了信。

“出门了，两分钟可上去那里的公路。”

“你可以稍快一点走，我稍慢点开，就正好碰上，我停车，你拉开后门上车，不要说话。”

“正好路口有熟人碰上呢？”

“我就慢慢往前开，两分钟后再倒过来接你，行否？”

“行。”

姚才子抽着烟，注意控制车速，观察路两边的情况。开过铁厂，离镇街口就不远了，他估计秋枝会在离镇街口二十米左右的公路边上路，恰好被他算正，不差分毫。

此时路上恰好无人。

他停车，秋枝拉开后门溜进车。

车立即加速前行了。

38

秋枝溜进车在后座躺下。

“现在才九点多钟,你妹妹在多远的亲戚家?”

“七八里远,她男人在妹妹家整酒,他们夫妇都在那里帮忙,小孩读高中放了假也去了。”

“通车吗?”

“通。你还是想去我妹妹家?要我去拿钥匙?”

“我开车去,你方便找你妹拿钥匙吗?”

“方便,用了我们回家再将门锁上,将钥匙藏在一个地方,发短信给妹妹就行了。”

“那就这么办。”

两个人都小声说话。

姚才子开到一个路宽的地方将车掉头往回开。

“你为什么又改变了主意?”

“突然想起了山西佬的事,他的电话遭黑社会监听,不断换电话号码才未走漏重大消息。而今科技发达,黑社会也用高科技,不得不防。假如我的短信被黑社会监控到了,不改变就可能出事……”

“有这么吓人?”

“不是吓人,是真的。白大哥说与黑社会的斗争就是敌我矛盾,很残酷的。要经过镇街道了,你躺好,不要说话了,我快点开过去。”

“好。”

秋枝躺在后座感到很刺激,谁能料到晚上才子哥开车拖着她去妹妹家幽会?刺激是刺激,万一碰着熟人要才子哥停车怎么办?拉开后门一看不就穿帮了?哇,用电视剧里的词儿就是过把瘾,玩的就是心跳。

秋枝要见姚才子有什么急事?说急也急,说不急也不急。可是一见到姚才子心里又乱了章法，就只想着他快点开车，到妹妹那里拿了钥匙，开了门，打开空调。空调是她最近出钱为妹妹家安的，安了两台。打开了空调先整他一盘再说，待一个多小时再开车回家也不迟啊。她的心就像一朵三月桃花落在了溪水里，弯弯拐拐上上下下漂漂荡荡。

“过镇街道了，十分钟就可到你妹妹家，你还是躺着，但可小声说话了。”

姚才子点上了一支烟。

“开空调抽烟最不好。”

秋枝呛了一口烟。

“忘记了。”

姚才子马上灭了烟。

“腊秀下午说镇上都在传，说两个村合起来要告铁厂，要铁厂赔一千万，状子是你写的？”

“有这事。”

“铁厂有鬼的钱赔，我晓得你们是想逼他们快点滚出双桥坪。”

“聪明。”

“又有人讲，麻七天天天在铁厂门前剁菜刀边骂边唱，是你的馊主意。”

“你信不信？”

“又信又不信。”

“怎么又信？”

“你一肚子坏水，也可能暗中搞这个路！”

“怎么又不信？”

“你一般不会巴那个恶堂客的边，被她巴上了你没安静日子过了。她不像我这个蠢宝，我是随你怎么整都心甘情愿。”

“你比她聪明十倍不止啊……”

“才子哥，你最会哄我开心啊……”

车开到离妹妹家百把米的公路上停下，秋枝下车很快拿来了门钥匙。

“快，掉头开车。”

秋枝仍是从后门上车，上车又躺下。

“你急什么？”

姚才子笑。

“你坏透了,你心里比我还急些,你沉得住气!”

“那我就慢慢开。”

“你敢! 快点开!”

“看到底哪个急些?”

秋枝不回答,姚才子又故意减慢车速,秋枝便软了,声音在发颤。

“才子哥,你会害死我啊,你快点开!”

姚才子加快了车速。

“才子哥,你真的坏透了,二十年你把我搞得像丢了魂……”

“我真该死!”

“没良心,你死了我怎么办? 才子哥……最喜欢你坏啊……”

车终于开到秋枝妹妹家,妹妹家离公路仅十几米,前后左右几十米无人家。秋枝下车急急忙忙开院门,待姚才子将车开进院子又关上院门。她哆哆嗦嗦开大门,待姚才子熄火走进大门,便瘫软在了姚才子身上。

姚才子只得一只手搂住秋枝的腰,一只手关大门。

“哪个房间?”

“右边的,进门有个按钮是壁灯,空调开关也在旁边。”

姚才子搂着秋枝进房,按亮壁灯,打开空调,将秋枝抱上了床。

……

乡村的夏夜,四野里蛙鸣,是大自然另一种安详与宁静。尘世的喧嚣与龌龊远去,飘忽而来的是蛙鸣的单纯与亘古不变的欢乐韵律。

秋枝醒过来,弱光壁灯照出姚才子睡沉的身体。她坐起来,静静地望着他,眼睛慢慢模糊。才子哥,你真的太累了,秋枝又不能大摆道心疼你,天天为你担心。知道你铁心要把铁厂的人赶走,知道你一心为老百姓着想,知道你纵然是被砍头也决不会当缩头乌龟;可是这回你是公开地写诉状在告他们,他们不报复你吗? 我好怕,可不能怕,只能在你面前装勇敢。你真的有点像蔡锷将军,秋枝是在为你装小凤仙啊! 秋枝要整你,也是晓得秋枝整了你,你心里舒坦些,你身子吃了亏心里舒坦些。人能活多久呢? 活着图个什么呢? 不就图个心里舒坦么? 世人看错了钱,过去秋枝也看不清钱,而今年存款利息也三四十万,那么多钱有什么用? 能买得这一夜开心么? 才子哥,真的感谢上天为我造了你这么个丢我魂的好男人,得到了你这样的好男人,秋枝一生还求什么呢? 什么也不求了啊。

秋枝看着手机时间，让姚才子睡了四十多分钟才用手轻轻摸醒他。

“我睡着了？”

“哪回你不睡着？十一点过几分了，才叫醒你的。”

姚才子将秋枝搂在怀里。

“你不是说有急事的？快说，待会儿要回家了。”

“这就是急事呀，还有什么急事？”

秋枝笑，笑得很淡，仿佛有一股忧伤。

“你眼神不对。”

姚才子坐起来。

“抽支烟好不好？”

“只许抽一支。”

秋枝下床翻姚才子裤袋里的烟和打火机，翻到了，抽出一支，递到姚才子嘴上，又将打火机按燃。

“饭后一支烟，快活似神仙。”

姚才子深吸一口，畅快地喷吐出来。

“你刚才吃饭了吗？”

秋枝又笑，笑好像浓了一点点，忧伤少了一点点。

“我吃你！妖精。”

“我要是妖，把我怎么办？”

秋枝的笑好像又淡了一点点，忧伤又多了一点点。

“你心里有事，瞒不了我，快说。”

姚才子猛抽了几口，将烟灭了。

“才子哥，你说世上怎么有这么多坏人呢？这个铁厂明明是个黑厂，搞了六七年，多害人，你们一帮兄弟赌上命了灭火，灭了火又赖着不走，黑社会到底要干什么呢？搞得城里的山西佬也天天提心吊胆。”

秋枝说事了，姚才子感到这不是今晚她想说的事，也不催，顺着她的话头说。

“秋枝，这话只对你说，你不能对任何人说。山西佬实际这回承担了很大压力，我这回公开大摆道搞起诉铁厂的事，心里也是想分担他在城里的压力，将黑社会的注意力往双桥坪引，往我身上引！”

“啊！”

秋枝吓得捂住了嘴，脸发白。

“你别怕，黑社会不敢在双桥坪搞事，纵然搞事我们人多也不怕。我和王老六一声喊，飞快拢来两百人没问题，黑社会能派两百人到双桥坪搞事？”

秋枝的紧张慢慢缓解，姚才子说：“你先头问世上怎么有这么多坏人？其实我们一帮兄弟心里也苦闷，王老六还专门发信问过他五哥，我觉得他五哥回的短信很有道理。他五哥说，自有人类社会以来，监管成本都远高于生产成本，文明的进步和传承都必须付出昂贵的代价。人类中相当多的人必然平庸，监管不严就会违法乱纪谋私，竞争越激烈监管的成本就越高。就是说这没有什么奇怪的，是必然的，只是在不同的历史时期坏人的坏法不同。世界都是这样，要养庞大的军队警察法官等等执法人马，社会要付出多么昂贵的成本？人类社会从来如此，不少时候还要付出长期的战争灾难代价。因此对于正义善良的人们，生活，也就意味着随时与邪恶战斗。一旦你想通了这一点，你就会更珍惜生活，也会更勇敢地战斗。”

秋枝的紧张好像缓解了更多。

“听说王老六的五哥回家了，你不抽时间看一下你的小学老师？你不是说过你学二胡就是当年在学校听到他拉得特别好听就跟着学的？”

“是啊，他还送我一本拉二胡的书。我，大毛，双桥坪有好多他当年教过的学生。那时他也才二十岁，可是他只在学校教了一年书上面就把他抽走了，后来他就当作家编辑记者去了……”

“我说你怎么不抽时间看看你的老师去？”

“我和大毛都说了，忙过了这一阵，兄弟们一起请老师喝一杯。白义成、叫鸡公也都这么说，都很熟，关系都很好。”

“才子哥，虽然世上有这么多坏人，可是还是好人多啊，你们这次与铁厂斗，好多老百姓都帮你们鼓劲！”

“是的，坏人从来都逃不脱惩罚，正义和善良的人们总会获胜，你正面看历史，历史也就是这样书写的。”

“才子哥，你好有学问的。”

“和老师比差远了，心中还是有不少解不开的死结，得空了得好好向老师去请教啊……”

“可惜我不能跟着你一起去看你的老师，不能听到你的老师怎么教你这个好聪明的才子。”

秋枝的紧张好像不见踪影了。

姚才子笑。

“只好我见了老师再转告你，时间不早了，你心里想说的事还一直没说啊，这是怎么了？秋枝，你从不这样的，从你的眼睛里我可以看出来，你不是为你自己，是为了我。”

秋枝想笑没笑出来。

“才子哥，我心里很矛盾。”

秋枝静静地望着那盏光线柔和的壁灯，灯光在她的眼里映出两颗星星。才子哥难道猜着了今晚她想对他说什么话？这是不可能的，她昨天才得到信息，他不可能知道，也不可能猜到。

事情是这样的，半个月前腊秀的娘病了，腊秀回娘家四五天，回来后才子哥和她都觉得腊秀有些异常。恰好腊秀娘家过去有个与秋枝同年的女子与秋枝在广东打工时相遇，两人很要好，都为生活所迫当过小姐，很多年都没断联系。近几年断了，可十天前翻到了那女子家的座机号，一打通了，才知道她而今不在广东，几年前已回到常德在城里自己开了一家店子，已结婚生子。秋枝向那女子父亲要了她的手机号，犹豫了几天才给那女子打电话。

“我联系上二十年前在广东打工的姐妹了，她昨天给我来了个电话……”

秋枝欲说还休。

姚才子不催，眨巴眼。

“才子哥，我还是不说好，莫你听了心里不舒服。”

“不会，你是说腊秀上次回娘家的事？”

秋枝望着窗外的月光，停住，在想怎么说好。

姚才子不动，眼也不眨巴了。

“她说腊秀半个月前回娘家，那次她娘没病。她打电话问的她妈，她妈说那些天腊秀去了刘半仙家好几次……”

秋枝又停住。

“往下说吧。”

这时姚才子低声催了。

“她说刘半仙年轻时就与腊秀的娘有一腿，刘半仙打着治病的旗号跟不少女人上床，说什么给女人排毒。你晓得的，前几天刘半仙不是在后山给一个三十多岁的女的排毒,被男人撞上把命根子割了?她说……”

“秋枝,别说了……”

姚才子制止了秋枝往下说,脸上也没有怎么特别难看。

“再给我点一支烟。”

秋枝忙下床找烟给姚才子点上。

“才子哥,我想不说的,可是不说又觉得不好,你心里莫不舒服。而今世上什么事没有呢?世上好男人本来就少,像你这样的就更稀少,可是一些女人不识相,万幸碰上好男人了也不珍惜……”

姚才子抽烟不语,任由秋枝在耳边细声细语。

“才子哥,告诉你这事我没别的意思,我晓得你的心有多善,你看在两个好儿子的分上从没想过要与腊秀离婚。为了儿子好一直要把腊秀养起来,还关照她的父母……你心里莫不舒服,你有我呀,只要你高兴,我的命都是你的啊,你心里放舒服点……”

姚才子将秋枝搂在怀中轻轻抚摸着,仍是不语,抽了几口又将烟灭了。

“才子哥,心里放舒服点,世上的婚姻配得好的少又少,配得不好的多又多,这都是命。我也不忍与芋头离婚,毕竟生了孩子,他与他娘都对我世间少见的好,明知我一直暗中与你睡,可一直真的不怪我们,还帮着瞒。芋头不敢上我的床,极少上我的床,有时可怜他让他上床,他又慌慌张张一分钟就走了……才子哥,这是命,我的命好,幸好嫁给了芋头,不嫁给芋头又怎么能遇上你?才子哥,心里放舒服点……”

“秋枝,我的命也好,遇上了你。”

姚才子终于开口说话了。

“才子哥你心里过了这个坎舒服了,我的心也就放下了啊。”

秋枝再看姚才子的脸色,好像没一点事了,真的不把腊秀的事放在心上了。

“秋枝,其实,我开始只是觉得腊秀的神色有些怪,她的话突然很少了。那天后山传来刘半仙被割掉命根子的事,凌晨三点我上厕所,听到腊秀在房里说梦话,在梦里叫叫喊喊,我听清了一句什么刘叔再不要排毒了怕穿帮……当时我就明白了,但很快就放下了。为什么要放下?必须放下。世上什么人没有?动物里有各种令人喜爱的,也有令人可怕可恨的。人也是一样,有些人你根本想不明白怎么会那么坏,那么令人讨厌恶心,可是他们变成了人模样不也还是要当人看?全世界都在搞环保,野生动物都要保护,包括毒蛇猛兽都要保护,对人不宽容一点怎么说得过去?也许,人世间就是这样的,善恶丑美搅在一起,有时为了保护美好的东西还不能不保护丑陋的东西。你都说我的两个儿子多聪明可爱，可他们又是腊秀生的，我讨厌腊秀休了她，两个儿子不一生心里有阴影？不能够！正如你不喜欢芋头，可也生了一个漂亮女儿，你也不忍心抛开芋头母子，母子俩真的很善良。秋枝，这事就当什么也没有发生，不仅如此，万一社会上有风言风语，我们还得使劲帮腊秀瞒！不过，从今以后我再不会允许腊秀上我的床了，她肯定也不会勉强，也快五十岁了。你呢，还是对芋头好一点，我不会在意芋头上你的床，真的。"

秋枝听着忽然发现自己什么也看不清了，姚才子用手摸她的脸，吃了一惊。

"秋枝，你怎么一直在默默流眼泪？"

"没有呀。"

秋枝忙用手擦满脸的泪水。

"才子哥，你的心太善了，追根寻源，是腊秀舅妈设套害了你。腊秀有那么一个娘，可想而知没有好家教，也就不知道善待你珍惜你。才子哥，你真的太善良了……我秋枝命好，上天让我遇到了你这样的好男人！"

"好什么？你总是讲我坏透了。"

姚才子忽然笑了。

"你就是坏透了！"

秋枝也笑起来。

"快，快十二点了，得回家！"

姚才子催，秋枝也忙穿衣服。

"真是不想回家。"

秋枝穿好了衣服说。

"那就不回了？"

姚才子故意逗她。

"才子哥，你真的是坏透了！"

"谢谢夸奖！"

姚才子搂着秋枝开门锁门开车溜了。

39

七兄弟晚餐酒会散罢已是晚上九点，王老六送五哥王志和回自家院子。六兄弟家挨得很近，只有五哥王志和的院子稍远一点，在镇街道西边一个小山包下，也只有两三百米远。

两个人进到院子，进到堂屋，开灯开空调，坐下来抽烟。

“老六，你这么搞不行，不许我开火做饭，天天到你家吃，我跑得讨厌。我回家有四天了，七兄弟今晚又喝好了，都是你张罗，你是财主了？”

王志和笑着说，但很认真。

“财主说不上，你吃得几个钱？现在七兄弟情况都还行，你那几个退休金，比当瓦匠的侄儿还差蛮远。大哥的大儿在城里当小包头，少于三百元一天的工根本不做，东家还得管饭管烟酒，他一年也是十几万。这么热的天，你自己做什么饭菜！”

王老六仍是堵住五哥王志和不许他自己开伙食。

王志和后退一步。

“那我还吃你几天人民公社大食堂，等我安顿好了一定自己开火。我得把院子后墙的杂树荆棘收拾掉，恐怕要拖一大卡车，准备每天慢慢砍了烧火，用灰肥菜园。”

“天凉了，喊两个侄儿一天就给你砍了。”

王志和不退让。

“读书的读大学，打工的打工，他们都忙，我反正没事，身体好，锻炼锻炼会更好。”

王老六共祖父母下来的有堂兄弟七个，加上堂姐妹表兄弟现共计是二十家，人口超过二百，都集中在常德城乡，绝大部分就在双桥坪当农民，也改变了过去不爱读书的习惯，上大学的孙子辈过十人了，王老六的女儿，他弟弟的儿子，二哥的孙子等都在上大学，现在放暑假有的回家干农活，有的留校打工，已大学毕业工作也五六个了。完成博士的，目前还只有王志和的儿子。七兄弟中也只有王志和一人变成了文化人，城里人。

“五哥,你硬要自己砍,就要注意休息,几十年在城里,已经不是个乡下劳动力了。耍笔杆子你行,拿锄头把你不行,不是小瞧你。”

王老六向着五哥王志和笑,王老六虽然个头与五哥差不多,比力气那就一个天上一个地下,王志和得站远点,莫碍着了他的手脚。

“老六,喝酒时你说,担心黑社会真下姚才子的黑手?你稍微详细点说。”

王志和将话题扯开。

“这次起诉铁厂是姚才子做的,我怀疑他是故意大摆道搞事,本来可以不用抛头露面,只怕是想将黑社会注意力吸引到双桥坪来,因为山西佬在城里一直很紧张,双桥坪势力大不怕黑社会。”

王老六严守纪律,没有将柱子等一系列事告诉王志和。白义成有交代,不要将他五哥牵连进来。

王志和有些担心。

“你们是得提高警惕,当前内外局势都复杂尖锐,腐败、黑社会、恐怖分子,有些地方还有曾猖獗一时的法轮功邪教一样的活动,听说常德也开始有‘全能神’邪教在暗中活动……”

王志和也未将吴之涣通告的有关情况告诉王老六。

“五哥,你见识广,现在网上骂汉奸的文章很多,很多都是指名指事,其中还有香港一个全国政协委员写的文章,说中国买美国的两房债亏惨了……还有的说,有个别地方是搞汉奸经济,祸国殃民。想听听你的看法。”

王志和叹了一口气,又望着王老六笑。而今乡下的农民也不一般了,在双桥坪这个并不闭塞的乡村,电视、无线上网,离城又近,还早就用上了比城里水质优得多的自来水。因为他们有免费土地使用权,国家的农村承包制已长期化,只要他们稍有头脑肯干,收入就超过多数城里人。他们比任何时候更关心国家大事,更关心公益事业,非法铁厂在双桥坪六七年没成气候反而血亏了,这恰好从另一个角度证实改革开放三十多年历史功绩不可抹杀。

“我对汉奸及汉奸经济有思考,看法也不一定准确。只能抽象地说说,供你去思考观察。比方说一个城市的主要负责人腐败了,那勾结外商搞汉奸经济是完全可能的,勾结外商假出口骗取国家退税就可以视为汉奸经济。在我看来,有汉奸,必有汉奸经济。何谓汉奸?出卖祸害中国者。何谓汉奸经济?为外国输血祸害中国经济者。拿这两条对照清查追杀,无论怎么伪装诡辩,汉奸逃不脱,汉奸经济也必灭之。”王志和倒了两杯桶装矿泉水，递给王老六一杯，喝了几口，又说，“有汉奸经济，必滋养出更多汉奸子孙，子孙又必无耻扩展汉奸经济，祸害无穷尽也，直到将国家搞成殖民地，众生沦为实质奴隶。铲除汉奸文化，追剿汉奸，消灭汉奸经济，是中国重大国策且须坚决执行，稍微放松祸害就会滋生。这是从历史抽象出来的思考。你可能要追问，为何总要出汉奸？我只能扼要回答：在一些人身上总存在损人利己违法谋私的劣根，总要千方百计突破法制监管，只要能谋私，不惜卖国祸国；加之外国劣根钻进勾结，祸害便成。所以灭汉奸，必除国内贪腐，打击各类犯罪，否则汉奸必猖獗，中国必名存实亡。这是从个别现象得出的警告，每年走私贩毒类或完全是汉奸祸国的经济犯罪数字是惊人的。你以为党中央一再警告，不坚决反腐中国就有亡党亡国的危险是吓唬人的？不是，是真真切切全体中国人必须认真听从的警告。你们这次消灭非法铁厂，是实实在在在为党和政府分忧，党和政府也在支持你们，有些话现在不便说……”

王老六一直认真地听着，他觉得五哥王志和说得有道理，相信他不会乱说。党和政府也在支持他们？五哥王志和说现在不便说，王老六也不追问，猜想可能那个吴之涣副主任一直暗中在抓这件事吧。也真是怪，火也灭了，麻烦好像无法了结，哪天真能把铁厂的人赶走呢？这样拖着也很烦人的。

“五哥，你早点洗澡休息吧。热水器好用吗？”

“好用，洗澡很方便，空调效果也很好。”

“那我也回家洗澡休息去了。”

从五哥王志和家中出来，王老六没有回家，心里放不下姚才子。想去姚才子的榨油坊瞧瞧，铁厂、榨油坊挨他家都近。他慢慢走，分把多钟上了公路，很快到了姚才子建在公路边的榨油坊。

榨油坊还亮着灯，姚才子的小客车停在屋坪里，大门敞开着。

“老六你来了？”

姚才子见王老六进门，忙上烟打招呼。

“我反正还没有洗澡，就走到这里看看。”

王老六接过烟，发现六个工人都没有回家，还多了一个三四十岁的中等个头很结实的汉子。这个汉子他见过，不太熟，只知道是后山的。汉子的父亲倒是熟一点，是双桥坪江家拳传人江老爹的高徒，前两年也过世了。

“老六，这是汪师傅，他爹曾是汪老爹的高徒，这你是晓得的，双桥坪山里也就是你们王家拳和汪家拳最厉害，我请他来帮一段忙。”

“汪师傅好。”

王老六主动伸出了手,年轻他八岁的汪师傅也忙伸手。

“王师傅好,久仰。”

王老六忽然手一紧,汪师傅也跟着紧,是谁想试谁的力气?也许双方都有点意思。很快王老六感到汪师傅暗用力将他往他那边拖,便稳住不让汪师傅拖动;汪师傅不断暗加力,王老六也不断暗加力,两人都不动也不放手。众人围拢看热闹,知道汪家拳传人想与王家拳传人小试一把了。

“行了,都是高手。”

姚才子忙劝和,他估计汪师傅肯定拖王老六不动,挨住面子王老六也不会将汪师傅拖过来,让初来乍到的汪师傅丢面子。

王老六一笑松了手,汪师傅也笑着松了手。

“汪师傅好力道,可以以一当十。”

“姜还是老的辣,王师傅请多关照。”

“好说,我和才子很铁。”

姚才子将王老六拖到会客室,从冰箱里拿出切好备用的西瓜。

“老六,吃点西瓜,吹会空调,反正时间还早,再回家洗澡上床不迟。”

王老六不客气,拿起一块西瓜便吃。

“你把工人全留下过夜防守了?又从后山请来了打匠?”

双桥坪山里习惯将有武功的人称作打匠或师傅。

“是的,工人房间里有空调,每月这一段加二百元;汪师傅每月四千管饭,怎么样?”

“可以了,他也只值这个价。你有事立即打我电话,我七兄弟除了五哥打架不行,其余的都有力气,五哥就只会耍笔杆子。”

“谢谢老六,知道你最讲兄弟情义。在这个关键时候,不真准备好是不行的。这回从白大哥身上学了不少东西,他就是不断地主动进攻,来硬的也用计谋,让对方不敢大动手脚,让对方明白大动手脚一定输惨!对方肯定不敢到王家塝打你的主意,你一声喊,王家塝的人都会抄家伙帮着打。而我的榨油坊就在公路边,对方很容易用车派人晚上来作案;对方一直没敢真对我下黑手,也一定是畏惧我身后的一帮兄弟。”

“才子,我猜你也是想让城里山西佬减轻一点压力。”

“只是一方面,主要还是这里也需要加强防守。现在工人加汪师傅,加我和侄子,一共有九个人晚上防守了。我从今晚起已不回家睡觉,晚上就在会客室过夜。”

“防严点好,有事打电话,我带人飞快赶来揍死他!”

王老六是真正毫不畏惧,他不仅蛮力超人,有武功,血管里更是祖传的忠义不信邪的热血。

“白大哥的意思,让麻七天二十一号剁了后就收兵。”

“我们正好也是定的八天,明天到二十一号还有三天剁,二十一恰好是赶集日,最后让她热闹一天也好。”

“白大哥可能又在策划新动作。”

“又有什么新动作?”

王老六一脸茫然,想不出白义成还能搞出狠招来。

“老六,白大哥可真是非同寻常,若是赶上过去的战争年代,他一定可以当大将军。国民党当年败给共产党,一些高级将官很不服气,他们都是正规军事院校毕业,有的还留过洋,怎么偏偏败在了土八路手下?共产党里不少将军是大字不识几个的啊。”

“才子,打仗,打架,这个事不是读书耍笔杆子纸上谈兵,你也当过兵,你的算计也不比白大哥差多少。这一回我真的是长了见识,你们当过兵的人和老百姓还是大不一样,懂得不少计谋战术。”

王老六回到家中洗完澡,准备进有空调的卧室休息,手机响了。

“老六,睡了吗?”

“没有。”

王老六一听是山西佬的声音,号码显示又是个陌生号码,突然担心出了什么事。

“你要查一下,狗婆娘是否有告密两边赚钱的可能。”

“怎么回事?应当是不可能。”

“你先别把话说死,要查一下,今天晚十点,有人突然骑着摩托到我的建材厂和酒庄高喊‘柱子你出来!’他们都是喊了就跑,不是本地口音,是北方的口音,我的人也不好追,不能追……”

“我马上就查,查了就打你这个电话。”

王老六不得不认真对待了,黑社会是发现了柱子的藏身之地?虽然他仍不相信狗婆娘会为了赚钱向铁厂老板告密。

“还有,我前几天才猛醒,我的酒庄最怕人放火,不得不加强防范。我突然又想到姚才子的榨油坊也容易遭人放火,酒和油,一烧起来都无救,你要提醒姚才子,他的榨油坊不是有十几米宽的水泥屋坪吗?要摆些大石头不许外来的汽车靠近……”

“啊……”

王老六惊出冷汗，是呀，若是黑社会转钟三四点开车泼一桶汽油在大门前，点了火就跑怎么办？工人拿木棒有什么用？请的汪打匠有武功有什么用？

王老六与山西佬通完话，立即给姚才子打电话。

“老六，山西佬这个提醒很重要，我虽然准备了十台灭火器，可是真正让黑社会放起了火能否扑灭也很难说。对，我明天上午就买一车大石块摆在屋坪前，让我自己的车也开不进，不能靠近大门。我拖了货工人就在路边卸，只不过多走屋坪十几米远，人可以扛包从石块之间的缝中穿过，车却开不进。谢谢你，谢谢山西佬，我不给他打电话了，以防被黑社会监听……”

与姚才子通完话，王老六又立即打狗婆娘手机。

“六叔，这晚有什么事？”

“侄儿，你要讲真话，半句假话也讲不得。有人说你将柱子的事向铁厂老板告密得了一笔钱，叔不相信侄儿会做这种不仁义的事。你说，是叔对还是别人对？”

“绝对叔对！叔一定要坚决相信侄儿！这是谁说的？我要揍扁他！”

电话那头的狗婆娘很气愤，这使王老六相信不是狗婆娘告了密，那还有谁会告密？应当是没有，是黑社会起疑心了诈山西佬？还是最近又监听到了山西佬的电话？

“侄儿，叔相信你，这件事你只能守口如瓶，也不要怀疑或查找谁说的你的怪话。听叔的，好不好？”

“好。”

与狗婆娘通完话王老六将情况通告了山西佬。

“老六，我不断换号码，用的是公司的工人身份证开的手机号，被黑社会监听到什么重要信息也几乎不可能。最大的可能性是时间过去了八天整，黑社会一直得不到柱子的准确消息，可能怀疑是我藏起来了。你知道我不会干这事，所以他们诈唬搞火力侦察，我也不放在心上……”

王老六听出山西佬在电话中仍是防着这个陌生号码也被黑社会监听到，于是他也故意说怪话。

“反正柱子的事与我们都无关，要么是柱子自己跑了，藏到别处打工去了；要么是被另外的黑社会绑押了，暗中已经撕了票，要不怎么一点消息也没有？”

“可能是这样的。”

山西佬在那边也听出了王老六在故意说怪话。

与山西佬通完话，王老六毫无睡意，心里总不安。他抽烟想问题，是不是该给人大副主任吴之涣打个电话？请他暗中帮一下城里的山西佬呢？他看了看表，已经是晚上十一点多，这个时候打电话合适？怎么说呢？他给白义成打了个电话，白义成听后说可以打，并告诉他怎么说。于是他拨通了吴之涣的手机。

“我是双桥坪王老六，有重要情况。”

那边吴之涣回过话来。

“你需要等一会，我会用另外的电话，你耐心等着我的电话。”

“好。”

王老六想，吴之涣也可能是怕手机被黑社会监听，或者正在办什么重要的事。

王老六以为要等很长时间，不料五分钟后吴之涣用一个陌生的座机电话打来了。

“王老六吗？”

“是。”

“你简单扼要说。”

“七月十一号铁厂一个工人失踪一直没消息，老板怀疑是我们的人绑押了，我们绝对没有。应当是工人自己跑了或者别的人干的。但是黑社会现在盯着城里的山西佬……”

“山西佬是谁？”

王老六只好给吴之涣解释山西佬是谁。

“你是希望政府为龚爱党的公司提供保护？”

“是的。”

“知道了。我挂了。”

那边吴之涣陡然挂了电话，王老六想不清是什么缘故，按说吴之涣应像上次在他办公室一样详细问情况，为什么不详细问呢？

40

上午十点山西佬才到公司，进了他的办公室，给保安人员交代，除了助理，其余人一律不见，有特别重要的人来访也得事先通报经他允许方可进入他的办公室。

打开十六开杂志大一寸厚的黑皮手袋，里面并排插着五部手机，除了一部高级智能手机，其余的都是很小的简单的只能通话发短信的。山西佬首先检查高级智能手机，这个手机就用十多年未变的老号码，存有几百个客户和关系人号码。检查了未接电话，拣较重要的人简单回了几个电话。检查电话录音，发现是广州区号座机号，山西佬笑了笑，看看是什么玩意。

“龚老板，我们不想与你为敌，也从未主动找你麻烦，你不要一而再，再而三跟我们过不去，限你三天内释放柱子，否则你将面临严重后果，倾家荡产！”

山西佬听完仍是笑。昨晚与王老六通话后，他基本排除了狗婆娘告密的可能性，也排除了电话被黑社会监听到重要信息的可能性，剩下的就是黑社会在诈唬他。他早将柱子从酒庄的地下室转移到了建材厂的地下室居住，有两个双桥坪临时抽去的老乡专门负责柱子的饮食起居，陪柱子看电视玩牌。昨晚睡得很晚，九点起床后他与白义成通了个电话，白义成也认定是黑社会在怀疑诈唬他，并不掌握真相。白义成说，现在就是最后的决战了，黑社会拖不起也不敢久拖，结局肯定是他们赢，但他们要严防天亮之前被黑社会捅一刀造成重大损失。之后他与乡下八十六岁高龄老父亲通话问安。

“老爸，对不起，这些天特别忙，有七八天未电话问安了。”

“少来这一套，老子还三五年不得死。”电话那头老父亲忽然说话很冲，也不像是指责他，“人家告诉我，说因为你支持关闭双桥坪铁厂，黑社会盯上了你的公司，别怕。日本佬那么恶，台儿庄打得尸体码尸体，怎么样？老子怕过？美国佬那么狂，上甘岭打成焦土，老子所在的连打得只剩六个人，最后肉搏老子同一个美国佬抱着滚翻了十几米，最后老子一口咬断了美国佬的喉管，老子怕过？而今的黑社会不过就是些汉奸毛贼，有什么真狠？老子没怕过，你龟儿子怕？”

“老爸,我不是龟儿子!是老英雄老共产党员的儿子!共产党的字典里没有一个怕字,我不会怕!”

“这还像句话。毛主席说,帝国主义和一切反动派都是纸老虎,而今的贪官、汉奸、黑社会、恐怖分子就是一些臭虫苍蝇老鼠,有什么可怕的?毛主席说与天斗其乐无穷,与地斗其乐无穷,与人斗其乐无穷!你要拿出点刚火来,狠些斗它几家伙……”

原来老父亲是听人说后特意给他壮胆,与老父亲通完话他不仅胆更壮,心也更明。曾经有那么一个阶段,因为否定“文化大革命”,社会上一些人歇斯底里咒骂毛泽东,说他只会搞阶级斗争整人,老人家搞“文化大革命”也确实犯了严重错误,他也一度怀疑毛主席年轻时与人斗其乐无穷未免太好斗了。此刻他才真正领悟毛主席那句话的本意,谁愿意与人斗呢?是被迫,就像他被迫与黑社会斗,不把这种斗争当作快乐他很容易厌倦退却,让正义善良的人开心,这不是快乐是什么?

检查完了手机,山西佬抽出一部简单手机给章三妹发出一条短信。“晚上九点是否有空?”不出他所料,市政工程最后由乌龟的公司中标,乌龟昨天已向他账上打了十万元,按潜规则他分得了一杯羹,他得尽快兑现承诺给提供机密的章三妹五万元。顺便看看能否从她口里获得一点新信息。乌龟想最终吞下他的建材厂,她已成他的一个眼线布在乌龟身边,只不过非他有意安排,是乌龟自作孽的结果。

半个钟头后章三妹才回几个字来。

“希望能推迟到明晚十点后,对不起,实在难抽身。”

“行,你安排时间,我安排地点,我明天等你的信。”

“好。”

门外敲了三下,山西佬说了声请进。

中年助理夹着皮包进来,在山西佬对面坐下,拉开皮包,拿出几页纸。

“老板,具体库存情况是这样的,按进价计算,茅台、五粮液等高档酒还有八百五十六万元的,现在对方要杀价三百五十六万才肯接手一次性付款,这个代价太大,我不敢答应,说要向你汇报请示。”

“你自己找水喝,让我再想一会。”

山西佬点燃一支烟,吞云吐雾。他准备壮士断腕,关掉酒庄,至于酒庄那五十多亩土地和建筑物怎么办,再转型做什么项目,没想好,反正不能如此亏下去。他关掉了只需要留两个工人看院子,其余的十多个工人只好辞退,这没有办法,将来危机化解了再请他们回来。

山西佬抽了一支烟，又点上一支，慢慢打开高级智能手机。

“老哥，我是山西佬，打扰了，想请教你一个问题。”山西佬单刀直入，电话是打给王志和的，王志和的经济思想曾在九十年代末为他避免了巨大损失，想最后听一下他的意见。

“说吧，我也不一定能正确回答你的问题。你肯定是绞尽了脑汁，应当是难事。说吧。”

电话那边王志和也直截了当。

“现在反腐力度空前，公款吃喝不敢了，官员也不敢接受请吃了，导致高档酒杀价也严重滞销。今年我的酒庄亏损大，将拍卖公司、装修公司赚的钱填进去，今年底仍是肯定亏损。我想请你判断一下，反腐会一直这样严厉地进行下去吗？一些人估计，风头一过，高档酒的生意又会好，酒店的生意又会火。”

山西佬以为王志和会思考一阵，哪知王志和不假思索回答。

“你不要怀疑新的中央班子的反腐决心，内外复杂尖锐矛盾都决定了，这届新班子一定会将反腐肃贪进行到底，决不会放松和停止。中央说得很明白，这关系到党和国家的生死存亡！”

“谢谢老哥，过些天我们大家再请您喝一杯，现在忙，你多保重，再见。”

放下电话山西佬将烟灭了，咳嗽了一声。

“对方不能再少杀一点价了吗？”

“不能。对方说，如果我们接受这个价，他们可以今天签约今天一次性付款五百万。他们是赌夏天秋天一过，到冬天高档白酒又会火起来，不会这样冷清严重滞销。你想赌习总一抓到底决不放松？”

助理睁大了眼睛。

“不是赌，是判断。我本来是这样判断，刚才又问了高人，他的判断曾为我避免过巨大损失。我已下定决心，关！”

“老板，酒庄十多年搞起来多不容易，去年还赚大钱啊，光是争取茅台酒厂在常德市全部县市的总代理就花费了两百多万。这一关，万一冬天春节又火起来了怎么办？这样严重滞销让酒厂垮掉，工人怎么办？国家的税收怎么办？老板，这可能要慎重一点，你想想，对方又为什么愿意一次性付款接手？他们杀价这么狠，肯定是到冬天稳赚不赔，算盘都打得精。我们是不是把今年扛过去了再说？”

也不能说助手说的完全没有道理。

山西佬伸出一只手对助理慢慢摇了几下。

“你别担心,也许立即关最好。我已经打听到确切消息,酒庄那一片市政府准备上大项目,即使土地不涨价,市政府收购,连建筑物我还可以收回四千万左右,我无一分钱银行贷款,更没有借高利贷,怕什么?”

“老板,我晓得您能经得起大风浪,就是舍不得啊。”

“舍得舍得,不敢舍哪有得?”

山西佬笑了,丢给助理一支烟,自己又抽起来。

“老板,您真下决心了?”

“你要严格保密,你现在就请他们去共和酒店,说我请他们午餐。我随后就到,自己开车去。”

“不,这一段您不要自己开车,您心里装的事太多容易分神。建议您这一段也不要再坐奔驰,与下面分公司经理换一下车,您每天坐别克。”

山西佬望着忠心耿耿的助理频频点头,黑社会正想要他倾家荡产,不断恐吓威胁。本市的乌龟也暗中希望他破产,以便吞下他的建材厂,在常德装修界想一家独大。

助理走了,山西佬拨通了拍卖公司经理电话。

“这一段你用我的奔驰,马上把你的别克开来,把我的奔驰开走。换车的事,严格保密,你要谨慎安全驾驶。”

“是,老总。”

拍卖公司经理很快开来了别克,开走了奔驰,山西佬上了别克去共和酒店。

“胡老板,生意合同是你方拟定的,我们对所有条款没仔细斟酌,不过问题可能不太大。现在关键就是价格问题了,谈不谈得拢最后就看我们俩的态度了。”

双方人员在小会议室谈判桌前坐定,合同打印稿两边摆着。用时尚的语词说,胡老板是一位比山西佬还小两岁的真正的土豪,在省内外有多家超市,在常德市县城镇有三十多家超市,但他只读过初中,地道的农民出身,户口至今还在常德乡下。山西佬内心较尊重他,首先笑着说了开头语。

“龚老板,我们都是爽快人。按说我杀价确实有点狠,但当前的形势不用我说大家都知道。我从不插手不熟悉的行当,你三天前才打的电话,我手上有闲钱,也就动了心。都是明白人,你判断高档白酒的生意起不来了所以要脱手,我看过一段时间还是会慢慢起来才会接手,就准备几百万压个半年不动,总比炒房的风险要小点吧,再说我出的价已经高于市场十个点了,朋友归朋友,生意归生意。”

胡老板满面微笑，未说一句虚言，这使山西佬高兴，做生意嘛，也就是做人。

“假如做成了这单生意，还有一单生意胡老板也可能感兴趣。我的酒庄有贵州茅台等多个品牌在常德城乡的代理权，这你知道，你超市那么多，这个代理权对你的生意只有好处没有坏处。”

“你是说愿意转让给我？”

胡老板果然感兴趣，两眼直眨。

“我争取这些品牌的代理权前后也花费了二百多万，做这单生意，胡老板感兴趣，一定能谈拢来。”

“好，一言为定。那么你对这单生意还有什么想法，我也尽量考虑你的想法。”

“胡老板，我不想讨价还价，你若自己愿往上加一点可以，不加也可以。我只提一条，你我签字后立即一次性付款，下午你用重卡将酒全部拖走。我估计了一下，这一条对你胡老板来说绝不是难题。”

山西佬壮士断腕还有一个推力，黑社会已经盯着他的酒庄了，防守的任务太艰巨。

“龚老板是仁义人，你说的后一条的确不是难题，你的酒庄离我的仓库只几里远，完全可办到。你不讨价还价，对我却成了个小难题。价是我方杀的，也一直不让分毫。”胡老板停下，喝了一口水，“你的库存进价清单是八百五十六万，我往上提五十六万，你亏三百万也还是亏蛮大的。但我要防风险，五百五十六万接手不致风险太大。你看如何？”

胡老板一下提价五十六万，是提了原先出价一成以上，也算给了很大面子。

山西佬慢慢站起来，伸出手。

“成交！”

胡老板也忙起身伸手，两只手在桌面上空握紧，久久没松开。

山西佬如释重负，助理始终没笑过。

下午五时助理从酒庄来电话，告诉山西佬胡老板的五百五十六万已打到公司账上，酒也全部拖走了。山西佬陡然好像有点空虚，不过马上情绪好转。虽然亏了三百万，可是放下了大包袱，黑社会再怎么搞他的酒庄？仓库空得差不多了，仅剩下一点低档白酒了，市中心的门面还可以销售。来烧他们酒庄？那有财险给他赔啊。不过，眼下他的防守布局一点也不改变，过两天再酌情调整。

“山西佬，我见过蠢的，没见过你这么蠢的，亏了三百万你还笑，有你这么做生意的吗？”

晚餐时山西佬通告老婆，老婆虽从不干预他生意上的事，这回也忍不住修理他了。显然老婆也与助理一样，认为扛一阵，高档酒的生意会慢慢好起来，反腐反了几十年，越反越腐了，风头一过公款吃喝官员花天酒地不会照样搞？

山西佬只是赔笑脸，任老婆修理一番，不做任何辩解。

第二天上午山西佬私下叫助理买了个女式手提包，从财会室取了五万元现金放在手提包里，藏在他办公室的书柜里，等着章三妹的短信。想了想，抽出一部低档手机，给白义成打了个电话。

"白大哥，你可以私下告诉兄弟们，我放下了一个大包袱，你们也少了一份担心。昨天我已将酒庄里的高档酒全部出手了，亏了三百万。这个消息现在还得严守秘密，买家也要求我严守秘密。我仍然重点布防酒庄以牵制黑社会对双桥坪搞大动作。"

"行。你辛苦了，为双桥坪承受了最大压力和损失。这是最后的决战了，我们能够大赢的可能性已经越来越大了。你如果有可以利用的管道，要散布这样的消息；双桥坪铁厂背后的总部，在常德已经陷入三股强大势力包围，一是双桥坪的老百姓；二是市公安武警；三是与铁厂有利益冲突的黑社会嫌疑企业，他们在常德不趁早收手开溜滚蛋，难逃全军覆灭下场！"

"好的，我看能否想到办法。"

"没有管道就不能乱动，因为这类似的消息我们已经通过了一系列动作让双桥坪铁厂老板自动向总部传递了，这一定是他们至今没有敢搞大报复动作的原因。"

"明白。"

章三妹的短信一直到下午六时才来。

"可以提前到晚上九点，希望还是到上次见面的地方，方法也跟上次一样。若临时有变会及时告之。"

"知道了。"

山西佬给王老六打了个电话，王老六立马给城里药材公司的妹妹电话，回话来说"绝对没有问题，都会准备好"。

晚上八点山西佬乘别克到了公司办公室，八点半章三妹来了信。

"时间方法不变。"

"明白。"

山西佬叫助理下办公楼，找一辆出租车在公司院子里等着。

九点差二十分，山西佬用一个纸袋套上小手提包，下楼上了出租车。

“师傅，先到城西派出所。”

“好的。”

快到城西派出所时章三妹来了信。

“我正靠近武陵阁。”

“知道，我很快到，上次一样办。”

“明白。”

山西佬叫司机调头往东到武陵阁，与上次一样顺利接到了章三妹，来到了那个老房间坐下。

“龚总，乌龟暗中遇到了麻烦。”

章三妹开门见山。

“什么麻烦？”

山西佬有点意外。

“那个他有一千万股份的房地产公司，一栋二十多层的住宅快封顶了，被购房户举报使用了劣质钢材，经质检部门取样化验确实不合格，这下乌龟头大了。”

“啊……”

山西佬想，这一定与双桥坪铁厂背后的总部销售公司有关联，被质检部门捉住了，总部不更急？他们可能真的离大赢不远了。

章三妹手机突然响了，一看是乌龟来的电话，不得不接。

“可以不去吗？我累了，想休息。那好吧，我九点五十分赶到。”

“龚总，他说很烦，要我去酒店陪他，又不能拒绝。对不起……”

“没关系，感谢你为我提供了重要信息。你要完全哄着乌龟，尽量地弄到他的一些机密信息。你的将来一定是光明的。”

山西佬将纸袋提着的手提包交给章三妹，章三妹想推辞被山西佬瞪眼止住。

“得赶快送你走，”山西佬站起身，拨手机，“马上让别克到市药材公司职工宿舍门口接我。”

“龚总，还坐几分钟不要紧，来得及。我自己打出租先到家放下您送的重礼，再去见他。”

山西佬没坐下，站着。

章三妹也站起来，突然勾下了头，低声道：“龚总，希望您不要把我当娼妓看。”

“怎么会呢！你是个好女孩，心地正直善良纯洁，是乌龟那个下流胚强暴了你。你暂且应付他一段时间，就算是帮我的忙，帮我窃取他的重要信息。你要坚信，这是正义的，也是在为党工作，真的！我的党龄还比你长，现在党内很复杂，藏了不少坏人，乌龟不也是共产党员？他还像个共产党员吗？三妹，可是你还像，你是在为了父母家乡忍辱负重挣钱啊！”

“龚总，谢谢您还把我当共产党员看，谢谢您说我是为了父母家乡忍辱负重，谢谢您说窃取乌龟的机密是正义的，还肯定说也是在为党工作……”

章三妹声音越说越低，山西佬一看，只见她脸上挂了两行泪水。

“龚总，真的想像最纯洁的同志那样在您的胸脯上靠一会，哪怕几秒钟，我觉得好累……”

“来吧，我们都是真共产党，是同志！”

山西佬张开了双臂。

“龚总……”

章三妹扑在山西佬胸脯上忍不住抽泣了。

山西佬挺直腰杆直觉得有一种庄严升腾。

41

石大毛拖着疲惫不堪的身躯回家已是晚上十点半，通过居委会地盘的高速，几处阻工的地段今天终于全部开工，所有征地款拆迁补贴，包括施工尘土可能影响路两旁的棉花生长都给了每亩两百元的赔偿，并全部发放到居民手中。麻七天连续八天每天上午到铁厂剁菜刀一举成为环保特别角色，今天也停剁了。她的竹杠也敲成功了，那个临时抢建的猪栏获得了两万八千元拆除赔偿。真与她剁菜刀有关系。他使劲为她争，镇里也偏在他一边，高速方面也只得为了迅速开工妥协了。

石大毛洗完澡上楼，开卧室空调吹冷风，为防止有人上门打扰，很快又将卧室的灯灭了。他穿着短裤打着赤膊，四仰八叉躺在床上，心里道，这下该悠闲几天了吧，全线开工了，没有人阻工了，还有什么麻烦事？至于铁厂的人仍赖着不走，在他看来无关紧要。一是镇里管的企业他无权干预，二是反正不能点火开炉污染他管辖的地盘了。叫它赖着不走，越赖越亏，又不要他掏钱亏。

石大毛盘算着可以安享一段悠闲时光了，也就有点想进城看看女儿和外孙了。心情正轻松，手机响了，一看屏幕显示顿时头晕。是麻七天打来的，上次他特别存下了她的号码，当时存的目的也就是防备她给他找麻烦。他两眼盯着屏幕，决定不接听。还打什么鬼电话？你竹杠也敲成了，得了两万八，你打工一年还挣不了这么多吧。

手机响了一阵停了，石大毛希望它不要再响，让他安静休息。

五分钟过了，手机没响，石大毛以为麻七天懒得打了，不料突然又响起，一看号码还是麻七天，这就蛮烦躁了。老子不接听，你钱也到手了，又有什么事？老子要歇口气休息，当支书就一定要每个居民打电话必接听？党章上没写这一条。

手机响了一阵又停了，石大毛想，你难道还要打第三次？怕什么来什么，手机只停了分把钟又响了，一看显示屏仍是麻七天。石大毛陡然软了，眼前浮现出菜刀飘的情景，他怎么与那恶堂客斗得？姑奶奶，你就不能让我安静休息一会？他本是个温吞水性格，不喜欢争吵，遇到麻七天这种狠角色，温吞水也只能变成凉水，冷静下来，硬着头皮接听了。

“喂,哪位?”

“你快开后门!”

麻七天电话那头声音很细,像说悄悄话,语气又很急。石大毛一想肯定不是什么好事,便扯了个谎。

“你怎么翻墙进我家后院了?我现在外面还没回家!”

石大毛丈二和尚摸不着头脑,准备挂掉。

“你扯谎,当支书的还扯谎,老百姓还讲实话?你在卧室里,我看着你关的灯!”

麻七天声音仍是细又急。

石大毛完全晕了头,这个鬼堂客今晚是要干什么?上回还想跟他上床,不是他意志坚定就被拖下水了。身正不怕影子斜,可也得防着点,不然被麻七天这种恶堂客的肉口钉钉上,他石大毛纵然长了一百张嘴也是说不清的。

“七姐,这是怎么回事?”

石大毛也不敢大声说话了。

“你快开后门来,等会你就晓得了。”

麻七天催得急。

今晚是见活鬼了?石大毛只好壮起胆儿,开门外灯,关掉卧室空调,下到堂屋,开灯,开空调。他估计不到麻七天会有什么鬼事要翻他家的后墙进后院,这还不能声张,传出去会扯出辩不清的是非。他石大毛一生清清白白,可千万别栽在了这个又恶又怪的堂客身上。今晚他弄明真相后得耐心教育教育她,这就不是三言两语能打发她走人的。

“你稍等,我就来。”

开了堂屋的空调,石大毛拿上手电,打开堂屋通后院的小门。后院有三四十平方,种着树木花草,可用手电照了一圈不见麻七天人影。

“你扯谎,后院怎不见你的人?”

石大毛对着手机教训麻七天。

“支书,我在树上,下不来了。”

“呵……”

石大毛挂了电话,用手电往后院围墙边的树上照,终于在一棵高大的槐树上发现了麻七天,她今晚穿的是黄连衣裙,白球鞋,坐在伸出墙外有碗口粗的树枝上,一手抱着有水桶粗的主干，她坐的粗枝离地一人多高，确实下不来了。石大毛突然明白了，她是从院墙外的一株同样大的老槐树上爬过来的，外面的老槐树下面树枝没砍掉好爬，他早就想砍的以防小偷，没想到被这个鬼堂客爬进了后院。一定不会有好事！会是什么坏事？当支书的，有责任把坏事化成好事，她也不容易。

石大毛手电一照，照见了麻七天两条下黑上白的腿，树枝刮得内裤也露出来，确实不雅。他关了手电，低声说："你等着，我去搬梯子就来。"

"不用搬梯，你只要托住我一只脚就能下来了。"

麻七天在树上悄悄说，语气蛮高兴似的。

石大毛用手电照着目测，差不多，便将手电推亮放在地上，举起双手托住了麻七天慢慢往下伸的一只脚；麻七天双手抱着主干慢慢往下蹲，快离地面不远时一只手按在石大毛头上，另一条腿就往地下探，脚一点地突然就抱住了石大毛。

石大毛一身缩紧。

"好，你下来了，松开。"

"抱一会要什么紧？想当年，俺还是皮匠铺儿一枝花哩。"

麻七天不松手，在石大毛耳边吹热气。

皮匠铺儿是南阳坪一个组，在南阳坪东边，不知哪年哪代就叫这么个有趣的怪名字。石大毛心里笑，就你还皮匠铺儿一枝花，那双桥坪就是戏文里唱的"万紫千红春满园了"。

"七姐你下来了，松开。"

石大毛又催，语调很正经很严肃。他得有支书的派，虽说支书是中国乡村较小的民选的官，总还是一级政权的官。别人怎么当支书他管不了，他要这么当才对得起党和国家，对得起老百姓。

麻七天终于是松开了双手，整理裙子。

"支书，你还真的蛮正派，这要是换了别的支书，恐怕就伸手扯俺内裤按在地下了……"

"走吧，进堂屋，什么事，说了你也好早回家去休息。"

石大毛推亮了手电。

"呵，支书，你还要开院墙的后门。"

石大毛的院墙外就是他家承包的田，为了方便种田就开了个小后门。

"干什么？"

“那边还有一桶茶油。”

麻七天有些怯，上次送桶茶油被石大毛逼提回家了，这次就是再犯了。

“你尽搞鬼事，不开，让它扔在那里。”

石大毛真生了气。

“支书，莫生气，人心都是肉长的，而今我钱也拿到手了，不搭帮你，我怎么能拿到那么多钱？你不吃我这桶茶油，我心里过意不去呵。”

“我是支书，应当为老百姓办事。”

石大毛义正词严。

“支书，求你了，开门提进来，你看我这么晚从家里提起来，怕从前门进被人看见对你影响不好，就从后院爬树翻墙，差点从树上掉下来，我的心还不诚？人家都讲我是个恶堂客，我只是有时嘴巴恶呀，心不恶呀……”

人见人怕的麻七天竟在石大毛面前忽然变得可怜巴巴，石大毛一软，开出了条件。

“我可以收下，但你得收我两百块钱，就算我买的你的茶油，这么晚了你再提回家也辛苦。你答应了这个条件，我就开门提进来。”

“没法，遇到你这样的支书，没法……”

麻七天莫奈何答应了条件，石大毛开院墙小后门将那桶茶油提进了堂屋，立即给了麻七天两百元，麻七天也莫奈何地收下了。

待麻七天坐定，石大毛将大门闩拉开，虚掩着，以保持堂屋的空调效果。这样与她在堂屋里说话也就不会有危险，有人推门进来也不会说什么怪话。他是支书，老百姓有事找他，他必须接待。

“七姐，喝瓶水。”

石大毛从冰箱里取出一瓶矿泉水递给麻七天。

“又乱喊，我比你小十岁，七妹。”

麻七天完全不见剁菜刀的恐怖色彩了，代之以女性的温柔。

“你这回连剁了八天，那就是八妹了。”

闯过了急流险滩，石大毛脸上终于升起轻松的微笑。

“支书，你笑起来蛮帅气的。”

麻七天两眼又开始向石大毛放火。

石大毛视而不见。

“你有什么事快说，我也要早休息。”

麻七天低下了头，话语像说悄悄话，今晚从见到石大毛就是这样。

“支书，就是为谢你来的，没别的事，可是你虽然收了我的十斤茶油，反亏了，我的茶油成色不上等，值不了两百块钱，心里难过，可我又没别的东西谢你，家里不宽裕……”

石大毛心一沉，是的，她家不富裕，她所在的那个组偏僻，在居委会十几个组中是最穷的，百十口人，吃国家低保的就有九个困难户。她家在组里还不至于吃低保，低保每月的补贴也就是一百元。铁厂关了她男人失了业，又没别的手艺，她还算得勤劳吃苦，可光种点田怎么能奔小康？她这样的户还不少，当支书的有责任可是他没什么办法。而今双桥坪致富的农民只是少数人，像姚才子王老六那样有头脑会钻研市场的农民不多。当支书十多年了，各家各户是什么情况，他心里都有一本账。之所以明知麻七天修猪栏屋是敲国家的竹杠还使劲帮她争取，不就是看到她家不富裕？帮她争一点，也算国家扶她一把吧。

“七姐，我帮你争取是看到你家不富裕，你心里清白，这实际是敲国家的竹杠，说起来还是不对的，有愧国家的。上面不批评我就大吉了，你要谢什么？你当支书也会这样。你而今手上有了点钱，是不是搞个什么养殖项目尽快致富呢？有的养山羊赚钱，你不试一下？”

“支书，养猪养鸡都试过，运气都不好，亏了钱，山羊就那么好养？没养过，没把握。”

石大毛心里暗自叹息，乡下不能致富的农民，有些主要还是一个头脑问题，当然居委会也不晓得拿他们怎么办好，工作也没有做好。

“算了，这个事不是一时说得清的，养山羊的多数赚，也有技术不行赔本的，你自己慢慢去想。七姐，时间不早了，你回家休息吧。”

麻七天不动，不吭声，低着头，脸在红。

“七姐，你回家休息吧。”

石大毛又催。

“支书，我心里难过，没谢你，还把你亏了钱，又没有什么好东西谢你，让你睡一下好不？你堂客又没在家，你又才五十岁，我比你堂客小十二岁，味道好不好你睡一下不就晓得了？悄悄睡了哪个晓得？你是好人，让好男人睡我不亏……”

麻七天又赤膊上阵了，但这一次与上次不一样，上次是想争取他帮她敲竹杠，现在竹杠已经敲成了，是真心实意要感谢他。

“七姐，心领了，但这真的做不得，是真犯错误。我一睡，前面帮你争赔偿的性质就变了，就变成了以权谋色，那我还配当支书？而今抓党风建设抓得紧，你不要让我犯错误呵。”

“我要你睡的也算犯错误？”

“当然算犯错误！你回家休息吧，你说的所有话我决不会告诉任何人。我知道你是一番好心，通过这一次的事情，我还改变了过去对你的看法，你不像人家传的那样恶，不讲道理，你心地还蛮善的，也蛮讲情义……”

“支书，我信你这样的共产党员！你千万不能辞支书，一定要当下去？那我回家了！”

麻七天突然起身，向石大毛深鞠一躬，拉开虚掩的大门走了。

石大毛慢慢站起身，呆站了一会，关上了大门。

进到楼上卧室，手机又响了，一看显示屏，是派出所的瘦高警察打来的。

“石支书，刚得到消息，前河黄土店镇发现了一具一米七几的男尸，尸体已严重腐烂，从腐烂的程度推算时间，真可能与铁厂十一天前失踪的工人柱子有嫌疑，我们准备明天下午开车去打个转，来回也就两三个钟头，你有时间没有？”

“有！”

石大毛猛然想起了白义成的嘱托，这两天忙他忘记了这事，也感谢那两个警察真当一件急事办。

“那你明天上午过来一下，我们商量一下有关事宜，有时间吗？”

“有！”

石大毛来了劲，又反过来想，日他妈将铁厂的人快点赶走总是好些，这么赖着老不走，一想起来心里也烦躁。

“不是狗婆娘与柱子要好吗，你能否尽快秘密问一下狗婆娘，柱子身上有什么特别印记？”

“我马上找人打听，打听到了立即回电话给你。”

挂了电话石大毛立即给王老六打电话，十分钟之后王老六又给他打来了电话。告诉他狗婆娘说柱子的右脚大拇指短一截，铁厂的人应该都晓得。石大毛又立即打电话告诉瘦高警察，瘦高警察听了说很好，这个细节很关键。

第二天上午石大毛到了镇派出所，瘦高警察只是告诉他，下午去黄土店看尸体须慎言，说话也不要用肯定或否定语气，要疑似，不作肯定也不作否定。石大毛有些纳闷，不就是要让铁厂老板相信柱子已经被撕票了吗？瘦高警察不解释，他也不将心中的疑惑说出来，只是记住照警察说的办。经历了两件事，他看到了两个年轻警察奇思妙想多，不是他这个中年人脑袋瓜子能够对付的。

顾不得天热，下午两点两个警察和石大毛乘着警车到铁厂接老板上车，老板的神色有些紧张，石大毛沉默，以防自己说出些不恰当的话。

瘦高警察开车，微胖警察在一旁玩手机，一路上很少人说话，气氛也就一直有些紧张。

一个半钟头开到黄土店镇派出所，警察示出公函在同学的带领下与所长见面，喝了一杯水，抽了一支烟，便开车前往镇医院停尸间。

见到摆放在水泥地上的裸体腐烂变形尸体，铁厂老板一脸蜡白，忙掏出手帕捂鼻子，警察也忙戴上口罩，微胖警察拿着相机从各个角度对尸体进行拍照。石大毛既没手帕也没口罩，受不了气味看了两眼就退出了停尸间。不一会，铁厂老板捂着鼻子出来了。五分钟之后，两个警察才在同学的陪同下缓缓走出停尸间，边走边交头接耳。

开车回双桥坪的路上两个警察的情绪似乎松弛了一点，石大毛仍是沉默不语，至此他还只在进黄土店时说过一句话，也是一句不置可否的废话。铁厂老板的神色依旧是有些紧张，估计心里也不敢肯定那具尸体就一定是柱子，也不敢肯定那一定不是柱子。瘦高警察开车时一副沉思状，微胖警察仔细研究在停尸间拍的几十张照片。

下午五点半警车快开到铁厂大门前时，微胖警察忽然喊："开慢点！"瘦高警察将车速减下来时，警车已到了铁厂大门边，老板要下车了，这时微胖警察将手机拿着让屏幕对着老板。

"老板，怎么这只右脚的大拇指短一截？"

老板推了推眼镜，凑近一看顿时大惊失色。

"坏了！是柱子！"

瘦高警察停稳车也拿过手机看，并问老板："你是说柱子的右脚大拇指也短一截？"

"是的，大家都知道，天热时柱子喜欢打赤脚穿拖鞋，也不在意大拇指短一截。"

石大毛也要过了手机仔细看，他是完全惊呆了，一股悲伤情绪涌上心头。白义成真是搞撕票的路子了？不然会有这么凑巧吗？照片分明是他看着微胖警察拍的，这还能有假吗？

可是瘦高警察仍不持肯定态度。

"老板，从我们警察的眼光判断，仍然还不能证实那具尸体就一定是柱子，因为也可能有人恰好右脚大拇指短一截，一切还得等待后面的化验结果，柱子仍存在生还的希望，也许还没有被黑社会撕票！”

“警察同志，不可能了。柱子被绑押已十四个日子了，明显不是为钱绑押，就是要搞死我们的人，因为他们一直未打过一个电话索要赎金！要钱我们可以想法，人命关天，不要钱要命我们有什么法？”

老板是完全绝望了，踉踉跄跄下车进了铁厂大门。

微胖警察在车上喊话宽老板的心。

“这不是最后的结果，一有新消息我们会来通告。”

老板也喊了一句谢谢，没回头。

警车开动了，石大毛忧心地问：“真是柱子？”微胖警察笑道：“石支书，世上没有不可能的事。”石大毛心里好似一下崩溃了。

42

而今双桥坪的农民，比改革开放三十多年前是潇洒自在了许多。若是三十多年前的七月，那是忙得昏天黑地，抢收早稻，抢插晚稻，耕牛加人工操作，而今谁还吃得那种苦？耕田收割插秧都有专业人员做，农户只需出钱买服务，连育秧也有专业公司。栽秧唱栽秧歌的旧日乡风已消失十多年了吧，留在老人们的脑海里的记忆，已化作一股淡淡的乡愁。那时唱栽秧歌的主力是堂客们，若是秧田在路边，有人经过，不被栽秧歌骂的、撩拨的很少；尤其是标致后生漂亮妹子路过，基本逃不脱一顿撩拨和笑骂。也有中老年男人倒霉的，被在田里栽秧的女人们整得落花流水，被拖下水田糊一身泥巴不稀奇，还不能发火。发火会被人瞧不起，都是闹着玩发什么火？气量真是太小了。

叫鸡公年轻时长得标致，十八九岁那年被一群栽秧的堂客整过一盘恶的，回想起来至今心有余悸。队长要他上午去李家塝借担化肥来救急，他挑着一担空箩筐，走到李家塝，一大群妇女正在田里载秧，见他走过来，开唱了。

咿呀嘞……
路上的后生长得标，
小妹见了心火烧，
今日不来把火救，
你插上双翅也难逃。
咿呀呀咿……

双桥坪山里古老的秧歌有个基本固定格式，开头是高亢悠长的“咿呀嘞”之类的引子，然后是现编的四句歌词，后面又是高亢悠长的“咿呀呀咿”拖腔。这后面的拖腔是全体栽秧的女人合唱的，她们作死地叫，几里外都能听见。

叫鸡公虽力气大，可才十八九，挺害羞，一听那歌词不正经，就加快脚步想快走过去。女人们哪里会放过他，一个领头的朝他甩出一团稀泥巴，跟着就出现了稀泥巴阵，将他头上身上到处甩的是稀泥巴。那时他没经验，不能快走或开跑的，你就让她们唱，让她们骂，她们一般不至于上稀泥巴阵。叫鸡公那天恰好穿得还讲究，海蓝色短袖汗衫，棕色齐膝盖半长裤，突然遭遇稀泥巴阵，火了，大声斥责女人们不懂礼貌。也是属于没经验，那么多女人怕你个后生子发火，一声呵嗬吼声响起，女人们蜂拥上来，他力气再大也莫奈何，被女人们拖下了水田，不是死命用两只手抓住裤子，裤子都会被扯脱。

女人们一直将他整得没脾气告饶了才放了他，他找到一口水塘洗了半天才洗干净，穿着湿衣找到李家塝生产队长借化肥，队长问他怎么一身湿的，他说了经过。队长笑道："你没得用，她们扯你的裤子，你不会扯她们的裤子？她们再扯，你只一个人；她们一大群，总要被你扯脱几个不是？要扯就都扯一盘，看哪个划得来些！""那搞得的？太不文明了！"那时的叫鸡公是不敢那样想的。

八点多钟叫鸡公又喝稀粥吃油粑粑，不知怎么突然想起了十八九岁去李家塝挑化肥的事，笑了。

"你神经病，无故笑什么？"

老堂客砍了叫鸡公一句。

叫鸡公仍是笑。

"那次你也在场，肯定也跟老子甩稀泥巴了的，说不定还扯我裤子了！"

老堂客将送到嘴边的稀饭碗放下，也笑了。

"叫鸡公，你那时还蛮正经，蛮害羞逗人喜欢的。哪像而今，越老越不正经……"

"老子怎么越老越不正经？不能冤枉人。"

叫鸡公是从来死不认账的。

"冤枉不冤枉，你自己心里有数。你六十四了，我还比你大，随你怎么搞，反正也管不了你，你个人放小心点，莫搞得风风雨雨走在街上被别人指指点点，你脸皮厚，我的脸皮没你的厚……"

"莫听一些人的怪话……"

叫鸡公仍是嘴硬，也晓得老堂客不信他的狡辩，但只能这么办，人家茶花才三十六呀，他是老了脸皮厚了无关紧要，总得要护着茶花一点脸皮不是？

吃完早餐叫鸡公坐在堂屋抽烟，待会儿他准备去山坡公路下的棉花地里看看，有什么虫好打药，长出了草就扯几把。家里农活他是不要老堂客沾手的，他身体好一人全包,老堂客只管做三餐饭,其余时间随她玩牌扯淡一概不问。老堂客收拾了碗筷过街到对门人家玩牌去了,他掏出手机给茶花发信。像他这样六十多岁的山里老男人会发短信很稀罕,他是茶花逼出来的,不会拼音五笔输入不难,只是有些打不出来他就换字,反正茶花能看懂就行。粑粑虽比他年轻得多,可至今不会发短信,也不学,落得他与茶花传输密码好自由。

叫鸡公想了片刻,打出了几个字,“马上去棉花地止草。”本意是扯草,叫鸡公也没发现打错了字。

茶花的短信很快回过来。

“是扯草吧?我等会去,他重感冒了睡在床上,只能去半个小时。”

“行,两分钟也行。”

“什么事?”

“见了就知道。”

“好吧。”

茶花男人病了叫鸡公知道,也正是为这个事想借机帮茶花一把。他诈了铁厂老板三千元,没告诉老堂客的,准备暗中送茶花两千。他的力气挣不了什么钱,也懒得那么费神去挣钱。种田也是好手,人家不栽荒着的田他就栽几亩,七七八八一年弄得个两三万日子就蛮好过了,总比茶花的男人粑粑挣的钱多。粑粑长得单薄力气小又容易病,在近处打工人家给的工钱也是最低的。给人家修房当小工都是一百五一天了,粑粑只一百二,若是争,人家就不请他了。

叫鸡公上楼进卧室,从床下一双破旧皮鞋里取出两千块钱,短西裤两个口袋一边放一千不怎么显眼,再一边塞手机一边塞烟和打火机。收拾停当,下楼到堂屋望望街对面,老堂客正与人聚精会神玩麻将,便不声不响走了。

热,七八分钟到山坡下的棉花地已一身汗,坡上不时有汽车经过,较嘈杂,他与茶花在这下面说话应算安全。

叫鸡公到不久,茶花也到了,也是一身汗,两个人在一棵樟树下站定。

“粑粑重感冒了怎么不住院呢?镇里医院治感冒还是没问题的。”

“他不肯去,到药店买的感冒药,怕花的钱多。”

“感冒要花多少钱?还有医保。”

“他不去,我也没法。”

叫鸡公掏出两千块钱递给茶花。

茶花不伸手接。

“鸡公哥,这怎么好意思,老是暗中给我钱,一年要给三四千,将来我拿什么还你?”

“莫讲些怪话,谁要你还钱?虽然我也挣钱不多,总比粑粑多个一两万吧,钱算什么呢?”

叫鸡公强要茶花收下,茶花也只得收下了。

茶花穿的是深色连衣裙,她撩上裙摆,将钱放在了腰间自缝的暗口袋里,扣好后,扑在了叫鸡公胸前,搂紧了叫鸡公的腰。

“鸡公哥,一世忘不了你。”

“我老了,可你还年轻呵,要想点法,你要多攒点钱。山西佬今年肯定亏大了,等他将来生意好起来后,我给他讲讲,让粑粑去他公司谋个一月能挣四千多的位置,那你就好多了,现在不能开口,他亏大了。”

“鸡公哥,你要活一百岁,想你活一百岁呵,你一百岁,我也就七十多了,一生也就过完了。”

“哪里能活一百岁呵,粑粑病了,你快点回去。”

可是茶花不动。

“没关系,他刚吃药,才说几句话,慌什么?”

“热,你回去舒服些。”

叫鸡公又催。

“玩一下再回去,不急。”

茶花放开了叫鸡公,扯了几把青草放在半人高的棉花垄上,自己仰天躺下,撩起裙子。

“快来,公路上面看不见的。”

叫鸡公也就弓着腰钻进了棉花地里。

哪知没到一分钟,公路上面传来了叫喊。

“那个翘屁股的人注意,司机路过是可以免费看戏的!”

叫鸡公全身一麻再不敢动弹,小声道:“日他妈的是姚才子!”

“怕什么?他只看到了你的屁股,看不到我们的脸相,只管玩!”

茶花居然毫不畏惧。

叫鸡公屏气听,上面公路再没喊叫声了,也没马达声了,估计是姚才子开车走了。怎么偏偏被姚才子撞上了?不过茶花说得有道理,纵然姚才子猜定是他与茶花,也绝对不可能看到两个人的脸相，于是又尽兴玩，直到玩完。

茶花走后，叫鸡公在棉花地里扯了一阵草，热，懒得扯了，回家冲了个冷水澡，到卧室吹空调。手机响，一看是铁厂老板，想了想，接听了。

“老哥，能否到我这里吃午饭？这也许是最后一次了。”

“我还有点事，能否稍迟点来，半个小时之后怎样？”

“行。你还是从后门进？”

“只能悄悄去，现在他们搞得恶呵，说不定哪天我也要挨他们的黑摸。”

“谢谢老哥了，你小心点。”

挂了电话叫鸡公立即给白义成打电话。

“铁厂老板要我去吃午饭，说也许是最后一次了，可能他们准备滚蛋了。”

“你答应他了吗？”

“答应了，半小时后去，你看我去了要注意些什么？”

关键时刻叫鸡公知道必须听白义成的，白义成当过兵确实比他厉害很多。

“简单说就是强化恐怖气氛，这是搞红色恐怖。你自己琢磨一下了再去。另外，你派头要足，要沉得住气，话不要说太多，每一句话要先想好了再说。说一句，就像丢一把刀。要不你给才子打个电话，看他还有什么建议。”

白义成提到姚才子，叫鸡公顿时心里不是个滋味。今日倒霉被姚才子看了大戏，不过他坚信姚才子一定没看到他和茶花的脸，纵然猜定是他与茶花，他可以死不认账。若是猜中了，姚才子今后见面一定笑话他，也许不是猜他和茶花呢，也好，打个电话侦察一下。手机一按，通了。

“才子，铁厂老板要我去吃中饭，你看我是去还是不去。”

“去。”

“你看我要说些什么话合适？”

“怎么能吓破老板的胆就怎么说，今天上午区法院已派人到铁厂了解了情况，他们肯定也慌了神，你也可以在这方面做文章。你要缓开口，多观察，话不在多，句句要有杀伤力。”

“明白了。”

姚才子好像根本未怀疑叫鸡公什么，一句玩笑话也未说。叫鸡公心里舒坦了一点，也许是姚才子开车经过冷不丁发现了，停车乱喊了一句就走了，也是随便开玩笑。他自己一直与秋枝打暗炮，怎么会有心管人家的闲事？这样想是合乎情理的，何况姚才子对他从无坏心，还是蛮够朋友的，只不过姚才子脑子活，他说话很难占上风。

与姚才子通过话，叫鸡公抽烟细琢磨。他已经有了经验，不怕，沉得住气，双桥坪的老余则成也不是吃素的。而今不是战争年代，这就是战争，是消灭污染保卫环境的战斗。

穿好衣服下楼，正好老堂客打完麻将回家，准备做中饭。

“我不在家吃中饭，不煮我的饭。”

“谁请你，你一无钱二无权，还蛮俏？”

老堂客板着脸，一口挖苦话。

“叫花子也有三个知己，山西佬那么有钱也瞧得起我，哪次聚会不请我？”

叫鸡公拿出派头来，他也算得双桥坪这小街上一名人，老堂客如此挖苦他是不对的。

老堂客果然一时语塞，再搬不出新挖苦词儿，只得眼一斜，丢一句：“看你那个德行！”进厨房自己做中饭去了。

“好男不与女斗。”

叫鸡公也丢一句，出了门。

哪知厨房飞出来老堂客一声狮吼：“你莫回家吃晚饭！”

叫鸡公吓一愣，心想只怕是上午玩牌输了吧。想到床底下的破旧皮鞋里还藏着一千元，准备回家后拿五百给老堂客，让她消消气，毕竟他上午又与茶花在棉花地里快活过，还塞给她两千。他不是对老堂客不好，什么农活也不要她做，这在小街上也不多，只是茶花家太困难了。

叫鸡公出门不走镇街，从一巷口向西边田野的小路走，迂回包抄到铁厂后门。

“老板，我到后门了。”

“老哥你稍等，我马上来开后门。”

通过话后一分钟不到，老板将后门打开，这说明老板正焦急地等着他。

进到厂长办公室，一张小桌上已摆好酒菜。

“老哥，对不起，现在只能简单饭菜了。”

两人对面坐下，老板忙致歉。

叫鸡公一看也算不错，炖了一只鸡，四菜一汤包括一盘花生米。酒还行，武陵大曲。

“老板，客气什么，已经蛮好了。”

两人先斟上酒，碰了一下，开始饮酒。没空调，电扇吹的风还是有点热，不过能扛住。叫鸡公喝着武陵大曲，说酒好，不说别的，想听老板说什么。

老板也不急于开口，喝了几口闷酒，才缓缓开言。一开言，将叫鸡公吓得不轻。

“老哥，这个关口你还敢来，你是真正帮我。而今狗婆娘不冒面了，我想他有两怕，一怕得罪本地人，二怕我们狗急跳墙也把他绑起来当人质。老哥，你不是！”

叫鸡公举起酒杯跟老板碰了一下。

“你说柱子被撕票了？”

“是，我昨天去黄土店看尸了，警察说还要等后面的化验结果，说柱子也许还有生还的希望，我敢肯定那就是柱子！你们湖南人真狠真野蛮，绑走了一个电话也不打就撕票，这不是要钱，是要命！”

老板说得很悲惨，脸色也很恐惧。

叫鸡公很吃惊，怎么把柱子撕票了？这他妈是谁搞的？他一直不太清楚一些细节，只知道一切都是白义成指挥操作的。他沉住气，不能怀疑白义成会出大错。再一想，老板背后的总部真下命令将他绑起来做人质或者撕票报复双桥坪呢？他不就是自己送到虎口里来了？他们若发疯也有二十多个人，警察、老百姓把铁厂包围起来又怎么样？他不就死多活少要牺牲了？

“柱子真要被撕票了，那肯定就是常德的黑社会搞的。市公安局虽然也盯着了你们，但警察一定不会搞绑押撕票。双桥坪王老六姚才子他们都是大摆着搞明的，不会搞黑摸。搞黑摸，那只有常德的黑社会才会搞，他们是湖南人的败类，不能代表湖南人。我也是湖南人，你们也血亏了，人得讲良心。常德而今污染企业只你们一家？多着。只不过你们不知怎么被上面盯上了，而今不光是要关双桥坪铁厂的问题，是有人要搞垮你们的总部……”

叫鸡公觉得很有必要这样说了，这里面就包含了白义成给他的提示。

果然，叫鸡公这样一说老板的脸色更不好，喝了两口闷酒，起身走到办公桌边，拉开抽屉，拿出一个厚信封，看了看，慢慢走回桌前，放到叫鸡公面前。

“老哥，这不是我给你的红包，是上面指令我给你的，你上次为我们提供了准确重要的情报，使上面清楚了我们在常德的险恶处境，你是最够朋友的本地人，我们也是很讲义气的，不能亏待朋友，这是你该收的红包，因为你帮我们也要承担很大风险……”

叫鸡公心突突直跳了，信封里肯定上万元了，收还是不收？收得还是收不得？收了他能太平无事走出铁厂？这里面有什么机关？实在吃不准。但他必须立即做出选择,不能拖延。钱虽然烫手,命却是更要紧。

“老板,我只帮你的忙,你上面的人与我无关,我一个也不认识,也没想过要帮他们的忙。这几年你对我这个老哥真不差,我没什么钱,也不贪钱,你给我的红包够多了,上回还给了三千,你已经很把我当老哥了,人得讲良心,我不能无功受禄。这是上面奖给你的红包,你给我干什么?你多辛苦多担惊受怕,你看你瘦好多了!”

叫鸡公将厚信封拿起,放在了老板面前。

老板呆望着叫鸡公,不动,眼圈好像有点湿润,取下眼镜用餐巾纸擦镜片。

“老哥,这叫我怎么说?我什么也不说了。”

擦完镜片老板自己斟满酒,站起身,恭恭敬敬道:“老哥,小弟敬您一杯,莫叫我老板了。”老板说完一口干了,叫鸡公也跟着一口干了。老板又说:“不瞒老哥,我也是乡下苦出身的孩子,家里父母也穷也需要钱,因为双桥坪铁厂一直亏损,上面也一直扣我的工资呵……我也好像被绑押了,好不容易读个大学,轻信招工的胡说上了当……”

叫鸡公忽然一点也不恨老板,反而同情老板,仇恨蒙骗他的黑社会。

“小弟,听老哥一句劝,你赶快自己悄悄走人方为上算。你留在这里有危险,若是上面命你做坏事,你千万不能做。姚才子的榨油坊已经请了武功高强的打匠,王老六他们就更不用说,一声喊几百人一呼啦就拢来了,你们这几个人哪里是对手!”

“谢谢老哥,可是我不能私自逃走呵,上面清楚我家住哪里,家中有什么人……”

老板再满上一杯敬叫鸡公,叫鸡公将他的手按住。

“慢,小弟,咱们说清楚,天热,就干这一杯了,你不能喝多!得时刻保持脑子清醒。现在两个村联合起来向法院起诉了,这个事你们可得认真准备,认真对待,本地的法院肯定是设法帮本地老百姓的,这不是开玩笑的,他们把灭火耽误的人工等等都算在铁厂身上,要说赔一千万也没问题的……”老板的脑袋连摇直摇,将一杯酒干了。

“老哥,你说我们到哪里去搞一千万赔偿双桥坪老百姓?我这个老板已是杀无血,刮无皮了……”

叫鸡公也一口将酒干了,他庆幸自己没有收那个厚信封,这个老板比他这个农民也可怜多了,他还有乡下的父母要靠他挣钱呵。

“小弟,我不能久留,老哥得走了。”

“好,我送你去后门,老哥你也要小心点。”

“放心。”

出了后门,走了百把米,叫鸡公才一松。

43

二十三日傍晚，王老六正与五哥王志和在家中晚餐，忽然石大毛打来了电话。

“老六，柱子真被撕票了，这是谁干的？”

石大毛气势汹汹，王老六心慌，可一想又不可能，怎么会真撕票？

“这个事我不知情，应该不会吧。”

王老六尽量选择措辞，不想让身边的五哥王志和知道他们暗中做的事。

“什么不会，下午我和派出所警察带铁厂老板到黄土店看尸体去了，警察都不敢肯定那就是柱子，尸体已腐烂变形，可是老板认出来了，柱子的右脚大拇指短一截，这不是你问狗婆娘后又电话告诉我的？”

坏了，王老六的心直往下沉，这就真是被撕票了！怎么回事？白义成会真下令撕票？这似乎又绝对不可能。

“你问白大哥了吗？”

“问了，他说他不会做违法的事，真要是撕了票，也一定是常德的黑社会干的。我给他打电话后，他打山西佬电话后又给我打电话，说山西佬也不知道是谁干的，完全不知情。他只叮嘱我，现在山西佬很紧张，莫打山西佬的电话以防被黑社会监听。他要我们提高警惕，严防铁厂背后的黑社会报复。你也说不知情，这真是常德的黑社会插进来了？”

“大毛，我真的不知道。”

王老六的脑子一团糨糊了。

“五哥，我们绝对不会做违法的事，”与石大毛通完话，见五哥王志和异样的眼光望着他，连忙解释，“是这样的，十多天前铁厂一个叫柱子的工人失踪了，一直没有消息。刚才石大毛说，上午他与派出所警察和铁厂老板去了黄土店看尸体，老板认出来了，那具尸体就是十多天前失踪的柱子。老板就认为柱子是被人绑押后撕票了，这只可能是黑社会干的，与我们毫不相干，我们都是依法办事。”

王老六极力掩饰，不想让五哥王志和卷进来。

“那就好。”

五哥王志和也不追究，似乎也不想再过问铁厂的事了。

晚餐过后五哥王志和回自己的院子去了，王老六打姚才子电话。

“你在哪里？”

“在家，刚吃完饭，什么事？”

“能不能到榨油坊会客室碰个头？”

“行，我马上去，你慢一点到，我先把空调开好。”

王老六到榨油坊会客室时，姚才子已开好了空调，摆好备用的西瓜和茶水。

两人抽烟，都没有动西瓜和茶水。

听王老六说完，姚才子不敢相信。

“老六，这个事白大哥一手操作的，具体细节我一直不太清楚，我也不问，你们说一点我就听一点。我相信白大哥不会搞违法的路，你也应当相信。”

“现在是石大毛讲山西佬也不知情，这就奇怪了。真是柱子被黑社会绑走了撕票了？”

王老六没将自己要狗婆娘将柱子带进城的事说出来，不过他前面是不是在姚才子面前说漏过嘴也记不清了。

姚才子望着王老六眨眼。

“山西佬自己紧张得要命，怎么会知道这个事的内情？”

王老六不好再说什么。

“才子，你给石大毛打个电话，他若在家，我们去他家一趟。”

姚才子很快打通了石大毛的电话，石大毛在，于是两人开车到了石大毛家。

“大毛，柱子真是被撕票了？”

王老六迫不及待。

“这还能假？我和警察加铁厂老板都看过尸了，严重腐烂变形，相貌是分不清，可右脚拇指短一截被老板认出来了……”

石大毛一脸严肃，非常肯定。

王老六一下就慌了神，不得不相信了。虽然他对后面的事一概不知情，可事情的开头是他暗中搞的，现在柱子死了，追查起来他能脱干系？不过他又回头想，白大哥不会真下令撕票，也可能与白大哥无关，也就与他无关，一定中途常德的黑社会插手了。

姚才子也不得不相信，神色凝重，也很疑惑惊奇。他慢慢摸出了手机，翻号码。

“才子，你莫打山西佬的电话，柱子被撕票了，现在他一定很紧张，又要防酒庄，又要防建材厂，白大哥有交代……”

石大毛提醒姚才子，姚才子点头，还是按了电话，他是找白义成。

“我是才子，我现在和老六在大毛家，柱子被撕票的事可能镇上都传开了。这个事你怎么看？我们三个人有点紧张，吃不准。”

“第一，撕票的事绝对与我们兄弟任何人无关，要坚决相信我们绝对不会做违法的事。第二，毕竟人命关天，我们又是积极组织灭火的，一直主张将铁厂老板赶走的，难免会有嫌疑，但我们不怕，经得起严查！第三，大家要站好最后一班岗，严防死守不能出差错。就这样。”

与白义成通完话，姚才子上烟，抽了一阵，慢慢说他的看法了。

“大毛，老六，这个事不用惊慌。现在看，根据白大哥刚才说的话，柱子是真被黑社会撕了票，与我们无关，我们最多只是有嫌疑，经得起严查。你们想想，柱子被撕票产生了什么后果？铁厂及背后的总部一定更恐惧，可能会促使他们尽快决定叫铁厂老板带着人滚蛋。在常德，尤其在双桥坪他们敢搞大规模报复吗？他们若搞不更会暴露自己？不管他们的算盘怎么打，我们要做的是防止他们发疯；死了人，他们要发疯报复也不是不可能，我们肯定是松不得！”

“是这样，才子说得有道理。”

石大毛首先肯定。

“反正与我们无关，怕个卵！”

王老六完全恢复了镇定，既然白大哥一再说柱子被撕票与他们无关，那就一定是无关，紧张什么？

然而，二十四号下午三点叫鸡公的电话又使王老六不得不紧张。

“老六，白义成说柱子撕票与我们的人无关，我想了想，还是要打个电话提醒，你别问我怎么晓得的，我晓得的事绝对是真的，铁厂老板已经怀疑柱子很可能是你们王家塝的狗婆娘带走的，现在真被撕了票，你怕是要给狗婆娘暗中递个信，让他有个防备，他也是你的远房侄儿……”

“谢谢鸡公哥。”

王老六连忙打电话，将狗婆娘招到自己家。

王老六一说，狗婆娘额上冒冷汗。

“这怎么得了，将来查起来，我们叔侄不就切肉连皮？”

王老六只好给狗婆娘壮胆。

“这个撕票与我们叔侄毫不相干，怕什么？万一将来查起来，我们叔侄死不认账，本来我们根本没干撕票的路，怕个卵！不过，我们得眼睛睁大点，耳朵放尖点，防止铁厂的人精神失常发疯找我们的麻烦！”

“有叔撑腰，侄儿怕什么？”

狗婆娘的胆被王老六壮了起来，心中还是有些不踏实，怎么真被撕票了呢？

晚上洗了澡，王老六摸到五哥王志和院子里，心里不舒服，想来聊聊。

五哥也洗了澡，正开着空调在堂屋看电视。见老六敲院门，忙起身去开。进得堂屋，倒了一杯桶装矿泉水给老六。

“老六，正式通知你，我已选定良辰吉日，本月二十八日自己正式开火做饭，油盐酱醋茶我都买了，电磁炉，柴灶柴火都有，你堂客帮我种了菜，蔬菜不用买，大概还有三天我就可将后围墙的杂树砍干净，到那时我就悠闲了，自己来慢慢做三餐饭。”

“你吃得勤快，一个人搞什么饭菜，就到我家吃！硬要自己做，天凉了再做也不迟。而今双桥坪哪个还烧柴灶，都是液化气，山上都长得进不得人了。你来前，山上还跑下来一头百四五十斤的野猪，一些人跟着赶没赶上又跑上山了。七姑山又有老虎了，都怕上去了。”

“很好，生态越来越好。我这是维修后剩下的一屋子旧木材，现在不烧天凉后烧，天热就用电磁炉。所以你们关闭铁厂是很对的，你们胜利了。”

王志和发现王老六说话有点东拉西扯。

王老六也发现王志和说话有点不用心。

都心里有事？

“五哥，你从小跟白义成和叫鸡公玩得多，虽然他们都大你四岁，但从不欺负你。你说，他们两个人谁办事更稳一点？”

“你怎么突然问这个话？”王志和笑，“应当说都还稳，叫鸡公力气比白义成大，脑子也活络。白义成反应快，算计比叫鸡公明显要高。我家土改时很穷，分房分地都是甲等，房子是分的地主的小木楼，和另一家穷人一家一半。我就和他们住在一个生产队，常跟着他们放牛玩。那时放牛娃每天骂歌打架，他俩都是骂歌的好手，骂人的词儿随口就出。不过打架总指挥就必须是白义成，他诡计多端，次次把别队的放牛娃打得落荒而逃。有一次，他们赶着几头牛与周家湾的放牛娃打架，牛发了威，差点将一户人家的屋打垮呵。”

“呵……你家后来怎住到这个小山包上了,不住在街上了呢?”

“那是一九六九年秋天,学大寨拆小街腾房基地做水田,我家就搬来了这里。八十年代后期又修街道,我家就懒得再动了。这后墙比四层楼还高的大树,就是那年我亲手栽的。那年才十六……”

王志和说着又将话说散了,王老六口中的话也像西瓜皮,往外丢,滑哪里是哪里。

“五哥,你看柱子被撕票后,铁厂背后的黑社会会对双桥坪报复吗?”

王老六终于将话扭上了正题,他心里不踏实,似乎对白义成处理柱子的事也有点怀疑是不是有失误,毕竟人命关天。

王志和摇头。

“我不知道,不知道怎么会出这样的命案。灭火不是很成功?怎么麻烦还越搞越大了?你昨天说过这个事与你们无关,又担心什么报复?你们到底暗中还做了些什么事?”

王志和好像要套王老六的话了,显然他已经怀疑他们一定暗中做了些什么事。

王老六马上刹车,不仅白义成有交代,他本人也不想退休回乡小住的五哥卷进这个危险事。

“五哥,放心,违法的事我们真不会做。我只是担心他们要报复又搞错对象,使我们一帮人被冤枉。不过我们也不怕,为人不做亏心事,不怕半夜鬼敲门。”

“情况复杂,你们也必须提高警惕。”

王志和说得很严肃。

“放心,黑社会若胆敢对我们动刀子,一定让他们输掉裤子。我一声喊,王家塝个个都会抄家伙上阵,谅他们也没有那个狗胆。”

真要是大摆道公开对阵,王老六真是毫不畏惧,有必胜把握。

王老六不交实底,王志和也不追问。

回家的路上,碰着了从镇上回来的狗婆娘。

“六叔,听人说,今天吃晚饭时,有人路过铁厂,听到里面好像吵架了。说有的工人要工钱,有的要回家,路过的人还说里面喊了一句很大声的话:‘还不离开这个鬼地方,都会跟柱子一样丢命!’”

“这可是好事呵,侄儿。”

王老六心头一喜,忽然感到柱子被撕票这个事威力确实很大,要真是常德的黑社会干的完全与他们无关，就好了。

二十五日上午八时多，姚才子来电话。

“老六，铁厂大门前又挂出了两条大横幅标语，一条用白纸黑字写的：‘血亏七年，谁赔损失？’一条用白纸红字写的：‘谁杀柱子，血债血偿！’我分析，前一条是针对我们起诉他们要赔偿千万损失的，后一条就可能暗示他们要追查凶手到底。若不然，就不能排除他们也以牙还牙对我们这边搞黑摸……”

“怕个卵！反正柱子被撕票与我们毫不相干。”

王老六虽不怕，也不得不紧张起来。挂了电话，他拉上狗婆娘到铁厂大门口走了一遭。情况跟姚才子电话里说的一样，横幅标语上的字有箩筐大，显然是故意让路过的人看到。

“侄儿，你到镇上去走一趟，听听街上一些老百姓有什么议论，我要去榨油坊碰一下姚才子。”

“好的，叔，那我去了。”

狗婆娘得令走了，王老六来到榨油坊，姚才子正准备开车去金鸡岩接客户的货，他便上了姚才子的车。

“才子，你经过大毛家门口停一下，我到他那里坐一会。”

“老六，沉住气。有什么新情况要立即电话给白大哥，他去后山下厨了，今晚不回家。”

“怕个卵！柱子撕票是黑社会搞的！”

姚才子一分钟后开到石大毛家停下，王老六下车姚才子就开走了。石大毛在家，也正准备去七姑山下山冲里，那里有两户为房基地边界有点纠纷。显然铁厂的新动向石大毛还不知道，听王老六一说，石大毛脸色不好，也很担忧。

“老六，我无能为力了，这个事搞麻烦了，死了人就是另一回事了。”

王老六不怕，可心里也不安。

“柱子怎么会被黑社会撕票呢？”

“你问我，我去问哪个？不是你告诉我说柱子的右脚大拇指短一截，我还不相信被撕票了！”

“反正是黑社会搞的，与我们无关！”

王老六就咬定这一条，石大毛有事不能久留，王老六便回家去了。

回到家戴上草帽下苗圃去除草，到了苗圃心里还是有点堵，便拨通了白义成的电话。

“白大哥,铁厂又挂出了两条大横幅,字有箩筐大,现在镇上都知道柱子被撕票了!”

“沉住气,我一再说,柱子被撕票与我们无关,一定是常德的黑社会干的,我们从一开始就是依法搞事的!才子已经电话告诉了我铁厂新动向,我认为,天不久就要大亮了!大赢离我们很近了!”

白义成在电话里说得非常坚决,王老六像吃了一颗定心丸。天不久就要大亮了?大赢离我们很近了?他怎么看不出来?五哥说白义成小时候带领他们与别队的孩子打群架就诡计多端,次次把对方打得落荒而逃,莫非这一次又在玩诡计?他当过八年侦察兵,参加过珍宝岛战斗,肯定比小时候老辣多了。可这怎么可能玩诡计?柱子已经被撕票了,石大毛看尸了,铁厂老板也看尸了,尸体的右脚大拇指是短一截,这怎么可能搞假?谁会搞假呢?搞假有什么作用?

手机响,是狗婆娘打来的。

“街上都晓得了,但都一口咬定不是双桥坪的人搞的绑押撕票,是常德的黑老大搞的,都说铁厂开炉也污染黑老大在近边承包的山林,黑老大有钱不要钱只要命!还有的说,铁厂的人若是还赖着不走,黑老大可能下一步就要取铁厂老板的人头了……”

“很好!你也到处这样讲!很好!”

王老六对狗婆娘报告的消息很高兴,他的心开始真正安稳下来。

晚上洗了澡,王老六出门散步,不知不觉又走到了五哥的院子前,他马上回头走,从家里提了一个大西瓜。

“五哥,你还忙什么?”

王志和短裤赤膊,手拿扬叉,在一堆快灭尽的火灰前翻动。

“我想它在晚上十二点前完全烧尽,莫睡觉了起风一吹引起火灾,差不多了,没问题了。”

王老六把大西瓜提进堂屋。

“你去洗澡,我等会洗了切了,两人来吃掉它。”

“这么大怎么吃得完,你负责吃完呵,我懒得买冰箱,剩下就会变坏的。”

“我负责!”

王老六的好情绪引起了王志和注意,他笑了笑,进卫生间洗澡去了。

王志和洗完澡进到堂屋,王老六已将大西瓜洗了切好,用两个大青花瓷盘摆好。

王志和依旧不改动父母在世时的老摆设，一张小方桌摆在堂屋中央，只能坐四个人，墙右角角柜上放着台十八寸的老电视机。

“你今天情绪明显比昨天好，铁厂有好消息？”

王志和坐下，两人开始消灭西瓜。

王老六笑。

“昨天也没有情绪不好，我而今天天情绪好。铁厂今天挂出了两幅字有箩筐大的一个大标语，‘七年血亏，谁赔损失？’‘谁杀柱子，血债血偿！’叫它莫不挂，撕票的事与我们无关！”

王志和也笑。

“无不无关，我都不知道，也不想知道，反正跟我就更无关。”

“那是，五哥你退休了安静休息。”

“不过，我对你们的事有一个大胆的猜想，我在你来之前已将这个猜想用一页纸写好，并且用信封封好了。你若承诺只有将来铁厂的人全部撤走了才能看，也可给你们一帮兄弟看，我就交给你。”

王老六不胜惊讶，瞧着王志和，咬西瓜的大嘴也不动了。

“你不承诺，我就不拿出来交给你。”

王志和很认真。

“五哥，坚决承诺现在不拆开看！”

王老六赶忙铿锵表志。

王志和便从卧室里取来一个信封，交到了王老六手中。王老六两眼盯着一个未曾使用的信封，好生好奇，五哥里面写的是天书不成？

44

趁着上午气温低点，吃过早饭秋枝去镇上美容店去修整一下头发。雪梅昨天从深圳来电话，说今天下午四时左右，老男人也就是她的老女婿的侄子，会到她家来一趟，与她商量一下城里别墅装修的事，只停半个钟头就赶回城里去过夜，后天还得赶回深圳。秋枝半月前见过老女婿的侄子，印象好。有客人来，她得稍微收拾一下，科学家的丈母娘得有点风度。不是吹，她而今就是走到深圳大街上，谁又会把她当一个乡下堂客小瞧？说不定回头率比年轻妹子不差多少。

镇上的美容店已开了三家，秋枝进的是最早开店的桂花美容店。桂花与她同年，也是在沿海混过十多年的，不过看上去就比她老相了许多。

秋枝一进店，空无一人，不过空调还是开了，店内很清凉，那么她今天一定是头一个顾客了。

"桂花呢？"

秋枝轻声问一句，桂花从里屋钻出来，一看，嘴上就起高腔，声音焦蹦跶。

"就是望你来呀，差不多两个月没见你来做头发了，是玩野了吧。"

"你小声点好不好？"

秋枝对桂花瞪眼睛，她与姚才子的一本经桂花一清二楚，所谓一清二楚就是当年被腊秀捉了现场，桂花也刚从大龙站嫁到南阳坪不久，当时桂花私下里还是帮秋枝说话的，说两相情愿的事何必这么闹？什么时代了呵。

"真是嫉妒你，你好像是往回长，越来越年轻，像才二十出头的姑娘家，怪不得有人这二十年被你勾掉了魂！"

桂花将声音压下来，将白围裙给秋枝披挂好，话语还是暗刺秋枝与姚才子的风流事。

"净讲怪话，哪会越长越年轻的？过去的事早过去了，还提它干什么？"

秋枝不想桂花扯她与姚才子的一本经，桂花偏要扯。

“我猜得到你年轻的秘诀,就是玩得快活,有人讲,什么美容整容都是治标不治本,女人真正要年轻漂亮,就是要痴着一个白马王子似的男人,痴上了,那就不会老不会变丑!”

“你净讲些怪话。”

秋枝嘴上这么驳着桂花,心里却道,只怕是这样呵,二十年来她被才子勾掉了魂,生命就好像停在那最初的一夜了,世上还有什么比这更令她幸福呢?

“不是怪话。不过你可得小心呵,有个三十出头的女人可能也想偷吃你的菜。”

秋枝瞟了桂花一眼,心里不相信,在这个小镇上谁能打她才子的主意?再说才子也不会,二十年来也不是没有女人暗中想勾搭才子,才子总能很巧妙又不伤人地摆脱。

“我又没什么菜,叫她莫不偷。三十出头还有本钱啦,而今不安分的女人多着,不稀奇。”

“幸好是本钱不如你,虽然比你年轻十岁,可刚离婚不久,空房难守呀,何况姚才子那么帅又有钱,而今一些年轻女人专做桃花劫生意,也说不定,她若老是献殷勤,姚才子也说不定要挨她一劫,不然怎么前些天打印十份诉状,硬给了她三百块钱?若是按市价就是三十块钱。”

秋枝一听心里有火,她知道桂花说的是谁了,是镇上才开业一年多的一家打印社的女老板,那确实本钱不如她,或许那女老板也真对姚才子有意思,才子怎么从未说过这个事?不过,她相信才子不会与那个女老板勾搭上。

“桂花,你是说姚才子呵,我跟他早断了,他爱跟谁给钱不关我的事,他爱怎么给就怎么给。我不想听这事了。”

秋枝将话头拦住了。

桂花也不在意,仍是开玩笑。

做完头发秋枝回家去,走到一家五金店门前发现围了一大群人,中间还停了一台猎豹越野车,她认得这台车,是铁厂老板开的。站在人群边一看,果然铁厂老板和一个工人被街上的人围住了。听了几句,她明白了是怎么回事。

“让开!”

秋枝突然冒火失控了,街上的人都认识秋枝,从没见秋枝高声说过话,见了人都是几多礼貌温柔的,今日是怎么了呢?

围观的人往后退,给秋枝让出一条路。

三十多岁的铁厂老板推了推眼镜,忙赔出笑脸。

“是秋枝大姐来了，是这样的，柱子被人绑押撕了票，我们的人身安全受到了极大的威胁，更有人放话，下一个就要取我的人头，我们不自卫怎么办？我开车来买二十把斧头，老板认出我后不肯卖，加了一倍价才勉强同意。现在他们围着，不让我们把斧头拖走；我要退，老板又不接受退货。你能否帮我们说句公道话？”

秋枝盯着老板，心里好恨，莫看老板而今一副可怜相，点火前不是那么凶恶的？她心里清楚，老板恨才子，最初在榨油坊刷‘姚才子当心狗头落地’，就是老板指使工人夜晚偷偷刷的。起诉铁厂要赔千万是才子大摆道搞的，而今不更想杀死才子？她问过才子，柱子被撕票与双桥坪的老百姓毫不相干，是常德的黑佬大干的。

“要说公道话，是有一句，你们必须尽快滚出双桥坪！你的铁厂无任何证照是非法黑厂，早就应关闭！”秋枝声音并不高，但句句有力像刀子，围观的人起哄帮着秋枝说话。“是的，早该关闭！”“拖了七年，还想要双桥坪赔你们损失？做梦！”“快滚！”

铁厂老板无言以对，掏出手帕擦额上的汗，但他也不退让。

“我们是区镇两级政府当年招商引资来的，不能就这么血亏走人。现在柱子被撕票，我们买二十把斧头自卫还犯哪条王法？五金店的斧头摆着是卖的，标价一把三十元，我们买成六十元一把，出了高价买了又不让拖走，世上还有公道吗？”

秋枝立马感到老板能言善辩，任他这么辩下去她可能要输给他。老板这么一辩围观的人也不怎么好反击，一个个瞪着眼干着急。秋枝想，反正不能让铁厂老板将这二十把斧头拖走，让他们拖走是个大祸害，说不定他们今晚就会用这些斧头发疯砍才子。才子的榨油坊虽然请了打匠，但若二十把斧头突然深夜去砍怎么防得住？现在老板带自己也只两个人，必须来硬的卡住决不能让他们拖走。

秋枝将躲在店内的老板叫出来。

“铁厂说他们要退货你不让是不是？”

“是的，我先不卖，他加价一倍，就卖了。我是这样想的，有这二十把斧头他们能在双桥坪翻天？不可能！”

“现在这样，铁厂二十把斧头买成一千二百块钱，我让你再赚一把，你接受他们退货，我付给你两千四，斧头我也不要，这个买卖你还不合算吗？你等于是一把斧头未损失，凭空赚了两千四，这还不好吗？”

五金店老板五十出头，秋枝这么一说围观的人高声起哄了，弄得五金店老板好尴尬。

“秋枝，你这不是亏大了吗？”

“这个你别在意，我心甘情愿！”

五金店老板于是对铁厂老板说：“我先认出了你就不卖的，后来卖了；你后来要退，我不肯。现在听秋枝的，退我斧头吧。”

五金店老板飞快从店内拿来一千两百元现金。

围观的人以为铁厂老板无路可走了，哪知铁厂老板突然翻了脸。

“现在我们不想退了，必须带走斧头，我们的生命安全受到了威胁，必须自卫！”

“不许带走！”

秋枝猛然高喊一声，好似一道惊雷劈下来，全场顿时鸦雀无声。大家望着秋枝好生奇怪，这个当过小姐与姚才子打炮被捉活了的漂亮女人，今天怎么硬是要管这个事？她心甘情愿白丢两千四，说到底还不是为双桥坪老百姓？现在铁厂老板执意要带去斧头，她一个女人能阻止得住？

秋枝挡在铁厂老板面前，两眼喷火。

“我马上给公安局打电话，”她掏出手机拨110，“我是双桥坪镇五金店顾客，现在这里发生了……”

铁厂老板顿时蔫了。

“那好吧，斧头你自己搬走。”

铁厂老板从五金店老板手中取走了一千两百元，绕开秋枝，开车走了。

秋枝还没有挂电话：“警察同志，谢谢，歹徒见我打电话报警，吓得逃跑了，你们不需要出警了。”

秋枝关了手机，从小挎包里掏出二十四张百元大钞票递给五金店老板，五金店老板直后退不敢接。

“秋枝，我怎么能接你这么多钱？这么多乡亲都看着的，你不是要打我这张老脸？收了你这两千四，我还有脸在双桥坪开店走路？”

五金店老板坚决不收，秋枝也只好连连道谢作罢，将钱又放回小挎包里。

“看不出秋枝还真行，我们这么多人劝了一气，铁厂老板不听，被她给拿下了。”

“她这个功劳比麻七天还大，麻七天连骂八天，骂归骂，铁厂的人还是赖着不走。今天不一样，她缴下了二十把斧头，不然铁厂老板发疯为柱子报仇，二十把斧头那要砍死多少人？”

围观的多是些五十以上的男人，个个直夸秋枝，弄得秋枝不好意思，连忙笑着走了。

她一走，身后又飞来一句夸奖她的怪话。

“秋枝不真行能拿下姚才子？姚才子长得标脑子活吹拉弹唱是全的，一般的女人能把姚才子搞得晕头转向？”

秋枝脸一红，心里道幸好走了，不走他们还不晓得要讲些什么怪话。不过这怪话她听了心里也挺滋润，她秋枝就是不一般，怎么样？那么牛的姚才子还不是围着她转了二十年？到而今还跟二十年前一样的，巴连巴连的，你们又不晓得，我们一直在暗处快活你们晓得？

路过姚才子的榨油坊，秋枝只扫了一眼，见屋坪里放着大石块汽车进不去，汪打匠绷着脸坐在大门里面，那样子好像随时有歹徒上门。防严点好，才子哥，我今天也做了一件小事情，缴了铁厂老板二十把斧头，秋枝没给你丢脸吧。

心情愉快，歌儿就从嘴里自己往外飞。

“红岩上红梅花儿开，千里冰霜脚下踩，三九严寒何所惧，一片丹心向阳开……”

一直唱到自家屋坪里还在唱，可能不知不觉声音唱得大了，腊秀从堂屋大门探出头丢出一句还算客气的话。

“今天你肯定赢大了吧！”

“两千四！”

“呵……”

腊秀嘴巴张得能塞进一个大馒头了。

“哄你的！”

秋枝又一笑。

腊秀脸上一阴，头又缩进了堂屋大门，不过飞出来的声音并不高的“妖精”两个字，还是被耳朵尖的秋枝听到了。她嘴一撇，我是妖精你就是妖怪丑八怪！你还背后要刘半仙排毒，这就叫作丑人多作怪！不知羞！

下午四点，老女婿的侄儿坐出租车来了，出租车就在屋坪里等着。秋枝把这个比她年纪还大的中年男子迎进堂屋，关上大门说话。

秋枝而今已过了关，再不尴尬，按辈分算起来，这个比她大的中年男人得称呼她奶奶，可当这个中年男人一本正经唤了她一声奶奶时，她心里又着实一惊，章法就有些乱。

“奶奶，先向您报告一个喜讯，小伯妈怀上了！”

“呵……”

秋枝喜的滋味好似当年刚怀上想吃酸菜又不好意思说，一旦吃上那滋味儿又说不出。掐指一算那老女婿使雪梅怀上也可能，不是她六月中下令雪梅怀上他的聪明种的？看来这老女婿也还行，能力还不算差。她是真的喜，说不定将来就是一个科学家，种好哇，她这个科学家的丈母娘将来不就是科学家的外婆？将来族里续谱谁有她光鲜？

“好，要雪梅注意休息。”

秋枝直了直腰，摆点奶奶的派。

“奶奶，事先电话里商量了的，上午我在城里见了打工的爷爷，给他租好酒店，他吃住都在酒店，只每天去别墅照看一下，与装修公司签了合同，一切包干，完工了，伯伯再和伯妈从深圳回来验收结账。”

“知道了。”

孙辈的中年男人从大提袋里拿出一个黑提袋，递给秋枝，突然把声音压很低。

“奶奶，这是伯伯要我交给您为他保管的，里面是一些非常重要的资料。将来如果有人想陷害伯伯，这些资料可以为他洗清冤屈。您别急伯伯是大科学家，总裁主要只管大事，副总裁具体事管得多，现在集团的一些问题纪委已开始明察暗访，伯伯早防备了的。再说伯伯还分管着几个大军工科研项目，没有特别的事一般都不会惊动伯伯的……”

秋枝深深吸了一口气，她而今怎么扯上有这么大背景的关系了？女婿是大科学家，又这样信任她，叫她这个年轻的丈母娘的乡下女人实在头有些晕，肩上也好像很沉似的。

“放心，谢谢他信任将这么重要的东西交我保管，一定保管好！切肉连皮，他是我女婿！”

秋枝接待老女婿的侄儿一直没有笑过，侄儿待了二十分钟就乘出租车回城了，走了好一会，秋枝好像才回过神，脸上有了笑。真是的，这个丈母娘当得真的不是个滋味儿，说不好啵又好上天，说好啵确实又有点难表情。“咕咚”手机来了短信，打开一看秋枝心里开了花。只有这个表情才顺畅，叫她像个小姑娘一身的娇气还带酸甜味儿。

“我为你今天上午在五金店的英勇机智行为感到无比骄傲！深深感谢你！向你致敬！”

显然是姚才子听到人说了很激动，给她发这么夸张的短信。这算什么？她当时就是害怕铁厂老板拖走了那二十把斧头万一发疯会威胁心上人的性命。

“才子哥，好想听你拉二胡唱山歌调了呵！”

秋枝本来是想说心里好高兴好想见他，可知道眼下姚才子特别紧张，每天夜晚都守在榨油坊，白天又很辛苦，她不能不心疼他。

“晚饭后，大概九点多钟左右，我一定拉给你听唱给你听，十点再去榨油坊守夜！”

“才子哥你最好了的呵！”

秋枝的心里蜜一样甜了。

可是晚上八点多钟时，秋枝忽然听到姚才子好像在对嘴，忙到挨近姚才子家小楼的树下尖起耳朵听。

“你拿好心当驴肝肺，我又不是讨厌你吹拉弹唱，而今你大摆着搞了起诉铁厂的事，人家恨死了你，这个时候你拉什么唱什么调子？”

秋枝想，大概是姚才子饭后准备跑上楼顶阳台拉二胡，腊秀阻止，两人就对上嘴了。

“我辛苦了，想轻松一下也不行？”

姚才子的声音并不很大，不过听得出来他蛮烦躁。他本来是好高兴，说好了要拉给她听唱给她听的，被腊秀一阻止，有点上火。

“好啦，好啦，你上楼去拉去唱，拉完了唱完了好洗澡，再去榨油坊守夜，铁厂的人一天不走，你一天都松不得。”

好在腊秀退让了。

秋枝再没听到姚才子回嘴了。忙回到自己的卧室，开空调，又把后窗打开，好听得清楚些。可是十分钟过去了，没听见传来二胡的声音，正准备发条短信问，二胡又响来了。

秋枝屏气倾听着，真的怪好听的，只拉调子不唱都好听呵。那流水一样畅快的旋律，像淌进了她的心窝，在她的心窝里打转呵，转得她的身子微微颤。可拉着拉着不知怎么调子就慢慢变了，变得有些怪，像云一样飘，像雾一样罩，像月亮一会儿在云里不见了，一会儿又冒出来了，山歌调就唱起来了。秋枝一听词。有些摸头不知脑。

富的不说富，
穷的不说穷，
美的不说美，
丑的不说丑。

善的不说善，
恶的不说恶，
爱的不说爱，
恨的不说恨。

愚的不说愚，
智的不说智，
真的不说真，
假的不说假。

勇的不说勇，
怕的不说怕，
忠的不说忠，
奸的不说奸。

大的不说大，
小的不说小，
高的不说高，
下的不说下。

红的不说红，
黑的不说黑，
强的不说强，
弱的不说弱。

生活在暗处，
真相在深处，
风光在险处，
神奇在绝处。

咿呀子哟喂，
莫做亏心事，
咿呀子哟喂，
老天睁着眼……

这是唱些什么呢？秋枝一条短信发过去，“你唱个快活的，高兴的好不？”

“好。”

一条短信飞快回过来，快乐高兴得酸溜溜的山歌调子传过来。

妹妹走路那个手莫摇，
路边芭茅那个快如刀，
当心芭茅那个割了手，
你不心焦那个我心焦。
咿呀子哟，
呀喂子哟，
当心芭茅那个割了手，
你不心焦那个我心焦。
……

秋枝听得如痴如醉，身子直摇晃，嘴里直嘀咕：“我要让芭茅割了手，要让你心焦！”

45

夜深沉，京胡独曲《夜深沉》也在卧室里非常控制音量地演奏着。山西佬躺在酒店宽大的双人床上，老婆已入睡，他睡不着，用笔记本电脑放着音乐。舒展华丽古老的慢板，使他一直超负荷的心得以松弛，可过渡到如暴风骤雨的快板时，战斗的激情又如惊涛撞击着他的心。

怎么处置柱子的事？似乎需要重新考虑了。过一段警报解除后，酒庄的工人真要辞退？似乎也需要重新考虑。柱子的事已经不能久拖不决了，到底怎么办才妥当？经济危机深化可常德及湖南仍在逆势向上，很多的企业还缺工人，他为什么要将酒庄的工人辞退？怎么转型安置？

手机响了，山西佬将放在枕边的小手机接通。

"白大哥，你还没休息？"

"刚把东家明天的菜准备好，简单说点想法你看行不行？"

"好，我心里也正想听听你的想法。"

"我反复地想，可能你明天要将柱子用车秘密送往长沙了，最好是给他一点钱，给他买张回河北老家的高速火车票送上车，上车前让他给老板打个电话，说他早已回老家了，怕老板担心，想来想去还是打个电话。"

"这好办，柱子一直很配合，我们对他也非常客气，他很可能不想走了，想留在我这里长期打工。"

"你可以跟他讲好，现在需要他暂时离开一段时间，将来想回你的公司打工也很好办。假撕票的效果已经达到，这时让柱子给老板一个电话，是最后让他放下包袱无牵挂快走人。"

"老哥，你把我都搞晕了，这个神计你是怎么搞成的呵？"

"你晕？我也有点晕，石大毛是完全晕。镇上那两个警察是大晕家，而今的年轻人鬼主意比我的还多，这个事以后再说……"

“你觉得离大赢不远了？我也快累趴下了。”

“应当很快了，具体哪一天不好估计。我替铁厂背后的总部算了账，还留在常德反而会坏大事，这一段过招，铁厂总部的智商也不是很草包的。呵，还有个事，今天上午秋枝立了大功，缴下了铁厂老板在镇五金店买下的二十把斧头。我听到后都惊呆了，好斯文温柔的一个漂亮女人，居然干出了这个事，当时有不少男子汉围观，都佩服得不得了。”

“呵……”山西佬惊喜得说不出恰当的词儿，呵了几声，将脑袋一拍，“老哥，我猜到了，秋枝肯定是怕那些斧头伤到姚才子呵。女人啦，痴着了一个男人那是非常勇敢不怕事的……”

“那这个就只你有经验了……”

“老哥，你经验还多些！”

山西佬关了手机仍在笑，他的心情忽然轻松了许多，不一会便睡着了。

第二天清早五点半，山西佬打电话叫醒了助理，必须上午十点左右将柱子送上开往河北的高速火车，他详细交代了一些事项。

“老板，这样处理很好，老拖下去对我们不利。放心，我会全力办好，相信柱子也会很配合。”

助理居然很赞同此时将柱子送走，最初提出策反铁厂的人的也是助理。他与白义成通电话后，白义成考虑了多个钟头才下决心干。

“你看给柱子多少钱适合？”

山西佬征求助理意见。

“柱子一直很配合，我看可以大方一点，将铁厂拖欠的两万元工资的数目作参考怎样？”

助理还是让山西佬决断。

“好，那就是你说的这个数，另外给他买两套夏装，送他一个旅行箱，旅行箱里除了放衣服，再买些土特产，给他装满为止。你看怎样？”

“老板，您的心太好了，难怪公司上上下下都跟您一条心。柱子一定很感谢的。”

“到长沙上火车前给我打个电话，你要一直不暴露我的真实身份和姓名。”

“记得的，柱子打听了多次了，想当面向您致谢，我都推说您太忙抽不出时间。”

“这样很好。”

八点山西佬到办公室，助理已经开车带着柱子过了益阳。山西佬处理了一些事务，一晃快到十点，助理来了电话。

“老板，刚才柱子已经给双桥坪铁厂老板打了电话，说他看到铁厂没前途只好走了，可现在觉得还是打个电话免得他们放心不下。铁厂老板一听到柱子的声音，天呵你还没死呵……”

山西佬笑得很得意。

“铁厂老板肯定是搞晕了，不是亲自看尸认定柱子被撕票了，怎么又活了呢？这次搞晕倒一大片人，双桥坪两三万老百姓都晓得柱子被撕票了，这一活过来肯定又热闹了！神计！神计呵！”

“老板，柱子非常感激您，想在电话里听听您的声音，向您道个谢，可以吗？他就要上火车了，男子汉都流眼泪了。”

听助理的语气是想他与柱子说两句话，他临时改变了态度。

“好吧，你把电话给他，只说一分半钟。”

“老板太谢谢您的大恩大德了……”

电话那头柱子抽泣了。

“男子汉别哭，你将来一定有出息，助理已经跟你说了很多，我就不多说了。”

“老板，求您告诉我您的大名，柱子一生会记住您的恩德的！”

山西佬突然胸口发酸，多么朴质善良的人呵，将来公司好转了一定把他招来！

“别这样说，过去我跟你一样在乡下当农民，吃过不少苦。我是搭帮共产党的好政策上的大学，发的财，你硬要问我的大名，那倒是有一个：共产党员。再见，一路平安！”

山西佬说完挂了电话，自己流泪了。很多人都以为他自己不喜欢龚爱党这个很政治的名字，不，他喜欢。父亲是老共产党，经历了无数次大小战斗，是从死人堆里幸存下来的军人，回乡后吃过很多苦从无怨言，对共产党的忠诚从未改变过，只是很恨一些党内的败家子坏人。就像最近被媒体发现的毛主席当年的警卫战士——神枪手奉孝同，隐居在湖南深山务农，从不向党和政府提任何要求，他只有一个要求：临死前去北京毛主席纪念堂看望他老人家。他一直牢记着毛主席的叮咛，严守机密！真共产党真英勇！真共产党真为人民服务！在这样的真共产党员面前，山西佬从来都感到敬畏，生怕自己被他们骂作不肖子孙！现在党中央铁腕反腐，他心中是一千个拥护、一万个支持！真的不是只求个人发财，不是，他想多为老百姓做点好事呵，每次他为家乡做了点好事，老父亲对他的脸色都很好，老父亲高兴，他心里温暖呵。

“白大哥，人已送上高速火车了，铁厂老板肯定搞晕了，人又活过来了。”

“好！我在炒菜，不多说！天就要亮了！”

“我也有这个预感。”

与白义成通了个简短电话，山西佬去了近郊酒庄。实际上他只能坐等政府收购了，工人暂时都不解雇，铁厂的人一天不全滚蛋，他一天也不能放松警惕。

在酒庄吃了个便饭，下午一进到办公室不久，助理就从长沙回来了。

“你回家休息，今天起得早。”

山西佬对助理说。

“您不是一样起得早没休息？”

助理抖擞精神，不走。

于是两个人拿出准备新推出的家装套餐方案草稿，力争在秋冬的家装市场争取更多份额。

下午四点半，山西佬催走了助理，自己也回到酒店休息。刚进卧室，章三妹来了一条令他惊诧的短信。

“出大事了。与您无关。有空可晚九时见，地点方式由您定。”

“行，晚八时半开始注意短信联系。”

“知道了，不用再复。”

晚餐时山西佬将柱子的事首次原原本本告诉了老婆，老婆听着脸上风起云涌。

“龚爱党，你怎么能搞这个危险路呢？万一搞塌场是要出大乱子的！”

“老婆，都是被逼的，你人不在江湖，怎知江湖的险恶？你可以放心的是，我们绝不会搞违法的事，对柱子是策反，柱子也很感激。”

“谅你也不敢，搞了我要告诉你老爸，让他剥你的皮，抽你的筋！”

老婆瞪着两眼，看样子是要继续审案深挖。

“喂，同志，我不是犯人，你这么看着我，搞得我心里七上八下。”

山西佬开玩笑。

“你背地还搞了一些什么怪事？招！”

老婆被山西佬逗笑，审案还是要继续进行。

鉴于晚上要与章三妹秘密约会碰头，山西佬便如实告诉了老婆。老婆一听眼神明显就不对劲，好像案子挖出了新线索。

“出什么大事了？什么又与你无关？与你无关又要见你干什么？龚爱党，是她说得有问题，还是你没讲真话？”

山西佬莫奈何，苦笑。

“老婆，你看这冤不冤？我若不如实说，晚上回家你又要问去哪里了；我如实说了，你又觉得这里面有问题。我哪里晓得出什么大事了？又怎么判断与我无关？她肯定是有重要信息要告诉我，是我在乌龟身边的一个商业间谍……”

老婆仍是觉得案情复杂，疑点重重。

“事情恐怕不像你说的那么简单吧，你们三番五次秘密幽会，她才大学毕业不久，想必还年轻漂亮，哪有猫儿不偷腥的？她又这么主动送上门，那裤衩不一扒就下来了？你会忍得住？”

“老婆，这我真的只有喊天了，对她我绝对没那个贼心，她原本好可怜的……”

山西佬开始后悔不该如实说出晚上幽会的事，一说反坏了事。老婆的审案水平是不断提高，他已是很难招架，这又更引起老婆怀疑，穷追不舍。

老婆两只探照灯似的眼睛在山西佬脸上扫射，忽然将探照灯光柱正射着山西佬的两只眼睛上不动了。

“你老实点，亲过她没有？”

“没有！”

山西佬很坚决地回答。

“摸过没有？”

“更没有！”

山西佬毫不拖泥带水。

“抱过没有？”

山西佬心里陡然一麻，还真是让她拥抱过了，可若从实招了他还怎么说得清？给章三妹造一些绯闻更不好。

“你怎么不回答？”

老婆不放过蛛丝马迹。

“你说什么？我没听清。”

“问你抱过没有。”

“你净问些怪话，亲都没有，摸都没有，抱就是更严重的问题，当年我们不就是一抱，你没忍住，我也没忍住，就提早上了床？”

“我砍你脑壳！”

老婆红了脸，笑了，审案算是暂告一段落。

晚八时半,山西佬给章三妹发出一条短信。

"是否能准时到目的地?"

可是过了十多分钟才回信。

"突然又来事,现不能确定时间,但今晚一定见!"

山西佬被蒙在了云雾里,只好等待。心里开始不安。会出什么大事?常德城不大,出大事他不可能不听人说呀。是今天他忙自己的事去了?他将高级智能手机拿出来,查短信,查电话录音,查到了下午五时有一个电话录音,是商界朋友问他的:"刚听说乌龟出事了,你知道真实情况吗?知道请告之。"他陡然一惊,乌龟出什么事了?不是刚中标不久正得意的?难怪章三妹说出大事了,会是什么大事?他急于想知道真相,可是又生出了顾虑,今晚他秘密去见章三妹是否恰当?是否会给自己带来不测的牵连呢?他只能耐心等待章三妹的短信了,来信后再具体问她情况,如果双方都安全,今晚才能见,否则就改日见。

时间好像放慢了脚步,山西佬开始焦急。一直等到晚上十点半,章三妹才来短信。

"对不起,实在被拖住了,能马上看到你吗?"

"你很安全吗?"

山西佬回过去几个字。

"放心,绝对安全。到什么地方?"

"你现在在什么位置?"

"出租屋,刚洗完澡。"

"可以五分钟后走到胡同口吗?"

章三妹告诉过山西佬她所租居房具体位置。

"可以。"

"注意一辆黑别克,从后门上车,上车后不要说话,我在后座。"

"知道了。不用再复。"

山西佬给老婆打了声招呼,下楼,一直等候着的别克启动了,他告诉司机怎么走。

在约定的胡同口顺利接到章三妹,车内突然多了一股清香味。章三妹穿着短裙短袖衫,披肩长发还散发着湿气。

"去建材厂。"

"好的。"

司机掉头向城北驶去,山西佬的建材厂有八十多亩土地,也在近郊。

“厂长吗?”山西佬拨通了建材厂厂长电话,“马上打开会客室空调,我有重要客人马上就到,弄点什么西瓜茶水。”

打完电话他把右手放下,章三妹一只手抓着他的右手,另一手在他的手掌心上用指头写字,他不能凭感觉判断她写的是什么,直摇头。章三妹就作罢了,放开了他的手。

“司机,加点速。”

“老板,安全第一,很快就到了,最多还要八分钟。”

“那好吧,你做主,安全第一。”

果然八分钟不到就开到了建材厂,进到已经准备好的会客室,两人对面在一个长条茶几边坐下。

“你能待多长时间?”

“最多一小时,我明天要赶去长沙。”

“发什了什么大事?”

“乌龟被人杀死了!”

章三妹脸上并没有悲哀,相反,有一种解脱。

山西佬着实吃惊了,虽然他的竞争对手突然被消灭了,短期内恐怕再难有人企图吞下他的建材厂了。

“谁杀的?什么时候?”

“不知道。乌龟十一点半单独开车离开公司,说是去酒店与一个朋友午餐,下午两点前回公司召开个小会。等到两点不见他开车回公司,三点也不见,打他手机又关机了,公司的人急了,就开车到处找他的宝马。一家家酒店找,到下午四点过几分,才在一家酒店停车场找到他的宝马。到服务台问服务员,服务员查了一下,发现乌龟并没有开房也没有订包厢。于是值班经理带着公司的人查房间和包厢,终于在一间包厢找到了,乌龟已经被人用尼龙绳勒死了,躺在沙发上。于是立即报警,警察一到,发现包厢的摄像头早被人切断,现场没有留下什么明显物证,杀人手段很专业。”

山西佬陷入沉思,抽烟。

“你知道乌龟有什么仇家吗?”

“应该是没有,他待人比较油滑柔和,应该在本市没有要他性命的仇家。副总是他的堂弟,严格要求知道真相的人暂时保密,一定要追查惩办凶手!”

“可是消息还是很快走漏了,我查了录音电话,有人下午五点钟问过我乌龟出了什么事。”

“这就不清楚了，我是下午四点半后才在公司听到的，立即就想办法告诉了你。”

章三妹也感到奇怪，为什么下午五时会有人打电话问山西佬？消息走漏得这样快？

“那么你认为凶手可能是谁呢？”

山西佬想知道，心中也在猜测，既然本市没有要乌龟命的仇家，谁会要乌龟的性命？为什么要乌龟的性命？

“我也一直在想，想来想去，有个地方有疑问，就是乌龟参股了一千万的房地产公司，劣质钢材被客户举报，又被质监局抓住了把柄，钢材是乌龟联系的外地供货商，供货商在常德并没有销售门市部也没有仓库，至于在外地什么地方，恐怕只有乌龟知道。”

“你是说是供货商要杀人灭口取乌龟的性命？”

“这就不好说了，杀了乌龟，房地产公司也就不知去哪里找供货商索赔了，这只是我乱想的，不然谁会杀乌龟呢？”

山西佬想到了双桥坪铁厂背后的总部，不是他们所为还会是谁？果真是这样，那个总部就太黑了，为了让自己不在常德被抓住把柄将销售线人乌龟灭了口。这个可能性很大，质监部门已经在追查，若哪天查到乌龟头上，乌龟能扛住不招？若果真是那个不知在何处的黑总部所为，那么是他们判定一旦查到乌龟头上，乌龟肯定扛不住会招，他们不就暴露了？

山西佬长叹了一口气，他一直担心自己和家人的安危，有家也不归一直住朋友开的酒店，他防得严，谁会料到毫不担心自己安全的乌龟反而被黑摸了？黑总部一直没有对他下手，可能不仅他防得严，白义成指挥双桥坪一帮弟兄一直闹得凶，不停进攻可能吓破了黑总部的胆，若不撤出常德，再斗下去最终肯定全军覆灭。若是黑总部这样判断，不就只得放弃对他下杀手？仅仅对他搞了一串小的恐吓动作，是以为一定能吓住他还是有别的用意？是想将国家公安部的注意力引到常德，保护他们在全国其他地方的存在，而实际上他们又准备从湖南常德完全撤退？是这样吗？他只能这样猜测，无法证实。

“你明天为什么去长沙？不参加处理乌龟的后事？”

“这是他堂弟安排的。乌龟的父母得知乌龟遇害的消息都哭晕了送进了医院，在他堂弟的眼里我是乌龟新弄上床不久的员工，应当对乌龟最有感情，派我是去医院照顾他父母的……”

“那你还是去吧，反正人也死了。”

“本来是不想去，可一想到你要我好好潜伏，也就答应去了。现在乌龟死了，我不想在他的公司待了，能到你的公司来吗？”

“至少今年你不能动。乌龟死了，没有人欺负你了，压力没有了，你可以多熟悉一些业务，什么时候方便时，你很自然而然来我的公司应聘，我会让你挑大梁，任分公司经理，基本年薪二十万再加业绩奖励，行不行？”

“真的？那太感谢您了！”

山西佬看了一下表，章三妹也跟着看了一下。

“呵，时间过得真快，龚总，真的不想就走。”

“三妹，来日方长。谢谢你提供的重要信息，对我很有价值。”

山西佬站起了身，章三妹也依依不舍起了身，她突然轻声说：“还想像上次一样抱抱您可以吗？”

山西佬笑。

“我和你父亲年龄差不多，你干脆认我做干爹怎么样？”

“好。干爹。”

“你就叫上了？”

“您刚才不是要我认您做干爹吗？不现在叫还等到什么时候叫？”

“呵，那得有个仪式，我至少要给干女儿十万的开口红包呵！”

“干爹，我不要钱，只要您认我这个干女儿！”

章三妹说着不禁抽泣了。

“三妹，你怎么哭了呢？”

山西佬一脸茫然。

“干爹，我高兴，从此我多了一个好爹爹！干爹，还是想抱抱您，可以吗？”

山西佬很庄重地望着她，像个慈祥的父亲，点了头。

46

叫鸡公坐上桌，正准备拿起筷子吃中饭，手机响了。一看是铁厂老板来的，连忙接听。

“喂，是，我是老哥。”

“老哥，想了想，觉得还是告诉你一声好，这也无须保密了。柱子没有被绑架，更没有被撕票，他是自己跑回老家了，上午十点我与他通了电话，我一直怀疑是双桥坪的人干的呵，错了……”

“什么？柱子活了？”叫鸡公站起来，“你不是亲口对我说的柱子被撕票了吗？你还说是亲自去黄土店看尸去了的！怎么又活过来了？”

“老哥，是呵，那尸体跟柱子个头差不多，右脚大拇指又确实短一截，不是柱子还会是谁？当时警察还说不能最后下结论，说柱子还有生的希望，万幸被警察言中了，不然我始终下不了台，人命关天呵，这下好了，放下了一个大包袱。”

可是叫鸡公仍是不相信。

“小弟，你前面看尸搞错了，今天接电话不是又容易搞错？你又没见到人，要是有人冒充柱子打电话怎么办？你看尸都搞错，听声音就保证不会搞错？”

电话那头铁厂老板顿时停了声，停了分把钟不止。

“老哥，这个不会吧，那确确实实是柱子的声音，谁模仿得那么逼真？”

“这就难说了，你没看到电视里的模仿秀节目？那些模仿赵本山、刘欢等等演员歌手说话唱歌哪个不像呢？”

“老哥，你这样问，就问得我心慌了。可是我只能坚决相信柱子是活的，没有死！你恐怕过虑了，谁会事先就派人观察柱子模仿他的声音呢？那也不是一时三刻能模仿像的，你说是不是？”

“小弟你这么说是有点道理，可若是黑社会早就有这个预谋呢？”

“老哥……那应该是不可能呀……”

“你坐下吃饭，紧打什么鬼电话！”

老堂客生气敲桌子了，叫鸡公才坐下。他之所以这样怀疑，是前面被柱子的事搞晕了头，现在老板猛然告诉他柱子活着，虽是高兴他们一帮兄弟洗清了嫌疑，可这更加使他晕，那前面是怎么回事呢？坐下了，无心吃饭，按手机。

“白义成，柱子是活的，没死，这到底是个什么鬼？”

电话那头白义成好像比他更惊更晕。

“活的？你不是告诉我是老板亲口说的柱子被撕票了吗？”

“是的，是老板亲口告诉我的，刚才也是老板打电话亲口说的是活的。”

“那么你问我，我怎么晓得？撕票是你说的，活过来了也是你说的。我忙得很，挂了！”

叫鸡公是晕得毫无食欲了，又按手机。

“大毛，刚才铁厂老板打电话说，柱子是活的，没被撕票，十点钟他还跟柱子通过电话。”

电话那头石大毛是根本不相信。

“是喝酒喝多了吧？明明是验了尸的，怎么会活过来？我有事，挂了，你少喝点！”

叫鸡公晕上加晕了。他哪里喝酒的？可是真比喝多了还晕。

老堂客又敲桌子催了。

“柱子死了是你说的，活了是你说的，你的一张嘴巴是个屙尿变，哪个信得你的话？信死的还是信活的？”

叫鸡公两眼瞪着老堂客，嘴里回不出词。好男不与女斗，他晕头晕脑开始吃饭，手机又响了。

“鸡公哥，刚才老六说白大哥说是你说的，你又是铁厂老板亲口告诉你的，柱子没死是活的，是真是假？”

叫鸡公苦笑。

“才子，这跟人家说你一直与秋枝打暗炮差不多，到底是真是假谁搞得清白？”

“你莫开玩笑，说正经事！”

电话那头姚才子显然是急。

“都是正经事，打暗炮也是正经事。”

“喂，鸡公哥，你是不是喝多了？莫又晕晕乎乎跑到棉花地里去了呵，天好热的。”

叫鸡公心里咯噔一声响，姚才子在戳他那天与茶花在棉花地里翘屁股的事，果然还是被姚才子判准了。叫鸡公不敢再往邪里扯，又晕又郑重地作了回答。

“是真的！真是铁厂老板刚才打电话讲的！我已经被这个事搞晕，不知这里面是个什么鬼。”

“谢谢鸡公哥，挂了。”

叫鸡公端起碗吃饭，毫无滋味。几筷子将一碗饭扒完，又按王老六的电话。

“老六，你在吃中饭？我现在脑壳搞晕，只问你几句话，你说狗婆娘讲的柱子的右脚大拇指短一截，是真还是假？”

王老六赶紧吞下口中的饭，他身旁的五哥王志和默默吃饭不吱声。

“绝对是真的！我也搞晕了，明明是你亲口听老板讲的撕票了，你怎么又说老板讲的没撕票还是活的？老哥，你把白大哥也搞晕了！”

“×他妈不知是什么鬼，话是我传的，我传的都是真的！”

“到底死的是真的，还是活的是真的？不会是两个都是真的吧？你要说两个都是真的，那谁的脑壳不被你搞晕呢？”

“×他妈这说不清，算了，你吃饭。”

王老六吃饭没滋味，当然柱子真还活着他高兴，放了心，他和狗婆娘就完全解脱了干系，也就不存在隐忧了。可担心这是铁厂老板放的烟幕弹，使他们放松警惕，说不定什么时候搞他们的黑摸。既然他们一帮人也搞阴谋诡计，铁厂老板背后的总部还不会玩诡计？这不得不严防。

王老六好不容易吃完饭，五哥王志和已下桌在一旁抽烟，他刚放碗，狗婆娘跑来了。

“六叔，镇上都传疯了，说柱子活过来了，没被撕票。还有的讲得更神，说是被市特警大队从黑社会那里解救出来的。你看这是真还是假？”

王老六脸上无一丝笑。

“侄儿，你说的柱子右脚大拇指短一截准不准？是不是你记错了脚呢？”

王老六这么一问，狗婆娘愣住了，直眨眼，抓着后脑勺，在堂屋中先走起来，一会儿看左脚，一会儿看右脚，走着走着脚步就不知不觉有点怪，就好像赵本山的小品《卖拐》里，本来厨师是一双好腿，经卖拐的赵本山一阵忽悠，走起路来还真的一歪一斜的了。

“到底是左脚还是右脚？侄儿，你可得搞准！”

王老六在旁边看得急，催起来。这一催，本来晕了头的狗婆娘更加章法大乱。

“六叔，恐怕可能是左脚呵……”

“呵,这是个什么话?又是恐怕又是可能,到底是左脚还是右脚?要搞准,这个蛮关键!”

狗婆娘的脚步慌乱了,突然又停住。

“六叔,那恐怕可能又是右脚……”

一旁静观的王志和忍不住笑了,也仅是笑,不参言。

“侄儿,一会儿说左脚,一会儿说右脚,那究竟是左脚还是右脚,你心里没底?当初是信口开河?”

狗婆娘莫奈何望着王老六。

“叔,当初侄儿没信口开河,是有底的,只是现在到处传柱子又活了,这就搞晕了,怎么又活了呢?我一来,你也搞晕了,你一问一催,我心里慌,心里过去的底就搞穿了,你现在要问我到底是左脚还是右脚,叔,侄儿还真的搞不准了!”

王老六好笑又好气。

“侄儿,不是六叔要讲你,连个左右都记不清,不该打屁股?”

“那只好让叔打屁股了……”

狗婆娘好沮丧,好无奈,闷闷不乐回家去了。

“五哥,铁厂失踪的柱子前面说被撕票,今天又说是活的没被撕票,都是铁厂老板说的,这会不会是他们故意放烟幕弹搞什么诡计呢?”

王志和笑得有点深意。

“老六,你莫把我搞晕了头,我怎么搞得清?要我信口开河乱讲?我一乱讲不更会把你搞晕?”

“算了,算了,你莫卷进来。我晚上去找姚才子,他脑子是不容易搞晕的。”

按电话约定的时间,晚上九点王老六到了榨油坊,姚才子已在会客室等候。

“才子,这会不会是铁厂故意放的烟幕弹,想让我们放松搞我们的黑摸?”

“这还真说不准猜不透……”

都说姚才子脑瓜子活,此刻姚才子感到脑子里有点空,他不怎么晕,可感到疑团重重,无从判断,那就不能随便判断。

“老六,你说白大哥也被搞晕了?”

“是的,白大哥说,撕票是叫鸡公说的,活过来也是叫鸡公说的,叫鸡公又说都是真的,是铁厂老板亲口说的。”

“这其中必有一个是假的,是撕票是假的还是活过来是假的?”

“那只有铁厂老板一个人清楚，你想想，这不是故意放烟幕弹？”

“你这样推理有点道理，你猜柱子到底是被撕票了还是活着？”

“才子，现在不好猜了，要猜也是个晕猜，晕猜还不如不猜。中午狗婆娘跑到我家里，他也搞晕了，连左脚右脚也晕得吃不准了。”

姚才子笑起来。

“我们再叫狗婆娘来，再仔细问问怎么样？也许他晕过去了又记清了呢？”

于是王老六一个电话将狗婆娘招了来，果然，狗婆娘晕过去了，非常肯定，柱子就是右脚大拇指短一截。

三个人议论了一会，仍是无法下一个准确的判断，为什么铁厂老板前面说撕票今天又说活过来了？

姚才子看了看表。

“才十点半，还早，我打电话要餐馆送几盘凉菜和花生米，酒这里有好的，五粮液，干脆把石大毛、叫鸡公也请来，不搞清楚，我们也可能吃亏上当。没的好酒，叫鸡公恐怕懒得来。”

“行。”

王老六同意，狗婆娘高兴得等着喝好酒。

石大毛一直晕，接到姚才子电话，几分钟就到了，叫鸡公听说有好酒也较快赶到了。

“大家稍候，餐馆说二十分钟后就送到，先抽烟吃西瓜喝水。”

“才子，今天晚上怎么舍得放血，准备了几瓶五粮液？”

叫鸡公眯着眼，心里仍是记恨姚才子说他翘屁股的事。

“我比不得山西佬，他是大老板。五粮液只一瓶，德山大曲随你喝，有一箱。”

姚才子防着叫鸡公趁机大敲竹杠。

于是几个人开始认真清理脑袋晕的问题，可是清理越深入越感到问题有点严重。狗婆娘肯定柱子的右脚大拇指短一截是准的，石大毛肯定看尸体拍照片是他亲自在现场绝不会有假。这么一清理，结论就是柱子已经被撕票是真的，铁厂老板说柱子还活着就是假的。为什么要说假的？那就是铁厂老板根本不相信叫鸡公，是在利用叫鸡公放烟幕弹。为什么要放烟幕弹？不是要搞他们黑摸那为什么？

餐馆送来几盘凉菜时已到晚上十一点，大家开始饮酒，毫无睡意。姚才子趁大家饮酒，给汪打匠和工人安排了一下，工人轮班到屋外巡逻，辛苦汪打匠今夜值班到天亮。安排好之后,姚才子回到会客室与大家一起饮酒。

时间快到十二点,七月二十八日马上就要到来之际,白义成打电话给姚才子。

“才子,提醒你特别关注铁厂今晚的动向,也许盖子快要揭开了。刚才山西佬来电话,一个私下经销劣质钢材的老板今天中午在酒店被人杀死,杀人手法很专业,将包厢的摄像头也提早切断。”

“你是说他们今晚会在双桥坪下手吗?”

听到姚才子这样问白义成,大家突然紧张,停止了饮酒。

“这种可能小,但你们还是要提高警惕,我预感他们可能什么时候突然要撤走了!”

姚才子松了一口气,他已经很服白义成了,没有一定把握,白义成不会说这个话。忽然想到,关于柱子的疑团一定是握在白义成手中,为了行动的成功,白义成可能对兄弟们也放了一点烟幕弹。这个想法他不会对大家说。

通完话,姚才子向大家说了城里的杀人事件,气氛再也松弛不下来了,饮酒都较有节制,不像平时喜欢相互斗酒。

叮咚,突然叫鸡公手机来了短信,叫鸡公看后递给姚才子。

“才子,你看这是什么意思?什么用意?”

短信是铁厂老板发的,是两句广为人知的唐诗:“海内存知己,天涯若比邻。”

姚才子看后直点头,他点头是佩服白义成厉害。这是古人的一首送别诗,莫非是他们真要撤走了?若是真,那么铁厂老板就是相信叫鸡公的,柱子还活着也就是真的。柱子还活着铁厂老板就可以没有包袱撤走了不是?

姚才子交还叫鸡公的手机。

“鸡公哥,你给他回这么几个字去,‘我不懂意思啊’。”

叫鸡公照办了,不一会铁厂老板回过来几个字:“明天你就懂了勿回复了。”

姚才子一阵狂喜袭上心头,白义成神了!他们今夜要滚蛋了!但他克制着,嘴中说的是另一种话语。

“现在仍是个谜,也可能今夜铁厂有动作,是什么动作还难说。”

姚才子这样一说大家的心悬起来。

“干脆今晚不睡了,就这样慢慢喝酒,反正有空调凉快,谁要打瞌睡也有沙发,好不好?”

王老六提议,大家都赞同。

“我最年轻,每半个钟头我去铁厂大门口瞧瞧动静,几步就到了,里面我最熟。”

狗婆娘自告奋勇,大家同意。

饮酒吃菜闲谈,时间飞快进入新的一天。寂静的山区小镇似乎隐约有一种躁动,凌晨至天亮时有汽车经过小镇不稀奇,这个凌晨的隐约躁动使大家感到莫名异常。

"我去铁厂瞧一下。"

狗婆娘轻手轻脚出了门。

狗婆娘出门后,突然公路上传来汽车马达声,大家突然有些紧张。

"才子,不是来搞黑摸的吧?"

王老六小声问。

"沉住气,我的榨油坊屋坪用大石块拦着,重卡也撞不进来的,我有九个人,加上你们,怕什么?若是他们人多,老六一个电话可招来王家两百人,五分钟就可赶到,我们五分钟还不能坚持吗?"

"没问题,我也会通知其他的组再搞两百人来,也没问题。"

石大毛临危不惧。

大家正小声嘀咕,狗婆娘进了会客室。

"铁厂开了很多灯,大门里停着一辆大客车,门外停了一辆大货车,好像一些工人在往客车和货车上装东西。"

姚才子脸上露出了微笑,他马上断定,铁厂老板果真是今夜要带着人撤走了。为了慎重起见,他将叫鸡公叫到会客室外,俩人交头接耳了几分钟,叫鸡公点头去了铁厂。

姚才子回到会客室,将声音压得较低。

"弟兄们,我断定铁厂的人今夜不会搞我们的黑摸了,可能正相反,他们可能是想趁深夜悄悄走人。换位想一想,灭火二十天来他们哪一天不提心吊胆惶恐不安?他们在异乡只有二十多个人,哪里是我们本地人的对手?一直每天大门紧闭,不敢轻易出门,出门买粮买菜也是趁赶集日结队出来,匆匆买了东西又关紧了大门,不是怕我们打他们?现在他们要走了,我心里忽然别有一番滋味。他们不苦吗?跟我们一样都是异乡的农民兄弟。是他们要来破坏我们的环境吗?不是啊,是背后的黑势力操纵的,他们只是为了挣钱谋生。可七年来他们挣到钱了吗?换位想想,他们不也是被害得苦不堪言比我们更苦?"

大家听着频频点头。

"按你这样的说法,我们应去送别他们?甚至给他们每人递一杯酒壮行?"

王老六直视着姚才子,姚才子望石大毛,石大毛搓着两个巴掌在思考。

“这要看他们的态度,他们态度不好,我们不反碰一鼻子灰?”

石大毛的表态是稳妥的,也就是说,只要铁厂那边的人态度好,他们送一下也可以,递一杯壮行酒也可以表达我们双桥坪人的宽厚善良。

“大毛说得很对头,我也正有此意。要说恨,我姚才子该最恨他们,两次在我的榨油坊刷油漆字,威胁要我人头落地。可是现在他们真要走了,我怎么也恨不起来了,你说这怪不怪?”

“我也是。”

王老六喃喃自语。

“也造孽,他们都是做苦工的人。”

狗婆娘脸上还有些悲伤了。

这个情景出现,是今夜他们开始聚在一起时万没料到的,情绪转了个一百八十度。

“大家莫急,我在等叫鸡公电话。”

姚才子要大家继续饮酒,可大家已无心饮酒了,静坐着。

叫鸡公去了二十多分钟,终于来了电话。

“才子,今天你是真才子!他们生怕临走时挨我们人的打,我把你的想法告诉老板,老板开始死不相信。老板说,在榨油坊两次刷油漆字是他的工人干的,也是他下的指令,因为上面有人对他下指令。他说你不记前仇要给他们送行,实在担当不起,无颜见你啊!我说姚才子是共产党员曾经参军保卫祖国,不是一般见识。工人们听说都很感激,尤其是四个夜晚到榨油坊刷油漆字的工人。再过十分钟,他们就要开车走了,你们准备一下,五分钟后再来。老板说心里有话无法说,不想说话,握个手,喝了酒,他们就开车走了。”

“好!”

姚才子放下电话大喝一声,将大家吓了一跳。他将叫鸡公电话内容一转述,大家突然死静。七年争吵争斗,二十天生死大搏斗,一瞬间化为山里的蓝天白云青山绿水。人性的深处,都藏着一份极其珍贵的什么东西呢?

姚才子将全部工人加汪打匠和侄儿都叫来,加上大毛、老六、狗婆娘共十二个人,用塑料桶装了几十只大酒杯,扛上一箱二十四瓶德山大曲,缓缓走出了榨油坊。

月光如水,微风轻拂。

姚才子、石大毛、王老六三人并排往前走,出门便见铁厂的一片平时难见的明亮灯光。叫鸡公和老板并立在大门前，工人列队站在后面。

姚才子、石大毛、王老六等依次与老板、工人默默握手点头致意，榨油坊的工人忙倒酒，每杯足有三两德山大曲。给老板及所有的工人敬了酒，老板与姚才子、石大毛、王老六、叫鸡公碰杯后，对着工人们说："兄弟们，让我们集体向双桥坪的好兄弟鞠躬致意，然后一口干了上车开路！"

当铁厂老板领着工人集体鞠躬致意时，双桥坪的一方忙还礼。

"干杯！"

老板喊了一声。

"干杯！"

姚才子喊了一声。

上车，开车，双桥坪一方列队送别。

车开出几米，车上突然传来了歌声。开始只一个人唱，接着有两个会的人跟着唱，显然他们是读过初高中的乡下工人。夜深人静，歌声极嘹亮，带着悲伤深情一路飘洒过来。

那一天早晨，
从梦中醒来，
啊朋友再见吧再见吧再见吧……
如果我在战斗中牺牲，
你一定把我来埋葬，
请把我埋在高高的山岗……
再插上一朵美丽的花……

姚才子再也控制不住，抹去泪水，放声大唱起来。既然异乡的兄弟心地如此善良纯朴，他还要保留什么呢？姚才子一唱，会唱的也跟着大声唱起来，用歌声送别异乡的兄弟。

送战友，
踏征程。
默默无语两眼泪，

耳边响起驼铃声。
路漫漫，
雾茫茫。
革命生涯常分手，
一样分别两样情。
战友啊战友，
亲爱的弟兄……

47

凌晨一点多送走铁厂的人，分手时大家一致决定早晨六时以后再由石大毛将情况通告给白义成和山西佬，让他们晚上休息好。

睡得晚，石大毛醒来已是八点，忙给白义成打电话。

“大毛，一个多小时前我已经打电话问了姚才子。你们辛苦了，写下了非常精彩的一笔，这个结局谁也没料到。我告诉山西佬，山西佬竟像个小孩在电话里哭鼻子。我提议，建军节那天兄弟们都到我家吃中饭晚饭，连喝两场，一醉方休。姚才子和山西佬都同意，你看怎样？”

“行，听老领导安排。”

“你还要把那两个警察请到，他们是立了功的。”

“行，不过，到而今我想起柱子的事还是头晕，明明被撕票，怎么又活了？”

“大毛，这个事我也头晕，八月一号我们聚会再仔细分析把它搞明白，究竟是怎么回事。”

“好吧，也只能这样了。”

洗脸漱口，石大毛煮了点面条吃，心里还是觉得有点不对劲。赢是赢了，铁厂的人也被赶走了，可赢得有点不明白。这么大的事，居然真被他们一帮兄弟搞成了。

抽了一支烟，他打了个电话给微胖警察。

“小胖哥，我们凌晨把铁厂的人送走了。”

“听说了，你们是一帮超级牛人啊！听说握手言和，干杯，那边唱‘啊朋友再见吧再见吧’，你们这边就唱‘送战友，踏征程……战友啊战友，亲爱的弟兄……’，镇上炸开了锅，都说那场面达到了惊天地泣鬼神的级别。石支书，你们这是唱的哪一出？”

“这个是姚才子的主意，不过大家都同意。”

“算得真才子了。牛啊，镇里书记镇长听到新闻都喜笑颜开，眉飞色舞，包袱终于甩掉了啊！”

“小胖哥，这真得谢谢你们二位暗中相助，八一建军节我们兄弟聚会，一定请你们到场！”

“行，我们也想去见见你们这帮超级牛人啊！”

“不过我现在还是头晕，怎么柱子又活了？”

“石支书，我们当时就说了，柱子还有生还的希望，是不是？”

“是的，可是柱子的右脚大拇指真短一截，这与你现场拍的照片是一样的。”

“对头，难道世界上没有巧合的事？多着哩。”

“我难以相信真会那么巧。”

“我拍照时，你是不是在现场看着的？”

“是的，照片肯定是真的，不会假！”

“这不就结了？就是个巧合啊！”

石大毛也只得接受巧合这个解释，不这样，是解释不通的，虽然心里仍是难以相信真有这么巧。他决定给叫鸡公打个电话，缓解一下他的头晕，因为说柱子撕票了活过来了，都是叫鸡公听铁厂老板说，叫鸡公又坚持说死的活的都是真的，这就没有办法脑壳不晕。

“鸡公哥，送你一剂治头晕的药。”

“我没病吃什么药？”

叫鸡公仍躺在床上。

“你没病？柱子死的活的都是你说的，你又坚持说都是真的，那现在柱子到底是死的还是活的？”

“前面是死的，后面是活的。”

叫鸡公莫奈何，只好霸蛮这么说，脑袋开始晕了。心里骂开了，×他妈这是个什么鬼？

“那我告诉你吧，前面是活的，后面也是活的。我刚才打电话问了警察，警察说，现场照片绝对是真的，也是我看着拍的；尸体的右脚大拇指真是短一截，也是跟柱子的右脚一样，这都不错。错在哪里？错在那具尸体不是柱子，恰好又是右脚大拇指短一截，是个巧合，结果铁厂老板和我都误会了……”

“原来是这样啊，世上哪有这么巧的事？”

叫鸡公很愿意接受巧合这个解释，虽然心里也还是难以相信真会有这么巧。

叫鸡公伸了个懒腰起床。“赢也赢了，还管他什么死的活的！”他自言自语下楼洗漱，吃过早餐，回到卧室，心里决定今天休息，要把小镇的街道从南到北走一遭。余则成已成功演完，虽然他不会自我吹嘘，兄弟们哪个不知他出生入死临危不惧？麻七天那个恶堂客也成了环保名人，同他叫鸡公比得？

叫鸡公打开衣柜，又将外甥女送的那套艺术装拿出来穿上。都说他穿上蛮像余则成，胜利来之不易，他回味一下无名英雄的味过过瘾吧。

穿上艺术装，对着镜子用桃木梳梳了几把小分头，虽是头发花白，不是吹，风度还是可以的，比《潜伏》里的余则成还酷一点，就是老相了点。

夹着香烟，吹着口哨下楼，来到堂屋，冷不防老堂客抱一大抱枯枝从后门穿进来，那黑腐了的枯枝一划，将叫鸡公刚上身的艺术装划出了一条半尺长的黑印。

"你没长眼睛？刚换上这套外甥女送的好衣，划这么长的黑印，这套衣服大几千，晓得不？"

叫鸡公真有点火。

老堂客瞪了叫鸡公一眼，没吱声进了厨房。

叫鸡公扯起衣服，小心翼翼，吹是吹，拍是拍，那黑印却不能完全消失，甚至还搞宽了一点。只好进卫生间用湿毛巾沾水，耐心细致地擦洗，足足搞了刻把钟，终于擦洗干净，可是上衣右边湿了一大片，总不能穿这么个湿家伙逛街吧。

叫鸡公坐下来，等擦湿的地方干。

老堂客在厨房整了一会，又穿过堂屋去后院，边走边用嘴砍叫鸡公痛处。

"牙也缺了，背也驼了，还想充后生上街钓妹妹？衣服值钱有屁用，要人值钱啦！"

等不到叫鸡公反击，老堂客已消失，到后院去了。

"老子哪里驼背的？"

叫鸡公把胸一挺，确实没驼。却不敢说牙没缺，当面牙还在坚守，两边上下的牙逃跑五六颗了。钓妹妹是三十年前常德的流行语，就是找对象找情人的意思。这是老堂客诬赖，叫鸡公今天是心情好想到小镇上踱踱方步而已。老子衣服值钱，人更值钱，这回赶走铁厂的人我立下了汗马功劳，老子懒得吹，老子就是双桥坪的余则成！你懂个屁，若是告诉了你，你又会到处乱讲。好男不与女斗，叫鸡公坐在堂屋自个心里折腾。

感谢老天，气温高，很快衣服干了。

小镇的街道两边已大树成荫，人行道两边不时有店铺，中心处更是店铺紧挨店铺。

"叫鸡公，听说你们昨夜送铁厂的人还敬了酒？"

能直呼他叫鸡公的不是长辈就是同辈，叫鸡公笑道："是的，人家也是做苦工的，不容易……”

很快就围拢来一群人，有街坊邻里，也有到镇上来购物的别村的人，让叫鸡公详说昨晚到底怎么回事，铁厂的人怎么突然走了？他们又怎么握手言和敬酒干杯还唱歌？眼下到处传得天花乱坠，不知哪一个说的是真的。

这个情景叫鸡公没料到，望着众人期待的目光，胜利的豪情与荣耀在心中升起，于是他详细地说了昨晚那非同寻常的一幕，听的人直咂舌，连连称了得了得。叫鸡公没吹嘘自己，而是充分肯定了姚才子灵机应变，是个真才子。

叫鸡公说完了，围着他的人仍不散开，问这问那，集中的问题是前面柱子死了，怎么又活了，这就搞得叫鸡公脑壳又开始晕。他一身汗透，艺术装也算是白穿了，只想怎么抽身回家了。忽然，他发现人群中有秋枝，秋枝也是伸着脖子在听新闻。

“秋枝你也是立了大功的！”叫鸡公突然指着秋枝高声说，“二十六号你不缴下铁厂老板那二十把斧头，情况就很难估计！”

叫鸡公一喊，秋枝忙低着头飞跑开了。

好不容易抽身回家，赶快进卫生间脱下汗透的艺术装洗澡，洗完澡上楼进卧室开空调。老堂客已去街对门打牌，叫鸡公吹空调逍遥自在，但心里也有点小失落，怎么今天没人说他像余则成呢？怕是他们只想听新闻，没在意他的艺术装和风度啊！

手机来短信，一看是茶花的。

“有人说你是屙尿变，前面说柱子死了，后面又说柱子是活的，死的活的都是你说的！你怎么能这样乱讲话呢？到底是死的还是活的？”

叫鸡公实在是脑壳晕了。

“说死的是对的，说活的也是对的！”

“喂，你喝多了吧，你这是人话还是鬼话？”

叫鸡公直皱眉，莫奈何。

“现在说不清，以后再说！”

叫鸡公只得快刀斩乱麻，闷了一阵，按了姚才子的电话。

“才子，你脑子活，拜托你把柱子的事查清白，这个鬼事搞得我头晕，有口难辩。”

“鸡公哥，是你把我们大家搞晕的，我怎么查得清？我看干脆不管了，不管他是活的还是死的了，我们只要赢的！”

姚才子正开车，不便与叫鸡公长谈。

从今天起，姚才子开车已是另一番心境了，不再担心突然有黑社会故意用大卡车撞他的小客车，或者强行拦住他的车要他的人头。

污染铁厂想要死灰复燃是绝不可能了，可新的日子又将如何？镇里怎么招商引资建新厂？谁会来接这个烂摊子？光是收拾这个烂摊子恐怕最少也要花几十百把万。这本不关他的事，是镇政府的事，只是忍不住要想。

车开到榨油坊，叫工人卸货，姚才子进会客室饮水抽烟。

当当，手机来了短信，一按，是秋枝。

“我为你感到无比骄傲自豪！敬礼！”

姚才子笑了，实在是忙碌辛苦，还来不及给秋枝通告情况。他飞快打出一行字，发出。

“区区小事何足挂齿。”

秋枝不客气，扔过来一砖头。

“故意谦虚当心揪掉你耳朵！”

姚才子笑得更是滋味长。

“你下不了手啊……”

“你看我下不下得了手！命令你明天上午休息，我带你去一个地方玩半天，放松一下，你这二十天太辛苦了！你必须服从命令！”

姚才子愣住，确实想放松一下，休息半天了，尤其是与秋枝在一个安静的地方泡半天。若不下决心，天天都有事，放松不了。现在铁厂的人也走了，下决心吧。

“有什么安静的好地方吗？”

“有，那个地方叫邵家坪，七姑山北面，过去叫众丰大队，而今叫众丰村。邵家坪有坪一坪二坪三坪四坪四个组百多户人家姓邵，只有四家外姓。绝对安静，风水好啊……”

姚才子心跳不正常了，到邵家坪开车顶多也就是二十分钟，是秋枝娘家。她妹妹嫁到鳌山村，隔娘家只四五里。她父母和弟弟仍住在坪二组，父母住的小旧楼，弟弟也早成家做新楼单过，但挨父母近。秋枝虽离家近，可仍怀念自己的家乡，她说过多次，邵家坪前有条小河，水从七姑山下来的，好清亮。河上有座桥叫邵家桥，百把米长，过去是风雨桥，远看像两层楼的瓦屋，桥面两边有木条凳，行人常在桥上休息孩子在上面玩耍，现在是水泥桥能走汽车。过去邵家祠堂古柏参天好漂亮的，可惜“文革”中毁了。与七姑山相连有座木鱼山，在邵家坪对面，一条小河相隔，她小时候常与姑娘们走过邵家桥上木鱼山和七姑山砍柴捡蘑菇。

“不是不想去那里，就是有点心慌……”

秋枝已邀请过姚才子多次，姚才子一直不敢去。秋枝说她早暗给父母弟妹讲明了，她就是喜欢她暗中相好的，父母弟妹也早默认，尤其妹妹妹夫已经见面多次很熟了，现在秋枝命令他去邵家坪娘家是何意？有点心慌。

“去那里，心慌啊……”

姚才子只好从实说。

“慌什么？爹娘弟妹早就晓得我们的关系……”

“知道，可心里要慌啊……”

“莫当缩头乌龟！你搞铁厂的事死都不怕，去那里无任何危险怎么心慌？这回你一定要去，其实我爹娘和弟弟也早想见见你了……”

“你让我再想想……”

“想你个头，就这样定了。明天八点我自己搭车到鳌山妹妹家，你八点半开车到妹妹家接我，几分钟就到了。车停到我弟弟家，只到爹娘家坐刻把钟喝杯茶。我陪你去木鱼山玩两三个钟头，再到弟弟家吃中饭，中午睡觉后下午三点你再开车回双桥坪去。”

“好吧！”

姚才子终于下定决心。

下午，姚才子开车到信用社取了两万元，用两个信封装好，放在了手袋里。秋枝的妹妹家他曾经塞过一万元，这次就不给了。秋枝对他这样痴情，去见她爹娘、弟弟，总得表示点心意不是？虽然，而今的秋枝比他有钱得多了。

第二天上午八时过十分，姚才子在榨油坊与工人一道吃了早饭，对侄子说他去澧县岳山寺一趟，那里有个朋友说要给他拉点客户，中午就不回来吃饭了。

姚才子边开车心里边想事，决定对汪打匠还是请到一个月满，虽然铁厂的人已经走了危机解除了。对工人就更宽松一点，原先回家吃晚饭睡觉的从今天开始恢复，一月多给的两百元补贴仍照给。假如有足够的货源，他似乎可把铁厂接过来扩大榨油坊的规模，但到处是榨油坊，竞争激烈，货源又相对有限，他没把握。听说县有个村又恢复了传统的老法榨油，榨出的油比他的机械化榨出的油价格高三成以上且供不应求，京沪香港要货数量大无法满足。可是随着工人工资不断上涨，老法榨油的成本一定不断上升，产出的速度规模也受限制。有没有个办法，既是老法榨油，又有机械化的速度，能扩大规模？山西佬能做成亿万老板，都说他姚才子有才，总不能十年之后他还是这样累，存款就是个百把万，一年累死累活还搞不赢秋枝的存款利息，他想学山西佬为双桥坪做点善事而不是老是个空想。虽然他不想要那么多钱，可人活着总得尽量有价值不是？他不怕累，只是越来越感到累换得的价值不理想了。

当当，手机响，秋枝来的。

“八点半到了，怎不见你来？”

姚才子两眼一扫，坏了，开过了，真往澧县岳山寺方向开了，好在错得不远，赶紧掉头，五分钟赶到了秋枝妹妹家。车一停，秋枝从后门上车，五六分钟便在秋枝的指引下先将车开到了秋枝父母家的屋坪里。

车一停，姚才子心就真的蛮慌了。本来不应当慌，秋枝都说得清清楚楚明明白白，慌什么呢？偏偏就是要慌，就好像是年轻后生初次登未来岳父岳母的门，生怕不及格似的。

“才子哥，你有出息点好不？怎么脸都像红了？你把我都睡了二十年了，是他们二老实际的老女婿了，还怕他们不高兴，要你把二十年睡的退出来？”

秋枝在姚才子耳边嘀咕，两眼直闪。

“净讲些怪话，那还怎么退得出来？”

姚才子被秋枝逗笑，慌张忽然少了许多。

跟着秋枝进门，二老正在堂屋坐着等候。秋枝一介绍，姚才子叫了一声叔叔婶婶，问了一声安，无词了。二老一直微笑，眯着眼瞧姚才子，频频点头。秋枝说：“才子哥早就想来看你们的，就是有顾虑。我们这就把车开弟弟家去，中午你们也到弟弟家吃饭，我和才子哥上木鱼山去玩两个钟头再回来吃中饭。”二老笑着直点头。姚才子赶紧从手袋中掏出一个厚信封递给秋枝妈，秋枝妈愣住了。秋枝也未料到姚才子会搞这么厚一个信封，但她马上说：“妈，快收下，才子哥脸都红了！”秋枝妈便收了。二老仍是一脸笑，那笑是从心里出来的，是真高兴。

秋枝见姚才子太紧张，便茶都没喝一杯，就带着姚才子开车到弟弟家。弟弟一脸憨笑，弟媳也老实贤惠，姚才子轻松下来，喝了一杯凉茶，又掏出一个厚信封，弟弟弟媳推辞了好久才收下。

“姐，我开三轮摩托送你和才子哥去木鱼山，几分钟就到了。才子哥的车就停在树荫下不动，你们回去时凉快些。而今很少有人上山砍柴烧，都烧煤烧液化气，山上长得没路了。晓得你们要来玩，我早晨开车去砍了一条小路出来。木鱼山不高容易爬，山腰有一眼清泉，水冰凉的，你们到那泉边休息是蛮凉快的。十二点整我再开车去接你们，好不好?”

秋枝的弟弟除了种田，还开农用三轮摩托搞点小运输赚钱，夫妇俩一年也能挣四五万。

“好。”

秋枝高兴，没想到弟弟早晨还上山砍路了。

姚才子望着一脸憨笑的秋枝弟弟，心中感到无比亲切温暖，他还不是名正言顺的女婿啊！可秋枝的弟妹都对他这样好。在腊秀的娘家他可从未感受到这种真情，腊秀的两个弟弟都不学好，稀泥巴糊不上壁。腊秀的父亲老实巴交，在家只受欺负没发言权，她娘就说不出是个什么滋味，总好像是在算计他什么，虽然他对腊秀娘家人从没小气过。

三轮摩托载着姚才子和秋枝，驶过百把米长的邵家桥。小河的对岸就是木鱼山，出门就能看见，它连接着高高的七姑山，形状真像个木鱼。他感到太美了，是因为秋枝的缘故？也许有那么一点。

果然只几分钟就到了木鱼山下，秋枝弟弟开车回家了，姚才子好像在梦中。

“才子哥你发什么呆？我们先爬上山顶看一下，然后下到山腰泉水边乘凉说话。走，上山！”

秋枝穿着深色长袖衫牛仔裤运动鞋，身材真像是苗条淑女。为了爬山，姚才子也特意穿了长袖衬衫运动鞋，看上去也年轻不少。

秋枝一推，姚才子上前带路。

木鱼山真不高，七八分钟就爬上了山顶。两个人完全放松，好似入了世外桃源。西南边是高高的七姑山，东北边山下是碧波荡漾的荷花堰水库，水库北面的小山坡上是中国乡村少见的鳌山完小，怎么少见？依山傍水新建不久，很漂亮。

“才子哥，我小时候每天就从邵家坪步行到鳌山完小上学，那时学校修在鳌山村的小街上。”

“啊……”

“你在听我说话没有？今天怎么犯傻了?”

在山顶看了一会风景，秋枝拽着姚才子下到山腰泉水边，树荫将泉水笼罩，比在家开空调舒服多了。秋枝从挎包里拿出一块塑料布展开，铺在泉水边草地上，脱掉长衫和牛仔裤，只穿着乳罩和白裤衩了。她从挎包里拿出一个杯子、一条毛巾、一瓶防蚊虫的药水。舀一杯泉水让姚才子品尝，姚才子喝着便喝光了。

"真凉,真甜。"

秋枝打湿毛巾擦身上的汗,涂防蚊虫药水,完毕后将姚才子推倒在塑料布上,脱了他的长衫长裤,身上只留一条短裤衩。秋枝擦干了他身上的汗,又给他涂防蚊虫药水。

"你今天怎么不说话?"

"只想休息,听你说话,你不是要我放松的?好舒服啊,世外桃源……"

"好,我也不说了。"

秋枝躺下来,头靠在姚才子胸脯上。没人说话,山上就全是各种各样鸟的歌唱了。听着鸟儿自由地歌唱,泪水慢慢模糊了姚才子的双眼。

"才子哥你怎么啦?"

秋枝坐起来发现了姚才子眼中的泪水。

"秋枝,没什么,我高兴,真感谢你命令我到你的家乡来了。我在听鸟儿唱歌,你听,它们和我们两家后山的鸟唱的歌是一样的。"

秋枝擦干姚才子眼中的泪水,顺着他的话往下说话。

"你怎么知道它们唱的歌是一样的?"

"我知道,气候山林都一样,鸟也是一样,唱得最好听的只有几种,但说不出那些鸟的名字。比如:'我昨日没有睡——''弯得八果',这是人们最熟悉的鸟歌。你注意听,这山上这个季节的鸟和我们后山的鸟一样,唱得最好听最有味的有六七种。"

姚才子的话匣子打开了,说的却不是人事,是鸟唱歌,秋枝只想他开心,就用心逗他说话逗他乐了。

"你一种一种讲给我听,我喜欢听。"

"你听,'多朵夺,朵多朵夺,朵夺',唱得多动听,难度很大,高八度低八度转换非常快而自然。它的基本唱法是'多朵夺朵夺',但它时常变化,有时'多朵夺',有时'朵夺朵夺'。它只有巴掌长大拇指粗的身条,但歌声嘹亮,音域宽广,是公鸟唱的。同一种鸟,母鸟就唱得很轻和短促,好像听到公鸟歌唱被吸引,心里高兴,就'你来你来'地唱。"

"真的,才子哥,我听到了,但不知它们躲在哪里唱的。"

秋枝来了兴趣,一连听一边四处望。

"你听,'嘟斗肚唢呐唢呐'也唱得怪啵?"

"真的啊,平时没注意。"

"你注意听,有两种对唱的鸟在唱,节奏很简单很快,一个唱'快点快点快点快点',

一个唱‘赶快赶快赶快赶快’！”

“是的，它们都好急的。”

“像你。”

“你也一样的。”

“你快听，这个真像你，唱得很温柔，‘哎哟嘞……哎哟嘞……’，就三个音符，百听不厌。”

秋枝抿嘴笑，不搭腔。

“啊，它开始唱了，这种鸟专唱高低两个音符，一般主要是连续快速唱八个音符，‘深点深点深点深点’，有时也只两个，‘深点’。”

“不是的，它唱的明明是‘轻点轻点轻点轻点’。”

“你仔细听，有时像‘深点’有时像‘轻点’。”

“真的啊……”

秋枝脸红了，突然揪住姚才子一只耳朵。

“老实交代，十份诉状本来只要三十元，你为什么硬要给三百元？”

面对突然袭击，姚才子还是一身轻松。

“今天只说鸟儿歌唱，不说人事。”

“才子哥，你今天怎么了？”

“高兴，谢谢你命令我来……”

不知为什么，秋枝的泪水涌了出来。她知道，才子哥今天是真正与过去不一样地高兴啊。

48

秋枝在娘家过了一夜,第二天吃过早饭,弟弟开车将她送到双桥坪与鳌山接壤的五同庵公路口,她乘客车回自己家。弟弟要送到家,她不。见她顺利上了半小时一趟的客车,弟弟才开车回家。

天再热,也不热,秋枝心里凉飕飕地美。昨天在木鱼山上说过鸟唱歌后,姚才子非同以往说了人事,说得很简单也蛮透,将两个人的心都说明亮了。

那是快乐过了,姚才子掏出手机,翻出一条王老六转给他的王志和的短信,短信说:"人生是清理各种麻烦的艺术,须冷静细心忍耐,要真弄清麻烦根源,制定有效清理方案认真实施,无价值清理的麻烦宜搁置。无麻烦,无生活。净麻烦,活受磨。"姚才子说老师说得很对,他已经完成了清理,可以坚定信心一往无前无所畏惧快活生活了!她也是!姚才子说他当年落入腊秀舅妈设的陷阱,自己也是有一定责任的,那时他年轻没有经验。而她那一段打工所遭受的创伤,主要还是社会改革措施不配套,对乡下因病致贫的人家没有必要的基本救助措施,身败名裂后她只得被迫嫁给不般配的芋头。她的幸运在于芋头母子天性非常善良,不会给她添任何麻烦;他的幸运是腊秀为他生了两个好儿子,但给他制造的麻烦也不少。两个家庭都不能散,都必须维持。他和她就永远只能在暗中相爱,命运已经注定了,只能顺势而为了。人的婚姻都是冒险,各种因素制约,真正般配的不多,谁能在婚前弄清楚一切?因此生出的矛盾就多。改革开放三十多年来中国的离婚率不断攀升,是社会在倒退?不是,是主流在进步,朝着更关注人性自由发展的方向进步。倒过去三十年未婚同居是不允许的也是不可想象的,而今普遍是,女孩大了肚子或生了孩子再登记结婚也时有所见。当然,中国男女之间的关系比起西方尤其法国那又还算很古板,法国女人网上说平均每年有二十四个情人,现在法国的总统带着同居女友满世界跑,接待的国家只得称总统女友。这还不算,总统还暗中与别的女演员上床,被媒体捅出来,总统也认账,法国人也见怪不怪,没人轰总统下台,总统还是照当不误。这在中国目前肯定是不行的,一百年后那也未可知。

她和他现在还有什么麻烦？认真清理确实没什么麻烦了，有点小麻烦也可以对付。他曾经私下里问过当律师的战友，这种特殊情况只涉及道德评价，不出大问题也不会遭法律追究。他和她还有什么大麻烦？所以他说见了她的父母弟妹，实际上他已经全认了她娘家的人，她娘家的人也全认了他，他实际上就是没有名分的邵家的女婿了。他和她要什么名分？名分有什么了不得？有真实就够了就幸福了。人能活多久呢？好好珍惜每一天。

秋枝在经过铁厂后不远的公路口下车，上了去长岭岗的公路，下车就能看见自己的家，两分钟就走到了自家的屋坪前。

“秋枝你昨天回娘家了？”

腊秀打着一把遮阳伞背着儿子用过的一个书包，边走过她家的屋坪边说话。

“是的，你这是去哪里？”

秋枝笑着回答着，而今她和腊秀之间都有意无意尽量客气点，好像双方都知道对方心里怎么想的，就是尽量维持不撕破脸。

“侄儿刚来告诉我，娘打电话到榨油坊，要我去帮她干两天农活，我爹一个人忙不赢。”

腊秀减慢了一点脚步回答。

“你走路去？”

“路上总有车搭，而今只要有钱，是车都愿意停下来带客。”

“那你慢走。”

秋枝客气了一句，腊秀再没回话，加快脚步走了。几步上了去长岭岗的公路，路上不时有车过，一辆小客车开来，见腊秀一招手停了，腊秀上了车。

铁厂的人终于走了，腊秀悬着的心也放下了。每年七月，腊秀也是要回娘家帮几天忙的，但今年她不想去，主要是不知道去了碰着刘半仙怎么面对。她心中并不真恨刘半仙，二十多天前曾经发生的事，都不是刘半仙强迫她做的，是她自己跑到他家去的，也就是送上门要他排毒的，怎么能恨他呢？可不久刘半仙在双桥坪后山一个村给一个三十多岁的年轻堂客治病排毒，被她丈夫撞上割掉了命根子，她惊骇不小。难道那些年轻堂客也是跟她一样，要刘半仙排的毒？如果是，刘半仙不是太冤太亏了吗？听说当时送到医院把割下的命根子接上了，那还跟过去一样是个正常人吗？

腊秀心里乱，不想碰着刘半仙，又想知道他的真实情况。毕竟人是有感情的，她赤条条与刘半仙睡过五次，五次排毒后她都一身大汗蛮舒服的。既然姚才子讨厌她，当时她也是为姚才子化解血光之灾,血光之灾也化解了,刘半仙没一点功劳?娘说过,道法信就灵,不信就不灵。她是信好还是不信好?心里一直矛盾。

小客车到长岭岗小街上,腊秀下车,去娘家还有七八里路,有简易公路,她得找摩托或搭其他愿带客赚钱的车。

腊秀正找着车,忽然有人叫她。

"腊秀,你回娘家去?"

循声一看,原来是在铁厂大门前连剁了八天菜刀的麻七天。腊秀讨厌麻七天,也有点怕麻七天,虽说不是一个村的,但住得近,只隔里把路。

"嗯。"

腊秀低声模糊嗯了一下,脸上没笑。

麻七天脸色陡然不好。

"腊秀你架子还蛮大啊,我们的支书架子还没你大,对老百姓很和气。听说你也是党员,那比我们的支书就差远了,他是好的,你是差的!"

腊秀没料到只是没有热情打招呼,麻七天就如此攻击她,不把她放在眼里。她也上了火。难道我还怕你不成?不在一个村,男人又没的用,一个旧平房还不值我家一台车。你思想最坏,临时抢建猪栏屋诈骗了国家几万元。我再差也还是党员,每月交党费,还会比你差?但腊秀还是忍着,没说太重的话。

"谁的思想差,自个儿心里有数。"

显然腊秀是暗指麻七天抢建猪栏屋诈骗钱的事。

麻七天脸色更难看了,冷笑道:"腊秀,你知道我姐也嫁到你娘家吗?我刚从姐家里来的。我姐就隔刘半仙的楼几尺远,并排住的。你月初去了刘半仙家五次,做了什么你自己心里有数吧。"

腊秀突然感到五雷轰顶似的,脸发白,可是她咬紧牙关挺住。娘说过,万一有人说什么嫌话,不怕,男女之间的事,只要不被人在床上捉住,打死不认账,谁也没办法。

"麻七天,你敢胡说我就要撕了你的嘴,我不怕你剁菜刀骂人。我月初去刘半仙家里是为娘抓药治病,你要是敢回双桥坪胡说,我一定到法院告你诬陷罪,叫你赔十万精神损失费!我谅你拿不出十万赔我,也谅你毫无证据一定输官司!"

恶的也怕狠的,腊秀与姚才子生活二十多年了,也从姚才子身上学了不少东西,对付麻七天也不占下风。麻七天望着腊秀直翻白眼,一时拿不出厉害的东西反击,也只得恨恨地退却。

“腊秀，我没那个闲心！”

麻七天抛一个蔑视的眼色，走了。

腊秀的心情糟透了，随便找了一个带客赚钱的摩托，匆匆赶到了娘家。

“腊秀，我在房里，你爹到棉花地里去了。”

娘躺在卧房的床上，开着空调。空调是七月初姚才子来后给钱让她安装的，让老人晚上睡觉舒服点。

“我不想来的。”

腊秀自己到堂屋找了凉茶喝，进到卧房娘已下床，坐在床边一把木椅上。腊秀在另一把木椅上坐下，脸色依旧是不好。

娘看了她一会，问：“你跟才子吵架了？”

“没有。”

“别跟才子吵，他还是难得的好人，这装了空调就舒服蛮多了。你看现在你的两个弟弟过的什么日子？两个人合起来还当不了才子一个小指头。你嫁了才子，一生的命是很好的。至于他跟别的女人暗中上床，你是配不上他，何况你而今暗中也跟别的男人上过床了，你得好生套住才子，莫跟他吵嘴……”

娘似乎又因为装空调后有点帮女婿讲话了，腊秀觉得娘说得是有道理的。她与才子不离婚，父母和两个不争气的弟弟，每年总要从才子那里拿一两万块走。除了才子，谁会给她娘家每年一两万呢？何况过去两个弟弟修楼明里暗里拿过二十多万啊！

“我说了，没跟才子吵架。”

“那你的脸色怎么这么不好看？”

经不住娘问，腊秀便将碰着麻七天的事说了。

娘听后板了脸。

“对，你就是要那么强硬对付那恶堂客，她姐嫁到这里也不是省油的灯。你怕她个屁，谁也没在床上抓住你，你怕什么？你刘叔这回是倒霉，那个女人请他看病，要他排毒，结果……不过好在及时送医院接上了……人不能不知好歹，翻脸不认人，你天黑了还得提点礼物，悄悄去看你刘叔一趟……”

腊秀没料到娘完全站在刘半仙一边说话，可要她天黑后去看刘半仙，心里有顾虑。

娘似乎看透了腊秀心里的顾虑。

“你先给他打个电话，天黑了去谁会看见？他一生对娘是很好的，靠得住。他这等于是落难了，你去看他，他心里一定会很感激。谁说道法不灵？才子的血光之灾不是化解了？他伤了一根毛吗？你信，道法才会灵！不信，就不灵！”

娘说得非常坚决，丝毫不怀疑刘半仙的道法，娘一生就是这么过来的，不也平安无事？

“娘，你让我想想……”

“腊秀，别怕，你晚点去，等他邻居关灯睡了再去，叫他给你留好门。你只去个把钟头说说话，安慰一下他就回，谁会看见呢？看见了也不怕，在床上抓住你了吗？”

腊秀心怦怦跳，娘还是鼓动她让刘半仙给她排毒？他还能排毒？

“我不用手机，也不知他手机号，怎么打电话？”

“这容易，几步路就到了，我去他家给你说一声。”

没经腊秀同意，她娘就出门了，腊秀呆呆的，也没有阻止。

几分钟娘就回来了。

“我说了他是好人啵，听我说你想去看他，他忙道谢，说不用去不用去，腊秀有这份心就了不起了，他就很感激了。老天有眼，他还恢复得快，基本上没什么事了。我说一定看他的，他只好说，硬要来看一下，那就晚点吧，反正白天睡多了，早了睡不了，晚上十二点左右来吧，来了说会儿话就走吧。”

腊秀呆呆地望着娘，没点头也没摇头，脑子里乱糟糟的。

“腊秀，你莫七想八想了，你也快五十了，过了五十你的毒性就不多了，也就不用再排毒了。才子还不是在外面暗中有相好？你这是治病，何况他而今还能不能排毒不知道，你只去看看他，说会儿话就回，怕什么呢？”

“好吧，去看一下，说两句话就回。”

腊秀低下头想事。

不用手机，但有手表，电子表只要换电池就很准，是当年儿子读书时自己养成的戴表习惯。看时间到了晚上十二点，腊秀将带给娘的点心拿了一包带上，不声不响到了刘半仙家。

院门虚掩，楼梯间亮着小灯，上到三楼，刘半仙的卧室门缝里透出弱灯光，房门是虚掩的，显然也是准备腊秀要来的。

腊秀从出门脑子就是糊的，心里想，到了看了他，说几句安慰话就走，不打算久留。推开门，见刘半仙赤膊短裤躺在床上吹空调，身上一紧，反正相互都赤身裸体抱在了一起的，也不太在意。

腊秀进了门，想了想，还是把房门虚掩上，保持她来前的样子。

“刘叔,来看你了。”

“不敢当,谢谢你。”

刘半仙忙从床上下来,请腊秀坐。

腊秀将点心放在书桌上,在离床三尺远的一把木椅上坐下。

“喝杯凉茶吗?”

“有就喝一杯。”

“想不想跟第一次来那样,放点发汗的药?”

腊秀心里一动,刘半仙不想骗她,所谓发汗的药就是催情的药,腊秀不吱声,不说放也不说不放。

“你不作声,我猜你是心里没想好。这样吧,我放了,你不喝就是。我再倒一杯不放的,放在旁边,你想喝,自己端就是。”

刘半仙将两杯凉茶都放在了书桌上。

“刘叔好了吗?”

“老天保佑,我体质好,差不多了吧。”

“那还跟过去一样?”

“不晓得,又没试过……”

刘半仙坐在另一把木椅上低声说话。

腊秀站起来,走到书桌边喝了一杯凉茶,喝完忽想起,喝着了哪一杯?也懒得管了。

“娘说你是好人,我信娘的话。”

“世上只有好人帮好人,坏人都是钩心斗角的。”

“那是的,而今一些人良心坏透了。”

腊秀说完这一句,脑子里忽然蹦出姚才子常说的一些话:“那些坏人净充好人,好人是不作声的。”“世上哪个坏人不咬紧牙关说自己是无辜的是好人呢?”……可是她坚信娘是好人!娘不是好人还是坏人?至于她自己,不可能是坏人,她哪有害人之心?娘信刘半仙,她也慢慢在信,他今夜给她倒凉茶,就不骗她。

“你来时有人看见吗?”

“没有,不过上次来你的邻居看见了的。”

“你怕了?”

“怕什么?娘说只要不在床上捉住就不怕!”

腊秀说了一会儿话想走，可走不动了，身子发软，在飘，便不说话了。

“腊秀，你是喝着放了药的那杯?”

“恐怕是的……”

“是想排毒?”

腊秀不吱声。

“想排还不知成不成啊，你想试试，我就去闩房门。”

腊秀朝房门望了一眼，仍不吱声。

“你总得点个头或摇个头啊……”

腊秀站起身，似点非点了一下头，走到床边坐在了床上。刘半仙闩上了房门，走到床边腊秀就倒在床上了。刘半仙将她抱在床中央，很快脱光她的衣服，她闭着眼任刘半仙摆弄为她排毒……

腊秀在刘半仙床上躺了四个钟头，走时她低声说：“谢谢刘叔了，你还行，比上次是差了，相信你肯定很快会恢复好，不容易……”

“今后你要是还想排毒，你就悄悄来……”

“只要不被人看见，有空就来……”

娘一直等着腊秀。腊秀回家，娘就要爹去没有装空调的卧房睡了。

腊秀上床，娘也不问她怎么去了这么长时间。娘不问她，她也不说。娘小声说话了，说的是另外的话。

“腊秀，你这一生好，搭帮你舅妈让你嫁给了才子，才子长得这么标致又聪明，你确实差他太远。你而今有两个好儿子，不愁吃不愁穿又不劳累，你跟村里比你读书多又长得好的同辈姑娘比，你是好上了天。她们有的嫁了好丑的男人，男人没的用挣不到钱还打骂她们；有的男的长得很一般，可打工挣几个钱又在外面嫖堂客花了，她们好造孽的。都怪她们命不好。老话讲，人不为己天诛地灭，人哪个不为己呢？为己心里也要放清白点，你管才子是为己，不管才子让他在暗中与相好的搞也是为己，你脑子就要放活络点，反正把他巴住不松手不离婚，只要不离婚，你一生就赢到头了。你赢到头了，娘家的人还不是都跟着得好处?”

“我心里不糊涂，清白的，肯定不得离婚，才子好喜欢两个儿子。而今我还管他干什么？我也暗里要刘叔排毒了。要睡觉了不说了。”

腊秀很快呼呼睡着了，一睡着就做梦，梦见她回娘家后，秋枝就给才子发短信，才子就钻到秋枝的卧房里去了，两个人赤条条抱在一起，秋枝那个妖精歪叫的。

第二天上午腊秀回了自己的家,她丢给娘一千块钱,叫娘用钱请人帮几天工,她不想吃那个苦了,天太热了。娘说好,反正才子不缺这点钱的,要她自己好生保养身子。她之所以早回,也是为刘半仙着想,虽然他恢复得快,但并未恢复到出事前那样强壮,过些天待他恢复好后,她再找什么借口回娘家悄悄去排毒。

腊秀到家是上午十点多,只见秋枝的婆婆在菜园树荫下扯草,一问,秋枝去镇上玩牌了。

腊秀刚到家打开堂屋的空调,姚才子开车回家拿东西正好碰上。

“不是要回娘家帮几天忙的?”

“太热了,给了娘一千块钱,让娘去请人帮工。”

“好,你也快五十了,莫劳累,家里不缺这点请帮工的钱。”

腊秀心里感到一阵温暖,是啊,她嫁给姚才子,与娘家同辈的姑娘比,真的好上了天。

姚才子是回家取几根旧钢钎的,现在他要把摆在榨油坊的大石块码在屋坪一角,让自己的车方便进出。他也不将大石块拖走,万一将来又有什么鬼事要防,可以很方便再将大石块摆上,让外面的车不能靠近榨油坊。

将几根钢钎拿上车,姚才子开车走了。

开到榨油坊,姚才子指挥两个工人,用钢钎撬大石块套粗棕索,再用木柱子抬到屋坪一角,然后再想办法稍微码高一两层,让大石块尽量少占地方。

正忙着,麻七天打着把花阳伞路过榨油坊,站住了,看他们抬大石块。被姚才子瞧见,便打招呼。

“哎呀,七姐今天穿的花裙子,打的花阳伞,好漂亮啊。进屋喝杯茶不?”

姚才子这么一抬举,麻七天脸上春风荡漾。

“我再漂亮,也比不你这个帅哥呀!”

一个五十多岁的工人朝麻七天做个鬼脸。

“你这么喜欢才子,干脆,到会客室开空调,跟才子打一炮如何?”

“好啊,只要才子哥同意,我还有什么话说?”

麻七天异常大胆,将姚才子弄得不好下台。姚才子毕竟是风月场上的老江湖,很快见招拆招。

“你们给我好好抬石头,莫讲些怪话!人家七姐是最正派的女人,嘴里恶,心里善,这回赶走铁厂的人,七姐是立了大功的。”

姚才子这么一抬举，麻七天一脸正色，显然对姚才子的话很受用。姚才子见麻七天眼神中似乎有点深意，想了想，说："天热，七姐进屋喝杯水再走也不迟，怎么样？"

姚才子一请，麻七天便跟着进了屋。来到会客室，姚才子开空调，递矿泉水，又从冰箱里端出一盘切好备用的西瓜，坐下来。

麻七天喝了几口水，开始吃西瓜，过了几分钟才开口说话。

"才子哥，你是好人。你、石支书、王老六都是好人、好党员，老百姓心里都有数。我本来不想说，可是想了想还是提醒你好……"

麻七天终于悄悄将腊秀在娘家的事说了。姚才子听得很认真，脸上没半点笑。待麻七天说完，姚才子低声说话了。

"七姐，首先真心感谢你的提醒。但这个事你可能真的误会了，或者你姐也误会了。腊秀去刘半仙家是为她娘抓药，这个事我知道。现在刘半仙出了大丑事，外面传言多，看在我的面子上，在外面就千万说不得了，莫听的人又传出些话吓死人。好不好？"

麻七天频频点头，可她仍是对腊秀有气。

"才子哥，你一生找了腊秀那个丑八怪亏大了，你的心太善了，要是别个男的早把腊秀一脚踢了！"

"七姐，那踢不得，她养了两个好儿子啊。"

"谁都晓得你是对两个儿子好，可是你也不能太亏自己，外面有相好的，你暗中尽管好，没人会真的说你搞不得，而今乱搞的多得很，你怕什么？就是被人捉住了又怕什么？有多大个事？人家女的甘愿脱裤子，你有什么错？"

姚才子望着麻七天惊讶感动，没料到这个有名的恶堂客竟对他和他的兄弟评价这么高，很为他的婚姻抱屈。

"真的谢谢你，七姐，我会把你的话记在心里。你今后有什么难处，我能帮的一定想法帮。赶走铁厂的人你真立了大功，而且你非常守信，一直不讲出这事与我和老六有关。今天我也忙，就说到这里，时间长了工人会嚼舌头。"

姚才子起身，从冰箱里拿出一盒小瓶装的酸奶送给麻七天，让她带回家去喝。

"谢才子哥了。"

麻七天蛮懂味，提着一盒酸奶便走了。

姚才子坐在会客室里忽然感到一阵轻松。大暴风雨过去了，生死大搏杀过去了，他已将生活中所有的麻烦清理遍了，也许今后还会出一些新的麻烦，可而今的他已非常淡定，非常超脱。他会努力做好一点，却不会为钱担那么大的风险吃那么多的劳苦。想为双桥坪做点好事不一定就要多为老百姓挣点钱，这次他们一帮兄弟拼死拼活不是为双桥坪做了一件好事？

轻松了，秋枝又钻到他心里来了。他拿起手机，发出一条短信。

"刚才了结了一个小麻烦，高兴。"

"等五分钟。"秋枝的短信飞过来。

五分钟后秋枝又飞来短信："正好输上两百，不玩了，回家去。什么小麻烦？"

"以后说，心里高兴告诉了你。"

"你高兴我就高兴。"

姚才子想了想，笑，发出一种鸟歌。

"多朵夺朵夺，朵夺朵夺。"

一分钟过去，秋枝回过来。

"母鸟唱的好像是'你来你来'。"

"聪明，再来一支鸟歌，就算是公鸟唱的，'嘟斗肚唢呐唢呐'，母鸟听到会怎么唱？"

这下等了三分钟，秋枝回过来三字歌：

"哎哟嘞……哎哟嘞……"

"又没在一起，你怎么哎哟嘞？"

"才子哥，晓得你最喜欢听这个的……"

姚才子看着短信，笑了很久很久。

49

“太阳从西边出来了吗？你在武汉六年没打过一次电话问老爸好，给你发短信问你身体学习情况，你也总是发短信回我，从来都只有一个字：好，连标点符号也不需要。”

上午九点儿子竟从外地的酒店打电话来问安，王志和高兴也意外，可他这么一说电话那头停了声，但是他听到儿子对康兰说：“妈，爸说我打电话问他可好，是太阳从西边出来了……”王志和便猜到是康兰要儿子打的电话。果然，又听得康兰说：“你这么大了是不懂事，爸妈一年四季牵挂你，你好像只知道玩，一点都不关心爸妈，你爸都六十退休了呢！”

“老爸，我虽然没打电话，可是心里还是常想到你和妈妈的，真的。”

“好儿子，爸是开玩笑，你就是大孝儿子。爸不会要求你小孝，什么给爸端茶倒水等等之类全免，老得不能动了也会自己请保姆绝不会累着你。不会像有的父母时常打电话对儿女提这说那，累得儿女出气不赢。爸唯一的要求就是你好好学习工作，对中国的强盛有实际贡献，不搞虚的。”

“我记得，莫在电话里还上政治课了。妈妈跟你说话。”

儿子显然是不想跟他老说，赶忙将电话交给了他妈妈。王志和笑了。

“志和，你身体还好吗？”

“很好，天天搞劳动。我把后墙的杂草杂树砍光了，烧成灰烧了十多天，从二十八号起自己正式开火做饭了。别担心我，你和孩子在外旅游要特别注意安全健康！”

“太阳又从西边出来了，你儿子又要跟你说话。”

那边显然是儿子又拿过了电话。

“老爸，我每天看新闻好烦躁，日本佬在钓鱼岛越搞越猖狂了似的。”

儿子关心国家大事王志和从来高兴，一个孩子不关心国家大事，一心就想着当官发财，那断然不是中国栋梁，很可能平庸甚至变成社会垃圾。

“我还看不出有战争会打起来的征兆,美国人还没有把算盘打清楚,战争就不可能开打,日本佬也就是玩一点自残的把戏。中国已将钓鱼岛的格局实际改变了,已经掌握了主动权。现在为钓鱼岛爆发战争,对美国是不利的,美国只是暗中挑唆日本牵制中国发展,中国发展速度快,有的美国人急得裤子都快跳掉了。”

“哈哈,老爸你真会挖苦人啊!”

“你们两父子不要在电话里讨论这么大的事,这是长途电话,你爸是异地漫游,接电话也蛮贵。”

康兰在一旁提醒儿子,王志和也听到了。

“好吧,最后说一句,双桥坪自然生态环境非常优良,就是蚊子多,咬人。老六他们已经将铁厂的人全赶走了,顽抗了七年的非法污染厂终于被彻底消灭,双桥坪的老百姓真了不起。再见,祝你们旅游平安快乐!”

王志和挂了电话,与母子通了话很开心。今天还有一件开心的事:吴之涣要到双桥坪来搞调研,说中午会抽空到他这里坐半小时。他估计,吴之涣可能仍是为铁厂的事,知道吴之涣一直想挖出铁厂背后的黑后台。所以他今天就休息,没有在院子里搞劳动,开着空调看点书。

嘟嘟,院门外两声汽车叫,王志和打开堂屋大门,一辆小客车停在了院门外。王老六下了车,开车的是姚才子,他们事先未打招呼闯来了。王志和从小方桌上拿了钥匙,打开了铁大门。

“老师好!”

姚才子高声喊,笑着将小客车开进了院子,停在了屋坪的树荫下。

三个人在堂屋中央的小方桌旁坐定,寒暄了几句,姚才子忽然走到门外,开车门提进来一桶上好的茶油。

“才子,你干些什么?来看看就行了,提什么东西?提上车去!”

王志和认真地说。

“老师,这个您不能打学生的脸,这么多年来学生一直记着老师的,什么时候给老师送过一分钱的礼?而今不同了,老师退休了,我在双桥坪也算是小发了,莫说吃学生这桶油,就是老师长住这里,吃的油学生全包下来也是小菜一碟。其他的大话不敢说,这个小话还是敢说的。老师若是不收下,那就是嫌学生太没出息了。”

“五哥,你就收下,不然才子心里会很难过。”

王老六也在一旁劝。

“那好吧，下不为例。”

王志和也只得作罢。

“你们这次干得非常不错，顽抗了七年的污染厂终于被你们彻底铲除。这样大的事，闹得那么凶，结局是未死伤一人，过程复杂惊心动魄，结果是出人意料的好。不简单！”

“这其中也有老师的功劳。”

姚才子语气很肯定。

“我是局外人，没功劳，只在一旁担心，你们暗中肯定做了许多我不知道的事，肯定也是不想让我多担心，我都想得到。”

王志和心中也有疑团，尤其是铁厂柱子的事，一说死了一说活了，他只知道一点吴之焕提供的信息，并不能解开疑团。他想试探一下姚才子。

“才子，我知道你们的总头子是白义成，他小时候打群架就诡计多端，柱子的事肯定是他设的局，你清楚吗？”

“老师，白大哥真是厉害，我始终不太清楚，但是，我冥思苦想，快要接近这个局了。明天兄弟聚会再摸点情况，争取彻底破开它。另外，我来前与白大哥通了电话，他要我代表他，请您明天参加晚餐聚会；中午聚会还有您不熟悉的人，怕您不想参加。”

“好吧，我去参加晚餐聚会。”王志和想了想，问王老六，“我交给你的信封拆开了吗？”

“没有，明天中午兄弟聚会我会当众拆开，和大家一起看，看看你二十五号那天到底写的是什么。”

王老六一说将姚才子也弄好奇了。

“老师，你肯定也在暗中使了劲，只是不告诉我们，不想让我们知道，怕出意外，是吧？”

姚才子望着王志和直眨眼。

“没有啊，我只是在一旁空担心。你今天来，还有什么特别的事吗？直说无妨。”

王志和想让姚才子无拘无束地说话。

姚才子想了想，说出了一个在许多人看来不是事的事，或者说是无事找事。

“老师，我心里没底，想问您的是双桥坪的未来会怎样？前景光明吗？”

王志和瞧着姚才子，两三分钟不开言，点上一支烟后，说话的语速也缓慢。

“才子，你这是要老师预测双桥坪的未来，是要考老师啊，这个考题还蛮难的。”王志和笑，姚才子和王老六也笑，“老师也有点怯考，你别看老师出题考学生一包子劲，真要考老师，老师也头痛。我先不直接回答你的考题，拉开说另外一些看似无关的话。你从小读书爱动脑子，我慢慢说，你慢慢想，看看你能否从中得到一些启示。”

姚才子慢慢点头。王志和又点上一支烟。

“让我们首先来对比分析生活必需品情况。构成人类健康生活的必需品主要是优良空气、优良水质、粮食蔬菜等食品、优良的治安环境、持续有保障的自然资源，主要说这几种吧。这几个主要方面的必需品，非常明显，双桥坪山区的人民都远远优于京沪港粤，很真实。现在正值六十年一遇的特大高温干旱，双桥坪竟不缺水，如果算上四野绿化面积，双桥坪的绿化率那就是九成五以上，空气清甜，引自深山水库的自来水清甜且价格低得城市无法比。集市的蔬菜便宜，低得叫我心痛，青椒一元钱一斤，黄瓜五元七斤，京沪港粤做梦也梦不到如此低的价，这还是排除了非大棚种植毫无污染的大问题。”

姚才子与王老六的两眼都在放光。王志和继续缓慢地说话：

“我们再说一个问题，市场经济问题。人类到目前为止选择市场机制是综合比较之后的选择，可是市场经济以利润为动机发动运行，为了利润整个系统包括媒体广告就会有意无意将某些不健康的生活方式鼓吹成时尚，诱使人们做不健康的消费。城市中最易被诱惑上当的一些中产阶级和白领，为了过时尚生活是累得喘气不止。据我观察，双桥坪也有少数人上当。双桥坪高速通后离常德城仅十多分钟车程，明明在乡下有宽大楼房，到城里买什么房增值？你又不在城里工作。我想说的是，以健康生活必需品考量，若是能完全拒绝不健康的生活方式，双桥坪可以称为人间天堂。我的侄儿在城里当装修小包工头，一年也十多万，他实际支配生活的经济能力是远超过深圳一个不腐败的处长的。”

姚才子听得频频点头，王老六听呆了。

“我不能预测双桥坪的未来，双桥坪的未来掌握在双桥坪的老百姓手中。但我相信，双桥坪的未来一定很光明，这与整个国家的命运是一致的。只要双桥坪老百姓努力保护好优良的自然生态环境，严禁任何企业污染，着重生态农业林业，大兴文化旅游产业，离城如此近想不兴旺发达繁荣也不可能啊！”

“老师说得太好了！”

姚才子激动得站起身，为王志和装烟点火。

“当然，双桥坪也存在一些问题，现在称为镇，其实生活污水处理等环保设施还未起步啊，得慢慢来，不急。”

说了一会儿其他话，姚才子说不耽误老师时间要告辞了。车开动前姚才子突然问了一句：

“老师，您还拉二胡吹笛子吗？”

“早扔掉了，没时间啊。你呢？”

“我还时常拉几把，不过没长进。”

“你明天带二胡去，拉一把让我听听好吗？”

“好吧，在老师面前献丑不怕，老师好指点。”

姚才子满面春风地走了。

王老六留了下来，回到堂屋坐定。

“才子经常跟我说到你，说当年有幸当你的学生。他多次想来看你，又觉得自己没出息不好意思见你。”

“他不是干得很好吗？尤其把两个儿子培养得好，一个清华一个北大，这在双桥坪也是首屈一指的。”

“可是他堂客很丑，暗中有相好的，可能怕你晓得批评他。他其实人很好，这回灭火以来他是这里压力最大的，功劳比我大。”

王志和长叹一声，摇头。

“我怎么会管他个人生活上的事？世人常说是歪锅配歪灶，现实婚姻不是这样的，常是好锅配歪灶，鲜花插在牛粪上，帅哥又被丑姑娘拖下水。这些事不好说的，是天下最大一本糊涂账……”

“今年王家一个男孩比北大录取线高十几分，被录取了。”

王老六又说新闻。

“谁家的？那王氏家族就真改变不爱读书的历史了，比北大录取线高十几分，牛啊！”

王志和很高兴。

“就是街北头板板嘴王家的，也就是七组的，一家人进城经商了，街上的楼房便宜租给人家做生意。录取后，回乡请了全组的人，没收一分钱的礼。”

“牛。”

王志和佩服。

“还有涂家坪一对在外打工的夫妇，儿子被清华录取了，家里穷得没钱去读书，很快有人赞助了。”

王志和连连点头，深感改革开放改变了双桥坪很多农民家孩子的命运，仅现在双桥坪居委会也就是过去的双桥坪村，就有年轻博士在国务院当处长的，有到西昌发射中心当高工的，都是名校高才生。有个女孩从湖南师大艺术系毕业又到北京舞蹈学院读研，现在已是常德著名企业家、中国舞协常务理事、湖南舞协副主席，倒过去三十年，谁能想得到呢？

王志和要催王老六走，好自己搞中饭吃，中午吴之涣要来说半小时话的，可是王老六老不走谈这说那，再三催王老六才说是想拖王志和去他家吃中饭，他家中午有客，炖了只鸡。

“不去！你净搞鬼，我已经自己开火了，莫再随便拖我去你家吃饭啊！”

“那我给你留一小碗鸡肉，晚点端来，你吃晚饭时吃。”王老六只好走了，边走边说。

王志和只好赶出门。

“老六，你莫搞怪事，你端来了我不吃！”

王老六也倔：“你不吃泼掉就是，我又不怪你。”

没办法，王志和只得摇头再不作声了。

院门大开，十二点前吃完了中饭，给吴之涣泡了一大杯茶凉着，放了两包芙蓉王在小方桌上。王志和与吴之涣见面，主要就是抽烟喝茶，对别的东西不感兴趣。

十二点过二十分，吴之涣的车开进了院子，下车后他对司机说：“你去镇里客房休息，一个钟头后来接我。”

司机开车走了，吴之涣打量了一会儿王志和的院子，两人进屋坐下。

“之涣，你中午又不休息，原定半小时，怎么加了半小时？”

“想说的话多啊，我来了，你也休息不成。”

“我也没午睡习惯，在岗时总有做不完的事，有时看稿搞到夜里两三点啊！”

“没的法，都是这个德行，我们这种五十年代出生的人，好多都是这个德行。”

看吴之涣的神色不是太差，也不是太好。王志和首先说了回双桥坪后的一些情况。

“铁厂的人突然跑了，跑得这样快，我没料到。”

“志和，这可能是现有情况下最好的结果了。今天到镇里搞调研，镇里也高兴，卸了一个大包袱。他们也不曾想到双桥坪一帮复员军人这么厉害，非常棘手的事，被他们快刀斩乱麻了结了。”吴之涣心里也有很多不明白的事。

“之涣，这次搞事的总头是我儿时的朋友，当过八年侦察兵，参加过珍宝岛战斗，当过多年支书。他一直没有露过面，不是不愿露面，是手艺好，每天四处帮人家整酒下厨当大师傅。他威信高，人缘广，全部用手机指挥。比我长四岁，小时候放牛与别村的孩子打群架，他都是总指挥，我们那时百战百胜周围无对手……”

吴之涣听得两眼大睁，他原来还以为是王老六带头干的，没料到幕后还有个一直没露面的狠角色。

“难怪，我也弄不清他们背后是怎么搞的，总之是搞得铁厂背后的总部也害怕了。”

“一切，只有总头子一个人最清楚，连我的堂弟名义上是灭火的现场总指挥，可是灭火之后双方展开了一系列攻防动作，很多事我堂弟也不知情。比方说，灭火后三天，铁厂的工人柱子失踪了，铁厂老板紧急到镇里报案，可是失踪十多天一直无消息，二十三日我堂弟突然得消息柱子被撕票了，堂弟又坚称他们绝对没有干违法的事。于是我就发短信给你，你二十五日给我回信，经查证尸体不是双桥坪铁厂工人柱子。我就大胆怀疑是总头子白义成设的局了，老天，这样的局怎么设？更奇妙的是，二十七日柱子又突然活了，且死的活的都是铁厂老板说的。假如这真是白义成设的局，那这个局就超级有谋略了。”

吴之涣听得好似无法相信，这不神了吗？

“志和，你知道二十七日城里发生了什么吗？你一定不知道。我们暗中抓住群众举报劣质建筑钢材的问题调查隐藏的销售商，但是好不容易寻到的一个线人又突然在酒店包厢被杀了，是一家大装修公司的老板……”

“啊，二十七日深夜，也就是二十八日凌晨，铁厂老板带着全部人马走了。最不可思议的是，走时被我堂弟他们发现，一个叫才子的复员军人，竟派人与老板联系，双方握手言和，敬酒干杯，走时铁厂的人高唱‘啊朋友再见吧再见吧’，双桥坪这帮灭火赶他们走的人就唱‘送战友，踏征程’。双方还都流眼泪了啊。”

吴之涣听得是如痴如醉，可又无法相信这一切怎么真实发生了。

王志和至今也被蒙在鼓里，对着吴之涣摇头。

“之涣，他们这帮人亲如兄弟，绑得很紧，言必信，行必果，纪律严明，口风很紧，我都怀疑堂弟也在我面前隐瞒了不少真相。现在他们搞赢了，真相他们也可能不会全公开，有些细节就可能永远烂在总头子肚子里了。比方说，为了给铁厂老板施加心理压力，将他们尽快赶走，有个十里八村出名的恶堂客，连续八天带着砧板菜刀到铁厂大门前，每天上午剁菜刀骂两小时，又骂又唱，老百姓还都支持，每天围观喝彩的人不少。

这肯定是总头子一帮兄弟暗中出钱请她骂的，但是我堂弟说与他们无关，不知道是谁搞的。”

吴之涣听得忍俊不禁：“志和，这可称得上是新时代的人民环保战争了啊，搬砧板剁菜刀骂人的招都拿出来了，那还怎么待得下去？又搞撕票又剁菜刀，铁厂老板不是成天提心吊胆？那还不赶快走人？小说电视剧也难见到这样精彩离奇的情节！”

“是呀，所以我接受了总头子的邀请，他们明天建军节喝两场欢庆胜利，我参加的是晚餐。我要看看他们这些鬼家伙是怎么个得意法，总会说点什么东西出来，将来说不定我写长篇小说就用他们的故事做素材。”

“志和，希望你有一天写出来，这值得写啊！”吴之涣忽然停下，叹息，“上届政府不作为乱作为，给老百姓添了多大负担啊，如此严重公开违法的污染厂竟顽抗了七年，不是双桥坪的共产党员复员军人起事，要顽抗到哪年哪月？这是腐败分子祸害老百姓，可是现在谁负责？追究谁的责任？区里的上任书记已经服法坐牢，他的罪名中可没有破坏环保这一条。他是受贿给抓住坐牢了。有的还升官了，走了扔下一个乱摊子整后面接手的人，不铁腕反腐那真的要亡党亡国！”

王志和心情也沉重。

“之涣，你这真正是为党为国家担忧，像你这样的党的干部要多起来才好啊！听你刚才说话，我想起了唐朝杜荀鹤的一首七绝《再经胡城县》：‘去岁曾经此县城，县民无口不冤声。新来县宰加朱绂，便是生灵血染成。’”

“完全同意你的看法，有个别地方搞形象工程急功近利，浪费破坏严重，老百姓怒气大啊！”

吴之涣停下，点烟，深吸一口，吐出一根烟柱，烟柱又很快消散。“志和，双桥坪铁厂这事，也把我搞得筋疲力尽，黑社会打了多次恐吓电话，好在我无所谓。你不在官场不知道，即使你手中有权力，你办难事也是很难的，加上现在事又多。我已经尽了全力，赢是赢了，但这个结果又不能令我满意。铁厂背后的总部显然是怕在常德惹火烧身，终于决定放弃常德，杀死了在常德经销的线人，超出了常德的管辖我们就难办了，只能把我们掌握的一些线索向上报告。”

“之涣你辛苦了，谢谢你暗中所做的努力。已经是很好的结果了，你可以满意了。常德以外的地方也像常德一样抓，黑总部不就无处安身吗？”

“那不一定啊，据我们掌握的情况，双桥坪铁厂的原班人马，已经在距离常德百多公里的山区靠公路的偏僻地方新建了炼铁炉，已经点火冒烟了。他们的速度很快，可能在七月八日被灭火之后，总部就已经做了撤出双桥坪的决定，因为七年来双桥坪总是大闹小闹不停，他们只能亏钱，黑社会也不能不讲效益……”

王志和锁了眉。

“是这样啊，看来还要加大力度宣传环保，各级党和政府要加大监管力度。这里赶跑了，又在别处点火冒烟，还不是污染中国？”

“所以说形势仍然是严峻的，经济问题正如你的看法，深处是文化问题。”

“我把有危害的经济分为两大类。一类是内祸经济，就像双桥坪非法铁厂，它污染环境，破坏市场法规，坑害消费者。一类是外祸经济，就是内外勾结，为外国尤其为敌视中国的国家输血，坑害中国经济、偷骗中国国税、愚弄中国消费者的经济。这两种危害中国经济的经济都是存在的，在个别地方还很猖獗，大量走私假出口骗退税等等。常德总体情况也好，后劲比沿海地区大得多，完全不用急，从容把握，未来能经受大风浪。世界经济危机不仅未过去，而且在进一步深化，这一点要很清楚，否则容易急中出错。”

“志和，听你说经济完全是你自己的思考，与世人很不一样，你的有些视角我很感兴趣。我也想到了李白的一首五言古诗《嘲鲁儒》：‘鲁叟谈五经，白发死章句。问以经济策，茫如坠烟雾……’有些经济学家信口开河，今天说红明天说绿，说些什么他们自己心里也没底，只不过比大街上的算命先生舌头转得快些，还会转一些英文字母出来。”

“哇，之涣，你这种冷挖苦，他们听到会写文章大骂你的，干正事不行，搞这个他们又还蛮有艺术细胞的。”

“志和，你这个是热挖苦吗？”两个人都笑起来。

“之涣，时间到了，用杨万里的七绝为你送行吧：‘莫言下岭便无难，赚得行人空喜欢。正入万山圈子里，一山放过一山拦。’抖擞精神往前走吧。”

“好诗。”

吴之涣站起身，院子里响起汽车的两声轻叫。王志和送客走出堂屋，屋外烈日似火。

50

吃过早饭，白义成和九妹就开始忙碌。白义成赤膊短裤地在后院杀鸡宰鸭，九妹在厨房烧制卤菜。夫妇俩都好客爱热闹，中午晚上两场“大闹天宫”想着那情景脸上就尽是欢喜。尤其是九妹，赶走了铁厂的人比白义成还高兴，这下老伴就要少操许多心了。

“义成，十一点半他们来了你就别搞了，陪他们去说话打招呼，都准备好了我完全搞得过来，再搞也就是两餐两桌，这算个什么事？我们每天帮人下厨都是二三十桌呵。”

九妹擦着汗到后院歇口气，对白义成说。

“今天虽只两餐两桌，要当四桌菜准备，一定要搞好，把他们个个都喝翻滚到桌子底下去！”

白义成声若洪钟，一身劲。

“净讲些怪话，这么热的天，喝醉了多不好，喝个高兴就行了。酒桌上你可得掌握好，莫一高兴，喝出了人命，前几天十里铺就喝死了一个人的。”

九妹好心提醒，白义成点头。

十一点没到，山西佬开着大奔最先到了。白义成忙从后院出来，山西佬忙喊。

“正好，给我搬烟搬酒。”

白义成走到汽车后备厢那里一看惊呆了，一箱茅台酒一箱极品芙蓉王，屈指一算是几万。

白义成沉了脸。

“山西佬，你今年亏损，不能这么搞。酒我有好的，烟也有好的，只是没有这么高档。你放在车里不要搬出来，拖回去放到店子里还能卖几万，你要听我的话！”

“白大哥，亏归亏，但这次硬要喝这个，喝不完的我拖回去。烟是每人一条，我拿的批发价，一条也就是六百多。”

“这不行,一人一包就很客气了。你要这么搞,名义上是我请兄弟们,结果是你花几万,这个不行!”

“那就算我们共同请怎么样?”

白义成扭不过山西佬,只好先帮着把烟酒搬到餐厅摆在酒柜上。

白义成没料到,山西佬来后,兄弟们一个接一个都提前到了,就连派出所的两个警察也在十一点半准时赶到。好在夫妇俩早准备充分,于是提前先上凉菜、卤菜,吆喝入席。

山西佬拿出七条极品芙蓉王,将每一条都拆开一个口子,除了本人,见人一条。

“今天是我和白大哥共同请兄弟们,烟一律自己抽,不要相互敬烟搞得乌烟瘴气。”

一看这个阵势,开始每个人都推辞说只一包就行了,山西佬瞪了眼。

“今天来的都是功臣,谁不赏我脸,那往后就莫在一起喝酒了!一条烟也就是几百块钱,与齐心协力消灭鬼铁厂简直是拿命赌算什么?钱财如粪土,仁义值千金!”

眼见山西佬要发火,大家也就没再推辞了。

待大家坐定,白义成拿出一瓶茅台,给大家一个个斟酒,边斟边说:“酒也是山西佬从城里拖来的,我不要他搞这么好的酒,他硬要搞,他是高兴呵。这些天他常被恐吓电话骚扰,为了防黑社会下毒手,有家不敢回住酒店,还特地临时从双桥坪请了十个人当保安。今年他的公司肯定亏损,可是……”

“兄弟们,”山西佬打断白义成的话,“今天是欢庆胜利,喝醉为原则,别听白大哥胡说,我亏得起的!放肆喝,我拖了一箱茅台来,喝不完的,那我就拖回城了。”

白义成斟完酒,回到自己的座位,举杯致辞,全体起立。

“兄弟们,今天是建军节,八大金刚聚会,大家都是消灭铁厂的有功之臣。为了胜利,我们都付出了很多,有的兄弟甚至做了牺牲的准备,胜利真是来之不易呵!”白义成逐个碰杯,又环视一圈,“干杯!”

干了杯,酒桌上突然安静下来,大家看到钢铁硬汉白义成的眼圈红了。白义成下席又为大家斟酒,斟完酒,他回到座位,继续说话。

“兄弟们,今天是建军节,大家就不来荤段子了,这个节日活泼可以,调子还是要正的,莫搞斜的。酒喝好,但山西佬说今天搞醉为原则不行,十里铺前几天还喝死了一个人。可不要灭铁厂没牺牲兄弟,今天欢庆胜利牺牲了兄弟,那我白义成就下不了台了。”

“是的,喝好是应该的,不能醉,晚上还要喝的。”

九妹上菜进来插嘴，插了嘴又笑眯眯走了。

白义成接着说："兄弟们，在这次消灭铁厂的战斗中，叫鸡公是双桥坪的余则成，打入铁厂内部获取了重要情报，立下特别功劳；山西佬为支援双桥坪的兄弟承受了巨大压力，有家不能归，经济损失也不小；王老六不仅灭在火现场指挥临危不惧，还暗中参与了其他特别行动；石大毛担负的与镇里沟通的工作很成功，并且在特别行动中有创造性贡献；姚才子大家都知道他是双桥坪兄弟中承受压力最大的，他做了牺牲准备的，他为我拍板出了不少好点子。最后我要特别感谢两位警察小兄弟，你们立下了特别功劳。"

瘦高警察与微胖警察马上起立敬礼。

"您是前辈，在您面前不敢称兄弟，您当过八年侦察兵，参加过珍宝岛战斗，是老英雄！"瘦高警察说后微胖警察又说："前辈，您六十四岁了，每天一边炒菜一边指挥战斗，不分日夜，战法神出鬼没，非同凡响，晚辈佩服得五体投地。今天能否在酒席上教教晚辈，将整个战斗的决策解密呢？我们只知道你们神奇地大胜了，却想不明白怎么会赢得如此快如此彻底。镇长书记都拍案叫绝，感谢你们为镇里卸了大包袱。"

白义成示意两个年轻警察坐下喝酒。

"小兄弟，你们搞不明白，我也有搞不太明白的地方。我看酒席上大家首先把柱子的事彻底搞明白，其他的特别行动还是不解密为好，免得传出去生出莫名其妙的是非。搞明白柱子的事后，大家就唱唱歌，人上了年纪，总是怀念过去的时光，特别想听我们上小学时唱的一些老歌，还有一些军歌，今天我这个破嗓子也带头唱几句，人难得这样高兴呵。"

大家都点头同意。

"那就边喝酒吃菜，边先把柱子的事搞明白，坦白说，我这个决策人脑壳也有点搞晕了。"

白义成喝了一口酒，朝叫鸡公望，大家的目光一时对准了叫鸡公。

叫鸡公身着艺术装，眯眼时还真像余则成，他今天也故意玩深沉，不说话，默默抽好烟喝好酒。"都朝我望什么？柱子的死活都是铁厂老板亲口告诉我的，都是真的！"不过他举起酒杯站起身，对着白义成说，"老伙计，你狠，我服，咱俩干一个。"白义成忙站起身："老伙计，这回你干得漂亮，也狠，我也服！干！"

两个六十四岁的老伙计先多喝了一杯。

王老六站起来，从裤兜里掏出一个信封，交给姚才子："才子，这是五哥二十五日交给我的，他说胜利后可大家一齐看，你拆开念吧。”

目光一齐集中到信封上，姚才子很好奇，接过信封手都有点抖，小心拆开，念道：“老六，二十三日晚餐你得消息说铁厂失踪工人柱子被撕票了，你的神色异常，你坚持说你们没干违法的事，但我怀疑很可能与你们有关，怕你闯祸，给市里有关老友发短信。老友二十五日下午回信，经查证黄土店尸体非双桥坪铁厂失踪工人柱子。我就松了口气，有点怀疑是白义成暗中搞什么计谋，他小时候指挥打架常出奇招，叫别队的孩子摸不着头脑。若你们彻底胜了，以下消息可在你们兄弟中解密。七月八日老板说死人也要点火，危急关头，凌晨三四点，市武警公安突然直插双桥坪铁厂，以收缴管制刀具名义，将铁厂的二十把大砍刀收缴了。为了挖出铁厂背后的黑总部，再没打草惊蛇……虽然武警公安不收缴那二十把大砍刀，铁厂老板也不一定敢下令与你们开杀，但危险性就大。因此，从一开始你们就并非孤军奋战，从一开始市里就有专门领导暗中抓这个事。你们是好样的，但政府并非不作为。”

“原来如此！”

大家一片感叹，也解开了为什么那样轻松就灭了火的疑团。

“我最初就讲过，王志和不是不使劲，他的方法与我们不一样。我们都与他亲如兄弟，他怎么不暗中操心？”

白义成从姚才子手中接过信再看，看了再交王老六收好。

“鸡公哥，柱子死的活的都是你说的，现在到底是死的还是活的？”

山西佬冲着叫鸡公笑着问，白义成有交代，他经手的事不要解密。

叫鸡公将矛头指向石大毛与两个警察。

“我是听铁厂老板说的，他们去黄土店验过尸，他们验尸回来后老板就说柱子被撕票了。怎么把一个不是柱子的尸体搞成柱子呢？这只能问他们。”

石大毛赶紧申明：“我们去验尸，拍的所有照片都是真实的，柱子右脚大拇指真是短一截，这没有搞鬼，是个巧合。”

两个警察笑。瘦高警察说：“当时我们是不能确认尸体就是柱子的，我们说柱子还是有生还的希望。”微胖警察补充说：“照片是我在现场拍的，是石支书亲自在现场看着拍的。现在柱子被证实活着，案子也就结了，手机容量有限，那些照片也就删了。这真的是个巧合。”

然而这个巧合连白义成也难以接受，真这么巧？明明是他授意石大毛搞的假撕票，效果真的很好，警察说还有生还希望，铁厂老板和石大毛坚决认定尸体就是柱子。

姚才子笑得意味深长，他站起身给白义成敬酒："白大哥，小弟真的是服，这次你下的棋，着着厉害。"与白义成干过杯，姚才子望着两个年轻警察直点头，"高，实在是高！你们两个年轻人滴水不漏，这个疑团永远解不开了。让我来假设性地解一下。第一，可能真是巧合，百万分之一的概率也存在。第二，那就是做局了，能不能把网上的各种医院的病例照片下一张到手机上？这在技术上和现实中是完全可能的。我申明，我可没说是警察同志做了手脚暗中帮了我们一把呵，我们不要搞清这个事了，也无须搞清了，我同意这样结案：它就是巧合！"

石大毛两只眼睛睁得牛眼大了，真是小胖哥从网上下到手机里的？不是特意问了柱子的特征？小胖哥也有时间下载，上次在铁厂厂长办公室他不是搞了一次假摄像头将老板吓坏了？但石大毛很快意识到还是赞成姚才子的最后结论好。

"这个事我看不必扯了，就是个巧合！边喝边唱歌吧。"

石大毛下席按响了摆在餐厅一角的播放器，大家也都赞同，也许心里都明白了无须再扯了。

"白大哥，你说今天你带头的。"

石大毛邀请白义成唱歌了。

白义成站起来。

"这个播放器还是以前开餐馆时搞的，后来就是兄弟们来了才热闹一番，我从不唱，嗓子太破。今天高兴，试着唱几句小时候常听娘唱的歌，歌名也记不得了，那里面也没有伴奏曲，我清唱吧。"

白义成咳嗽一声唱了。

嘿啦啦啦啦嘿啦啦啦，
嘿啦啦啦啦嘿啦啦啦，
天空出彩霞呀，
地下开红花。
中朝人民力量大，
打败了美国兵呀，
全世界人民拍手笑，
帝国主义害了怕。
嘿啦啦啦啦嘿啦啦啦，

嘿啦啦啦啦嘿啦啦啦……

白义成居然将这支记不清歌名的五十年代的歌唱完了，这其中恐怕也包含了对娘的深深怀念。他的嗓音确实不好，可大家报以热烈的掌声。

“老伙计唱完了，那就我来吧。”

叫鸡公下席，站着还摆个姿势。

“大毛，放六十年代的《我们走在大路上》，当年上小学参加县教育局组织的合唱比赛，我还是领唱，不是吹，还得了第三名的。”

叫鸡公故意用手摸了一把小分头，开唱。

我们走在大路上，
意气风发斗志昂扬，
毛主席领导革命队伍，
披荆斩棘奔向前方。
向前进！向前进！
革命气势不可阻挡！
向前进！向前进！
朝着胜利的方向。
……

叫鸡公一气呵成，中间也有人喝彩叫好，唱完之后掌声如雷。叫鸡公很矜持，坐下点上一支烟，似神仙。

“下面请龚哥献歌。”

石大毛点将，山西佬只得硬着头皮站起来，他唱是喜欢唱，就是听的人难受，音不准还在其次，节奏完全自由发挥，有时伴唱带走了几句，他还在后面不紧不慢地唱，也不管不配套。叫鸡公时常笑他：“山西佬，你唱得歪到蒋家坝去了。”

山西佬想了想，又试了试麦克风。

“来六七十年代小学生里最流行的吧，《小燕子》。”

音乐一响，本来该唱了，没跟上，一开始就乱套了，但山西佬不管，自由自在唱起来：“小燕子，穿花衣，年年春天来这里……”满桌人忍不住笑，老天爷，唱得这么歪，当年又是怎么考上同济大学的？见大家笑，山西佬不笑，停下来说了一句：“今天高兴，我就是唱得歪到刘家坝去了，你们都要听下去，也只管笑！”说了接着唱，好像越唱越歪，有人笑得捂肚子了，微胖警察竟笑得下了席，在一旁顿脚笑。

白义成高声叫道：“唱得好！就是要这个效果！”

大家跟着起哄要山西佬再来一曲，山西佬连忙摆手回到座位上，将王老六推出来。

王老六憋红了脸：“我从来没唱过歌，真的唱不好，学几声狗叫行不行？”

大家说不行，可是王老六大概是不说话不知不觉喝多了酒，“汪汪汪汪……”学着狗对着大家叫唤不止，逗得满堂大笑，也就放过了他。

“下面请才子献歌。唱什么？”

石大毛将麦克风交给了姚才子，姚才子说：“来首七十年代的军歌吧，《我为祖国守大桥》，刘秉义演唱的，当时很流行。”

万里蓝天彩云飘，
万里长江浪滔滔，
火红的太阳心头照，
我为祖国守大桥，
英雄的列车桥上过，
迎着朝阳向前飞跑，
……

姚才子是真正唱得可以，大家都认同，叫鸡公还竖了个大拇指。

“下面由我为大家献唱一首《红星照我去战斗》，最后由小胖哥压阵，他才是今天这里的歌唱家，曾经在警察学院歌唱比赛中获过美声唱法二等奖。”

石大毛说罢一本正经开唱。

小小竹排江中游，
巍巍青山两岸走，
雄鹰展翅飞，
哪怕风雨骤，
革命重担挑肩上，

党的教导记心头。

……

石大毛唱得比姚才子差一点，也还行，至少音准节奏也准。石大毛将麦克风交给了微胖警察，由他自己摆弄播放器和选歌。

“各位前辈，由衷感谢你们的盛情邀请和超高规格接待。你们是一个共产党员复员军人的英雄群体，在本次消灭污染厂的战斗中，我们仅仅做了一点微不足道的本职工作，比起你们大家不值一提。现在，我代表我的同事向大家敬献一首《我爱五指山我爱万泉河》。”

微胖警察神色异常庄重，掌声持续不断，音乐响起，他挥手示意，掌声才停下来。

我爱五指山，

我爱万泉河，

双手接过红军的钢枪，

海南岛上保卫祖国。

啊，五指山，

啊，万泉河，

你传颂着多少红军的故事，

你日夜唱着红军的赞歌。

……

微胖警察一开口唱第一句就震住了大家，姚才子和叫鸡公就竖起了大拇指，石大毛目瞪口呆，王老六嘀咕真的跟原唱差不多。白义成听着高亢深情的歌唱，泪水终于落下来，他一定是想起了当兵的岁月，那些难忘的经历。

微胖警察唱完，掌声如暴风雨，一直要求他再唱，于是他又唱了《父老乡亲》等名曲，将他自己也唱得泪流满面了，满座无人不落泪。太不容易了，但他们终于胜利了！

中午一场，别人没醉，王老六不声不响醉了，被白义成扛进卧室放在了床上。

睡了一觉，下午四点，山西佬带着茅台和极品芙蓉王，独自开着大奔到了王志和的院子，他说是接王志和去的。

山西佬与王志和感情特别，从一九六九年王志和家从小街往山边搬，就屋挨屋做了邻居。那时王志和十六岁，山西佬十一岁。山西佬那时比王志和苦，住的茅屋，王志和家是土砖瓦屋，可那时他们不觉得穷苦可怕。生活使他们各奔东西，分别多年后，相见是偶然。王志和在一九九五年被邀请回常德参加一个会议，在主席台就座，服务员引他到写着他名字的座位坐下后，王志和一望，发现区人大主任也在主席台就座，两人过去认识，于是向主任打听山西佬的下落。“你还不知道？他下海大发了！”马上将电话告诉王志和。会后王志和一个电话，山西佬立马开车找到王志和，山西佬那一年赚了七百五十万。从此联系就再没断过了，王志和喝的好酒抽的好烟，多半都是山西佬强给的，王志和也基本只收山西佬等几个老乡的烟酒。

山西佬停好车，用一个极平常的纸袋装着烟酒不声不响放在了门角。王志和笑道：“你藏什么藏，我都记不得收了你多少烟酒了，过去那么穷，而今钱发烧呵！”

“老哥，老六不声不响喝醉了。”

“那晚上还怎么喝？”

王志和给山西佬倒了一杯桶装矿泉水。

“睡到四五点应该差不多又可以喝了吧。”

山西佬整年酒会不断，已经非常有办法使自己不醉，这个王志和很清楚。

“让我猜，今天你们聚会，烟酒肯定是你从城里拖来的，可能又是两三万。”

“猜得差不多。”

“你把酒庄卖了？”

“是把高档酒全卖了，亏三百万。酒庄我坐等政府收购，能有四千万左右。”

山西佬从来都将自己的经济状况如实告诉王志和，王志和也一直给山西佬提示风险。很多与山西佬同时下海的老板都垮了，山西佬没垮，他能听进王志和的提醒，至今无一分钱债务，无银行贷款更无高利贷，但王志和每次见面仍给他敲警钟。

“老哥，我猜得到，这回你暗中也帮了我，我的酒庄和建材厂前一段时间常有警察巡逻车经过。”

“没有，你自己决策正确，及时向公安局报了案，像你这样的企业家，政府会特别关注的。”

“你认为中央反腐真的一直会这样保持高压下去？”

“不是在电话里说了吗？这是肯定的，这次绝不会一阵风过后，腐败又重来，变本加厉！”

“那就好，我准备转让酒的总代理权。”

“你慢慢转型也好，脑子一定要清醒，世界经济危机并未过去，而是在深化、尖锐化……”

“昨天做梦，又梦见晚上陪你去排楼山战备洞里吹笛子。”

山西佬笑起来很好看的，蛮帅的。

王志和也笑了。那时山西佬就是王志和的小跟班，跟着王志和转。近处的排楼山挖有战备洞，战备洞里吹笛子很好听，王志和晚上打着手电去排楼山战备洞吹笛子，山西佬就打伴跟着去，一个吹，一个就站在旁边听。

“那时我们都好难好苦，可回忆起来好宝贵好幸福。”

王志和回想起青少年时代，感慨不已。

下午五时，山西佬开着大奔将王志和拖到白义成家，大家都在餐厅聚着，王老六也睡醒了从床上爬起来了。

王志和与大家一一握手寒暄，与白义成握手时说：“老白，你太诡计多端了！”小时候他们在一起时，白义成有一天规定，一律在姓或名字诨名前加一个“老”字，显得很成熟。叫鸡公就称老叫，王志和就称老和，大家都服从至今。“老和，这回你使了暗劲。”白义成使劲握了一下王志和的手，王志和鼓劲扛住。与叫鸡公握手时王志和说：“老叫，看不出，你还真的有点像《潜伏》里的余则成啊！”叫鸡公一本正经道：“老和，你不说我们都不晓得，八号灭火前四个小时，武警公安突然收缴了铁厂二十把大砍刀……”王志和说：“我也是过后才听说的，只是因为某种原因不便告诉你们。”

姚才子和石大毛一直对曾经教过他们的老师很尊重，默默地为王志和添茶，上烟点火。

闲谈了半个钟头，开始上桌饮酒。

你敬酒，我敬酒，他敬酒，乡情比酒更浓。王志和突然想起一件事，两眼望着姚才子。

“你不是说要拉一把二胡给我听？现在正好大家都在饮酒，你拉给大家听吧，二胡带来了吗？”

“带来了，我放在车上的，这就去拿。”

姚才子下席，去停在楼外的车上拿二胡，很快回到餐厅，将自己的座椅拉离酒桌三尺远。

“老师，不知您是否还记得，一九七三年夏天，您带着我和几个同学到水库下的八方坪搜集民歌的事？”

王志和点头。

“那次有个老奶奶唱了一支您说特别好听的老情歌，我就记下了词谱。后来当兵到部队，师部举行文艺比赛，要求是创作节目，我就自己瞎写一个二胡独奏曲，就是根据那首民歌改编的，前面是二胡独奏，最后收尾又拉又唱，最后评上奖，主要还是靠了后面唱的歌。”

“啊，我早忘记是什么词和曲调了。”

王志和陷入深思。

“我开始拉吧，看您是否能回忆起来。当时在部队比赛时，我取的标题是‘湖南山歌调’，其实就是双桥坪的山歌调。”

姚才子一开弓，王志和心一跳。二胡从低音突然拉上高音，在高音部分盘旋一阵，又突然滑到低音。高音如山里人嘶吼，低音如哀号哭泣。一段序曲之后，是高亢婉转的如歌行板，所有的人被二胡演奏的古老山歌旋律抓住，拖入了曾经在这片故土闪耀光辉的岁月，是那么久远了，又是格外亲近，是悲伤的，也是欢乐的，是幽暗的，也是灿烂的。在每个人的心中，它的旋律都能寻找到隐秘的角落。姚才子一拉头一甩，身子又前俯后仰，音乐放缓，歌唱起来：

咿呀……嗨嗨，
咿呀……嗨嗨，
哥哥妹妹那个手牵手，
妹有心事那个哥也有，
人生一世那个多磨难，
心不磨破那个不松手。

守住青山那个有柴烧，
守住绿水那个好梳头，
乡里乡亲那个人人善，
一桶水换那个一桶油。

吃菜吃糠那个妹不怨，
上坡下岭那个哥不抖，

清风明月那个野花香，
亲个嘴儿那个骨头酥。

太阳落了那个月亮起，
有心有情那个就全有，
有忧有愁那个也是福，
天也长长那个地久久。
……

王志和听着听着两眼模糊了，忽然又笑了，他带头鼓掌，掌声像一阵凉风吹起，白义成下席给每个人斟满酒。

“干杯，为了胜利！”

“干杯，为了明天！”

“干杯，为了中国梦！双桥坪梦！”

酒杯叮当，心在歌唱，歌唱，歌唱……

2014.2.19—7.23 初稿
于湖南常德双桥坪无为居

后　记

2014年2月3日正月初四回到乡下无为居，19日动笔写这部长篇小说，中间回长沙停笔20天，7月23日写完。这个结果是我在长沙时没有料到的。1998年11月5日写完《苦海乐园》后我一直搁笔，不想写。现在想写，真是想为民族、国家尽点微薄之力，不然退休了无所事事那很对不起生养自己的土地和人民。在本书的写作中得到了堂弟永红以及卫华、春霞在生活上的热情关心和照顾；得到了老同学李启焕的热情支持，作品中所有老歌歌词都是他提供的；得到了在长沙工作的妻子女儿的理解、支持，她们努力不让我分心，顺利写完。最后我还要感谢李启焕的外甥泽平及小兰、昂麟、娟娟，他们从8月31日至9月6日每天开车从城里来乡下院子把写好的输入电脑。我还会写下去，在这个乡下院子里，写作，就是我晚年的幸福。

2014年9月6日12时于无为居